历代书法咏论

杨克炎 编著

草书歌行

少年上人号怀素①，①上人：佛教称具备德智善行的人，后来作为对僧人的敬称。怀素：俗姓钱，字藏真，长沙人，徙家京兆；怀素为玄奘门人；精草书，为唐朝大书法家，人称其狂草：「援毫掣电，随手万变。」草书天下称独步②。

辽宁美术出版社

图书在版编目（CIP）数据

历代书法咏论 / 杨克炎编著. —沈阳：辽宁美术出版社，2024.3

ISBN 978-7-5314-9438-6

Ⅰ.①历… Ⅱ.①杨… Ⅲ.①诗集—中国 Ⅳ.①I22

中国版本图书馆CIP数据核字（2022）第244537号

出 版 者：	辽宁美术出版社
地　　　址：	沈阳市和平区民族北街29号　邮编：110001
发 行 者：	辽宁美术出版社
印 刷 者：	辽宁新华印务有限公司
开　　　本：	787mm×1092mm　1/16
印　　　张：	26.75
字　　　数：	300千字
出版时间：	2024年3月第1版
印刷时间：	2024年3月第1次印刷
责任编辑：	严　赫
封面设计：	洪　晨
责任校对：	郝　刚
书　　　号：	ISBN 978-7-5314-9438-6
定　　　价：	89.00元

邮购部电话：024-83833008
E-mail:lnmscbs@163.com
http://www.lnmscbs.cn
图书如有印装质量问题请与出版部联系调换
出版部电话：024-23835227

序言

丁亥秋①，余获时谴，远适粟末。一日，应哈尔滨书法篆刻研究会邀请，漫谈书道。忽睹一俊少年，列座谛听，心焉异之，询其姓氏，则杨子克炎也。嗣即从余游。忽忽二十有五年，竿头日进，未见其已。不遗在远，一昨寄示所编《书法咏论》一帙索序。取材广博，注释详明，所加按语，深中肯綮，知其用力勤矣。盖彼历年从事书法讲座，积累所得，理论实践，相得益彰。初学专门，雅俗共赏。吾知此书一出，必受读者欢迎无疑也。爰占二绝，弁其书端云：

> 书道纵横意可知，杜苏别嗜共心期。
> 颠张醉素风斯远，遗貌通神是我师。

> 天际乌云坡老帖，时晴快雪右军书。
> 江山胜概谁能说，恰好当行得意初。

辛未初冬苏渊雷仲翔甫叙于海上钵水斋

①注：苏先生因"右派"问题，1958年（戊戌年）由上海华东师范大学调哈尔滨师范学院。先生《序言》中"丁亥秋"当是年事已高的误记，特此说明。次年1959年是己亥年，而不是丁亥年。

凡例

一、本书所选诗作，为2000年前已故去诗人作品。盖棺论定，尚健在的诗人此类诗作一律不收。

二、本书以选辑零散的咏书法、论书法古近体诗为主。一些自成体系，每组超过五十首的大型论书法组诗，如《稷山论书绝句》《君子馆论书绝句》等均未选入。

三、入选诗作先以朝代，再以诗人生年先后或活动时期排列；难确定活动时期的诗人诗作，置其所处朝代后。

四、为了方便读者，每首诗作均有作者介绍、诗意简析、难词注解。一人选入两首以上者，只在第一首诗前进行作者介绍。

五、入选诗下均系以简析：或题解，或介绍背景，或分析结构，或略加评析，无统一模式。不避信口雌黄之嫌，所求与读者交流心得。

六、入选诗作中所用典故，生僻难词尽可能一一加注。不同诗作用同一典故者，为免去读者前后翻阅之劳，均加注释，唯前详后略。

七、少数入选诗后附以有关诗作，以备读者参考。附诗一律不加简析与注解。

目录

序言 ······ 001
凡例 ······ 001
诗人诗题 ······ 001
岑文本（一首）······ 001
　奉述飞白书势 ······ 001
李峤（一首）······ 002
　书 ······ 002
李颀（一首）······ 003
　赠张旭 ······ 004
李白（二首）······ 005
　草书歌行 ······ 005
　王右军 ······ 008
杜甫（二首）······ 009
　殿中杨监见示张旭草书图 ······ 009
　李潮八分小篆歌 ······ 010
皎然（二首）······ 013
　张伯高草书歌 ······ 013
　陈氏童子草书歌 ······ 015
贾耽（一首）······ 017
　赋虞书歌 ······ 017
苏涣（一首）······ 018
　怀素上人草书歌 ······ 019
马云奇（一首）······ 020
　怀素师草书歌 ······ 021
戴叔伦（一首）······ 023
　怀素上人草书歌 ······ 023
任华（一首）······ 024

怀素上人草书歌 ······ 024
王雒（一首）······ 027
　怀素上人草书歌 ······ 027
许瑶（一首）······ 029
　题怀素上人草书 ······ 029
顾况（一首）······ 030
　萧郸草书歌 ······ 030
权德舆（一首）······ 031
　马秀才草书歌 ······ 031
孟郊（一首）······ 032
　送草书献上人归庐山 ······ 032
韩愈（二首·附一首）······ 033
　石鼓歌 ······ 033
　附：韦应物《石鼓歌》······ 038
　岣嵝山 ······ 038
刘禹锡（四首）······ 039
　酬柳柳州家鸡之赠 ······ 039
　答前篇 ······ 040
　答后篇 ······ 041
　洛中寺北楼见贺监草书题诗 ······ 042
柳宗元（三首）······ 043
　殷贤戏批书后寄刘连州
　　并示孟仑二童 ······ 043
　重赠（二首）······ 044
张祜（二首）······ 045
　高闲上人 ······ 045
　题酸枣驿前碑 ······ 047

舒元舆（一首·附一首） …………… 047
   题李阳冰玉箸篆词 ………………… 048
   附：贾耽《李阳冰黄帝祠字》 …… 048
贯休（二首） ………………………… 049
   观怀素草书歌 ……………………… 049
   晋光大师草书歌 …………………… 052
陆希声（一首） ……………………… 053
   寄晋光 ……………………………… 054
裴说（一首） ………………………… 054
   怀素台歌 …………………………… 055
韩偓（一首） ………………………… 056
   草书屏风 …………………………… 056
吴融（一首） ………………………… 056
   赠晋光上人草书歌 ………………… 057
齐己（一首） ………………………… 058
   谢西川昙域大师玉箸篆书 ………… 058
史邕（一首） ………………………… 059
   脩公上人草书歌 …………………… 059
杨凝式（一首） ……………………… 060
   题怀素《酒狂帖》后 ……………… 060
李建勋（一首） ……………………… 061
   送八分书与友人，继以诗 ………… 061
安鸿渐（一首） ……………………… 062
   题杨少卿书后 ……………………… 062
冯少吉（一首） ……………………… 063
   山寺见杨少卿书壁，因题其尾 …… 063
可朋（一首） ………………………… 063
   观梦龟草书 ………………………… 063
王禹偁（一首） ……………………… 064
   八绝诗阳冰篆 ……………………… 064
苏易简（一首） ……………………… 065
   题临《兰亭序》 …………………… 065
梅尧臣（二首） ……………………… 067
   依韵和睢阳杜相公答蔡君谟
     新体飞草书 ……………………… 067
   泗州观唐氏书 ……………………… 068
欧阳修（三首） ……………………… 068

石篆诗并序 …………………………… 069
学书二首 ……………………………… 070
韩琦（一首） ………………………… 071
   次韵和崔公孺国博观
     新模正献杜公草书 ……………… 071
苏舜钦（一首） ……………………… 072
   丹阳子高得逸少《瘗鹤铭》于焦山之
     下，及梁、唐诸贤四石刻共作一亭，
     以"宝墨"名之。集贤伯镇为之作
     记，远来求诗，因作长句以寄 …… 072
司马光（一首） ……………………… 074
   怀素书 ……………………………… 074
刘敞（一首） ………………………… 075
   同邻几伯镇观秘阁壁上苏子美草书
     ………………………………… 075
王安石（一首·附一首） …………… 076
   吴长文新得颜公坏碑 ……………… 076
   附：曾巩《颜碑》 ………………… 077
沈辽（一首） ………………………… 078
   赠清道 ……………………………… 078
韦骧（一首） ………………………… 079
   求陈和叔草书《千文》 …………… 080
郭祥正（一首） ……………………… 081
   谢钟离中散惠草书 ………………… 081
苏轼（七首·附一首） ……………… 082
   石苍舒醉墨堂 ……………………… 082
   孙莘老求墨妙亭诗 ………………… 084
   次子由论书 ………………………… 086
   附：苏辙《子瞻寄示岐阳十五碑》… 088
   题王逸少帖 ………………………… 088
   柳氏二外甥求笔迹（二首） ……… 089
   次韵米芾二王书跋尾二首
     （选一） ………………………… 091
孔武仲（一首） ……………………… 092
   观钟离中散草书帖 ………………… 092
黄庭坚（五首） ……………………… 093
   以右军书数种赠丘十四 …………… 094

李君贶借示其祖西台学士草圣并
　　　书帖一编二轴，以诗还之 …… 095
　　观王熙叔唐本草书歌 …… 097
　　书扇 …… 098
　　跋杨凝式帖后 …… 099
米芾（三首·附一首） …… 099
　　智袖草书 …… 100
　　寄薛绍彭 …… 101
　　附：薛绍彭《和米芾李公照家二王以
　　　前帖宜倾囊购取寄诗》 …… 102
　　题永徽中所模《兰亭叙》 …… 102
李行中（一首） …… 104
　　读颜鲁公碑 …… 104
李廌（二首） …… 104
　　题蔡君谟墨迹后 …… 104
　　笔溪 …… 106
黄伯思（一首） …… 107
　　题河南王氏所藏子敬帖 …… 107
华镇（二首） …… 108
　　宝墨堂 …… 108
　　书李西台诗帖 …… 109
周紫芝（一首） …… 111
　　吴傅朋郎中自出新意作游丝书，绝
　　　妙一时，士大夫皆赋诗，为作数
　　　语书轴尾 …… 111
刘子翚（二首） …… 112
　　临池歌（并序） …… 112
　　吴傅朋游丝帖歌 …… 114
薛仙（一首） …… 116
　　绍兴戊午秋因观毕氏所藏
　　　定武旧石本《兰亭》因题 …… 116
王之望（一首） …… 117
　　吴傅朋游丝书 …… 117
陈长方（二首） …… 119
　　题定武本兰亭（三首选二） …… 119
洪适（一首） …… 120
　　题信州吴傅朋郎中游丝书 …… 120

杨万里（一首） …… 121
　　跋悟空道人墨迹（并序） …… 122
陆游（四首） …… 123
　　草书歌 …… 123
　　学书 …… 124
　　醉中草书因戏作此诗 …… 125
　　观苏沧浪草书绢图歌 …… 126
李洪（一首） …… 127
　　次韵子都兄寄伯封论书 …… 127
朱熹（一首） …… 128
　　赠书工 …… 128
薛季宣（一首） …… 129
　　观法帖 …… 129
袁说友（二首） …… 130
　　题汪伯时家藏颜鲁公书
　　　《裴将军帖》 …… 131
　　题王顺伯秘书所藏
　　　《兰亭修禊帖》 …… 131
欧阳光祖（一首） …… 133
　　赠篆书吴全仲古风（并序） …… 133
孙应时（一首） …… 135
　　灯下学书偶成 …… 136
韩淲（一首） …… 137
　　次韵昌甫所题唐宋诸贤画像
　　　石刻王羲之像 …… 137
叶时（二首） …… 138
　　还桑泽卿《兰亭考》二首 …… 138
吴琚（一首） …… 139
　　春日焦山观《瘗鹤铭》 …… 139
刘宰（一首） …… 140
　　跋赵宪（汝木熏）唐率更
　　　《千字文》迹 …… 141
刘克庄（三首） …… 142
　　蔡忠惠家观墨迹 …… 142
　　米元章有帖云："老弟《山林集》
　　　多于《眉阳集》，然不袭古人
　　　一句，子瞻南还与之说，茫然

叹久之。"似叹渠偷也，戏跋
　　　（二首） ………………………… 144
陈起（一首） ………………………… 145
　　楷书歌赠人 …………………… 145
叶茵（一首） ………………………… 146
　　谢朱宜中隶字 ………………… 147
董史（一首） ………………………… 148
　　题米元章书迹拓本 …………… 148
胡仲弓（一首） ……………………… 149
　　观道君御书 …………………… 149
许月卿（一首） ……………………… 150
　　跋东坡墨迹 …………………… 150
牟巘（一首） ………………………… 150
　　右军《书裙帖》 ……………… 150
俞德邻（一首） ……………………… 151
　　跋韩仲文所藏史共山草书 …… 151
郑思肖（一首） ……………………… 153
　　观颜鲁公帖 …………………… 153
艾性夫（一首） ……………………… 153
　　与林止庵、叶半隐分赋郡中古迹，
　　　得鲁公祠、右军墨池（二首选一）… 153
施宜生（一首） ……………………… 154
　　山谷草书 ……………………… 154
刘迎（一首） ………………………… 155
　　蔡有邻碑 ……………………… 155
周昂（一首） ………………………… 156
　　鲁直墨迹 ……………………… 156
萧贡（一首） ………………………… 157
　　米元章大字卷 ………………… 157
赵秉文（三首·附一首） …………… 158
　　题东坡《眉子石砚诗》真迹 … 158
　　附：苏轼《眉子石砚歌赠胡誾》… 159
　　阳冰篆 ………………………… 159
　　和渊明饮酒二十首（选一） … 161
李俊民（一首） ……………………… 162
　　跋冯应之《许司谏敂羊帖》 … 162
庞铸（一首） ………………………… 163
　　山谷透绢帖 …………………… 163
元好问（一首） ……………………… 165
　　常山姨生四十月能搦管，作字笔意
　　　开廓，有成人之量，喜为赋诗，
　　　使洛诵之 …………………… 165
刘秉忠（四首） ……………………… 167
　　习字 …………………………… 167
　　为宋义甫言书三首 …………… 168
郝经（二首） ………………………… 169
　　跋鲁公《送刘太冲序》帖 …… 170
　　古篆行 ………………………… 171
方回（一首） ………………………… 174
　　为合密府判题赵子昂大字《兰亭》
　　　（并序） …………………… 174
钱选（一首） ………………………… 175
　　题复州裂本《兰亭》卷 ……… 175
赵孟頫（二首·附一首） …………… 176
　　赠彭师立（二首选一） ……… 176
　　论书 …………………………… 176
　　附：其《自警》 ……………… 177
鲜于枢（五首） ……………………… 177
　　题神龙本《兰亭集序》 ……… 178
　　王大令《保母帖》四首 ……… 179
邓文原（一首） ……………………… 181
　　题黄庭坚《松风阁诗》后 …… 181
胡祗遹（三首） ……………………… 182
　　题鹿庵书 ……………………… 182
　　跋徽宗所书《千字文》 ……… 183
　　题石曼卿草圣 ………………… 185
陆文圭（一首） ……………………… 186
　　题王复初所藏子昂临《禊帖》… 186
李瓒（一首） ………………………… 188
　　题宋拓《东方画赞》《洛神赋》二帖… 188
蒲道源（一首） ……………………… 189
　　赠龙岩上人草书 ……………… 189
何中（一首） ………………………… 190
　　郝思温大字歌 ………………… 191

虞集（一首）…………………… 192
　题魏《受禅碑》……………… 192
欧阳玄（一首）………………… 193
　题紫微老人大字歌…………… 194
李孝光（一首）………………… 195
　辨妙明善苏书………………… 195
郑元祐（一首）………………… 196
　古书行赠吴孟思……………… 196
朱德润（一首）………………… 201
　题张樗寮楷书
　　《观公孙大娘弟子舞剑器行》 … 201
吴莱（一首）…………………… 202
　题李西台真迹………………… 202
郑玉（一首）…………………… 203
　苏字…………………………… 203
贡师泰（一首）………………… 204
　题子固所藏鲜于墨迹………… 204
倪瓒（一首）…………………… 205
　学书…………………………… 205
方行（一首）…………………… 207
　观吴孟周司训真草书谱……… 207
沈梦麟（一首）………………… 208
　文敏公《兰亭帖》…………… 208
张昱（一首）…………………… 209
　题醉墨堂为桐江俞子中赋…… 209
大圭（一首）…………………… 210
　山谷草圣……………………… 210
子渊（一首）…………………… 211
　《九成宫》法帖……………… 211
詹同（一首）…………………… 212
　谢章隶书歌…………………… 213
贝琼（六首）…………………… 214
　论书五绝句（并序）………… 214
　题子昂《松树障子歌》，盖王成
　　之所藏者，纸尾云大德八年正
　　月廿八夜灯下书……………… 216
凌云翰（一首）………………… 217

《兰亭》卷 …………………… 217
王行（一首）…………………… 218
　滕用亨诸篆体歌……………… 218
乌斯道（二首）………………… 220
　赠杨允铭小篆歌……………… 220
　为顺上人书《禊帖》后……… 222
殷奎（一首）…………………… 223
　打碑（三首选一）…………… 223
李昱（一首）…………………… 224
　聚上人铁笔歌………………… 224
林鸿（一首）…………………… 225
　雪蓬散人草书歌……………… 226
王恭（一首）…………………… 227
　陈平叔醉墨堂………………… 228
解缙（二首·附二首）………… 231
　草书歌………………………… 231
　题蔡君谟真迹（二首选一）… 233
　附：李东阳《题〈金笺帖〉》 234
朱瞻基（一首）………………… 234
　草书歌（并序）……………… 234
沈周（一首）…………………… 235
　观徐士亨所藏怀素《自序》真迹，
　　吴鲍庵许摹寄速之………… 236
陈献章（二首·附一首）……… 239
　观自作茅笔书………………… 239
　附：其《不习书绢，殊失故态，
　　已付染师作碧玉老人卧帷矣！呵呵，
　　拙诗纪兴，录上顾别驾先生，
　　以博一笑》………………… 240
　答徐侍御索草书……………… 240
吴宽（一首）…………………… 241
　题米南宫诗墨………………… 241
李东阳（五首）………………… 243
　题褚临《兰亭》后二绝（选一）… 243
　刘户部所藏张汝弼草书……… 244
　书欧阳公手帖后二绝………… 245
　答罗明仲草书歌……………… 246

朱诚泳（一首）…………………… 248	吴绮（一首）…………………… 275
学书 ……………………………… 248	宋拓《阁帖》…………………… 275
祝允明（一首）…………………… 249	陈维崧（一首）…………………… 275
题草书后 ………………………… 249	卖字翁歌为方坦庵先生赋 …… 276
顾璘（一首）……………………… 249	朱彝尊（一首）…………………… 278
题张东海草书后 ……………… 249	题董尚书墨迹 ………………… 278
杨慎（一首）……………………… 250	屈大均（一首）…………………… 279
月仪帖 …………………………… 250	草书歌赠蓝公漪 ……………… 279
唐顺之（一首）…………………… 252	彭孙遹（一首）…………………… 281
有《荆川先生集》卓小仙草书歌 … 252	陈白沙草书歌 ………………… 281
徐渭（一首）……………………… 254	宋荦（二首）……………………… 283
张旭观公孙大娘舞剑器 ……… 254	观子瞻《寒食诗》墨迹，次其《答舒
王世贞（二首）…………………… 256	教授观所藏墨》韵 ………… 283
祝京兆法书歌 ………………… 256	万道人草书 …………………… 285
蔡苏黄米薛赵六家十二帖用少陵	陈廷敬（一首）…………………… 286
八仙韵体 …………………… 258	学书颇勤自嘲 ………………… 286
李日华（一首）…………………… 261	吴雯（二首）……………………… 287
渴笔颂 …………………………… 261	论书答子文大尹 ……………… 287
胡应麟（一首）…………………… 263	徐电发卖《升元帖》，遂成三诗，
米南宫《误恩帖》歌 ………… 263	兼论书法大略云（三首选一）… 289
朱之蕃（一首）…………………… 265	高士奇（一首）…………………… 290
跋《大道帖》…………………… 265	题米芾《蜀素帖》……………… 290
钱谦益（一首）…………………… 265	孔尚任（一首）…………………… 293
席间观李素心督学孙七岁童子	郑谷口隶书歌 ………………… 293
草书歌 ……………………… 266	查慎行（一首）…………………… 294
傅山（二首）……………………… 267	周桐野前辈以隋《龙藏寺碑》
作字示儿孙 …………………… 267	拓本见贻二首（选一）……… 295
索居无笔，偶折柳枝作书，辄成奇	高其佩（一首）…………………… 296
字，率意二首（选一）……… 269	临帖诗 ………………………… 296
吴伟业（二首）…………………… 270	高凤翰（一首）…………………… 297
断碑 …………………………… 270	题自书册页 …………………… 297
颜公石刻 ……………………… 271	诸锦（一首）……………………… 298
方文（一首）……………………… 271	郑谷口八分书 ………………… 298
蔡中郎八分书歌（并序）……… 271	汪士慎（一首）…………………… 298
周亮工（一首）…………………… 274	绝句 …………………………… 299
跋自作八分书《寒鸦歌》后	金农（一首·附一首）…………… 299
（二首选一）………………… 274	草书大研铭 …………………… 299

附：其《鲁中杂诗》之一 …… 300
张照（七首）…… 300
　　论董书绝句 …… 300
厉鹗（一首）…… 302
　　碧山草堂橡笔歌 …… 302
郑燮（一首）…… 304
　　赠金农 …… 305
王如玉（一首）…… 305
　　与张云汀论汉隶 …… 305
刘墉（四首）…… 308
　　学书偶成 …… 308
纪昀（二首）…… 311
　　斋中砚匣镌诗（二首）…… 311
蒋士铨（一首）…… 312
　　论书一首题梅庚山临摹册子后 …… 312
王文治（七首）…… 314
　　查映山黄门学书图四首（选一）…… 314
　　论书绝句（三十首选六）…… 315
姚鼐（五首）…… 318
　　论书绝句（五首）…… 319
翁方纲（二首）…… 321
　　驿壁见王觉斯草书 …… 321
　　题祝枝山《成趣园记》…… 321
毛上炱（一首）…… 322
　　从义扶乞草书歌 …… 322
黄易（一首）…… 324
　　杨兄鹤洲购赠元氏、赞皇石刻，有汉篆《三公碑》甚奇，喜极。复求沈君愚溪觅之 …… 324
李宪乔（一首）…… 327
　　与故人季涵论书 …… 327
黄钺（一首）…… 329
　　书实园先生楷书册后寄东田 …… 329
永瑆（六首）…… 331
　　题唐怀素《苦笋帖》…… 332
　　纪书（二十五首选五）…… 333
铁保（一首·附一首）…… 335

草书歌 …… 336
附：李调元《观铁公子草书歌为冶亭亭作》…… 337
包世臣（六首·附一首）…… 338
　　论书十二绝句并序（选五）…… 338
　　与金坛段鹤台明经论书次东坡韵 …… 343
附：姚配中《和包慎伯与金坛段鹤台明经论书次东坡韵》…… 345
沈彩（二首）…… 345
　　晓起作书因题 …… 346
　　述书 …… 347
高梅阁（一首）…… 347
　　写字 …… 348
张纶英（一首）…… 348
　　题云峰山郑道昭石刻 …… 348
龚自珍（二首）…… 350
　　泾县包慎伯赠予《瘗鹤铭》，九月十一日，坐雨于羽琌山馆，漫题其后 …… 350
　　再跋旧拓《瘗鹤铭》。谓北魏《兖州刺史郑羲碑》郑道昭书 …… 351
何绍基（三首）…… 352
　　与张受之论刻石，用坡公《墨妙亭》诗韵 …… 352
　　题"奎垣欣遇"卷为罗研生作（十二首选一）…… 354
　　罗苏溪方伯前辈斋中观傅青主书 …… 354
郑珍（一首）…… 355
　　与赵仲渔婿论书 …… 355
林寿图（一首）…… 359
　　宋侗庵上舍隶书歌 …… 359
曾国藩（一首）…… 361
　　赠何子贞前辈（并序）…… 361
杨岘（二首）…… 362
　　吴仓石示《石鼓文》精拓本四首（选二）…… 363
陈元鼎（二首）…… 363

汪舟次先生（楫）临晋唐诸帖卷（三首选二） …… 364	柬植之 …… 387
张世昌（一首） …… 365	题伯鹰《书评》后五绝句（选一） …… 388
学草书偶成 …… 365	马叙伦（四首） …… 388
吴昌硕（一首） …… 365	论书绝句（二十首选四） …… 389
祝枝山草书《秋兴》诗卷 …… 366	郭绍虞（一首） …… 390
沈曾植（一首） …… 367	论书诗 …… 391
积畲观察以所藏《常丑奴墓志》索题，此志平生凡再见，皆羽琌山馆物也。覃溪极称此书为欧法。今拓泐浅，无以证之，意世间尚当有精拓本 …… 367	刘忠（一首） …… 391
	汉郙君开通褒斜道刻石 …… 391
	林散之（四首） …… 393
	论书绝句（选四） …… 393
	朱自清（一首） …… 395
严复（二首） …… 368	市肆见三希堂山谷尺牍，爱不忍释，而力不能致之 …… 395
论书（二首） …… 369	吴玉如（一首） …… 396
徐世昌（二首） …… 370	题张猛龙佳拓 …… 396
草书歌 …… 370	邓散木（四首） …… 397
学书 …… 372	论书杂诗并序（八首选四） …… 398
康有为（六首） …… 373	郭风惠（一首） …… 401
论书绝句（并序）（六首） …… 374	论书诗 …… 401
郑孝胥（一首） …… 378	祝嘉（一首） …… 402
作书久不能进，愤然赋此 …… 378	临书（四首选一） …… 402
张伯英（一首） …… 379	沙孟海（一首） …… 403
论书次东坡韵 …… 379	为山东云峰山刻石讨论会题诗 …… 403
于右任（三首） …… 381	高二适（一首） …… 404
寻碑 …… 381	题怀素《自叙帖》 …… 404
十九年一月十日夜不寐读诗集联 …… 382	苏渊雷（一首） …… 405
为孙少元题颜书《争坐位帖》后 …… 383	老可见寄海上杂诗，备述师友近况，读之快慰。雪窗无俚，乘兴命笔、述志怀人，意尽而止。凡得二十四首——高二适南京 …… 405
张宗祥（二首） …… 384	
论书绝句（选二） …… 384	
赵撝叔 …… 385	
沈尹默（四首） …… 385	附录《书法咏论》读感 …… 407
湖帆、蝶野各为拙书卷子题句，辄以小诗报之（四首选二） …… 386	后记 …… 409

诗人诗题

岑文本（一首）

岑文本（595—645），字景仁，邓州棘阳县（今河南新野）人。博通经史，贞观初年授秘书郎，迁中书舍人，累迁中书令，参豫政事。从征辽东，途中卒。谥号宪，陪葬昭陵。《书史会要》称其"工飞白书"。

奉述飞白书势

六文开玉篆[①]，八体曜银书[②]。
飞毫列锦绣[③]，拂素起龙鱼[④]。
凤举崩云绝[⑤]，鸾惊游雾疏[⑥]。
别有临池草[⑦]，恩沾垂露余[⑧]。

〔简析〕这是初唐时的论书诗。奉述就是奉命说明，命令人当是唐太宗李世民。飞白书是一种书写风格比较特殊的书体。相传蔡邕见工匠用刷墙的帚刷字而创飞白书。宋黄伯思《东观余论》："取其若丝发处谓之白，其势飞举谓之飞。"就是说飞白书点画笔笔露白但并非枯笔，字形具飘逸飞动之势，并往往带有装饰成分。唐太宗李世民书《晋祠铭》额、武则天书《升仙太子碑》额都用的是飞白书体。书势是一个古老的书论概念，如蔡邕的《九势》、卫恒的《四体书势》等。我们理解为特点即可。

〔注解〕①六文：六书，汉字构成六种方法。一曰指事、二曰象形、三曰形声、四曰会意、五曰转注、六曰假借。玉篆：玉箸篆的美称。②八体：八种书体。一曰大篆、二曰小篆、三曰刻符、四曰虫书、五曰摹印、六曰署书、七曰殳书、八曰隶书。银书：银字，因飞白书多留白，故誉为银书。③飞毫：形容以笔快速书写。锦绣：本指精美鲜艳的丝织品，此处借指飞白书法精美而具神韵。④拂素，扫素，在白色绢上书写。龙鱼：借指飞白书字体生动。⑤凤举：凤凰飘然高飞，形容飞白书华贵轻盈。崩云：表达书法气势磅礴。⑥鸾惊：飞白书生动之态。孙过庭《书谱》："鸾舞蛇惊之态。"⑦临池：刻苦学习书法。⑧恩沾：皇恩润泽。垂露：垂露书。唐徐坚《初学记》引王愔《文字志》："垂露书，如悬针而势不遒劲，阿那若浓露之垂，故谓之'垂露'。"

李峤（一首）

李峤（约645 — 约714），字巨山，赵州赞皇（今属河北）人。进士出身，富于才思，朝廷文册大号令，多出其手。曾因复验狄仁杰案为其申冤而得罪武则天，贬官润州司马。唐玄宗即位，贬庐州别驾。李峤为唐著名诗人，与同乡苏味道齐名，合称"苏李"。今存《杂咏》二卷。

书

削简龙文见①，临池鸟迹舒②。
河图八卦出③，洛范九畴初④。
垂露春光满⑤，崩云骨气余⑥。
请君看入木⑦，一寸乃非虚。

〔简析〕这是所见到较早的一首论书法诗。诗的前四句为两个对句，将汉字远古文字创制的传说与书法起源并提，意为造字之始即为书法草创之始。诗的第五、六两句借用书法中的竖画"似水露缘丝，凝垂下端"，横画"如千里阵云，隐隐然其实有形"点明书法中各笔画"约象立名"的丰富内涵。末句以王羲之书法笔力下拓渗墨入木的故事形容书法的笔力之壮作结。整首诗运用书法术语纯熟，反映了作者具有丰富的书法知识。应当指出的是此诗只是从表象泛泛谈书法，既不深刻也不具体。其重要意义在于至晚在初唐时期，诗人们已经注意到诗和书法之间的内在联系，书法是可以借用诗这种文学样式进行咏论的。正是这种"筚路蓝缕"的尝试，开辟了以诗论书法的道路。

〔**注解**〕①削：也作削牍。古代以刀削木或竹子作简册，在简册上写字，叫削简或削牍；以后写字或创作书法也称削简。龙文：形容书法笔画雄秀生动。②临池：学习书法。卫恒《四体书势》："汉兴而有草书……弘农张伯英者因而转精其巧。凡家之衣帛，必书而后练之。临池学书，池水尽墨。"鸟迹：《淮南子·说山训》："见鸟迹而知著书。"后因以鸟迹代指书法，此即用其意。③河图八卦：《尚书·顾命》："天球、河图。"《传》："河图，八卦。伏羲王天下，龙马出河，遂则其文，以画八卦，谓之河图。"此句意为书法与圣人造文字一脉相承。④洛范九畴：即《洪范》九畴。《尚书·洪范》孔安国《传》："……洛出书，神龟负文而出，列于背，有数至于九。禹遂因而第之，以成九类常道。"⑤垂露：指书法竖画收笔内含不露，如露珠。这本来是篆书笔法，楷书予以沿用。"似水露缘丝，凝垂下端"即指此。⑥崩云：形容用笔重而出现的墨晕效果，如云气散落。唐孙过庭《书谱》："或重若崩云，或轻如蝉翼。"⑦入木：形容笔力下拓之力，渗入木中。《太平广记》记王羲之书版，"入木三分"。

李颀（一首）

李颀（？—约753），望出赵郡（治今河北赵县）人，家居河南颍阳（今河南登封西）。唐开元十三年（725）进士，曾任新乡县尉。后隐居嵩山。与王维、王昌龄为友。诗风与岑参相近。有《李颀集》。

赠张旭

张公性嗜酒①，豁达无所营②。
皓首穷草隶③，时称太湖精④。
露顶据胡床⑤，长叫三五声。
兴来洒素壁⑥，挥笔如流星⑦。
下舍风萧条⑧，寒草满户庭。
问家何所有，生事如浮萍⑨。
左手持蟹螯⑩，右手执丹经⑪。
瞪目视霄汉⑫，不知醉与醒。
诸宾且方坐，旭日临东城。
荷叶裹江鱼，白瓯贮香粳⑬。
微禄心不屑，放神于八纮⑭。
时人不识者，即是安期生⑮。

〔简析〕唐朝大书法家张旭嗜草书如命，韩愈在《送高闲上人序》一文中称张旭："天地事物之变，可喜可愕，一寓于书。故旭之书，变动犹鬼神，不可端倪，以此终其身而名后世。"诗中"露顶据胡床，长叫三五声。兴来洒素壁，挥笔如流星"是写实，而非夸张。印证了史书中记载的张旭嗜酒大醉，呼叫狂走，下笔愈奇，或以头濡墨而书等狂放行为并非虚构。由于一生醉心于书法艺术，因而他虽然初为常熟尉，后官金吾长史，却是"微禄心不屑"，"生事如浮萍"。这种超然物外举止行为是常人难以理解的，无怪乎成为"时人不识者，即是安期生"之类的神仙了。

〔注解〕①张公：张旭，字伯高，唐苏州人。曾任金吾长史，人称其张长史。为人桀骜不驯，与李白、贺知章等七人合称"酒中八仙"。长于七绝诗。酒后呼叫狂走，下笔作草书，狂逸脱俗。或以头发濡墨作书，更奇。世称其为张颠。②豁达：性格开朗，气度大。③皓首：白头，指人已年老。穷：寻根究源。草隶：草书与楷书，或以为指章草或隶书草写，不确。④太湖精：人们认为张旭草书独得太湖的精气。⑤露顶：据史载，张旭发稀，秃顶。胡床：一种可以折叠的轻便坐具，又叫交椅或交床。⑥素壁：粉刷干净的墙壁。《白氏六帖》："王子敬过戴安道。饮酣，安道求子敬文。子敬攘臂大言曰：'我辞翰虽不如古人，与君一扫素壁。'今山阴草堂碑是也。"⑦流星：飞掠过天空的发光星体，俗称贼星。此形容运笔迅速。⑧下舍：简陋的居室。萧条：寂寥。⑨生事：人生之事。浮萍：浮生于水面的萍草。比喻漂泊的身世。⑩蟹螯：蟹子的一对前足。《晋书·毕卓传》载卓语谓："右手持酒杯，左手持蟹螯。拍浮酒船中，便足了一生矣。"⑪丹经：仙人炼丹的书籍。⑫瞠目：怒目直视。霄汉：天空极高处。⑬白瓯：白色盆盂。香粳：一种稻米。⑭八纮：八极纮，大地的极限。⑮安期生：道家传说中仙人。

李白（二首）

李白（701—762），字太白，号青莲居士。蜀人，自称祖籍陇西成纪（今甘肃静宁西南），幼时随父迁居绵州昌隆（今四川江油）青莲乡。唐玄宗天宝初年到长安，贺知章见到他的诗作称其为谪仙人。得唐玄宗召见，很受赏识，后被谗言所中伤放还。安禄山叛乱，参加永王璘军队。因统治者内部矛盾，永王被唐肃宗伐败，李白受累放逐夜郎。遇赦后死于安徽当涂。

草书歌行

少年上人号怀素①，草书天下称独步②。
墨池飞出北溟鱼③，笔锋杀尽中山兔④。
八月九月天气凉，酒徒词客满高堂⑤。
笺麻素绢排数箱，宣州石砚墨色光⑥。
吾师醉后倚绳床⑦，须臾扫尽数千张⑧。
飘风骤雨惊飒飒⑨，落花飞雪何茫茫⑩。

起来向壁不停手，一行数字大如斗。
恍恍如闻神鬼惊[11]，时时只见龙蛇走[12]。
左盘右蹙如惊电[13]，状同楚汉相攻战[14]。
湖南七郡凡几家[15]，家家屏障书题遍[16]。
王逸少、张伯英[17]，古来几许浪得名[18]。
张颠老死不足数[19]，我师此义不师古。
古来万事贵天生[20]，何必要公孙大娘浑脱舞[21]。

〔简析〕李白这首诗选择了酒徒词客等文人聚集，"笺麻素绢"堆积，怀素醉后作草书的典型场面。写怀素作书时旁若无人、奋笔挥洒的神情，点出了怀素作草书的几个特点：一是运笔速度很快，如暴风骤雨，"须臾扫尽数千张"；二是下笔后连绵不断如作一笔书，"起来向壁不停手，一行数字大如斗"；三是不盲目师古，敢于创新、勇于出新，"我师此义不师古"。对于人们深入了解怀素其人其书很有帮助。也有人认为此诗并非出自李白，理由是李白一生傲岸不羁，且年长怀素二十余岁，诗中称怀素为"吾师"，与李白的性格不合；李白与张旭同为"饮中八仙"，因称赞怀素而贬张旭"老死不足数"，与情理不合；三是怀素《自述帖》中引用了大量当时诗人赞颂怀素书法的诗句，却没有引李白的这首诗的诗句，与李白诗名满天下的身份不合。

〔注解〕①上人：佛教称具备德智善行的人，后来作为对僧人的敬称。怀素：俗姓钱，字藏真，长沙人，徙家京兆；怀素为玄奘门人；精草书，为唐朝大书法家，人称其狂草："援毫掣电，随手万变。"②独步：独一无二，一时无双。③北溟鱼：《庄子·逍遥游》："北冥有鱼，其名为鲲，鲲之大，不知其几千里也。"北冥即北溟，又谓北海。④中山兔：中山，山名，在安徽省宣城北面，江苏省溧水县南面，该地所产兔毛是制笔的上等材料。⑤高堂：高大的殿堂，也指正厅。⑥宣州：即今安徽宣城县。⑦绳床：即胡床，僧人常用的一种坐具。⑧须臾：片刻，形容时间极短。⑨飘风骤雨惊飒飒：形容怀素作狂草速度极快,如旋风刮过,如暴雨倾泻,飘风骤雨,旋风急雨。⑩茫茫:无边无际的样子。⑪恍恍:心神不定的样子。此句以神鬼惊咤形容怀素狂草感人至深。⑫龙蛇走:龙奔蛇走,以比喻怀素草书盘曲瘦劲的笔画。⑬左盘右蹙:时而回绕,时而急促。⑭楚汉相攻战:项羽与刘邦争天下,战争规

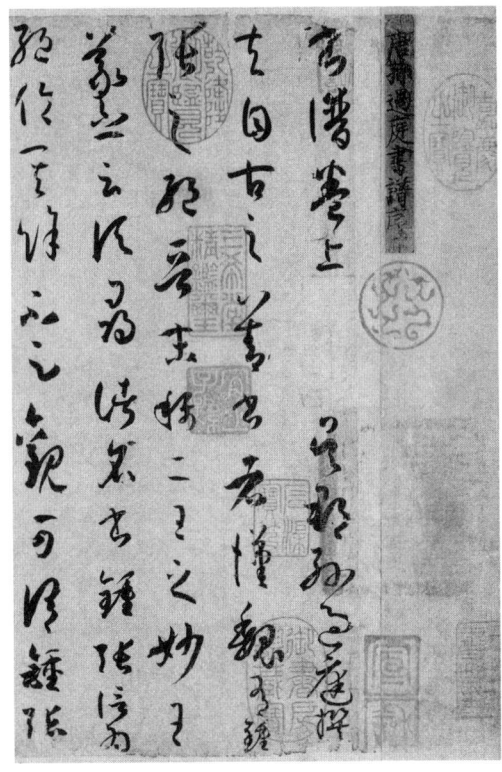

孙过庭《书谱》

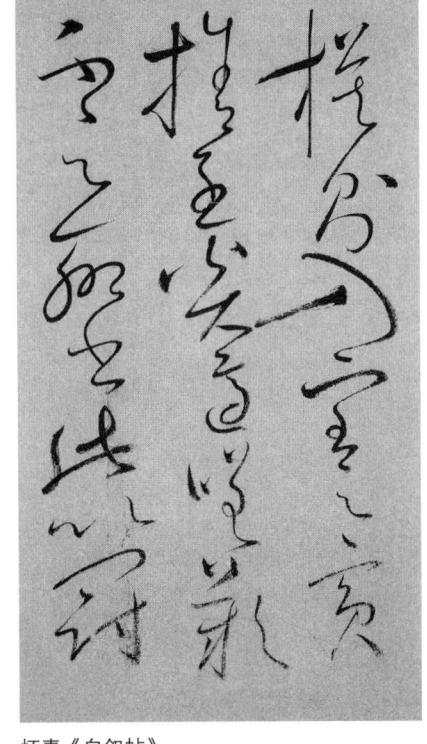

怀素《自叙帖》

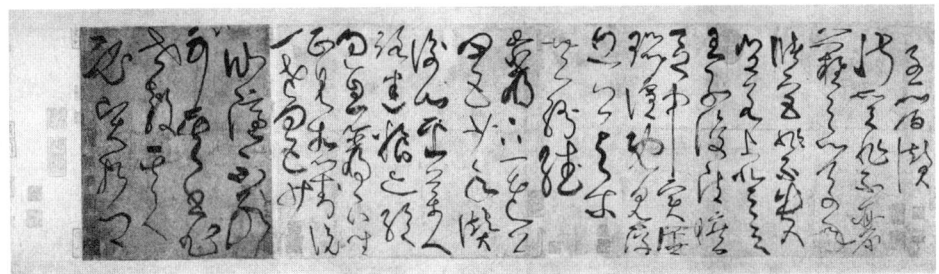

张旭《古诗四帖》

模既大且频繁。此喻观怀素作草书,使人惊心动魄。⑮湖南七郡:洞庭湖之南的长沙、衡阳、桂阳、零陵、连山、江华、邵阳等七郡称湖南七郡。怀素为长沙人,其书迹当于湖南流传为多。⑯屏障:屏风。⑰王逸少、张伯英:东晋大书家王羲之与东汉大书家张芝。⑱浪得名:徒有其名。⑲张颠:唐朝大书家张旭。⑳天生:造化赋予。㉑公孙大娘浑脱舞:杜甫《观公孙大娘弟子舞剑器行》诗序谓:"昔者,吴人张旭善草书书帖,数尝于邺县见公孙大娘舞西河剑器。自此草书长进,豪荡感激。"浑脱舞,唐代舞蹈名,即剑器浑脱舞。

王右军

右军本清真①,潇洒出风尘②。
山阴过羽客③,爱此好鹅宾。
扫素写道经④,笔精妙入神。
书罢笼鹅去⑤,何曾别主人。

〔简析〕东晋时老庄思想盛行,人们以藐视礼法、放浪形骸相尚,王羲之是其中突出者。李白深受道家思想影响,他愤世嫉俗,崇尚自然,行为举止颇似东晋文人。史评李白书法"摆脱尘凡,飘飘乎有仙气",与王羲之"风骨精熟""天姿神似"一脉相承。故对王羲之其人"潇洒"的风度,其书法"笔精妙入神"特别崇拜而赋诗赞誉。本诗选取了王羲之为山阴道士写《道德经》换白鹅临行不与道士道别的小故事,从一个侧面反映了王羲之旷达不羁的性格及高超的书艺。

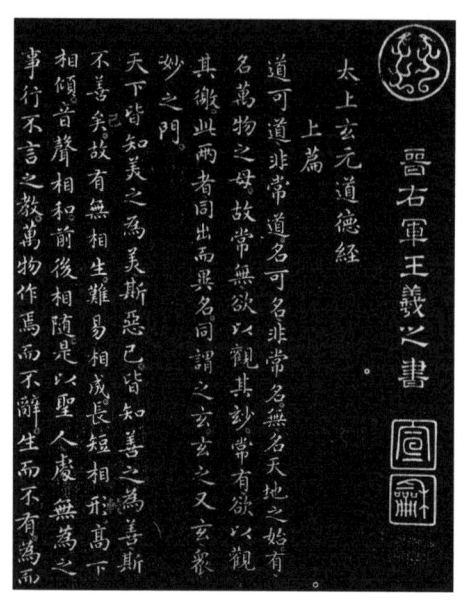

王羲之《道德经》

〔**注解**〕①右军：即王羲之。王羲之曾任右军将军，后世也称其为王右军。②潇洒：神情举止自然大方，不拘束。风尘：谓世俗。③山阴：县名，今浙江绍兴县。羽客：指道士。传说仙人穿羽衣，道家学仙，故称其为羽客或羽人。④扫素：在白色生绢上写字。道经：道家经典《道德经》，老子所著。⑤笼鹅去：《晋书·王羲之传》："（羲之）性爱鹅……山阴有一道士，好养鹅，羲之……固求市之。道士云：'为写《道德经》，当举群相送耳。'羲之欣然写毕，笼鹅而归。"

杜甫（二首）

杜甫（712—770），字子美，尝自称少陵野老，祖籍襄阳（今属湖北），自其曾祖时迁居巩县（今河南巩县西南）。杜审言之孙。早年曾漫游齐鲁、江南，三十五岁入长安，求官未得。安史之乱后，投奔唐肃宗，被任命为左拾遗，不久贬华州司功参军。后入蜀依附剑南节度使严武，任检校工部员外郎。严武死，乘船东下，漂泊于夔州、荆州、潭州等地。病死在湘江船上。有《杜工部集》。

殿中杨监见示张旭草书图

斯人已云亡[1]，草圣秘难得[2]。

及兹烦见示，满目一凄恻[3]。

悲风生微绡[4]，万里起古色[5]。

锵锵鸣玉动[6]，落落群松直[7]。

连山蟠其间[8]，溟涨与笔力[9]。

有练实先书[10]，临池真尽墨[11]。

俊拔为之主[12]，暮年思转极[13]。

未知张王后[14]，谁并百代则[15]。

呜呼东吴精[16]，逸气感清识[17]。

杨公拂箧笥[18]，舒卷忘寝食[19]。

念昔挥毫端，不独观酒德[20]。

〔简析〕张旭生前,杜甫曾在《饮中八仙歌》赞其"张旭三杯草圣传,脱帽露顶王公前,挥毫落纸如云烟"。当杜甫于殿中监杨炎处再一次欣赏其珍藏的张旭草书作品时,张旭已经去世一段时间了。斯人虽亡,所遗作品仍然是那样笔力劲健、气势飞动,俊拔如"锵锵鸣玉动、落落群松直"。反复欣赏,越觉其妙,真可谓达到了出神入化的境界。因而作者认为张旭是与张芝、王羲之并列的传世楷模,是书法史耀眼的巨星。并认为张旭所以取得如此的成就,是其人品、学识与"临池真尽墨"长期实践的综合反映,绝非仅仅借酒兴挥洒而可以取得的。

〔**注解**〕①斯人:指张旭。亡:去世。据此知此诗作于张旭去世后。②草圣:此谓狂草作品。③满目一凄恻:充盈于眼中的是凄凉与悲伤。因杜甫与张旭是朋友,张故去后见其遗迹,自然悲痛异常。④悲风:凄厉的寒风。微绡:生丝织成的薄绢。⑤古色:苍古之色。此句形容张旭书法气势博大,气韵古朴。⑥锵锵鸣玉动:古人佩带玉饰于腰间,行走时相击发声。以此形容张旭书法生动感人。⑦落落群松直:形容张旭草书笔画劲健有力。⑧蟠:曲盘。⑨溟涨:大海。⑩练:白色熟绢。⑪临池:临砚池学习书法。⑫俊拔:俊秀出众。⑬暮年思转极:其晚年追求达到顶点。⑭张王:东汉大书家张芝与东晋书圣王羲之。⑮百代则:长久遵循的楷模。⑯东吴精:张旭为东吴苏州人。此句意为张旭得东吴的精气,是东吴的精英。⑰逸气:清闲脱俗的气韵。清识:高明的见解。⑱杨公:即题中的殿中杨监,指杨炎,杨炎时任殿中监。箧笥:箱式藏物竹器。⑲舒卷忘寝食:意为自己欣赏张旭的草书,卷起展开反复多次,几乎忘了睡觉与吃饭。⑳"念昔挥毫端"两句:意为自己回忆张旭,不只是回忆他的豪饮,更怀念他那从容挥洒的高超书艺。

李潮八分小篆歌

苍颉鸟迹既茫昧①,字体变化如浮云②。
陈仓石鼓又已讹③,大小二篆生八分④。

秦有李斯汉蔡邕，中间作者寂不闻。

峄山之碑野火焚⑤，枣木传刻肥失真⑥。

苦县光和尚骨立⑦，书贵瘦硬方通神⑧。

惜哉李蔡不复得⑨，吾甥李潮下笔亲⑩。

尚书韩择木⑪，骑曹蔡有邻⑫。

开元已来数八分，潮也奄有二子成三人⑬。

况潮小篆逼秦相，快剑长戟森相向⑭。

八分一字直百金，蛟龙盘拏肉屈强⑮。

吴郡张颠夸草书⑯，草书非古空雄壮⑰。

岂如吾甥不流宕⑱，丞相中郎丈人行⑲。

巴东逢李潮⑳，逾月求我歌㉑。

我今衰老才力薄，潮乎潮乎奈汝何㉒。

〔简析〕晚年漂泊于四川、湖北、湖南等地的杜甫，无意中遇到了其外甥李潮。经过一个多月的相处，杜甫不但深入地了解了李潮的为人，对其书法造诣也非常欣赏。在李潮的请求下，杜甫写了这首《李潮八分小篆歌》，对李潮所擅长的隶书、小篆加以评价。杜甫认为，李潮的书法直接继承了李斯、蔡邕的余韵。其隶书水平相当高，足以与当时著名隶书大家韩择木、蔡有邻并驾齐驱，鼎足而三；其小篆更为杰出，直逼小篆字体的规范整理者秦丞相李斯。李潮书法结体特点是中规中矩，方正古雅；用笔特点是细劲瘦硬。杜甫认为非常难得，非常珍贵，并提出"书贵瘦硬方通神"的观点。范文澜在《中国通史简编》一书中认为这一评价是唐朝颜真卿书体流行前后的评书标准。也有人认为李潮即是唐朝篆书大家李阳冰。

〔注解〕①苍颉：又作仓颉或皇颉。姓侯冈，相传其曾任黄帝的左史。鸟迹：许慎《说文解字·序》："黄帝之史仓颉，见鸟兽蹄迒之迹，知分理之可相别异也，初造书契。"茫昧：模糊不清貌。②浮云：比喻字体变幻无定。③陈仓石鼓：在陈仓出土的石鼓。石鼓，用石头打琢成鼓形，周围刻有文字的器物，是我国稀世之宝，共十个；其文字内容记颂帝王田猎游宴等事，因此又称"猎碣"。石鼓出土于雍县南二十里三畤原，说陈仓并不确切。④八分：八分书，或即指隶书。⑤峄山之碑：即《峄山刻石》。秦始皇二十八年（公元前219年），秦始皇东巡登峄山，丞相李斯等为其颂德刻石，该石刻相传为李斯所书。据《封氏闻见记》一书记载：此刻石后被魏太武帝推倒，邑人用火烧毁。⑥枣木传刻：枣木坚硬，古代常用作翻刻碑帖。这里指《峄山刻石》的枣木翻刻本。唐窦蒙《述书赋注》："李斯，上蔡人，终秦丞相。作小篆书《峄山碑》，后具名衔。碑既毁失，土人刻木代之，与斯石上本差稀。"⑦苦县：即今河南省鹿邑县，此指苦县《老子碑》。光和：指《樊毅碑》，相传为蔡邕所书。因碑立于汉灵帝光和年间，故以光和指代。宋《潘子真诗话》："《北岳碑》，后汉光和二年立。苦县老子庙亦汉碑，其字刻极劲。杜诗所谓'苦县光和尚骨立，书贵瘦硬方通神'。苦县、光和谓二碑也。"骨立：人极消瘦称骨立。此指书法笔画崇尚瘦劲。⑧瘦硬：笔画纤细而劲直有力。⑨李蔡：李斯与蔡邕。⑩李潮：盛唐篆书、隶书书法家。宋赵明诚《金石录·唐慧义寺弥勒像碑》称："潮书……今石刻在者绝少，惟此碑与《彭元曜墓志》尔，余皆得之。其笔法亦不绝工，非韩蔡比也。"又一说，李潮即唐朝篆书大家李阳冰。⑪韩择木：唐朝著名书家，善隶书。韩择木曾任工部尚书，是唐朝大文学家韩愈的叔

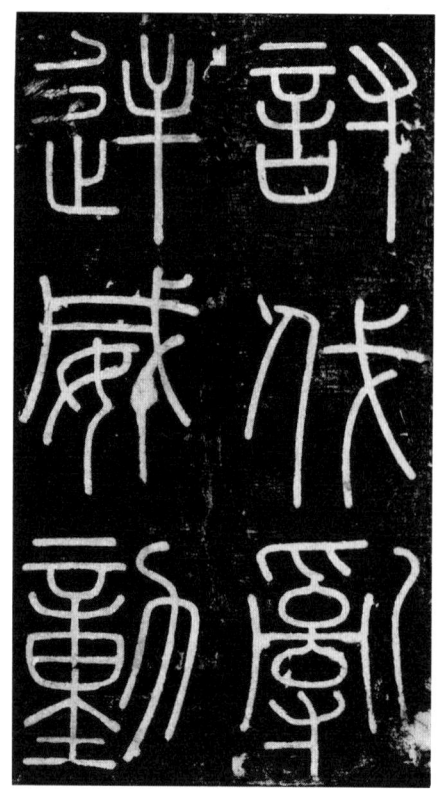

李斯《峄山碑》

父。⑫蔡有邻：唐朝书法家，善隶书。活动于唐玄宗开元、天宝年间。⑬奄有：共同有。指李潮与韩择木、蔡有邻同为当时著名书家。⑭快剑长戟：形容李潮书法笔画劲利非凡。⑮盘拿：笔画盘曲作攫拿状。屈强：即倔强。刚直而不顺从的样子。⑯吴郡张颠：张旭为吴郡人。⑰雄壮：声势强大。⑱流宕：放荡。⑲丞相中郎：指李斯与蔡邕。丈人行：长者辈分。谓李斯、蔡邕是李潮的老师。⑳巴东：县名。属湖北省，因在巴水之东而得名。㉑逾月：超过一个月。指相处一段时间。㉒奈汝何：怎么应付你的请求。自谦之词。

皎然（二首）

皎然（约720 — 约795），唐朝著名诗僧，本姓谢，自称为南朝谢灵运十世孙。湖州（今属浙江）人。文章得颜真卿、韦应物称赞。有《皎然集》《诗式》等。

张伯高草书歌

伯英死后生伯高①，朝看手把山中毫②。
先贤草律我草狂③，风云阵发愁钟王④。
须臾变态皆自我⑤，象形类物无不可⑥。
阆风游云千万朵⑦，惊龙蹴踏飞欲堕⑧。
更睹邓林花落朝⑨，狂风乱搅何飘飘。
有时凝然笔空握⑩，情在寥天独飞鹤⑪。
有时取势气更高⑫，忆得春江千里涛。
张生草绝难再遇⑬，草罢临风展轻素⑭。
阴惨阳舒如有道⑮，鬼状魑容若可惧⑯。
黄公酒垆兴偏入⑰，阮籍不嗔嵇亦顾⑱。
长安酒榜醉后书⑲，此日骋君千里步。

〔简析〕此诗为赞张旭狂草而作。张旭的狂草一改前人轨辙，由"草律"变而为"草狂"。狂草最大的特点在于尽情发挥自我,淋漓酣畅,写情写意。这种写意的狂草又与象形类物有着很密切的关系,它给人以联想、启迪。这也是狂草得到唐朝诗人们酷好的一个很重要原因。此诗由三部分组成。首四句点出张旭草书与其他书家有不同之处是律与狂的不同,是模仿他人与自创新派的不同。中间一大段写张旭的狂草源于物象、穷于物象,有险劲如"惊龙蹴踏飞欲堕",有飘逸如狂风搅落花,有闲雅如长天孤鹤,也有波澜起伏如千里波涛,以物象比喻书法,给人们以较多的联想。最后八句以见张旭遗墨而生无限感慨作结。

〔注解〕①伯英:东汉大书家张芝字伯英,善草书,有"草圣"之称。伯高:唐朝大书家张旭字伯高,张旭亦有"草圣"之称。②山中毫:山中野兽如兔等毫毛所制的笔。晋卫铄《笔阵图》:"笔要取崇山绝仞中兔毫。"③草律:指草书注重规矩,拘谨而少恣肆之势。草狂:草书狂逸放肆,挥洒自如。④风云:喻才高卓识。李白《猛虎行》:"楚人每道张旭奇,心藏风云世莫知。"钟王:大书家钟繇与书圣王羲之。⑤须臾:片刻。自我:从我起始。⑥象形类物:指张旭的狂草寓有深刻广泛的内容。韩愈《送高闲上人序》:"喜怒、窘穷、忧悲、愉佚、怨恨、思慕、酣醉、无聊、不平,有动于心,必于草书焉发之。观于物,见山水崖谷,鸟兽、虫鱼、草木之花实……可喜可愕,一寓于书。"⑦阆风:山名。相传阆风在昆仑之巅,为仙人所居。⑧蹴(cù):践踏。⑨睹:看见。邓林:神话传说中的树林。《山海经·海外北经》:"夸父与日逐走,入日,渴欲得饮。饮于河渭,河渭不足,北饮大泽。未至,道渴而死,弃其杖,化为邓林。"⑩凝然:聚精会神的样子。⑪寥天:空虚寂静的苍天。⑫取势:选择姿态。⑬草绝:指品格极高的草书。曾有"王小令草书,古今称草绝"之谓。⑭轻素:薄软的白色生绢。⑮阴惨阳舒:指秋冬惨淡朦胧之色与春夏明丽晴朗之色。张衡《西京赋》:"夫人在阳时则舒,在阴时则惨,此牵乎天者也。"《注》:"阳谓春夏,阴谓秋冬。"⑯鬼状魑(chī)容:鬼魑本意为鬼怪。此指张旭草书气势逼人、惊心动魄。⑰黄公酒垆：晋代酒家名。《世说新语·伤逝》："王濬冲……经黄公酒垆下过，顾谓后车客：'吾昔与嵇叔夜、阮嗣宗共酣饮于此……自嵇生夭阮公亡以来，便为时所羁绁，今日视此虽近，邈若山河。'"⑱阮籍：三国末期著名诗人。"竹林七贤"之一。嵇：嵇康，字叔夜，三国末期著名诗人，"竹林七贤"之一。⑲酒榜（bǎng）：酒店的牌匾。

陈氏童子草书歌

书家孺子有奇名①，天然大草令人惊②。
僧虔老时把笔法③，孺子如今皆暗合④。
飙挥电洒眼不及⑤，但觉毫端鸣飒飒⑥。
有时作点险且能，太行片石看欲崩⑦。
偶然长掣浓入燥⑧，少室枯松欹不倒⑨。
夏室炎炎少人欢⑩，山轩日色在阑干⑪。
桐花飞尽子规思⑫，主人高歌兴不至。
浊醪不饮嫌昏沉⑬，欲玩草书开我襟。
龙爪状奇鼠须锐⑭，冰笺白皙越人惠⑮。
王家小令草最狂⑯，为予挥洒惊腾势⑰。

〔简析〕自张旭创其格，怀素继其踪，恣肆狂放的大草书成为当时社会流行书体。狂草的作者既多，好尚欣赏者更多，从而使唐朝书风为之一变。尚未成年的陈氏童子竟然有较高的狂草造诣，放笔狂书，气势咄咄逼人，无怪乎前辈老诗僧要作长歌为之宣扬了。此诗从一个侧面反映了唐朝狂草流行的盛况。诗分为两部分，前十句从正面写童子作书时的神情及作品特点；后十句从侧面写陈氏童子作品感人至深。然而，童子毕竟尚未成年，书法根基稚嫩且不牢固即随意挥洒，并不是一件好事。果然，他只是少年时期有辉煌，后来便悄无声息了，成为书坛一位来去匆匆的过客。

〔注解〕①孺子：犹言小子，指年幼者。②天然：天赋。大草：一种与小草相对称的草书体。指今草中形体较大，笔画更简省，体势更放纵的草书；一般将张旭、怀素草书作品称为大草。③僧虔：王僧虔，是南朝宋齐二朝著名大书家。梁武帝《古今书人优劣评》："僧虔书如王、谢家子弟，纵复不端正，奕奕皆有一种风流气骨。"传世作品有《王琰帖》等，著作有《论书》《笔意赞》等。把笔法：执笔方法。唐韩方明《授笔要说》："第四握管。谓捻拳握管于掌中，悬腕，以肘助力书之。……后王僧虔用此法，盖以异于人故，非本为也。"④暗合：指非出于有意而相合。⑤飙（biāo）挥电洒：形容狂草气势速度像狂风闪电般。飙，狂风。⑥毫端：笔下。飒飒：风声雨声。⑦太行：山名，绵延山西、河北、河南三省界的大山脉，又名五行山、王母山、女娲山等。此以太行片石喻点的险劲。晋卫铄《笔阵图》："点如高峰坠石，磕磕然实如崩也。"⑧长掣：长撇。唐颜真卿《述张旭笔法十二意》："又曰：'决谓牵掣，子知之乎？'曰：'岂不谓牵掣为撇，锐意挫锋，使不怯滞，令险峻而成，以谓之决乎？'"⑨少室：山名，在河南登封县北，嵩山西；东太室，西少室，相距七十里，总名嵩山，因山有石室而得名。此以少室枯松形容劲健的撇笔画。攲（qī）：斜，倾侧。⑩炎炎：热气炽盛，灼热。⑪山轩：筑于山中有窗的长廊或小屋子。阑干：用竹木等做成的遮拦物。⑫子规：鸟名，即杜鹃。⑬浊醪（zhuóláo）：浊酒。⑭龙爪：龙爪书，书法的一种。宋朱长文《墨池编》卷一《梦英十八体

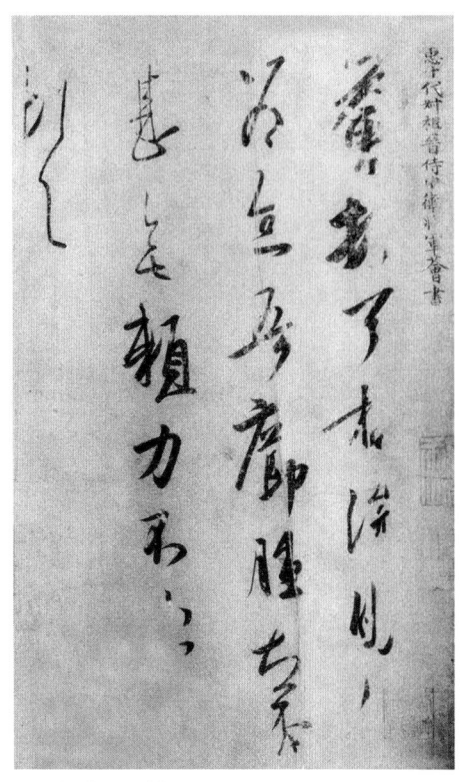

王僧虔《王琰帖》

书》："龙爪篆者，晋右将军王羲之曾游天台，还至会稽，值风月清照，夕止兰亭，吟咏之末，题柱作一'飞'字，有龙爪之形焉，遂称'龙爪书'。其势若龙蠖虎振，拔剑张弩。"鼠须：鼠须笔。以老鼠须所制的笔。刘义庆《世说新语》："王羲之得用笔法于白云先生，先生遗之鼠须笔。"⑮笺：指白细如冰的纸张。白皙：本指人肤色洁白。比喻纸质地白细。越人：越国人，此泛指南方人。⑯王家小令：指东晋书法家王珉。珉字季琰，琅邪临沂人。王导孙，王珣弟。王珉书法与王献之齐名，因王珉代王献之为中书令，故时称王献之为大令，王珉为小令。⑰挥洒惊腾势：形容运笔奔腾跳宕，毫不拘束。

贾耽（一首）

贾耽（730—805），字敦诗，沧州南皮（今属河北）人。天宝年间举明经，曾任县尉、员外郎等官职。后由州刺史升任鸿胪卿，官至右仆射同中书门下平章事。在相位十三年。擅书，明陶宗仪《书史会要》卷五说贾耽"正书宗虞世南"。

赋虞书歌

众书之中虞书巧①，体法自然归大道②。
不同怀素只攻颠，岂类张芝惟创草。
形势素③、筋骨老④，父子君臣相揖抱⑤。
孤青似竹更飕飗⑥，阔白如波长浩渺⑦。
能方正⑧、不隳倒⑨，功夫未至难寻奥⑩。
须知孔子庙堂碑⑪，便是青箱中至宝⑫。

〔简析〕这是唐朝人唯一一首歌颂楷书的诗歌。虞世南楷书"萧散洒落"，"不外耀锋芒而内含筋骨"。其书体被尊为"虞体"，特别受唐太宗的推崇。由于学其楷书者众多，致使虞世南书写的《孔子庙堂碑》立碑不久，即因拓摹过甚，碑文字迹漫漶模糊而不能再拓。然而随着颜真卿健壮的筋书

虞世南《孔子庙堂碑》

盛行,虞世南这种儒雅萧散的书法逐渐被世人冷落。虞世南书法直接继承"二王",最得晋韵,其书法被淡忘,实际是晋人风韵的衰落。此诗最后一句是写实而非夸张,足以反映虞世南楷书在当时的影响之大。

〔注解〕①虞书:虞世南书体。虞世南为初唐大书法家,其书体冲和雍容,立唐楷法式,与欧阳询齐名,称欧虞。②体法自然:书法格局法式不造作。大道:正道。③形势素:形体朴素纯正。④筋骨老:点画骨肉相济老成。⑤父子君臣相揖抱:指字的结构匀称紧凑。⑥飕飖:风雨的声音。⑦浩渺:盛大旷远的样子。⑧方正:端平正直。⑨巂(huī)倒:毁坏。⑩功夫未至难寻奥:造诣未达到一定程度难以得其奥妙之处。⑪孔子庙堂碑:虞世南撰并书。正书,额篆书六字。唐高祖武德九年(626)立,记唐高祖封孔德伦为褒圣侯并新修孔庙事。原石毁于唐贞观年间,后武则天命相王李旦重刻,亦毁。⑫青箱:谓世传家学。

苏涣(一首)

苏涣,眉州眉山(今四川眉山)人。与杜甫同时稍后。初习武,放白弩,巴人称其为"弩跕"。后弃旧业学文,中进士,任御史官。又佐湖南崔瓘幕府,崔瓘被害后,到岭南策动哥舒晃在广、交造反。事起后,被路嗣恭平息,苏涣遇害。

怀素上人草书歌

张颠没在二十年①,谓言草圣无人传。
零陵沙门继其后②,新书大字大如斗。
兴来走笔如旋风③,醉后耳热心更凶。
忽如裴旻舞双剑④,七星错落缠蛟龙⑤。
又如吴生画鬼神⑥,魑魅魍魉惊本身⑦。
钩锁相连势不绝,倔强毒蛇争屈铁⑧。
西河舞剑气凌云⑨,孤蓬自振唯有君⑩。
今日华堂看洒落⑪,四座喧呼叹佳作。
回首邀余赋一章,欲令羡价齐钟张⑫。
琅诵□句三百字,何似醉僧颠复狂。
忽然告我游南溟⑬,言祈亚相求大名⑭。
亚相书翰凌献之⑮,见君绝意必深知⑯。
南中纸价当日贵⑰,只恐贪泉成墨池⑱。

〔简析〕怀素的草书笔力劲健,章法变化莫测。得见其作品则足以使人惊心动魄,"豪荡感激",况且能亲眼见其当场挥毫表演!苏涣为绿林豪杰出身的文士,而怀素是寓身沙门的书家,他们的特殊经历、特殊身份,使他们之间的感情交流更深,故怀素请苏涣就其草书作诗评说。苏涣在怀素行将南下时写下此诗颂扬其书,二送其人。估计唐诗人多写怀素草书歌,有主动写的,也有不少是被动写的。诗中"回首邀余赋一章"就透出消息,怀素很会炒作自己,邀诗人作诗颂扬自己的草书,或许书以诗传,也可能诗以书传,二者都得利。既可扬名当时,又可能垂名后世,何乐而不为之。

〔**注解**〕①张颠:张旭。没在:不生存,去世。②零陵沙门:指怀素。零陵,地名,怀素为湖南零陵人。沙门,佛家语,原意为勤思,后来用以指代僧人。③走笔：挥笔疾书。④裴旻：唐开元年间人，擅舞剑。裴旻的舞剑与李白的诗歌、张旭的狂草在当时合称为"三绝"。⑤七星：北斗七星。指镶嵌有七星形玉饰的宝剑。⑥吴生：唐朝著名画家吴道子，擅画鬼神人物。⑦魑魅魍魉惊本身：谓怀素的狂草奇异怪伟，使自己惊奇不已。⑧倔强：直傲不屈于人。毒蛇争屈铁：形容劲曲的草书笔画。⑨西河舞剑：西河剑器是唐朝流行的剑器舞蹈名。杜甫《观公孙大娘弟子舞剑器行》诗序："昔者，吴人张旭善草书帖，数尝于邺县见公孙大娘舞西河剑器，自此草书长进。"⑩孤蓬自振：谓从孤蓬振飞中悟出草书的笔法。唐陆羽《怀素别传》载《释怀素与颜真卿论草书》："怀素与邬彤为兄弟，常从彤受笔法。彤曰：'张长史私谓彤曰："孤蓬自振，惊沙坐飞，余自是得奇怪。"草圣尽于此矣。'"⑪华堂：装饰华丽的厅堂。洒落：爽利自然，毫不拘束。⑫羡价：饶足的声望地位。钟张：钟繇、张芝。⑬南溟：一作南冥，这里指广州。⑭言祈亚相：此指拜访求见在广州任职的书法家徐浩。秦汉官制，以御史大夫为丞相的副职，丞相缺位，由御史大夫递补，后来称御史大夫为亚相。徐浩曾任御史大夫，故尊称其为亚相。⑮书翰：书法作品，书法造诣。⑯绝意：独特的意趣。指书法。⑰南中：泛指祖国的南方。⑱贪泉：水名，在今广东省南海县西北。贪泉又名石门水，相传人饮此水后心即变贪。晋吴隐之为广州刺史，酌贪泉水饮后赋诗："古人云此水，一歃怀千金。试使夷齐饮，终当不易心。"本句意为贪泉由于怀素作书洗笔，可以去掉贪的恶名而改称墨池了。

马云奇（一首）

马云奇，与怀素同时人。唐代宗大历六年（771）至唐德宗建中二年（781）在甘州（今甘肃张掖）长官幕府中任职，参加了甘州保卫战。建中二年（781）吐蕃攻破甘州，马云奇被俘，被押往临蕃城边的得倍。

怀素师草书歌

怀素才年三十余，不出湖南学草书。

大夸羲献将齐德①，功比钟繇也不如。

畴昔阇梨名盖代②，隐秀于今墨池在③。

贺老遥闻怯后生④，张颠不敢称先辈⑤。

一昨江南投亚相⑥，尽日花堂书草障⑦。

含毫势若斩蛟龙⑧，挫管还同断犀象⑨。

兴来索笔纵横扫，满坐词人皆道好。

一点三峰巨石悬⑩，长画万岁枯松倒⑪。

叫啖忙忙礼不拘⑫，万字千行意转殊。

紫塞傍窥鸿雁翼⑬，金盘乱撒水晶珠⑭。

直为功成岁月多，青草湖中起墨波⑮。

醉来只爱山翁酒，书了宁论道士鹅⑯。

醒前犹自记华章⑰，醉后无论绢与墙。

眼看笔掉头还掉⑱，只见文狂心不狂⑲。

自倚能书堪入贡⑳，一盏一回捻笔弄㉑。

壁上飕飕风雨飞㉑，行间屹屹龙蛇动㉓。

在身文翰两相宜㉔，还如明镜对西施。

三秋月澹青江水，二月花开绿树枝。

闻道怀素西入秦，客中相送转相亲。

君王必是收狂客，寄语江潭一路人㉕。

〔简析〕怀素到广州后不久又决定离开，是其书法风格与徐浩差别太大而见解不同，还是感觉到京城长安后会有更大的发展空间不得而知。此诗是怀素去京城之前作者与其作别时而创作的。作者认为，由于怀素肯于刻苦钻研，至三十几岁时其书法已经独具风韵，达到出神入化的境界，使当时的草书大家贺知章、张旭自愧不如。接下来作者对怀素作书特点加以介绍，如其作书往往在喝酒以后，执笔姿势也较特殊，手指捏住笔管顶端，运笔时速度极快且不断高声呼喊，情绪激奋。特别注重草书章法的安排，千变万化，错落有致，神鬼莫测，使欣赏者觉回肠荡气。诗的结尾写自己与怀素俱在客中，客中送客别有一番滋味。同时对怀素入京展示书法成就，认为一定会取得好的回报，不但会得到最高统治者的青睐，而书名更会因此而大振。

[**注解**]①羲献：王羲之、王献之。齐德：相同的品德。②畴昔：从前。阇（shé）梨：梵语，僧徒的老师，意译为轨范师。意为能纠正弟子的品行，为弟子的规范。③隐秀：幽雅。④贺老：唐朝著名书法家贺知章。后生：少年后辈。⑤张颠：张旭。⑥亚相：指唐朝书法家徐浩。见苏涣《怀素上人草书歌》注。⑦花堂：画堂，装饰富丽的厅堂。⑧含毫：以口润笔。⑨挫管：即挫锋。指运笔时突然停止，以改变方向的动作。清朱履贞《书学捷要》："草书尤重此法，则断续顾盼，转折分明。"断犀象：卫夫人《笔阵图》说永字八法中的撇画如"陆断犀象"。⑩一点三峰巨石悬：形容点画的险峻。卫夫人《笔阵图》说点画"如高峰坠石，磕磕然实如崩也"。⑪长画万岁枯松倒：形容笔画苍劲有力。⑫叫啖（dàn）：呼喊吃东西。此谓大声索酒饮。⑬紫塞傍窥鸿雁翼：形容书意秀野开阔。⑭金盘乱撒水晶珠：形容书法字字珠玑，珍贵异常。⑮青草湖：古代五湖之一，因其南有青草山，故名。⑯道士鹅：用王羲之书《道德经》与山阴道士换鹅故事。⑰华章：华美的诗文。⑱笔掉头还掉：还转笔锋与抬头低头。⑲文狂心不狂：笔底书法狂放而胸有成竹，意在笔先。⑳入贡：向皇帝进献。㉑捻笔：捻管，作大草书的一种执笔方法，以大指、食指、中指、无名指捏住笔管顶端，站立作书。㉒飕飕：风雨声。㉓屹屹：高崇的样子。㉔文翰：文章翰墨。㉕江潭：江的深处。

戴叔伦（一首）

戴叔伦（732—789），字幼公（一作次公），润州金坛（今江苏常州金坛）人。唐朝著名诗人。曾任抚州刺史，行均水法，有政声。官至容管经略使。晚年上书自请为道士。

怀素上人草书歌

楚僧怀素工草书，古法尽能新有余①。
神清骨竦意真率②，醉来为我挥健笔。
始从破体变风姿③，一一花开春景迟。
忽为壮丽就枯涩④，龙蛇腾盘兽屹立⑤。
驰毫骤墨剧奔驷⑥，满座失声看不及⑦。
心手相师势转奇，诡形怪状翻合宜⑧。
有人若问此中妙，怀素自言初不知⑨。

〔简析〕怀素醉中应本诗作者之请，奋笔为其作草书。真率的神情，陶醉于艺术之中；高超的书意，法古而自出新意，使作者钦服不已，写下了此诗。从诗中叙述可知，此书迹起始行草书相杂，在平和中透出生意，故用春景形容；中部笔致纵逸，用"龙蛇腾盘兽屹立"形容其瑰丽；后部用笔狂放似骏马骤驰，结体、章法成"诡形怪状"，创作进入最佳境界。而这种创作佳境既是"心手相师"，又是"心不知手，手不知心"。

〔**注解**〕①古法尽能新有余：在全面继承传统技法的基础上又自出新意。②真率：直爽坦率。③破体：王献之书变王羲之行书体而行草书并用，故称之为破体。徐浩《论书》："厥后钟善真书，张称草圣，右军行法，小令破体，皆一时之妙。"④壮丽就枯涩：雄伟华丽转为枯笔涩行。⑤腾盘：上升盘施。屹立：矗立不动。⑥驰毫骤墨剧奔驷：行笔洒墨如急速奔驰的骏马。⑦失声：不自禁地发出赞叹声。⑧合宜：适宜。⑨自言初不知：指创作进入情不由己的境地。

任华（一首）

任华，与李白、杜甫同时或后人，唐代文学家。青州（今属山东淮坊）人。活动于唐玄宗时期。先任秘书省校书郎，后出为桂州刺史参佐。工书擅诗，传世诗三首，一咏李白，一咏杜甫，一即此诗。

怀素上人草书歌

吾尝好奇，古来草圣无不知①，

岂不知右军与献之②。

虽有壮丽之骨③，恨无狂逸之姿④。

中间张长史⑤，独放荡而不羁⑥，

以颠为名倾荡于当时⑦。

张老颠，殊不颠于怀素。

怀素颠，乃是颠。

人谓尔从江南来，我谓尔从天上来。

负颠狂之墨妙⑧，有墨狂之逸才⑨。

狂僧前日动京华⑩，朝骑王公大人马⑪，

暮宿王公大人家。

谁不造素屏？谁不涂粉壁？

粉壁摇晴光，素屏凝晓霜。

待君挥洒兮不可弥忘⑫。

骏马迎来坐堂中，金盆盛酒竹叶香⑬。

十杯五杯不解意⑭，百杯已后始颠狂。

一颠一狂多意气，大叫一声起攘臂⑮。

挥毫倏忽千万字⑯，有时一字两字长丈二。

翕若长鲸泼刺动海岛⑰，欻若长蛇戍律透深草⑱。

回环缭绕相拘连[19]，千变万化在眼前。
飘风骤雨相击射[20]，速禄飒拉动檐隙[21]。
掷华山巨石以为点[22]，掣衡山阵云以为画[23]。
兴不尽，势转雄，恐天低而地窄。
更有何处最可怜[24]，袅袅枯藤万丈悬[25]。
万丈悬，拂秋水，映秋天。
或如丝，或如发，风吹欲绝又不绝。
锋芒利如欧冶剑[26]，劲直浑是并州铁[27]。
时复枯燥何褵褷[28]，忽觉阴山突兀横翠微[29]。
中有枯松错落一万丈[30]，倒挂绝壁蹩枯枝[31]。
千魑魅兮万魍魉[32]，欲出不可何闪尸[33]。
又如翰海日暮愁阴浓[34]，忽然跃出千黑龙。
夭矫偃蹇[35]，入乎苍穹[36]。
飞沙走石满穷塞，万里飕飕西北风。
狂僧有绝艺，非数仞高墙不足以逞其笔势。
或逢花笺与绢素，凝神执笔守恒度[37]。
别来筋骨多情趣，霏霏微微点长露[38]。
三秋月照丹凤楼[39]，二月花开上林树[40]。
终恐绊骐骥之足[41]，不得展千里之步。
狂僧狂僧，尔虽有绝艺，犹当假良媒[42]。
不因礼部张公将尔来[43]，如何得声名一旦喧九垓[44]。

〔简析〕此诗作于怀素已经来到唐朝的都城长安之后。在众多咏怀素草书诗作中，此诗是最长的一首，比较全面地反映了怀素的草书特点。诗中句子长短不齐，从三言一句到十一言一句都有，甚至引入了散文句式。诵读起来铿锵动听，缓急错落，如怀素的草书作品一样极富节奏感。诗由以下四部分构成：首先，作者肯定了怀素的草书是其独到的、前无古人的。他既没有承接

"无狂逸之姿"二王的小草书,也没有完全模仿狂草前辈张旭的笔踪,而是别出新意,自成一家。由此,他的作品得到了广泛的好评与尊崇,特别是京城朝贵们狂热追捧,受到"朝骑王公大人马,暮宿王公大人家"的特殊待遇。第二部分多用形容与比喻反映怀素草书笔画与章法特点。"大叫一声起攘臂。挥毫倏忽千万字,有时一字两字长丈二。""回环缭绕相拘连,千变万化在眼前",是写实。说明怀素酒后作书胸有成竹,运笔速度飞快,一气呵成,毫无迟疑滞凝。章法多变,字与字讲求呼应揖让,大小长短富于变化。诗中以华山巨石形容点的锋棱与峻厚,以万丈枯藤比喻用曲郁笔法写成的竖画,以万丈枯松比喻一扫而下的竖画,以千里阵云形容笔画的沉稳厚重,以欧冶剑形容笔画的爽利,以并州铁形容笔画的劲直。其后一些咏草书诗作中往往采用此类形容与比喻写作者欣赏书法作品时的一些感受。第三部分点明怀素除了于高墙巨壁作大狂草书,也善于花笺小幅作俊逸的小草书。"三秋月照丹凤楼,二月花开上林树"格调雍容清丽,又别是一番风韵。诗的结尾处揭示一个道理,千里马需要伯乐去发现。作者认为,如果没有张谓这样的人为怀素呼吁推荐,即使是怀素的书法再好也可能被埋没,怀素是幸运的。

〔**注解**〕①草圣:对草书有最高成就者的美称。②右军:王羲之。③壮丽:雄伟华丽。④狂逸:放荡超绝。⑤张长史:张旭。⑥放荡:放任自由。不羁:豪放不甘受约束。⑦倾荡:倾侧动荡。⑧颠狂:喜怒往往出人意料之外。⑨逸才:才智出众的人。⑩京华:京都,指长安。京都是文物、人才集萃之处,故称京华。⑪王公大人:天子、诸侯、大官、贵族。⑫挥洒:挥笔洒墨,形容用笔自如。⑬竹叶:酒名。⑭不解意:不介意,不放在心上。⑮攘臂:捋衣袖出臂膀。⑯倏忽:极短的时间。⑰泼剌:鱼跃的声音。⑱欻(xū)若:忽然像。长

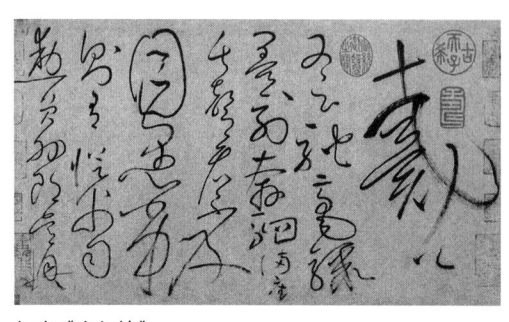

怀素《自叙帖》

蛇戌律透深草：形容书法痛快流畅。怀素云："吾观夏云多奇峰，辄常师之。其痛快处如飞鸟出林，惊蛇入草。"戌律，蛇盘曲游动的样子。⑲缭绕：回环旋转。⑳飘风骤雨：旋风急雨。㉑速禄飒拉：快速飞动的样子。㉒华山：在陕西华阴县，世称西岳，为五岳之一。㉓衡山：在湖南省，一名岣嵝（gǒu lǒu）山，为五岳之一的南岳。㉔可怜：可爱。㉕袅袅：修长摇曳的样子。㉖欧冶剑：欧冶制造的宝剑。欧冶，春秋时冶工，以铸剑著名，曾经为越王铸湛卢、巨阙、鱼肠、纯钩和胜邪五柄剑，后又与干将为楚王铸龙渊、泰阿、工布剑。㉗劲直：刚正不屈。并州铁：并州，古州名：其地含今山西太原、大同等地，以产良铁著名。㉘枯燥：枯槁干燥。褵褷（lí shī）：羽毛初生的样子。用以形容笔画在枯燥中仍具有欣欣生气。㉙阴山：山名，在今河套以北，大漠以南。突兀横翠微：高崇青葱的山色。㉚错落：交错缤纷。㉛蹙（cù）：踏。㉜魑魅：山中的神怪。魍魉：水神。㉝闪尸：暂现的样子。㉞翰海：古代北海名。㉟夭矫：屈伸自如。偃蹇：回翔灵活。㊱苍穹：天空。㊲凝神：聚精会神。恒度：很长时间。㊳霏霏：纷飞幽静的样子。㊴三秋：农历九月。丹凤楼：皇帝的官殿。㊵上林：皇帝的苑名。㊶骐骥：良马。㊷良媒：善于说媒的人。㊸礼部张公：指张谓。张谓曾到处延誉怀素，使其声名大振。怀素《自叙帖》中曾引其赞怀素草句："奔蛇走虺势入座，骤雨旋风声满堂。"㊹九垓：天空最高远的地方，就是九重天的意思。

王邕（一首）
王邕（生卒年不详），中唐时人，曾任永州等地牧守。

怀素上人草书歌

衡阳双峡插天峻①，青壁巉巉万余仞②。
此中灵秀众所知③，草书独有怀素奇。
怀素身长五尺四，嚼汤诵咒吁可畏④。
铜瓶锡杖倚闲庭⑤，斑管秋毫多逸意⑥。

或粉壁，或彩笺，蒲葵绢素何相鲜⑦。
忽作风驰如电掣，更点飞花兼散雪。
寒猿饮水撼枯藤，壮士拔山伸劲铁⑧。
君不见张芝昔日称独贤，君不见近日张旭为老颠。
二公绝艺人所惜⑨，怀素传之得真迹。
峥嵘蹙出海上山⑩，突兀状成湖畔石⑪，
一纵又一横，一欹又一倾。
临江不羡飞帆势⑫，下笔长为骤雨声⑬。
我牧此州喜相识，又见草书多慧力⑭。
怀素怀素不可得，开卷临池转相忆⑮。

〔简析〕本诗的作者曾在怀素的家乡任地方官，因为爱好书法与怀素的关系一直很密切，并且手头藏有怀素的草书精品。这首诗创作于怀素离开湖南到达都城长安之后，因而对于怀素也只能是"开卷临池转相忆"了。怀素也很看重王邕的这首诗，在《自叙帖》中引用了诗中"寒猿饮水撼枯藤，壮士拔山伸劲铁"两句诗，认为这两句诗形容其草书的形体非常贴切。此诗的另一个特点是除怀素书法外，其他方面情况也有所涉及。比如怀素的身高，以及他也如一般僧人一样进行一些"嚼汤诵咒"的法事活动等，无疑对研究怀素有一定的帮助。

〔**注解**〕①衡阳：县名，在湖南省南部。县境内有衡山，有峰名回雁峰，即此句中的双峡。②巉巉：山势高峻的样子。③灵秀：神奇秀美。④嚼汤诵咒：古时迷信，僧人、道人俱画符念咒喷水以治病祛邪。据此可知怀素也通此道。⑤锡杖：又称禅杖，僧人所用之物。⑥斑管秋毫：毛笔。⑦蒲葵：植物名，叶大，可以制蓑、笠及扇。此谓怀素以蒲葵叶代替纸作书。⑧寒猿饮水撼枯藤两句：形容草书险绝劲健，上下呼应之状及力举千钧之势。张怀瓘《书断》："若悬猿饮涧之象，钩锁连环之状。"⑨绝艺：极其高超的技艺,指草书。⑩峥嵘:高峻的样子。⑪突兀:高崇的样子。⑫临江:面对汉江。飞帆:轻帆。⑬骤雨:暴雨。⑭慧力:佛教语,五力之一,说佛的智慧有祛除烦恼的力量。⑮开卷临池转相忆:作者与怀素分别后,临写草书更思其人。

许瑶(一首)

许瑶,怀素同时代人,曾任御史官。现只存一首诗。

题怀素上人草书

志在新奇无定则①,古瘦漓骊半无墨②。
醉来信手两三行③,醒后却书书不得④。

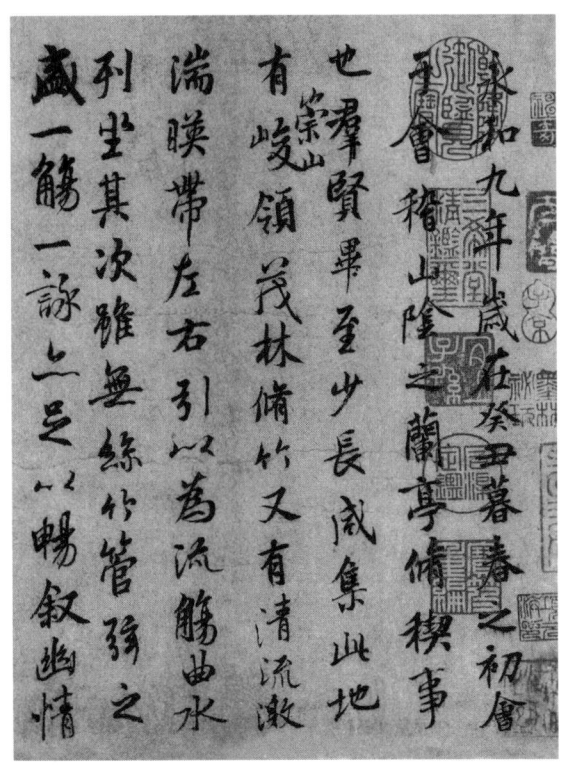

王羲之《兰亭集序》

〔简析〕此诗的全文被怀素的《自叙帖》引用。其妙处在于抓住怀素草书出新求奇,不为成法束缚的独创精神,以及怀素草书笔画瘦劲畅快,间或出以渴笔枯墨的特点,一语中的,其余不再加以铺陈展开。诗的后两句以"醉来"与"醒后"对比,暗用王羲之曾多次书写《兰亭集序》一文,都不及醉中所书第一幅精彩的典故,证明经典艺术品往往出于无意,有意求好反难得神妙。

〔注解〕①则：法度规则。②漓：流动，连绵不断。③信手：随手。④醒后却书书不得：意为怀素狂草乘醉中之兴挥洒故风韵特佳，酒兴过后，反而失去气势与风韵。

顾况（一首）

顾况（约730—806后），字逋翁，苏州海盐（今属浙江）人。唐肃宗至德年间中进士，任判官、著作佐郎，以嘲诮当朝权贵，被贬为饶州司户。后隐居茅山，自号华阳山人。擅画山水，诗平易流畅。有《华阳集》。

萧郸草书歌

萧子草书人不及①，洞庭叶落秋风急②。
上林花开春露湿③，花枝濛濛向水垂④。
见君数行之洒落⑤，石上之松松下鹤。
若把君书比仲将⑥，不知谁在凌云阁⑦。

〔简析〕这首赞颂萧郸草书的诗，并没有从正面写其草书笔力如何壮，字法、章法如何奇，而是着重写自己的感觉与体会。使人从洞庭湖的秋风落叶，上林苑的花枝垂水，松、石、鹤结合中寻求意境。在典雅、闲逸的情韵中体会其草书的飘逸不凡。自从张旭、怀素倡导狂草，其流风遍及朝野。而顾况诗所咏的萧郸草书，与狂草的韵趣大相径庭。这种不激不厉、情韵闲远的草书，无疑是继承了王羲之的小草书意趣。

〔注解〕①萧子：萧郸。与顾况同时稍前的书家，擅草书。②洞庭：湖名，在湖南省北部，长江南岸。此句形容萧郸草书有旷远萧疏之致。③上林：上林苑。秦汉皆有上林苑，为皇家园林。④濛濛：繁茂迷离的样子。⑤洒落：潇洒脱俗，大方坦率。⑥仲将：东汉末年著名书法家韦诞字仲将。韦诞为张芝弟子，隶草、飞白皆入妙品。张怀瓘认为其"然草迹之妙，亚乎索靖也"。⑦凌云阁：即凌云殿。相传魏明帝造凌云殿成，误先上未经题名之榜。于是以辘轳引韦诞上去，离地二十五丈书殿名，书罢下地，韦诞鬓发皓然。

权德舆（一首）

权德舆（759—818），字载之，天水略阳（今甘肃秦安东南）人。少年时期文才即名扬远近，唐德宗召其为太常博士。后任中书舍人、礼部尚书、同平章事等。今存《权载之文集》。

马秀才草书歌

伯英草圣称绝伦①，后来学者无其人②。
白眉年少未弱冠③，落纸纷纷运纤腕。
初闻之子十岁余④，当时时辈皆不如⑤。
犹轻昔日墨池学⑥，未许前贤团扇书⑦。
艳彩芳姿相点缀⑧，水映荷花风转蕙⑨。
三春并向指下生，万象争分笔端势⑩。
有时当暑如清秋，满堂风雨寒飕飕⑪。
乍疑崩崖瀑水落，又见古木饥鼯愁⑫。
变化纵横出新意⑬，眼看一字千金贵。
忆昔谢安问献之，时人虽见那得知⑭。

〔简析〕唐朝是草书风行的历史时期，名家辈出。一名年方十几岁的瘦弱少年，草书技法日臻成熟，的确难能可贵。况且他的造诣竟然超出了"时辈"，无怪权德舆在惊叹之余要赋诗加以赞扬了。从诗中所反映的情况看，马秀才所擅长的并非张旭、怀素的狂草，而是一种介于行书和草书之间的"团扇书"，故诗中以"艳彩芳姿相点缀，水映荷花风转蕙"形容闲雅婉丽，以"乍疑崩崖瀑水落""满堂风雨寒飕飕"形容其流畅奔放。这种"刚健含婀娜"的书法风格与狂草有着很大的区别。诗的最后以谢安与王献之之间的问答为结语，反映了这位少年书法家自信会超过前辈的远大志向。

〔**注解**〕①伯英：指张芝，字伯英。绝伦：无与伦比。②学者：求学的人。此指学习书法者。③白眉：三国时，蜀国马氏兄弟五人并有才名，俱以常字为字，其中尤以马良最为超出。马良眉有白毛，当时俗谚有"马氏五常，白毛最良"。后来因称兄弟中才能最卓越者为白眉。未弱冠：不足二十岁。我国古代男子二十岁加冠，表示已成人。但体并未能全壮，故称弱。④之子：此人。指马秀才。⑤时辈：当时有名的人物。⑥昔日墨池学：传统的学习书法方法。⑦团扇书：即扇书，介于行、草之间的一种书体。相传王羲之擅此，沈曾植《杂家言》："又有当时拓晋右将军王羲之草书及扇书。扇书者，在行、草之间，取疾速意。"⑧点缀：装点、衬托。⑨蕙：即蕙兰。⑩万象：自然界的一切事物和景象。⑪满堂风雨寒飕飕：谓马秀才书法动人心脾，笔画中似蕴有风声雨势。⑫鼯(wú)：鼯鼠，俗称飞鼠，其形近似蝙蝠，前后肢之间有飞膜，能在树林中滑翔。⑬纵横出新意：在奔放中出现新鲜的意趣。⑭时人虽见那得知：南朝宋虞龢《论书表》："谢安尝问子敬：'君书何如右军？'答云：'故当胜。'安云：'物论殊不尔。'子敬答曰：'世人那得知。'"

孟郊（一首）

孟郊（751—814），字东野，湖州武康（今浙江德清）人。出身于小官吏家庭，两举进士不中，近五十岁方考中进士。选调溧阳县尉，郁郁不快，去职。后曾任判官等职。经郑余庆荐为参谋，试大理评事，上任旅途中以暴病去世。有《孟东野诗集》。

送草书献上人归庐山

狂僧不为酒①，狂笔自通天。
将书云霞片，直至清明巅。

手中飞黑电，象外泻玄泉②。
万物随指顾③，三光为回旋④。
骤书云䨴霴⑤，洗砚山晴鲜⑥。
忽怒画蛇虺⑦，喷然生风烟。
江人愿停笔，惊浪恐倾船⑧。

〔简析〕唐朝以才艺著名的僧人很多。除书僧怀素、诗僧齐己、画僧贯休这些大名家外，较著名的仍不少，诗中这位将归庐山的献上人就是其中一位。献上人书迹已不传，从孟郊诗分析，其草书以狂放为特点，与张旭、怀素书体相近。此诗的特点是多用对句，艺术性较高，如写献上人挥毫如飞的气势"手中飞黑电，象外泻玄泉"就很有独到之处。结句忽作奇想，开出新的意境。

〔注解〕①狂僧：颠狂的僧人。指献上人。②象外：形象之外。玄泉：黑色的瀑布。③指顾：手指目视。《汉书·律历志》："指顾取象，然后阴阳万物靡不条鬯（chàng）该成。"④三光：日、月、星。⑤䨴霴（dànduì）：幽深的样子。⑥晴鲜：晴新洁净。⑦虺：古书上说的一种毒蛇。⑧惊浪：激浪。

韩愈（二首·附一首）

韩愈（768—824），字退之，河南河阳（今河南孟州南）人。自称郡望昌黎，世称韩昌黎。幼孤，由兄嫂抚养成人，发奋自学。唐德宗贞元年间中进士。历任监察御史、国子监博士、刑部侍郎等官。后因劝阻唐宪宗迎佛骨，被贬为潮州刺史。官至吏部侍郎。卒谥文。韩愈是唐文学家、哲学家，提倡古文运动的领袖。有《昌黎先生集》。

石鼓歌

张生手持石鼓文①，劝我试作石鼓歌②。
少陵无人谪仙死③，才薄将奈石鼓何。

周纲陵迟四海沸④,宣王愤起挥天戈⑤。
大开明堂受朝贺⑥,诸侯剑佩鸣相磨⑦。
蒐于岐阳骋雄俊⑧,万里禽兽皆遮罗⑨。
镌功勒成告万世⑩,凿石作鼓隳嵯峨⑪。
从臣才艺咸第一⑫,拣选撰刻留山阿⑬。
雨淋日炙野火燎,鬼物守护烦㧑呵⑭。
公从何处得纸本,毫发尽备无差讹⑮。
辞严义密读难晓⑯,字体不类隶与科⑰。
年深岂免有缺画,快剑斫断生蛟鼍⑱。
鸾翔凤翥众仙下⑲,珊瑚碧树交枝柯⑳。
金绳铁索锁钮壮㉑,古鼎跃水龙腾梭㉒。
陋儒编诗不收入㉓,二雅褊迫无委蛇㉔。
孔子西行不到秦㉕,掎摭星宿遗羲娥㉖。
嗟余好古生苦晚,对此涕泪双滂沱㉗。
忆昔初蒙博士征㉘,其年始改称元和㉙。
故人从军在右辅㉚,为我度量掘臼科㉛。
濯冠沐浴告祭酒㉜,如此至宝存岂多㉝?
毡包席裹可立致㉞,十鼓只载数骆驼。
荐诸太庙比郜鼎㉟,光价岂止百倍过㊱?
圣恩若许留太学㊲,诸生讲解得切磋。
观经鸿都尚填咽㊳,坐见举国来奔波㊴。
剜苔剔藓露节角㊵,安置妥帖平不颇㊶。
大厦深檐与盖覆,经历久远期无佗㊷。
中朝大官老于事,讵肯感激徒媕娿㊸?
牧童敲火牛砺角㊹,谁复著手为摩挲㊺。
日销月铄就埋没㊻,六年西顾空吟哦㊼。
羲之俗书趁姿媚㊽,数纸尚可博白鹅㊾。

继周八代争战罢⁵⁰，无人收拾理则那⁵¹。
方今太平日无事，柄任儒术崇丘轲⁵²。
安能以此上论列⁵³，愿借辩口如悬河⁵⁴。
石鼓之歌止于此，呜呼吾意其磋跎⁵⁵。

〔简析〕我国最早的石刻文字《石鼓文》于唐朝在凤翔府被发现，在当时引起了社会的广泛关注。《石鼓文》的发现，不仅使人们亲眼看到了先秦时期刻石以记功的实物，更重要的是见到了当时文字书法的真面目，"字体不类隶与科"一种大篆向小篆过渡字体，真是一件了不起的大事。韩愈所见到的并不是石鼓本身，而是从石鼓上镌刻文字的椎拓复制纸本。这种复制的拓本与原石刻文字"毫发尽备无差讹"，说明至少在唐朝我国的石刻摹拓术已经相当成熟。同时也显示了这样一个事实：石鼓出土不久，就经过了无休无止的椎拓复制。反复椎拓必然要伤及石鼓本身，文字点画受损伤是难以避免的。虽然每一次椎拓或是轻微的磨损，积渐难返是一定的。但是，石鼓文字那种古朴厚重的神韵，律动劲健的笔画令韩愈在欣赏中叹为观止。诗中"鸾翔凤翥众仙下，珊瑚碧树交枝柯。金绳铁索锁纽壮，古鼎跃水龙腾梭"等句子就是韩愈对石鼓文字体结构的生动活泼、文字点画的雄浑飞动的形容赞扬。作者还就当时的当权者对石鼓消极冷遇做法表示极大的愤慨。此诗写得壮阔精整，铿锵顿挫，如长河飞泻，是韩愈的代表作品。

〔**注解**〕①张生：多数注家认为是唐朝著名诗人张籍，钱仲联认为是张彻。石鼓文：石鼓上镌刻文字的拓本。石鼓，公元7世纪初出土于陕西凤翔十块鼓形石，因称"石鼓"。每个鼓上都刻有田猎内容的文字，故又称"猎碣"。②石鼓歌：以石鼓为内容创作的诗歌。③少陵：杜甫别号"少陵野老"。谪仙：指李白。贺知章称李白为"谪仙人"。④周纲陵迟：指周朝的统治衰落。⑤宣王：周宣王静。愤起挥天戈：周宣王即位后，用尹吉甫、方叔、召虎等，北伐玁狁，南征荆蛮、淮夷，使周朝得以复兴，史称"中兴之君"。天戈，帝王的军队。⑥明堂：古代帝王宣明政教的地方。⑦剑佩：带宝剑垂玉佩。⑧蒐于岐阳：春天打猎于岐阳。岐阳，岐山之阳，指石鼓出土的地方。雄俊：勇武俊迈。⑨遮罗：掩蔽罗网。⑩镌功勒成：指刻石记田猎之功业。⑪隳嵯峨：毁坏高峻的山峰。⑫才艺：才能技艺。⑬山阿：山中曲处。⑭鬼物：鬼怪之类。拗（huì）呵：挥退斥责来侵犯石鼓者。⑮毫发尽备：细微之处全都具备。形容《石鼓文》拓本之精。差讹：差别改变。⑯辞严义密：文辞整肃，含意缜密。⑰隶与科：隶书与科斗篆。元吾丘衍说科斗篆："上古无笔墨，以竹梃点漆书竹上，竹硬漆腻，故头粗尾细，似其形耳。"科斗篆，即蝌蚪篆。⑱蛟：古代传说能兴风作浪的一种动物，属龙类。鼍：也叫鼍龙，俗称猪婆龙，就是扬子鳄。⑲鸾翔凤翥：比喻书法笔势如鸾凤飞举，生动华贵。⑳珊瑚碧树交枝柯：形容《石鼓文》字的笔画瘦硬劲健。珊瑚，热带海中珊瑚虫分泌的石灰质骨骼聚集而成的东西，形状像树木枝杈，色彩有白、红、黑，可供观赏。碧树，玉树。班固《西都赋》："珊瑚碧树，周阿而生。"㉑金绳铁索：形容《石鼓文》笔画遒劲坚韧。㉒古鼎跃水龙腾梭：比喻《石鼓文》文字笔画缺失。古鼎跃水，《水经·泗水注》："周显王四十二年，九鼎沦没泗渊。秦始皇时而鼎见于斯水，始皇自以为德合三代，大喜，使数千人没水求之，不得，所谓鼎伏也。亦云系而行之，未出，龙齿啮断其系。"龙腾梭，《晋书·陶侃传》："或云侃少时渔于雷泽，网得一织梭，以挂于壁，有顷雷雨，自化为龙而去。"㉓陋儒编诗不收入：石鼓上的诗作不见于《诗经》，韩愈认为是编辑者不肯收录。㉔二雅：指《诗经》中的《大雅》《小雅》。褊迫无委蛇：谓由于未收《石鼓文》，使《二雅》显得褊狭而缺乏雍容自得之致。㉕孔子西行不到秦：孔丘周游列国而未至秦国。㉖掎摭（zhí）星宿：摘取列星。羲娥：太阳与月亮。羲，羲和，神话中太阳的御者。娥，嫦娥，神话传说月中有嫦娥居住。此句意为儒家编《诗经》不收石鼓上刻的诗，如同只摘星星而遗漏了太阳与月亮。㉗涕泪双滂沱：形容哭时鼻涕眼泪交流。㉘博士：唐朝太学教授官，韩愈曾任此。㉙元和：唐宪宗李纯年号。自公元806年至公元820年。㉚故人：朋友，未详指何人。从军在右辅：任凤翔节度府从事。右辅，右扶风，即凤翔府。㉛度量掘臼科：测量发掘石鼓。㉜濯冠沐浴：洗涤衣冠，洗发洗身，表示庄重尊敬。祭酒：即国子监祭酒。掌管邦国儒学训导之政令。㉝至宝：最贵重的珍宝。㉞"毡包席裹可立致"两句：韩愈做太学博士时曾请求祭酒"以数橐驼舆石鼓致太学，不从"。这里记的就是这件事。㉟太庙：天子祖庙。郜鼎：郜国（今山东省成武县）所制大鼎。《春秋·桓二年》："取郜大鼎于宋，戊申，纳于太庙。"㊱光价：声名身价。㊲太学：唐代最高学府。㊳观经：观看《熹平石经》。《水经注·谷水》："（蔡邕）以熹平四年与五官中郎将堂谿典等奏求正定六经文字，灵帝许之。邕乃自书丹于碑，使工镌刻，立于太学门外……及碑始立，其观视及笔写者，车乘日千余辆，填塞街陌矣。"鸿都：本为东汉宫门名，此指鸿都门学（太学），公元178年汉灵帝所置。㊴举国来奔波：作者想象石鼓运到太学后，必将吸引全城人劳碌奔走，争相观看。㊵节角：指石鼓文字笔画的棱角及屈折处。㊶帖：稳当。不颇：不倾侧。㊷期无佗：希望没有其他差失。㊸感激：感动。婀娜（ān'ē）：没有主见，可否随人。㊹牧童敲火牛砺角：谓由于没有人保护，无端遭受种种损坏。㊺摩挲：爱抚。㊻日销月铄：岁月的消磨。㊼六年西顾空吟哦：意谓从石鼓出土到作者作此诗先后共六年的时间。保护石鼓是作者唯一愿望，但得不到实施，只好西望石鼓叹息吟咏了。㊽羲之俗书趁姿媚：王羲之的书体秀丽妍妙，雅俗共赏，经李世民提倡成为一个时代的崇尚。韩愈对于这一时尚颇不以为然。他认为王字与石鼓文字相比，自有雅俗高低之别。㊾博白鹅：指王羲之为山阴道士写《道德经》换取白鹅事。㊿继周八代：指周代以后到唐朝以前的各个朝代。㉛则那：乃是什么。㉜柄任：执掌权柄受重用的人。崇丘轲：崇拜孔丘、孟轲。㉝论列：论次定。㉞辩口如悬河：形容人能言善辩。晋孙绰答王衍问时说郭象"其辞清雅，奕奕有余。吐章陈文，如悬河泻水，注而不竭"。㉟蹉跎：虚度光阴。

附：韦应物《石鼓歌》

周宣大猎兮岐之阳，刻石表功兮炜煌煌。
石如鼓形数止十，风雨缺讹苔藓涩。
今人濡纸脱其文，既击既扫白黑分。
忽开满卷不可识，惊潜动蛰走云云。
喘逶迤，相纠错，乃是宣王之臣史籀作。
一书遗此天地间，精意长存世冥寞。
秦家祖龙还刻石，碣石之罘李斯迹。
世人好古犹共传，持来比此殊悬隔。

岣嵝山

岣嵝山尖神禹碑①，字青石赤形模奇②。
科斗拳身薤倒披③，鸾飘凤泊拏虎螭④，
事严迹秘鬼莫窥⑤。
道人独上偶见之，我来咨嗟涕涟洏⑥。
千搜万索何处有，森森绿树猿猱悲⑦。

〔简析〕岣嵝山即指衡山七十二峰之主峰，在湖南省衡阳市北。衡山云密峰山洞内有一通相传为夏禹所镌刻的岣嵝碑，碑的正面刻有七十七个字，字形似大篆，但又谲奇古怪，无人能辨识。有人附会此碑为夏禹治水所刻，也有人认为是后人颂大禹治水之功的颂词，还有人认为是道家秘文。昆明、成都、绍兴、西安碑林中皆有翻刻碑。由于关于此碑有许多神奇的传说，韩愈很想一睹岣嵝碑的真面目。他曾借游衡山之机攀藤附葛，深入密林草莽中寻觅岣嵝碑，却没能如愿以偿。诗中"科斗拳身薤倒披，鸾飘凤泊拏虎螭"两句写岣嵝碑上文字书法特点是其想象，并非见到实物后的感觉。

〔注解〕①岣嵝（gǒulǒu）山：山名，在湖南省衡阳市北。衡山七十二峰之一，为衡山主峰，故衡山也叫岣嵝山。古代神话传说，夏禹曾在此得金简玉书。神禹碑即指岣嵝碑。原碑在湖南衡山县云密峰山洞内，碑的正面刻七十七个字，字形离奇古怪。神禹，即夏禹。②形模：模型。③科斗：蝌蚪书。我国古代文字一种。以形体笔画头粗尾细似蝌蚪，因而名蝌蚪书或蝌蚪文。拳身：曲身。指蝌蚪文笔画而言。薤（xiè）倒披：形容岣嵝碑文笔画细长似薤叶倒垂散开。薤，多年生草本植物，地下有鳞茎，叶子细长，花紫色，伞形花序。④鸾飘凤泊：形容书法潇洒，毫无拘束。鸾凤均为传说中的神鸟。拿虎螭：形容书法威猛如牵引龙虎。螭，龙。⑤鬼莫窥：指岣嵝碑之神秘神鬼难测。⑥咨嗟：叹息。涟洏（ér）：流泪的样子。王粲《赠蔡子笃》："中心孔悼，涕泪涟洏。"⑦森森：繁密的样子。猿猱：泛指猿猴。

刘禹锡（四首）

刘禹锡（772—842），字梦得，洛阳人。自言系出中山（治今河北定州）。唐德宗贞元九年（793）进士，登博学宏词科。王叔文执政，刘禹锡参与谋事，擢升屯田员外郎，判度支盐铁案。王叔文失败，被贬为朗州司马，迁连州、刺史。官终太子宾客，分司东都，世称"刘宾客"。刘禹锡擅诗，为中唐著名诗人。

酬柳柳州家鸡之赠
日日临池弄小雏①，还思写论付官奴②。
柳家新样元和脚③，且尽姜芽敛手徒④。

〔简析〕此诗是作者答柳宗元《殷贤戏批书后寄刘连州并示孟仑二童》一诗。诗意为辅导自己的小孩学习书法确是尽心尽力，从无虚日。自己也想像王羲之那样作《笔势论十二章》教孩子们学书法。由于柳宗元书法造诣比自己高，且作波捺等笔姿已有创新。不但自己的孩子崇拜、学习柳宗元的书法，就是自己也要虚心向柳宗元请教。对柳宗元书法的倾服之意溢于言表。

〔注解〕①小维：指孟、仑两个小孩。②写论付官奴：王羲之《笔势论十二章》："告汝子敬：吾察汝书性过人，仍未闲规矩。父不亲教，自古有之。今述《笔势论》一篇，开汝之悟。"此句作者自比王羲之，将孟比王献之。官奴，王献之小名。③柳家新样元和脚：书法中比较新奇的波挑之类的笔画。《复斋漫录》："梦得此句，人竟不晓。高子勉举以问山谷。山谷曰：'取其字制之新。'昔元丰中，晁无咎诗文极有声，陈无己戏之曰：'闻道新词能入样，相州红缬鄂州花。'盖相州缬鄂州花也。则柳家新样元和脚者，其亦类此。"④敛手徒：表示尊敬，不敢恣意妄为。敛手，缩手。

答前篇

小儿弄笔不能嗔①，浣壁书窗且当勤②。
闻彼梦熊犹未兆③，女中谁是卫夫人④？

〔简析〕此诗为作者回答柳宗元《重赠》二首诗的前一首"闻道将雏向墨池"问询的。告诉柳宗元自己的小孩非常顽皮，却又不能打骂责怪。他们往往将笔墨当玩具，随处涂写，墙壁门窗都成了他们写画的地方。又不能挫伤他们的积极性，还要加以鼓励这些淘气的行为，在揶揄中表达了慈祥的父爱和无奈。后两句诗是对只有女儿没有儿子的柳宗元的安慰。女孩子也可以学习书法取得成就，希望他将女儿培养成像卫夫人那样著名的书法家。通过此诗可以看到男尊女卑倾向在唐朝并不严重。

〔注解〕①嗔：生气。②浣（wò）壁书窗：指小孩子好奇心特别强，刚学了几天字，竟在墙上、门窗上乱写乱画起来。浣，污染。③梦熊：古代迷信。以梦见熊为生男孩的征兆。当时柳宗元没有男孩，只有女孩。④卫夫人：东晋著名女书法家。姓卫，名铄，字茂漪，世称卫夫人。王羲之少时，曾从她学书。

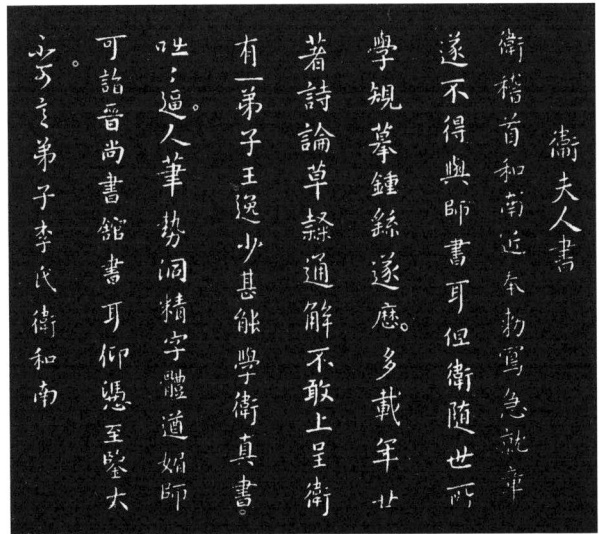

《石鼓文》2　　　《卫夫人》1

答后篇

昔日慵工记姓名①，远劳辛苦写西京②。

近来渐有临池兴，为报元常欲抗行③。

〔简析〕此为答柳宗元《重赠》诗后一诗而作。作者认为书法有俗与雅的区分，书工学书只是为"记姓名"，讲求实用。而书家作书是艺术创作，像《西京赋》这样的文学巨制必须由柳宗元这样的书家书写。诗的后两句表明作者的态度，自己学书绝非为"记姓名"，而是志在走书家路子，决心与柳宗元这样的名书家抗衡。

〔注解〕①慵工：散懒的书工。②西京：指《西京赋》，张衡所作。柳宗元曾为刘禹锡书《西京赋》。③为报元常欲抗行：意为我学习书法，有朝一日将足以与你抗衡。孙过庭《书谱》引王羲之语："吾书比之钟、张（钟繇、张芝），当抗行。"抗行犹抗衡。相等，不相上下。

洛中寺北楼见贺监草书题诗

高楼贺监昔曾登①,壁上笔踪龙虎腾②。
中国书流尚皇象③,北朝文士重徐陵④。
偶因独见空惊目⑤,恨不同时便伏膺⑥。
唯恐尘埃转磨灭⑦,再三珍重嘱山僧⑧。

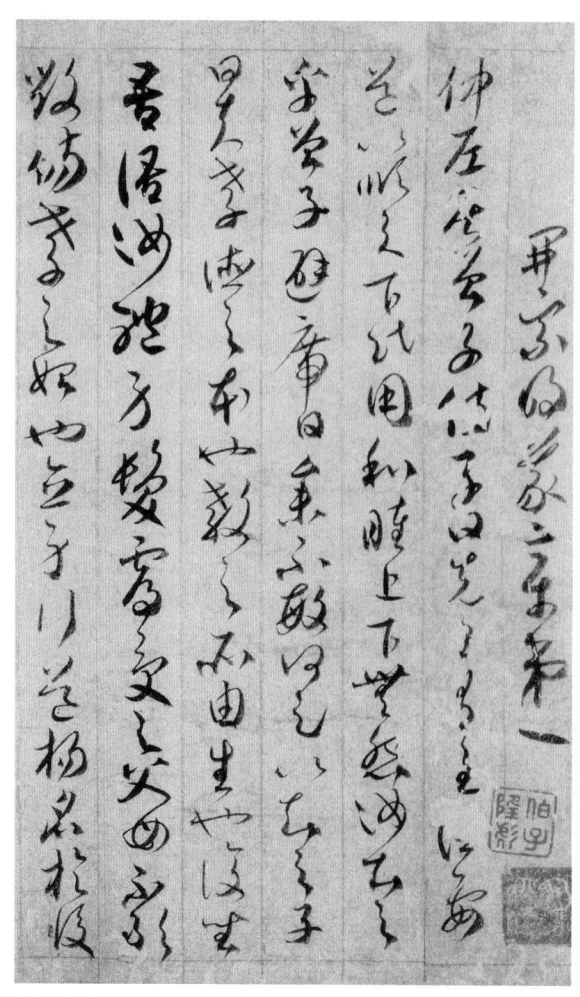

贺知章《孝经》

〔简析〕诗题中的贺监指盛唐时期的著名诗人、书法家贺知章。唐朝诗人有题壁习惯,是一种宣传诗作与书法造诣的手段。一些诗与书法俱妙的题壁,盛传于当时且被珍重保护,贺知章这一洛中寺北楼题壁即是一例。贺知章擅草书,唐窦臮《述书赋》称其书法"落笔精绝,芳嗣寡俦"。作者欣赏贺知章题壁遗墨时,贺知章已经去世多年。虽经岁月风尘的侵蚀,书迹神采依旧,使作者倾服不已。贺知章是南方人,作者认为好的艺术品的感染力不受地域限制。南方书法家皇象、文士徐陵同样是北方人学习崇拜的偶像。在欣赏贺知章遗墨的同时，深深惋惜自己与其不是同一时代的人，难以向其请教学习书法，所能做的只是反复请求洛中寺的僧人们增加一些保护措施了。

〔注解〕①贺监：即唐朝著名书法家贺知章。贺知章曾任秘书监，人们称其为贺监。②笔踪龙虎腾：笔迹生动非凡，如腾龙跃虎。梁武帝《古今书人优劣评》评王羲之书法"如龙跳天门，虎卧凤阙"，此用以形容贺知章书法的雄强生动。③中国书流尚皇象：张勃《吴录》："时有张子并、陈梁甫能书，象斟酌其间，甚得其妙，中国善书者不能及也。"上古时，我国华夏族建国于黄河流域，以为居天下之中，故称中国。皇象为吴国人，居长江流域。中国是相对于南方而言。此句意为北方书家都崇尚皇象的书法。④北朝文士重徐陵：徐陵是南朝梁陈文学家，为文绮丽，与庾信齐名，徐、庾父子诗文绮艳，时称其文体为"徐庾体"。北朝文士魏收、邢邵、温子昇俱崇尚"徐庾体"，刻意模仿。贺知章是南方人，作者举南方皇象、徐陵以比贺知章被北方人崇尚。⑤惊目：令人见而震惊。⑥伏膺：同"服膺"，衷心信服。《中庸》："得一善，则拳拳服膺而弗失之矣。"⑦尘埃转磨灭：因污染而消失。⑧山僧：僧人多住山，因而称山僧。

柳宗元（三首）

柳宗元（773—819），字子厚，河东解县（今山西运城西南）人，世称柳河东。少有才名，进士第，中博学宏词科。参与王叔文改革集团，任礼部员外郎。改革失败，被贬为永州司马。后迁柳州刺史，故又称柳柳州。柳宗元是唐文学家、哲学家，与韩愈又同是唐朝古文运动的领袖。有《河东先生集》。

殷贤戏批书后寄刘连州并示孟仑二童
书成欲寄庾安西①，纸背应劳手自题②。
闻道近来诸子弟③，临池寻已厌家鸡④。

〔简析〕柳宗元书法造诣比较高，且作捺画有新意，在当时有一定的社会影响。湖湘以南学其书体的人也很多，其中也包括刘禹锡的两个小孩孟、仑。当其创作出一幅比较满意的书法作品准备寄给自己的好朋友刘禹锡，请他批评指点时，写下了此诗。诗中柳宗元将自己的书法比作野鹜，将刘禹锡的书法比作家鸡。认为孟、仑不利用得天独厚的条件向擅书的父亲学习书法，转而向遥远的自己请教，不学刘体学柳体真是没有必要。既是一种谦虚，也是对刘禹锡书法的肯定。

〔注解〕①庾安西：指东晋著名书法家庾翼。庾翼曾任安西将军。②纸背应劳手自题：此句下作者自注："家有右军书，每纸背庾翼题云：'王会稽六纸，二月三十日。'"③诸子弟：指孟、仑二童。④临池寻已厌家鸡：南齐王僧虔《论书》："庾征西翼书，少时与右军齐名，右军后进，庾犹不忿。在荆州与都下书云：'小儿辈乃贱家鸡，爱野鹜，皆学逸少书。须吾还，当比之。'"

重赠（二首）

一

闻道将雏向墨池①，刘家还有异同词②。
如今试遣隈墙问③，已道世人那得知④。

二

世上悠悠不识真⑤，姜芽尽是捧心人⑥。
若道柳家无子弟，往年何事乞西宾⑦。

〔简析〕接到刘禹锡《酬柳柳州家鸡之赠》诗后，柳宗元又作此两首诗寄给刘禹锡。第一首诗用了两个典故：一是刘向、刘歆父子"俱好古，博见强志，过绝于人……歆数以难向，向不能非间也。"用以证明在学术上儿子是允许质疑父亲的；二是王献之在对答谢安问他的书法是否赶得上其父王羲之，王献之断然肯定"故当胜"，用以证明在书法艺术上儿子不必不如其父。小孩子少年气盛，言辞过激是可以理解的。第二首诗是就刘禹锡诗中"柳家新样元和脚，且尽姜芽敛手徒"而作答。他认为高超的书艺并非人人都欣赏，东施效颦的故事时时处处都在上演。自己并非只当老师，不当学生。就书艺而言，自己也曾敬事他人，虚心向人求教。

〔注解〕①将雏向墨池：指刘禹锡带领孟、仑学习书法。刘禹锡《酬柳柳州家鸡之赠》诗："日日临池弄小雏。"②刘家还有异同词：此句用刘向、刘歆父子典故。史载刘向父子"俱好古，博见强志，过绝于人……歆数以难向，向不能非间也"。据此推知刘禹锡父子之间对书法的见解有一定的分歧。③隈墙：墙壁角落。④世人那得知：《晋书》："谢安问王献之曰：'君书何如君家尊？'答曰：'固当不同。'安曰：'外论不尔。'答曰：'人那得知。'"⑤悠悠不识真：很长时间没有人能分辨出真假优劣。⑥姜芽：姜生出的芽，用以形容笔姿。捧心人：相传西施因胃痛，常在人面前捂胸口皱眉头，但仍具一种病态美。她家东邻一个丑女人误认为西施的美在于捂胸皱眉，也模仿西施捧心的样子。别人看见后，更增加了对她的厌恶。后来用以比喻拙劣的模仿。⑦西宾：又称西席。古代以西为尊，宾主相见，主东而宾西。后即以西宾称塾师或幕友。

张祜（二首）

张祜（约785—约852），字承吉，贝州清河东武城（今河北清河西）人。擅长宫词，活动于中晚唐时期。曾为令狐楚所重视并推荐其为官，未就。晚年隐居曲阿（江苏丹阳）。

高闲上人

座上辞安国①，禅房恋沃州②。
道心黄叶老③，诗思碧云秋④。
卷轴朝廷饯⑤，书函内库收⑥。

陶欣入社叟⑦，生怯论经俦⑧。
日色屏初揭，风声笔未休。
长波溢海岸⑨，大点出嵩丘⑩。
不绝羲之法，难穷智永流。
殷勤一笺在⑪，留著看银钩⑫。

〔简析〕高闲，唐朝中期著名擅书法僧人，湖州乌程人。韩愈有《送高闲上人序》一文，称高闲"则其于书得无象之然乎！"《高僧传》记载，高闲擅狂草，书学张旭、怀素，"神采超逸，自成一家。"据诗中语句，高闲曾当作者面作书相赠。诗中"风声笔未休"是形容高闲作书时行笔爽利疾挥，如劲风横扫，毫无滞凝迟疑之态。"长波溢海岸，大点出嵩丘"是形容笔画的飘逸韵致与笔力遒劲厚重。据诗中"不绝羲之法，难穷智永流"等句看，这幅书法似乎应是行草书，而非狂草作品。

〔注解〕①座上：席上。安国：安定的邦国。此指优裕的生活环境。②禅房：僧人居住之处。沃州：山名。在浙江省新昌县，相传东晋高僧支遁曾居于此。后多借指僧人居住之地。③道心：悟道之心。此句比喻高闲的修悟已达到枯寂的高级阶段。④诗思：作诗的情思。此句形容高闲的诗情高旷清远。⑤卷轴：古代帛书或纸书用轴卷束，称卷轴。此指书法作品。⑥内库：皇宫的府库。⑦陶欣：喜悦。⑧论经俦：探讨经书的朋友。⑨长波：长捺画。因作捺需三过折笔，如水波起伏，故捺画又称波。王羲之《题卫夫人笔阵图后》："每作一波，常三过折笔。"⑩嵩丘：嵩山。在河南登封县北。为五岳中的中岳。⑪殷勤：亲切的情意。⑫银钩：称赞人的书法点画刚劲遒媚。卫夫人《笔阵图》："夫三端之妙，莫先乎用笔；六艺之奥，莫重乎银钩。"

题酸枣驿前碑

苍苔古涩字雕疏①，谁道中郎笔力余②？
长爱当时遇王粲③，每来碑下不关书④。

〔简析〕酸枣驿在古酸枣县境内，即今河南延津县一带。艺术审美往往是因时而异，因人而变。东汉的隶书，唐朝人并不认为其好。大书家蔡邕的隶书，东汉末年最为著名，所书熹平石经立于太学门外，观览摹写者，车乘填塞巷陌。梁武帝赞其书"骨气洞达，爽爽如有神力"。作者却认为其字笔力羸弱，结体雕疏，不足为法，竟至使后人细读其文而不关心其书的地步。这种好恶的差别，既在于字的风格结构，也在于对笔力的理解，这是唐隶与汉隶分道扬镳的重要因素之一。

〔**注解**〕①古涩：古拙而晦涩。雕疏：指字的笔画因凋零而疏瘦。②中郎：中郎将。此指东汉书法家蔡邕。蔡邕曾任中郎将。笔力余：笔力饶足。③王粲：字仲宣，三国时著名文学家。是"建安七子"之一。④每来碑下不关书：《三国志·魏书·王粲传》："初，粲与人共行，读道边碑，人问曰：'卿能诵乎？'曰：'能。'因使背而诵之，不失一字……其强记默识如此。"作者用此典意在表明自己喜蔡邕文章胜过蔡邕书法。

舒元舆（一首·附一首）

舒元舆（？—835）字升远，江州（治今江西九江）人，一作婺州东阳（今属浙江）人。出身贫寒，唐宪宗元和年间中进士，裴度表掌书记。后曾任刑部员外郎、著作郎、左司郎中兼刑部侍郎，同平章事。因甘露之祸被诛。

题李阳冰玉箸篆词

斯去千年①，冰生唐时②。

冰复去矣，后来者谁？

后千年有人，谁能待之③？

后千年无人，篆止于斯④。

呜呼郡人⑤，为吾宝之。

〔简析〕玉箸篆是小篆的美称。李阳冰对自己的篆书很自负，尝曰："斯翁之后，直至小生。"经过历史的验证，这一自我评价并非吹嘘。舒元舆对小篆很有研究，著有《玉箸篆志》。这首题词对李阳冰的篆书给予极高的评价，指出其在篆书史上的重要地位是不容置疑的。"后千年无人，篆止于斯"并非虚语。作者此论很有预见性。过去一千余年，就对篆书的贡献尚无人超过李阳冰。故希望人们"宝之"，确是肺腑之言。另"宝剑锋从磨砺出"名句就是舒元舆作品。此题词又传为贾耽所作，见后附《李阳冰黄帝祠字》。

〔注解〕①斯：李斯。②冰：李阳冰。③待之：等待他。指以后出现的篆书大书法家。④斯：这。指李阳冰的篆书。⑤郡人：李阳冰篆书所在地的居民。

附：贾耽《李阳冰黄帝祠字》

斯去千载，冰生唐时。

冰今又去，后来者谁？

后千年有人，吾不得知之。

后千年无人，当尽于斯。

呜呼郡人，为吾宝之。

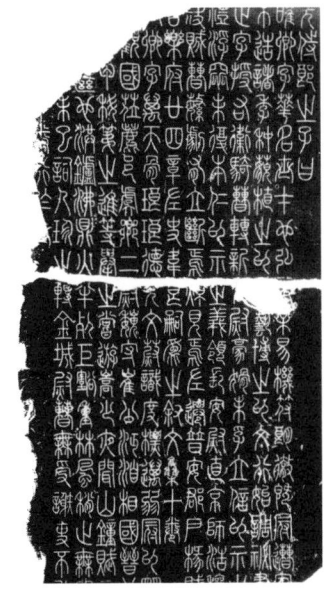 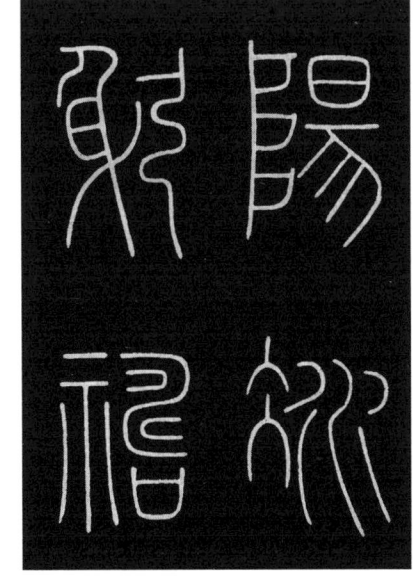

李阳冰《三坟记》　　　　李阳冰《城隍庙碑》

贯休（二首）

贯休（832—912），本姓姜，字德隐，婺州兰溪（今属浙江）人。七岁出家为僧。擅画罗汉，工篆、隶、草书。蜀主王建称他"禅月大师"。贯休有诗句："一瓶一钵垂垂老，万水千山得得来。"人称其"得得来和尚"。诗集名《西岳集》，书迹有草书《千字文》传世。著有《禅月集》。

观怀素草书歌

张颠颠后颠非颠，直至怀素之颠始是颠。

师不谭经不说禅①，筋力唯于草书朽②，

颠狂却恐是神仙。

有神助兮人莫及，铁石画兮墨须入。

金樽竹叶数斗余③，半斜半倾山衲湿④。

醉来把笔狞如虎，粉壁素屏不问主⑤，

乱拿乱抹无规矩⑥。

罗刹石上坐伍子胥⑦,蒯通八字立对汉高祖⑧。
势崩腾兮不可止⑨,天机暗转锋芒里⑩。
闪电光边霹雳飞,古柏身中早龙死。
骇人心兮目眈眈⑪,顿人足兮神辟易⑫。
乍如沙场大战后⑬,断枪橛箭皆狼藉⑭。
又似深山怪石上,古病松枝挂铁锡⑮。
月兔笔,天灶墨⑯,斜凿黄金侧锉玉⑰。
珊瑚枝长大束束⑱,天马骄狞不可勒⑲。
东却西,南又北,倒又起,断复续。
忽如鄂公喝住单雄信⑳,秦王肩上搭著枣木槊㉑。
怀素师,怀素师,若不是星辰降瑞㉒,
即必是河岳孕灵㉓。
固宜须冷笑逸少,争得不心醉伯英。
天台古杉一千尺㉔,崖崩劁折何峥嵘㉕。
或细微㉖,仙衣半拆金线垂;
或妍媚㉗,桃花半红公子醉。
我恐山为墨兮磨海水,天与笔兮书大地,
乃能略展狂僧意㉘。
常恨与师不相识,一见此书空叹息。
伊昔张渭、任华、叶季良,数子赠歌岂虚饰㉙?
所不足者浑未曾道著其神力㉚。
石桥被烧烧,良玉土不蚀。
锥画沙兮印印泥㉛,世人世人争得测㉜!
知师雄名在世间㉝,明月清风有何极㉞。

〔简析〕贯休的身份与怀素相同,艺术追求也很相近,因此他对于怀素的理解也颇有与众不同之处。他认为怀素之所以在书法上取得极高成就,就在于其敢于破除禅律,自立书规书矩。正是这种无拘无束,任其自然的放笔挥洒,才使其书法达到出神入化的地步。他指出"闪电光边霹雳飞,古柏身中旱龙死"这种骇人心目气势笔画使人惊诧倾服。癫狂豪放固然是怀素的本色,但并不失细微妍媚,像"仙衣半拆金线垂""桃花半红公子醉"就是书法的另一种境界。境由心造,韵味从笔出,这是他人所未论及的。进而指出,人们虽然狂热歌颂怀素的书法,能真正理解怀素艺术真谛的人并不是很多。怀素自有超俗的魅力,他的不朽,在于独特的艺术风格,而不在人们的称誉。

〔注解〕①谭经:谈论佛经,谭同"谈"。说禅:解释禅学。禅,梵语"禅那"的省称,意译"思维修",静思之意。②筋力:体力。③金樽:古代金制或金饰盛酒器。竹叶:酒名,即竹叶青酒。④山衲:僧衣,即"百衲衣"。僧人好以碎布补缀成衣,故人称僧服为衲衣。⑤粉壁素屏:粉刷的墙壁,洁白的屏风。⑥乱拿乱抹:执笔运笔都打破常规。⑦罗刹石:罗刹江中之石。罗刹江即钱塘江。相传伍子胥冤死,化为钱塘之潮,无比凶恶,故人们称钱塘江为罗刹江。伍子胥:名员,春秋时楚国人。其父兄被楚平王杀害,伍子胥奔吴国;佐吴王阖闾伐楚,掘楚平王墓,鞭尸三百;后被谗自杀。⑧蒯通:即蒯彻,汉范阳人,有权变。韩信用其计,定齐地;后劝韩信叛汉,韩信不听,佯狂遁去。蒯通以善辩著名,汉高祖因蒯通劝韩信叛变事审问他,以辩得免。八字立:双足叉开,一种不尊敬的站立方法。比喻怀素从容自若挥笔的神情。⑨崩腾:动荡。⑩天机:造化的奥秘。⑪眓睮(huòxù):惊视的样子。⑫辟易:惊退。⑬沙场:原谓平沙旷野。后多指战场。⑭橛箭:断箭。橛,树木或木杆的残根,此处比喻折断的箭。狼藉:散乱不整齐的样子。⑮铁锡:锡杖。僧人所持之杖,亦称禅杖。其制:杖头有一铁卷,中段用木,下段安铁纂,振时有声。梵名"隙弃罗",取锡锡作声为义。⑯天灶:兵家称大谷之口为天灶。《吴子·治兵》:"武侯问曰:'三军进止,岂有道乎?'起对曰:'无当天灶,无当龙头。天灶者,大谷之口;龙头者,大山之端。'"此谓以大谷之口松树烧烟制成的墨。⑰斜凿黄金侧锉玉:比喻怀素用笔劲力如凿如刓。⑱珊瑚：热带海中腔肠动物，骨骼相连，形如树枝，故称珊瑚树。比喻怀素作书笔画瘦劲。⑲天马：骏马。骄狞：态肆凶猛，喻用笔气势。⑳鄂公：唐朝猛将鄂国公尉迟敬德。原名尉迟恭，字敬德，隋末归唐，屡建大功，封鄂国公，卒谥忠武。单雄信：隋末人，原为李密将领，后降王世充。勇猛无比，军中号称飞将，被唐俘虏，斩于洛渚。㉑秦王：唐太宗李世民。槊：古代兵器，即长矛。此二句形容怀素作书用笔、结体、章法变化无常，使人惊心动魄。㉒星辰：星指金、木、水、火、土五星。辰指二十八宿。㉓河岳：此泛指山水。㉔天台（tiāntāi）：山名，在今浙江省天台县北。古代神话有刘晨、阮肇入天台山采药故事。㉕峥嵘：险峻的样子。㉖细微：细小、微小。㉗妍媚：美丽姣好。㉘略展：稍稍施展。㉙虚饰：虚假的夸饰。㉚浑未曾：全没有。神力：奇异能力。㉛锥画沙兮印印泥：常用书法术语。形容中锋用笔的妙处，锥锋入沙中划过，两边沙凸起，中间凹下成一线；印章印封泥上，自然浑成，凸凹分明。褚遂良《论书》："用笔当如锥画沙，如印印泥。"㉜争得：怎么能。㉝雄名：杰出的声名。㉞明月清风有何极：谓怀素将留名万古，与明月清风一样长存。

訚光大师草书歌

雪压千峰横枕上，穷困虽多还激壮①。
看师逸迹两相宜，高适歌行李白诗。
海上惊驱山猛烧，吹断狂烟著沙草。
江楼曾见落星石②，几回试发将军炮③。
别有寒雕掠绝壁，提上玄猿更生力④。
又见吴中磨角来⑤，舞槊盘刀初触击⑥。
好文天子挥宸翰⑦，御制本多推玉案⑧。
晨开水殿教题壁⑨，题罢紫衣亲宠赐⑩。
僧家爱诗自拘束⑪，僧家爱画亦局促⑫。
唯师草圣艺偏高，一掬山泉心便足⑬。

〔简析〕昙光,俗姓吴,浙江永嘉人,晚唐著名书僧。光擅狂草,"书法遒健,转腕回笔,非常人所知。昭宗诏对御榻前书,赐紫方袍。"贯休此诗虽然为欣赏评价光书迹而作,重点在于赞光其人。"书者,如也"。书如其人,恰如其分。有高尚的襟怀,才会创作出高超的作品。光穷困,其书迹飘逸豪壮,似"高适歌行李白诗",那样大气磅礴,绝无寒酸窘困之象;光是僧家,其作品却无拘束、局促的弊病;光得到皇帝赐紫衣的殊荣,却仍自甘"一掬山泉心便足"的生活。从这里可以窥见光的为人,也反映出贯休看问题的深刻性。

〔注解〕①激壮:猛烈强健。②落星石:陨石。③将军炮:古代发石攻城的器具。《新唐书·李密传》:密攻王世充于东都,"以机发石,为攻城械,号将军炮。"④玄猿:黑色的猿猴。生力:储备未使用的力量。⑤吴中:今江苏省吴县,春秋时为吴国都。⑥触击:撞击。⑦宸翰:皇帝亲手写字。⑧御制:皇帝的作品。玉案:几案的美称。⑨水殿:建于水上的殿宇。⑩紫衣:紫色袈裟。自唐武则天时僧法朗等九人重译《大云经》毕,赐袈裟,为僧赐紫之始。唐昭宗招昙(biàn)光御榻作书,赐紫衣。⑪拘束:过分约束自己,显得不自然。⑫局促:拘谨不自然。⑬一掬:一捧。掬,双手捧取。《小尔雅·广量》:"一手之盛谓之溢,两手谓之掬。"用一捧泉水形容其无所求取。

陆希声(一首)

陆希声(? —895),字鸿磬,号君阳,苏州吴县(今江苏苏州)人。博学,擅属文,曾任右拾遗,歙州刺史。唐昭宗时为给事中,拜户部侍郎,同中书门下平章事。其六世祖陆柬之为著名书家,世代相传,陆希声曾以拨灯法传光。

寄昙光

笔下龙蛇似有神①，天池雷雨变逡巡②。
寄言昔日不龟手③，应念江头洴澼人④。

〔简析〕计有功《唐诗纪事》卷四十八："古之善书，鲜有得笔法者。希声得之，凡五字：撅、押、钩、格、抵。用笔双钩，则点画遒劲，而尽妙矣，谓之拨灯法。希声自言昔二王皆传此法，至阳冰亦得之。希声以授沙门光。光入长安为翰林供奉，希声犹未达，以诗寄光云，……光感其言，引荐希声于贵幸，后至相。"看来这位光和尚对师生之情最终没有忘怀。这与艺成忘师、贬师之人自有品质高下之别。诗中"笔下龙蛇似有神，天池雷雨变逡巡"两句，既是称赞光草书出神入化，也是谓其因书法而致富贵，一语双关。

〔注解〕①龙蛇：草书笔画似龙腾蛇舞一样劲健。②天池：寓言中所说的海。《庄子·逍遥游》："是鸟也，海运则将徙于南冥，南冥者，天池也。……鹏之徙于南冥也，水击三千里，抟扶摇而上者九万里。"逡巡：顷刻，不一会儿。③龟（jūn）手：手皴裂如龟甲。④洴澼（píngpì）：在水上漂洗绵絮。《庄子·逍遥游》："宋人有善为不龟手之药者，世世以洴澼为事，客闻之，请买其方百金。聚族而谋曰：'我世世为洴澼，不过数金，今一朝而鬻技百金，请与之。'客得之，以说吴王。越有难，吴王使之将，冬与越人水战，大败越人。裂地而封之。能不龟手一也。或以封，或不免于洴澼絖，则所用之异也。"

裴说（一首）

裴说，生于乱世，唐末桂林（今广西桂林）人，唐哀帝天祐三年（906）进士及第，官至礼部员外郎。

怀素台歌

我呼古人名，鬼神侧耳听：
杜甫李白与怀素，文星酒星草书星①。
永州东郭有奇怪②，笔冢墨池遗迹在③。
笔冢低低高如山④，墨池浅浅深如海⑤。
我来恨不已，争得青天化为一张纸。
高声唤起怀素书，搦管研朱点湘水⑥。
欲归家、重叹嗟，眼前有三个字：
枯树槎、乌梢蛇、墨老鸦⑦。

〔简析〕怀素去世后，其高超的书艺、刻苦的精神仍为后学所仰慕。诗人登上怀素台，面对传说怀素生前作书用败笔头堆成的笔冢，洗笔而成墨池的池水，惆怅、感慨、希望等思绪萦绕于胸怀。诗的最后一句所写的，非物非字，亦物亦字，是直观，又是幻觉，留下了任人想象的余地。

〔**注解**〕①文星：文曲星。传说主管文运的星宿。古人迷信，认为贵人、名人是天上的星宿下凡。②永州：湖南零陵。现为永州市。东郭：城的东面。③笔冢：埋笔头成山丘。唐李肇《唐国史补》："长沙僧怀素，好草书，自言得草圣三昧，弃笔堆积，埋于山下，号曰笔冢。"④笔冢低低高如山：笔冢不高，却堆积着书家终生的勤苦，因而它显得那么高崇。⑤墨池浅浅深如海：墨池虽浅，却凝聚着像海一样深的学习毅力。⑥搦管：指执笔。湘水：湘江，流经湖南。⑦枯树槎：枯干的树茬。乌梢蛇：即乌蛇，一种黑色的无毒蛇。墨老鸦：乌鸦。怀素曾说："吾观夏云多奇峰，辄常师之。其痛快处如飞鸟出林，惊蛇入草。"

韩偓（一首）

韩偓（约842—923），字致尧（一作致光），小字冬郎，自号玉山樵人，京兆万年（今陕西西安）人。晚唐著名诗人。唐昭宗龙纪元年（889）中进士，从昭宗到凤翔，任兵部侍郎、翰林承旨。后入闽依附王审知而卒。有《韩内翰别集》。

草书屏风

何处一屏风①，分明怀素踪②。
虽多尘色染③，犹见墨痕浓。
怪石奔秋涧④，寒藤挂古松⑤。
若教临水畔，字字恐成龙⑥。

〔简析〕怀素去世后，其书迹更为后人所珍爱。在他生前，人们由于喜爱其书迹而陈设其书写的屏风；在他去世后，这架已经陈旧的屏风由于有怀素墨迹更得到人们的珍爱。诗的前四句写屏风，后四句写草书。诗中"怪石奔秋涧，寒藤挂古松"两句是作者欣赏屏风上草书时的审美感受。最后两句运用浪漫主义手法，更使此诗增添了生动的情趣。

〔注解〕①屏风：室内陈设作为挡风或遮蔽的用具，上面绘画或写书法以为装饰。②分明：明明是。③尘色：灰尘的颜色。④怪石奔秋涧：形容点写得厚重有力，像形状奇怪的大石头坠入涧水之中。卫夫人《笔阵图》形容书法中的点"如高峰坠石"。⑤寒藤挂古松：形容书法笔画坚韧苍古。⑥字字恐成龙：由于笔画写得生动，充满活力，似龙蛇飞舞。因而想象其见水必然幻化为真龙。

吴融（一首）

吴融（？—903），字子华，越州山阴（今浙江绍兴）人。唐昭宗龙纪年间进士及第，韦昭度讨蜀，表掌书记，迁侍御史。去官，依荆南成汭。昭宗反正，吴融最先至。奉旨草诏，语当意详，无不称旨，进户部侍郎。以翰林学士承旨卒。有《唐英歌诗》三卷。

赠瞖光上人草书歌

篆书朴①，隶书俗①，草圣贵在无羁束②。
江南有僧名瞖光③，紫毫一管能颠狂④。
人家好壁试挥拂⑤，瞬目已流三五行⑥。
摘如钩，挑如拨，斜如掌，回如斡。
又如夏禹锁淮神⑦，波底出来手正拔。
又如朱亥锤晋鄙⑧，袖中抬起腕欲脱。
有时软絮盈⑨，一穗秋云曳空阔⑩。
有时瘦巉岩⑪，百尺枯松露槎枿⑫。
忽然飞动更惊人，一声霹雳龙蛇活⑬。
稽山贺老昔所传⑭，又闻能者唯张颠⑮。
上人致功应不下⑯，其奈飘飘沧海边⑰。
可中一入天子国⑱，络素裁缣洒毫墨。
不系知之与不知，须言一字千金值。

〔简析〕唐末草书基本是继承了狂草的流风余韵，名家亦复不少，光上人是较著名者。光善书，"虽未足以与智永、怀素方驾，然亦自足一家法，为时所称。"更何况他曾以书法得到皇帝所赐的紫方袍。因此，他的字在当时很珍贵，竟至一字值千金。此赠诗并非泛泛夸饰应酬之作。作者抓住狂草无拘无束、如癫如狂的特点，前半部连用多个比喻，一气而下，如瞖光的草书作品一样气势博大，动人心魄，使人感到真切而生动。安排拈出本朝草书大家贺知章与张旭，指出光与他们相比"致功应不下"，是一种委婉的激励与评价。

〔注解〕①朴：质朴。俗：通俗，大众化。②草圣：本为对草书取得最高成就者的尊称，此指草书。羁束：羁拘束缚。③昺（biàn）光：俗姓吴，字登封，浙江永嘉人，擅诗擅书。诗作多古调，书作多草书。《高僧传》称昺光"闻陆希声谪宦于豫章，光往谒之……而授其五指拨灯诀。昺光书体当见遒健，转腕回笔，非常所知。乃西上，昭宗诏对御榻前书，赐紫方袍"。④紫毫：又称紫霜毫，指用紫色兔毛制成的笔。颠狂：喜怒无定。⑤挥拂：运笔写字。⑥瞬目：眨眼之间，形容时间很短。⑦夏禹锁淮神：《古岳渎经》："禹治水，三到桐柏，获淮涡水神，曰无支祁，命庚辰制之，锁于龟山之足，淮水乃安。"⑧朱亥锤晋鄙：朱亥是战国时魏国人，有勇力，信陵君无忌门客，信陵君欲救赵，使朱亥袖四十斤铁锤击将军晋鄙，夺其军救赵。⑨萦盈：回委的样子，喻笔画盘萦。⑩空阔：广大旷远。⑪巉岩：高而险的山石，形容笔画险劲。⑫槎枿（chá niè）：树木砍后的再生枝。斜斫名槎，砍又复生称枿。⑬霹雳：声大而急的雷。⑭稽山：会稽山，在浙江绍兴东南。贺老：唐朝著名书法家贺知章。⑮张颠：唐朝草书大家张旭。⑯上人：对僧人的尊称，此处指昺光。⑰飘飘沧海：飘然于大海之滨。⑱可中：恰好。天子国：皇帝所居之处，即国都。昺光曾入宫为唐昭宗作书。

齐己（一首）

齐己（约860—约937），唐末五代诗僧。本姓胡，自号衡岳沙门，潭州益阳（今湖南）人。擅诗，与诗人郑谷酬唱。有《白莲集》十卷。

谢西川昙域大师玉箸篆书

玉箸真文久不兴①，李斯传到李阳冰。
正悲千载无来者，果见僧中有个僧②。

〔简析〕唐朝人工篆书者绝少。李阳冰曾说过"斯翁之后，直至小生"的话，在自负中透出孤独与寂寞。唐朝多书僧，工草者很多。这位昙域和尚不肯随波逐流，独能以篆书鸣世，可以说是一时的豪杰。无怪作者认为昙域就是李斯、李阳冰篆书衣钵唯一传人。虽然过于武断,以稀为贵是一定的。

〔注解〕①玉箸:同"玉筯",篆名玉筯。后人对李斯所作小篆的美称。因其笔画圆润劲健,无粗细变化,故以玉箸相比。真文:真书。②果见:竟然看到。

史邕(一首)
史邕,晚唐人,生平事迹不详。

翛公上人草书歌

真踪草圣今古有①,翛公学得谁及否②。
古人今人一手书,师今书成在两手③。
风雨飘兮魍魉走。
千尺松枝如蠧朽,欲折不折横岩口。
书时须饮一斗酒,醉后扫成龙虎吼④。
张旭骨,怀素筋,筋骨一时传斯人⑤。
斯人传得妙通神。
攘臂纵横草复真⑥,一身疑是两人身。

〔简析〕唐代僧人擅狂草者特别多,翛上人在其中所以独占一席之地,在于别人只一手,而他能楷能草,左右开弓,具有两手写两种书体的本领。这种独特的造诣,需要多么大的功夫与毅力呀!无怪乎史邕观其作书后诗兴大发,作歌称颂了。应当指出的是,书法家擅正书又擅草书是正常的。而在人前作书时,忽而用右手,忽而用左手则是一种表演,是哗众取宠的伎俩炫耀。

〔注解〕①真踪草圣:楷书、狂草。②翛公:翛上人,晚唐书家。③书成在两手:双手俱可作书。④龙虎吼:形容草书气势生动壮观,如龙腾虎啸。

⑤斯人：指脩上人。⑥攘（rǎng）臂：捋衣出臂，表示振奋。纵横草复真：自如地作狂草又作楷书。

杨凝式（一首）

杨凝式（873 — 954），字景度，华阴（今属陕西）人。唐末丞相杨涉之子，唐哀帝时登进士第。历仕后梁、后唐、后晋、后汉、后周，官至太子太保，人称杨少师。后以心疾致仕。凝式长于诗歌，擅笔札，洛阳寺观墙壁之上多有其题记。曾佯疯自晦，故亦称杨风子。凝式为晚唐五代书法大家，得颜真卿及王羲之之神，行草最妙。存世墨迹有《韭花帖》《神仙起居法》等。

题怀素《酒狂帖》后

十年挥素学临池①，始识王公学卫非②。
草圣未须因酒发③，笔端应解化龙飞④。

〔简析〕《酒狂帖》已失传。这首小诗就怀素所书的《酒狂帖》提出作者对"草圣"的看法。作者认为，草圣的前提是长期学习打好深厚的基本功；

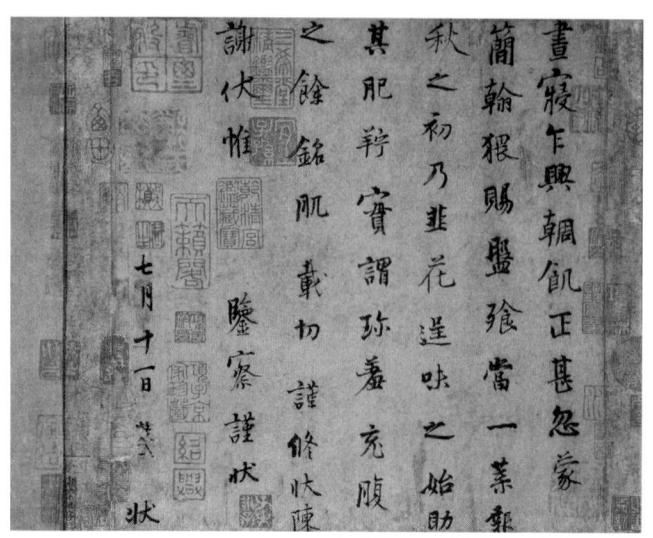

杨凝式《韭花帖》

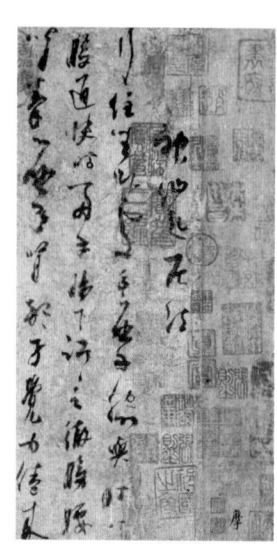

杨凝式《神仙起居法》

广泛学习汲取前辈名家的长处。只有如此，才可能使草书出神入化，挥洒自如，而不在于饮酒才能作狂草。"草圣未须因酒发，笔端应解化龙飞"两句，可以说一语揭示了书与酒的关系。作者为书法大家，见解自然与众不同。

〔注解〕①挥素：挥洒绢素，谓写字。②王公学卫非：王羲之从众学书后，始悟专学卫夫人是错误的。王羲之《题卫夫人〈笔阵图〉后》："予少学卫夫人书，将谓大能；及渡江北游名山，见李斯、曹喜等书；又之许下，见钟繇、梁鹄书；又之洛下，见蔡邕《熹平石经》三体书；又于从兄洽处见张昶《华岳碑》，始知学卫夫人书，徒费年月耳。遂改本师，仍于众碑学习焉。"③草圣：对草书有最高成就者的美称。④化龙飞：变化为蛟龙飞舞，比喻笔画劲健律动与结字章法的活泼自然。

李建勋（一首）

李建勋（约873—952），五代南唐诗人。字致尧，广陵（今江苏扬州）人。平南王李德诚之子。好学，尤工于诗，诗风平淡幽默。中主李昪镇金陵，用为副使。后以司徒致仕，赐号钟山公。

送八分书与友人，继以诗

跁跒为诗跁跒书①，不封将去寄仙都②。
仙翁拍手应相笑③，得似秦朝次仲无④？

〔简析〕唐朝的隶书与汉隶有明显的区别，即更注意左右分飞之势，因而更多美术装饰化成分，故多称为八分书。从这首笔调轻松的小诗中也可看出，至晚唐、五代时，隶书体使用仍相当普遍。它既可书碑，也可书以赠人。被作者称为仙翁的这位友人就对隶书情有独钟，此诗也反映出作者对其隶书造诣的自信。

〔注解〕①跑跒（páoqiǎ）：匍匐而前。表示尊敬。②仙都：仙人居住的地方。这里指友人居住之处。③拍手：鼓掌。④得似：能像。次仲：王次仲，相传王次仲为首创八分书者。唐张怀瓘《书断》："八分者，秦羽人上谷王次仲所作也……王次仲即八分之祖也。"也有人认为王次仲为东汉时人。

安鸿渐（一首）

安鸿渐，生于唐末，五代至北宋初年人，生平事迹不详。

题杨少卿书后

端溪石砚宣城管①，王屋松烟紫兔毫②。
更得孤卿老书札③，人间无此五般高。

〔简析〕杨凝式书法在其生时即为世所重，不必说经意作品，就是随手写的书信也被人看作无价珍宝而倍加爱惜，从安鸿渐的这首小诗中可以窥见一斑。这首诗选择的角度很新颖，先说笔、墨、砚中极品的珍贵，又以一个更字转入杨凝式书法，指出此五者兼得，如珠联璧合，交相辉映，高雅审美的满足与愉悦跃然纸上。

〔注解〕①端溪石砚：端溪县所产的石砚，即端砚。端溪县在今广东德庆县，县东有端溪水。其地有三洞，产砚石著称于世，自唐朝以来即为世人所重。宣城管：宣城笔。安徽宣城所产的紫毫笔，在唐宋时颇有名，为世人所重。宣城制笔名工宣州陈氏家传王右军乞笔帖。白居易《紫毫笔》诗："江南石上有老兔，吃竹饮泉生紫毫。宣城之人采为笔，千万毛中拣一毫。"即咏宣城笔。②王屋松烟：王屋山松树烧烟所制成的墨。王屋山，在山西阳城、垣曲两县间，一名天坛山，其山三重，其状如屋，故名王屋。松烟墨，燃松取烟，经过漂、筛、除去杂质，配以上等皮胶和麝香、冰片加工成墨。③孤卿：官名。指少师、少傅、少保。《汉书·百官公卿表》："太师、太傅、太保是为三公……又立三少为之副，少师、少傅、少保是为孤卿，与六卿为九焉。"杨凝式官至太子少师，故称孤卿。

冯少吉（一首）

冯少吉，五代时人，生平事迹不详。

山寺见杨少卿书壁，因题其尾

少卿真迹满僧居①，只恐钟王也不如②。

为报远公须爱惜③，此书书后更无书④。

〔简析〕题僧院壁墙是杨凝式一大嗜好。据载，他居洛阳时，"洛川寺观蓝墙粉壁之上，题记殆遍。"这种纵诞不羁的行为，被时人目之为"风子"。也正是这种纵诞不羁，使其书作真率自然而多天趣。黄庭坚说："遍观僧壁间杨少师书，无不造微入妙。"誉其为一绝。难怪此诗的作者要做出"钟王也不如""此书书后更无书"的评价了。

〔**注解**〕①少卿：五代大书家杨凝式。真迹：书法家自家手笔所书的墨迹。②钟王：钟繇、王羲之。③远公：晋释慧远居庐山东林寺，世人称其为远公。后指有道行的僧人。④此书书后更无书：意为今后很难有人写出如此高妙的书法了。

可朋（一首）

可朋（约896—963？），眉州丹棱（今四川眉山丹棱县）人。五代时名诗僧。好饮酒，自号醉髡。有诗作一千余篇，成集，称《玉垒集》。

观梦龟草书

欲尽金罍数斗余①，从容攘臂立踟蹰②。

先教侍者浓磨墨③，不揖傍人欻便书④。

画状倒松横洞壑，点粗飞石落空虚。

兴来乱抹亦成字，只恐张颠颠不如⑤。

〔简析〕释梦龟，五代孟蜀时僧人，是当时著名书僧之一。梦龟属长老级别僧人，作书时有侍者为其研墨抻纸。梦龟的草书基本沿袭张旭、怀素狂草，其草书笔画较为粗壮。其草书的狂放更甚于张旭、怀素，已经达到了"乱抹"的程度。这种狂涂乱抹势必坠入粗俗，放肆太甚必然流入狂怪。正由于此，狂草也走到了尽头，另一种书法流派也悄然兴起，尚意成为宋朝的书法主流。

〔注解〕①金盅：没有把的金酒杯。②攘（rǎng）臂：捋起衣袖，伸出胳膊。踟蹰：来回走动。③侍者：听候长老使唤的僧人。《释氏要览·住持》："侍者，即长老左右也。"④不揖：不辞让。欻（xū）：忽然。⑤张颠：张旭。

王禹偁（一首）

王禹偁（954—1001），字元之，济州巨野（今属山东）人。宋太宗时进士，任右正言，以刚直敢言著称。有《小畜集》等。

八绝诗阳冰篆

泠泠庶子泉①，落落阳冰笔②。

云气势崩垂，龙蛇互蟠屈③。

峄山既剷灭④，石鼓又缺失⑤。

唯兹数十字，遒劲倚云窟⑥。

模印遍华夷⑦，流传耀缃帙⑧。

书诚一艺尔，小道讵可忽⑨。

乃知出人事⑩，千古名不没⑪。

〔简析〕宋人学篆书，多以李阳冰篆法为宗尚，因此，其所书的《庶子泉铭》在当时颇受珍视。《庶子泉铭》拓本既为当时的士大夫宝藏，复更远传于夷邦异国，从此诗中可见一斑。"书诚一艺尔，小道讵可忽。乃知出人事，千古名不没"是作者对书法在"道"中的地位的认识。同时从此诗中也透出宋朝人所作的书法诗更重于理性评价，与唐朝书法诗以热情歌颂为主有一定的区别。

〔注解〕①泠泠（líng）：形容泉流声音清脆。庶子泉：在安徽滁州南山。以唐庶子李幼卿守此，泉为李幼卿所凿，故名庶子泉。②落落：高超不凡的样子。阳冰笔：指李阳冰篆书《庶子泉铭》。③蟠屈：盘绕屈曲。此句与上句均为形容篆书的笔画特点。④峄山：即《峄山刻石》。秦始皇二十八年（前219）秦始皇巡登山东峄山，丞相李斯等为颂秦始皇之德而刻。刻石久佚，流传有南唐徐铉摹刻本。劘（mó）灭：同磨灭。相传《峄山石刻》于北魏时被推倒后，野人焚毁。⑤缺失：破损不全。⑥遒劲：笔画刚劲有力。云窟：云气聚集之处。⑦模印：摹拓。此指《庶子泉铭》拓本。遍华夷：国内国外都有流传本。华，指中国。夷，指外国及蛮夷之地。⑧缃帙：包在书卷外的浅黄色封套。⑨小道：儒家对宣扬礼教以外的学说技艺统贬称为小道。书法是艺术，故称小道。⑩出人：指超出众人之上。⑪千古：指年代久远。

苏易简（一首）

苏易简（958—997），字太简，梓州铜山（今四川德阳）人。宋太宗太平兴国五年（980）进士，先后任右拾遗知制诰、翰林学士、中书舍人、充承旨、参知政事。因事出邓州，移陈州。卒谥文宪。有《文房四谱》《续翰林志》等。

题临《兰亭序》

有若似夫子①，尚兴阙里门②。
虎贲状蔡邕③，犹旁文举樽④。

昭陵自一闭⁵，真迹不复存。
予今获此本，亦可比玙璠⁶。

〔简析〕北宋初年，苏易简为最有名书家。其书风基本步趋《兰亭集序》后尘，因而对《兰亭集序》有特别的崇拜情感。在他看来，不必说钩摹填墨者如神龙本，真迹摹刻如《定武兰亭》，一些临写本也被视为"玙璠"。作者认为，这些临写本虽非书圣王羲之所书，但"骨气洞达"，仍具书圣余韵，如同书圣的后裔。正像儒家学者是孔子的嫡传，正如他们尊崇孔子那样亦步亦趋学习《兰亭集序》。由此可以窥见当时的书风崇尚及苏易简本人对临本的情有独钟。

〔注解〕①夫子：指孔丘。在《论语》中孔丘的门徒尊称孔丘为夫子。②阙里：地名。相传为孔丘授徒之处，在洙泗之间。③虎贲：勇士。蔡邕：东汉末年大书法家。萧衍《古今书人优劣评》称蔡邕书法"骨气洞达，爽爽如有神力"。④文举：后汉孔融字文举。孔融为孔丘后裔。⑤昭陵：李世民陵墓。⑥玙璠：美玉名。

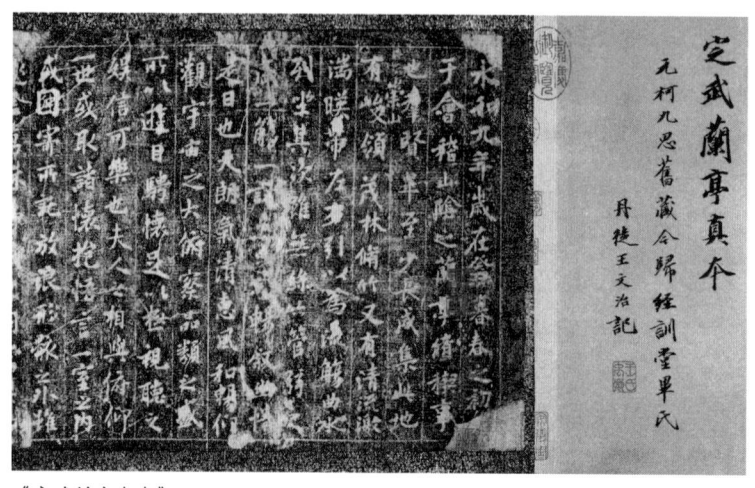

《定武兰亭真本》

梅尧臣（二首）

梅尧臣（1002 — 1060），字圣俞，宣州宣城（今属安徽）人。宋朝著名诗人。屡试不第，荫为河南主簿。宋仁宗召试，赐进士出身，迁都官员外郎。宣城古名宛陵，故世称"梅宛陵"。有《宛陵先生文集》。

依韵和睢阳杜相公答蔡君谟新体飞草书

丹砂篆印发题封①，云母屏开照耀中②。
漠漠蛟绡吹入纸③，翘翘虿发卷随风④。
新番自与鸿都异⑤，旧法唯应垩帚同⑥。
丞相报诗何处问⑦，清泠池上雁能通。

〔简析〕蔡君谟即北宋大书法家蔡襄。蔡襄创以散笔作散草，曾轰动一时。沈括《梦溪笔谈·卷十八》："古人以散笔作隶书，谓之散隶。近人蔡君谟又以散笔作草书，谓之散草，或曰飞草。其法皆生于飞白。亦自成一家。"与此诗所咏基本一致，证明这种新草体在当时盛行的情况。此诗是和杜丞相的诗，散草书形质轻盈，点画飘逸的特点，从诗的第二联描述中可以窥见其大概。

〔注解〕①丹砂：朱砂。篆印：印章多以篆文为之，故又称篆印。②云母屏：云母矿石析为片制成的屏风，光彩美丽。照耀：照射。③漠漠：弥漫的样子。蛟绡：即鲛绡。相传为鲛人所织之绡，轻薄透明。以此形容飞草点画多飞白，如透明鲛绡铺在纸上。④翘翘：高出的样子。虿（chài）发：古代女子发型的一种。以发末梢蜷曲上卷如虿而称。虿，昆虫名，蝎子一类的毒虫，其尾翘曲，此用以形容飞草点画刚健而轻盈的特点。⑤新番：新的更替。鸿都：东汉宫门名。公元178年，汉灵帝立鸿都门学，讲究辞赋、绘画、书法。⑥旧法：旧的法则。垩（è）帚：粉刷墙壁的工具，刷帚。唐张怀瓘《书断·上·飞白》："伯喈待诏门下，见役人以垩帚成字，心有悦焉，归而为飞白之书。"这两句意为，蔡襄所创散草与散隶不同，但却同出自蔡邕所创飞白体。⑦丞相：指题中的睢阳杜相公。丞相又称相公。

泗州观唐氏书

唐氏能书十载闻①，谁教精绝向红裙②。
百金买书蒲葵扇③，不必更求王右军④。

〔简析〕书家书迹是否能传世，是由很多因素决定的。一些在书法史上没有留下名字的书家，他们的作品也并非不好，这位被诗作者誉为得其书迹不必更求王羲之的唐姓的书法家就是一例。其名字或有人认为即是宋初书法家唐异，但也有人如朱东润先生认为并非指唐异。但是，这位唐姓书法家赖此诗得留其姓于史，也算是一大幸事。

〔**注解**〕①唐氏：宋朝书家。夏敬观认为："唐，疑是唐异，字子正。"清厉鹗《宋诗纪事》："唐处士异，字子正。才艺甚高，肥遁不出。李西台建中时谓善书，而子正之笔实左右之。江东林逋亦称墨妙，一见而叹曰：'唐公之笔老而弥壮。'"据此可知唐氏为宋初人。但朱东润认为此非指唐异，存此俟考。②精绝：精妙绝伦。红裙：指青年女性。③百金买书蒲葵扇：《晋书·谢安传》："乡人有罢中宿县者，还诣安。安问其归资，答曰：'有蒲葵扇五万。'安乃取其中者捉之，京师士庶竞市，价增数倍。"此言意为所得书迹好，不必拘泥于何人。④王右军：王羲之曾任右将军，故世人称其为王右军。

欧阳修（三首）

欧阳修（1007—1072），字永叔，号醉翁、六一居士。吉州庐陵（今属江西吉水）人。宋仁宗天圣年间中进士。调西京推官，进龙图阁直学士，河北都转运使。因事出守滁州、颍州等十余年。回朝任礼部侍郎、参知政事。因与王安石不和，求归田，以太子少师致仕。卒谥文忠。欧阳修博通群书，为一代文宗。其文、诗、词俱臻上乘，代表了一个时代的水平。有《欧阳文忠公文集》。

石篆诗并序

　　某启，近蒙朝恩守此州。州之西南，有琅琊山，唐李幼卿庶子泉者。某在馆阁时，方国家诏天下，求古碑石之文集于阁下，因得见李阳冰篆《庶子泉铭》。学篆者云："阳冰之迹多矣，无如此铭者。"常欲求其本而不得，于今十年矣。及此来以获焉。而铭石之侧又阳冰别篆十余字，尤奇于铭文，世罕传焉。山僧惠觉指以示予，予徘徊其下，久之不能去。山之奇迹，古今记述详矣，而独遗此字。予甚惜之，欲有所述而患文辞之不称。思予尝爱其文而不及者梅圣俞、苏子美也。因为诗一首，并封题墨以寄二君，乞诗刻于石。

寒岩飞流落青苔，旁斫石篆何奇哉①。
其人已死骨已朽，此字不灭留山隈②。
山中老僧忧石泐③，印之以纸磨松煤④。
欲令留传在人世⑤，持以赠客比琼瑰⑥。
我疑此字非笔画，又疑人力非能为⑦。
始从天地胚浑判⑧，元气结此高崔嵬⑨。
当时野鸟踏山石，万古遗迹于苍崖⑩。
山祇不欲人屡见⑪，每吐云雾深藏埋。
群仙飞空欲下读，常借海月清光来。
嗟我岂能识字法，见之但觉心眼开。
辞悭语鄙不足记，封题远寄苏与梅⑫。

〔简析〕欧阳修酷喜金石，所著《集古录》至今仍为世人崇仰。在贬谪之时，既得到寻求多年未得的被誉为李阳冰篆书之冠《庶子泉铭》拓本，又得到世人罕知的李阳冰题名篆书拓本，而书迹之奇妙又在《庶子泉铭》之上，快乐可以想见。从梅尧臣和诗知道，新发现的篆书共十八字，内容是"其文乃只题姓名，大历六年春气尾"。并知道欧阳修曾将《石篆诗》刻于其侧。

〔注解〕①斫（zhuó）：雕刻。②山隈：山谷的弯曲处。③泐（lè）：石头按脉理裂散。④印之以纸磨松煤：用纸墨椎拓石刻，印制拓片。⑤人世：人世间。⑥琼瑰：珠玉。⑦人力：人的能力。⑧胚浑：指天地形成之初的状态。胚，胚胎。浑：混沌。⑨元气：天地未分前的混沌之气。崔嵬：高崇的样子。⑩万古：千年万代。⑪山祇：山中神灵。⑫苏与梅：指宋朝著名诗人苏舜钦、梅尧臣。他们接到欧阳修所寄石篆拓本及此诗后，均有和诗，梅诗十四韵，苏诗十五韵。

学书二首

一

苏子归黄泉①，笔法遂中绝②。
赖有蔡君谟③，名声驰晚节④。
醉翁不量力⑤，每欲追其辙⑥。
人生浪自苦⑦，以取儿女悦。
岂止学书然，自悔从今决⑧。

二

学书不觉夜，但怪西窗暗。
病目故已昏⑨，墨不分浓淡。
人生不自知，劳苦殊无憾⑩。
所得乃虚名，荣华俄顷暂⑪。
岂止学书然，作铭聊自鉴。

〔简析〕这两首诗阐述了宋朝人书法尚意、尚自我的倾向。欧阳修认为学习他人笔法处于欲罢不能，欲进又实难，不自量力，取悦小儿女的境况中，实是无聊至极。故应自省盲目步趋他人的学习方法。他的书法"笔势险劲，字体新丽,精勤敏妙,自成一家",恐怕就是强调自我的结果。这两首诗也反映了蔡襄书法在宋朝书坛的地位,同时也表达了作者通过学习书法对人生的某些感悟。

〔注解〕①苏子:指苏舜钦。苏舜钦是北宋著名书法家。米芾评其书法"如五陵少年,访云寻雨,骏马青衫,醉眠芳草,狂歌院落"。黄泉:地下葬身之处。古时对人去世的婉曲说法。②笔法:写字点画用笔方法。从广义上说,笔法包括执笔法和用笔法。从狭义上说,笔法是指写任何点画的一般原则。此处指广义的笔法。③蔡君谟:宋朝大书法家蔡襄字君谟。④名声:声望。晚节:晚年。⑤不量力:不衡量自己的力量。⑥辙:车轮的行迹。此处引申为遵循其笔法特点。⑦人生:人的生存和生活。⑧决:同"诀"。⑨故:本来。⑩劳苦:辛勤。⑪荣华:富贵荣耀。俄顷:一会儿。

韩琦(一首)

韩琦(1008—1075),字稚圭,相州安阳(今属河南)人。宋仁宗天圣年间中进士,授将作监丞。历官陕西经略安抚招讨使、枢密副使,拜同书门下平章事、右仆射,封魏国公。卒谥忠献。韩琦为北宋名臣,与范仲淹、欧阳修等同事。擅正书,师法颜真卿,为北宋早期书法家。著有《安阳集》。

次韵和崔公孺国博观
新模正献杜公草书

珍藏正献草书诗①,传诫云来示永贻②。
几夜风涛偃松柏,半天雷雨起蛟螭③。
临池学苦应同妙,舞剑功如未是奇④。
刊石岂徒为世玩⑤,更思清节可师之⑥。

〔简析〕杜公正献指宋初书法家杜衍。正献是杜衍去世后的谥号。杜衍草书"清简妙丽,得晋人风气"。作为咏书法律诗,此诗似乎并非上乘之作。但它反映的以下内容还是很有价值的。一是北宋模刻法帖较盛行,不但古代大书家的书迹刊刻行世,当代名家如此诗所咏的杜衍草书帖也刊刻流传;二是与唐朝人重其书法不计较书家品格不同,北宋人论书更注重人品与书品的关系,在宋初已开此风气。

〔**注解**〕①正献:北宋书法家杜衍去世后的谥号。杜衍(978 — 1057),越州山阴人。平生为官清廉,疾恶如仇,为北宋名臣。苏轼评其书:"正献公晚乃学草书,遂乃一代之绝……清简妙丽,得晋人风气。"②永贻:长久存留。③几夜风涛偃松柏两句:形容草书笔画古涩瘦劲,盘萦欲活。④舞剑功:舞剑技艺。唐朝裴旻舞剑与张旭草书俱称绝诣。⑤刊石:此指将杜衍草书刻石。⑥清节:高洁的节操。

苏舜钦(一首)

苏舜钦(1008 — 1049),字子美,开封(今属河南)人。宋仁宗景祐年间中进士,任县令、大理评事、集贤院校理等官职。政治上倾向以范仲淹为首的"变法派"。被保守派借事诬陷,削为民,闲居苏州。后起为湖州长史,不久因病去世。

丹阳子高得逸少《瘗鹤铭》于焦山之下,
及梁、唐诸贤四石刻共作一亭,以"宝墨"名之。
集贤伯镇为之作记,远来求诗,因作长句以寄
　　山阴不见换鹅经①,京口今存瘗鹤铭②。
　　潇洒集仙来作记③,风流太守为开亭④。
　　两篇玉蕊尘初涤⑤,四体银钩藓尚青⑥。
　　我久临池无所得,愿观遗法快沈冥⑦。

〔简析〕自《瘗鹤铭》被发现,就受到书法界的高度重视。作为名书家苏舜钦,在被废逐闲居中得知《瘗鹤铭》的发现,渴望见到的热切之情是可以理解的。此诗是探讨《瘗鹤铭》书者为王羲之的最早的一种说法的记载。与宋朝黄长睿说相同,代表了当时人的认识,故十分可贵,虽然后人认为这种说法并不准确。此诗前六句以工稳的对仗应题写对《瘗鹤铭》石刻及其书者倾慕,对作亭者、作序者的赞誉。后两句表达渴望见到《瘗鹤铭》的心情。

〔**注解**〕①山阴:今浙江省绍兴市。换鹅经:即王羲之应山阴道士之请所书的《道德经》。②京口:今江苏省镇江市。瘗鹤铭:著名摩崖石刻,在镇江市东北的焦山西麓崖石上。宋以后被雷轰崩落长江中,石碎为五块。清康熙十二年(1673)陈鹏年将五石移焦山西南观音庵,黏合为一。存九十余字。《瘗鹤铭》书法超逸,人们大都倾向为陶弘景所书。宋朝人学《瘗鹤铭》者甚多,黄庭坚即其一。③潇洒:神情举止自然大方。集仙:即题中为宝墨亭作记的集贤伯镇。集贤是人的名字还是伯镇曾为集贤学士俟考。伯镇:宋朝人章岷字伯镇。章岷,宋朝天圣年间进士,徙镇江;官两浙转运使;性刚介,有能名;后知苏州,政绩卓然。范仲淹很敬服其文才。④风流太守:即题中的丹阳子高。钱彦远,字子高,吴越王钱镠后人。钱彦远曾知润州,宋朝人称知州为太守。风流:有才能而不拘礼法。开亭:创始宝墨亭。刘昌《悬笥琐探》:"宝墨亭,宋初建,以覆《瘗鹤铭》者。"当即指钱彦远所作亭。⑤两篇玉蕊:指集贤伯镇所作的《宝墨亭记》。据此,所作记应为两篇。玉蕊,玉蕊花,为名贵花种。⑥四体银钩:形容宝墨亭所收集的《瘗鹤铭》及梁、唐诸贤四

《瘗鹤铭》

石刻书法之遒劲。⑦遗法：遗留的法则。沈冥（chénmíng）：隐居。《世说新语·栖逸》："阮光禄在东山，萧然无事，常内足于怀。有人以问王右军。右军曰：'此君近不惊宠辱，虽古之沈冥，何以过此？'"苏舜钦时被废逐居苏州，故作此语。

司马光（一首）

司马光（1019—1086），字君实，号迂叟，陕州夏县（今属山西）涑水乡人，世称涑水先生。宋仁宗宝元年间中进士。后迁御史中丞。宋英宗治平三年（1066）进所撰通志，宋神宗名之为《资治通鉴》。王安石执政实行新法，司马光竭力反对，成为旧党领袖。宋哲宗即位，拜尚书左仆射、兼门下侍郎，废除绝大部分新法，罢黜新党。卒赠太师，封温国公，谥文正。著有《资治通鉴》《司马文正公集》《稽古录》等。

怀素书

上人工书世所稀①，于今散落无复遗②。
君从何处获数幅，败绢苍苍不成轴③。
云流电走何纵横④，昏醉视之双目明。
烈火烧林虎豹栗，疾雷裂地龙蛇惊⑤。
须臾挂壁未收卷⑥，阴风飒飒来吹面⑦。
只疑神物在暗中⑧，宝秘不令关俗眼⑨。
嗟予平生不识书，但爱意气豪有余⑩。
欲求数字置认侧，安得满斗千金珠。

〔简析〕怀素的狂草曾赢得唐朝诗人们的狂热歌颂，此诗仍继承其余绪。说明此时有相当一部分人对书法的欣赏评价仍沿袭唐人规范，未形成宋人自己的标准。此诗布局工稳，脉络清晰，是一首较好的书法诗。诗的起首写怀素书迹在当时已极难见到，虽然残卷败幅亦为世所珍。中间罗列诸多物象写自己欣赏怀素书迹时的感受，手法与唐朝人论书法诗也很近似。结尾写自己虽然喜爱怀素书法，因其价值昂贵也只好望而兴叹了。司马光以廉俭著称于世，此诗也是一个侧证。

〔注解〕①上人：对僧人的敬称，怀素是僧人，故称为上人。工书：擅长书法。②散落：散佚零落。③败绢苍苍：绢素残损，质地陈旧。④云流电走何纵横：形容草书用笔酣畅奔放。⑤"烈火烧林虎豹栗"两句：形容草书气势磅礴，动人心魄。⑥须臾：顷刻之间。⑦阴风飒飒：冷风吹拂。飒飒，风声。⑧暗中：冥暗之中。⑨宝秘：珍爱秘藏。俗眼：世俗的眼光，浅薄的见识。⑩意气：意志与气概。

刘敞（一首）

刘敞（1019—1068）字原父，世称公是先生。临州新喻（今江西新余）人。宋仁宗庆历六年（1046）进士。曾通判蔡州、太子中允、右正言，并出使契丹。后任集贤院学士，留守司御史台。撰有《七经小学》《春秋权衡》《公是集》等。

同邻几伯镇观秘阁壁上苏子美草书

苏子佯狂不自疑①，汉庭籍甚莫言非。
放歌金马居常醉②，穷老沧洲不更归③。
浮世功名均梦寐④，平生翰墨独光辉⑤。
壁间数字龙蛇动，神物通神亦恐飞⑥。

〔简析〕邻几（江休复）、伯镇（章岷）与刘敞均是宋朝行草书大家苏舜钦生前的好朋友。《宋史·苏舜钦传》称其"善草书，每酣酒落笔，争为人所传，及谪死，世尤惜之"。此诗在观赏苏舜钦遗墨，"壁间数字龙蛇动，神物通神亦恐飞"的神采，称赞其"平生翰墨独光辉"的同时，对于其受谤被谪贬郁郁而终表示了无限的惋惜与同情。

[**注解**]①苏子：宋朝书法名家苏舜钦。佯狂：装疯。②放歌金马：在官署恣情歌吟。金马：金马门，汉代宫门名。后为官署代称。③沧洲：临水之处，多指隐者居处。苏舜钦因用卖拆封废纸钱饮酒召妓被政敌陷害，除名为民。流寓苏州，购地作沧浪亭隐居。作者于此句下自注："苏在吴中自为作诗曰：'我今穷无归，沧浪送余生。'"④浮世：人间。⑤平生：一生。⑥神物：神妙奇异之物。此指苏舜钦留在壁上的墨迹。

王安石（一首·附一首）

王安石（1021 — 1086），字介甫，号半山，抚州临川（今江西抚州）人。宋仁宗庆历年间举进士。嘉祐三年（1058）上万言书，力主变法。宋神宗对王安石很倚重，任其为丞相，改革政治，实行新法。元丰年间拜左仆射，封荆国公。宋哲宗即位加司空。卒谥文。王安石文章诗歌均独具特色，书画造诣也很深。文集有《王文公文集》《临川先生文集》，后人辑有《周官新义》《诗义钩沉》等。

吴长文新得颜公坏碑

鲁公之书既绝伦①，岁久更为时所珍。
荒坛坏冢朽崖屋，剥落风雨埋煨尘②。
断碑数尺谁所得，点画入纸完如新。
延陵公子好事者③，拓取持寄情相亲。
六书篆籀数变改④，训诂后世多失真⑤。
谁初妄凿妍与丑，坐使学士劳骸筋⑥。
堂堂鲁公勇且仁⑦，出遇世难亲经纶⑧。
挥毫卓荦又惊俗⑨，岂亦以此夸常民⑩。
但疑技巧有天得⑪，不必勉强方通神⑫。
诗歌甘棠美召伯⑬，爱惜蔽芾由思人⑭。
时危忠谊常恨少⑮，宝此勿复令埋堙⑯。

〔简析〕此诗所反映的内容有三个问题很值得注意。一是颜真卿的楷书在北宋时学习者很多,哪怕是断碑残碣也珍若拱璧,这与唐朝诗人咏书法诗无一字涉及颜真卿书法形成鲜明对比;二是提出了人品与书品的关系,认为书品的优劣取决于人品的高低;三是对"劳骸筋"苦学书法的学习方法提出异议,认为"技巧有天得","不必勉强方通神"。王安石的书法"多率意而作,本不求工,似晋宋间人笔墨",恐怕就与其这种主张有关。

〔**注解**〕①鲁公:颜真卿曾被封为鲁郡公的爵位,故后人称其为颜鲁公。绝伦:无与伦比。②剥落风雨埋煨尘:因风雨侵蚀而脱落点画,或掩埋于灰烬尘埃之中。③延陵公子:延陵,地名。春秋时吴季札的封邑。其地在今江苏省武进县。此因吴长文姓吴而用此典。吴长文,名奎,北海人,王安石的朋友。好事:喜欢多事。④六书:象形、指事、会意、形声、假借、转注六种造汉字的方法。篆籀:篆书与籀书。籀,籀书。即大篆,因其见于《史籀篇》,故称籀。⑤训诂:解释古书字义。⑥学士:学者,文人。骸筋:身体。⑦堂堂:形容容仪庄严大方。⑧出遇世难:指颜真卿遇到唐朝的安禄山之乱。经纶:理出思绪叫经,编丝成绳叫纶,合称经纶。引申为筹划治理国家大事。此用其引申义。⑨卓荦:卓绝出众。⑩常民:普通老百姓。⑪技巧:巧妙的技能。天得:得之于天。⑫通神:与神明相通。⑬甘棠美召伯:《诗经·召南·甘棠》是赞颂召伯为申伯筑城盖房而作。召伯:召公奭,西周诸侯。甘棠,木名,果味甘美,今名棠梨。⑭蔽芾:树木茂盛的样子。《甘棠》诗:"蔽芾甘棠,勿翦勿伐。"⑮忠谊:忠贞的行为。⑯堙堙:埋没堙塞。

附:曾巩《颜碑》

碑文老势信可爱,碑意少缺谁能镌。

已推心胆破奸宄,安用笔墨传神仙。

沈辽（一首）

沈辽（1032—1085），字睿达，浙江杭州人。宋神宗熙宁年间以太常奉祀郎监杭州军资库。徙池州，筑室齐山上，名云巢。沈辽为北宋著名诗人、书法家。

赠清道

少年好书老弥笃[1]，牙签锦囊数百轴[2]。
江左墨妙世不瞩[3]，有唐诸公粗可录。
诸公草法无可称[4]，中叶始有张颠名[5]。
张颠下笔有神会，其妙不似点画成。
后来沙门有藏真[6]，措意潇洒尤更精[7]。
当时二子最名盛，至今学者皆伏膺[8]。
本朝苏公名弟兄[9]，汝南蒲阳亦有声[10]。
比来诸公已老死[11]，其余卑俗类可憎[12]。
我昔乘兴游都城[13]，列子示我新素屏[14]。
始知无择得此道[15]，长沙道人今复生[16]。
归来穷巷掩柴荆[17]，惠然相访得忘形[18]。
赠我数行岂无意，势如九河注沧溟[19]。
中间龙屬降没升[20]，欢伏不暇独可惊。
自欲何能谢言情，欲赠金玉还愧轻[21]。
殷勤之揖喜不胜[22]，使我驱雾老眼明[23]。

〔简析〕清道与沈辽同乡，年辈或略小于沈辽。其书法学习张旭、怀素，写得颇有气势。所作草书"势如九河注沧溟""中间龙屬降没升"恣肆飞动，从而使沈辽作长歌为之赞誉。沈辽与苏、黄、米为同时人而年龄稍长。其晚年时三人均得盛名于当时，但此诗中却只字未提，并说"其余卑俗类可憎"，反映出他与苏、黄、米之间的书法流派不同，见解不同。据苏轼云，沈辽书学沈传师，但"晚乃讳之，自云学子敬，病其似传师也，故出私意新之，遂不如寻常人"，可见一斑。

〔**注解**〕①弥笃：更加虔诚专一。②牙签：象牙制的书画标签。③江左墨妙：东晋王羲之等书家墨迹。江左，江东。长江下游以东地区。即今江苏省一带，为东晋治地。④草法：作草书方法。⑤中叶：中世。张颠：张旭。下笔有神会：落笔有玄妙的悟性。⑥沙门有藏真：僧徒怀素。沙门，梵语室罗摩拏的音译。意译为勤息、勤修善法、止息恶行之义。⑦措意：着意。潇洒：清高脱俗。⑧伏膺：牢记在心。⑨苏公名弟兄：宋朝著名书法家苏舜元、苏舜钦为同胞兄弟。二人均擅草书。⑩汝南蒲阳：宋朝著名书法家欧阳修、蔡襄。汝南，颍州。欧阳修做过颍州太守，晚年在颍州退居，他死后，人们出于尊敬，往往称其为汝南先贤。蒲阳，蔡襄别号蒲阳居士，为蒲阳蔡氏一支。⑪比来：近来。⑫卑俗：低下庸俗。此处似指苏轼等人的书法。⑬乘兴：趁着一时之兴。⑭列子：多个熟人、朋友。⑮无择：本为战国时魏国田子方之名，此谓同里之人。《庄子·田子方》："田子方侍坐于魏文侯，数称谿工。文侯曰：'谿工，子之师耶？'子方曰：'非也，无择之里人也。称道数当，故无择称之。'"《疏》："姓田，名无择，字子方，魏之贤人也。"⑯长沙道人：怀素。⑰穷巷：陋巷。柴荆：用柴荆做的简陋之门。⑱忘形：忘了自己的身体。指朋友相交脱略形迹。⑲九河注沧溟：黄河流向大海。极言书法气势磅礴。九河，古代黄河自孟津而北，分为九道，故名。沧溟：大海。⑳蜃：大蛤蜊。㉑金玉：珍宝。㉒殷勤：情意恳切。㉓驱雾老眼明：意为清道书法精妙而有生气，自己观赏时顿觉昏花的双目清爽起来。

韦骧（一首）

韦骧（1033 — 1105），字子骏，钱塘（今浙江杭州）人。宋仁宗皇祐五年（1053）进士。历知婺州武义县、袁州萍乡县、通判滁州、楚州。召为主客郎中，知明州。晚年提举杭州洞霄宫。有《钱塘集》。

求陈和叔草书《千文》

伯英临池池水黑①，世称草圣真无敌。
逸少奇踪昔所珍②，曾为换鹅书道德③。
晚有张颠尤怪伟④，意自公孙剑中得⑤。
由来传播千百年，笔法至今为准的⑥。
近时此学虽凋零⑦，妙绝何尝虚赏识。
唯公气格出天然⑧，挥扫能兼古人迹⑨。
纵如烟海鱼龙游，俊若秋天鹰隼击。
斡旋舒惨在术内⑩，心通手应难窥测。
曩传法帖久已寘，安得千文饱矜式⑪。
越溪明楮白于霜⑫，昼永愿公飞电墨。

〔简析〕北宋是狂草书法相对沉寂的历史时期。然淋漓酣畅的草书如狂草之类喜爱者仍复有之，如此诗中不太出名的陈和叔的草书仍得到韦骧的推崇。其草书点画流畅，纵横自如，"纵如烟海鱼龙游，俊若秋天鹰隼击。斡旋舒惨在术内，心通手应难窥测。"从诗中看，作者与陈和叔是很要好的朋友，否则不会直接点名希望得到书写很费时力的《千字文》的。

〔**注解**〕①伯英：东汉大书法家张芝字伯英。②奇踪：神异的墨迹。③换鹅书道德：《晋书·王羲之传》记载王羲之为山阴道士书《道德经》换鹅故事。④怪伟：奇特壮伟。⑤公孙剑：指张旭观公孙大娘舞剑器而得草法故事。⑥准的：楷模。⑦凋零：衰落。⑧气格：品格。⑨挥扫：运笔潇洒。⑩斡旋：旋转。舒惨：从容与猛厉。⑪千文：即南朝萧衍命给事郎周兴嗣用一千个不同的字编写的普及教育的小册子名《千字文》。后世书法家多有《千字文》墨迹传世。矜式：尊重效法。⑫明楮：白净的纸。

郭祥正（一首）

郭祥正（1035—1113），字功父，当涂（今属安徽）人。举进士，宋神宗熙宁年以殿中丞致仕。后复出通判汀州，知端州，又弃去。隐于青山，卒。郭祥正擅诗，少即有诗名，梅尧臣称其"真太白后身"。与苏轼、黄庭坚相友善。有《青山集》。

谢钟离中散惠草书

丈人行草天下无①，体兼众善精神俱②。
少年弄翰今悬车③，一幅不博千明珠④。
墨池翻澜化鲸鱼，老木半折倾藤枯。
霜天一阵来雁鹜，荒陂数点眠鸥凫⑤。
换鹅瘗鹤虽已矣⑥，折钗剑舞成须臾⑦。
心通造化乃神速⑧，伯英怀素真其徒。
迩来作我醉吟赞⑨，宝藏二妙归江湖⑩。
要将垂法数百载⑪，摩挲青玉亲传模⑫。
丈人善吟仍善奕⑬，名誉岂止专能书⑭。
名誉岂止专能书，皎如浩雪盈冰壶⑮。

〔简析〕钟离中散指宋朝书法家钟离景伯，官中散大夫。除苏、黄、米、蔡四大名家，同时代的著名书家也很多，钟离景伯就是其中一位。从本诗看，这位书家的草书写得跌宕有致，体兼众善。其作书特点是行笔疾速，近于怀素。"墨池翻澜化鲸鱼，老木半折倾藤枯"是写雄浑气势，"霜天一阵来雁鹜，荒陂数点眠鸥凫"是写萧疏的韵致。虽然钟离景伯所书的这幅作品没有流传下来，通过这首诗还是可以窥见其书法大概的。

〔注解〕①丈人：古代对老年人的尊称，此指宋朝书法家钟离景伯。②众善：诸多长处。精神：活力。③弄翰：执笔写字。古代以羽翰为笔，故称笔为翰。悬车：古人年七十辞官家居，废车不用，故称悬车。④不博千明珠：不肯换取钱财。博，换取。⑤"墨池翻澜化鲸鱼"以下四句：形容钟离景伯草书写得瘦健飞动，自然野逸。⑥换鹅瘗鹤：指王羲之为山阴道士所书的《道德经》与相传为陶弘景所书的《瘗鹤铭》。⑦折钗剑舞：书法术语。此指张旭草书。折钗，折钗股。笔画转折时，笔毫平铺，锋正圆而不扭曲，如钗股虽然经曲折而其体仍圆，相传折钗股源自张旭。剑舞，指张旭见公孙大娘舞剑器而草书大进事。⑧造化：自然的创造化育。神速：形容作书速度非常快。⑨迩来作我醉吟赞：书法内容是钟离景伯自作赠郭祥正的诗赞。故下句说自己宝藏二妙。⑩归江湖：归向五湖四海。据此可知因郭祥正辞官归隐时钟离景伯作书以相赠。⑪垂法：留传模式法则。⑫摩挲青玉亲传模：指将摹刻此墨迹以传世。⑬善吟仍善奕：长于作诗与下棋。⑭名誉：声名。⑮冰壶：盛冰的玉壶。比喻人的品格洁白无瑕。

苏轼（七首·附一首）

苏轼（1037 — 1101），字子瞻，号东坡居士，眉州眉山（今属四川）人。少聪慧，宋仁宗嘉祐年间中进士。任凤翔府签判。因论行新法不便，放外任。又因他人诬害以诗"谤讪朝廷"，下狱追究，即有名的"乌台诗案"。谪居黄州。宋哲宗即位召还，任翰林学士兼侍读等职。绍圣年间复行新法，贬谪惠州、儋州。宋徽宗即位，遇大赦北还，卒于常州。南宋孝宗时追谥文忠。苏轼才高学富，文为唐宋八大家之一，书法为宋四大书家之一，其绘画技法世称玉局法。

石苍舒醉墨堂

人生识字忧患始①，姓名粗记可以休②。
何用草书夸神速，开卷惝恍令人愁③。
我尝好之每自笑，君有此病何能瘳④。
自言其中有至乐⑤，适意无异逍遥游⑥。

近者作堂名醉墨，如饮美酒销百忧。
乃知柳子语不妄[7]，病嗜土炭如珍羞[8]。
君于此艺亦云至[9]，堆墙败笔如山丘[10]。
兴来一挥百纸尽，骏马倏忽踏九州[11]。
我书意造本无法[12]，点画信手烦推求[13]。
胡为议论独见假[14]，只字片纸皆藏收。
不减钟张君自足[15]，下方罗赵我亦优[16]。
不须临池更苦学，完取绢素充衾裯[17]。

〔简析〕与唐人书尚法不同，宋人书尚意，苏轼是代表人物之一。此诗寓严肃于诙谐，寓自负于自谦，谈了对书法的见解与书法自我评价。苏轼认为，书法是书者知识与才气的外化，因此强调自我，强调意造，强调作书无法，强调信手点画。反对临池苦学，斤斤计较于一点一画。此时作者方值中年，用笔丰腴跌宕，天真烂漫的苏体已经形成。虽然有人或讥其书多偃笔、如墨猪等，但他相信自己的书法见解是正确的，相信自己的书法是可以传世的，这也是他成为书法大家一个主要的原因。

〔**注解**〕①忧患：患难。②姓名粗记可以休：《史记·项羽本纪》："项籍少时学书不成，去。学剑，又不成。项梁（项籍叔父项梁）怒之。籍曰：'书足以记姓名而已，剑一人敌，不足学。学万人敌。'"作者借项籍的话发牢骚。③惝恍（chǎnghuǎng）：模糊不清的样子。草书飞动盘曲，使人眼花缭乱，难以辨认。④瘳（chōu）：病愈。《诗经·郑风·风雨》："既见君子，云胡不瘳。"⑤至乐：最快乐。《庄子·至乐》："天下有至乐无有哉。"⑥适意：顺心。逍遥游：《庄子》有《逍遥游》篇，讲怎样才算是适意。⑦柳子：指唐朝著名文学家柳宗元。⑧病嗜土炭如珍羞：柳宗元《报崔黯秀才论为文书》："凡人好辞工书者，皆病癖也。""吾尝见病心腹人有思啖（dàn）土炭、嗜酸咸者，不得则大戚。"此句意为好书法如石苍舒者如己者，实是一种病态。⑨此艺：指书法。书法为六艺之一。⑩败笔如山丘：唐李肇《唐国史补》："长沙僧怀素，好草书……弃笔堆积，埋于山下，号曰笔冢。"借以比喻石苍舒学习书法之刻苦。⑪倏（shū）忽：疾速。九州：比喻活动范围很大。⑫我书意造本无法：苏轼认为其书法多出于己意，少受成规约束。意造，凭主观想象而造作。《梁书·曹景宗传》："景宗为人自恃尚胜，每作书，字有不解，不以问人，皆以意造焉。"⑬信手：随手。推求：深心追究。⑭议论独见假：指作者对书法的见解主张和书法作品被石苍舒推重嘉许。假，嘉许。⑮钟张：东汉著名书法家钟繇、张芝。⑯下方：下而比拟。罗赵：东汉书法家罗晖、赵袭与张芝为同时人，而书艺低于张芝。《晋书·卫恒传》："罗叔景（晖）、赵元嗣（袭）者，与张伯英并时，见称于西州，而矜巧自与，众颇惑之。故伯英自称上比崔、杜不足，下方罗、赵有余。"⑰完取绢素充衾裯：此句意为如其用绢素练字，倒不如用来作被子用。衾，大被。裯，单被。

孙莘老求墨妙亭诗

兰亭茧纸入昭陵①，世间遗迹犹龙腾②。
颜公变法出新意③，细筋入骨如秋鹰④。
徐家父子亦秀绝⑤，字外出力中藏棱⑥。
峄山传刻典刑在⑦，千载笔法留阳冰⑧。
杜陵评书贵瘦硬⑨，此论未公吾不凭⑩。
短长肥瘦各有态，玉环飞燕谁敢憎⑪。
吴兴太守真好古⑫，购买断缺挥缣缯⑬。
龟趺入座螭隐壁⑭，空斋昼静闻登登⑮。
奇踪散出走吴越⑯，胜事传说夸友朋。
书来乞诗要自写，为把栗尾书溪藤⑰。
后来视今犹视昔⑱，过眼百世如风灯⑲。
他年刘郎忆贺监⑳，还道同时须服膺㉑。

〔简析〕时代不同，评价书法的标准也不同。诗人的爱好各异，崇尚也必然因人而异。从杜甫的"书贵瘦硬方通神"，到苏轼的"短长肥瘦各有态，玉环飞燕谁敢憎"。既有时代评书标准的变化，也有各自的偏好因素。并不只是苏轼有意与杜甫立异或以全攻其偏。范文澜《中国通史简编》认为："宋人之师颜真卿，如同初唐人之师王羲之。"苏轼书肥劲，与瘦硬娟媚书风差别较大，宋人尚意趋新，苏轼曾自云："吾书虽不佳，然自出新意，不践古人，是一快也。"无怪乎要特别点明"颜公变法出新意"加以推崇了。

〔**注解**〕①茧纸：以茧丝制作的纸。昭陵：唐太宗李世民陵墓名昭陵。相传李世民去世时，命将王羲之所书《兰亭集序》真本殉葬。②世间遗迹：指《兰亭集序》的各种摹刻本。龙腾：梁武帝萧衍《古今书人优劣评》："王羲之书字势雄逸，如龙跳天门，虎卧凤阙。"③颜公：对唐朝大书家颜真卿的尊称。变法：变更古法。④细筋入骨：古人论书推重筋书。晋卫铄《笔阵图》："多骨微肉谓之筋书。"颜真卿书多筋，有"颜筋"之誉。秋鹰：鹰在秋季最敏锐健捷，适于捕猎。⑤徐家父子：指唐朝书法家徐峤之、徐浩，他们是父子。⑥字外出力中藏棱：笔画外显劲健，内含棱角。⑦峄山传刻：秦始皇二十八年（前219），东巡各地，在峄山刻石纪功，相传此刻石由李斯所书。后原石毁佚，所传者，皆翻刻本。典刑：典范。此句意为峄山刻石虽经翻刻，仍具李斯旧规范。⑧阳冰：唐朝篆书大家李阳冰。李阳冰对自己的篆书很自负，曾说过"斯翁之后，直至小生"的话。⑨杜陵：唐代大诗人杜甫自号杜陵野老。瘦硬：书法笔画细瘦劲直。杜甫《李潮八分小篆歌》："书贵瘦硬方通神。"⑩不凭：不以之为凭据。⑪玉环飞燕：指汉成帝后赵飞燕与唐玄宗妃子杨玉环。史传赵飞燕是纤瘦轻盈的美人，杨玉环是丰腴富态的美人。⑫吴兴太守：即孙莘老。莘老是苏轼朋友孙觉的字。孙觉，高邮人，时为湖州太守。⑬断缺：断折残损的碑碣。缣缯（jiānzēng）：丝织品。我国古代以丝织物作为货币。此句意为孙觉为购买断碑残碣而不惜挥金如土。⑭龟趺：碑座。螭隐壁：将碑刻镶嵌于墨妙亭的墙壁上。螭，无角龙。此指古碑上的螭纹雕饰。⑮登登：拓碑时捶碑的象声词。⑯奇踪：拓摹的珍贵碑版拓片。吴越：今江苏、浙江一带。⑰栗尾：以鼬鼠毛制成的笔。欧阳修《归田录》："蔡君谟既为余书《集古录目序》……余以鼠须栗尾笔、铜绿笔格、大小龙茶、惠山泉等为润笔。"溪藤：浙江剡溪水制纸最好，附近所产藤纸特别有名，故称溪藤。⑱后来视今：王羲之《兰亭集序》："后之视今，亦犹今之视昔。"⑲风灯：佛家用以比喻世相无常。⑳刘郎忆贺监：刘郎指唐朝诗人刘禹锡。贺监指唐朝诗人、书法家贺知章。刘禹锡有《洛中寺北楼见贺监草书题诗》，表达对贺知章草书造诣的钦佩。㉑服膺：衷心信服。

次子由论书

吾虽不善书①，晓书莫如我②。
苟能通其意，常谓不学可。
貌妍容有颦③，璧美何妨椭④。
端庄杂流丽⑤，刚健含婀娜⑥。
好之每自讥，不独子亦颇⑦。
书成辄弃去⑧，谬被旁人裹⑨。
体势本阔落⑩，结束入细么⑪。
子诗亦见推⑫，语重未敢荷⑬。
尔来又学射⑭，力薄愁官笥⑮。
多好竟无成，不精安用伙⑯。
何当尽屏去，万事付懒惰⑰。
吾闻古书法，守骏莫如跛⑱。
世俗笔苦骄⑲，众中强嵬騀⑳。
钟张忽已远㉑，此语与时左㉒。

〔简析〕诗题中次字是次韵，子由为其弟苏辙的字。苏轼的书法是其多方面成就与涵养的综合反映。他说过："作字之法，识浅、见狭、学不足三者终不能尽妙，我则心、目、手俱得之矣。"所谓"学问文章之气，郁郁芊芊，发于笔墨之间"即是。因此，他对于书法有独立的见解。这首诗集中地反映了苏轼的书法美学思想。他认为书法是书家的自我表现。刻苦死临他人，不如深刻理解书法，充分表现自我；一名有风格的书家的特点，只能是独具的。哪怕是西施因病捧心，美玉琢成椭璧，但却是一种特别美。他人仿效，即是丑陋。基于以上观点，他对尚好成风的少含蓄、少新意、剑拔弩张、骄横浅薄的流行书风提出了批评。这种观点反映了苏轼自谓"晓书莫如我"是自信而非自夸。

〔**注解**〕①善书：擅长书法。②晓书：理解书法。③颦（pín）：皱眉。《庄子·天运》："故西子病心而颦其里。"④璧：平圆形中心有孔的玉器。椭：长圆形。此两句意为高妙的书法或许有一定欠缺，但并非病。似是回答有人讥其"以侧笔取势""墨猪"等书法特点。黄庭坚也曾因此反击讥者说："西施捧心而颦，虽其病处乃自成妍。"⑤端庄：端正庄重。流丽：流畅而华丽。⑥刚健：强劲有力。婀娜：柔美的样子。⑦颇：很是。⑧辄：就。⑨谬：谦词，错误的。裹：小心地包藏起来。⑩阔落：疏阔不细密。⑪结束：安排。细么：细微。⑫子诗：指作者同胞弟苏辙的原诗《子瞻寄示岐阳十五碑》，见附录。苏辙，字子由，苏轼胞弟。嘉祐二年（1057）与苏轼同举进士。其平生思想立场与苏轼相近。累官翰林学士、门下侍郎。晚年遁居许州，号颍滨遗老。苏辙擅文章，为唐宋八大家之一。⑬语重未敢荷：诗中过分赞誉，自觉不敢承受。子由原诗中有"吾兄自善书，所取无不可"等语。⑭尔来：近来。⑮力薄：力量不足。笴：箭杆，此句下苏轼自注："官箭十二把，吾能十一把箭耳。"⑯伙（huǒ）：盛多。⑰懒惰：不勤快。⑱守骏莫如跛：意为用笔骄横迅疾不如雍容缓慢。王羲之《题卫夫人笔阵图后》："其草书，亦复须篆势、八分、古隶相杂。亦不得急，令墨不入纸。若急作，意思浅薄，而笔即直过。"骏：迅疾。跛，一足瘸。⑲笔苦骄：用笔骄横放纵少含蓄。⑳鬼䫡（wéi é）：不安贴的样子。㉑钟张：东汉末年大书法家钟繇、张芝。㉒时左：相反对。

附：苏辙《子瞻寄示岐阳十五碑》

堂上岐阳碑，吾兄所与我。

吾兄自善书，所取无不可。

欧阳弱而立，商隐瘦且楠。

小篆妙诘曲，波字美婀娜。

谭藩居颜前，何类学颜颇。

魏华自磨淬，峻秀不包裹。

九成刻贤俊，磊落杂么么。

英公与褒鄂，戈戟闻自荷。

何年学操笔，终岁惟箭笴。

书成亦可爱，艺业嗟独夥。

余虽谬学文，书字每慵惰。

车前驾骐骥，车后系羸跛。

逾年学举足，渐亦行駊騀。

古人有遗迹，篁短不及镩。

愿从兄发之，洗砚处兄左。

题王逸少帖

颠张醉素两秃翁[1]，追逐世好称书工[2]。

何曾梦见王与钟[3]，妄自粉饰欺盲聋[4]。

有如市娼抹青红[5]，妖歌嫚舞眩儿童[6]。

谢家夫人澹丰容[7]，萧然自有林下风[8]。

天门荡荡惊跳龙[9]，出林飞鸟一扫空[10]。

为君草书续其终，待我他日不匆匆[11]。

〔简析〕论书法崇尚闲雅超逸，古意沛然的汉晋人风韵，否定狂放少含蓄的张旭、怀素狂草书，是苏轼的一贯主张，也是崇尚意趣而轻视毫无含蓄的"书工"宋人论书取向。此诗较集中地反映了这种观点。一般认为，张旭、怀素狂草连绵盘曲，失之粗放而一泻千里。因此，苏轼的批评不无道理。但张旭、怀素的书法自有其个性特点，全面否定，即失之偏颇，这是必须说明的。此诗誉贬分明，结构紧凑，故清朝纪昀称其"短章而甚有笔力"，是苏诗的佳篇。

〔注解〕①颠张醉素：唐朝书法家张旭颠狂，怀素好酒，故称。秃翁：张旭拔顶，怀素是僧人，秃翁是一种诙谐的称呼。②世好：世俗人爱好的。书工：即所谓写字匠。③王与钟：王羲之与钟繇。④粉饰：实际无足观而刻意修饰。盲聋：此指无书法修养的人。⑤市娼：市井娼女。青红：墨色与红色。指画眉抹红的低级庸俗化妆。《宋史·蔡攸传》："或侍曲宴，则短衫窄袴，涂抹青红，杂倡优侏儒，多道市井淫媟浪语，以盅帝心。"⑥妖歌嫚舞：淫邪之歌与亵狎之舞。⑦谢家夫人：东晋王凝之夫人谢道韫。澹丰容：恬静美好的容貌姿态。⑧林下风：闲雅超脱的神情。《世说新语·贤媛》："王夫人神情散朗，故有林下风气。"此二句为赞王羲之书法。⑨天门荡荡惊跳龙：梁武帝萧衍《古今书人优劣评》："王羲之书字势雄逸，如龙跳天门，虎卧凤阙。"⑩出林飞鸟：怀素论书法："吾观夏云多奇峰，辄常师之。其痛快处如飞鸟出林，惊蛇入草。"⑪匆匆：急遽的样子。东汉张芝常曰"匆匆不暇草书"，此用其意。

柳氏二外甥求笔迹（二首）

一

退笔如山未足珍①，读书万卷始通神。
君家自有元和脚②，莫厌家鸡更问人③。

二

一纸行书两绝诗,遂良须鬓已成丝④。
何当火急传家法⑤,欲见诚悬笔谏时⑥。

〔简析〕这是苏轼答晚辈亲戚求其书法作品的两首小诗。前一首诗主要谈的是书法功力与字外修养对书法的作用。作者认为具有高深的学识修养,才能使书法产生非凡的精神,这无疑是十分正确的。后一首诗谈书品与人品的关系。希望这两位柳姓后辈在学习柳体的同时,更要学习柳公权敢于直谏的高尚人品。重书法之外的修养,重书品更重人品是苏轼及其追随者论书的精髓。

〔**注解**〕①退笔:因使用时间长笔锋秃钝的笔。唐李绰《尚书故实》:"(智永禅师)积年学书,后有秃笔头十瓮,每瓮皆数石……后取笔头瘗之,号为退笔冢。"②元和脚:新奇的书体或书写方法。详见刘禹锡《酬柳柳州家鸡之赠》诗注②。③莫厌家鸡更问人:意为你们柳姓有书法高手,不必再学习别人的书体。王僧虔《论书》:"庾征西翼书,少时与右军齐名,右军后进,庾犹不忿。在荆州与都下书云:'小儿辈乃贱家鸡,爱野鹜,皆学逸少书。须吾还,当比之。'"④遂良:唐朝大书法家褚遂良。褚遂良(596—658或659),字登善,杭州钱塘人。唐太宗临终,与长孙无忌受遗命辅政。唐高宗时封河南县公,进郡公。后因反对武则天为后,贬爱州刺史。⑤家法:一家之学。此指柳体。⑥诚悬:唐朝大书家柳公权字诚悬。柳公权(778—865),京兆华原人。唐宪宗元和年间进士。先后任侍书、谏议大夫、中书舍人、工部侍郎。后进太子少师,封河东郡公。笔谏:《新唐书·柳公权传》:"帝问公权笔法,对曰:'心正则笔正,笔正乃可法矣。'时帝荒纵,故公权及之。帝改容,悟其以笔谏也。"

次韵米芾二王书跋尾二首（选一）

三馆曝书防蠹毁①，得见来禽与青李②。
秋蛇春蚓久相杂③，野鹜家鸡定谁美④。
玉函金龠天上来⑤，紫衣敕使亲临启⑥。
纷纶过眼未易识⑦，磊落挂壁空云委⑧。
归来妙意独追求⑨，坐想蓬山二十秋⑩。
怪君何处得此本⑪，上有桓元寒具油⑫。
巧偷豪夺古来有⑬，一笑何似痴虎头⑭。
君不见长安永宁里，王家破垣谁复修⑮。

〔简析〕米芾《二王书跋尾诗》原唱诗已佚，此是苏轼的和诗。苏、米是朋友，相同的爱好使他们的关系更加亲密。每得一名迹，即相邀观赏切磋，寻求古人笔端奥妙。"秋蛇春蚓久相杂，野鹜家鸡定谁美。"苏、黄、米均富收藏，精鉴赏，"大要多取古书细看，令入神，乃到妙处"。可以说，亲眼多见古代大书法家真迹，后再"归来妙意独追求"是他们成为一代书法领军人物的不传之秘。

〔注解〕①三馆：唐朝有弘文、集贤、史馆三馆，负责藏书、校书、修史等事项。曝书：晒书。古人常于七月七日晒书以防其潮霉生蠹虫。②来禽与青李：王羲之有《青李来禽帖》。来禽，果名。即林檎。③秋蛇春蚓：唐太宗《王羲之传论》："子云出，世擅名江表，然仅得成书，无丈夫之气……行行若萦春蚓，字字如绾秋蛇。"后多指不善草书者。④野鹜家鸡：不同流派风格的书法作品。⑤玉函金龠：玉制的书套，金制的钥匙。⑥敕使：皇帝的使者。⑦纷纶：杂乱的样子。⑧磊落：众多。云委：如云堆积。⑨妙意：谓精微的意趣。⑩蓬山：蓬莱山。相传为仙人所居之地。⑪此本：指题中《二王书帖》。⑫桓元：即桓玄，字灵宝，东晋人。桓玄喜书画，人有法书好画，悉欲归己。相传桓玄爱王羲之父子书，各为一帙，置左右以玩之，自谓右军之流。寒具油：食品名，即馓子。《续晋阳秋》："桓灵宝好蓄法书名画。客至，尝出而观。客食寒具，油污其画，后遂不设寒具。"⑬巧偷豪夺：指不择手段获取书画名迹。桓玄、米芾均有此举。《竹坡诗话》："元章好易他人书画，次翁作羹以饭之曰：'今日为君作河豚。'其实他鱼。元章疑而不食。次翁笑曰：'公可无疑，此赝本耳。'"其他如以死威胁，强取名帖，偷沈传师《道林诗》等俱属巧偷豪夺之事，皆米芾所为。⑭痴虎头：指东晋大画家顾恺之。相传顾恺之将一橱自为得意的书画寄存于桓玄处，桓玄将书画全部窃走，而书橱关锁如故，顾恺之开橱，见作品荡然无存，还以为是自己的作品成神而去。⑮王家破垣：唐朝丞相王涯酷喜书画，居永宁里，后因甘露之变被杀，所藏书画也散落。《新唐书·王涯传》："涯居永宁里，乃杨凭故第，财贮巨万，取之弥日不尽。家书多与秘府侔，前世名书画，尝以厚货钩致。或私以官，凿垣纳之，重复秘固，若不可窥者。至是为人破垣剔取奁轴金玉，而弃其书画于道，籍田宅入于官。"

孔武仲（一首）

孔武仲（1041—1097），字常甫，临江新喻（今属江西新余）人。宋仁宗嘉祐八年（1063）进士。历任集贤校理，著作郎，国子司业，除起居舍人，改中书舍人，擢给事中，迁礼部侍郎。有《诗书论语说》。

观钟离中散草书帖

儿童不识草书法，但见满纸鳅蛇结①。
安知笔法追古初②，睥视众体称雄杰③。
事忙往往无暇写，属思幽窗乃奇绝④。
钟离昂昂散人后⑤，寄迹一官今白首⑥。
潜心妙趣百事忘⑦，兴来书空不停手⑧。
当年漂泊重湖外⑨，翰墨已有时流爱⑩。
风波顿挫格逾遒⑪，羽翮翩翩入吾辈⑫。

一时已闻纸价高⑬，千古定有书名在。
何当洒扫竹洞边⑭，云醅满酌黄金船⑮。
万事峥嵘置毫末⑯，三杯纵逸如张颠⑰。
相知本不夸势力⑱，休论脱帽王公前⑲。

〔简析〕诗题中的钟离中散指北宋书法家钟离景伯。因其曾官中散大夫，故以官职代名字，是一种尊称。本诗作者所见到的钟离景伯草书墨迹是其晚年创作的。钟离景伯"潜心妙趣百事忘，兴来书空不停手"，是一位很勤奋的书法家，书艺水平也达到了一定高度。但"千古定有书名在"并不是"一时已闻纸价高"的必然结果。艺术家名传后世有很多原因，主要的一点是看其是否具有崭新的、独特的艺术特点，因而觉得此诗作者的论断有过于武断之嫌。

〔注解〕①鳅蛇：泥鳅与蛇。②笔法：写字点画用笔方法。③睨视：斜眼看。众体：各种书体。④幽窗：雅静的窗前。⑤钟离：复姓。此指钟离景伯，北宋草书名家。⑥寄迹：寄托踪迹。⑦潜心：心静而专一。⑧书空：用手指在空中虚画字形。⑨漂泊：居无定所。⑩翰墨：书法作品。⑪顿挫：书法回旋转折。⑫翩翩：形容书法形态轻疾生动。《南史·萧引传》："此字笔趣翩翩，似鸟之欲飞。"⑬一时已闻纸价高：即洛阳纸贵成语之意。形容求钟离景伯书法作品的人很多。⑭洒扫：以水洒地扫除污秽，表示尊敬。⑮黄金船：当指一种船形酒具。⑯峥嵘：不平常。⑰纵逸：恣纵放荡。张颠：张旭。⑱势力：权力。⑲脱帽王公前：一种不修边幅的行为。杜甫《饮中八仙歌》写张旭"脱帽露顶王公前"。

黄庭坚（五首）
黄庭坚（1045—1105），字鲁直，号山谷道人、涪翁，洪州分宁（今江西修水）人。宋英宗治平年间举进士，熙宁初授国子监教授，元祐初任集贤校理，后改任秘书丞，国史编修官。宋哲宗绍圣初年谪涪州别驾，安置黔州。又贬宜州，病卒任所。黄庭坚为宋朝著名诗人，与苏轼合称"苏黄"。又与秦观、晁补之、张耒合称"苏门四学士"。有《山谷集》。

以右军书数种赠丘十四

丘郎气如春景晴①，风暄百果草木生。
眼如霜鹘齿玉冰②，拥书环坐爱窗明③。
松花泛砚摹真行④，字身藏颖秀劲清⑤，
问谁学之果兰亭⑥。
我昔颇复喜墨卿⑦，银钩虿尾烂箱籝⑧，
赠君铺案粘曲屏⑨。
小字莫作痴冻蝇⑩，乐毅论胜遗教经⑪。
大字无过瘗鹤铭⑫，官奴作草欺伯英⑬。
随人作计终后人⑭，自成一家始逼真⑮。
卿家小女名阿潜，眉目似翁有精神。
试留此书他日学，往往不减卫夫人⑯。

〔简析〕诗题中的丘十四即与黄庭坚同时的书法家丘敬和，排行十四，唐宋人有以其人同辈兄弟中排行代替其名字而称呼的习惯。此诗主要创作目的很明确，即学习古人，是求神韵相通，还是如优孟衣冠，只求形似。作者称赞的是前者而反对后者，这是十分正确学习古人的方法。作者曾有文论及此诗，"晁美叔尝背议予书'唯有韵耳，至于右军波戈点画，一笔无也'。有附予传若言于陈留，予笑之曰：'若美叔即与右军合者，如优孟抵掌说谈，乃是孙叔敖耶？'往尝有丘敬和者模仿右军书，笔意亦润泽，便为绳墨所缚，不得左右。予尝赠之诗，中有句云：'字身藏颖秀劲清，问谁学之果《兰亭》。大字无过《瘗鹤铭》，晚有石崖颂中兴。小字莫作痴冻蝇，《乐毅论》胜《遗教经》。随人作计终后人，自成一家始逼真。'不知美叔尝闻此论乎？"很有参考价值。

〔**注解**〕①丘郎：即题中的丘十四，名丘敬和，学王羲之书法。②霜鹘：秋鹫，一种猛禽。比喻丘敬和眼光敏锐有神。齿玉冰：比喻牙齿整齐洁美。③拥书：持书。环坐：围绕而坐。④松花：松花纸。古时蜀地生产的一种纸。⑤藏颖：笔锋内含。⑥问谁学之：询问其书法学习什么书体。⑦墨卿：书法。⑧银钩虿（chài）尾：书法术语，形容笔画遒劲有力。此谓好的书法范本。烂箱籯（yíng）：照耀箱篇。籯，竹制盛物器。⑨曲屏：可以折叠的屏风。⑩痴冻蝇：苍蝇畏冷，遇寒则僵缩如死。此谓小字应写得有活力，不应刻板。⑪乐毅论：小楷，四十四行。相传为王羲之于永和四年（348）十二月书。褚遂良称其"笔势精妙，备尽楷则"，列为王羲之正书第一。遗教经：即佛遗教经。小楷，一百一十行。相传王羲之于永和十二年（356）六月书。此书较局促，欧阳修认为是唐经生书。⑫大字无过瘗鹤铭：黄庭坚得《瘗鹤铭》书韵，故评价甚高。无过，没有谁能超过。⑬官奴：王献之小名官奴。欺：逼迫、超过之意。伯英：东汉书法家张芝字伯英。⑭作计：打算。⑮逼真：与实物极为相似，谓进入化境。⑯往往：处处。卫夫人：卫铄。东晋著名女书法家。

李君觊借示其祖西台学士草圣并书帖一编二轴，以诗还之

当时高蹈翰墨场①，江南李氏洛下杨②。
二人殁后数来者③，西台唯有尚书郎④。
篆科草圣凡几家，奄有汉魏跨两唐⑤。
纸摹石镂见仿佛⑥，曾未得似君家藏⑦。
侧厘数幅冰不及⑧，字体欹倾墨犹湿⑨。
明窗棐几开卷看⑩，坐客失床皆起立⑪。
新春一声雷未闻⑫，何得龙蛇已惊蛰。
仲将伯英无后尘⑬，迩来此公下笔亲⑭。
使之早出见李卫⑮，不独右军能逼人⑯。

枯林栖鸦满僧院，秀句争传两京遍⑰。
文工墨妙九原荒⑱，伊洛气象今凄凉⑲。
夜光人手爱不得⑳，还君复入古锦囊㉑。
此后临池无笔法㉒，时时梦到君书堂。

〔简析〕诗题的西台学士指宋初书家李建中，李觊当是其孙子辈。与苏轼轻视李建中的书法不同，黄庭坚对其书法非常欣赏。他曾说："西台出群拔萃，肥而不剩肉，如世间美女，丰肌而神气清秀者也。"李建中这两幅草书作品，作者认为直接继承了张芝、韦诞章草笔法，与张旭、怀素的狂草有明显区别，因而称其"奄有汉魏跨两唐"，也反映出宋朝人对唐朝人草书的不满。诗中既赞扬李建中敢于创新的精神，也反映了其欣赏李建中代表作品后倾慕激动之情。整首诗的结构脉络清晰，曲折变化，浑然一体，是一首较好的论书法歌行。

〔注解〕①高蹈：登上更高境界。翰墨场：书坛。②江南李氏：指南唐后主李煜。李煜擅书，其书"作颤笔樛曲之状，遒劲如寒松霜竹，谓之'金错刀'"。洛下杨：杨凝式。李、杨二人为五代最著名书家。③来者：后来出现的人。《论语·子罕》："后生可畏，焉知来者之不如今也。"④西台唯有尚书郎：西台尚书郎指李建中。李建中（945 — 1013），字得中，自称岩夫民伯。北宋初期著名书法家。因前后三求掌西京留司御史台，故人称李西台。⑤奄有：覆盖。《诗经·周颂·执竞》："自彼成康，奄有四方。"跨：跨越。⑥纸摹石镂：摹写与摹刻李建中的书迹。仿佛：大概。⑦得似：比得上。⑧侧厘：侧理纸。《拾遗记》："南人以海苔为纸，其理纵横邪侧，因以为名。"冰不及：形容纸质洁净，冰雪不如。⑨欹倾：跌宕起伏，变化多端。⑩棐（fěi）几：用榧木做的小桌子，设于座侧，以便凭倚。⑪坐客失床：形容李建中书法神采动人，使观赏者激动非常，不知不觉地站立起来。⑫"新春"两句：形容李建中书法生机勃勃。如蛰后龙蛇，充满活力。

⑬ 仲将：三国书法家韦诞字仲将。伯英：东汉书法家张芝。后尘：车辆前驰，尘土后起，比喻追随他人之后。⑭迩来：近来。下笔亲：落笔接近。指李建中直接步韦诞与张芝后尘。⑮李卫：东晋书法家卫铄，嫁与李矩为妻，故称李卫。⑯右军：王羲之。逼人：胁迫人。指王羲之师法卫夫人，而成就超越其上。⑰两京：宋代的开封府与河南府。⑱文工墨妙：应上句谓李建中诗歌书法均臻精巧神妙地步。九原：九州之地。⑲伊洛：伊水与洛水。《尚书·禹贡》："伊洛瀍涧学士，既入于河。"气象：景况，现象。此两句写李建中去世后无人能与之相比。⑳夜光：夜明珠。喻李建中墨迹珍贵难得。爱不得：爱不释手。㉑古锦囊：古锦制成的囊。锦，用彩色经纬丝织出各种图案花纹的制品。㉒此后临池无笔法两句：意为今后作书，将时常以李建中笔法为借鉴。

观王熙叔唐本草书歌

少时草圣学钟王①，意气欲齐韦与张②。
家藏古本数十百，千奇万怪常搜索。
今得君家一卷书，始觉辛勤总无益③。
移灯近前拭眼看④，精神高秀非人力⑤。
北风古树折巅崖⑥，苍烟寒藤挂绝壁。
逸气峥嵘驰万马⑦，只字千金不当价⑧。
想初盘礴落笔时⑨，毫端已与心机化⑩。
主人知是希世奇，但见姓氏无标题。
自非高闲怀素不能此⑪，何必更辨当年谁！

〔简析〕黄庭坚精于书画鉴赏，因而书画收藏家王熙叔将收藏的唐人无款草书墨迹请其鉴定。作为大书法家，黄庭坚最看重的是高超笔法技艺和书法中蕴含的气韵，"想初盘礴落笔时，毫端已与心机化。"黄庭坚认为这幅作品本身具有的艺术水平已表明它的价值，又何必判别是高闲还是怀素所书。此诗从自身爱好写起，主体部分描述草书的神妙动人，结尾写收藏者的请求及自己的主张与诗题相应。整首诗一气呵成,又富于层次性。

〔注解〕①草圣:对草书有最高成就者的美称。钟王:钟繇、王羲之。②意气:意志与气概。韦与张:韦诞与张芝。③辛勤:辛苦勤劳。④拭眼:擦亮眼睛且精神专注。⑤高秀:高尚而优秀。人力:人的能力。⑥"北风古树折巅崖"二句:形容草书瘦劲苍逸,得自然韵趣。⑦逸气:超脱世俗的气象。峥嵘:超越寻常。⑧不当:抵不上。⑨盘礴:箕踞而坐。形容草书作者作书时傲然狂放,旁若无人的神态。⑩毫端已与心机化:比喻心手相应,挥洒自如。心机,心思。⑪高闲:唐朝著名书僧。

书扇

鲁公笔法屋漏雨①,未减右军锥画沙②。
可惜团团新月面③,故教零乱黑云遮④。

〔简析〕这首小诗结构很别致。前两句纯为议论,评价前人笔法,应题中"书"字。后两句巧用比喻,应题中的"扇"与"书扇"。对于古人笔法,黄庭坚有自己的见解,他说:"张长史折钗股,颜太师屋漏法,王右军锥画沙、印印泥,怀素飞鸟出林、惊蛇入草,索靖银钩虿尾,同是一笔法:心不知手,手不知心法耳。"确有一定的道理。

〔注解〕①鲁公:即颜真卿。他曾被封为鲁郡公。笔法:用笔写字的方法。屋漏雨:屋漏痕。指行笔中锋,顿挫而下,如漏屋雨痕蜿蜒顺墙而下流。②右军:王羲之曾官右军将军。锥画沙:比喻下笔有力,中锋一拓而下,行笔稳健。作者《论书》说:"王氏书法,以为如锥画沙,如印印泥,盖言锋藏笔中,意在笔前耳。"③团团:圆形。新月面:比喻洁净的团扇扇面。④零乱:散乱。黑云遮:乌云遮掩。自谦自己在团扇上题诗,如同飘动散乱的乌云掩盖了明净的圆月。

跋杨凝式帖后

世人但学兰亭面①,欲换凡骨无金丹②。
谁知洛阳杨风子③,下笔便到乌丝栏④。

〔简析〕重神似、轻形似,是黄庭坚评论书法的一贯主张。对于当时流行的亦步亦趋模仿《兰亭集序》皮毛的学习风气,他很反感。他说:"兰亭虽真行书之宗,然不必一笔一画为准……不善学者,即圣人之过处而学之,故蔽于一曲。今世学《兰亭》者,多此也。"故他高度评价杨凝式遗貌取神的学书方法。

〔**注解**〕①兰亭面:《兰亭集序》的皮毛。②凡骨:凡人的身体、气质,与所谓的仙风道骨相对。此谓书中的俗气。金丹:灵丹妙药。③杨风子:人称杨凝式为杨风子。④乌丝栏:通行的有两说:一、相传王羲之写《兰亭集序》用的是乌丝栏茧纸;二、中锋用笔。《书法三昧》:"乌丝栏者,锋正,则两旁如界也。"此句意为落笔便得到王羲之所书的《兰亭集序》神韵。

米芾(三首·附一首)

米芾(1051—1107),字元章,号襄阳漫士、海岳外史,世居太原,迁襄阳,后定居润州(治今江苏镇江)。宋神宗时荫为秘书省校书郎。绍圣初年授宣德郎,知雍丘县,监中岳庙。崇宁二年(1103)入京为太常博士,出知常州,不赴,改管勾洞霄宫。崇宁三年(1104)复入京,除书画博士,擢礼部员外郎。出任淮阳军,头生痈疮卒于任所。米芾精书画鉴赏,富收藏。行草书绝佳,是宋朝四大书家之一,又创山水画"米氏云山墨戏"。有《宝晋英光集》。

智衲草书

人爱老张书已颠①，我知醉素心通天②。
笔锋卷起三峡水③，墨色染遍万壑泉④。
兴来飒飒吼风雨⑤，落纸往往翻云烟。
怒蛟狂虺忽惊走⑥，满手黑电争回旋⑦。
人间一日醉梦觉，物外万态涵无边⑧。
使人壮观不知已⑨，脱身直恐凌飞仙⑩。
弃笔为山傥无苦⑪，洗墨成池何足数。
其来精绝自凝神⑫，不在公孙浑脱舞⑬。

〔简析〕智衲不可考。衲为僧衣，可知智衲乃僧人，其或是中晚唐书僧，或是对怀素的别称。米芾论书，对张旭、怀素的狂草颇有微词。而此诗持赞赏态度，当是早年诗作，故与后来立论有一定的矛盾。而最后四句反映了米芾重视深厚的书法功力，强调学书神情专注，"学书须得趣，他好俱忘"的书学思想，博学"集古字"创作方法。这与张旭等人推崇一瞬间灵感，凭借客观事物的启发而"顿悟"，有着明显的区别。

〔注解〕①老张：唐朝草书家张旭。②醉素：唐朝草书家怀素。③三峡：峡名。四川奉节至湖北宜昌之间的长江两岸，重岩叠嶂，无处不峡，择其最险者称三峡。三峡所指，历代不一。一般以瞿塘峡、巫峡、西陵峡为三峡。④壑（hè）：山谷。⑤飒飒：疾速。⑥怒蛟狂虺（huǐ）：形容盘曲萦绕、劲健律动的草书。蛟，古代传说龙蛇类的动物。虺，毒蛇。扁头大眼，色如泥土，俗称土虺蛇。⑦回旋：盘旋转动。⑧物外：世外。⑨壮观：大观。⑩凌飞仙：超越飞于空中的仙人。⑪"弃笔"两句：用智永学书退笔成冢，张芝学书池水尽黑的典故。⑫精绝：精妙绝伦。凝神：聚精会神。⑬公孙浑脱舞：唐代舞伎公孙大娘擅舞剑器浑脱，杜甫认为张旭见其舞，"自此草书长进，豪荡感激"。米芾不赞成这种说法。

寄薛绍彭

欧怪褚妍不自持①，犹能半蹈古人规②。
公权丑怪恶札祖③，从兹古法荡无遗。
张颠与柳颇同罪④，鼓吹俗子起乱离⑤。
怀素猎獠小解事⑥，仅趋平淡如盲医⑦。
可怜智永研空臼⑧，去本一步呈千媸⑨。
已矣此生为此困，有口能说手不随⑩。
谁云心存乃笔到，天工自是秘精微⑪。
二王之前有高古⑫，有志欲购无高赀⑬。
殷勤分付薛绍彭⑭，散金购取重跋题⑮。

〔简析〕米芾癫狂，论书崇尚晋人，而于唐代书家颇少许可。此诗是其早年作品，随意讥贬，有的竟是苛刻的谩骂，但也反映出其反对矫揉造作、装腔作态的书风；推崇天真烂漫、沉着痛快的评书倾向。难得的是他也敢于揭露个人的缺点，"已矣此生为此困，有口能说手不随。"不就是眼高手低的自我批判吗？这种严人严己的思想也不是毫无可取的。米芾推崇作书贵在流露个性，反对矫揉造作，装腔作态，或怪或妍，因而他对晋人"其气象有若太古之人，自然淳野之质"赞不绝口。而对唐人的尚法则不甚认可，也是情理之中的事。

〔注解〕①欧怪褚妍：欧指欧阳询，褚为褚遂良。怪，丑怪。米芾曾说"柳与欧为丑怪恶札祖"。妍，妍媚。②蹈：因袭。规，法则。③公权丑怪恶札祖：米芾最不喜欢柳公权书法。其《海岳名言》："柳公权师欧，不及远甚，而为丑怪恶札之祖。自柳世始有俗书。"④张颠：张旭。米芾曾云："草书若不入晋人格辙，辄成下品。张颠俗子变乱古法，惊诸凡夫，自有识者。"⑤鼓吹：宣扬。乱离：制造混乱，造成忧患。⑥猲獠（xiēliáo）：骂人的话。猲，短嘴狗。獠，古时对某少数民族的蔑称。解事：理解事情。⑦平淡：平常自然。米芾对怀素虽然许可，但也并非无微词，曾言"怀素少加平淡，稍到天成，而时代压之，不能高古"。⑧智永：俗姓王，王羲之七世孙。名法极，世称永禅师，南朝陈至隋朝著名书法家。研空臼：徒然使砚因研磨中部下凹似臼形。臼，舂米器。⑨去本：脱离根本。千媸（chī）：多种丑陋。⑩手不随：手难以跟从。⑪天工：造物者，犹天公。⑫二王：王羲之、王献之。高古：高超古雅。⑬高赀（zī）：钱财多，赀，财货。通"资"。⑭殷勤：情意恳切。薛绍彭：字道祖，长安人。与米芾同时的著名书法家、收藏家。⑮跋题：题跋。字画、书籍题识之词。书于其前者为题，书于其后者为跋。

附：薛绍彭《和米芾李公照家二王以前帖宜倾囊购取寄诗》

圣草神踪手自持，心潜模范识前规。
惜哉法书垂世久，妙帖堂堂或见遗。
宝章大轴首尾俱，破古欺世完使离。
当时鉴目独子著，有如痼病工难医。
至今所收上卷五，流传未免识者嗤。
世间无论有晋魏，几人解得真唐隋。
文皇鉴定号得士，河南精识能穷微。
即今未必无褚獠，宁馨动俗千金赀。
古囊织襟可复得，白玉为躞黄金题。

题永徽中所模《兰亭叙》

永和九年暮春月①，内史山阴幽兴发②。
群贤题咏无足珍③，叙引抽毫取奇札④。
好之写来终不如⑤，神助留为后世法⑥。

二十八行三百字⑦，摹写虽多谁定似⑧。
昭陵竟发不知归⑨，尚有异形终可秘⑩。
彦远记模不记褚⑪，要录班班有名氏⑫。
后生有得苦求高⑬，俗说纷纷那有是⑭。

〔简析〕取法乎上，仅得其中，这是学书法的经验。对此，米芾要求得更严格。他说："石刻不可学，但自书使人刻之，已非己书也。故必须真迹观之，乃得趣。"因此，他希望学习《兰亭集序》的人们，尽力选取更接近原迹的摹本。其所以称赏这个永徽兰亭临摹本，就是因其年代与贞观年代相去最近，很能得兰亭的形体神韵。这种意见并不错，然书法名迹传世如凤毛麟角，且价值昂贵得并不是一般人能承受的。因而世人都学兰亭，得其神韵笔法者也少之又少，"世人但学兰亭面，欲换凡骨无金丹"不能怪罪多数的学书者。

〔**注解**〕①永和九年：公元353年。永和，东晋穆帝司马聃年号。暮春月：农历三月。②内史：官名。王羲之曾任会稽内史。山阴：山的北面。王羲之《兰亭集序》："会于会稽山阴之兰亭，修禊（xì）事也。"幽兴：深远高雅的兴趣。③群贤：众多才能超群的人，如谢安、孙绰等。题咏：指与会者当场赋诗。④叙引抽毫：王羲之当场书写《兰亭集序》。⑤好之句：相传王羲之对当场书写的《兰亭集序》十分满意。后来又重写了很多幅，终不及最初的那一幅。⑥神助：神灵帮助。⑦二十八行三百字：《兰亭集序》全文为二十八行，三百二十四个字。⑧摹写：指临摹复制。⑨昭陵：唐太宗李世民陵墓。相传李世民临终命将《兰亭集序》墨迹殉葬。竟发不知归：指温韬发掘昭陵，《兰亭集序》真迹却下落不明。竟发，彻底发掘。⑩异形终可秘：指后世各种《兰亭集序》摹刻本可以作为凭证。⑪彦远记模不记褚：唐朝书画理论家张彦远辑有《法书要录》一书，内收何延之《兰亭记》，记载有关《兰亭集序》摹刻、流传等情况。却没有记载褚遂良摹写《兰亭集序》。⑫要录：重要的记载。班班：明白。⑬后生：指后世学书法的人。⑭俗说：指有关《兰亭集序》流传、摹刻的各种传说。纷纷：杂乱。

李行中（一首）

李行中，生卒年不详，字用正，号甘山，福建莆田人。不仕，以诗自娱，与苏轼友善。

读颜鲁公碑

平生肝胆卫长城①，至死图回色不惊②。
世俗不知忠义大③，百年空有好书名。

〔简析〕宋朝人重人品与书品的关系，对颜真卿书法的推崇往往涉及其高风亮节，此诗可以说是之最。作者对于颜真卿逝后只得一个好书名，而平生功业不被人们重视表示了极大的不平与愤慨。

〔**注解**〕①卫长城：此指卫护国家统一。②图回：治理好国家。颜真卿晚年，因李希烈叛变，奉旨前去劝谕，被李希烈扣留，忠贞不屈被缢杀。③忠义：忠贞节义。

李廌（二首）

李廌（1059—1109），字方叔，号齐南先生。华州（治今陕西渭南市华州区）人。少年时即以擅文为苏轼所知遇。苏轼去世，恸哭，作诔以奠。中年即绝意进取。李廌为当时著名诗人，有《济南集》。

题蔡君谟墨迹后

古人托一技①，身死名不灭。
贤愚置不论②，笔画观可阅。
峄山刻秦铭③，斯篆屈金铁④。

虽在众憎恶⑤，恨不颈荐钺⑥。
褚令狷且直⑦，还笏首叩血⑧。
鲁公秉忠勤⑨，白首抗希烈⑩。
独有虞永兴⑪，当年称四绝⑫。
贤哉蔡莆阳⑬，直气狷南粤⑭。
入为枫宸侍⑮，遇事挺奇节⑯。
挥毫霸当年⑰，粲然星中月⑱。
非惟惊代能⑲，乃是名世哲⑳。

〔简析〕此诗用对比方法论述了人品与书品的关系，用以赞颂蔡襄的人品之高和书法之妙。作者认为，有高风亮节的书家如褚遂良、颜真卿、虞世南等人，其书法作品也具忠直之气，凛然不可犯之色，因而为后人所敬仰；奸邪的人如李斯辈，作品纵然传世，也必然为人们所藐视、所憎恶。这是一首较早的将书家节操作为评论其书作高低标准的诗作。这种观点虽然并不一定完全正确，但却有着广泛的影响。

〔注解〕①一技：一种技艺。此指书法。②贤愚：贤惠与愚蠢。③峄山刻秦铭：秦始皇东巡，于峄山刻石记功，由李斯书写，后人称"峄山刻石"。④斯篆：小篆。相传李斯将籀文简化为秦篆，又称小篆。屈金铁：指小篆笔画盘曲，如曲金屈铁。⑤憎恶：厌恶。⑥恨不颈荐钺：恨不能用钺砍断其脖子。表示对李斯其人的憎恶。钺，古代兵器，用于斫杀，状如大斧，有穿，安装长柄。⑦褚令：初唐大书家褚遂良。褚遂良（596 — 658或659），字登善，杭州钱塘人。因其曾官中书令，故称褚令。狷（juàn）且直：拘谨而耿直，不会见风使舵。⑧还笏（hù）首叩血：唐高宗将废皇后，立武则天为后，褚遂良坚决反对。力谏不纳，因置笏殿阶，叩头流血，曰："还陛下笏。"笏，古代朝会时所执的手板，有事则书于上，以备遗忘。⑨鲁公：颜真卿曾被封为鲁郡开国公。后人多称其为颜鲁公。忠勤：忠诚而勤勉。⑩白首抗希烈：颜真卿晚年，遇李希烈叛乱。宰相卢杞素恨颜真卿，欲加害，遣真卿往谕。李希烈扣住颜真卿后百般胁迫，不屈，遂被害。⑪虞永兴：虞世南封永兴县子，世称虞永兴。⑫四绝：疑是五绝之误。唐太宗曾称虞世南有五绝：一曰德行，二曰忠直，三曰博学，四曰文辞，五曰书翰。⑬蔡莆阳：蔡襄一支居福建莆田，故称莆阳。⑭直气：正直的气概。南粤：也作南越。泛指广东、广西一带。⑮枫宸：汉代宫殿中多植枫树。宸，北辰所在，代指皇帝。⑯奇节：超乎寻常的节操。指蔡襄敢于直谏、遇事无所回避的性格。⑰霸当年：称雄于当时。⑱粲然：明亮的样子。⑲惊代：震惊时代。⑳名世哲：闻名于当世，哲，明达而有才能的人。

笔溪

张生古狂夫①，草圣称豪迈②。
纵横意有得③，野马御风快④。
醉醒忽惊神⑤，自以不可再。
乃知高世能⑥，至理适有在⑦。
况夫穷年华，朝夕精拣汰⑧。
期兹笔溪水⑨，色变昆仑派⑩。

〔简析〕作者写笔溪，并没有正面写笔溪，而是着意刻画了一位狂放不羁的书法家形象。指出张旭的成功，在于长年累月的"朝夕精拣汰"，最终达到了"纵横意有得，野马御风快"出神入化的境界。结尾希望溪水变墨色，给读者留下了更多的思索回味余地。

〔**注解**〕①张生：张旭。狂夫：豪放的人。②豪迈：气魄宏大，豪放不羁。③纵横：奔放无拘束。④野马：产于我国北方的一种良马。御风：乘风而行。⑤醉醒：沉醉又复清醒。⑥高世：超乎世俗。⑦至理：最根本的道理。⑧年华：时光，年岁。朝夕：天天。拣汰：选择淘汰。⑨笔溪：溪名。

因其与张旭有关，当在张旭生长活动之地域。⑩昆仑：称皮肤黑色的人。《晋书·孝武文李太后传》："时后为宫人，在织坊中，形长而色黑，宫人皆谓之昆仑。"本句意为希望笔溪水变为黑色的流派。

黄伯思（一首）

黄伯思（1079—1118），字长睿，别字霄宾，号云林子，邵武（今属福建）人。宋哲宗元符三年（1100）进士，先后任通州司户、河南府户曹参军、秘书郎等。有《东观余论》《法帖刊误》。

题河南王氏所藏子敬帖

君家大令书盈纸①，笔势翩翩趣多媚②。
虽云沓拖如少年③，岂至拘挛同饿隶④。
会稽七子五知名⑤，此公风概尤超诣⑥。
太极璇题犹重书⑦，一时凛凛标英气。
半袖精裓众争求⑧，数幅新裙世犹贵⑨。
当时亲遇得已难，况复传今仅千岁。
龙珠归浦剑还津⑩，此帖君藏真得地。
才披尺许目增明，鸾跂鸿惊欲飞逝⑪。
硬黄响拓若传吾⑫，完璧摹刊愿垂世。

〔简析〕王献之书法相对于其父王羲之的书法是一种变革创新。唐太宗李世民作《王羲之传论》在对王羲之倍加推崇的同时对王献之多有贬责。到了宋朝，对二王书法评价发生了一些变化。王献之的书迹重新受到人们的喜爱，这首诗就反映了这种书法艺术欣赏标准的变化。"笔势翩翩趣多媚"与王羲之的书法"字势雄逸"有一定的差别。然而由于唐太宗李世民殊不喜王献之书法，上好，下必甚焉，故王献之传于后世的书法作品少之又少。正由于稀少，故作者产生了摹刻以广泛流传的想法。

〔**注解**〕①大令：王献之曾任中书令，世称王大令。②笔势翩翩趣多媚：谓王献之书法点画生动飞扬、多姿多彩。羊欣《采古来能书人名》称王献之"骨势不及父，而媚趣过之"。③沓拖如少年：袁昂《古今书评》谓"王子敬如河、洛间少年，虽皆充悦，而举体沓拖，殊不可耐"。沓拖，不利索。④拘挛同饿隶：李世民《王羲之传论》评王献之书法"观其字势疏瘦，如隆冬之枯树；览其笔踪拘束，若严家之饿隶"。拘挛，即拘束。⑤七子五知名：王羲之有七个儿子，除小儿子王献之外，其他如王玄之、王徽之、王操之、王凝之等都是知名书法家。⑥风概：风度气概。⑦太极璇题犹重书：作者原注"谓不书太极殿榜"。唐张怀瓘《书断》："初，谢安请为长史，太康中新起太极殿，安欲使子敬题榜。"而王献之正色拒绝。⑧半袖精裓众争求：虞龢《论书表》载"有一好事年少，故作精白纱裓，着诣子敬，子敬便取书之，草正诸体悉备，两袖及褾略周。年少觉王左右有凌夺之色，掣裓而走。左右果逐之，及门外，斗争分裂，少年才得一袖耳"。⑨数幅新裙世犹贵：虞龢《论书表》载"子敬为吴兴，羊欣父不疑为乌程令。欣时年十五六，书已有意，为子敬所知。子敬往县，入欣斋，欣衣白新绢裙昼眠，子敬因书其裙幅及带。欣觉，欢乐，遂宝之"。⑩龙珠归浦剑还津：指合浦珠还、剑入延平津化龙两个故事。因王献之与收藏其墨迹的王氏同姓，故云。⑪鸾跂鸿惊：形容书法活泼轻盈。⑫硬黄：描摹书法用纸。制法在纸上涂黄蜡，用热熨斗熨匀，纸莹澈透明，称硬黄。响拓：用纸或绢覆书帖上，双钩填墨制成副本。

华镇（二首）

华镇（约1093年前后在世），字安仁，会稽（今浙江绍兴）人。宋神宗元丰二年（1079）进士。官至朝奉大夫，知漳州军事。有《云溪居士集》。

宝墨堂

堂有颜公石①，辞墨真世宝②。
圆润屈银钩③，淳华挹春藻④。

忠义昔所服⑤，文艺久弥好⑥。

至今有识人，抚卷惜元老⑦。

〔简析〕斋室以宝墨命名，又以颜真卿书迹为室中珍藏之最，可知主人喜爱书法，特别是酷爱颜书的程度。论书法首重人品，这是宋朝论书法的一种风气，但这一论点是存在一定偏颇的。有高风亮节的人可以写出"圆润屈银钩，淳华掞春藻"的书法，不忠不义的人未必不能。宋朝人论书先论人品的提出，实际是别有寓意。此诗可与王安石《吴长文新得颜公坏碑》诗同时参看。

〔注解〕①颜公石：颜真卿所书的刻石。②辞墨：文辞书法。据此知此石文辞书法均颜真卿一人所为。③圆润：丰满润泽。银钩：书法术语。形容笔画遒媚。欧阳询《用笔论》："刚则铁画，媚若银钩。"④淳华：淳厚而华美。掞（shàn）：铺张。春藻：形容辞藻生动。⑤忠义：忠贞节义。⑥文艺：文章与书法。弥好：更好。⑦抚卷：摩挲拓本。元老：天子的老臣，指颜真卿。

书李西台诗帖

古来论书如论马，不看皮毛看筋骨①。

赤骥虽瘦神采骏②，骨筋强奇气突兀③。

点画筋骨生笔端，昔人小伎不自忽④。

用笔临纸如用兵⑤，敌阵深攻横驰突⑥。

水墨淋漓无顾藉⑦，锋毫来往轻陵捽⑧。

皂雕苍隼搏秋天⑨，老蜃长蛟结幽窟。

李唐末年天下乱⑩，剑戟纵横文艺缺⑪。

钟王遗法散不传⑫，二百年来更芜没⑬。

卧豪侧管不到纸，狐渡春冰轻塞窣⑭。

寻踪貌影见形似，坐拟前人已超越。

秃尽南山千兔毫⑮，妙绝曾无一毛发⑯。
西台老李得古意⑰，挥洒工夫通恍惚⑱。
昔闻已觉心思启⑲，今见顿使蒙蔽发⑳。
缥襡欲卷更复开㉑，明发临风到华月㉒。

〔简析〕九方皋相马"得其精而忘其粗，在其内而忘其外"，与宋朝人论书法崇尚意趣情韵、轻视间架结构有某些相通之处，此诗正是抓住这一点而展开的。书题李建中书作之后，重点却在于论书。此诗论书善用形象比喻，"用笔临纸如用兵"以下六句穷尽书家作书时笔墨酣畅、随意挥洒之妙，有特点，有新意，给人们以启迪。

〔注解〕①皮毛：外表。指书法外在的形体结构与章法。筋骨：书法作品内含的各种因素。此两句暗用九方皋相马故事。相传九方皋相马注重实质而轻视形式。为秦穆公求马，得之。本牡而骊，九方皋却说是牝而黄，但试之，果然是"天下马"。②赤骥：骏马。周穆王八骏之一，即所谓骐骥。神采：精神风采。③强奇：特别健壮。突兀：崇高的样子。④小伎：小技艺。忽：忽略。⑤用笔临纸：以笔接触纸。即创作书法。⑥驰突：疾驱冲撞。⑦淋漓：酣畅的样子。顾藉：顾惜。⑧陵捽（zuó）：磨砺冲突。⑨"皂雕苍隼"两句：形容用笔劲健，笔画沉郁。⑩李唐：唐朝。⑪剑戟纵横：战乱交错频繁。⑫钟王遗法：钟繇、王羲之遗留的书法规矩。⑬芜没：淹没。⑭窸窣（xīsū）：象声词，一种细碎的声音。⑮秃尽南山千兔毫：形容作书之勤，用笔之多。⑯一毛发：一根毫毛。⑰西台老李：李建中。古意：古人的意趣。⑱恍惚：极短的时间。⑲心思：思考。⑳蒙蔽：愚顽不明。㉑缥襡（piāobó）：淡青色丝织品的装裱。㉒明发：黎明。华月：美丽的月亮。此句指从早到晚，时间很长。

周紫芝（一首）

周紫芝（1082—？）字少隐，号竹坡居士，宣城（今属安徽）人。绍兴十二年（1142）进士。任右司员外郎，出知兴国军。因谄事秦桧为人所斥。有《太仓稊米集》《竹坡诗话》。

吴傅朋郎中自出新意作游丝书，绝妙一时，士大夫皆赋诗，为作数语书轴尾

公孙舞浑脱①，长史妙心画②。
老兵涂帚垩，中郎出飞帛③。
得法自所见④，岂用规畴昔⑤。
随人作书奴，终与古人隔。
游丝最无事⑥，何止但百尺。
飞来若有态，吹去忽无迹。
使君看青天⑦，意外得新格⑧。
映空疑有无，著纸互络绎⑨。
神机殆天授⑩，至技非人积⑪。
遂令一丝轻，可挂千钧石。
聊将画沙锥⑫，幻出虫网壁。
我虽不解书，好书乃成癖。
公如傥有意，能事不敢迫⑬。

〔简析〕吴说的游丝书由于新奇，受到同时代文人墨客的赞誉，这是众多赞誉诗中较好的一首诗。此诗前八句例举古代大书法家对世间客观事物某一特点有所觉悟，与书法相联系，将事物这一特点融入书法创作中而创新故事，指出对古人亦步亦趋并不是学习古人书法的最好方式。"随人作书奴，终与古人隔"是悲剧。但从古从众大都人人如此，代代相传，因而也就不能出新。中间十四句就吴说由飘飞荡漾的游丝而悟创游丝书是一种与古代独创新格新风

的大书法家相同书法创作理念。艺术贵颖悟，他的独创可能真的是"意外得新格"，但这种意外却必须是"有心人"才可悟到。最后四句表达了作者希望得到吴说游丝书作品的迫切心情。

〔注解〕①浑脱：唐代舞曲名。杜甫《观公孙大娘弟子舞剑器行》诗序称："记于郾城观公孙氏舞剑器浑脱，浏漓顿挫，独出冠时。"②长史：张旭。心画：书法。扬雄《法言·问神》："言，心声也；书，心画也。"③"老兵"两句：唐张怀瓘《书断》："汉灵帝熹平年，诏蔡邕作《圣皇篇》，篇成，诣鸿都门上，时方修饰鸿都门，伯喈待诏门下，见役人以垩帚成字，心有悦焉，归而为飞白之书。"飞白书的特点是笔画中夹白。④得法：获得真谛。⑤畴昔：过去。⑥游丝：此句下作者自注："游丝二字前人语中无及此者。惟欧阳公有'游丝最无事，百尺拖青光'之句。"⑦使君：指吴说。吴说知上饶，为一地长官，故称为使君。⑧新格：新风格。指游丝书。⑨络绎：连绵不断。⑩神机：神妙的机关。⑪至技：绝技。⑫画沙锥：书法形容用笔中锋"如锥画沙，如印印泥"。⑬能事不敢迫：指求字不敢催促。杜甫《戏题王宰画山水图歌》："能事不受相促迫，王宰始肯留真迹。"能事，特别擅长的事。

刘子翚（二首）

刘子翚（1101—1147），字彦冲，建州崇安（今福建武夷山市）人。以父荫授承务郎，曾任兴化军通判。年三十，父死难，哀毁致疾，不堪吏事。辞归武夷山，不出凡十七年，与胡宪、刘勉之交游。学者尊为屏山先生。刘子翚擅书法，工笔札。有《屏山集》。

临池歌（并序）

刘致思倦游，复卧故庐，有意学书，来求石刻。因慨然念昔经行秦、洛、赵、魏间，未尝不回骖驻轸，搜访古迹。故宫遗址，丰碑断碣，历历相望也。吹埃剔藓，考年代之所志；订古验今，识兴衰之所自。至乃坏堑荒榛，微阳雾雨，虽暴露沾沐，僮仆色难，而余踌躇不忍去也。奇踪伟笔，多致墨本。甚者缺裂模糊，不可辨了，亦皆摸脱以归，登登之声，殷乎山谷。积□归所获，车载牛负，不可胜计。丧乱以来，汛扫焚书何止七厄哉!今披箧视之，十得一二。有副本者，辄以与致思。致思明爽，尝留心字学，运笔流快，风行草偃，固足以轩轾流辈。然未能窥古人藩域者，功亏一篑耳。夫洞石仆木，非蹶张挽强者所能。用志不分，乃凝于神，梓庆削鐻，佝瘘承蜩，皆此道也。致思充是而学焉，余不知其所至矣!因作《临池歌》，以坚其志。切切偲偲，亦朋友之义也。

君不见钟繇学书夜不眠，以指画字衣皆穿①。
当时尺牍来邺下②，锦标玉轴争流传。
又不见鲁公得法屋漏雨③，意象咄咄凌千古④。
断碑零落翠苔封⑤，直气英风犹可睹⑥。
元常独步黄初际⑦，清臣后出今无继⑧。
风神迥出本天资⑨，巧力亦自精勤至⑩。
羡君好尚何高奇⑪，寒窗弄笔手生胝⑫。
向来失计堕尘网⑬，锐气直欲摩云飞⑭。
男儿舌在心何怍⑮，却拟临池寻旧学⑯。
要须笔外见钟颜⑰，会自蛟龙生掌握⑱。
银钩石刻余何爱⑲，劝以短歌君勿怠⑳。
他时八体妙有余㉑，此歌倘可君绅书㉒。

〔简析〕此诗内容为朋友之间切磋学书技艺，鼓励朋友学习书法"坚其志"，因而直言不讳，情词恳切。诗前长序主要叙说所以创作《临池歌》的原因，指出学书必须"用志不分，乃凝于神"。此诗分两个层次：第一层以钟繇、颜真卿两大书家为例，指出学习书法既须具天资，也不可缺少精勤。"风神迥出本天资，巧力亦自精勤至"可以说是一语中的。第二层针对刘致思学书存在的"未能窥前人藩域"的不足,指出学书刻苦是一个方面,更应眼界开阔,广泛涉猎名碑名帖,重视字外功夫,重视个人修养,要于"笔外见钟颜"。可见刘子翚对如何学习书法的认识是很深刻的。

〔注解〕①以指画字衣皆穿:谓学书勤苦,闲暇用手指在衣服、被子上练习,竟划破了衣服。②尺牍:书信。牍,书版。汉代诏书写于一尺一寸长的书版上。邺下:故城在今河北省临漳县北,曹操封地。三国魏曾置邺都,与长安、谯、许昌、洛阳合称五都。庾肩吾《书品》:"钟天然第一,工夫次之,妙尽许昌之碑,穷极邺下之牍。"③鲁公:颜真卿曾被封为鲁郡开国公。屋漏雨:屋漏痕。相传为颜真卿所言。④咄咄:令人惊异的感叹声。⑤零落:残损凋零。⑥直气英风:正直的气质,杰出的气概。⑦元常:钟繇字元常。独步黄初际:独一无二于黄初之际。黄初,三国时魏曹丕的年号。⑧清臣:颜真卿字清臣。⑨迥出:远远地超出。天资:天赋。⑩巧力:技艺高明的能力。精勤:专心勤奋。⑪高奇:高雅奇异。⑫手生胝(zhī):手上长出老茧。形容学书之勤,用功之深。⑬失计堕尘网:指误入官场,各种拘束,如鱼在网。失计,计谋错误。⑭锐气:谓锐利之气。⑮怍(zuò):惭愧。⑯却拟临池寻旧学:即序文中"刘致思倦游,复卧故庐,有意学书"这件事。旧学,从前所学过的某种技艺。⑰要须笔外见钟颜:功夫在字外之意。学钟繇、颜真卿书先学做其人。⑱生掌握:产生于手掌中。⑲银钩:此指书法而言。⑳君勿怠:请你不要松懈。㉑八体:指书法的八种主要书体。宋周越《古今法书苑·序》:"自苍、史逮皇朝,善书者得三百九十八人,以古文、大篆、小篆、隶书、飞白、八分、行书、草书通为八体,附以杂书。"㉒倘(tǎng):倘使,表示假设。君绅:对有官职或中科举而退居在家的人的敬称。

吴傅朋游丝帖歌

园清无瑕二三月①,时见游丝转空阔②。
谁人写此一段奇,著纸春风吹不脱③。

纷纭纠结疑非书④,安得龙蛇如许癯⑤。
神纵政喜萦不断⑥,老眼只愁看若无⑦。
定知苗裔出飞白⑧,古人妙处君潜得⑨。
勿轻漠漠一缕浮⑩,力遒可絜千钧石⑪。
眷余弟兄情不忘⑫,轴之远寄悠然堂⑬。
谢公遗髯凛若活⑭,卫后落鬓摇人光⑮。
翻思长安夜飞盖⑯,醉哦声落南山外⑰。
乱离契阔三十秋⑱,笔意与人俱老大⑲。
政成著脚明河津⑳,外家风流今绝伦㉑。
文章固自有机杼㉒,戏事岂足劳心神㉓。

〔简析〕诗题中的吴傅朋即南宋书法家吴说,其草书笔画特细,故名游丝书。游丝书又名游丝草,笔画细劲柔韧,意飘势长,吴说最擅此。楼钥说:"傅朋游丝字,前无古人。"刘子翚是吴说的朋友,得其自远方寄来的游丝书作品,揽书忆友,写了这首长歌。此诗分两部分,前十六句运用比喻,形容写游丝书的形貌、情韵,富于浪漫主义色彩。如写吴说笔下有春风,所以写出游丝,这游丝书不是书法而是春意,自古书法笔画没有如此纤细的。又指出如丝的笔画却是中力十足,悬挂千钧巨石而不断等。最后八句归结到吴说本人及社会环境,抒发感慨。此诗音节优美,长于跌宕,具有较高的艺术价值。

〔**注解**〕①园清无瑕二三月:此以初春的花园喻洁白无瑕的纸。②游丝:本指蜘蛛或其他虫类所吐丝,飞扬于空中者,此指游丝书笔画。空阔:广大旷远。③著纸春风:形容纸上写的游丝书飘忽不定如被春风吹拂。④纷纭纠结:杂乱缠绕。⑤龙蛇:此指书法的笔画。癯(qú):瘦。⑥神纵:奇妙的痕迹。政喜:正喜。恰好喜爱。⑦老眼:老年人目力昏花。⑧苗裔:后代子孙。此指游丝书源于飞白书。飞白,飞白草。以飞白法作草书。黄伯思《东观余论》:"取其若丝发处谓之白,其势飞举谓之飞。"⑨君潜得:你暗中得到。君，指游丝书的作者吴说。吴说，字傅朋，号练塘，宋钱塘人，其游丝书著名于当时。宋高宗《翰墨志》："绍兴以来，杂书、游丝书惟钱塘吴说。"⑩漠漠：无声。⑪力遒可縻千钧石：谓游丝书笔画虽纤细，但力量十足，可承担悬挂千钧重的石头。⑫眷（juàn）余弟兄：怀念刘子翚及其兄刘子羽。眷，顾念。⑬轴之：以之为轴。即将游丝书作品装裱成轴。⑭谢公遗髯：谢公指南朝刘宋诗人谢灵运。相传谢灵运生有美髯。⑮卫后落鬓：卫后指汉武帝皇后卫子夫。相传卫后的头发稠密而黑。张衡《西京赋》："卫后兴于鬓发，飞燕宠于体轻。"此两句用美髯、美发形容游丝书。⑯夜飞盖：夜晚带篷盖的马车飞奔。指朋友间交往畅游。⑰醉哦：酒醉后吟唱诗歌。⑱乱离：政治混乱，给人民造成忧患。契阔：离散。《诗经·邶风·击鼓》："死生契阔。"⑲笔意与人俱老大：谓吴说书法意境功力随着人进入老年达到炉火纯青境地。⑳著脚：落脚。明河津：天河渡口，此当是指皇都。㉑外家风流：外祖父母家杰出风度。吴说是北宋著名诗人王令的外孙。绝伦：无与伦比。㉒固有：本来有。机杼：比喻诗文创作中构思与布局的新巧。㉓戏事：游戏之事。心神：心事与精力。

薛仙（一首）

薛仙，字季同，生卒年不详，河东（今属山西永济）人。宋高宗年间尚有活动。

绍兴戊午秋因观毕氏
所藏定武旧石本《兰亭》因题

无心工拙当闲暇，信手纵横尽技能①。
朱蜡誊摹犹若此②，可怜真迹殉昭陵③。

〔简析〕作者题跋的这本旧拓《定武兰亭》应当是朱砂拓本，是很珍贵的。诗的前两句是说《兰亭序》虽然是醉后信笔书写但超妙非常，非他帖可比。后两句意为摹拓本风神尚且如此,真本可知是空前绝后了。然而如此空前绝后的神妙书迹却因为帝王的一句话长埋地下,使世人难再一睹庐山真面目,只能望摹拓本而兴叹,怅惘之情跃然诗中。

〔**注解**〕①信手:随手。纵横:奔放无拘束。②朱蜡誊摹:指用朱砂为染料摹拓的拓本。③昭陵:唐太宗李世民陵墓。

王之望(一首)

王之望(1104—1171),字瞻叔,号汉滨先生。谷城(今属湖北)人,寓居台州。宋高宗绍兴年间中进士,宋孝宗时曾任参知政事,后知温州。有《汉滨集》。

吴傅朋游丝书

鸟迹既茫昧①,文字几变更。
达者擅所长②,各就一世名。
众体森大备,造化无留情③。
独此游丝法,千古秘未呈。
右军露消息,笔墨无成形。
伟哉延陵老④,三纪常研精⑤。
绝艺本天得⑥,非假学力成⑦。
应手快挥洒⑧,援毫谢经营⑨。
奋迅风雨疾⑩,飘浮鬼神惊⑪。
风狂蛛网转,春老蚕咽明。
直如朱弦急,曲若卷发䰀。
飞梭递往复⑫,折藕分纵横⑬。
独茧缲不断,风鸢胜更轻。
希微破余地⑭,妙绝无容声⑮。

飞白笑冗长⑯，堆墨惭彭亨⑰。
可怜太纤瘦，不受镌瑶琼⑱。
咨尔百代后⑲，若为求典刑⑳。

〔简析〕南宋诗人对于吴说创游丝书的推崇不亚于唐朝人对于怀素狂草的倾服，不少人写下了歌颂吴说创游丝书的诗篇，此为较好的一首。诗人诗中称，书法是"达者擅所长，各就一世名"。在真草隶篆诸书体齐备，书法风格千变万化，异彩纷呈的情况下，"独此游丝法，千古秘未呈。"吴说能独辟蹊径，确是一种伟大的创举。而这一以飘逸轻盈为特点的纤细书法，运笔书写时"奋迅风雨疾，飘浮鬼神惊"。作品成功后，"妙绝无容声"，形态韵致都是空前的。诗中也指出，由于游丝书线条过于纤细，很不利于摹刻上石供人们观赏，也就难以拓摹供人们学习，限制了它的推广，不能不说是美中不足的一件憾事。

〔**注解**〕①鸟迹：书法。《淮南子·说山训》："见鸟迹而知著书。"后因之用鸟迹代指书法。茫昧：幽暗不明。②达者：明智通达的人。③造化：指自然的创造化育。④延陵老：指吴说。春秋时吴季札封邑延陵，后人往往以延陵代指吴姓。⑤三纪：木星绕太阳一周约为十二年，古代称为一纪，三纪为三十六年。⑥绝艺：极其高超的技艺。⑦学力：学习而投入的功夫。⑧应手：随手。挥洒：形容运笔自如。⑨经营：策划布置。⑩奋迅：精神振奋，行动迅速。⑪飘浮：飘荡浮动。⑫飞梭递往复：快速来回穿梭，形容游丝书的书写速度快。⑬折藕：取藕断丝连之意，形容游丝书笔画细如断藕后之连丝。⑭希微：稀疏微薄。⑮妙绝无容声：其意为神妙难以形容赞美。⑯飞白：以枯笔书写使笔画露白的一种书体。相传为蔡邕所创。冗长：多而无用。⑰彭亨：胀满臃肿。⑱瑶琼：本指美玉或美石，此指用来摹刻帖的石头。⑲百代：历时长久。⑳典刑：典范。

陈长方（二首）

陈长方（1108—1148），字齐之，学者称"唯室先生"，侯官（今属福建福州）人。宋高宗绍兴八年（1134）进士，先后任芜湖尉、江阴军学教授。有《唯室集》。

题定武本兰亭（三首选二）

一

不须苦恨厌家鸡[①]，自是盐车后月题[②]。
弄笔数行书纸背[③]，莫教人唤庾安西[④]。

二

此甥此舅两风流[⑤]，翰墨相传不误投。
大似曹溪付衣钵[⑥]，临池他日看银钩。

〔简析〕定武本《兰亭集序》因其摹刻流传的神奇性被人们所重视。南宋人最看重《兰亭集序》，绝大多数人非《兰亭》不学，大家都是一个想法，《兰亭》无下拓，《定武兰亭》为最高，因而书学《定武兰亭》的人多，咏《定武兰亭》的诗也很多。此诗的第一首用庾翼"贱家鸡、爱野鹜"以及其题写王羲之书法纸背两个故事，点明定武本兰亭是王羲之的"野鹜"而非庾翼的"家鸡"。第二首作者认为《定武兰亭》与《兰亭》真迹是衣钵相传，学《定武兰亭》毫无舛误，必得王羲之书法真谛。

〔**注解**〕①厌家鸡：王僧虔《论书》："庾征西翼书，少时与右军齐名。右军后进，庾犹不忿。在荆州与都下书云：'小儿辈乃贱家鸡，爱野鹜，皆学逸少书，须吾还，当比之。'"②盐车：载盐的车，用骏马拉盐车，比喻贤才居下位，不得其用。③书纸背：柳宗元自注《殷贤戏批书后寄刘连州并示孟仑二童》："家有右军书，每纸背庾翼题云：'王会稽六纸，二月三十日。'"④庾安西：即庾翼。庾翼曾任安西将军，故称。⑤此甥此舅：当是指《兰亭序》真迹与《定武兰亭》之间的血缘关系。⑥曹溪付衣钵：指佛教禅宗五祖弘忍大师将作为信证的衣钵传六祖惠能的故事，比喻《定武兰亭》与真本的传承关系。惠能居曹溪宝林寺，故以曹溪代指惠能。

洪适（一首）

洪适（1117—1184），字景伯，晚号盘洲老人。初名造，字温伯，一字景温，乐平（今属江西）人。宋高宗时中博学宏词科，累官至翰林学士、尚书右仆射、同中书门下平章事兼枢密使。卒谥文惠。有《隶释》《隶续》《盘洲文集》等。

题信州吴傅朋郎中游丝书

上饶氓俗醇且古①，千室鸣弦方按堵②。
黄堂丈人今循良③，河南治平追鼻祖④。
讼堂留景分清阴⑤，炉篆方羊燕寝深⑥。
笑谈了却邦人事⑦，游戏翰墨惟书林⑧。
自从真行易篆隶，草圣书绝驰极挚⑨。
游云惊龙初振奇⑩，渴骥怒猊争作势⑪。
臣中第一兹谓谁，寥寥典则其几希⑫。
丈人尺牍妙天下⑬，臧去收拾生光辉⑭。
作古要须从我始，直欲名家自成体。
手追心摹前无人，一扫尘踪有新意⑮。
纵横经纬生胸中，落纸便与游丝同⑯。
缲瓮茧车飞白雪，织檐蛛网破清风。
一行一笔相联属，姿态规抚骇凡目⑰。
临池漫劳三十年，千兔从教后人秃。
旧闻吕向连锦书⑱，百字环写萦发如。
惜哉澳汩已无考⑲，盍使北面称台舆⑳。
独步不复名相甲㉑，端恨二王无此法。
只今四海书同文，使者来求至将押。

〔简析〕南宋是书法发展比较缓慢的历史时期，时代特点不是很突出。其间吴说的游丝草书以飞动细劲的笔画，连绵不断回旋萦带写法给人以新奇感，得到人们的关注。宋高宗赵构称："至若绍兴以来，杂书、游丝书惟钱塘吴说。"诗人们也纷纷作诗加以赞扬，这是其中一首。此诗主要对吴说敢于目无古人的创新精神加以充分肯定。特别是对吴说"作古要须从我始，直欲名家自成体"敢为天下先，独步书坛的勇气更是佩服。古谚语有"宁为鸡口，毋为牛后"，作者诗中有"独步不复名相甲，端恨二王无此法"，正是就此肯定吴说其人与其游丝书的。

〔注解〕①上饶：地名，在今江西省上饶市附近，宋朝为信州地。吴说曾知上饶。氓俗：民风民俗。②按堵：安堵。安居乐业。③黄堂：太守办事的厅堂。吴说守信州，以黄堂代指吴说。循良：奉公守法。④治平：太平安定的政绩。鼻祖：始祖。⑤讼堂：官吏处理诉讼案件的地方。⑥方羊：驰骋、遨游。燕寝：休息。⑦了却：了结。邦人：地方百姓。⑧游戏：娱乐嬉戏。⑨极挚：最大限度的攫取。⑩游云惊龙：形容草书笔势矫健，神采飞扬。⑪渴骥怒猊：形容书法遒劲奔放。⑫典则：典型法则。⑬尺牍：本指书信。此谓书法作品。⑭收拾：收聚，整理。⑮尘踪：此指庸俗的陈旧的书法。⑯游丝：飘动的蛛丝。⑰姿态：容貌神态。规抚：窥测抚摸。⑱吕向：字子回，唐朝东平人，一说泾州人。唐玄宗开元十年（722）召入翰林，兼集贤院校理。后累迁起居舍人、中书舍人、工部侍郎等。连锦书：一名连锦草，相传吕向能一笔环写百字，若萦发然，世称连锦书。⑲湮汩：湮没，埋没。⑳台舆：下等人。古代将人分为十等。"舆臣隶、隶臣僚、僚臣仆、仆臣台。"㉑独步：独一无二。

杨万里（一首）

杨万里（1127 — 1206），字廷秀，吉水（今属江西）人。南宋绍兴年间进士。张浚谪居永州，杨万里力请乃得见，张浚勉之以正心诚意之学，万里终身服其教，名读书之室为诚斋。宋孝宗召为国子监博士，后致仕，进宝谟阁学士。韩侂胄专权日甚，万里忧愤成疾，临终呼纸书其罪状，掷笔而逝。杨万里是南宋著名诗人，其诗浅显通俗，名"诚斋体"。

跋悟空道人墨迹（并序）

临川蔡教授说之母徐氏，讳蕴行，自号悟空道人。学虞书，得楷法。手抄佛书。跋以五言。

葱岭书如积[1]，银钩墨尚新[2]。
前身虞学士[3]，今代卫夫人[4]。
曲水修兰禊[5]，明珠采洛神[6]。
更令添此帖[7]，急就不须珍[8]。

〔简析〕封建社会，女性社会地位低下，能读书识字者已属不易，成为书法家的更是少得可怜。这位徐蕴行夫人书学虞世南，端庄秀美，竟可步王羲之《兰亭集序》、王献之《洛神赋》之后尘。诗中称其为"前身虞学士，今代卫夫人"，将其与虞世南、卫铄两大书法家并列，足见其书法造诣之高，十分可贵。更可贵的是杨万里，置封建礼教不顾，对徐蕴行的书法给予公正的评价，热情的歌颂，使这位女书家得以留名后世。

〔注解〕[1]葱岭书如积：形容徐蕴行手书佛经之多。葱岭：古代对今帕米尔高原的昆仑山、天山西段的统名，代指葱岭之西佛教圣地。[2]银钩：银钩铁画，指书法。[3]前身：佛家语，即前生。虞学士：唐朝大书法家虞世南。[4]卫夫人：东晋时女书法家卫铄。[5]曲水修兰禊：王羲之书写的《兰亭集序》。修兰禊，兰亭修禊。[6]明珠采洛神：指王献之所书曹植的《洛神赋》小楷，后世称"玉版十三行"。[7]此帖：指徐蕴行所写的佛经。[8]急就：《急就篇》，此指草书。三国时吴国皇象曾用章草书写汉文帝时黄门令史游所作的《急就篇》。

陆游（四首）

陆游（1125—1210），字务观，号放翁，越州山阴（今浙江绍兴）人。少有文名，以荫补登仕郎。应试，名列秦桧孙秦埙之前，为秦桧所嫉。秦桧死，始为宁州主簿。宋孝宗时除枢密院编修，后知夔、严二州。范成大帅蜀，表陆游为参议官。宋宁宗嘉泰三年（1203）以宝章阁待制致仕。陆游是我国伟大的爱国主义诗人。有《剑南诗稿》《渭南文集》《老学庵笔记》等。

草书歌

倾家酿酒三千石①，闲愁万斛酒不敌②。
今朝醉眼烂岩电③，提笔四顾天地窄。
忽然挥扫不自知④，风云入怀天借力⑤。
神龙战野昏雾腥⑥，奇鬼摧山太阴黑⑦。
此时驱尽胸中愁，捶床大叫狂堕帻⑧。
吴笺蜀素不快人⑨，付与高堂三丈壁⑩。

〔简析〕陆游一生作诗近万首，其中咏论书法诗十余首。陆游书法诗有其鲜明的特点，往往不专为咏书法而作，而是借咏书法抒发沉郁的情怀、豪放的气概。作为暂时自我安慰、自我解脱，这首诗就是较典型的一首。陆游草书造诣非同寻常，所谓"意致高远""书迹飘逸""字画遒劲可爱"等评价，并非虚誉。诗中"忽然挥扫不自知，风云入怀天借力"等句子是一种真实体会，并非徒以大言欺人。此诗从醉后提笔作书写起，写奋笔挥扫于高堂粉壁，写书毕的狂呼大叫，刻画出作者作书时的亢奋形象，使人读后与之激昂，与之振奋，从中得到感染和美的享受。

〔**注解**〕①倾家：尽其家产。②闲愁：无关紧要的愁绪。万斛：形容愁多。斛，旧量器。方形，口小底大，一斛容量为五斗。不敌：难以抵挡。③烂岩电：形容目光有神。《世说新语·容止》："裴令公目王安丰眼烂烂如岩下电。"陆游《秋夜读书》诗中："老夫垂八十，岩电尚烂烂。"则以岩电代指眼睛。④挥扫：挥洒。⑤风云：高才卓识。天借力：借自然之力。此两句的意思为灵感忽来，似有神助。⑥神龙：古代以龙为神物，故称之为神龙。战野：斗争于原野。比喻草书笔画无限生动。《周易·坤》"龙战于野"。⑦太阴：月亮。此句喻墨气弥漫。⑧捶床：用拳击床。床，坐具。堕帻（zé）：脱落了包头巾，形容狂放的程度。⑨吴笺：吴地所产的笺。笺，小幅而华贵的纸张。蜀素：蜀地所产的白色生绢，宋朝人好用素作书。米芾所书的《蜀素帖》流传至今。快人：使人畅快。⑩高堂：高大敞亮的厅堂。

学书

九月十九柿叶红，闭门学书人笑翁①。
世间谁许一钱直②，窗底自用十年功③。
老蔓缠松饱霜雪④，瘦蛟出海拏虚空⑤。
即今讥评何足道⑥，后五百年言自公⑦。

〔简析〕从某种意义说，天才即勤奋。直至垂暮之年，作者仍坚持临摹学习书法，一个"学"字，道出了多少谦虚!谦虚却又信心十足，放眼未来，相信历史必有定评，这需要非凡的目光与襟怀。对艺术的评价是仁者见仁，智者见智。陆游认为其书法点画苍劲且动感十足，因而有"老蔓缠松饱霜雪，瘦蛟出海拏虚空"之语。然而或许其书法并不为当时人认可，讥贬之词如何对待？陆游并没有反驳，而是采取坦然任之，相信历史是公正的。事实证明，陆游的预见是正确的，他的名字已载入书法史中。

〔**注解**〕①翁：作者自谓。②谁许：何人承认。一钱直：值一个钱。③窗底：窗下。④"老蔓"句：形容笔画苍劲有力。老蔓，多年蔓生植物的

皇象章草《急就章》　　　　　　　　　　　米芾《蜀素帖》

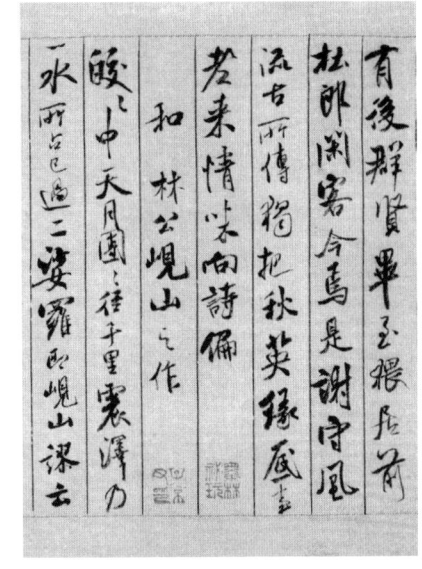

枝茎，如藤之类。⑤瘦蛟句：形容笔画充满活力。拿虚空：牵引直上空旷的高空。⑥讥评：讽刺抨击。⑦言自公：自有公论。

醉中草书因戏作此诗

赐休暂解簿书围①，醉草今年颇入微②。
手挹冻醪秋露重③，卷翻狂墨瘦蛟飞④。
临池勤苦今安有⑤，漏壁工夫古亦稀⑥。
稚子问翁新悟处⑦，欲言直恐泄天机⑧。

〔简析〕陆游一直坚持抗金复国，因而一生不被重用。后又被扣上"擅权""嘲咏风月"等罪名被免去官职于乡村闲居，以赋诗作书解闷。焉知失之东隅，收之桑榆。其书法在长期苦练中渐趋神妙，且法得精微，自然值得高兴，因而赋诗以记之。诗中借孙辈的求教而自己恐泄天机为推托。但实际已经在诗中作了回答。一是闲居临池勤苦，二是被放逐的愤懑借作书以发泄，三是借酒兴作书无拘无束，得自然之趣。

〔注解〕①赐休：君王准予致仕。簿书：官署文书。②入微：进入精妙境地。③手挹：以手酌取。冻醪：冬天酿造，春天饮用的酒。④狂墨：形容草书酣畅淋漓。⑤勤苦：勤劳辛苦。今安有：现在哪儿有。⑥漏壁工夫：指屋漏痕、壁坼。二者均为笔画艺术效果的最高境界。古亦稀：古时候也很少有人能达到。⑦稚子：小孩子。⑧直恐：但恐怕。天机：造化的奥秘。

观苏沧浪草书绢图歌

天孙独处河之湄①，龙梭夜织冰蚕丝②。
机头剪落光陆离③，骑鲸仙人醉题诗④。
字大如斗健欲飞⑤，利刃猛斫生蛟螭⑥。
墨渴字燥尤怪奇，百魅潜影神灵悲⑦。
呜呼！束云作笔兮海为砚⑧，激水上腾龙野战⑨。
乾坤震荡人始惊⑩，笔未落时谁得见？

〔简析〕诗题苏沧浪指北宋书法家苏舜钦。陆游喜作草书，也特别喜欢欣赏草书作品。此诗运用浪漫主义手法刻画出苏舜钦作书时的情态及书法作品的气韵。诗中以"利刃猛斫生蛟螭""墨渴字燥尤怪奇，百魅潜影神灵悲"等句想象苏舜钦作草书时酣畅痛快的挥洒及笔力的震撼。特别是"束云作笔兮海为砚"想象奇伟，出人意料，是难得的佳句。使人读后，如见其人，如睹其书。此诗奔放飘逸，似是一幅高水平的狂草，给人以美的享受。

〔注解〕①天孙：星名。即织女星。河之湄：银河岸边。织女星在银河西，与银河东牵牛星隔河相对。民间神话传说，织女星与牵牛星是一对夫妇，被王母拆开，隔河相望，每年七月七日始得一会。②龙梭：织梭。传说织女善织，天上之云俱为其所织。冰蚕：古代传说的一种蚕。《拾遗记》："有冰蚕长七寸，黑色，有角，有鳞。以霜雪覆之然后作茧。长一尺，其色五彩，织为文锦，入水不濡，以之投火，经宿不燎。"③陆离：光彩繁杂绚丽。据此推知这幅草书作品书于有花纹的色绢上。④骑鲸仙人：指北宋书法家苏舜钦。因其曾隐居苏州沧浪亭，故作者称其为苏沧浪。唐朝李白曾自署为"海上骑鲸客"，后世多称遁隐的文人为"骑鲸客"或"骑鲸仙人"。⑤健欲飞：笔画刚健有飞动之势。⑥利刃猛斫生蛟螭：形容用笔爽利痛快。利刃：锋利的刀。蛟螭：龙蛇类动物。⑦百魅潜影神灵悲：形容笔墨变化多端，使神鬼也惊心动魄。百魅：各种鬼怪。神灵：神明。⑧束云作笔兮海为砚：想象苏舜钦作书时气势与魄力。⑨激水：猛烈的水。野战：交战于旷野。⑩乾坤震荡：天地震动激荡。

李洪（一首）

李洪（约1129—？）字子大，扬州人。历官知温州、藤州。工诗，有《芸庵类稿》。

次韵子都兄寄伯封论书

绝艺当如郢匠斤①，家鸡野鹜漫分群②。
山阴妙法羲传献③，江左名声薄继欣④。
竞作墨猪无健骨⑤，谁知笔髓贵丰筋⑥。
斯言举似秦溪后，三折君须子细分⑦。

〔简析〕南宋人与北宋人对书法的认识不甚相同。北宋人以自我为主，尚意趣。而南宋人特别重视二王，以东晋人经典为膜拜对象。陆游外甥桑世昌《兰亭考》就是这一历史时期成书的。南宋人重传承、重技法，少出新、少自我，因而书法成就弱于北宋。从此诗中可见端倪。

〔**注解**〕①绝艺：极其高超的技艺。郢匠斤：郢匠运斤。《庄子·徐无鬼》："郢人垩慢其鼻端若蝇翼，使匠石斫（zhuó）之，匠石运斤成风，听而斫之，尽垩而鼻不伤，郢人立不失容。"此指技艺精湛。②家鸡野鹜：原为晋庾翼论自己和王羲之书法差异的话，后多指不同书法风格。③山阴：山的北面。此指绍兴兰亭。王羲之《兰亭集序》有"会于会稽山阴之兰亭"。羲传献：王羲之传授书法给王献之。④江左：长江下游以东地区，为东晋治地。薄，薄绍之，字敬叔，南朝书法家。后人称"其行草倜傥，时越羊欣"。欣，羊欣，南朝书法家，王献之外甥，从学书法。袁昂称其书法为"一时绝妙"。⑤墨猪：字画太过肥胖显得臃肿。卫夫人《笔阵图》："多肉微骨者谓之墨猪。"⑥笔髓：书法的精髓。⑦三折：三折肱。古有"三折肱为良医"之说。比喻对某事阅历多，富有经验，自然会造诣精深。

朱熹（一首）

朱熹（1130—1200），字元晦，一字仲晦，号晦庵，祖籍徽州婺源（今属江西），生于南剑州尤溪（今属福建），定居建阳（今属福建）。晚年徙居建阳考亭，主讲紫阳书院，故别称考亭、紫阳。任秘阁修撰等。卒，谥文。从祀孔庙。朱熹继承和发展程颢、程颐理气关系学说，集理学之大成。有《四书章句集注》《诗集传》《楚辞集注》等。后人编辑《晦庵先生朱文公文集》《朱子语类》。

赠书工

平生久要毛锥子①，岁晚相看两秃翁②。
却笑孟尝门下士③，只能弹铗傲西风④。

〔简析〕此是极难一见的写书工晚境的诗。封建社会有专门佣书为生的人，他们为人们抄写经书、典籍或其他文字，赖以养家糊口。多作小楷或行楷，用笔纯熟，书迹亦颇可观，是工而非"家"。晚境凄凉，寄人篱下，稀发秋风，弹铗悲歌，令人同情。也可能此书工为朱熹誊写过很多著述，使理学大师朱熹对其特别同情，因而在幽默中蕴含着许多感慨。

〔注解〕①欠要：昔日的约定。《论语·宪问》："子曰：'久要不忘平生之言，亦可以为成人矣。'"毛锥子：毛笔。《新五代史》史弘肇作传：（史）弘肇曰："'安朝廷、定祸乱，直须长枪大剑，若毛锥子，安足用哉！'三司使王章曰：'无毛锥子，军赋何人集乎？'毛锥子，盖言笔也。弘肇默然。"②岁晚：老年人。两秃翁：谓书工笔已退锋，书工已秃头。③孟尝：孟尝君。姓田名文，战国时齐国贵族，封薛公。孟尝君以好客著称，门下食客达数千人，为战国四公子之一。门下士：家中食客。④弹铗：弹击剑把。孟尝君门下食客冯煖曾弹铗作歌："长铗归来乎，食无鱼。"发泄对待遇的不满。西风：秋风。

薛季宣（一首）

薛季宣（1134 — 1173），字士龙，号艮斋，永嘉（今浙江温州）人。早年学程颐理学，颇得真传，永嘉学派创始人。召为大理寺主簿，除大理寺正。知湖州，改常州，未上任卒。学者称之为"艮斋先生"。有《春秋经解》《春秋指要》《浪语集》等。

观法帖

字学从前小艺林①，谁论终古可传心②。
毛锥刻划龙蛇动③，笔阵纵横剑戟森④。
须省六书兼八法⑤，由来一字直千金⑥。
世人不解张颠圣⑦，刚把碑文镇日临⑧。

〔简析〕法帖是指把古代书法名家墨迹双钩描摹后刻在木板或石板上，拓印供人们学习书法的范本。书法是一门很深的学问，并非是"雕虫小技"。从某方面说它竟可等同于典籍著述，又是书家用以表情达意的一种手段。作者的这一观点是很有道理的。诗中"须省六书兼八法"道出作者对学习书法应深入探究的正确观点。然而诗中不足的是，与行草书一样，楷书也具有自己表情达意的方式，不应予以贬低。

〔**注解**〕①字学：研究文字形、音、义之学。此指书法。艺林：典籍著述之事。②终古：自古以来。传心：传法。佛教禅宗主张不立文字，以心相证。除心心感应外，别无他法，故称传法为传心。③毛锥：毛锥子。毛笔。《新五代史》为史弘肇作传："（史）弘肇曰：'安朝廷，定祸乱，直须长枪大剑。若毛锥子，安足用哉！'三司使王章曰：'无毛锥子，军赋何从集乎？'毛锥子盖言笔也。弘肇默然。"刻划：形容用笔劲利如锥划木。④笔阵：谓写字运笔如行阵。剑戟森：剑戟森森。比喻书法笔画劲健有力，如剑戟林立，寒光逼人。⑤六书：谓古文、奇字、篆书、隶书、缪篆、鸟虫书六种书体与象形、指事、会意、形声、假借、转注六种汉字构成方法。八法：永字八法。以字的点画为例。说明楷书点画用笔和组织的方法。这八法是：侧，点的写法；勒，横的写法；努，竖的写法；趯，钩的写法；策，仰横的写法；掠，长撇的写法；啄，短撇的写法；磔，捺笔的写法。⑥一字直千金：一字值千金。秦相吕不韦使门客著《吕氏春秋》，书成，公布于咸阳城门，称有能增删一字者，赏千金。此借谓书家作品之贵重。⑦不解：不明白。张颠圣：张旭的非凡造诣。⑧刚把：偏偏守住。碑文：碑的拓摹本，相对于法帖而言。镇日临：整日地摹写。

袁说友（二首）

袁说友（1140—1204），字起岩，号东塘居士，建安（今属福建建瓯）

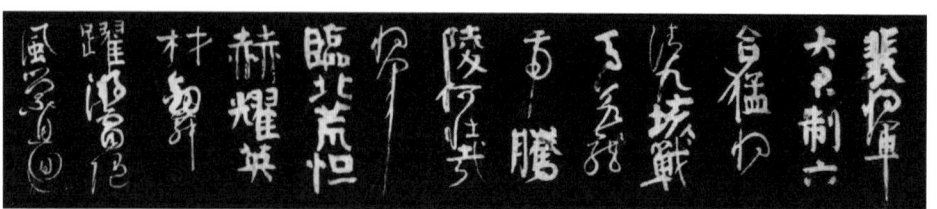

《裴将军帖》

人，侨居湖洲。宋孝宗隆兴年间进士。先后知池州，知平江府，知临安府。嘉泰年间官同知枢密院、参知政事。有《东塘集》。

题汪伯时家藏颜鲁公书《裴将军帖》

诗成小见英雄手①，笔落能令风雨惊②。
万古言言有余烈③，从今词翰岂虚名④。

〔简析〕颜真卿《裴将军帖》帖后世都认为是伪迹。读此诗后可知，其作伪时间较早，起码在南宋时人们已经当作颜真卿真迹加以宝藏。至于诗中称赞此帖"诗成小见英雄手，笔落能令风雨惊"赞诗书俱妙，着眼点在于其出自像颜真卿这样忠烈刚直的书家之手，故余烈长存。

〔**注解**〕①小见：略知。英雄：才能作为非凡的人。此指颜真卿。②笔落：下笔挥毫。杜甫《赠左仆射郑国公严公武》："阅书百纸尽，落笔四座惊。"③言言：高大的样子。④词翰：文章与书翰。

题王顺伯秘书所藏《兰亭修禊帖》

永和九年暮春日，兰亭修禊群贤集。
含毫欲下意已先，媚日暄风佐摇笔①。
当时一笔三百字，但说斯文感今昔。
谁知已作尤物看，流传人间天上得。
天高地远閟不示②，仅许一二翻摹勒。
忽然飞上白云俱，径入昭陵陪玉骨③。
识真之士已绝少，真者一去嗟难觅。
纷纷好事眼空眩，只把残碑慕真迹。
萧郎袖去明真赝④，定武传来差甲乙⑤。
如丁如爪辨形似，不丰不露分肥瘠。

人亡无复见风流，漫费精神疲得失。
临川先生天下士⑥，古貌古心成古癖。
搜奇日当老不厌，如渴欲饮饥欲食。
有时瞥眼道傍见，倒屣迎之如不及⑦。
牙签轴已过三万，集古录多千卷帙。
平生著意右军处，并蓄兼收一何力。
赏音本在笔墨外⑧，何必此优而彼劣。
清波万顷浑一点，明月一轮云半入⑨。
是中元不碍真趣，气象典刑尤历历⑩。
知我罪我春秋乎⑪，政尔未容言语直。
我方随群厚其嗜，门户弗强才仅立。
几年冥搜政无那⑫，剩欲流涎分半席⑬。
阅公善本三四五，不觉长歌书卷侧。
羲之死矣空费公家九万笺，安得斯人写金石。

〔简析〕南宋是《兰亭集序》帖学习、收藏、考证都比较热的历史时期。著名的收藏家王厚之（字顺伯）很热衷于《兰亭集序》各种摹刻善本的收藏，达到了"如渴欲饮饥欲食"的痴迷程度。"有时瞥眼道傍见，倒屣迎之如不及"刻画这种酷好十分传神。其所藏数量更是十分惊人，"牙签轴已过三万，集古录多千卷帙"真是独此一家，无人与之抗衡。虽然收藏鉴赏字帖并不就是学习书法家，然而一个时代的收藏趋向往往与这个时代的书法风气有着相当紧密的关系。此诗不仅表达了作者对《兰亭集序》帖的景仰，对王厚之所藏《禊帖》质量之高的钦佩，同时也可以窥见当时书风的流行趋势。

〔**注解**〕①媚日暄风：美好的太阳与春天的和风。②冈：埋于地下。③径入昭陵陪玉骨：指唐太宗李世民命将《兰亭集序》殉葬的事。昭陵，李世民陵墓。④萧郎袖去：萧郎指萧翼，相传李世民命他到南方用计骗取了由辨才收藏的《兰亭集序》真迹。⑤定武：指《定武兰亭》，据说是最好的《兰亭序》摹刻本。⑥临川先生：南宋收藏家王厚之，著有《金石录》《考异》《考古印章》等。⑦倒屣：古人家居，脱鞋席地而坐，有时急于迎接来访客人而倒穿了鞋。此指对好碑帖收藏的急迫心情。⑧赏音：听其音而知其曲，并识其人。⑨清波：此二句似指王厚之所藏《兰亭序》帖稍有疵病。⑩气象典刑：情态典范。历历：分明可数。⑪知我罪我：意为只要自己认为这是对的，不论他人的褒贬，自己都会坚持下云。《孟子·滕文公下》："《春秋》，天子之事也。是故孔子曰：'知我者，其惟《春秋》乎！罪我者，其惟《春秋》乎！'"⑫冥搜：搜访及于幽远之处。此谓自己千方百计搜求。无那，无可奈何。⑬流涎：流口水。此句谓由羡慕王厚之收藏的《兰亭序》质量之高而流下口水，进而想分一半。

欧阳光祖（一首）

欧阳光祖（生卒年不详），字庆嗣，建宁府崇安（今属福建武夷山）人。宋孝宗乾道八年（1172）进士。曾从刘子翚、朱熹学习。任江南西路转运判官。

赠篆书吴全仲古风（并序）

乡友吴全仲读书之暇工大小篆。一日，别余游江右。于其行，歌以赠之。

黄帝史苍初作书①，依类相形书亦疏。
兽蹄鸟迹颇奇怪，乾端坤倪微发舒②。
周籀大篆十五篇③，体制渐与苍史殊④。
秦兼七国有天下，混一土宇同书车⑤。
赵高爰历竞新作⑥，胡母博学夸宏模⑦。
是时小篆方挺出，苍籀字画勤芟除⑧。
云阳系囚变隶体⑨，世喜简便争奔趋。

人文日巧伪日胜，古意自此皆荒芜。
峄山野火惟焦苏⑩，苦县光和碑亦无⑪。
宣王石鼓后来出⑫，真赝莫订徒嗟吁。
阳冰凛凛及前辈⑬，字骨瘦硬中敷腴。
潮乎下笔亦清切⑭，杜陵谓与李蔡俱⑮。
寂寥恍已隔千载⑯，游心艺苑惟长驱⑰。
我朝巨笔惟章徐⑱，武夷近数延陵吴⑲。
吴君心近觑天巧⑳，瘦不露骨肥不粗。
小字银钩铁画如，大字龙蛇相郁纡㉑。
上穷羲黄下秦汉㉒，掎摭彝鼎并盘盂㉓。
知音惜无浣花老㉔，侯门欲曳邹阳裾㉕。
劝君行矣勿留滞，识真四海多通儒㉖。
莫学妇人写阴符㉗，莫作奇字索酒沽。
摩崖他日颂功德，大字深刻真良图。

〔简析〕此诗分两部分。前二十六句叙述我国篆书自文字初作至宋朝擅作篆书的书法家递变轨迹，勾勒出篆书发展脉络，虽然简略却很清晰，并指出篆书至宋朝已经衰落。诗的后十六句切诗题，谈吴全仲其人其大小篆书。这位吴全仲的篆书的特点是"瘦不露骨肥不粗"，并且大小字俱能，且广收博采，"上穷羲黄下秦汉，掎摭彝鼎并盘盂"。然他始终少有知音，不为世所认可。因而作者希望他通过出游能被"通儒"发现赏识，能被当权者重用摩崖书丹。但由于时代的关系，推崇篆书是孤掌难鸣，期望最终没有实现，吴全仲的名字也没能载书史。但他这种独异时流走自己的书艺道路的精神是值得肯定的。

〔注解〕①黄帝：上古帝王。相传汉字创于黄帝时。史苍：苍颉，一作仓颉。黄帝时任左史。许慎《说文解字·序》："黄帝之史仓颉，见鸟兽蹄迒之迹，知分理之可相别异也，初造书契。"②乾端坤倪：指文字起始头绪。

发舒：兴起展开。③周籀大篆十五篇：西周宣王太史史籀作《史籀篇》十五篇。用籀文，或称大篆。④体制：体裁格局。⑤土宇：疆域领土。同书车：即书同文、车同轨。⑥赵高爱历竞新作：《说文解字·序》："赵高作《爱历篇》，取史籀大篆，或颇省改。"⑦胡母：胡母敬，也作胡毋敬，秦太史令，省改大篆，作《博学篇》。宏模：广泛的规范。⑧芟除：本意为以镰刀除草，此意为去掉。⑨云阳系囚变隶体：此句下作者自注"程邈"。相传程邈因犯罪囚云阳狱，损改篆书创新书体，称隶书。⑩峄山野火惟焦苏：秦始皇二十八年（公元前219），始皇东巡登峄山，刻石。后为魏太武帝推倒，邑人火焚。杜甫《李潮八分小篆歌》"峄山之碑野火焚"即指此事。⑪苦县光和碑：指《老子碑》《樊毅碑》，相传为蔡邕书。⑫宣王石鼓：石鼓文，我国现存的最早刻石文字。唐初出土，早期大都认为周宣王时作。⑬阳冰：唐篆书大家李阳冰。⑭潮乎：唐朝篆书家李潮。⑮杜陵：唐朝大诗人杜甫。李蔡：指李斯与蔡邕。⑯寂寥：寂静。⑰游心：留心。⑱章徐：徐指宋初篆书大家徐铉。章不详所指。⑲武夷：此谓武夷山区域内。延陵吴：指吴全仲。延陵是春秋吴季札封地，后世往往以延陵指代吴姓。⑳天巧：天然形成的工巧。㉑郁纡：曲折萦回的样子。㉒羲黄：伏羲、黄帝，代指上古时期。㉓掎摭：摘取。意为汲取学习青铜器铭文的书法特点。㉔浣花老：杜甫。杜甫客蜀中，居浣花里。杜甫有《李潮八分小篆歌》。㉕邹阳：西汉临淄人，曾为诸王侯门客。被人陷害，作《狱中上梁王书》辩白。此句意为有邹阳这样的人为其向当权者上书。㉖通儒：博古通今、学识渊博的大学者。㉗阴符：《阴符经》，小楷，相传为欧阳询书。

孙应时（一首）

孙应时（1154—1206），字季和，自号烛湖居士，余姚（属浙江）人。早年从理学家陆九渊学习，宋孝宗淳熙二年（1175）进士。历任秦州海陵丞、严州遂安县知县，后任常熟县知县。有文集十卷，已佚。

灯下学书偶成

学书乃一乐，人或罕知趣。
而我欲成癖，矻矻了朝暮①。
天资苦凡弱②，师法非早悟③。
目力又已衰，恍若在烟雾④。
虽然日数纸，就视辄自恶。
旁人谬怂恿⑤，定未识佳处。
右军固神品，大令亦体具。
嫡传张与颜⑥，尚未肯怀素。
颇怪近世评，似为米老误⑦。
雄奇在风骨⑧，隐括须法度⑨。
安得再少年，令我进一步。
人高书乃高，此语俗子怒。

〔简析〕这是作者晚年就书法学习有感而发的一首古风，带有个人学习书法总结性的认识。诗的前半部分例举了由于内在与外在诸多因素的影响，使其书法水平难以取得较为满意的效果。但是仍然坚定不移，原因是得其趣而成癖。后半部分既谈了其对古代书法大家的评价，同时也谈了其个人对书法某些问题的认识，如"雄奇在风骨，隐括须法度"等。最后归结到本诗的主题，人品与书品的关系，结束全诗。

〔注解〕①矻矻：勤劳不懈的样子。②天资：天赋。凡弱：平庸愚劣。③师法：老师传授的学问与技能。④恍若：模糊不清的样子。⑤怂恿：从旁劝说与鼓励。⑥张与颜：唐朝书法家张旭与颜真卿。⑦米老：宋朝书法家米芾。⑧雄奇：劲健而变幻莫侧。风骨：风神骨髓。⑨隐括：修改错误。法度：规则。

韩淲（一首）

韩淲（1159—1224），字仲止，号涧泉，河南（今雍丘杞县）人。韩淲为南宋名臣韩元吉之子，高风亮节，出仕不久即归隐。宋宁宗嘉定年间卒。有《涧泉集》《涧泉日记》。

次韵昌甫所题唐宋诸贤画像石刻王羲之像

唐人楷法今人少①，笔数当年虞与欧②。
想见临池池水黑③，恨无身世与同游④。

〔简析〕这首和人咏王羲之画像石刻的小诗反映了这样一个事实，北宋人轻视的唐朝虞世南、欧阳询等人的楷书，重新受到了重视。这在杨万里《跋悟空道人墨迹》诗中也有所流露，说明南宋与北宋的学习书法取向还是有一定差距的。

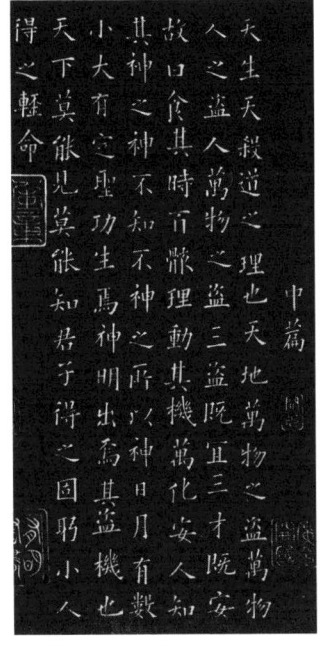

欧阳询《阴符经》

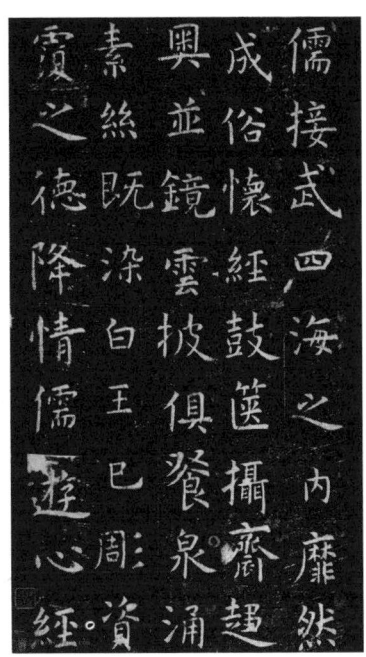

虞世南《孔子庙堂碑》

〔注解〕①楷法：写楷书的法则。②笔数：名笔要属。虞与欧：唐朝大书家虞世南与欧阳询。③想见：想象。临池，临砚池学习书法。④身世与同游：有与他们交友往来的经历。

叶时（二首）

叶时（生卒年不详），字秀发，号竹野愚叟，钱塘（今浙江杭州）人。宋孝宗淳熙十一年（1184）进士。宋宁宗时召为太常寺主簿。后任秘书丞，迁监察御史，知福州兼福建路安抚使。有《竹野诗集》。

还桑泽卿《兰亭考》二首

一

书法光芒晋永和，后来摹写不胜多。
考论又得桑夫子①，兰渚风流转不磨。

二

自从茧纸殉昭陵②，定武流传剩得名③。
总辑旧闻为博议④，即今真赝不难凭。

〔简析〕自唐朝以来，《兰亭集序》的摹本、临本、刻本的真伪优劣一直是学者、书法家争论不休的话题。大诗人陆游的外甥桑世昌在广泛收集、考证的基础上写成《兰亭考》十五篇，对《兰亭集序》诸问题进行了汇集、梳理、考证。此诗是作者读《兰亭考》一书后有感而发所作。诗中对桑世昌的著述加以充分肯定，认为有了《兰亭考》，诸多《兰亭集序》的摹本、刻本源流分明，是真是假是高是低，梳理得非常清楚，对后来的学书者、研究者都是不可或缺的依凭，并指出这就是《兰亭考》的价值所在。

〔注解〕①桑夫子：南宋人桑世昌，字泽卿，淮海（今江苏扬州）人，世居天台。陆游外甥。《兰亭考》一书为其所作。②昭陵：唐太宗陵墓。

相传唐太宗临终，命将《兰亭集序》真迹殉葬昭陵。③定武：即《定武兰亭》，史称为最佳《兰亭集序》摹刻本。相传由欧阳询据真迹临摹上石。因为曾被置于定州（宋朝设定武军），故称《定武兰亭》。④旧闻：以前传闻。博议：广泛的论说。《兰亭考》一名《兰亭博议》。

吴琚（一首）

吴琚（约1189年前后在世），字居父，号云壑，世称吴七郡王，汴梁（今河南开封）人。吴琚为宋高宗吴后侄，宋宁宗时判建康府兼留守，位至少师。卒，谥忠惠。吴琚为南宋著名书法家，行书学米芾。有《云壑集》。

春日焦山观《瘞鹤铭》

昔爱山樵书①，今踏山樵路。
江边春事动，梅柳皆可赋。
荦确石径微②，白浪洒衣履。
临渊鱼龙惊，扪崖猿鸟惧。
古刻难细读，断缺苍藓护③。
岁月岂易考，书法但增慕。
摩挲复三叹④，欲去还小住。
习气未扫除⑤，齿发恨迟暮⑥。
华亭鹤自归⑦，长江只东注。
寂寥千古意⑧，落日起烟雾。

〔简析〕王羲之"及渡江，北游名山，见李斯、曹喜等书；又之许下，见钟繇、梁鹄书；又之洛下，见蔡邕《石经》三体书……仍于众碑学习焉。"吴琚焦山观《瘞鹤铭》，出发点与王羲之相同，广泛汲取营养，提高完善个人书艺。大凡有成就的书法家均能做到兼收并蓄，从无满足之时。吴琚书近米芾，几乎是神形两似，但他并不是只局限于亦步亦趋地临摹米芾，而是遇佳书

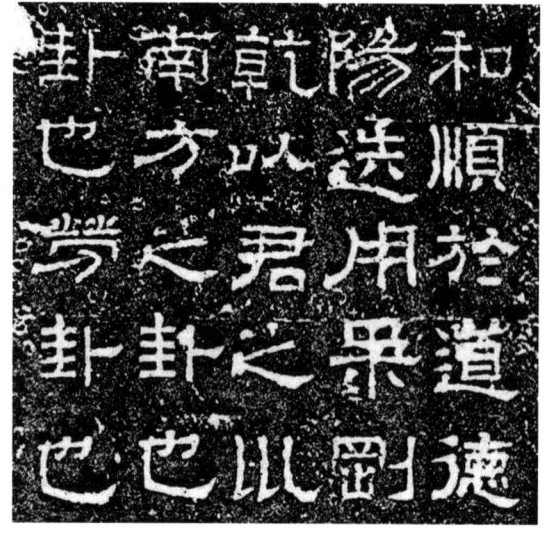
蔡邕《熹平石经》

米芾《蜀素帖》

必认真观摩学习。刻于焦山的《瘗鹤铭》，其书法风格与吴琚并不相同。但为了广泛汲取，他还是不辞辛苦，认真观摩学习。"摩挲复三叹，欲去还小住"，传神地反映出其在《瘗鹤铭》石刻前观书学书如醉如痴的神情。

〔**注解**〕①山樵：《瘗鹤铭》题"华阳真逸撰，上皇山樵正书"。②荦确：石头很多的样子。③断缺：断裂损坏。证明南宋时《瘗鹤铭》已经缺损。④摩挲：抚摸。⑤习气：习惯。⑥齿发恨迟暮：此句谓自己已经年纪很老。迟暮，晚年。⑦华亭鹤自归：此句用晋陆机故事。陆机与其弟陆云居华亭十余年，后因谗被害，临刑时谓其弟曰："欲闻华亭鹤唳，可复得乎！"华亭，在今上海松江县西。⑧寂寥：寂静。

刘宰（一首）

刘宰（1166—1239），字平国，号漫塘病叟，金坛（今属江苏）人。宋光宗绍熙元年（1190）进士。历任真州司法参军，知泰兴县等。因不满韩侂（tuō）胄引退，居茅山漫塘三十年。

跋赵宪（汝木熏）唐率更《千字文》迹

草非草、真非真，柳之骨、颜之筋①，

欧张瘦硬可通神②。

众体备，兼众美，莫臻兴嗣书③，

无首亦无尾。

当年好事人④，各欲徇所嗜⑤。

割截同至宝⑥，得中固为喜。

莫将俗眼看⑦，墨脱字已漫⑧。

当年宝匣中，什袭几岁寒⑨。

只今烟云披⑩，星斗尚阑干⑪。

麟角凤觜毋轻弃，煎胶续弦端有冀⑫。

君不见四窗宝此不宝他，

固应落笔惊风雨，走龙蛇。

〔简析〕此诗所咏欧阳询的书法作品比较特殊。一是虽然有欧体之瘦硬，但又有柳骨颜筋，作者似乎在暗示这一号称是欧阳询真迹《千字文》并非欧书；二是此墨迹是一残卷，没有头尾的《千字文》的中间一段，而且经过火劫，但仍然得到收藏家的珍视；三是作者希望收藏者珍藏的最主要原因是此墨迹字写得好，"惊风雨，走龙蛇"。仅此一点就足够了。没有必要再去追究它是否为欧阳询的真迹，或是其他书法家的笔迹。

〔注解〕①柳之骨、颜之筋：前人评柳公权书多骨，颜真卿书多筋，故有"颜筋柳骨"之称。②欧张：此指欧阳询、张旭。瘦硬：书法点画纤细劲直。③兴嗣：南朝梁文人周兴嗣，《千字文》即其奉梁武帝命而作。④好事：喜欢多事。⑤徇所嗜：夺取自己所喜爱的。⑥至宝：最可宝贵的。⑦俗眼：世俗的眼光与浅薄的见识。⑧墨脱字已漫：指字的笔画缺损，有漫散难辨者。⑨什袭：郑重珍藏，层层包裹。⑩只：仅仅。⑪阑干：纵横，交错的样子。意为虽经火后，残存字画犹如星斗分布。⑫"麟角凤觜"两句：故事传说西海中凤麟洲，仙家煮麟角凤喙为胶，可以接续断弦与折剑。因此墨迹为残幅，故云。

刘克庄（三首）

刘克庄（1187—1269），字潜夫，号后村居士，福建莆田人。南宋嘉定年间官建阳令，后因咏落梅诗犯嫌，坐废十年。淳祐初赐同进士出身，除秘书少监，兼中书舍人。累官龙图阁学士，致仕。卒谥文定。刘克庄为南宋著名诗人，有《后村先生大全集》。

蔡忠惠家观墨迹

维蔡郡之望①，过者必式闾②。
严严端明厅③，遗像犹肃如④。
颇闻手泽富⑤，傥许窥珍储⑥。
主人命发笥⑦，棐几同卷舒⑧。
比颜倍秀丽⑨，眠柳加敷腴⑩。
亳杭两记在⑪，妙与蜡本殊⑫。
洛桥字尤佳⑬，其大径尺余。
班班名臣帖⑭，煌煌昭陵书⑮。
坐令承学士⑯，若睹庆历初⑰。
向来故家物⑱，聚散何忽诸⑲。
祭器抱它适⑳，玉轴弃路隅㉑。
端明梦奠时㉒，应门唯一孤㉓。
厥裔日以蕃㉔，庙院蜂房居㉕。
寸纸惜如命，不博明月珠㉖。
乃知儒泽远㉗，浮荣无根株㉘。
勖哉守视者㉙，巾袭防蠹鱼㉚。

〔简析〕蔡襄的书法，在北宋有着崇高的地位，被誉为当朝第一。直至南宋，他的影响仍然很大，从此诗中可窥见其大概。此诗记述了作者拜访蔡襄的后裔，得以亲见珍藏的蔡襄的诸多墨宝，这些墨宝都是其生前创作的精品，"比颜倍秀丽，眂柳加敷腴"。而家藏真迹与社会流传的摹刻本有很大的差别。诗的后半部就蔡襄后人对其祖上手迹的精心保护加以赞扬，指出很多"故家"，"祭器抱它适，玉轴弃路隅"。而蔡襄后人"寸纸惜如命，不博明月珠"。正由于他们一代传一代的爱护才使"乃知儒泽远，浮荣无根株"。诗的最后两句意味深长，希望这一风尚流传长远，莫使内蠹产生。

〔**注解**〕①郡之望：郡中显贵的氏姓。②式闾：登门拜访其旧居。谓作者到蔡襄家拜谒。③严严：威严庄重。端明厅：蔡襄生前曾拜端明殿学士，去世后谥忠惠。此指供其遗像的大厅。④遗像：死人生前之影像。⑤手泽：手汗。此指先人的遗墨。⑥珍储：珍贵的蓄藏。⑦筥：用崔苇或竹编制的方形盛器。⑧桊几：用椊木做的小桌子。⑨比颜倍秀丽：与颜真卿书法相比，蔡襄书法倍加清秀端丽。⑩眂（shì）柳加敷腴：与柳公权书法相比较，蔡襄的书法更加有神采。眂，比较，敷腴，神采焕发。⑪亳（bó）：亳州。在今河南商丘市北。⑫蜡本：硬黄纸摹本。硬黄，在纸上涂上黄蜡，用熨斗熨平，用以钩摹墨迹。此谓蔡襄所书写的《亳州记》《杭州记》真迹比摹本好。⑬洛桥：蔡襄书写的帖名，今不传。⑭班班：形容众多。⑮煌煌：光辉的样子。昭陵书：被李世民殉葬的《兰亭集序》墨迹。此二句意为蔡襄遗留的众多墨迹，笔精墨妙，像王羲之的《兰亭集序》一样为后世珍视。⑯承学士：传承其笔法而进行学习的书家。⑰庆历（1041—1048）：北宋仁宗赵祯年号。蔡襄为其时人。⑱故家：世家大族。⑲聚散：集中与散落。忽诸：突然断绝。潘岳《西征赋》："德不建而民无援，仲雍之祀忽诸。"刘良注："雍之后忽然绝祀。"⑳祭器：祭祀时所用的礼器，如尊、彝、豆等。㉑玉轴：以玉为轴的书画作品，喻极珍贵。路隅：道路旁边。㉒端明梦奠时：蔡襄辞世前。《史记·孔子世家》："谓子贡曰：'天下无道久矣，莫能宗予。夏人殡于东阶,周人于西阶,殷人两柱间。昨暮予梦坐奠两柱之间,予始殷人也。'后七日卒。"㉓应门:守门。㉔厥裔:其后代。㉕庙院:供祀祖宗的舍院。蜂房居:谓同宗多家居于一院。蜂房,蜂巢,以巢内分隔似房,故名。㉖不博:不换取。明月珠:即夜光珠。因珠光晶莹似月光,故名。以喻高价珍宝。㉗儒泽:儒者的恩泽。㉘浮荣:虚荣。无根株:没有根的草木。㉙勖(xù)哉:勉励的意思。守视:守卫保护。㉚蠹鱼:又名纸鱼、衣鱼,虫名。常蛀蚀衣服书籍,体小,有银白色细鳞,形似鱼,故名。

米元章有帖云:"老弟《山林集》多于《眉阳集》,然不袭古人一句,子瞻南还与之说,茫然叹久之。"似叹渠偷也,戏跋(二首)

一

大令云亡笔不传①,世无行草已千年。
偶然遗下鹅群帖②,生出杨风与米颠③。

二

二集一传一不传④,可能宝晋胜坡仙⑤。
苏郎不醉常如醉,米老真颠却辩颠⑥。

〔简析〕此为刘克庄跋米芾墨迹的诗,以诙谐的笔致表达了作者对米芾书法与王献之书法的关系及米芾书法与苏轼书法相比较更胜一筹的观点。第一首诗指出米芾书法多得益于王献之,特别是《鹅群帖》对其影响是直接的。第二首诗作者认为米芾书法稍胜于苏轼。原因是苏轼故作醉态,有造做的成分。米芾真颠却不自知颠,更可爱一些,故书法更为超妙。

〔**注解**〕①大令:王献之与王珉同为中书令。世称王献之为大令,王珉为小令。②鹅群帖:王献之传世墨迹,行书,八行,五十字,因多为米芾所取法,人们疑为米芾临写。③杨风:五代时大书法家杨凝式因"时人以其纵诞，有'风子'之号焉"。米颠：米芾"所为谲异，时有可传笑者"，被人们称为"米颠"。④二集：指诗题中的《山林集》《眉阳集》。《山林集》为米芾诗文集，共一百卷，南宋时已散佚。《眉阳集》不详，似与苏轼有关。⑤宝晋：米芾斋名宝晋斋。⑥辨颠：刘克庄自注曰："世传米老有《辨颠帖》。"《铁围山丛谈》记载："时弹文正谓其颠，而米又历告诸鲁公洎执政，自谓久任中外，并被大臣知遇……一无有以颠荐者。世遂传米老（辨）颠帖。"

陈起（一首）

陈起，字宗之，号陈道人、芸居，钱塘（今属浙江杭州）人。开书肆为业，与江湖派诗人关系密切，编刊《江湖集》。宋理宗宝庆初年，因《江湖集》案被流放发配。后赦回，重操书肆。

楷书歌赠人

大哉易画包牺生①，鸟迹科斗相继永②。
六体中间亦湮昧③，次仲楷到钟王精④。
献捷之表最近古⑤，庄正如持干戚舞⑥。
黄庭字字能通神⑦，强弓千挽筋力均。
宝书遥遥名不朽，正法欧虞远能守⑧。
后生不作诸老亡，睹君笔法得仙手⑨。
况君变格睨逸少⑩，秋霁凭高森晚照。
须知伯英到极工，中存楷则方入妙。
我初不识君，见君石上文。
从今便着青眼视⑪，王谢堂前佳子弟⑫。
才能素所喜，喜极为君歌。
君今弱冠不可那⑬，更后十年当君何⑭。

〔简析〕此诗记述了一位年方二十岁的青年及其楷书作品。难得的是他的楷书"正法欧虞远能守"。在继承前人基础上,勇于创新,"况君变格睨逸少",形成了个人的风格,而且书作已经摹刻上石了。作者最初正是从石刻上发现这位早熟的书法青年的,"我初不识君,见君石上文"。作者所期望的是这位青年在此基础上再接再厉,"君今弱冠不可那,更后十年当君何"。但似乎这位早熟的书法天才辜负了他的期望,此后便默默无闻了。

〔**注解**〕①易画:周易八卦。包牺:即伏羲,相传他始画八卦。②鸟迹科斗:指古代书体鸟书与科斗书,俱为象形书体。③六体:指新莽六种通用书体。《说文解字·序》:"一曰古文,孔子壁中书也;二曰奇字,即古文而异者也;三曰篆书,即小篆,秦始皇帝使下杜人程邈所作也;四曰佐书,即秦隶书;五曰缪篆,所以摹印也;六曰鸟虫书,所以书幡信也。"湮昧:湮灭,灭亡。④次仲:东汉书法家王次仲。相传其为首创八分楷法的人。钟王:钟繇、王羲之。⑤献捷之表:即《贺捷表》。相传为钟繇书,小楷,十二行。⑥干戚:盾与斧。古代武舞有持而为舞,称干戚舞。⑦黄庭:《黄庭经》,又称《换鹅经》,传为王羲之书,小楷,六十行。⑧正法欧虞:唐朝大书法家欧阳询、虞世南均以正楷书为世楷模,故云。⑨笔法:指写字的点画用笔方法。⑩变格睨逸少:指作楷书能用几种变化样式。所谓"右军书每不同,以变格难传。书《乐毅论》《太史箴》体皆正直,有忠臣烈士之象;《告誓文》《孝女曹娥碑》其容憔悴,有孝子顺孙之象;《逍遥篇》《孤云赋》迹远趣高,有拔俗抱素之象;《画像赞》《洛神赋》姿仪雅丽,有矜庄严肃之象"。王羲之字逸少。⑪青眼:重视。⑫王谢:东晋时王谢为高门望族。此似指作楷书者为显赫门第后人。⑬弱冠:二十岁。⑭当君何:应当如何看你呢?

叶茵(一首)

叶茵(1199—?),字景文,笠泽(今属江苏省苏州市吴江区)人。曾出仕,十年不调,退居邑同里镇。有《顺适堂吟稿》。

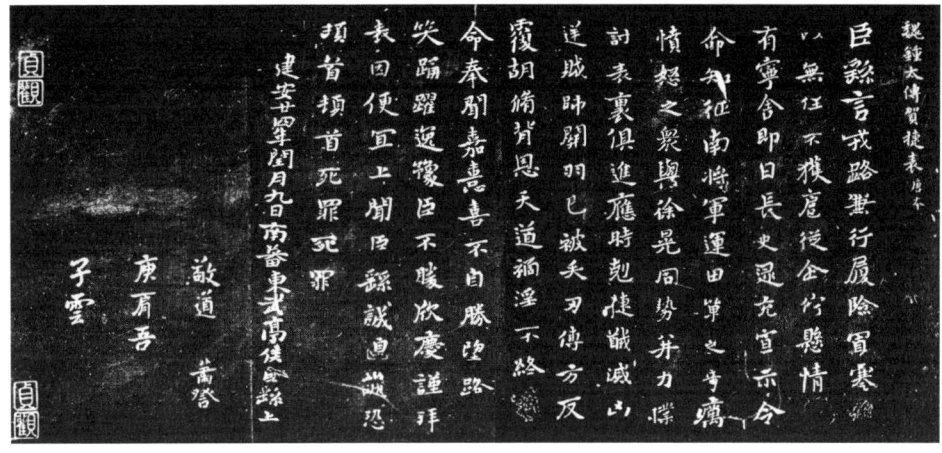

钟繇《贺捷表》

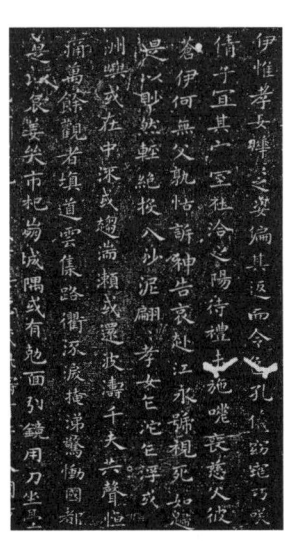

钟繇《贺捷表》　　　　　　王羲之《孝女曹娥碑》　　　王羲之《黄庭经》

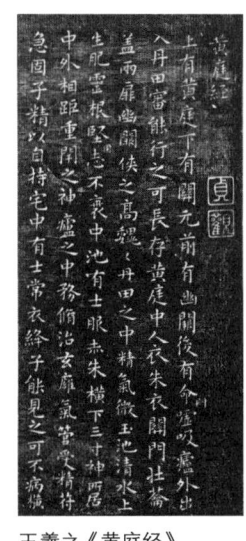

谢朱宜中隶字

隶法如公有典刑①，拙中藏巧混天成②。
因观体制超前辈③，旋辟轩窗乞扁名④。
气象晋人遒且劲⑤，源流汉刻古而清⑥。
得来喜对儿曹语⑦，一字千金胜满籝⑧。

〔简析〕从诗意看,朱宜中年辈应高于叶茵。南宋人擅隶书者绝少,直接学习汉隶者更是少之又少。朱宜中不但直接学习汉隶,隶书还能够"拙中藏巧",这真是当时很少见的例子了。况且其书作达到了"气象晋人遒且劲,源流汉刻古而清"的水平。可惜的是其人已不见史载,其书迹则更难以寻觅了。从诗中可知,当时有部分人学习汉隶,并且隶书多用于匾额、招牌的书写,这也算是一个史证吧。

〔**注解**〕①典刑:典范。②拙中藏巧:在质朴中蕴含巧妙。天成:天然成就,不假人工。③体制:体裁。④扁名:匾额。⑤气象:情态气韵。⑥源流:起源。⑦儿曹:孩子们。⑧满籯:满筐。《汉书·韦贤传》:"遗子黄金满籯,不如一经。"

董史(一首)

董史,字更良,号闲中老叟,生卒年不详。宋理宗淳祐二年(1242)曾编辑《皇宋书录》。

题米元章书迹拓本

书家宝晋殆犹龙①,妙用神通五指中②。
墨海波澜无定势③,玄云夭矫欲随空④。
格高韵胜存人品⑤,脚阔头空笑俗工⑥。
建绍圣人精鉴赏⑦,夺真移在玉屏风⑧。

〔简析〕南宋时期摹刻法帖多种,米芾的多种书迹也在摹刻之列。著名的《群玉堂帖》《宝晋斋法帖》多收米芾书。大书法家真迹存世寥若晨星,而拓本则相对易于得到,但能收藏好的摹拓本也绝非易事。此诗对于收藏拓本人所收藏的米帖能够真实地再现米书风樯阵马、桀骜不驯的笔势,格调高超、气韵独胜的风神给予很高的评价。认为将其作为学习书法的范本是一个方面,将其镶嵌于玉屏风中也是不为过的。

〔**注解**〕①宝晋：米芾藏有东晋人书画作品多幅，名其斋名宝晋斋。②神通：神奇的本领。③定势：固定的模式。④夭矫：伸屈自如。⑤格高韵胜：指书法格调高雅，气韵绝佳。⑥脚阔头空：米字结体欹侧，在不稳中求稳，故云。俗工：庸俗的字匠。⑦建绍圣人：指藏拓本之人。⑧夺真：此指书迹拓本。

胡仲弓（一首）

胡仲弓，字希圣，号苇航，生卒年不详，清源（今属福建莆田）人。约宋理宗宝祐年间中进士。初官县令，后任绍兴府掾，粮料院官。有《苇航漫游稿》。

观道君御书

带草行书十数行，也随匹马到钱塘①。
伤心一幅槐黄纸②，犹染宣和御墨香③。

〔简析〕宋徽宗赵佶是书法绘画艺术大家，也是一名亡国的昏君。其人在汴京陷落后被执北上，囚于五国城。其一幅书法作品却随着康王"泥马渡江"被带到了南宋的国都杭州。歌舞升平，"暖风吹得游人醉"，谁还记得半壁江山的耻辱呢？这也许正是作者观赏此幅行草书作品时伤心的主要原因吧！此诗运用的是小中见大，言此而意在彼的艺术手法，需要引起我们注意。

〔**注解**〕①匹马到钱塘：相传宋徽宗第九子康王赵构，向南奔行，于崔府君庙休息，见有马在侧，跃马南驰，日行七百里，河既渡而马不前，下视之，则泥马也。钱塘：指南宋都城杭州。②槐黄：当是一种纸名。③宣和：宋徽宗年号。此用以代指赵佶。

许月卿（一首）

许月卿（1217—1286），字太空，自号泉田子，学者称"山屋先生"，婺源（今属江西省）人。宋理宗时补校尉，淳祐年间中进士，授濠州司户参军，本州教授。因忤贾似道罢官。宋亡不仕，居一室三年不言。有《百官箴》。

跋东坡墨迹

海外归来衰鬓蟠①，浩然之气笔嵯峨②。

富贵不淫贫贱乐，万年千载一东坡。

〔简析〕许月卿为官正直，具有高尚的民族气节。此诗虽然是题跋苏轼的书法作品，但重书更重人。着眼点在于称颂苏轼富贵不能淫、贫贱不能屈的骨气和旷达处世、浩然出尘的性格。书因人传，东坡不朽，苏字也必不朽。诗称"万年千载一东坡"可以说很有预见性。

〔注解〕①海外：海南昌化。苏轼因党争被宋哲宗贬谪到儋州，因其地荒凉落后，且与中原地区中间隔海，故称海外。②浩然之气：正大刚直之气。嵯峨：高峻的样子。此指用笔峻爽遒劲。据此推知墨迹当是苏轼六十岁后所书。

牟巘（一首）

牟巘（1227—1311），字献甫，一字献之，学者称"陵阳先生"，井研（今属四川省）人，徙居湖州。以父荫入仕，官至大理少卿，以忤贾似道去官。元兵攻陷临安，杜门不出。有《陵阳集》。

右军《书裙帖》

戏将墨妙写烟云，晓起惊呼失素裙。

尽洗当年羞涩态①，从今不比旧羊欣②。

〔简析〕王羲之《书裙帖》未见史载。虞龢《论书表》中记有王献之书裙故事。"子敬为吴兴，羊欣父不疑为乌程令。欣年十五六，书已有意，为子敬所知。子敬往县，入欣斋，欣衣白新绢裙昼眠，子敬因书其裙幅及带。欣觉，欢乐，遂宝之。后以上朝廷，中乃零失。"是诗作者误记还是王羲之确有《书裙帖》不得而知。

〔**注解**〕①羞涩：因羞愧而举动拘束。袁昂《古今书评》评价羊欣的字："羊欣书如大家婢为夫人，虽处其位，而举止羞涩，终不似真。"②羊欣：（359—432），字敬元，泰山郡南城县人。历任中散大夫、义兴太守等。南朝著名书法家，擅隶、行、草书，风格近王献之。沈约认为"今大令书中，风神怯者，往往是羊也"。

俞德邻（一首）

俞德邻（1232—1293），字宗大，号太玉山人，原籍永嘉平阳（今浙江苍南县）人，侨居京口（今江苏省镇江市）。宋度宗咸淳年间进士，宋亡不仕。有《佩韦斋辑闻》《佩韦斋文集》。

跋韩仲文所藏史共山草书

公孙大娘舞剑器，张颠早悟回翔意[1]。
学书学剑虽不侔[2]，用志凝神固无二[3]。
瑾也得筋靖得肉[4]，圣趣谁能一蹴至[5]。
我生忧患缘知书[6]，教儿仅使通名氏[7]。
春蚓秋蛇自结蟠[8]，莫向兵曹甘委贽[9]。
烟薰屋漏玉轴妆[10]，何许天风划飞坠[11]。
读一遗二口若钳，大草闲临真自愧。
虽然非古空壮雄，要是逢场聊作戏。
鲁公怀素俱已仙[12]，世指周奴笑羊婢[13]。

讵夸弃笔如丘山，夭阏刻藤烦叹喟⑭。
卷还鲸锦心和平⑮，尘席藜羹固吾事⑯。

〔简析〕此诗应作于南宋已灭亡，俞德邻中年以后。诗中"我生忧患缘知书""尘席藜羹固吾事"等句子很符合其宋亡不仕的处境。史共山其人其书已无传，此诗或可聊作书史补遗。这位史共山继承张旭、怀素作大草书，在南宋较为少见。诗中除了对史共山的草书加以赞扬外，对于张旭见公孙大娘舞剑器而草书大进谈了一种与他人不同的见解，可备一说。作者认为公孙大娘的舞剑器能使张旭悟入草书笔法，真谛就是"用志不分，仍凝于神"，张旭的成功或许就在于此。

〔注解〕①"公孙大娘"两句：张旭见公孙大娘舞剑器而悟到草书笔法。剑器：唐朝武舞名。回翔：盘旋翱翔。②不侔：不相类。③用志凝神：《庄子·达生》："用志不分，乃凝于神，其痀偻丈人之谓乎！"意为一心不二用，才可达到神奇的境界。④瓘也得筋靖得肉：指西晋大书法家卫瓘笔画偏瘦劲而索靖偏丰劲。⑤圣趣：常人难以达到的旨趣。⑥忧患：患难。⑦教儿仅使通名氏：《史记·项羽本纪》载项羽叔父项梁教项羽学书不成，项羽认为："书，足以记名姓而已。"⑧春蚓秋蛇：比喻不擅草书者写草书若干字连写不断，如扭结在一起的蚯蚓与蛇。⑨兵曹：本指掌管兵事的官吏。此代指不通文墨者。委贽：古人初次见面，执贽以为礼，故曰委贽。⑩玉轴妆：装饰华美的书法作品，用以示珍贵。⑪天风：天然之风。⑫鲁公：唐朝大书法家颜真卿。⑬周奴与羊婢：指学习他人书法而不能成自家面目者。周奴不详所指。羊婢，指南朝书法家羊欣。萧衍评其书法"如婢作夫人，不堪位置，而举止羞涩，终不似真"。⑭夭阏：受挫折而中断。⑮鲸锦：似指史共山书法作品是一幅横幅长卷。⑯尘席藜羹：居处饮食都很简陋。喻贫穷。藜羹：用嫩藜煮成的羹，比喻食物粗劣。

郑思肖（一首）

郑思肖（1241 — 1318），一字忆翁，坐卧必向南，自号所南，以示不忘宋室，福州连江（今属福建）人。曾为南宋太学生，宋亡不仕。隐居吴下，自称三外野人。善墨兰，多花叶潇疏，画兰不画土、根，寓赵宋沦亡之意。有《心史》。

观颜鲁公帖

吾拜鲁公帖，凛然气如生[①]。
终身大唐臣，千载名峥嵘[②]。
愧彼今之人，兽心蠹天经[③]。

〔简析〕郑思肖是具有高尚民族气节的文人书画家。在观赏颜真卿书迹时充满敬仰之情，称颂其书如其人凛然如生。同时对丧失民族气节的投降分子进行了无情的痛斥与嘲骂。"愧彼今之人，兽心蠹天经"二句真是骂得淋漓痛快，入骨三分。联系郑思肖的身世与所处历史时期，这种态度是可以理解的。

〔**注解**〕①凛然：态度严肃，令人敬畏的样子。②峥嵘：显赫。③天经：天地常道。

艾性夫（一首）

艾性夫，抚州（今属江西）人，生卒年不详。南宋末年曾应科举，宋亡后浪游各地，与遗民耆老多有交往。有《剩语》《孤山晚稿》。

与林止庵、叶半隐分赋郡中古迹，得鲁公祠、右军墨池（二首选一）

昏昏水气吐玄云[①]，自是先生笔有神[②]。
不洗从来姿媚态[③]，可怜北面卫夫人[④]。

〔简析〕这首小诗由吟咏江西临川古迹相传为王羲之学习书法洗砚的墨池，联系王羲之书法之妙，后世人批评其姿媚及师承关系等。表达了作者对王羲之刻苦学习书法的敬慕之情，"不洗从来姿媚态，可怜北面卫夫人"两句隐隐透出对王羲之妍媚书风格的惋惜。

〔注解〕①昏昏：阴暗的样子。玄云：黑云。②先生：指王羲之。③姿媚态：婉美媚人的形态。韩愈《石鼓歌》批评王羲之书法"羲之俗书趁姿媚"。此句意为墨池水能洗去砚上之墨渍，却洗不掉其姿媚的书风。④可怜：可惜。北面：尊长见卑幼南面而坐，拜人为师称北面。卫夫人：女书法家卫铄，是王羲之的书法老师。

施宜生（一首）

施宜生（1091—1163），原名逵，字必达，后改名宜生，字明望，晚号三住老人，邵武（今属福建）人。北宋政和四年（1114）进士，曾为颍州教官。后北走入金，擢太常博士，迁殿中侍御史，转尚书吏部员外郎，后迁翰林侍讲学士。史传其使宋，因泄金南侵之秘，使还被杀。

山谷草书

行所当行止当止，错乱中间有条理①。
意溢毫摇手不知②，心自书空不书纸③。

〔简析〕此诗虽小，却是从黄庭坚书法创作与理论两个方面谈其书法作品的。在宋四家中，黄庭坚草书很突出，非其他三家可比。诗的前两句赞黄庭坚草书技法纯熟，结构章法见惨淡经营之致，非大家不足至此；后两句是对黄庭坚"心不知手、手不知心"笔法论的肯定。

〔注解〕①错乱：杂乱无章。条理：脉络。②意溢毫摇：意为构思操纵

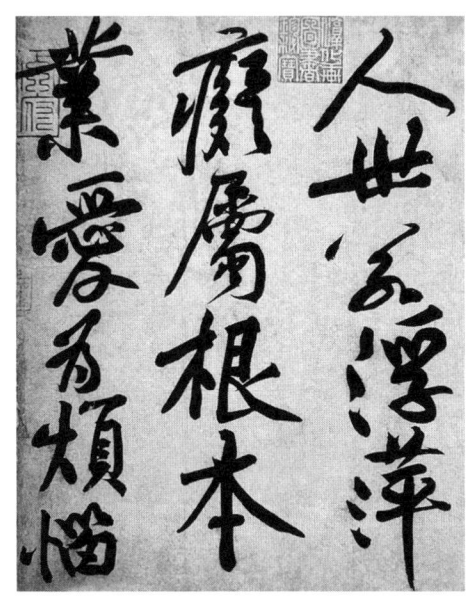

黄庭坚书法作品

宋徽宗瘦金体

毛笔。③书空：虚画字形，指意在笔先。

刘迎（一首）

刘迎（约1144 — 1180），字无党，东莱（今山东莱州）人。金世宗大定十四年（1174）中进士，任豳王府记室，改太子司经。有《山林长语》。

蔡有邻碑

我为山西行，叱驭过近县①。
传闻蔡有邻②，石刻古今冠。
风流书以来③，妙绝隶之变④。
银钩鸾凤舞⑤，铁画蛟龙缠⑥。
凭谁致墨本⑦，故旧诧珍献⑧。
正恐赋分薄⑨，一夕碎雷电⑩。
平生六一老⑪，集古藏千卷⑫。
惜此方殊邻⑬，公乎未之见。

〔简析〕蔡有邻是唐朝隶书大家,平生书碑较多,流传后世的碑也不算少。作者行经山西见到一通蔡有邻所书的碑刻,从而对其书艺有了更深刻的认识。"银钩鸾凤舞,铁画蛟龙缠"二句很贴切地刻画出蔡有邻隶书飘逸与劲爽的风韵。并希望能得到摹拓本,让更多的人见到此碑刻及蔡有邻高超书艺。最后对北宋欧阳修《集古录》没有收录此碑表示深深的遗憾。

〔**注解**〕①叱驭:因公事忘险而行。②蔡有邻:东汉书法大家蔡邕后裔,以八分书擅名当时。③风流:杰出。④隶之变:八分书。古人有认为八分书与隶书非一种书体,八分书是由隶书发展变化而成。⑤银钩鸾凤舞:形容书法笔画劲力遒媚,笔势超妙。⑥铁画蛟龙缠:形容书法笔画刚坚且挥洒自如。⑦墨本:墨拓本。⑧故旧:故交,老朋友。珍献:宝贵的文献。⑨赋分:天分资质。⑩一夕碎雷电:用雷击荐福碑故事。唐朝所立"荐福碑"为大书法家欧阳询所书。据宋彭乘《墨客挥犀》记载:范仲淹守鄱阳,可怜一寒饿书生,准备为他拓一千张"荐福碑"拓片,让他出售换钱。"纸墨已具,一夕雷击碎其碑",使计划落空。⑪六一老:北宋欧阳修晚号六一居士。⑫集古:《集古录》,欧阳修所著录金石专著。⑬殊邻:异域。

周昂(一首)

周昂(约1162 — 1211),字德卿,真定(今河北正定)人。金世宗大定年间进士,曾拜监察御史,为人排挤,谪东海上十数年。后入翰林院,出佐宗室承裕军,城破,死于难。

鲁直墨迹

诗健如提十万兵,东坡真欲避时名①。
须知笔墨浑闲事②,犹与先生抵死争③。

〔简析〕黄庭坚一生得到苏轼多方面的奖掖而声名大振,是"苏门四学士"之一。但其诗的风格与书法风格与苏轼绝不相类，其诗与苏轼诗并称"苏黄"，其书法与苏轼书法并列为"苏、黄、米、蔡"四大家。原因在于他深知在寻常人看来闲事的诗书画，也容不得随波逐流，"随人作计终后人，自成一家始逼真"。诗作者称其"抵死争"，这种"争"是完全有必要的。

〔注解〕①东坡：苏轼号东坡居士。时名：当时名望。苏轼称黄庭坚诗文超轶绝尘，独立万物之表，世久无此作。②笔墨：本指笔与墨，此代指书法。③抵死：竭力。

萧贡（一首）

萧贡（1158—1223），字真卿，咸阳（今属陕西咸阳）人。金世宗大定二十二年（1182）进士，调镇戎州判官，泾阳令，泾州观察判官。补尚书省令史，擢监察御史，以户部尚书致仕。卒谥文简。

米元章大字卷

颜杨死去谁补处①，米狂笔力未可涯②。
追摹古人得高趣③，别出新意成一家。
老蛟骧云肉倔强④，枯树渍雪冰楂牙⑤。
九原裴说如可作⑥，应有新诗三叹嗟⑦。

〔简析〕宋四家中苏、黄、米三家的字是与之对峙金国书法家追循的典范。其中学米芾者尤多。如王庭筠、赵秉文等无不受其影响。此诗的三、四句"追摹古人得高趣，别出新意成一家"揭示了继承与创新在书法艺术中的相互关系与重要地位，可称是论书诗的名句。结尾引唐朝裴说《怀素台歌》诗意，点出自然界某种事物使书法家领悟书法真谛的重要意义。

〔注解〕①颜杨：唐代书法大家颜真卿与五代书法大家杨凝式。②米狂：米芾为人癫狂，世称"米颠"。③高趣：高尚趣味。④骖云：卧云。倔强：直傲不屈的样子。⑤渍雪：浸泡沾染雪花。楂牙：即槎牙，错杂不整齐的样子。⑥九原：本意为墓地，此谓九泉之下。裴说：唐朝诗人。⑦应有新诗三叹嗟：作者自注："裴说《怀素草书歌》'欲归家，嗟嗟嗟。眼前三个字，枯树楂、乌梢蛇、黑老鸦。'"与本书所选唐裴说《怀素台歌》文稍有不同，当是另有所据。

赵秉文（三首·附一首）

赵秉文（1159 — 1232），字周臣，号闲闲老人，磁州滏阳（今河北磁县）人。金世宗大定年间进士，兴定初年拜礼部尚书。金哀宗即位，改翰林学士。仕五朝，官六卿，仍自奉如寒士。性好学，从幼至老，未尝一日废书。赵秉文为金代文学家。有《易丛说》《闲闲老人滏水文集》等。

题东坡《眉子石砚诗》真迹

"东坡袖里"平原手，忠义胸藏笔发之①。
世俗卧笔取妍媚②，书意乃似东邻施③。
何曾梦见麒麟儿④，天骨不似驽骀肥⑤。
倾囊倒轴精妙乃如此⑥，世间唯有眉子石砚吾家诗⑦。

〔简析〕这是一首就苏轼墨迹论苏轼书法及批评从形式上模仿苏书的论书诗。苏轼书法有强烈的个人风格，评论者誉毁不一。特别是其单钩偃笔，字画丰腴，字形偏扁等特点往往受人讥嘲。作者认为苏轼人品高尚，修养深邃，书法是其胸中忠义之气、学问修养的外化。世俗学苏字"卧笔取妍媚"，肥而无骨与苏轼毫无关系。苏轼书是"至大至刚之气发于胸中"，它绝非一般人从外形模仿可得到，这种看法很有见地。

〔**注解**〕①"东坡袖里"两句：意为苏轼人品如同颜真卿的人品，书品也是这样,是胸中忠贞节义之气形于笔端。平原,颜真卿曾任平原太守,后人尊称其为颜平原。②卧笔:侧笔。苏轼作书喜侧笔取势,腕著笔卧,因此而为人批评。黄庭坚不同意这种批评,认为这是"管中窥豹,不识大体"。而不善学苏轼书体者往往病于此。妍媚:美丽娇好。此指"卧笔取妍"。③书意乃似东邻施:意为未得苏轼笔意的人,学其书用侧笔取姿,如同东施学西施颦眉一样,不得其妍,反取自丑。黄庭坚认为苏轼卧笔取姿如"西施捧心而颦,虽其病处乃自成妍",他人学之,转而成病。④麒麟:指良马。⑤天骨:上天赋予的筋骨。苏轼书体丰腴,有人讥之为"墨猪"。苏轼曾反驳说"余书如绵裹铁"。驽骀:劣马。此指不善学苏书者,徒有其形,实臃肿太甚,成了真正的劣书。⑥倾囊倒轴:尽出其所有。⑦眉子石砚吾家诗:苏轼所书诗的题名为《眉子石砚歌赠胡誾》。眉子石:徽州罗纹山产砚石,石上有纹如眉,故名眉子石。

附:苏轼《眉子石砚歌赠胡誾》
君不见成都画手开十眉,横云却月争新奇。
游人指点小颦处,中有渔阳胡马嘶。
又不见王孙青琐横双碧,肠断浮空远山色。
书生性命何足论,坐费千金买消渴。
尔来丧乱愁天公,谪向君家书砚中。
小窗虚幌相妩媚,令君晓梦生春红。
毗耶居士谈空处,结习已空花不住。
试教天女为磨铅,千偈澜翻无一语。

阳冰篆

护书如护儿,救燎如救饥①。
可笑亦可怜,似高还似痴。
为此阳冰篆②,法传丞相斯。

长楸蹙骐骥③,快剑斫蛟螭④。
瑚琏祖庙器⑤,衮冕岩廊姿⑥。
夜光含圭角⑦,春水变华滋⑧。
观物独写妙,苦心人得知。
入石疑无笔,妙处君独窥。
庐陵千载人⑨,叹此尤崛奇⑩。
一旦随灰烬⑪,世疑峄山肥⑫。
成坏固有数,惜哉徒尔为⑬。
永成吾不预⑭,既坏那可追⑮。
当其将坏间,万一神护持⑯。
一物尚不忍,其余可类推⑰。
乃知放麑翁⑱,仁心不吾欺⑲。

〔简析〕据此诗可知,李阳冰所书《庶子泉铭》拓本已流传至金国,从而也印证了王禹偁《阳冰篆》诗"模印遍华夷"并非夸张之词。李阳冰篆书"若古钗倚物,力有万钧,李斯之后,一人而已"。作者见到实物,确实感到了其笔力若"长楸蹙骐骥,快剑斫蛟螭"的劲爽,因而也深深体会到保护这一珍贵石刻的重要意义。因此,他对欧阳修为保护《庶子泉铭》的种种措施特别钦佩与赞赏。"一物尚不忍,其馀可类推"这种"仁心"正是中华文明得以千古流传承接的主要原因。

〔注解〕①护书两句:意为珍惜《庶子泉铭》像爱护自己的儿女,保护书籍像救济饥饿,是刻不容缓的。②阳冰篆:李阳冰篆书《庶子泉铭》及其旁十八个题字,详见欧阳修《石篆诗并序》注及说明。③长楸(qiū):大梓。曹植《名都篇》:"斗鸡东郊道,走马长楸间。"蹙(cù):踏。④斫(zhuó):砍。此两句写用笔气势及起止笔的干脆。⑤瑚琏:瑚与琏皆为古代祭祀时盛粟稷的器皿,很贵重。此谓阳冰篆之珍贵。祖庙:供奉祭祀祖先的地方。⑥衮冕（gǔnmiǎn）：衮衣和冠冕。古代帝王及大夫的礼服和礼帽。比喻篆书的庄重。岩廊：高峻的廊，指朝廷或庙堂。⑦夜光：宝玉名。圭角：圭的棱角，犹言锋芒。圭，古代帝王诸侯举行隆重仪式时所用的玉制礼器，上尖下方。⑧华滋：茂盛。⑨庐陵：欧阳修为庐陵人。千载人：流芳百世的人。⑩崛奇：崛强出人意外。指笔力。⑪灰烬：燃烧后所余之物。据此可知其时《庶子泉铭》已被毁坏。⑫峄山肥：指李斯所书《峄山刻石》被毁后摹刻本。⑬尔为：如此。⑭永成：长久地茂盛。⑮可追：可以补救。⑯万一：表示假设。护持：保护。⑰类推：以某一事物推度其他相类事物。⑱放麑翁：《韩非子·说林》："孟孙猎得麑，使秦西巴载之持归，其母随之而啼，秦西巴弗忍而与之。孟孙适至而求麑，答曰：'余弗忍而与其母。'孟孙大怒，逐之。居三月，复召以为其子傅……孟孙曰：'夫不忍麑，又且忍吾子乎？'"后来遂以放麑为仁慈的典故。麑（ní）古书上指小鹿。⑲仁心：仁慈之心。不吾欺：不欺吾，不欺骗我。

和渊明饮酒二十首（选一）

少年喜草书，临池学伯英①。
纵横挟造化②，如见万物情③。
墨濡四溟窄④，笔落三山倾⑤。
年来颇自笑，惜哉以技鸣⑥。
白首竟无得，俯仰愧此生。

〔简析〕此为作者晚年次韵和东晋大诗人陶渊明《饮酒二十首》诗中的一首。作者在这二十首诗中从多个方面谈了个人的思想与生活，颇多感悟之言。这首诗是用陶诗第六首"秋菊有佳色"一首诗韵。谈的是对其一生书法学习的总结，赵秉文"自幼至老，未尝一日废书……字画则草书尤遒劲"。诗中"墨濡四溟窄，笔落三山倾"是写实，而非夸张。由此可以窥见书法在其一生中占有很重要的位置。诗中既谈了其所学的书体，对书法的认识，也发出至老未达极致的慨叹,情真词切,易于感人。

〔注解〕①伯英:汉朝草书大家张芝字伯英。②造化:自然的创造化育。③万物:宇宙间的一切东西。④四溟:四海。⑤三山:古代神话传说中的三神山。⑥技鸣:以草书著称于世。

李俊民(一首)

李俊民(1176—1260),字用章,泽州晋城(今属山西)人。金章宗承安五年(1200)举进士第一。奉翰林文字,未几弃官。后隐嵩山,自号鹤鸣道人。元世祖以安车召见,乞还山。卒,赐庄靖先生。有《庄靖集》。

跋冯应之《许司谏豉羊帖》

还思写论付官奴^①,想见临池兴有余^②。
莫把家鸡等闲厌^③,恐教人笑换羊书^④。

〔简析〕冯应之是金代书法名家,其他事迹不详,所书的《许司谏豉羊帖》也早已不传,从此诗中可以窥见金朝书坛的一斑。此诗用了三个书法典故,似是与父子之间传授书法有一定关系。诗的最后一句虽属调侃,意在说明冯应之书法的难求。可知这位书家的字是当时人们珍藏的瑰宝。

〔注解〕①写论付官奴:王羲之曾写《笔势论十二章》与王献之:"告汝子敬:吾察汝书性过人,仍未闲规矩。父不亲教,自古有之。今述《笔势论》一篇,开汝之悟。"官奴,王献之小名。②临池:学习书法。③莫把家鸡等闲厌:庾翼非常不满意人们转学王羲之书法,发牢骚曰:"小儿辈乃贱家鸡,爱野鹜,皆学逸少书。须吾还,当比之。"等闲:随便地。据第一句与此句,大约冯应之此帖内容与其儿辈学习书法有关。④换羊书:赵令畤《侯鲭录》:"鲁直戏东坡曰:'昔王右军字为换鹅字。韩宗儒性饕餮,每得公一帖，于殿帅姚麟许换羊肉十数斤，可名二丈书为换羊书矣。'坡大笑。一日，公在翰苑，以圣节制撰纷冗。宗儒日作数简，以图报书，使人立庭下，督索甚急。公笑谓曰：'传语！本官今日断屠。'"

庞铸（一首）

庞铸（约1210年前后在世），字才卿，号默翁，辽东（《中州集》作大兴——今北京）人。金章宗明昌五年（1194）进士。任翰林待制，迁户部侍郎，仕至京兆转运副使。工诗擅画，书法亦蕴藉。

山谷透绢帖

君不见李广射虎如射兔①，霹雳一声石饮羽②。
又不见巨灵擘山如擘云③，莲华万仞留掌痕④。
精神入物物乃尔⑤，笔端有神亦如此。
熙丰以来推善书⑥，日下无双黄太史⑦。
胸中八法蟠虹霓⑧，峨眉仙人容并驰⑨。
平生败笔冢累累，妙处不减摩崖碑⑩。
吕侯好古兼好异⑪，与字分身作游戏⑫。
清潭错落印星璧，大泽纵横散龙蜕⑬。
又如汉宫粉黛争婵娟⑭，倚风顾影影更妍⑮。
岂无硬黄官纸与临仿⑯，画师写照非天然⑰。
吕侯之子今诗仙，传家以此为青毡⑱。
须防神物有时合⑲，却逐六丁飞上天⑳。

〔简析〕《山谷透绢帖》后世未载，此帖为金国吕姓父子珍藏。从诗意看，似是吕父喜欢独出心裁，将一帖以"游戏"方法又复制一帖，但却非以传统的用硬黄纸描摹复制。帖名透绢，是否以绢透制就不得而知了。此诗前半部以李广射石、巨灵神劈山形容黄庭坚书法作品峻爽的笔力、凌厉的气势，认为是北宋书法第一家。诗的后半对吕氏以新奇的复制法复制黄庭坚墨迹加以肯定与赞扬，希望能珍视其帖与其技。

〔**注解**〕①李广：西汉名将。②霹雳：雷之急击者。比喻箭之迅猛。石饮羽：箭将石头射穿。《史记·李将军列传》："广出猎，见草中石，以为虎而射之，中石没全镞。"③巨灵：相传为以手擘开华山的河神。④莲华：即华山。华山中峰矗立如人掌，故有莲掌或莲花峰之称；由此产生了巨灵擘山与沉香劈山救母的故事。⑤精神：神志。⑥熙丰（1068－1085）：指宋神宗熙宁、元丰年间。⑦日下：京都。封建社会以帝王比日，因此帝王所居之处为日下。黄太史：黄庭坚曾官集贤校理，世多称其为黄太史。⑧八法：本指书法中各种笔画写法的永字八法，此代指书法。⑨峨眉仙人：指北宋大书法家苏轼。苏轼为四川省眉山人。⑩摩崖碑：名《大唐中兴颂》，元结撰文，颜真卿书丹，书法奇伟，碑在祁阳浯溪石崖上，俗称摩崖碑。⑪吕侯：不详所指。当是与庞铸同时代稍前为官者。⑫与字分身：指复制墨迹。⑬"清潭"两句：指复制的墨迹文字，像映在清潭上的星星，像散在水泽中龙蛇脱的皮壳。⑭粉黛：美女。婵娟：形态美好。⑮顾影：自己回视自己的影子。因

颜真卿《大唐中兴颂》1

颜真卿《大唐中兴颂》2

为是复制帖，故以人影相比。⑯硬黄：摹帖专用纸。⑰写照：写真，即画人物肖像。⑱青毡：故家旧物。《晋书·王羲之传》王献之传"夜卧斋中，而有偷人入其室，盗物都尽。献之徐曰：'偷儿，毡青我家旧物，可特置之。'群偷惊走。"⑲神物：神奇灵异之物。以指复制的透绢帖。⑳六丁：道教火神名。韩愈《调张籍》："仙宫敕六丁，雷电下取将。"此谓应注意神仙看中《山谷透绢帖》，派火神将其取走，须加强防范。

元好问（一首）

元好问（1190—1257），字裕之，号遗山，秀容（今山西忻州）人。金代文学家，七岁能诗，金宣宗兴定年间进士。官至尚书省左司员外郎。金亡，不仕。晚年以著作自任，编选金代诗歌为《中州集》。著有《遗山集》。

常山姝生四十月能搦管，作字笔意开廓，有成人之量，喜为赋诗，使洛诵之

大儿小儿舞商羊①，东家西家捉迷藏②。
牙牙作群雁雁行③，是中乃有常山郎④。
常山娇娇可怜虫⑤，四岁未有三岁强⑥。
黑鹰破壳自神骏⑦，黄犊放脚须跳梁⑧。
只知见纸即涂抹⑨，谁谓转腕能低昂⑩。
渠家两公破天荒⑪，刘辉梦灵果专场⑫。
荣乡亭中诗板在⑬，岐山名字香山香⑭。
此郎晚出西枢房⑮，虎穴虎子不可当⑯。
天惊地怪见落笔⑰，便合抱送中书堂⑱。
文星煌煌照燕南⑲，青青子衿满恒阳⑳。
教官连被凤尾诺㉑，瑞物多生金粟冈㉒。
儿曹变化不作难㉓，何必二十始乖张㉔。

明年作字一丈大㉕，当有棱角垂光芒㉖。
回头却看元叔纲㉗，鼻涕过口尺许长㉘。

〔简析〕这首诗赞扬一名年龄不足三周岁半，下笔却已笔意不凡、崭露头角的幼童。这一小名叫妷生的小孩，"只知见纸即涂抹，谁谓转腕能低昂"。"天惊地怪见落笔"，可谓是书法神童。诗是写给"洛"这个小孩诵读的，引导他学习妷生，因而写得顺口易懂，近似儿歌。诗虽然没有就书法谈出多少道理，却是能见到的古诗中，记载幼儿学习书法较好的一首诗。况且三岁幼儿作字"有成人之量"确实少见，故收载。

〔注解〕①大儿小儿：大孩子、小孩子。商羊，传说中的一种鸟的名字；大雨前，此鸟常屈一足起舞。此谓小孩们做游戏，屈一足跳跃如商羊。②捉迷藏：幼儿游戏。一人蒙住眼睛，摸索着去捉在他身边来回躲藏的同伴。③牙牙作群雁雁行：小孩子成群成伙。唐司空图《障车文》："二女则牙牙学语，五男则雁雁成行。"牙牙，小孩学语声。雁雁，如大雁相排成行。④常山郎：指妷生。常山，即恒山。当是指妷生籍贯。⑤可怜虫：昵称。意为可爱的小孩。⑥四岁未有三岁强：妷生只有三周岁四个月，故云。⑦黑鹰破壳：刚出壳的黑色羽毛的雏鹰。《异类记》载汉武帝时西域曾献世间少见的黑鹰。比喻绝少见。神骏：原指马的神情骏逸，此指妷生神情俊迈。⑧黄犊：黄毛小牛。跳梁：跳跃。⑨涂抹：小孩乱写乱画。卢仝《示添丁》诗："忽来案上翻墨汁，涂抹诗书如老鸦。"⑩转腕：运腕写字。能低昂：能够高低起伏。⑪渠家：他家。指妷生家。破天荒：前所未有，第一次出现。五代王定保《唐摭言》："荆南解比，号天荒。大中四年刘蜕舍人以是府解及第，崔魏公作镇以破天荒钱七十万贯资蜕。"⑫刘辉梦灵：刘辉当是妷生的父祖辈人名。妷生善书大约是应了他的一个梦境，这实际是一种迷信。⑬诗板：唐人以木板题诗，称诗板。"板"通"版"。⑭岐山：当是妷生长辈的字号。香山：山名，在北京市郊。⑮枢房：枢府。指枢密院。妷生当为其父任官时所生。⑯虎穴虎子：虎门虎子。形容小孩雄健可爱。⑰天惊地怪见落笔：谓其下笔不凡，使老天吃惊，大地见怪。⑱中书堂：中书省，总管国家政事的官署。⑲文星：文昌星，也称文曲星，旧时传说文曲星是主文运的星宿。燕南：燕山之南，妶生所居之处。⑳青青子衿：青衿，学子所服。古称秀才为青衿。恒阳：恒山之南，妶生原籍。㉑凤尾诺：诸侯笺奏皆批"诺"，拖其字若凤尾。《南史·齐江夏王锋传》："江夏王锋……年五岁，齐高帝使学凤尾诺，一学即工。"㉒瑞物：瑞祥之物。金粟：佛名。即维摩诘大士。㉓儿曹：孩子们。作难：为难。㉔二十始乖张：谓至二十岁方与众不同。韩愈《符读书城南》："二十渐乖张，清沟映污渠。"㉕明年：谓今后。㉖棱角垂光芒：作书锋芒外显，光芒四射。㉗元叔纲：元好问最小的儿子，即题中名"洛"的那位小孩。㉘鼻涕过口：鼻涕流到嘴下。写自己儿子的憨态。

刘秉忠（四首）

刘秉忠（1216—1274），字仲晦，因从释氏，又名子聪。邢州（今河北省邢台市）人。年十七，为邢台节度府使令史，后隐武安山中为僧。曾被召入元世祖潜邸。世祖即位，拜光禄大夫，位至太保，参领中书省事。卒赠太傅，谥文正。刘秉忠自幼好学，天下书无不读，擅诗文书法。有《藏春集》《平沙玉尺经》。

习字

砚水冰清墨细研①，紫毫深蘸拭华笺②。
始从大里收来小③，复自方中画作圆④。
锋隐豹眠千嶂雾⑤，势雄龙跃九重天⑥。
鸾飞凤立难穷变⑦，要把王颜得处传⑧。

〔简析〕诗题为《习字》，就是谈论学习书法的一些主张。论书平实而不做惊人之论，是此诗的特点。如第二联谈学书由大到小，先真后行草，第三联强调的用笔藏锋，字势雄强，都是经验之谈。刘秉忠书法以二王、颜真卿为尚，他说："楷以鲁公笔法为正，草书则取二王以为专门之学。"这首诗也阐述了这一观点。

〔**注解**〕①冰清：非常洁净。②紫毫：用紫色兔毛制成的笔。拭：擦。笔在纸上运行。华笺：制作精美华贵的小幅纸张。③始从大里收来小：意为学习书法应先学大字，再学小字。④复自方中画作圆：由方笔到圆笔。先楷书后行草。姜夔《续书谱》："方圆者，真草之体用。真贵方，草贵圆。方者参之以圆，圆者参之以方，斯为妙迹。"⑤锋隐豹眠千嶂雾：喻笔锋隐藏伏处于点画之中。《列女传·陶答子妻》："妾闻南山有玄豹，雾雨七日而不下食者，何也？欲以泽其毛而成文章也，故藏而远害。"⑥势雄：字势雄强。龙跃九重天：萧衍《古今书人优劣评》："王羲之书字势雄逸，如龙跳天门。"此即是意。⑦鸾飞凤立：即鸾翔凤翥。比喻书法高华雄秀如鸾凤飞举。韩愈《石鼓歌》："鸾翔凤翥众仙下，珊瑚碧树交枝柯。"难穷变：形容形态变化难以穷尽。⑧王颜：王羲之、王献之与颜真卿。

为宋义甫言书三首

一

转腕不圆焉解草①，立毫未正漫为真②。
须因规矩忘规矩③，才得纵横似古人④。

二

书法晋人多得妙⑤，右军笔阵独纵横⑥。
鹅头转处无凝滞⑦，一段风流老更成⑧。

三

张君笔法入神趣⑨，颠草翻藏古篆风⑩。
枯树晚鸦栖未遍⑪，忽看云海起群鸿⑫。

〔简析〕宋义甫事迹已不可考，当是刘秉忠的朋友或学生。这三首小诗反映了刘秉忠对于学习书法一些问题的认识和体会。第一首诗谈了草书与运腕，楷书与用笔，及学习书法出入规矩的个人看法。将其提高到辩证的高度来认识，说明刘秉忠对这些问题认识是深刻的。第二首诗与第三首诗以王羲之、张旭两位书家为例，谈了人书俱老、多方汲取及见物象而悟笔法的重要性。这是较早运用七绝形式谈论书法的组诗，对后世以组诗论书有很大影响。

〔**注解**〕①转腕：运腕。焉解草：哪儿能理解草书。②漫为真：徒然写正书。此句强调中锋的重要性。③须因规矩忘规矩：即深入理解规矩又不为规矩所束缚。④纵横：自由自在。⑤得妙：深得其中妙趣。⑥右军：王羲之。笔阵：行笔如行阵。⑦鹅头转处：相传王羲之特别爱鹅，以其长颈圆转灵活，从中可以悟到行草使转笔法。凝滞：拘束。⑧风流：英俊杰出而不拘礼法的气派。老更成：至晚年更趋于成熟。⑨张君：张旭。神趣：神奇的意趣。⑩颠草：狂草。古篆风：泛指古代篆书的流风余韵。⑪枯树晚鸦：一种意境。书家可从中有所悟入。如唐朝裴说《怀素台歌》："眼前有三个字：枯树槎、乌梢蛇、墨老鸦。"具体何指，未敢妄评。⑫云海起群鸿：袁昂《古今书评》："钟繇书意气密丽，若飞鸿戏海，舞鹤游天。"指书意及书风。

郝经（二首）

郝经（1223 — 1275），字伯常，泽州陵川（今属山西）人。郝经幼时，金亡后迁河北。家贫，昼负薪米为养，夜读书。后为守帅张柔、贾辅所知，延为上客。二家藏书甚富，得以深造。元世祖在潜邸，招郝经咨询经国安民之道，及即位，以郝经为翰林侍读学士。后充国信使入宋，被贾似道留宋十六年。归，卒，谥文忠。郝经为人尚气节，为学务实用。有《续后汉书》《易春秋外传》《陵川集》等。

跋鲁公《送刘太冲序》帖

鲁公笔法皆正笔①，出奇独有刘太冲②。
初从真草入行草③，削去畦町尤清雄④。
悬针数笔皆侧锋⑤，往往矫矫如飞龙⑥。
轮囷权奇恣挥洒⑦，瑰伟乃见烈士风⑧。
观此好向书家道⑨，未有能真不能草。

〔简析〕《送刘太冲序》是颜书中独具特色的行草帖，这首跋诗分析得很深刻。他指出，此帖不但脱却古人的规矩，也脱却颜真卿自己的习气。特别是帖中侧锋的运用，更增添了恣肆奔放的色彩，而这种瑰伟的书风也表达了颜真卿刚烈忠勇的性格。由书作联系到书者，书品反映人品，确实有一定道理。可以说郝经对于颜真卿的认识是比较全面的。

〔注解〕①鲁公：颜真卿被封为鲁郡开国公，后人多尊称其为颜鲁公。正笔：中锋行笔。②出奇：显露特异。刘太冲：《送刘太冲序》墨迹，传为颜真卿书；纸本行草书，二十四行，一百六三字。明朝的董其昌称其"郁屈瑰奇，于二王法外别有异趣"。③真草入行草：即由行楷到行草。张怀瓘《书议》："夫行书，非草非真，离方遁圆，在于季孟之间。兼真者谓之'真行'，带草者谓之'行草'。"④畦町：格式。此谓法度规矩。清雄：高洁雄放，谓风格意境。⑤悬针：书法术语，写竖画运笔到下端，出锋如悬针。侧锋：书法术语，用笔时笔锋偏向一侧，竖画锋在左，横画锋在上。⑥矫矫如飞龙：指用侧锋写出的字带有险峻凌厉的气势。古有"中锋取劲、侧锋取妍"之说。⑦轮囷：屈曲的样子。权奇：奇谲非常。恣挥洒：肆意挥笔洒墨。⑧瑰伟：瑰丽雄伟。烈士：有志建立功业的人。⑨道：告诉，叙说。

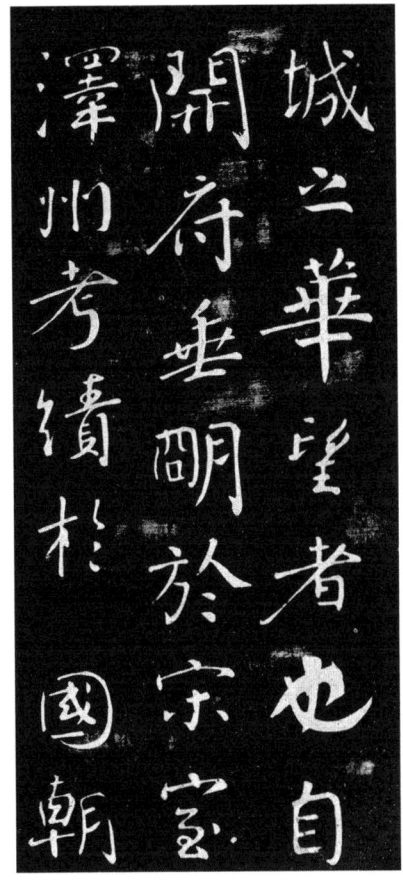
颜真卿《送刘太冲序》

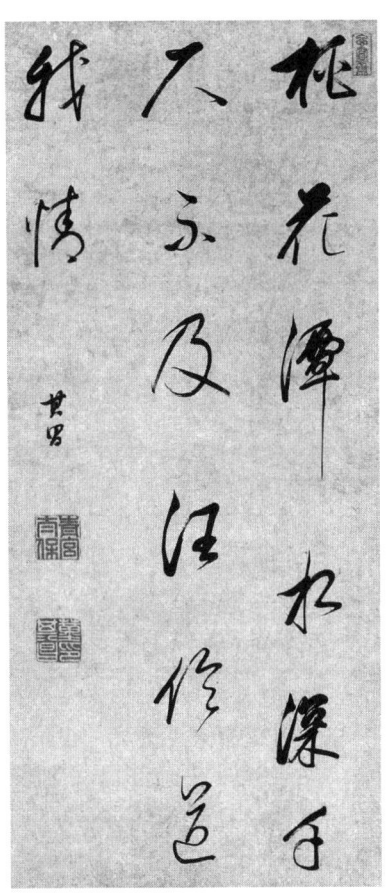
董其昌书法作品

古篆行

赠高松岩文举

乱来小雅几尽废[①]，文物典章俱扫地[②]。

纷纷随世趋所尚[③]，天下几人知篆隶[④]？

关南赖有高使君[⑤]，书法一世推专门[⑥]。

诸家命脉究始终[⑦]，力探远蹈工古文[⑧]。

倔强镌金还屈铁[⑨]，劲利玉版昆吾切[⑩]。

孔壁汲冢都破碎[⑪]，方矩圆规仍妥帖[⑫]。

仪真馆中坐老天[⑬]，日看笔阵驱云烟[⑭]。

琴赞一字二尺许，顾盼顷刻还终篇[15]。
圆熟省力似行草[16]，霜月冰泉势尤好。
自言一画气一口，少为呼吸便倾倒[17]。
是乃精意能入神[18]，奏刀砉然如运斤[19]。
文章亦说气为主，巧寓拙外意愈新[20]。
金源百年党承旨[21]，明月夜光传片纸[22]。
屠龙谁意复有人[23]，元气堂堂元不死[24]。
请君阁笔无妄书[25]，铁门自买堆砖碌[26]。
他年必到秦丞相[27]，今日还逢李大夫[28]。

〔简析〕高松岩其人行迹不详，书迹亦无传，大约是元朝某州长官，年岁略小于郝经。元朝书风以行草为尚，这位高文举独擅小篆，此诗称，其篆书是党怀英以后的第一人，在那个历史时期也真是非常难得了。因此郝经诗中叹道："纷纷随世趋所尚，天下几人知篆隶？"这位高松岩写篆书的特点是笔力雄健，如镌金屈铁。而行笔速度较快，点画非常纯熟，无一般人写篆隶书滞凝迟疑的弊病。从"日看笔阵驱云烟""圆熟省力似行草""奏刀砉然如运斤"等诗句看高文举的篆书，并非笔画结构都很严谨的篆书。而是篆中略有草意，大约是草篆之类的篆书，故称其"巧寓拙外意愈新"。因世已无传其书迹，只能存疑了。

〔**注解**〕①小雅：《诗经》组成部分之一，其内容大部分为西周后期至东周初期贵族宴会时的乐歌，小部分为批评当时朝政过失或抒发怨愤的民间歌谣。②文物典章：礼乐制度或法令。扫地：比喻破坏殆尽。③纷纷：杂乱无章。随世趋所尚：追随时代的尚好。④篆隶：篆书、隶书。此二句意为，大家都争学时髦，谁还知道有篆书、隶书。⑤关南：城关之南。高使君：高文举，字松岩。使君：对郡州长官的尊称。据此可知高文举曾任郡州长官。⑥一世：一代。专门：指精通篆书。⑦命脉：生命与血脉，比喻最关键之处。⑧**古文**：

春秋战国时代的文字。指篆书。⑨倔强镌金还屈铁：指篆书笔画遒劲，如镌金屈铁。⑩劲利玉版昆吾切：形容笔画挺拔如在石版上刻成一样。昆吾，昆吾刀。《山海经·中山经》："又西二百里，曰昆吾之山，其上多赤铜。"郭璞注："此山出名铜，色赤如火，以之作刀，切玉如割泥也。"⑪孔壁：孔壁书。汉武帝时，鲁恭王毁孔子宅，扩建王宫，在夹壁中发现古文经传多种，这些经传都是用古文，即蝌蚪文写成。汲冢：汲冢书。晋太康二年（281），汲郡人不準（tǒubiāo）盗发魏襄王墓，得竹书数十车，晋武帝命荀勖撰次，以为中经，其书体亦为古文写成。破碎：失传。⑫方矩圆规：《墨子·法仪》："百工为方以矩，为圆以规。"妥帖：稳当合适。⑬仪真馆：不详，郝经诗集多次提及，或是他的书斋名。坐老天：形容时间长久。⑭笔阵驱云烟：用笔如排阵，驱使云烟满纸。杜甫《饮中八仙歌》："挥毫落纸如云烟。"⑮顾盼顷刻：注视片刻，形容时间短。⑯圆熟：极其熟练。⑰少为呼吸便倾倒：意为一气呵成，不稍有迟疑。倾倒，倒仆。⑱入神：进入神妙境界。⑲奏刀砉（xū）然：运刀有声。《庄子·养生主》："庖丁为文惠君解牛，手之所触，肩之所倚，足之所履，膝之所踦，砉然响然，奏刀騞然，莫不中音。"砉然：象声词，皮骨相离声。运斤：挥动斧子。⑳巧寓拙外：寓巧在拙中。即拙中有巧。㉑金源：金国。《金史·地理志》："上京路，即海古之地，金之旧土地。国言'金'曰'按出虎'，以按出虎水源于此，故名金源，建国之号盖取诸此。"按出虎水，即今哈尔滨市之阿什河。党承旨：金国著名书法家党怀英。党怀英工篆籀，时称第一。赵秉文曰："党怀英篆籀入神，李阳冰之后一人而已。"党怀英曾任翰林学士承旨，故人称党承旨。㉒明月夜光传片纸：意为党怀英篆书片纸只字如宝珠夜光璧一样珍贵。㉓屠龙：屠龙术，比喻高超的技艺，此喻篆书。《庄子·列御寇》："朱泙漫学屠龙于支离益，单千金之家，三年技成而无所用其巧。"谁意：没有谁料得到。㉔元气：天地未分前混一之气。堂堂：形容容仪庄严大方。㉕无妄书：不要随便作书。㉖铁门自买堆砖碌（qú）：此用智永故事。《宣和书谱》："释智永，会稽人也……起楼于所居之侧，因自誓曰：'书不成，不下此楼。'后果大进，为一时推重……宾客造请,门阈穿穴,以铁固其限。故人号曰'铁门限'。"㉗秦丞相:李斯。㉘李大夫:唐朝大书法家李阳冰。

方回(一首)

方回(1227—1305),字万里,一字渊甫,别号紫阳山人。歙县(今安徽歙县)人。宋理宗景定三年(1262)进士,任随州教授。后降元,任建德路总管兼府尹。

为合密府判题赵子昂大字《兰亭》(并序)

人之身,天地之一物耳。而人之心,包乎天地之外。故曰方寸之中有六合。君子之道,可大可小。唐太宗命褚遂良笔临《禊帖》赐群臣,予尝见减小字本,极精妙。今见赵子昂匹纸大字《兰亭》本,尤神奇而妙。敛之可,扩之亦可。虽笔法,亦心法欤?

神奇变化莫若龙,屈蟠可藏螺谷中①。
一声霹雳起头角②,金鳞万丈横苍空③。
右军禊帖不盈咫④,善临摹者子赵子⑤。
一觞一咏十九之⑥,方如带玉满疋纸。
小字古称黄庭经⑦,大字焦山瘗鹤铭⑧。
小敛大纵出一手,譬如写真妙丹青⑨。
写真但要写得似,小纤大浓皆可喜。
小如眼中见瞳人,大如镜中见全身。

〔简析〕宋元人传世的书法作品小字较多,而大字较少,这与当时人们的欣赏习惯与字的使用范围有很大关系。较少写大字并不代表书法家不擅大字。从这首诗中可以知道,赵孟頫的大字写得同样不同凡响。赵孟頫学习《兰亭序》,不管是小字还是大字都"写得似""皆可喜",可见功力之深。作者由此引申到"君子之道,可大可小"。"敛之可,扩之亦可。虽笔法,亦心法欤?"此亦即书为心画的诠释,无疑为读者开拓了更广阔的联想空间。

〔**注解**〕①屈蟠：弯曲回绕。②霹雳：迅猛的雷声。③苍空：苍天。④禊帖：《兰亭序》内容是修禊，故名禊帖。⑤赵子：赵孟頫。⑥十九之：《兰亭序》中有十九个之字。⑦黄庭经：一称《换鹅经》，相传王羲之所书，小楷，六十行。⑧瘗鹤铭：梁天监十三年（514）刻，在焦山西麓崖石上。⑨写真：摹画人物肖像。丹青：绘画。

钱选（一首）

钱选（1239 — 1299），字舜举，号玉潭、巽峰，又号清癯老人、雪川翁等。吴兴（今属浙江湖州）人。南宋景定年间乡贡进士。入元不仕，流连诗画以终。

题复州裂本《兰亭》卷

鼠须注砚写流觞①，一入书林久复藏②。
二十八行经进字③，回头不比在尘梁④。

〔**简析**〕刻本再好，不及墨迹，这是此诗要说的一层意思。更深的意思是来自民间的不一定比来自宫廷的差，而且此意当有所指。初，钱选与赵孟頫等人合称"八俊"，赵孟頫本为宋宗室，入元显贵，诸人皆以附致显官，而钱选独龃龉不合。钱赵俱学《兰亭》，借此而言彼，也不无可能。

〔**注解**〕①鼠须：鼠须笔。《世说新语》："王羲之得用笔法于白云先生，先生遗之鼠须笔。"相传王羲之书《兰亭集序》时用的即鼠须笔。注砚：投砚，即以笔蘸墨。写流觞：书写《兰亭集序》。《兰亭集序》："又有清流激湍，映带左右，引以为流觞曲水。"流觞，古代风俗，每逢三月上旬巳日，于水滨结聚宴饮，以祓除不祥；后来流行于环曲的水渠旁宴集，在水上放置酒杯，杯流行停其前，当即取饮。②书林：文人学者之群。③二十八行：王羲之书写的《兰亭集序》共二十八行。经进字：经历进呈给皇帝的字。指《复州裂本兰亭》卷，此本是宋理宗赐给贾似道一百十七种中的一种。④回头：回顾。不比：比不上。尘梁：指辨才藏于屋梁上的《兰亭集序》真迹。

赵孟頫（二首·附一首）

赵孟頫（fǔ）（1254—1322），字子昂，号松雪道人、水精宫道人，湖州（今属浙江）人。宋宗室，幼聪慧。元世祖至元间以搜访遗逸被推举，官集贤直学士。元仁宗时拜翰林学士承旨，封魏国公，谥文敏。赵孟頫诗书画俱冠绝当时。有《松雪斋集》等。

赠彭师立（二首选一）

学书工拙何足计①，名世不难传后难②。
当有深知书法者③，未容俗子议其间④。

〔简析〕这首小诗说明了一个真理，看一位书法家的成就，既不在其书体的拙巧，也不在于其当世的声名大小。而在于其对书法史的贡献，在其作品本身风格、品位的价值。它决定这位书家能否传世，其作品能否传世。赵孟頫是大书家，其放眼于历史的目光与不争一时之名的胸怀也与众不同。

〔注解〕①工拙：精巧与质拙。计：计较。②名世不难传后难：闻名于当世并不困难，而传名于后世特别困难。③书法：有两义。一为史官修史、史事评论、人物褒贬的体例；二为汉字书写艺术。④俗子议其间：见识平庸浅陋的人在其中乱评价，乱发议论。

论书

右军潇洒更清真①，落笔奔腾思入神②。
裹鲊若能长住世③，子鸾未必可惊人④。
苍藤古木千年意⑤，野草闲花几日春⑥。
书法不传今已久，楮君毛颖向谁陈⑦。

〔简析〕所谓论书，是就传为王羲之所书的两个字帖《裹鲊帖》与《子鸾帖》进行比较。诗中第五句、第六句指出好的艺术作品具有长久的生命力，同时这两句是形容好的书法作品笔力苍劲，中力十足，如苍藤古木；而赝品只有外在的形似，毫无骨力可言。那些仿冒的赝品，只不过是野生的花草，只能有几日的风光罢了。

〔注解〕①右军潇洒更清真：王羲之为人洒脱而清狂纯真。此句袭用李白《王右军》诗"右军本清真，潇洒出风尘"句意。②奔腾：飞奔腾跃，指用笔潇洒酣畅。入神：书法达精妙的境界。③裹鲊：《裹鲊帖》，相传为王羲之所书；宋代书画收藏家薛绍彭得此帖后刻石，收入《宝晋斋法帖》。住世：留在人世间。此时《裹鲊帖》原迹已失传。④子鸾：《子鸾帖》，传为王羲之所书帖，鉴赏家对此帖是否为王羲之书颇有异议。米芾《书史》："刘泾不信世有晋帖，后十五年始得《子鸾字帖》，云是右军。余云：'恐是陈子鸾。'未经余目。"惊人：使人震惊。谓《子鸾帖》艺术成就平平，不足使人为之倾倒。⑤苍藤古木：形容《裹鲊帖》笔画如藤条之韧、古木之老。⑥野草闲花几日春：谓《子鸾帖》像野生的花草禁不住历史的检验。⑦楮君毛颖：纸与笔的代称。韩愈《毛颖传》："颖与绛人陈玄、弘农陶泓，及会稽楮先生友善。"其中毛颖谓笔，陈玄谓墨，陶泓谓砚，楮先生谓纸。

附：其《自警》

齿豁童头六十三，一生事事总堪惭。

唯余笔砚情犹在，留与人间作笑谈。

鲜于枢（五首）

鲜于枢（1246—1302），字伯机，号困学民、直寄老人，祖籍渔阳（今天津市蓟州区），生于汴梁（今河南开封市）。元世祖至元年间以才选，为江浙行省都事，官至太常寺典簿。意气雄豪，嗜酒。作书奇态横生，尤擅行草书，为元代著名大书法家。

题神龙本《兰亭集序》

君家禊帖评甲乙[①]，和璧隋珠价相敌[②]。
神龙贞观苦未远[③]，赵葛冯汤总名迹[④]。
主人熊鱼两兼爱[⑤]，彼短此长俱有得[⑥]。
三百二十有七字，字字龙蛇怒腾掷[⑦]。
嗟予到手眼生障，有数存焉岂人力[⑧]。
吾闻神龙之初黄庭，乐毅真迹尚无恙[⑨]，
此帖犹为时所惜。
况今相去又千载，古帖消磨万无一[⑩]。
有余不足贵相通，欲抱奇书求博易[⑪]。

〔简析〕唐人摹《兰亭集序》流传后世的有数本。上有唐中宗神龙年号小印的一本称神龙本《兰亭集序》，相传为唐太宗时弘文馆拓书人冯承素所摹。或以为其精神形体最近于原本《兰亭集序》，因而为后人珍重。作者在题另一唐摹本写道"论书当论气韵神，谁与痴儿较形质。想当廓填断手初，帝与欧虞皆太息"可证。元朝人最崇尚《兰亭集序》，书家能得一见此珍本必有叹为观止的感慨。此诗首先点明收藏神龙本《兰亭集序》的藏家藏有多种唐人摹写的《兰亭集序》，皆为奇珍。中间六句赞美神龙本《兰亭集序》勾摹技艺高超，点画中力十足，得原本之神韵，所以为世人所珍惜，历代流传。最后四句表达作者在欣赏神龙本《兰亭集序》后愉悦及渴望获得此帖的迫切心情。本诗作者为历史上著名大书法家，为了提高个人书艺水平不惜付出一切以求得见高质量的著名范本是其成功的一个重要原因。

〔注解〕①禊帖：即王羲之所书的《兰亭集序》，其内容是记述王羲之与谢安等四十一人在山阴兰亭为"祓禊"之会，故又称为《禊帖》。甲乙：

等级。②和璧隋珠：和氏璧与隋侯珠，二者均为无价宝。此指藏神龙本《兰亭》者收藏的多种《兰亭集序》摹拓本均为稀世珍宝。和氏璧，春秋时楚人卞和于荆山得玉璞，两次上献都被认为是欺诈而截去双足。楚文王即位，使人剖璞得宝玉，称为和氏璧。隋侯珠，相传周代姬姓诸侯隋侯见大蛇伤断，以药敷之。后蛇于江中衔大珠给隋侯，称隋侯珠。③神龙：唐武则天年号。唐中宗李显复位，仍沿称神龙。贞观：唐太宗李世民年号。④赵、葛、冯、汤：指唐太宗时弘文馆拓书人赵模、诸葛贞、冯承素、汤普彻。四人都曾奉命双钩廓填摹拓《兰亭集序》。⑤熊鱼两兼爱：《孟子·告子上》："鱼，我所欲也；熊掌，亦我所欲也。"后以之比喻难以兼得的事物。此反用其意。⑥彼短此长俱有得：谓各种《兰亭集序》摹本各有所长，各有可取之处。⑦腾掷：奔腾跳跃。形容《兰亭集序》书法笔力劲健，虎虎有生气。⑧有数：有气数，有因缘。指能长久流传的《兰亭集序》是天意而不是人的力量。⑨黄庭：《黄庭经》，小楷，相传为王羲之书。乐毅：《乐毅论》，小楷，相传为王羲之书。无恙：无疾无忧。指《黄庭经》《乐毅论》尚未残损。⑩消磨：消除磨灭。⑪博易：换取。

王大令《保母帖》四首

一

撞破烟楼固未然①，唐模晋刻绝相悬。
莫将定武城中石②，轻比黄闵墓下砖③。

二

姜侯才气亦人豪④，办折区区漫尔劳⑤。
不向骊黄求驵骏⑥，书家自有九方皋⑦。

三

临摹旧说范新妇，古刻今看李意如。
却笑南宫米夫子⑧，一生辛苦学何书。

四

千年郁郁闷重泉⑨,暂出还随劫火烟⑩。
靳惜乾坤如有意⑪,流传君我岂无缘。

〔简析〕王献之《保母砖志》于南宋宁宗嘉泰二年(1202)出土,很得人们推崇。作者这一组绝句从几个方面谈了其认识。第一首诗作者认为王献之书法虽然没有超过其父王羲之,然而他亲手书写的《保母砖志》且是晋人镌刻,远胜唐人摹刻王羲之书迹的各种帖;第二首诗是对南宋人姜夔研究《保母砖志》的功绩给予高度评价;第三首诗是对北宋大书法家米芾学习王献之书法却未能有幸目睹《保母砖志》表示深深的惋惜;第四首诗对于自己能有缘欣赏、学习《保母砖志》表示庆幸。这是元朝人论书法诗艺术水平较高的组诗。

〔注解〕①撞破烟楼:谓儿子胜过父亲,此句意为王献之书法没有超过其父王羲之。烟楼,灶上烟囱。②定武城中石:即定武兰亭刻石。③黄闼墓下砖:指《保母砖志》埋于墓中。④姜侯:南宋著名词人、书法家姜夔。《保母砖志》拓本后有姜夔长跋,称其具"七美"。⑤办折:判别分析。区区:思念。⑥骊黄求驵骏:从毛色区别上寻求骏马。骊,黑色的马。⑦九方皋:春秋时善于相马的人。相传他相马时只注意是否是千里马,而不注意马的毛色和性别。⑧南宫米夫子:指北宋大书法家米芾。史评其书得王献之笔意为多。⑨郁郁闷重泉:指《保母砖志》久埋地下。⑩暂出还随劫火烟:《保母砖志》南宋宁宗嘉泰二年(1202)出土后又佚去。⑪靳惜:吝啬珍惜。

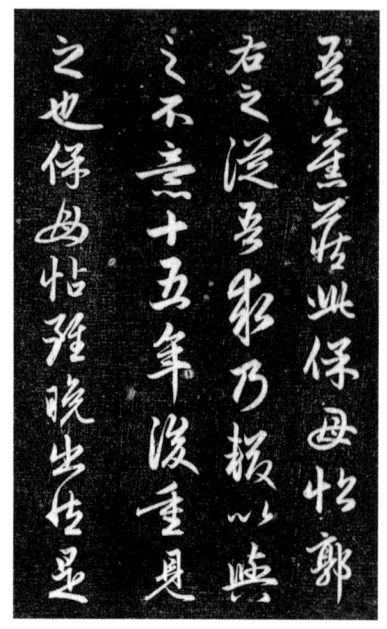

王献之《保母帖》

邓文原（一首）

邓文原（1258 — 1328），字善之，一字匪石，绵州（今属四川绵阳）人，流寓钱塘（今杭州）。曾官杭州路儒学正，翰林待制，后迁集贤直学士。卒，谥文肃。邓文原博学擅书，与赵孟頫、鲜于枢齐名。

题黄庭坚《松风阁诗》后

山雨溪云散墨痕①，松风清坐息尘根②。
笔端悟得真三昧③，便是如来不二门④。

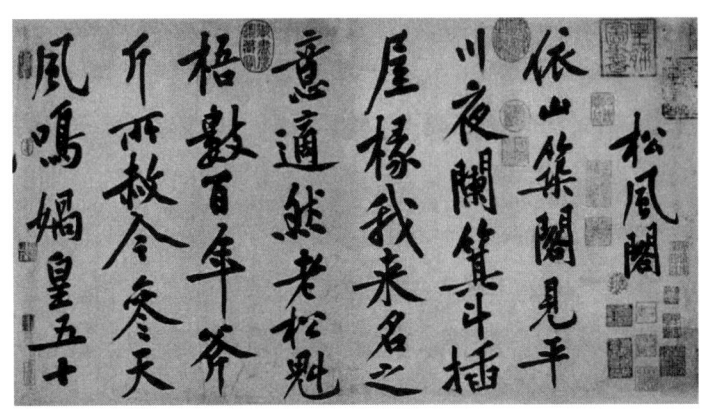

黄庭坚《松风阁诗》

〔简析〕黄庭坚曾说："字中有笔，如禅家句中有眼，直须具此眼者，乃能知之。"《松风阁诗》是黄庭坚传世名迹，其诗其书都臻上乘。诗的前两句赞其诗，后两句赞其书，对黄庭坚崇仰之情溢于言表。

〔**注解**〕①山雨溪云散墨痕：谓《松风阁诗》是墨迹，《松风阁诗》有"夜雨鸣廊到晓悬""晓见寒溪有炊烟"等句。②息尘根：意为观赏《松风阁诗》使自己能弃绝尘俗之念，有飘然世外之想。③三昧：奥妙。④如来：佛的别名。梵语音译为多陀阿伽陀，意为如实道来而成正觉。不二门：不二法门，佛教语，意为直接入道、不可言传的法门；比喻唯一的门径、方法。

胡祗遹（三首）

胡祗遹（1227—1295），字绍闻，号紫山，磁州武安（今属河北）人。少孤，既长，读书知名于名流。元惠宗至元初授应奉翰林文字，调右司员外郎。因上书言时弊忤权奸，出为太原路治中，改浙西道提刑按察使。有政绩，以疾归。卒，谥文靖。有《紫山大全集》。

题鹿庵书

书法立气韵[1]，点画乃舆隶[2]。
一将诚鹰扬[3]，万卒自精锐[4]。
后人学颜书，区区较形似[5]。
问渠胸臆中[6]，有此忠义气？
假尸以反魂，体同神已异[7]。
鹿庵气高迈[8]，心画能劲利[9]。
追踪瘗鹤铭[10]，安肯求妍媚。
世无涪江翁[11]，谁人作侪辈[12]。
已来四十年，书学坐衰废[13]。
惟公振英风[14]，进道仍进技[15]。
方蒙提耳训[16]，冥鸿忽飞逝[17]。
千里遥相望，抚卷增叹喟[18]。

〔简析〕鹿庵是作者的老朋友，多年一起为官，后退隐遁居。擅书法，书学《瘗鹤铭》。作者将分别后的思念，寄托于对其书法作品的欣赏，在其作品上题写了这首诗。作者认为判别书法作品高下，首先看其气韵，笔画结构隶依从于气韵。而气韵又来自人品。诗中例举了学习颜真卿书体的人，只在皮毛形体上下功夫，肯定得不到颜体的精髓，因为他们不具备颜真卿那种高尚的气节。欲学颜书须先学其人品质，这种以人品定书品风气，如宋朝一样，在元朝是比较流行的一种观点。

〔**注解**〕①气韵：风格和意境。②舆隶：舆人与皂隶，谓地位低微之人。③诚：如果。鹰扬：雄鹰奋扬，喻威武。《诗经·大雅·大明》："维师尚父，时维鹰扬。"④精锐：精练勇锐。⑤区区：仅仅。⑥胸臆：心怀。⑦"假尸以反魂"两句：谓人们不具有颜真卿的忠肝义胆，学习其书法只得皮毛，却难得其精髓。⑧鹿庵：胡祗遹的一位老朋友，其行迹已不可考。高迈：高超不凡。⑨心画：书法。扬雄《法言·问神》："故言，心声也；书，心画也。"劲利：形容书法笔力坚硬挺拔。⑩追踪：仿效前人。瘗鹤铭：相传为梁陶弘景所书摩崖石刻。详见本书所选苏舜钦诗。⑪涪江翁：北宋著名大书家黄庭坚号涪翁。⑫侪辈：同辈。⑬坐衰废：遂衰落颓废。⑭英风：杰出的气概。⑮进道：进于道。《老子·四十一》："明道若昧，进道若退。"⑯提耳训：恳切的教训。《后汉书·刘矩传》："民有争讼，矩常引之于前，提耳训告，以为忿恚可忍，县官不可入，使归更寻思。"⑰"冥鸿"句：比喻避世远遁隐居。⑱叹喟：叹息。

跋徽宗所书《千字文》

书翰乃心画①，因外以知内②。
羲皇画八卦③，天地万象备④。
人文化天下⑤，圣功非进技⑥。
晋武唐太宗⑦，犹足见英气⑧。
吁嗟宣和殿⑨，顾影求妍媚⑩。
日与童蔡流⑪，瘦硬夸新制⑫。
他日韩州行⑬，掷笔始知愧。

〔**简析**〕胡祗遹为人正直，疾群小如仇，因而忤当权者。他论书，必将作者人品、行为列第一位，诗中提出，书法是"心画"，"因外以知内"。宋徽宗是皇帝，他应当如司马炎、李世民那样"人文化天下，圣功非进技"。如果写书法，也应当"落笔雄健，挟英勇之气"或"笔力遒劲，一时之绝"。而不应当追求妍媚书风，这种因人而好好恶恶的评说，具有一定的片面性。平心而论，赵佶的瘦金书，还是有很高艺术价值的。

〔注解〕①书翰：此指书法。②因外以知内：见其书而知其为人。③羲皇：即太昊伏羲氏，相传他始画八卦，教民捕鱼畜牧，以充庖厨。八卦：《周易》中的八种符号，即乾（天）、震（雷）、兑（泽）、离（火）、巽（风）、坎（水）、艮（山）、坤（地）。八卦由阴（- -）阳（—）两种线形组成，阴阳是八卦的根本；八卦各代表一定属性的若干事物；八卦中乾与坤、震与巽、坎与离、艮与兑是对立的，具有朴素的辩证法因素；八卦最初是上古人们记事的符号，后被用为卜筮符号，逐渐神秘化；相传八卦又是文字的起源。④万象：自然界一切事物、景象。⑤人文：礼教文化。天下：全中国。《尚书·大禹谟》："奄有四海，为天下君。"⑥圣功：至高无上的功业德行。⑦晋武：晋武帝司马炎，受曹魏禅，建立晋朝，在位期间，灭东吴平江南，一统中国。晋武帝善书，尤工行草书。《宣和书谱》称其书："落笔雄健，挟英勇之气。"唐太宗：李世民，其年号贞观，谥文，庙号太宗；在位期间，任贤纳谏，锐意图治，是我国历史上著名的开明皇帝；唐太宗好书，推崇王羲之书法，其书法"笔力遒劲，一时之绝"。⑧英气：威武的气概。⑨吁嗟：叹词。宣和殿：宣和是宋徽宗赵佶的年号，此

宋徽宗《千字文》

以之代宋徽宗赵佶。⑩顾影：自顾其影，有自矜、自满之意。⑪童蔡：宋徽宗最宠信的两名奸臣童贯与蔡京。⑫瘦硬夸新制：指赵佶变薛稷书体而创制的一种新书体——瘦金书，这种书体笔画细劲瘦硬。⑬韩州行：韩州，在今辽宁昌图县。金人攻破汴京，俘虏宋徽宗、宋钦宗，将他们迁于韩州，时钦宗靖康二年（1127），是历史上有名的"靖康之耻"。

题石曼卿草圣

烈风急雨惊四溟①，雷轰电掣神鬼惊②。
万字一息笔不停③，九天银汉为一倾④。
醉呼张旭不敢应，雄词杰句江海声⑤。
脚蹴俗札慕兰亭⑥，刘潜佐酒飞巨觥⑦。
百尺楼高北斗横⑧，人传二仙临帝京⑨。
百年厌世还青冥⑩，白云何处芙蓉城⑪。

〔简析〕石曼卿名石延年，北宋著名的诗人、书法家。石延年为人豪放不羁，嗜酒自放，诗文书法妙品多得于醉中。此诗写作者欣赏石延年狂草作品的感受，语言激昂如飞瀑倾泻，一气直下。诗中除首两句写了自己欣赏石延年草书时惊心动魄的感受外，作者并没有正面写这幅狂草作品，而是通过想象石延年作书时的神态、气概，通过流传的关于石延年传闻趣事从侧面进行渲染，从而使读者体会到这幅作品的情韵。诗的结尾运用浪漫主义手法，更有一种烟云迷蒙之致。

〔**注解**〕①烈风：狂风。四溟：四海。②雷轰电掣神鬼惊：形容草书气势雄壮威猛如雷鸣电闪，使神鬼惊诧不已。③万字一息：形容作书一气呵成。④九天银汉：天上的银河。九天，形容极高之处。⑤雄词杰句江海声：形容石延年所作诗气魄宏大，如长江大海浪涛之声。据此知墨迹为石延年自作诗句。⑥脚蹴（cù）俗札：鄙视那些不足登大雅之堂丑怪恶札。蹴，践踏。

⑦刘潜佐酒：刘潜陪伴饮酒。刘潜，字仲方，定陶人。刘潜是石延年的好朋友。据载刘潜过郓州，方与石曼卿饮酒，闻母病，亟归。母死，一恸而绝。其妻哭潜亦死，时人伤之。飞巨觥：用特大的饮酒器畅饮。觥，盛酒器，腹椭圆，圈足，有流，有把手。⑧百尺楼：极高之楼。北斗：在北天排列成斗形的七颗亮星。⑨二仙临帝京：据载石延年与刘潜造王氏酒楼，对饮至夕，无酒色，世疑为神仙。⑩百年厌世还青冥：人去世成仙后回到天上。《庄子·天地》："千岁厌世，去而上仙。"⑪芙蓉城：仙人所居之地。相传石延年、丁度、王迥死后，同为芙蓉城主。这一传说在北宋很盛行，苏轼《芙蓉城》"芙蓉城中花冥冥，谁其主者石与丁"可证。

陆文圭（一首）

陆文圭（1252—1336），字子方，号墙东，江阴（今属江苏）人。博通经史百家，南宋度宗咸淳年间以《春秋》中乡选。宋亡，隐居城东，学者称墙东先生。元仁宗延祐年间，有司强迫应试，再中乡举。以老病不应征，卒于家。陆文圭擅属文，东南学者以之为宗师。有《墙东类稿》。

题王复初所藏子昂临《禊帖》

昭陵玉函出人间①，开平经今四百年②。
永和远距贞观先③，俯仰陈迹俱可怜④。
古人学书如学仙，笔锋谁人玄之玄⑤。
水晶宫里佳公子⑥，风流翰墨皆水然⑦。
我评逸少非真逸⑧，史载深谋并绝识⑨。
独留茧纸博千金，似是艺成能掩德⑩。
名士由来赝逼真⑪，书空咄咄彼何人⑫？
遗才流落稽山下⑬，修竹娟娟万古春⑭。

〔简析〕赵孟頫崇尚《兰亭集序》，一生心摹手追，乐此不疲。由于他的书法造诣及在当时书坛的地位，其好尚左右了一个时代的书风，所临的《兰亭集序》也成为当时人们搜求收藏的瑰宝。元朝诗人歌颂赵孟頫书法的热情不亚于唐朝诗人歌颂怀素的草书，可见赵孟頫在当时的影响之大。此诗中还提出德与艺、真假名士之间的关系。认为王羲之胸有文韬武略，是一时的风云人物，而非只以技艺出名，他是真名士。而赵孟頫身为宋宗室而投降元朝，无功业建树，徒以风流翰墨出名，算不得真名士。然而这种褒贬都没有直言，是一种皮里阳秋的笔法。

〔**注解**〕①昭陵玉函出人间：相传王羲之所书《兰亭集序》墨迹被唐太宗装玉函中殉其葬。后温韬盗其墓，《兰亭集序》又流传于世间。昭陵，唐太宗陵墓名昭陵。玉函，玉匣。②开平：后梁太祖朱晃年号。温韬降梁，任静胜军节度使，在任时发掘唐太宗墓。开平（907—910）下移四百年，知此诗作于元仁宗皇庆、延祐年间。③永和远距贞观先：永和是晋穆帝年号，贞观为唐太宗年号。《兰亭集序》书于永和年间，唐太宗最为推崇。此句意为《兰亭集序》为学习书法之则是唐太宗选择的。④俯仰：低头抬头。陈迹：以往的事情。《兰亭集序》："向之所欣，俯仰之间，已为陈迹。"⑤玄之玄：指书法中含深奥的义理。⑥水晶宫里佳公子：赵孟頫别号水晶（精）宫道人。公子，诸侯之子。赵孟頫为宋朝宗室。⑦风流：风度。翰墨：笔墨。水然：自然。⑧逸少：王羲之字逸少。真逸：真正的安闲放纵。⑨深谋：周密的谋略。绝识：极其高超的见识。此言王羲之不只擅书法，更有文韬武略。⑩艺成能掩德：技艺成就遮蔽道德。⑪名士：知名之士。赝（yàn）逼真：仿制品与原作极其相似。称赞赵孟頫临《兰亭集序》神形兼备，与原作不相上下。⑫书空咄咄彼何人：《世说新语·黜免》："殷中军（浩）被废，在信安，终日恒书空作字。扬州吏民寻义逐之，窥视，唯'咄咄怪事'四字而已。"⑬遗才：有才能未能被发现者。此似指藏帖人王复初。流落：漂泊外地，穷困失意。稽山下：会稽山下。⑭修竹：长竹。《兰亭集序》："此地有崇山峻岭，茂林修竹。"娟娟：明媚美好的样子。万古：长久。

李瓒（一首）

李瓒（约1388年前后在世），字子粲，一字子邕，自号弋阳山樵，姑苏（今江苏苏州）人。多才，能诗文，旁通佛道之学。有《弋阳山樵稿》。

题宋拓《东方画赞》《洛神赋》二帖

曼倩仪形汉庙堂①，洛神风韵魏文章②。

千金石刻人争购③，笔阵犹堪识二王④。

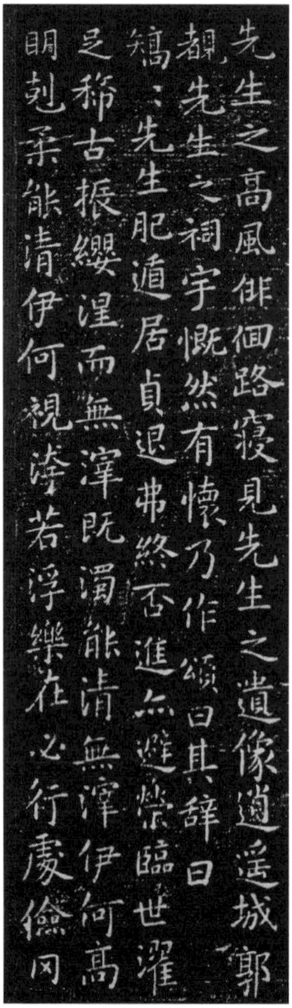

王羲之《东方朔画赞》　　王献之《洛神赋》

〔简析〕《东方画赞》即《东方朔画赞》，相传为王羲之所书。原迹早失传，流传摹刻本。《洛神赋》为王献之所书小楷，亦只有摹刻本流传。因残损，只剩十三行，故又称《玉版十三行》。宋拓二王法帖，至元朝已是珍稀之物。最主要的是早拓本的神采更接近原迹，易于领略二王风神，无怪乎人们费千金且要争而购之了。

〔**注解**〕①曼倩仪形汉庙堂：意为通过读《东方朔画赞》，可以想见东方朔的仪表，可以推知西汉朝廷的威仪。曼倩，东方朔字曼倩，汉武帝时为太中大夫。仪形：也作仪刑，作为模范。《诗·大雅·文王》："仪刑文王，万邦作孚。"庙堂：朝廷。②洛神风韵魏文章：意为读《洛神赋》，可以领略曹魏文章的风格韵味。《洛神赋》，三国曹魏文学家曹植所作。③千金石刻：珍贵的拓本。《东方朔画赞》《洛神赋》均为摹刻本。④笔阵：运笔作书之法。二王：王羲之、王献之。

蒲道源（一首）

蒲道源（1260 — 1336），字得之，号顺斋。世居眉州（今属四川）。徙家兴元（今属陕西），为郡学正。晚年征入翰林，改国子博士，引去。起提举陕西儒学，不就。病，不肯就医，饮酒赋诗而逝。有《闲居丛稿》。

赠龙岩上人草书

韩云浮屠多技能①，只今复见龙岩僧②。
高闲怀素去已久③，肯向死灰求续灯④。
手追心慕忽有得，笔底涣然无滞凝⑤。
云烟结暝鬼神泣⑥，雷电索怪蛟龙腾⑦。
悬崖百寻泻瀑布，老树千岁垂寒藤。
铁为门限自兹始⑧，但恐纸价相仍增。
我闻雪庵亦工此⑨，好事往往输缣缯⑩。

都城颜扁妙天下⑪,骤得荣宠非阶升⑫。
龙岩更须追三昧⑬,无俾斯人专美称⑭。

〔简析〕除了最著名的雪庵和尚,元朝以书法著名的僧人也还不少,龙岩上人就是其中一位。这位僧人书体风貌与元朝流行书风有一定距离。他没有走赵孟頫及当时绝大多数书法家崇尚晋人、学习姿媚的《兰亭集序》的路子,而步的是高闲、怀素等唐朝书僧的后尘,擅狂草。"肯向死灰求续灯",敢逆时代风气而独辟蹊径,可见这位龙岩上人具有超人的胆识。诗中"云烟结暝鬼神泣,雷电索怪蛟龙腾。悬崖百寻泻瀑布,老树千岁垂寒藤"等句子反映出这位书僧的草书笔力雄健,气势开阔,很具个性。诗中还鼓励龙岩上人续继努力,与著名的雪庵和尚抗衡。

〔注解〕①浮屠:指僧人。②龙岩僧:即诗题的龙岩上人。陕西(古三韩)一带人。明安世凤《墨林快事》称其"亦行草中特出者"。③高闲怀素:唐代僧人,二人均擅草书。④死灰求续灯:继承已经灭绝的传统。死灰,熄灭的冷灰。续灯,佛教用语,意为接续前辈香火。⑤涣然:流畅。滞凝:指行笔胆怯迟疑。⑥结暝:构筑黑暗。⑦索怪:束缚神怪。⑧铁为门限:形容求字人之多,需以铁包门槛;事见智永。⑨雪庵:元朝僧人,著名书法家。⑩好事:喜欢多事。缣缯:丝帛之类织品。⑪颜扁:牌匾。⑫荣宠:官位与恩宠。⑬三昧:书法的奥妙之处。⑭无俾斯人:不要让这个人(雪庵和尚)。

何中(一首)

何中(1265—1332),字太虚,一字养正,抚州乐安(今属江西)人。宋末举进士,以古学闻名。元文宗年间被聘为龙兴郡学师、东湖二书院山长。有《通鉴纲目测海》《知非堂稿》等。

郝思温大字歌

东山手题雪庵笔①，笔中出此万钧力②。
重如岱岳镇坤维③，奇如古鼎跃泗侧④。
点如沧海之碣石，直如参天之古柏。
曲如老龙恣盘拿⑤，横如方城立铁壁⑥。
快如大泽斩蛇剑，妖夔幻魁□辟易⑦。
巨灵引指太华擘⑧。
三千狮子座⑨，举臂可移得。
偶然挥毫□，世间壮士不能掷。
瘗鹤铭⑩、摩崖碑⑪，后来者谁谁继之？
我尝见龙溪之字大如箕⑫，五百年间无此奇。
雪庵老、东山子，优钵昙花重现世⑬。
昆仑以为笔⑭，东溟以为砚⑮，青天以为纸，
为我写太平两大字，持献天皇九九八十一万岁⑯！
我歌尔字我老矣。

〔简析〕宋元时期擅大字的书法家较少，作者见郝思温所作大字时激动非常是必然的。诗的前半对郝思温大字的气势雄健、笔画苍劲予以肯定，诗中列举了横竖点等具体笔画的形态与力度，认为其所写大字是"五百年间无此奇"，因而值得珍视。作者经历了南宋灭亡，因而憎恶战乱，向往太平，诗的结尾处表达了这种思想。

〔注解〕①东山：郝思温号东山，擅书法，尤擅大字，为雪庵和尚高足。雪庵：元代著名书法家。俗姓李，字元晖，雪庵是其号，他被元朝廷封为昭文馆大学士，赐号玄悟大师。②万钧力：三十斤为一钧，此极言笔力之壮。③岱岳：东岳泰山。坤维：大地。④古鼎跃泗侧：秦昭襄王五十二

年（前255），秦强行向周索要象征统治天下之权的国之重宝九鼎，移置咸阳。相传有一鼎飞入泗水。⑤盘拏：盘曲作攫拏状。⑥方城：春秋时楚国北长城，古为我国九塞之一。⑦妖夔幻魈：泛指妖魔鬼怪。辟易：惊退。⑧巨灵：古代神话传说中劈开华山的河神。⑨狮子座：佛教谓佛所坐之处。⑩瘗鹤铭：江苏省镇江市焦山上刻石。⑪摩崖碑：即《大唐中兴颂》，为颜真卿所书。⑫大如簸箕：像簸箕大小。据此推知"龙溪"二字大小当在二尺左右。⑬优钵昙花：无花果树的一种。佛教认为是瑞祥之花。此以瑞祥之花的罕见，比郝思温大字之罕见。⑭昆仑：山名，在新疆与西藏之间，西接帕米尔高原，东延入青海境内。⑮东溟：东海。⑯天皇：天帝。

虞集（一首）

虞集（1272 — 1348），字伯生，号邵庵、道园，世称邵庵先生，祖籍仁寿（今属四川）人，迁崇仁（今属江西）。三岁即读书，从名儒吴澄受学。大德初年授大都路儒学教授。历官国子助教、集贤修撰、翰林直学士兼国子祭酒。与赵世延修《经世大典》。卒，谥文靖。有《道园学古录》等。

题魏《受禅碑》

华歆劝进钟繇笔①，妙画千年不可磨②。
旧有始皇金石刻③，李斯文字更嵯峨④。

〔简析〕题魏《受禅碑》，当是题其摹拓本。《受禅碑》立于三国魏黄初元年（220），内容记载曹魏接受汉朝禅让天下之事。隶书，碑在河南临颍镇南三十里繁城镇。钟繇的隶书、李斯的小篆，均代表着一个时代书法的最高成就。但是它们却依赖歌功颂德的碑刻而流传于后世，这不能不说是一种讽刺。诗中有崇仰、有惋惜，更有感伤，矛盾心理难以明言。

〔注解〕①华歆：（157 — 232），字子鱼，平原高唐(今山东省高唐县)

人。少与管宁、邴原共称一龙，时人号歆为龙头，原为龙腹，宁为龙尾。华歆后依附曹操，曾率兵入宫杀汉献帝后伏皇后。曹丕称帝后，官司徒，迁太尉，封博平侯。劝进：劝即皇帝位。统治者内部夺权，建立新朝的统治者假托禅让，让国的诏书下达后，故意逊让不受，由诸大臣再三劝进。华歆在曹魏受汉禅让时扮演了劝进的角色。钟繇笔：指钟繇书写《受禅碑》。但《受禅碑》究竟为何人书丹并无定论。或以为梁鹄，或以为钟繇，均是猜测。②妙画：美好的笔画。谓钟繇的书法造诣已臻于神妙境界。③始皇金石刻：指秦始皇一统天下后，铭刻金石以记其功绩，如《泰山刻石》《会稽刻石》等。④李斯文字更嵯峨：秦始皇记功刻石相传多为李斯所书。嵯峨：山高峻的样子，此借以形容书法。

《受禅碑》

李斯《泰山刻石》

李斯《会稽刻石》

欧阳玄（一首）

欧阳玄（1273—1358），字原功，号圭斋，为欧阳修之后。祖籍庐陵（今江西吉安）迁潭州之浏阳（今湖南省浏阳市）。元仁宗年间乡荐登进士第，除同知平江州事。召为国子博士，迁翰林待制。元文宗天历年间授艺文少监，以学士告归。复起拜翰林学士承旨。卒，谥文。

题紫微老人大字歌

紫微老人射生手①,挽强竟取黄金斗②。
骠骑营中拜骁勇③,凤凰池上称耆旧④。
时平腕力无所施⑤,筋骨犹能学颜柳⑥。
纵横戎略结构体⑦,杀活兵机屈伸肘⑧。
山庄刘氏得最多⑨,当日襜褕驻应久⑩。
高楼大扁曰"明远",况又爱山并尚友。
我来后公五十年,主人酌我楼中酒。
平田野水凫雁集,重冈复岭蛟龙走。
登高欲赋乏佳兴,忽睹台躔照窗牖⑪。
家藏有此希世珍,取酒当为主人寿。
想当洗砚韬笔时⑫,羽篴生风剑龙吼⑬。
焉知今人正传玩,名与麒麟同不朽⑭。
峤南魋魀十五秋⑮,老将如今安得有。
鄂公九原如可作⑯,养寿清商为公奏⑰。

〔简析〕元代书法家史弼一名塔剌浑,紫微老人是其别号。史弼为元朝著名武将,元世宗中统末年授金符管军总管,后升任平章政事,封鄂国公。史弼书学颜真卿、柳公权,擅大字。本诗作者认为史弼的书法雄豪开张,显示的是大将军本色;史弼书法笔力强劲,得力于他那拉得开硬弓,挥舞兵器的臂力与腕力;字的结构与书作的章法得力于军事中变化多端,虚虚实实兵机谋略。诗人见到史弼所书的匾额"明远"及刘姓人家收藏的史弼其他书法遗作时,史弼早已作古。然而他留下的作品水墨淋漓,凛凛生气依旧。在赞叹之余而怀念其人,人事沧桑之感油然而生。

〔注解〕①紫微老人:塔剌浑,一名史弼,字君佐,蠡州博野(今河北省蠡县）人。元世祖中统末年授金符管军总管。后升平章政事，封鄂国公。书法师晋人，擅大字。射生手：射取生物高手，代指武将。②挽强：拉硬弓。③骠骑：将军名号。骁勇：骁健勇猛。④凤凰池：本指禁苑中池沼，此指接近皇帝的机要之处。耆旧：老臣。此两句指史弼有出将入相之才。⑤时平：指太平之时。⑥筋骨犹能学颜柳：颜筋柳骨，代指楷书。⑦纵横戎略结构体：指史弼将变化多端的军事谋略用于书法的结构。⑧杀活兵机屈伸肘：将动静无常的用兵机宜移到用笔的变化。⑨山庄刘氏：指藏史弼墨迹的刘姓人家。⑩襜褕（chānyú）：一种长的单衣。⑪台躔（chán）：指史弼的笔迹。窗牖：窗户。⑫韬笔：将笔装入箭囊。⑬羽箑：羽毛做的扇子。⑭麒麟：杰出的人物，指史弼。⑮鼪鼯（shēngwú）：黄鼠狼与飞鼠。⑯鄂公九原：谓史弼在地下。九原，墓地。⑰清商：乐曲。

李孝光（一首）

李孝光（1285—1350），字季和，温州乐清（今属浙江）人。长期隐居教子。元惠宗至正七年（1347）诏征隐士，授秘书监著作郎，升文林郎、秘书监丞。有《五峰集》。

辨妙明善苏书

学苏未有能酷似①，品第空门入妙神②。
妙明寺里杂花苑③，百赝忽然逢一真④。

〔简析〕妙明是这位书僧的法号。元朝学苏字者不多，得以神似者更少，因而作者发出了"学苏未有能酷似"的慨叹。特别是苏字丰腴肥劲的笔画，处理得不好即是墨猪。而这位妙明独能称之为百赝中的一真，也真不易了。妙明书迹不传，很难知道其学苏字的深度。

〔**注解**〕①学苏：学习苏轼书法。酷似：极其相似。②品第：品评而分列等次。空门：佛教谓色相世界皆是虚妄，能破除偏执，由空而得涅槃，以空为入道之门，故称空门；后世因称佛家为空门。妙神：神妙。谓得苏字之神妙。③杂花苑：此谓学苏字的众人。④百赝：众多的伪品。谓学苏多得皮毛，形似神离。

郑元祐（一首）

郑元祐（1292—1364），字明德，处州遂昌（今属浙江）人，徙家钱塘（今杭州市）。幼颖悟，于书无所不读。元惠宗至正年间除平江路儒学教授。因疾去官，流寓平江。后擢浙江儒学提举，卒于官。郑元祐右臂脱小骨，以左手写楷书，自名"尚左生"，是较著名的左手书家。有《遂昌杂录》《侨吴集》。

古书行赠吴孟思

苍颉四目通神明①，制字以来几变更②？
籀创大篆岂柱史③，石鼓有刻非无征④。
骊珠煌煌几千颗⑤，照烛万世开章程⑥。
周平东迁帝纽解⑦，甄酆继出加研精⑧。
秦斯学荀儒运阨⑨，独负小篆超焚坑⑩。
戈森剑列出华玉⑪，百世是宝堪依凭⑫。
次仲忽挟八分起⑬，喜动吕政消威棱⑭。
一朝槛车化鹤去⑮，传闻无乃非人情⑯。
政方鞭戮海宇日⑰，程邈继仲尤知名⑱。
六国灭姬旋自灭⑲，人如乱麻死长城⑳。
神工异画先后出㉑，隶法变篆由逸兴㉒。
十年覃思非不苦㉓，习趋简便令人轻㉔。
堂堂逯门许叔重㉕，愤悱缺讹复著经㉖。
三才万物总搜讨㉗，一掣屋蔀瞻繁星㉘。

慎于六义功不细㉙，朽骨逮今余德馨㉚。
汉章变草本伯度㉛，波磔与隶犹相仍㉜。
俗书姿媚相扇告㉝，韩论匪激毋深惊㉞。
千年阳冰绍斯迹㉟，有茂其实蜚英声㊱。
珪璧煌煌照衰世㊲，白马记与庶子铭㊳。
两徐识解更卓特㊴，著书翼慎言庚庚㊵。
张侯豹姿编复古㊶，金薤琳琅垂九清㊷。
皇元笃生赵文敏㊸，扫世糠粃开群盲㊹。
龙翔凤翥彩云晚㊺，夹以日驭扬双旌㊻。
自公骑箕上天去㊼，众论悉与濮阳生㊽。
生名吴睿孟思字㊾，篆隶可宝如璜珩㊿。
周旋向背尽规矩㉛，分布上下纷纵横㉜。
囊锥画沙泯芒角㉝，宝树出网含光晶㉞。
研裂云根剑就淬㉟，射穿杨叶弓开枰㊱。
刊题班班满山石㊲，姓名往往闻帝京㊳。
赠言无如胡汲仲㊴，我乃蚓窍蝇薨薨㊵。
阛阓城中每相见㊶，愧我头白君眼青㊷。
长歌哦成三月暮㊸，妒妇无能空拊膺㊹。

〔简析〕宋元时期是篆书、隶书的衰落时期，以此名世者绝少。因此吴睿（字孟思）所书写的篆书、隶书很得同时代人的重视，这首长诗正是为此而作。值得一提的是，这首诗虽然是为吴睿而作，重点却在于阐述书体的发展脉络，这部分内容几乎占据整首诗的四分之三左右篇幅，而对于吴孟思本人的赞誉推到了次要地位。但诗中"周旋向背尽规矩，分布上下纷纵横。囊锥画沙泯芒角，宝树出网含光晶。研裂云根剑就淬，射穿杨叶弓开枰"等句，还是写出了吴孟思篆书结构匀称、笔力强劲等特点的。

〔**注解**〕①苍颉：又作仓颉。相传其为上古黄帝时人，为左史，后人称其为"史皇"。生而神圣，有四目，观鸟兽之迹造字。许慎《说文解字·序》："黄帝之史仓颉，见鸟兽蹄迒之迹，知分理之可相别异也，初造书契。"②变更：变化更替。③籀创大篆岂柱史：籀，史籀。传说史籀为周宣王的柱太史，尝作《史籀篇》十五篇。《史籀篇》字为籀文，即大篆。④石鼓：石鼓文。我国现存较古的石刻文字之一。详见本书韩愈《石鼓歌》并注。无征：没有征信。⑤骊珠：宝珠。传说出骊龙颔下，故名。《庄子·列御寇》："夫千金之珠，必在九重之渊，而骊龙颔下。"煌煌：光明的样子。⑥照烛：像蜡烛照耀。章程：章术法式。⑦周平东迁帝纽解：西周末年，犬戎攻入镐京，西周灭亡。周平王借助诸侯力量迁都洛邑，建立东周。平王东迁后，周王室衰弱，下降为中等国家，已不具备统治各诸侯国的能力。⑧研精：精深的研究。⑨秦斯学荀：斯，李斯。荀，荀子。李斯是荀子的学生，后为秦朝丞相。儒运阨：儒家命运困阨。李斯当权后，助秦始皇为虐，打击儒家学派，使儒生多遭不幸。⑩独负：仅仅仗恃。小篆：篆书的一种。相传由李斯减省大篆而成。焚坑：焚书坑儒。秦朝迫害儒家最著名的两事件。⑪戈森剑列出华玉：形容小篆笔画严整劲健，如美玉一样。华玉，美玉。⑫是宝：以小篆为宝。依凭：依靠凭借的法则。⑬次仲：王次仲。相传其为秦始皇时上谷人，是首创八分楷法之人。八分：隶书的一体。北朝王愔："次仲始以古书方广，少波势，建初中，以隶草作楷法，字方八分，言有模楷。"⑭吕政：即秦始皇嬴政。相传秦始皇不姓嬴，是吕不韦的儿子。称吕政是有轻视讥讽之意。威棱：声威。⑮一朝槛车化鹤去：《序仙记》："王次仲，上谷人。少有异志，早年入学，屡有灵奇。年未弱冠，变苍颉书为今隶书。始皇时官务烦多，得次仲文简略，赴急疾之用，甚喜，遣使召之。三征不至，始皇大怒，制槛车迎之于道。化为大鸟，出在槛外，翩然长引。"⑯无乃：莫不是，表示反诘语气。⑰政：秦始皇嬴政。鞭戮海宇：指秦始皇以武力吞并六国，用刑罚统治中国境内人民。海宇，中国境内。⑱程邈：字元岑，生卒年不详，秦始皇时下杜人。相传其原为衙县狱吏，因罪出系云阳狱，在狱中无事，遂增损大篆书，去其繁复而创新体。因其字简易，用于徒隶，称隶书。知名：有名于时，为人所知。⑲六国：战国时齐、楚、燕、韩、赵、魏六个强国。姬：姓。周王朝为姬姓。⑳长城：秦始皇统一六国，以战国时诸侯国原有长城为基础修筑。因地形西起临洮，东达辽东，称万里长城。因工程浩大，秦法又严酷，筑城民工惨死无数。㉑神工：形容书艺精巧，似非人力所能为。柳公权亲笔启草："方兹独步，谁敢争衡。况艺奋神工，时推妙翰。"异画：奇异的笔画。㉒隶法变篆由邈兴：隶书笔法改变篆书笔法，由程邈开始兴起。㉓十年覃思：多年深思。㉔简便：简单便利。㉕堂堂：高显的样子。逵门许叔重：逵，东汉古文经学大师贾逵。许叔重，《说文解字》作者，东汉文字学者许慎。㉖愤悱：形容冥思苦想而言语难以表达。《论语·述而》："不愤不启，不悱不发。"缺讹：缺失或错误。著经：指许慎著《说文解字》。㉗三才：天、地、人为三才。总搜讨：一并研求探索。㉘屋蔀（bù）：房舍上所覆盖的草席。此句意为《说文解字》的纂成，撤去蒙蔽，使人们见到古文字的光彩。㉙六义：《诗经·大序》认为诗有六义：风、雅、颂、赋、比、兴，前三者为诗的体制，后三者为表现手法。此指《说文解字》解释文字的形与义。功不细：功劳不小。㉚逮今：至今。德馨（xīn）：恩惠香泽。㉛汉章变草：章草变为今草。伯度：疑是伯英之误，东汉张芝字伯英，擅草书。㉜波磔：书法术语，左撇称波，右捺称磔。相仍：相依旧。㉝俗书姿媚：风格不高的书法具有婉美媚人的姿态。㉞韩愈《石鼓歌》："羲之俗书趁姿媚，数纸尚可博白鹅。"韩论匪激：此谓韩愈《石鼓歌》中王羲之的批评并不过分。㉟阳冰：篆书大家李阳冰。绍斯迹：继承李斯书法笔迹。㊱有茂其实蜚英声：蜚英腾茂。司马相如《封禅文》："蜚英声，腾茂实。"《索隐》胡广曰："飞扬英华之声，腾驰茂盛之实也。"谓李阳冰声名事业日盛。㊲珪璧：贵重玉器闪闪发光。以比喻李阳冰所书碑刻。珪，为帝王诸侯所执的长形玉版，上圆或尖，下方，表示信符。璧，平圆形，中心有孔的玉器。㊳白马记、庶子铭：二者均为李阳冰书迹。《白马记》早已佚，《庶子铭》即《庶子泉铭》，详见本书所选王禹偁《阳冰篆》与欧阳修《石篆诗》。

㉟两徐：指五代徐铉及其弟徐锴。时称"二徐"或"大小徐"。识解更卓特：谓见识理解高超出众。㊵著书翼慎：徐铉曾重校《说文解字》，徐锴著《说文解字系传》，世称大徐本、小徐本，故称为"著书翼慎"。庚庚：坚强的样子。㊶张侯：不详所指。复古：恢复古代制度或习俗。㊷金薤琳琅：金谓金错书，薤谓倒薤书，皆古书体名。韩愈《调张籍》诗："平生千万篇，金薤垂琳琅。"《注》："金薤，书也……琳琅，石也。"㊸笃生：谓生而不平凡，得天独厚。赵文敏：赵孟頫，死谥文敏。㊹扫世糠粃：比喻清除无价值之物。群盲：众多愚昧无知的人。㊺龙翔风翥：形容书法或笔势飞舞多姿。㊻双旌：两面大旗。㊼骑箕上天：谓死后成仙。《庄子·大宗师》："夫道……傅说得之，以相武丁，奄有天下。乘东维，骑箕尾，而比于列星。"㊽悉与：大都倾向。濮阳生：指吴孟思。㊾吴睿（1298 — 1355），字孟思，号雪涛散人。杭州人。元朝著名篆隶书法家。刘基《覆瓿集》："睿少好学，工翰墨，尤精篆隶，凡历代古文款识制度，无不考究，得其要妙。下笔初若不经意，而动合矩度，识者谓吾子行、赵文敏不能过也。"㊿璜珩（huánghéng）：玉饰。半璧为璜，为古贵族朝聘、祭祀、丧葬、征召的礼器。珩，为佩上部的横玉，形如残环，用于璧环之上。此谓吴睿篆隶如古宝玉。㉛周旋向背尽规矩：谓吴睿作书聚散尽合篆隶法度。㉜分布上下纷纵横：谓吴睿书法分行布白自然而无拘束。㉝囊锥画沙泯芒角：谓其用笔如锥画沙，笔力外显，笔锋中含。㉞宝树出网含光晶：喻书法如玉树临风，光辉明亮。㉟云根：深山高远云起之处。剑就淬：淬剑。剑淬后方锋利。㊱射穿杨叶：谓善射者能百步外穿杨柳叶。比喻吴睿书艺之精深。㊲刊题班班满山石：形容吴睿所书石刻之多。㊳帝京：京城。指元大都。㊴赠言：用正言相勉励。胡汲仲：元朝著名学者胡长孺。㊶蚓窍蝇薨薨：谦词。谓自己赠诗平庸不足道。蚓窍，传说蚯蚓孔能发声成曲，但只是微弱不足道的音响。蝇薨薨，苍蝇群飞鸣之声。韩愈《石鼎联句》："时于蚯蚓窍，微作苍蝇鸣（míng）。"㊶阖闾：春秋吴王，一名阖庐。㊷眼青：青眼，重视之意。㊸长歌哦成：长诗吟唱成。指此诗创作。㊹妒妇：好妒忌的妇女，此谓妒嫉他人的人。拊膺：拍胸。此处形容妒忌者的悲愤。

朱德润（一首）

朱德润（1294—1365），字泽民，原籍睢阳（今河南商丘南），家昆山（今属江苏）。经赵孟頫推荐授翰林应举，兼国史院编修，因病归。至正年间再起为杭州、湖州郡守。朱德润为元朝著名画家。著有《存复斋集》。

题张樗寮楷书
《观公孙大娘弟子舞剑器行》

飞仙堕翮堆成山①，堂堂楷法留人间②。
宜官无徒梁鹄往③，隐锋藏角尤为难④。
大书五寸径方丈，字贵紧健力出腕⑤。
八诀具全真足高⑥，不学谩草鹦哥娇⑦。
黄华老人在金国⑧，宋季独数张樗寮⑨。
似闻高艺两不下⑩，各抱地势夸雄豪⑪。
今观张书劲且奇，笔力欲抵三军师⑫。
吴钩斫断怒蛟尾⑬，瘦竹折石回风枝⑭。
君不见，庾征西⑮，何须野鹜论家鸡⑯。

〔简析〕张樗寮名即之，南宋著名书法家。宋朝书家多擅行草书。擅楷书，特别是楷书大字并以此名家者绝少。张即之以大字著名当时，不可不谓杰出之士。作者对张即之所书的半尺一个的大字楷书高度称赞，认为字的结体紧健，八法具备，"笔力欲抵三军师"。诗中除了倾服张樗寮高超精到的书艺外，更倾服其敢于独树一帜，"不学谩草鹦哥娇"以迎合时尚。作者是元代著名的画家，见解也很有独到之处。

〔注解〕①飞仙堕翮（hé）：谓空中飞翔的仙人其羽茎飘落。②堂堂楷法：形容楷书笔法严谨，结体庄严大方。③宜官：东汉著名书法家师宜官。相传其既擅大字，又擅小字，"大则一字径丈，小则方寸千言"。梁鹄：东汉著名书法家，曾就学于师宜官。④隐锋藏角：藏其笔锋，泯其芒角。⑤字贵紧健：大字贵在结构紧凑遒劲。苏轼《论书》："大字难于结密而无间，小字难于宽绰而有余。"⑥八诀：即永字八法。⑦鹦哥娇：指草书杂真行书。《东坡志林》载李公择初学草书，所不能者，辄杂以真行。刘贡谓之"'鹦哥娇'……后其书稍进，问仆：'吾书比来何如？'仆曰：'谓秦吉了矣。'"⑧黄华老人：金国著名书法家王庭筠，号黄华老人。王庭筠为米芾外甥，书学米芾。⑨张樗寮：南宋著名书法家张即之，号（字温夫）樗寮。张即之喜作擘窠大字，丰碑巨刻散流江左，金国人尤宝其翰墨。⑩高艺：高超的技艺。⑪各抱地势夸雄豪：张即之在南方，王庭筠在北方，各为一个地区的书坛豪杰。⑫三军：泛指军队。⑬吴钩斫断怒蛟尾：形容张即之大字楷书用笔劲利。吴钩，利剑。⑭瘦竹折石回风枝：以竹石相倚形容张即之楷书风韵佳妙。⑮庾征西：东晋著名书家庾翼，曾任征西将军，世称庾征西。⑯野鹜论家鸡：庾翼对人们学习王羲之书法很不满。在荆州与都下人书云："小儿辈乃贱家鸡，爱野鹜，皆学逸少书。"此以野鹜指代草书，家鸡指代楷书。

吴莱（一首）

吴莱（1297—1340），字立夫，浦江（今浙江）人。七岁能属文，元仁宗延祐中以春秋举上礼部，不利，退居山中。后以御史荐调长芗书院山长，未任而卒。门人私谥曰渊颖先生。其平生著作甚多，有《尚书标说》《楚汉正声》《乐府类编》等。

题李西台真迹

去矣昭陵瘗帖空[①]，西台笔力到江东[②]。
知渠尚赖毛锥力[③]，气压长枪大剑中[④]。

〔简析〕诗的前两句赞李建中书法得《兰亭集序》笔意。后两句指出李建中之所以取得这样的成就，主要在于他具有深湛的文化修养。这种重书外功夫的观点与宋朝黄庭坚等人的观点是一脉相承的。诗的后两句用史弘肇典故，对其"安朝廷，定祸乱，直须长枪大剑，若毛锥子，安足用哉！"重武轻文言论非常不满，当有所指。

〔注解〕①昭陵瘞帖：王羲之所书《兰亭集序》墨迹殉葬唐太宗，故称之为瘞帖。②西台：北宋书家李建中曾任西京留司御史台，世称李西台。江东：古以安徽芜湖以下长江下游南岸以南地区称江东，东晋曾在此地区立国，以江东代东晋。此句意为李建中笔法得《兰亭集序》神韵，笔力直逼晋人。③毛锥力：谓文笔之力。④气压：气势压倒。长枪大剑：泛指武力。此用史弘肇故事。《新五代史·汉臣传第十八》：（史）弘肇曰："'安朝廷，定祸乱，直须长枪大剑，若毛锥子，安足用哉！'三司使王章曰：'无毛锥子，军赋何从集乎？'毛锥子，盖言笔也。弘肇默然。"

郑玉（一首）

郑玉（约1298 — 1357），字子美，徽州歙县（今安徽省黄山市歙县）人。博究《六经》，尤邃于《春秋》。居家授徒，门人甚众，学者尊其为师山先生，即在其地建师山书院。元仁宗至正年间征拜翰林待制，奏议大夫，辞疾不起。明兵至，正衣冠自缢死。有《周易纂注》《师山文集》等。

苏字

未须好古谈颜柳①，当代争夸赵子昂②。
写出眉山元祐脚③，世人都道是疏狂④。

〔简析〕这是一首不满时代书风的诗作。元朝书坛尽以赵孟頫书法为宗，其他流派多被排斥，如唐朝的颜柳，宋朝的苏黄等都不被看好。郑玉对于当时人们盲目追随赵孟頫，对不同书派嘲讽打击的风气非常不满意，作诗谈了不同的看法。这种情绪表露比较委婉，需深入体会。

〔注解〕①颜柳：唐朝大书家颜真卿、柳公权。②争夸：争相夸说。赵子昂：赵孟頫。元朝人学书大多步赵孟頫后尘，所以要争相夸耀。③眉山元祐脚：苏轼笔法。苏轼为眉山人，此以籍贯代人，是一种尊称。元祐脚，本指黄庭坚笔法，如陈师道《徐仙书》诗"肯学黄家元祐脚，信知人厄非天穷"。此则谓北宋元祐年间苏黄所创新笔法。④疏狂：狂放不羁的样子。

贡师泰（一首）

贡师泰（1298 — 1362），字泰甫，宣城（今安徽省宣城市）人。以国子生中江浙乡试，除泰和州判官。荐充应奉翰林文字，出为绍兴府推官。至正十四年（1354）擢吏部侍郎，拜礼部尚书。

题子固所藏鲜于墨迹

一自昭陵藏墨本①，书名谁复更超群②？
忽传河朔专行草③，不让吴兴变隶分④。
黄鹄夜深随落月⑤，白鹅秋冷化孤云⑥。
风流赖有张公子⑦，雪茧封题比右军⑧。

〔简析〕鲜于枢的行草书很受元朝人推崇，这首诗具有一定的代表性。此诗从王羲之书迹写起，以鲜于枢与赵孟頫并提，用以点明鲜于枢在元朝书坛上的地位。所谓："赵吴兴、鲜于渔阳为巨擘，终元之世，出入此两家。"对于鲜于枢的草书，赵孟頫给予极高的评价，称："尝与伯机同学草书，伯机过余远甚，极力追之而不能及。伯机已矣，世乃称仆能书，所谓无佛处称尊耳。"最后又以王羲之作结与起首相呼应，再一次强调鲜于枢在书法史上的地位。

〔注解〕①昭陵藏墨本：指唐太宗李世民将《兰亭集序》墨迹殉葬事。②超群：出众。③河朔：泛指黄河以北的地方。此专指元代大书家鲜于枢，鲜于枢，祖籍渔阳（今天津市蓟州区），生于汴梁（今河南开封市）。鲜于枢擅行草书，人们普遍认为他与赵孟頫代表元代书法最高水平。明陆深《俨山集》："书法散于宋季。元兴，作者有功，而以赵吴兴、鲜于渔阳为巨擘。终元之世，出入此两家。"④不让：不减于。吴兴：指赵孟頫，其为吴兴人。变隶分：变化隶书、八分书。⑤黄鹄：大鸟名。或以为即天鹅，或以为形如鹤，色苍黄的一种鸟。此句暗喻鲜于枢化鹄辞世。⑥孤云：一片云。此句谓鲜于枢书法具有闲逸的意境。⑦风流：杰出。张公子：字子固，其名及事迹不得而知。⑧雪茧：形容纸白如雪茧。杨万里《谢福建茶使吴德华送东坡新集》："纸如雪茧出玉盆，字如霜雁点秋云。"封题：封缄书札、书画而在其表题字。右军：王羲之。

倪瓒（一首）

倪瓒（1306或1301 — 1374），字元镇，号云林子，无锡人。元末著名画家，擅画山水。画风清雅淡远，江东之家以有无为清浊。与黄公望、王蒙、吴镇并称"元四家"。家有清閟阁，藏法书名画甚富。

学书
几丛枸杞护藩篱①，一径莓苔卧鹿麋②。
独许陶泓为密友③，更呼毛颖伴幽栖④。
野鹜家鸡成品第⑤，来禽青李入书题⑥。
临池自叹清狂甚⑦，真好还同锻柳嵇⑧。

〔简析〕从表面看，此诗写得悠闲淡婉，具有隐逸之致，实际是不与统治者合作的宣言。诗中引不与司马氏合作而锻铁自娱的嵇康，喻自己学书而自娱，表达了与当政者不合作的态度。因此，这首诗不能看成是单纯的书法诗，而是借咏书以言志。倪瓒的书法与其山水画一样，清雅古淡，称逸品。人们评价其书法"古而媚，密而疏""云林书法本自遒劲，旋就清婉"等，无不着眼于这位"清狂"的高士孤芳自赏、遗世独立的个性。

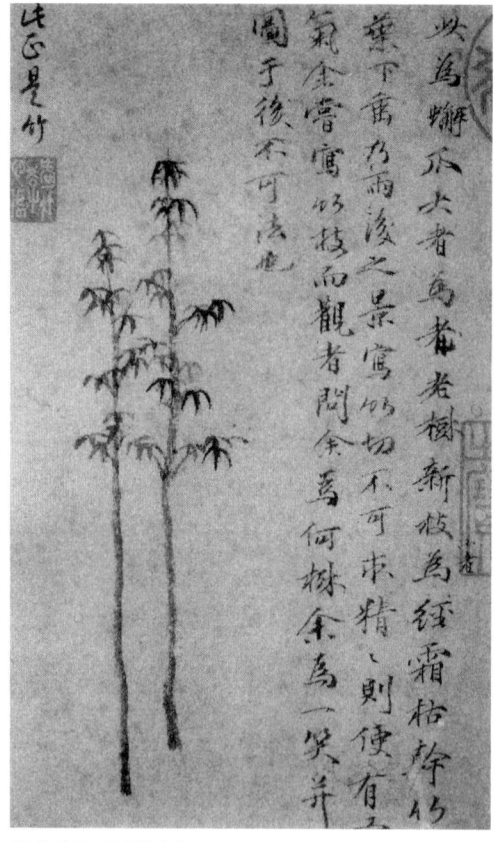
倪瓒《云林画谱册》

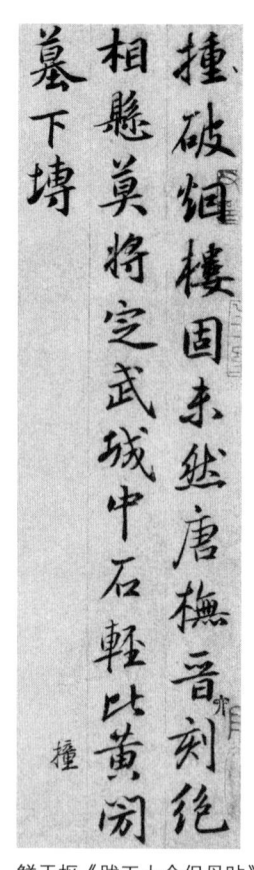
鲜于枢《跋王大令保母贴》

〔**注解**〕①枸杞：木名，夏秋开淡紫色花，果实形如枣核，名枸杞子，根皮名地骨皮，均入药。藩篱：以竹木编成的篱笆，以为房舍的外蔽。②莓苔：青苔。麋：兽名，即麋鹿，鹿属。③陶泓：砚的别称。④毛颖：毛笔的别称。幽栖：隐居。⑤野鹜家鸡：此指不同的书法流派。品第：评论并分列第次。⑥来禽青李：王羲之有《青李来禽帖》，因篇首有青李来禽四个字，因以为帖名。来禽，果名，即林檎。书题：帖名。⑦清狂：豪迈不羁。⑧真好：真实的爱好。锻柳嵇：指在柳树下锻铁的嵇康。嵇康，字叔夜，三国谯郡人，少孤，娶曹魏宗室女为妻，官中散大夫；嵇康博洽多闻，是正始年间著名诗人，与阮籍为著名的"竹林七贤"领袖；嵇康性喜铁，夏日常锻铁大柳树下，曾因此得罪监视他的钟会，后被借故处死。

方行（一首）

方行，字明敏，黄岩（今属浙江）人。元惠宗至正年间，授江浙行中书省参知政事，调江西，未详所终。有《东轩集》。

观吴孟周司训真草书谱

古来学书宗史籀①，竹简遗文象科斗②。
钟张真草更入神③，片楮至今藏不朽④。
先生下笔绝代无⑤，鸣玉绾结青珊瑚⑥。
况闻篆隶太倔强⑦，百金一字传东吴⑧。
墨池浸没玄兔颖⑨，魑魅反走空堂静⑩。
金戟交撑日月轮⑪，银钩倒画龙蛇影⑫。
欧虞褚薛真出群⑬，精妙只数王右军⑭。
英姿老气欲飞动，悬珠快剑相纷纭。
呜呼百世谁复识，我今作歌重刻石。
莫同茧纸旧兰亭，闷入昭陵永难得⑮。

〔简析〕诗题中的书家吴孟周未见书史记载。疑周字乃是思字之误。元吴睿字孟思，擅篆书，名播江南，但他的真草书又不见史称，与诗咏相合。因无其他证据，只好存疑了。本诗所咏的是一位擅篆隶书同时又长于真草书的书法家，而且诸体俱精，颇得当时人所推重。其所作篆隶书下笔绝代无双，"鸣玉绾结青珊瑚""百金一字传东吴"；其所作真草书也精妙异常，若"金戟交撑日月轮，银钩倒画龙蛇影""英姿老气欲飞动，悬珠快剑相纷纭"等诗句是也。并且成为书谱被摹勒上石，广泛流传。作者因之作诗称颂。

〔**注解**〕①史籀：西周宣王太史，作《史籀篇》十五篇。相传为周代教学童识字的课本。②竹简遗文：古代没有纸，遗留的文字都用竹木片书写。科斗：科斗书，即蝌蚪书，上古无墨，以竹棒点漆在竹木简上写字，竹硬漆腻，字画头大尾细，像蝌蚪。③钟张：钟繇、张芝。④片楮：片纸。⑤先生：指吴孟周，或即吴孟思。绝代：冠绝当代，并世无双。⑥鸣玉：古代人佩带在腰间的玉饰，行走时相撞击发出声音称鸣玉。⑦倔强：直傲不屈于人。⑧东吴：古吴国地域，今江浙一带。⑨兔颖：兔毫笔。⑩魑魅：迷信传说中的山神鬼怪。⑪金戟：形容楷书笔画的雄健。⑫银钩：形容草书笔姿的遒劲。⑬欧虞褚薛：指唐朝大书法家欧阳询、虞世南、褚遂良、薛稷。⑭王右军：王羲之。⑮"莫同茧纸"二句：指唐太宗李世民将《兰亭集序》殉葬昭陵之事。

沈梦麟（一首）

沈梦麟（1307—1399），字原昭，吴兴（今浙江省湖州市）人。元世祖至元年间授婺源州学正，迁武康令。元惠宗至正年间解官归隐。明初，以贤良征，辞不起。九十三岁卒。有《花溪集》。

文敏公《兰亭帖》

茂林修竹已荒墟①，定武兰亭岁月除②。
回首吴兴松雪老③，风流不减右军书④。

〔简析〕赵孟頫去世后，其书法更为元朝人崇敬。在当时人们心目中，他的书法成就甚至超过了王羲之，这首小诗就代表了这种观点。从诗句看，赵孟頫书写的《兰亭帖》是临写的定武本《兰亭集序》。此诗格调低沉，当作于赵孟頫去世后不长时间。

〔**注解**〕①茂林修竹已荒墟：此句意为长满繁茂的林木、修长的竹子的兰亭已经成为废弃的旧址。《兰亭集序》有"此地有崇山峻岭，茂林修竹"。②定武兰亭：《兰亭集序》最佳拓摹本，北宋时发现于定武（今河北正定），因名《定武兰亭》，相传此帖是欧阳询拓王羲之真迹临摹上石后而刻，因而最接近墨迹；元朝独孤长老有《定武兰亭》藏本，赵孟頫竟前后题跋十三则。岁月除：时光过去，喻赵孟頫已去世。③吴兴松雪老：赵孟頫是吴兴人，号松雪道人。④风流：杰出。右军：王羲之。

张昱（一首）

张昱，字光弼，号一笑居士，庐陵（今江西省吉水县）人，生卒年不详。杨完者镇江浙，张昱为参谋。迁左、右司员外郎，行枢密院判官，后弃官。入明，朱元璋征召到京，见其年老，曰"可闲矣"，放还。因自号可闲老人，徜徉西湖山水间。年八十三岁卒。有《庐陵集》。

题醉墨堂为桐江俞子中赋

世称草圣惟张颠①，气在神先从所欲②。
醉来捉笔走风雷③，电掣长云夜相逐④。
健于大野战蛟龙⑤，媚似轻波浴鸿鹄⑥。
由唐至今几百年，笔法竟尔失其传⑦。
芝翁乃若神所授⑧，亦以醉墨题堂前⑨。
晴丝罥空王逸少⑩，生蛇绊树黄庭坚⑪。
笔法不必问高闲⑫，笔势不必询怀素⑬。
纵横迟疾心自知⑭，曾见公孙大娘舞⑮。

〔简析〕诗题俞子中名俞庸，嘉兴人。曾任平江路推官。擅书画，名著当时。赵孟頫书风牢笼整个元朝，学其书能卓然自立者甚少。这位俞子中能跳出其影响圈之外，可以说是其目光不俗，故不肯随波逐流。被誉为草圣的张旭，自来学其书者绝少，俞子中竟遥接其流风余韵，甚是难得。最难得的是这位书家学习张旭并不只停留在模仿其书迹上，而学习其善于联想、善于悟入，这种学习方法，肯定是会取得成就的。从诗的最后两句看俞子中"纵横迟疾心自知"似是书法从某一客观物象中有所领悟，虽然不一定是如张旭那样见公孙大娘舞剑器而入化境。

〔**注解**〕①草圣：草书成就最高，超凡入圣。史称张旭为草圣。张颠：张旭。②气在神先：气势在意识之前。③走风雷：驱使风雷。④电挈长云：形容笔势迅疾浩大。长云，相连很长的云。⑤大野：广阔的原野。战蛟龙：蛟龙相互争斗。形容狂草笔画健壮，气势宏伟，充满活力。⑥轻波：微波。浴鸿鹄：天鹅戏水。形容书法意态悠闲轻盈。⑦笔法：作书时的用笔方法。此指张旭用笔法。竟尔：竟然。⑧芝翁：当是俞子中的别号。俞子中名俞庸，子中是其字，嘉兴人，占籍上海。元末任平江路推官（一种官名），淮兵压境，聚勇士自守。郡守欲偕逃，厉声叱之。城破被执，以计得脱。大府将爵之，辞不受。擅书法、绘画。⑨醉墨题堂前：以"醉墨堂"命名其居处。醉墨，醉中作书，据此可知俞子中常于醉中作书。⑩晴丝：虫类所吐的丝，常飞扬于空中，通称游丝，也称晴丝。罥（juàn）空：悬挂空中。王逸少：王羲之字逸少。⑪生蛇：活蛇。绊树：缠绕于树上。苏轼曾嘲笑黄庭坚书如生蛇绊树。⑫高闲：唐末书僧，擅草书。⑬笔势：每一种点画依各自特殊形体姿势的写法。⑭纵横：作书经营纵向横向之意。迟疾：用笔快慢。⑮曾见公孙大娘舞：张旭见公孙大娘舞剑器而悟草书笔法，书法大进。此谓俞子中草书不同于张旭，有自己的领悟之处。

大圭（一首）

大圭（1304—1362），俗姓廖，字恒白，号梦观，晋江（今属福建晋江县）人。元惠宗至正年间居泉州紫云寺，擅诗。有《梦观集》。

山谷草圣

涪翁醉墨动惊蛇①，流落人间几岁华②。
长恐六丁起雷电③，为龙飞去玉皇家④。

〔简析〕此诗入手应题，称黄庭坚草书神采动人，流落人间几百年后仍是醉墨淋漓，如龙蛇舞动。转而虑及保护古人佳书之难，是诗的重心所在。作者是僧人，据有黄庭坚草书佳品与僧辨才藏《兰亭集序》事十分相似。因此担心其归天帝玉皇之外，更担心归"人皇"，只是不好明言而已。

〔注解〕①涪翁：黄庭坚号涪翁。醉墨：指狂草。黄庭坚并非醉后作草书。自言："余寓居开元寺之怡偲堂，坐见江山，每于此中作草，似得江山之助。然颠长史、狂僧皆倚酒而通神入妙。余不饮酒，忽五十年，虽欲善其事，而器不利，行笔处时时塞蹶，计遂不得复如醉时书也。"惊蛇：惊蛇入草。比喻草书痛快流畅，得自然之趣。②流落：指此墨迹归属变迁无定。岁华：岁时。③长恐：经常担心。六丁：道教武神名。④为龙：变成龙。玉皇：道教称天帝为玉皇大帝，简称玉皇或玉帝。

子渊（一首）

子渊名张仲深，子渊是其字，庆元路（今属浙江宁波）人，生卒年不详。元末诗人。

《九成宫》法帖

唐家宫殿重因循①，铭刻坚珉自法真②。
一代文章超述作③，千年翰墨愈精神④。
龙香浸润驼油滑⑤，兔颖分明茧色新⑥。
为向晴窗每临写，从今不数卫夫人⑦。

〔简析〕欧阳询楷书用笔险劲而出于自然，宜为学楷书者法。历来咏书诗绝少见涉及欧书，也许是以其法度森严，不易措手之故，此诗作也就更显得珍贵。读此诗，可知元朝学欧书者亦复普遍，有利于我们全面了解一个时代书坛全貌。

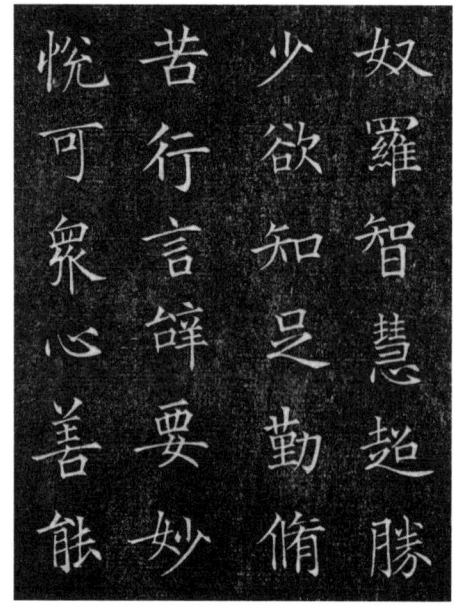

薛稷《涅槃经》

欧阳询《九成宫》碑

〔注解〕①唐家宫殿：指唐朝宫殿九成宫，其址在今陕西省麟游县。因循：守旧而不变更。九成宫乃隋朝仁寿宫而改。魏徵《九成宫醴泉铭》："以为隋氏旧宫，营于曩代，弃之则可惜，毁之则重劳，事贵因循，何必改作。"②铭刻坚珉：镌刻坚硬似玉的石头。指刻制《九成宫醴泉铭》碑。法真：以真书为法则、楷模。③一代文章：足以代表一个时代的作品。此指《九成宫醴泉铭》这篇文章。超述作：高出同时代承旧与创新的作品。④翰墨：书法。谓欧阳询所书的《九成宫醴泉铭》碑文。精神：精气活力。⑤龙香浸润驼油滑：谓拓制的《九成宫》碑散发出墨香，泛出光滑的墨色。龙香，香名。浸润，沾润。⑥兔颖：以兔毛制成的紫毫笔。分明：指拓本精致、毫发毕现。茧色新：纸质干净。⑦卫夫人：女书家卫铄。

詹同（一首）

詹同，字同文，明徽州府婺源（今属江西）人，生卒年不详。原名书，生于元成宗大德年间，曾任郴州路学正。明太祖洪武初年赐名同，转直学士，累官至学士承旨兼吏部尚书。有《海天集》。

谢章隶书歌

君不见天雨粟、泣魑魅,仓颉制字泄天秘①。
蝌蚪之文久茫然②,史籀秦斯两相继③。
大小二篆生八分④,此后六书从简易⑤。
邕邈隶字近古淳⑥,羲旭行草纷如云⑦。
谢章读书隶更好⑧,使我见之过所闻。
不求妍巧自奇拙⑨,禹鼎周彝文断缺⑩。
连昌宫中坠并钗⑪,赤壁江底沉沙铁⑫。
鱼鱼雅雅锥画深⑬,一字岂但值百金。
冠冕佩玉古天子⑭,天生古貌多古心。
春蚓秋蛇世交错⑮,嗟我毫端久荒落⑯。
墨池风暖白日长⑰,正欲相从谢章学。

〔简析〕明朝初期书风虽仍沿袭元朝,但还是有所变化。一部分书家转而师汉代书体,如宋克擅章草,此诗所咏的谢章擅隶书等,后世多流传的明拓汉碑与之不无关系。虽然诗中谈到谢章隶书的特点是"不求妍巧自奇拙""天生古貌多古心",估计是与流美的行草比较而言。明朝人写隶书多用楷法,谢章的书迹虽然已难见到,但不会与整个时代书法风格相去太远,这是应当指出的。

〔注解〕①天雨粟三句:《淮南子·本经训》:"昔者,仓颉作书,而天雨粟,鬼夜哭。"《注》:"仓颉始视鸟迹之文造书契,则诈伪萌生。诈伪萌生,则去本趋末,弃耕作之业而务锥刀之利。天知其将饿,故为雨粟,鬼恐为书文所劾,故夜哭也。"②蝌蚪:蝌蚪书。上古时以竹木棒点漆在竹木简上写字,字画头大尾细,故名蝌蚪篆或蝌蚪书。茫然:遥远而模糊不清。

③史籀：西周宣王时太史。秦斯：秦丞相李斯。相传大篆由史籀所创，小篆由李斯规范。④八分：八分书。指隶书或隶书的一种。⑤六书：象形、指事、会意、形声、转注、假借等六种汉字造字规则。⑥邕邈：蔡邕、程邈。古淳：古朴敦厚。⑦羲旭：王羲之、张旭。⑧谢章：宋朝初期书法家，擅隶书。⑨妍巧：妍媚工巧。⑩禹鼎：相传夏禹收九州之金铸成九鼎，以为传国重器。周彝：周朝铸造的青铜祭器。⑪连昌宫：唐代皇帝行宫之一，故址在今河南省宜阳县西十九里，安禄山反叛后废弃。⑫赤壁：三国时刘备、孙权联合大败曹操军队之处。⑬鱼鱼雅雅：整齐的样子。雅通"鸦"。鱼行成贯，鸦飞成阵，故云。锥画：书法术语，即如锥画沙。⑭冠冕佩玉：指仕宦的人。古代做官的人头戴冠或冕，腰佩玉饰。⑮春蚓秋蛇：指不擅草书者笔画绵软纠缠。⑯荒落：荒废败落。⑰墨池：学习书法的地方。

贝琼（六首）

贝琼（1314—1378），字廷琚，一名阙，字廷臣，学者称清江先生，崇德（今浙江桐乡西南）人。元末战乱，隐居殳山。明洪武初应聘预修《元史》，成，授国子监助教。有《清江诗集》《清江文集》。

论书五绝句（并序）

苕溪陆文宝挟笔过云间，持卷求余言。而一时缙绅之作不啻百篇。有论笔法自赵松雪用落墨而始废者，有为笔卦者。近世肤学小子率意妄作类如此，可叹也已，因赋五绝。

一

近代何人下笔精，吴兴松雪最知名①。
欲过大令归前辈②，竞学中郎耻后生③。

二

吴兴松雪真奇士④，书到通神逼二王⑤。
谩有儿童夸并驾⑥，更无弟子得升堂⑦。

三

退之作传聊为戏[8]，子云草玄真好奇[9]。
更有区区工画卦[10]，强分奇耦学庖牺[11]。

四

石鼓镌功元自缺[12]，秦碑颂德久应讹[13]。
一时篆籀今谁解，白发江南玉雪坡[14]。

五

谩秃霜毫临北海[15]，更求雪茧写兰亭[16]。
也知不改无盐陋[17]，浪抹青红斗尹邢[18]。

〔简析〕明朝初期，赵孟頫书法一统天下的格局已经有所变化。人们不但转学其他书体流派，甚至公开批评赵孟頫破坏了古笔法。特别是那些"肤学小子"青年人表现得更激进一些。作者这五首诗是站在坚决维护赵孟頫立场上反驳批评赵孟頫的人。作者认为赵孟頫直接继承了王羲之父子的笔法气韵，那些批评赵孟頫的人做其弟子都不够格，何来并驾齐驱！至于那些取道家写符画卦自封为创新出奇的人，不过是"浪抹青红"哗众取宠的手段罢了。新旧书风交替时期斗争之激烈于此可见一斑。

〔**注解**〕①吴兴松雪：元赵孟頫为吴兴（今湖州市）人，号松雪道人。②大令：王献之。王献之与王珉同为中书令。为了区别，称献之为大令，珉为小令。③中郎：蔡邕。因曾任左中郎将，世称蔡中郎。后生：年轻人。④奇士：才能出众的人。⑤二王：王羲之、王献之。⑥谩有儿童夸并驾：此句意为有些狂妄的年轻人称已经与赵孟頫并驾齐驱。⑦弟子：学生。升堂：学生学业造诣已大精深，但需更进一步。⑧退之作传：指韩愈曾作《毛颖传》以为游戏。退之是韩愈的字。⑨子云草玄：指扬雄作《太玄经》。子云是扬雄的字。⑩区区：自得的样子。画卦：即诗题目中"为笔卦者"，估计是道家写符等奇书类。⑪奇耦：单双数。《易·系辞下》："阳卦奇、阴卦耦。"庖牺：伏羲氏。相传伏羲画八卦。⑫石鼓：石鼓文。⑬秦碑：指秦始皇出巡刻石颂德，如泰山刻石等。⑭玉雪坡：元朝篆书书法家周伯琦号玉雪坡真逸。⑮北海：唐朝书法家李邕曾任北海太守，世称李北海。⑯雪茧：相传由茧丝造的纸称蚕茧纸。白细发光交织如蚕丝。晋张华《博物志》："王右军写《兰亭序》用蚕茧纸。"据近人考证，这也是一种植物纤维制造的。⑰无盐：战国时无盐邑有女钟离春，貌极丑，四十未嫁，自谒齐宣王，陈四殆之义，齐宣王纳为皇后。此句作者自喻。⑱浪抹青红：画黑涂红低级庸俗化妆。尹邢：汉武帝尹夫人与邢夫人并得宠而不相识，后人称彼此未相识面者为尹邢避面。因作者与其余百篇作者不相识，故称。

题子昂《松树障子歌》，盖王成之所藏者，纸尾云大德八年正月廿八夜灯下书

吴兴笔法兼钟王①，不独醉草过张旭。
既无河朔少年之沓拖②，又无深山羽人之退缩③。
故人相遇今何夕，银烛吐光如月白。
手写松青障子歌，百金一字无所惜。
何物小儿憎妩媚④，玉环飞燕皆倾国⑤。
嗟我平生秃千兔，夜写蝇头愧无益⑥。
王孙骑鹤去不还⑦，日落太湖云气赤⑧。
君家此本世希有⑨，词翰风流与之敌⑩。
纷纷真赝那足辨，斌珷敢厕连城璧⑪。
勿同玉枕永和书⑫，一闷昭陵永相失⑬。

〔简析〕此诗是反驳人们批评赵孟頫书法风貌过于妩媚而作。作者通过对赵孟頫自书《松树障子歌》的墨迹进行分析，认为赵孟頫书法得钟繇、王羲之真髓，既不激不厉、不温不火，又不畏畏缩缩、窘态毕现，是稀世珍宝。作者还认为，《松树障子歌》不但内容好，字也写得妩媚之中透出清秀，最为本

色。那些"无知小儿"憎恶妩媚，就如同有人憎恶倾城倾国的杨玉环、赵飞燕一样，无任何道理。因而希望其收藏者应当加倍珍惜。

〔注解〕①吴兴：地名，属浙江省。此以地名代指赵孟頫。钟王：钟繇、王羲之。②河朔：泛指黄河以北地方。沓拖：本指办事拖拉、不利索，此指用笔相连不断。萧衍评王献之书法"举体沓拖而不可耐"。③深山羽人：山中修炼道士。萧衍评袁崧书法"如深山道士，见人便欲退缩"。④何物小儿：一种轻视的称呼，指小人。妩媚：姿态美好。赵孟頫书法秀逸超群，或以为伤于妩媚。⑤倾国：绝世美女。⑥蝇头：指如蝇头大之小字。⑦王孙骑鹤：指赵孟頫去世。赵孟頫为宋朝宗室，故称王孙。⑧太湖：湖名。赵孟頫家在太湖畔。⑨希有：罕见，希即稀。⑩词翰：此指《松树障子歌》的词语。⑪琲玞敢厕连城璧：意为普通玉石竟敢混同无价之宝和氏璧。⑫玉枕永和书：指王羲之书《兰亭集序》，其摹刻本有"玉枕兰亭"。⑬一闶昭陵：唐太宗李世民命将《兰亭集序》殉葬其陵。

凌云翰（一首）

凌云翰（约1372年前后在世），字彦翀，钱塘（今浙江杭州）人。博通经史，元惠宗至正年间举人。明朝洪武初年授成都府学教授，后因罪贬谪南荒。工诗，有《柘轩集》。

《兰亭》卷

字体纷纷变若云①，后人惟睹永和文②。
昭陵一刻谁能学③？尽道吴兴似右军④。

〔简析〕此诗虽小，所含内容却不小，在平淡中蕴含着不平与感慨，看问题有一定深度。纵观书法发展史，千派竞秀，百家争艳。而有元一代所学习的范本只是《兰亭集序》，所谓的《兰亭》，又只不过是本朝的王羲之——

赵孟頫而已。作为艺术，人们重复的只是一个模式，这本身就意味着衰落。这个悲剧与赵孟頫无关。而每一位推崇赵书的人也完全出于将书法发扬光大的意愿，却不知自己正在参与着断送一代书法的行动。

〔注解〕①字体：书法流派。纷纷：繁盛多样。②惟睹：只看见。永和文：指《兰亭集序》。此序王羲之书于永和九年（353）。③昭陵一刻：《兰亭集序》的各种摹刻本。昭陵为李世民陵墓，此代指李世民。李世民得到《兰亭集序》后，拓摹分赠王公大人。其死后将《兰亭集序》殉葬，人们所见到的，所学的是各种各类的摹刻本。④尽道：皆说。吴兴似右军：赵孟頫与王羲之相似。

王行（一首）

王行（1331—1395），字止仲，号淡如居士，又号半轩，苏州府吴县（今江苏苏州）人。明洪武初年延为经师，后隐于石湖。因其二子在京师，王行前往探视，得凉国公蓝玉赏识。后蓝玉被杀，王行父子连坐，死。有《二王法书辨》。

滕用亨诸篆体歌

维周大篆成史籀①，宣圣传经制蝌蚪②。
总因仓颉见鸟迹③，象形置书变来久④。
李斯小篆类玉箸⑤，钟鼎鱼虫分众手⑥。
碧霄鸾凤漫回翔，沧海蛟螭互蟠纽⑦。
有如垂露杨柳叶，或似委蕤剑环首⑧。
许慎程邈评已彰⑨，余子纷纷亦何有。
有唐阳冰号高古⑩，尝拓鸿都峄山谱⑪。
新泉丹井尚幸存⑫，璎珞麒麟折钗股⑬。
刻符摹印气候形⑭，义理深关非小补⑮。
南阳髯翁学古书⑯，雅与秦汉参锱铢⑰。

古文奇字荡胸臆[18]，岂若俗工讹鲁鱼[19]。
自言初习胜国时[20]，玉雪左丞吾所师[21]。
荻茎锥沙指画腹[22]，廿年勤苦求妍姿[23]。
呜呼！方今世雍熙[24]，明良际遇千载期[25]。
大书功德勒金石[26]，绝胜草草人间碑[27]。

〔简析〕明朝是篆隶书体甚衰的历史时期，习之者少，能为其书体者也多是自郐（kuài）以下，不足为观。此诗所咏的这位滕用亨老先生属比较特殊者。滕用亨"篆法之妙，高出近世"。从诗中看其人大小篆并擅，"雅与秦汉参锱铢"似乎还擅隶书，确实非常可贵。王行希望滕用亨的诸篆体书能用于歌功颂德丰碑大碣的书丹，是滕用亨未被朝廷起用前作的诗。虽然不幸言中，滕用亨七十岁时被荐于朝，更不幸的是此前王行已被朱元璋所杀。

〔注解〕①维周大篆成史籀：此句意为周朝的大篆由史籀规范形成。②宣圣：孔丘。汉平帝元始元年谥孔丘为"褒成宣尼公"。后人多省称孔丘为宣圣。蝌蚪：蝌蚪篆。③仓颉：苍颉，相传苍颉见鸟兽蹄迹而创汉字。④象形置书：描摹实物形状而创造文字。⑤李斯：秦丞相，相传小篆由其整理规范。⑥钟鼎鱼虫：指周青铜器物铭文。⑦"碧霄鸾凤"两句：指篆书的圆转互回结构。⑧"有如垂露"两句：指篆书的笔画。如柳叶篆、薤叶篆等。⑨许慎：东汉书法家，擅小篆，著《说文解字》。程邈：秦始皇时人，因罪囚云阳狱，创隶书。⑩阳冰：唐朝篆书家李阳冰。⑪鸿都：本为东汉宫门。此指蔡邕亲自书丹于碑的六经文字，经镌刻立于鸿都门学门外之事。峄山：山名。此指秦始皇出巡由李斯书字刻石颂功的峄山刻石。⑫新泉丹井：当为篆书刻石，具体所指不详。⑬缨络麒麟：麒麟饰以珠玉，喻珍贵罕见。折钗股：书法术语，指笔画曲折圆而有力。⑭刻符：刻符书。专用于符信的一种篆书。摹印：摹印书。秦代用于印章的一种篆书。⑮义理：经义名理。⑯南阳髯翁：指诗题的滕用亨。初名权，字用衡，以避讳更名用亨；精篆隶书，明成祖时被荐召见，授翰林学士，参与修《永乐大典》。⑰锱铢：精细之处。⑱胸臆：心怀。⑲鲁鱼：由传写而此字写成与之相近的彼字。《抱朴子·遐览》："书三写，鱼成鲁，虚成虎。"⑳胜国：前朝。此指元朝。㉑玉雪左丞：指元末书法家周伯琦。㉒荻茎锥沙指画腹：折芦荻代笔在沙上写字，用手指在个人肚皮上练字，形容用功之勤。㉓妍姿：美好的姿容。此指篆书写得美妙。㉔雍熙：和乐的样子。㉕明良：明君良臣的太平盛世。际遇：恰逢其时。㉖功德：功业德行。㉗草草：匆忙简陋。

乌斯道（二首）

乌斯道，字继善，浙江慈溪县人，生卒年不详。明朱元璋洪武初年任石龙县令，后调永新县。因事被谪戍定远，后放还。乌斯道诗歌文章著名于当时，并擅书法绘画。有《秋吟稿》《春草斋集》。

赠杨允铭小篆歌

史籀大篆李斯变，变为小篆今独传①。
绎山秦望石皆裂②，馀者散失如飘烟。
诅楚之文大相似③，先出李斯三百年。
李斯无乃踵其武④，体同画异难后先⑤。
后传八体亦有篆⑥，雕虫何由得远传⑦。
汉武书师蜕凡骨⑧，曹喜李潮探御奁⑨。
徐铉承之非不佳⑩，形质仅堪称螺匾⑪。
同时作者岂无人，欲得美名何偃蹇⑫？
元初最数松雪翁⑬，白野亦可追其踪⑭。
鄱阳伯温用心苦⑮，钱塘孟思无限功⑯。
四明文运代不泯⑰，学字亦有前贤风⑱。
三代鼎彝俱在目⑲，杨生晚出参其中⑳。
杨生深用李斯力，能使笔锋归正直㉑。

清圜瘦硬玉削成[22]，每逢好事留其迹[23]。
人心正喜趋末流[24]，谁将旷古渊源求[25]？
倘使淳风追前代[26]，杨生亦足裨皇猷[27]。

〔简析〕杨允铭，又名杨尹铭，浙江鄞人。明永乐年间书法家，擅小篆、楷书。此诗写了三个问题：一是概述了我国篆书发展演变过程。二是点出元明之际江浙地区以写小篆著名的代表书法家，使人们可以窥见篆书在该处的流行情况，说明其他已经形成了地域性玉箸篆的群体。以上两个方面介绍是为杨允铭及其篆书做必要的铺垫。三是从诗中得知杨允铭小篆学李斯《泰山刻石》等。其用笔特点是中锋行笔，笔力浑劲，笔画"清圜瘦硬"。诗中对杨允铭不肯与世之"末流"同流合污，不逐世好。追溯旷古渊源、崇尚古朴淳厚的书风加以充分肯定。这对我们了解元明之际篆书发展情况及杨允铭本人的篆书特点都有很大帮助。

〔**注解**〕①独传：仍然流传。②绎山：即峄山。其址在山东邹县东南，秦始皇二十八年（前219）首登此山刻石记功。秦望：秦望山，即会稽山，在浙江杭州南。秦始皇三十七年（前210）登山望南海，刻石记功。石皆裂：指峄山、会稽刻石均毁坏。③诅楚之文：《诅楚文》。战国时，秦昭襄王诅楚怀王之罪于神之文。现存石刻，共有三石，文字相同而神名异：在凤翔出土的神名巫咸，在渭河出土的神名大沈厥湫，在洛阳出土的神名亚驼。书体存钟鼎遗制并杂有秦篆之意。④无乃：莫非。踵其武：指李斯书法继承诅楚文的遗制。⑤体同画异：结体相同，笔画相异。⑥八体：书法的八种主要书体。宋朝周越《古今法书苑·序》："自仓、史逮皇朝，以古文、大篆、小篆、隶书、飞白、八分、行草、草书通为八体，附以杂书。"⑦雕虫：雕虫篆刻。喻小技末道。⑧汉武：汉武帝刘彻。书师：书法家。《汉书·艺文志》："汉兴，闾里书师合《仓颉》《爰历》《博学》三篇，断六十字以为一章，凡五十五章，并为《仓颉篇》。"凡骨：与仙风道骨相对称，指俗书的形体，气韵。⑨曹喜：字仲则，东汉扶风平陵人。汉章帝时为秘书郎。工篆书，尤以创悬针垂露之法著名。李潮：唐朝篆书书法家。或以为李潮即李阳冰。详见本书杜甫《李潮八分小篆歌》。御裔（luán）：此谓皇家专用的珍贵美好食物。⑩徐铉：五代著名篆书书法家。重刻峄山石刻即其所书。⑪螺匾：扁篆。徐铉与元代吾丘衍认为书螺扁篆很难，非老手不能为。⑫偃蹇：困顿。⑬松雪翁：赵孟𫖯号松雪道人。⑭白野：元代江南书法家。其姓氏及平生行迹不详。⑮鄱阳：县名，属江西省。伯温：元朝书法家周伯琦字伯温。明赵琦美《铁网珊瑚》："伯琦古篆得文敏公遗意，字颇肥而玉润可爱。"⑯钱塘：县名，现属浙江杭州。孟思：元朝篆隶书法家吴睿字孟思。⑰四明：山名，在浙江省宁波市西南，自天台山发端而绵亘于奉化、慈溪、余姚、上虞、嵊州诸境。⑱前贤：前代的书法家。⑲三代：夏、商、周三个朝代。鼎彝：古代青铜器皿，一般都镌刻有铭文。鼎，古代烹饪器。彝，古代宗庙中的礼器。⑳杨生：杨允铭，一作杨尹铭，浙江人。明朝永乐年间以楷书进。历官中书舍人，小篆师周伯琦。㉑笔锋归正直：此指中锋运笔。㉒清圆瘦硬：小篆笔画圆转细劲。㉓好事：谓喜欢其书法求字的人。㉔末流：衰乱时代不良风气。㉕旷古：远古。渊源：事物的本源。㉖淳风：敦厚朴实的风气。㉗裨（bi）皇猷：辅助于皇帝的治理。

为顺上人书《禊帖》后
牝牡骊黄都莫猜①，只看形似亦佳哉②。
近来无地无萧翼③，珍护还须过辨才④。

〔简析〕《兰亭集序》一名《禊帖》。这首诗反映出两个问题：一是"《兰亭》无下拓"的说法在明初人们心目中仍占有统治地位，不管是何种摹刻本，只要是《禊帖》就好，从此可以推知当时的书风。二是由于"迷信"，以苟且的方法攫取《兰亭集序》帖的事件想必很多，无怪作者要大发感慨而提醒顺上人时刻提防了。

〔注解〕①牝牡骊黄：九方皋故事。其所得千里马本为牡而骊，却说牝而黄。此以不同颜色、不同性别马匹喻多种多样来源不同的《兰亭集序》摹刻本子。都莫猜：对哪一种都不必怀疑其书品。②形似：外貌相近。③萧翼：南朝梁元帝曾孙，唐太宗时任监察御史。唐太宗求王羲之书迹，其最著名的《兰亭集序》墨迹在僧人辨才处，不肯上献。于是唐太宗派萧翼去辨才处，以计骗得了《兰亭集序》真迹。④辨才：俗姓袁，师法师智永，居越州永欣寺。王羲之《兰亭集序》真迹经智永传辨才，辨才凿梁贮之。后为萧翼骗去，辨才懊恼去世。

殷奎（一首）

殷奎（1331—1376），字孝章，号强斋，明朝吕巷人，晚年迁居苏州府昆山县（今江苏昆山）人。从杨维祯受《春秋》，学行纯正，为当时所重。明太祖洪武初年被荐州县职，因母老病求就近为官，授咸阳教谕。卒，门人私谥曰文懿。有《强斋集》《陕西图经》《昆山志》等。

打碑（三首选一）

流杯亭石何年破①，立马镌名几字存②？
契苾坟前崖子上③，家鸡笔法尚堪论④。

〔简析〕打碑即拓碑。这首诗反映了这样一个事实，早在明朝，被唐宋人轻视的汉、晋、南北朝石刻书法已经引起了一部分人的注意。他们认为这种质朴、古拙的书法，虽然比不上后来的流美书体易为人们接受，但也并不毫无是处。正像当时没有人学习的庾翼书法一样，汉魏碑版摩崖石刻书法风韵别具，还是有一定可取之处。它透出了碑版书体兴起的最初消息。

〔注解〕①流杯亭：亭名，在江苏吴县北面。《吴地记》："在女坟湖西二百步，阊闾三月三日泛舟游赏之处。"②立马：立马铭。即相传张飞破张郃铭，石刻在四川。③契苾（bì）：古代民族名，敕勒诸部之一。代指北方民族。④家鸡笔法：原是庾翼自谓其书法。此指古拙的北魏诸碑版摩崖石刻书法。

李昱（一首）

李昱（约1367年前后在世），字宗表，号草阁，钱塘（今浙江杭州）人。元朝末年曾到永康避战乱。明朝洪武年间任国子监助教。有《草阁集》。

聚上人铁笔歌

昔时智永铁作限①，今时善聚铁为笔②。
笔底曾经百炼功③，篆隶雕镌体非一④。
偃波萦回垂露瀼⑤，金鹊虎爪相辉光⑥。
琅函夜启玉刚卯⑦，笑倒籀史惊钟王⑧。
我作中台山上记⑨，一挥四百二十字⑩。
聚也运锋勒翠珉⑪，至今矫矫龙蛇势⑫。
草阁岩居云气深⑬，上人一来听我吟。
要将铁笔化彩笔⑭，丛林价重双南金⑮。

〔简析〕铭石之书需要书写者与镌刻者的默契配合，方可创作出完美的书刻作品。石上镌字，以刀为笔，是高尚的艺术。好的镌刻家，应具有高深的书法修养和精熟的镌刻功夫。这位以刻石著名的善聚和尚"笔底曾经百炼功"，终于修成正果，轻松自如地忠实再现书法家所书写的字。应当感谢作者的这一首诗歌，使人们从中窥见镌刻书法一些情况，并使这位镌刻铭石书的善聚和尚在书法史上留下了名字。

〔注解〕①智永铁作限：僧智永书法精妙，一时推崇，人来求书者如市，其所居户限为之穿穴，乃用铁叶裹之，人称为"铁作限"。②善聚：即题中聚上人之名。善镌刻铭石之书，其他不详。铁为笔：以刻石刀当笔使用，形容其精熟程度。③百炼功：长久磨炼的功力。晋刘琨《重赠卢谌》诗："何意百炼刚，化为绕指柔。"④雕镌：雕刻琢凿。梁元帝萧绎《谢东宫赐白牙镂管笔启》："雕镌精巧，似辽东之仙物；图写奇丽，笑蜀郡之儒生。"体非一：指善聚掌握各种镌刻方法，能镌刻各种字体。⑤偃波：偃波书，亦名版书，专用于诏版的书体。唐韦续《墨薮·五十六种书》："'偃波书'，即'版书'，状如连文，谓之偃波。"萦回：旋绕转折。垂露：书体名。即垂露书或垂露篆，小篆一体。梦英《十八体书》："以书表章奏事，谓其点缀如轻露。汉章帝常重此书，悬帐内，谓曰：'曹喜之书，如金盘泻珠，风篁杂雨。'"⑥金鹊：金鹊书，书体的一种。梁庾元威《论书》中记有"金鹊书"。虎爪：虎爪书。刘有定注《书要篇》曰："虎爪书，王僧虔拟'龙爪'而作。"⑦琅函：书匣。玉刚卯：玉石制成，上面刻有"庶疫刚瘅，莫我敢当"等吉祥文字。据此可知善聚曾为作者镌刻玉石刚卯。⑧籀史：即史籀。钟王：钟繇与王羲之。⑨中台：佛教语。《般若心经秘键》："中台八叶，大日如来一身功德。"因知此记是佛教典籍。⑩一挥：一挥而就。⑪翠珉：刻碑之石，也称翠琰，珉、琰皆美石。⑫矫矫龙蛇势：形容刻石之书矫健有生气。矫矫，勇武的样子。⑬草阁岩居：谓隐居于山中。⑭彩笔：五色笔。比喻文才超出。⑮丛林：众僧聚居念佛修道的地方，梵语云贫陀婆那，此指寺院。南金：南方杰出优秀的人才称南金。

林鸿（一首）

林鸿（约1368年前后在世），字子羽，福清（今属福建）人。明洪武初年经推荐授将乐县训导。后升礼部员外郎。年未四十自免归。林鸿博学多才，为"闽中十子"之首。有《鸣盛集》。

雪蓬散人草书歌

雪蓬散人有妫裔①，翰墨游心与神契②。
摹临秘帖追晋风③，挥洒雄文明古制④。
荜门铁限人争求⑤，荒郊瘗笔应成丘⑥。
妩媚云霞晴变态⑦，倾斜风雨寒飕飕⑧。
伊予与君共乡县⑨，结交自昔忘贫贱⑩。
衔杯拓落胆气豪⑪，江楼野寺书题遍⑫。
借问君书初若何⑬，君言妙悟应闻歌⑭。
谐音本自车振铎⑮，涣汗有类风行波⑯。
乃知至理无不寓⑰，要在高人会其趣⑱。
古来入室唯逸少⑲，后者升堂有怀素⑳。
当代如君诚亦稀㉑，莫叹蹉跎一布衣㉒。
有钱沽酒与君饮㉓，醉卧目送孤鸿飞㉔。

〔简析〕诗题中的雪蓬散人即明朝初年书法家陈廉，雪蓬散人是其别号。据诗可以推知，雪蓬散人草书追摹王羲之，并参以怀素笔意。对于书法，雪蓬散人有自己的领悟之处，特别是音乐与书法的关系，颇有心得。虽然诗中没有展开阐述，大约是音乐中音符的长短高低变化与草书的提按疾徐有一定相通之处。"谐音本自车振铎，涣汗有类风行波"含有深奥的哲理，很值得研究。张旭见公孙大娘舞剑器草书大进，雪蓬散人对歌书相通之处颇有妙悟。这种领悟虽然难以用语言阐述明白，必须是书法家去联想二者相通之理趣，所谓的"要在高人会其趣"即此。它说明不同艺术门类之间的相互借鉴是大有益处的。这也是此诗的价值所在。

〔注解〕①雪蓬散人有妫（gui）裔：有妫，古姓氏。《左传·庄二十二》："有妫之后。"《注》："妫，陈姓也。"明朝初年书法家陈廉，号雪蓬散人，泰和（属江西省）人。明成祖永乐四年（1406）进士，曾任庶吉士。②游心：留心。③秘帖：珍贵稀奇的书法范本。④挥洒：挥笔洒墨。形容运笔自如。雄文：有才气、有魄力的书法作品。⑤荜门：意为"蓬门"。编荆竹为门，形容贫者居所简陋。铁限：以铁裹门限。此用智永故事，用以形容雪蓬散人书艺之高，登门求书人之多。⑥瘗笔应成丘：掩埋废笔头而成丘冢。此用怀素笔冢故事，形容雪蓬散人学书刻苦勤奋。⑦妩媚云霞晴变态：比喻书法秀美且结构章法富于变化。⑧倾斜风雨寒飕飕：喻书法往往取欹侧之势。飕飕，风声雨声的象声词。⑨伊予：我。伊为助词，无义。共乡县：同一地方之人。⑩结交自昔忘贫贱：意为很久以前贫贱时结的友谊。⑪衔杯：饮酒。拓落：失意，不得志。⑫野寺：郊野中的僧庙。⑬若何：像什么，类似什么。⑭妙悟：敏慧善悟。宋严羽《沧浪诗话·诗辨》："大抵禅道惟在妙悟，诗道亦在妙悟。"⑮谐音本自：协调音律来自。振铎：古代宣布政教法令时，以振铎以警众。铎，有舌的大铃。《周礼·夏官·大司马》："司马振铎，群吏作旗，车徒皆作鼓行。"⑯涣汗：比喻帝王发布号令，如汗出于身，不能收回。《汉书·楚元王传》附《刘向传》："涣汗其大号。"《注》："言王者涣然大发号令，如汗之出也。"风行波：风行水面，自然成纹。⑰至理：最根本的道理。⑱会其趣：领会这种旨趣。⑲入室：艺术成就达到精深阶段。《论语·先进》："由也升堂矣，未入室也。"《疏》："言子路之学识深浅，譬如自外入内，得其门者。入室为深，颜渊是也；升堂次之，子路是也。"⑳升堂：艺术成就达到一定程度。㉑诚亦稀：确实很稀少。㉒蹉跎（cuōtuó）：虚度时光。布衣：代指没有功名官职的平民。㉓沽酒：由市中买来的酒。㉔目送孤鸿：超脱而意趣自得。嵇康《赠秀才入军》诗："目送归鸿，手挥五弦，俯仰自得，游心太玄。"

王恭（一首）

王恭（1343—？），字安中，自号皆山樵者，福州府长乐（今福州市长乐区）人，隐居七岩山。明朝永乐初年被荐待诏翰林，参加修《永乐大典》，授翰林院典籍。王恭为"闽中十才子"之一。有《白云樵唱集》《草泽狂歌》。

陈平叔醉墨堂

黄山笔冢连糟丘①，墨池酒泉相映流②。
霜毫画酣玉薤露③，云笺夜酗葡萄秋④。
黄山中人鹖冠子⑤，身裹绿萝著双履⑥。
潇洒唯应继右军⑦，濩落偏能如长史⑧。
山人草圣自豪雄⑨，何事栖迟酩酊中⑩。
年过五十无名位⑪，其奈萧然沧海东⑫。
砚屏颠倒乌皮几⑬，落日垆头睡初起⑭。
向壁凭陵小吏惊⑮，据床挥霍郎官喜⑯。
七闽大姓五陵儿⑰，握粟持金岂顾之⑱。
心同气合即挥洒⑲，归卧山中无所为⑳。
想当脱腕临池处㉑，兴入寥天与神遇㉒。
深沉铁绠锁寒蛟㉓，偃蹇乌藤结高树㉔。
鱼丽云鸟势萦纡㉕，疑是将军破骨都㉖。
骖麟翳凤何飘忽㉗，倏忽仙游蕊珠阙㉘。
又如祇苑说空禅㉙，灵花历乱迷诸天㉚。
离丽落磊千万态㉛，流水行云皆自然㉜。
醒来不记濡头墨㉝，千尺寒涛照眼白㉞。
淮海仍传宝晋风㉟，长沙复见藏真迹㊱。
黄山茆宇思悠悠㊲，柿叶青青覆酒楼㊳。
白头未遂中书贵㊴，风流亦似醉乡侯㊵。

〔简析〕此诗与《雪蓬散人草书歌》一样，介绍一位年过五十仍沉沦下位，隐居山野的草书书法家及其书法艺术。此诗始终围绕"酒"与"墨"两个字，传神地刻画出这位落拓不羁的书法家醉中挥笔泼墨的洒脱神情。陈平叔嗜酒嗜书法，"墨池酒泉相映流"。他也是一位才华横溢而落拓不羁书法家。社会的不公平，坎坷的生活道路，造就他愤世嫉俗的孤傲个性。七闽大姓、五陵富豪丰厚的礼金他不屑一顾，却主动为"心同气合"的人挥笔洒墨。诗中用了较大篇幅对陈平叔醉墨作品进行了描叙。其用笔沉雄韧劲，笔画如铁索乌藤，作品章法布局如布阵，变化莫测。作品气韵超凡脱俗，飘逸如骏麟翳凤，萧散如仙境佛国。诗的结尾对陈平叔由于不肯随波逐流，人已白头仍居黄山茆宇表示深深的同情而为之鸣不平，使人读后为之动容。

〔**注解**〕①黄山：山名。但所指并不一定是安徽歙县西北的黄山。笔冢：瘗废笔为丘冢。比喻陈平叔学书之勤。糟丘：酿酒所余的糟滓堆积成山，比喻饮酒之多。②墨池酒泉相映流：谓陈平叔作书必狂饮，狂饮方作书，二者不可分。③霜毫画酣玉薤（xiè）露：此句意为放笔尽兴于酒。玉薤，酒名。④云笺夜酗葡萄秋：此句意为书笺纸亦浸透了酒。⑤鹖（hé）冠子：春秋时人，齐威王、魏惠王之时隐居深山，以鹖羽为冠，故称鹖冠子，其名反不为人所知。此以鹖冠子喻陈平叔隐居山中。鹖，鸟名，即鹖鸡。⑥身裹绿萝：身披绿萝。绿萝，即女萝，又名松萝，地衣类植物。屈原《九歌·山鬼》："若有人兮山之阿，被薜荔兮带女萝。"⑦潇洒：超然脱俗。右军：王羲之。⑧濩（huò）落：无聊失意。长史：张旭。⑨山人：山居之人，指隐士。豪雄：雄壮豪放。⑩栖迟：遁隐。酷酊：大醉。⑪名位：名号地位，即官职。⑫萧然：冷落。沧海：大海。⑬砚屏：置于砚端障风尘之屏，多以玉石、漆木为之，与立于案头小挂屏类似。乌皮几：黑皮小桌子，古代设几于座侧，以便凭倚。⑭垆（lú）头：酒店。垆，酒店安放酒瓮、酒坛的土台子。⑮凭陵：盛气凌人。⑯挥霍：洒脱无拘束。郎官：官名，唐以后指郎中员外。⑰七闽：指古代居住在福建省、浙江省南部的闽人。因分为七族，故称七闽。大姓：世家大族。五陵：汉朝皇帝每立陵墓，都把四方富家豪族和外戚迁至陵墓附近居住，最著名者为长陵、安陵、阳陵、茂陵、平陵，后指代富豪人家。⑱握粟持金：谓以重金购取陈平叔之书法。岂顾之：不屑一顾。

⑲心同气合：心情相投，气质相合。挥洒：挥笔洒墨作书。⑳无所为：无所作为。㉑脱腕：放开手腕作书。㉒寥天：空虚寂静的长空，即古所谓太虚。㉓铁絙：铁绳。《宋史·韩世忠传》："以海舰进泊金山下，预以铁絙贯大钩授骁健者。"㉔偃蹇：夭矫的样子。㉕鱼丽：军阵名。萦纡：回旋曲折。㉖骨都：汉朝时匈奴的官名。㉗骖（cān）麟翳（yì）凤：驾驭麟凤。翳，鸟名，似凤凰。屈原《离骚》："驷玉虬以乘翳兮。"飘忽：轻疾的样子。㉘倏（shū）忽：疾速的样子。蕊珠阙：蕊珠宫。道家传说天上上清宫中有蕊珠宫，为神仙所居。㉙祇（qí）苑：即祇树给孤独园，为释迦牟尼于舍卫国说法时与僧徒停居之处。空禅：空经，佛家语，般若部之经典，说诸法皆空的思想。㉚灵花：天花。佛教传说，佛祖说法，感动天神，诸天雨各色香花于虚空中缤纷乱坠。历乱：烂漫的样子。诸天：佛家语。李白《答族侄僧中孚赠玉泉仙人掌茶》诗："朝坐有余兴，长吟播诸天。"㉛离丽：陈列华丽。落磊：磊落，错落分明。㉜流水行云：形容草书毫不造作。㉝濡头墨：以头发浸渍墨汁。相传张旭每大醉，常以头濡墨作书。㉞眼白：白眼。谓愤世嫉俗的目光。《世说新语·简傲》注："（阮）籍能为青白眼，见礼俗之士，以白眼对

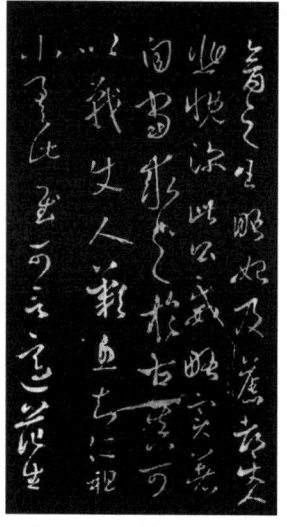

王羲之《王略帖》

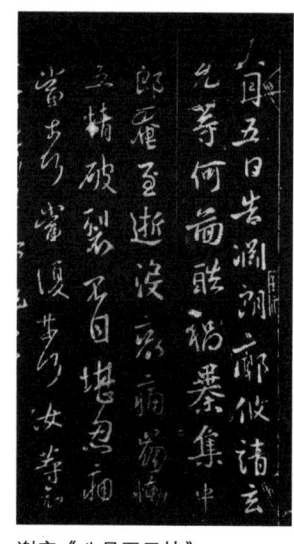

谢安《八月五日帖》

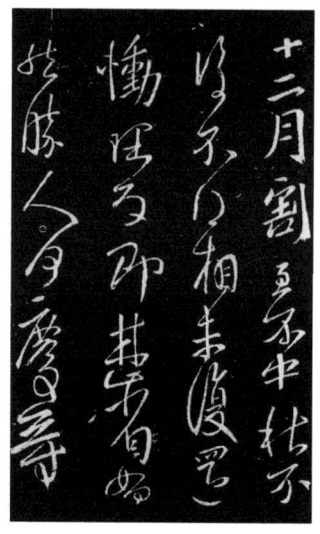

王献之《十二月帖》

之。"㉟宝晋风：以晋朝书法为宝的风气。宋朝米芾知无为军，曾将王羲之《王略帖》、谢安《八月五日帖》、王献之《十二月帖》汇刻为《宝晋斋法帖》，后遭火残损。后任太守葛祐之重刻。南宋时，曹之格任无为通判，复加摹刻。㊱藏真：指怀素。㊲茆宇：茅屋。思悠悠：深思的样子。㊳柿叶青青：郑虔学习书法的故事。《新唐书·郑虔传》："虔善图山水，好书，常苦无纸。于是慈恩寺贮柿叶数屋，遂往日取叶肄书，岁久殆遍。"㊴中书：中书令，官名，中书省长官。㊵醉乡侯：醉中境界，酷似封侯一样适意。王绩《醉乡记》："醉之乡，去中国不知其几千里也。其土旷然无涯……"记醉中的快乐。

解缙（二首·附二首）

解缙（1369—1415），字大绅，一字缙绅，号春雨，吉安府吉水县（今江西省吉水县）人。明太祖洪武年间中进士，授中书庶吉士，曾上万言书指斥时政。明成祖入京师，擢侍读，命与黄淮、杨士奇等并值文渊阁。进翰林学士，兼右春坊大学士。后屡遭构陷，至下狱。迫其醉酒，埋积雪中，立死。解缙擅书，正书精妍，狂草纵放。有《解文毅公集》。

草书歌

我生十载灯窗间，学书昼夜何曾闲？
墨池磨竭沧海水①，秃笔堆作西眉山②。
豪来酒倾八百斛③，醉后颠狂随所欲。
手持兔毫任锋铓，扫破鸾笺千万幅④。
一笔横，一笔直，金枪竖地锥穿壁⑤。
白虹界破青旻天⑥，清泉泻下丹崖石⑦。
一点大，一点小，夜半流星随月皎⑧。
飞空弹石上云霄⑨，出海骊珠灿穹昊⑩。
媚如扱花美女逞新妆⑪，勇如操戈勇士当战场⑫。

动如彩鸾紫凤争翾翔⑬，劲如秋蛇春蚓各奔茫⑭。
态如浓云千万变，势若晴空闪雷电。
秋空排云鸿雁飞⑮，春江汹涌蛟龙战⑯。
君不见，王右军⑰，当年曾作笼鹅人⑱。
丈夫有志亦如此，笔下自有鬼与神⑲。

〔简析〕书法"能使赵吴兴失价"的解缙，人们或推崇其正书，而对其草书时有微词，认为解缙的"狂草纵荡无法"。解缙却更偏爱自己的草书，作《草书歌》纵谈作草书心得。解缙作狂草往往在饮酒醉后。诗中以"金枪竖地锥穿壁"形容笔力之强，以"白虹界破青旻天，清泉泻下丹崖石"强烈色彩，写纸墨映衬对比效果。以"夜半流星""飞空弹石"形容毫无拘束挥洒的畅快之情。以"媚如""勇如""动如""劲如"四个排比句写草书的疾徐变化与形态美。"秋空排云鸿雁飞"写草书的闲雅超逸，"春江汹涌蛟龙战"写草书激荡澎湃。诗的结尾点明爱此必有志于此，方可臻于出神入化的境界。草书家多年创作经验谈，胜于空泛的虚语，因而更具价值。

〔**注解**〕①磨竭沧海水：研尽大海的水。形容用墨之多。②秃笔堆作西眉山：形容用笔之多，废笔堆成山丘。③酒倾八百斛：形容酒量之大。斛，古代器量名，十斗为一斛。④扫破鸾笺千万幅：形容作书用纸之多。破，耗费。鸾笺，精制的彩色纸笺。⑤金枪竖地锥穿壁：此句与以下两句形容横竖笔画的劲力。⑥白虹：白色的虹。古代人认为天空出现白虹往往验证或预示人间异事。青旻（mín）天：深青色的天空。⑦丹崖：红色的山崖。⑧夜半流星随月皦（jiǎo）：此句与以下两句形容点的坚实，引人注目。流星：又称贼星，飞掠过天空的发光星体。⑨弹石：弹射用的小丸，又称弹丸。⑩骊珠：骊龙颔下之珠，是最宝贵的珍珠之一。穹昊：苍天。⑪媚如扠（chā）花美女逞新妆：指草书姿媚处。此句与以下七句均写草书的姿态、情韵。扠花，插花。⑫操戈勇士：执持戈戟的猛士。⑬翾翔：飞动。翼上下簸动叫翾，翼平直不动而回飞叫翔。⑭秋蛇春蚓：笔画曲盘连绵。⑮排云：高耸入云。⑯汹涌：水势腾涌的样子。⑰王右军：王羲之。⑱笼鹅人：指王羲之为道士写经换鹅的故事。见李白《王右军》诗。⑲笔下自有鬼与神：比喻作书似有神助，呈现非意料中的特异效果。

题蔡君谟真迹（二首选一）

端明书法继钟王①，佩玉琼琚在庙堂②。
见说当年推第一③，米家应自愧疏狂④。

〔简析〕宋朝四大家中，苏、黄、米各出新意，蔡襄恪守古法，故其书具有的文雅静穆之气，是其他三家少有的。明朝台阁书家最推崇蔡襄书中雍容的风度，而对其他三家略有微词。特别是米芾桀骜不驯的疏狂，使他们难以接受。他们论书每将蔡襄这一特点用来贬抑其他三家，反映了当时的评书标准。此诗后所附李东阳《题〈金笺帖〉》也持此观点。

〔注解〕①端明：蔡襄曾任端明殿学士，此以官职代人，是一种尊称。钟王：钟繇、王羲之。②佩玉琼琚在庙堂：意为蔡襄书法有庙堂之气。佩玉：古代贵族以佩玉为饰。《礼记·玉藻》："古之君子必佩玉。"琼琚，华美的佩玉。庙堂，宗庙明堂。古代帝王遇大事，告于宗庙，议于明堂，故以庙堂代指朝廷。③见说当年推第一：与蔡襄同时的人欧阳修说"近年君谟独步当世"，苏轼说"蔡君谟为近世第一"。但宋朝人推崇蔡襄并不与明朝人认为的蔡襄书有庙堂气相同。④米家：米芾。疏狂：狂放不羁。此句意为癫狂的米芾也自愧不如蔡襄的书法。

附：李东阳《题〈金笺帖〉》

一

一代君谟是主盟,醉翁书法有真评。
君看信笺飞扬地,犹有风流不尽情。

二

苏黄墨本人争购,响拓双钩几乱真。
唯有君谟遗迹少,为君频拂案头尘。

朱瞻基（一首）

朱瞻基（1399—1435）明第五代皇帝。在位十年,年号宣德,庙号宣宗。尝自称长春真人。

草书歌（并序）

朕几务之余,游心载籍。及遍观古人翰墨,有契于怀,尝赋《草书歌》以寓意焉。以尔日侍之劳,书以赐之。

草书所自何所授,初变楷法为章奏[①]。
当时作者最得名,崔瑗杜度张伯英[②]。
三人真迹已罕见,后来继之有羲献[③]。
笔端变化妙入神,逸态雄姿看劲健[④]。
风惊电掣浮云飞,蛟龙奋跃猛虎驰[⑤]。
汉晋草法千载师,张颠藏真亦绝奇[⑥]。
一代精艺才数辈[⑦],遗墨千人万人爱[⑧]。
固知顿挫出腕力[⑨],亦用飞动生神采[⑩]。
古来篆籀今已讹,何况隶草讹愈多。
吾书岂必论工致[⑪],诚悬有言当默识[⑫]。

〔简析〕作为一代皇帝，在"几务"之余能提笔写写书法已经是不容易了，有所心得更是难得。这首诗是作者于宣德七年（1432）二月十五日用草书写就赐侍臣程云南的。目的也比较明确，除了谈其对草书的认识外，一是对程云南"日侍之劳"表示褒奖；二是要程云南牢记柳公权"笔谏"的故事，为朝廷尽忠。皇帝对臣下的要求灼然可见。诗中"固知顿挫出腕力，亦用飞动生神采"是论书法佳句，如果没有较深厚的临池功夫，是得不出如此贴切的经验之谈的。

〔**注解**〕①章奏：相传汉朝杜度擅草书，其书深得汉章帝赏识，下诏命上章奏用草书书写。章草因之得名。②崔瑗杜度张伯英：三人均为东汉著名草书家。③羲献：王羲之、王献之。④逸态雄姿：放纵雄肆的姿态。⑤"风惊电掣"两句：形容草书笔法奇逸多变，点画生动。⑥张颠藏真：唐朝两位草书大家张旭、怀素。藏真是怀素的字。⑦精艺：最高造诣的草书家。数辈：极少的几个人。⑧遗墨：传世墨迹。⑨顿挫：书法术语，顿笔挫锋。腕力：指作书时手腕运笔表现出的力量。⑩神采：精神风采。⑪工致：工巧细致。⑫诚悬有言：唐朝书法大家柳公权字诚悬。《新唐书·柳公权传》："帝问公权用笔法，对曰：'心正则笔正，笔正乃可法矣。'……帝改容，悟其以笔谏也。"默识：内心领悟。意为书法的好恶是次要的，主要是教化劝规的作用。

沈周（一首）

沈周（1427—1509），字启南，号石田，晚号白石翁，长州（今江苏省苏州市）人。博学多才，文章学《左传》，诗学白居易、苏轼、陆游，字学黄庭坚。尤工绘画，为"明四家"之首，评者认为明朝第一。有《石田集》《客座新闻》等。

观徐士亨所藏怀素《自序》真迹，吴匏庵许摹寄速之

藏真傥荡人①，草书如易耳。
羲献百世师②，拟步争尺咫③。
长驱并颠旭④，所至非易矣⑤。
笔势酒发之⑥，将腕兵其指⑦。
潜锋在浑沦⑧，藏力于纤靡⑨。
恍恍迟速间⑩，神妙出生死⑪。
心以禅观通⑫，随物得书旨⑬。
风云及虺蛇⑭，信笔变不止⑮。
一笔备一变⑯，万变万象起⑰。
固足称草圣⑱，多括类书史⑲。
史迁尝自序⑳，此作良有以㉑。
汗漫逾千言㉒，灿烂连数纸㉓。
初纸记子美㉔，曾补龟玉毁㉕。
山谷亦未见㉖，曾遭穆父鄙㉗。
后人况肉眼㉘，狐鼠得疑似㉙。
丧乱七百年㉚，天岂憖遗此㉛。
今日复何日，所遇亦天使㉜。
未能寻文读，且以指画几㉝。
叹羡及末卷㉞，题识惊娓娓㉟。
名衔十有六㊱，尚漏薛刘米㊲。
西台与祁国㊳，绪论甫先启㊴。
同叔相诺唯㊵，公卷特许纪㊶。
此辈推名流㊷，逐逐到馀子㊸。
非惟致赞颂㊹，流传悉源委㊺。

譬群介辅宾㊻，传命以成礼㊼。
譬徵十朋龟㊽，信吉无余拟㊾。
季子肯拓致㊿，我诗系其尾。
南州肯勒石㉛，万本播不已㉜。
不然此纸者，孤注安足倚㉝。

〔简析〕《自叙帖》是怀素草书作品传世巨迹。明朝时先为与沈周同时的徐士亨所有，后归吴宽收藏。历史上咏《自叙帖》的诗作并不少见，而此诗的价值是将《自叙帖》在明朝以前流传、补书情况做了简略的概括，使人们读后对怀素的书艺及《自叙帖》流传有较清楚的认识。作者认为怀素在中国书法史中的地位是与王羲之、王献之成就相差无几，与张旭并驾齐驱。他的狂草大气旋转，浑沦雄放，纤而不弱，精而不靡，一笔一变，变化多端，极尽变化之能事，而又极具法度。《自叙帖》所以千百年为世人珍视，成为千古绝唱，是怀素其人高超的书法造诣以及他"心以禅观通，随物得书旨"的领悟。

〔**注解**〕①藏真：怀素字藏真。傥（tǎng）荡：放任自流，不检点。②羲献百世师：王羲之、王献之书法是后世各朝代的师表、楷模。③拟步：效仿，效法。尺咫：咫尺。古代称八寸为流咫，以咫尺比喻离得很近。意为怀素的书艺成就与二王相差无几。④长驱：远道驱驰。颠旭：张旭。⑤所至：所能达到的。⑥笔势：作书时运笔的气势。⑦将腕兵其指：以腕为将，以指为兵。⑧潜锋：藏锋。浑沦：原指宇宙形成前的迷蒙状态。此谓浑然一气。⑨纤靡：纤瘦细腻。⑩恍恍：若存若亡。迟速：书法术语，指运笔表现出不同视觉效果。⑪神妙：变化巧妙，不可测知。⑫禅观：参禅。⑬随物得书旨：能因物象特点而得书法奥妙。怀素曾曰："吾观夏云多奇峰，辄常师之。其痛快处如飞鸟出林，惊蛇入草。又遇坼壁之路，一一自然。"⑭虺（huī）蛇：毒蛇。⑮信笔：随笔。⑯一笔备一变：每一笔都具备一种形态特点，笔笔不同。⑰万象：自然界一切景象、事物。⑱固足：谓本来足以。

⑲多括：广泛包容。书史：典籍。⑳史迁尝自序：史迁指司马迁。司马迁作《史记》，有《太史公自序》一篇，备言自身情况。㉑此作良有以：指怀素的《自叙帖》与司马迁《太史公自序》很有相似之处。㉒汗漫：原意为水势浩瀚，此形容《自叙帖》形制宏伟，气势博大。千言：一千字。《自叙帖》共六百九十八字，千字是约数。㉓灿烂：光彩耀眼。㉔初纸：开始之处。子美：北宋书法家苏舜钦字子美。㉕曾补龟玉毁：《自叙帖》前六行在流传中损毁，由苏舜钦补书。㉖山谷：黄庭坚号山谷。㉗曾遭穆父鄙：钱穆父名勰，字穆父，据载，黄庭坚作书，苏东坡在一旁称赞，钱勰却惋惜黄庭坚没有见到怀素《自叙帖》。后黄庭坚在涪陵石扬休家见到《自叙帖》真迹后，悟到草书笔法，下笔飞动，自谓"得草法于涪陵"。㉘肉眼：浅陋的眼光。卢仝《赠金鹅山人沈师鲁》诗："肉眼不识天上书，小儒安敢窥奥秘。"㉙狐鼠：城狐社鼠。微不足道的仗势小人。此指赝本。㉚丧乱：死丧祸乱。七百年：指怀素在世时至沈周见《自叙帖》这段时间。㉛慭（yìn）遗：且遗。㉜天使：上天的指使。㉝指画几：手指在几案上写画。谓观赏时模仿《自叙帖》的行笔、结体、章法。㉞叹羡：赞美羡慕。㉟题识：题跋。娓（wěi）娓：勤勉不倦，此谓接续不断。㊱名衔：著名收藏者。㊲尚漏薛刘米：据曾纡跋语，《自叙帖》旧有米芾、薛道祖、刘巨济诸家题跋，至沈周见此帖时，此三家题跋已佚。㊳西台：北宋书法家李建中。祁国：北宋书法家杜衍封祁国公。《自叙帖》有李建中的观款，有杜衍的跋诗。㊴绪论：导言文字。㊵同叔：苏辙。苏辙跋《自叙帖》落款"眉山苏辙同叔记"。诺唯：应诺。㊶公卷：南宋人曾纡字公卷。《自叙帖》有其长跋。㊷此辈推名流：题跋《自叙帖》李建中、杜衍等均为著名人物，故称之为名流。㊸逐逐：必须得到的样子。㊹赞颂：称赞颂扬。㊺源委：本末。㊻介辅宾：辅助。介，传宾主之言的人称介。辅，官名。《尚书大传》："古天子必有四邻。前曰疑，后曰丞，左曰辅，右曰弼。"宾，客人。此谓各题名、跋语与《自叙帖》正文之间的关系地位。㊼传命：传达命令。成礼：使礼完备。㊽十朋龟：十朋之龟，筮卜语，吉利之意。《周易·损卦》："六五，或益之。十朋之龟弗克违，元

吉。”沈周很迷信占卜，其郡守欲推荐其出任，筮易得“遁之九五”，遂决意遁隐。此亦可证其迷信程度。㊾信吉：确实吉利。㊿季子：指题中之吴匏庵。吴匏庵姓吴，与春秋时吴季札即吴季子同姓，故称之。(51)南州：泛指江南地区。勒石：摹勒《自叙帖》。(52)不已：没有休止。(53)孤注：仅剩的赌资。宋张邦基《墨庄漫录》：“博者以胜彩累注数者至乘败者唯有畸零不累注数，谓之孤注。”

陈献章（二首·附一首）

陈献章（1428 — 1500），字公甫，因居白沙里，又称白沙先生，广东府新会县（今广东省江门市新会区）人。明英宗正统十二年（1447）中举人，再试礼部，不第。从吴与弼讲学后，再游太学，以荐翰林院检讨。乞归，屡荐不起。其学以静为主，洒然独得，有鸢飞鱼跃之乐，人尊其为“活孟子”。卒后，万历初年从祀孔庙，追谥文恭。工书，晚年束茅代笔，自成一家。有《白沙先生全集》。

观自作茅笔书

神往气自随①，氛氲觉初沐②。
圣贤一切无③，此理何由瞩。
调性古所闻④，熙熙兼穆穆⑤。
耻独不耻独⑥？茅锋万茎秃⑦。

〔简析〕以茅为笔，系由陈献章发明。书写工具的改革，必然产生新的书写效果。束茅成笔，用以作书，由于韧度、弹性及书写效果均异于常用的毛笔，因而无圣无贤，自我作祖。独此一家，一意孤行，筚路蓝缕，艰难可知。然作者不以独为耻，勇于探索，敢于创新，终于开辟了一条新的书法创作途径。作者观赏自己茅笔书时写下此诗以抒发感慨，留给人们的是更多的思索。

〔**注解**〕①神往：极其向往，谓身虽在，心已往。②氛氲：繁盛的样子。初沐：新的润泽。此指茅笔书朴茂而润泽的风韵。③圣贤一切无：无圣人，也无贤人。谓茅笔书是前无古人的。④调性：调合事物特点。⑤熙熙：温和欢乐的样子。穆穆：端庄盛美的样子。⑥耻独不耻独：以独诣为耻，还是不以独诣为耻。⑦茅锋：茅笔锋芒。

附：其《不习书绢，殊失故态，已付染师作碧玉老人卧帷矣！呵呵，拙诗纪兴，录上顾别驾先生，以博一笑》

用绢不用里，下笔无神气。
何况辟其行，大小难更置。
能书法本同，万物性各异。
茅君疏而野，拘拘用乃废。
我且毛颖之，安能免濡滞。
书成始大惭，未忍水火弃。
持之付染师，经营卧帷事。
作诗告先生，其契茅君理。

答徐侍御索草书

寒窗弄笔敢辞难①，也得先生一破颜②。
不要钟王居我右③，只传风雅到人间④。

〔简析〕"同能不如独诣"，这是陈献章的艺术信条。因此，他不肯步趋书圣书哲后尘，而是束茅为笔，信笔作书，属风雅别裁，自出机杼。论成就与书坛地位，他确实比钟繇、王羲之差得很多，但他也确实占得了一席之地，就此而论，他是成功的。

〔注解〕①弄笔：执笔写字。敢辞难：不敢以难推辞。②破颜：开颜而笑。③钟王：钟繇、王羲之。④风雅：风流儒雅。

吴宽（一首）

吴宽（1435—1504），字原博，号匏庵，南直隶长州（今江苏省苏州市）。明宪宗成化八年（1472）会试、廷试皆第一。授修撰，侍孝宗东宫。孝宗即位，迁左庶子，预修《宪宗实录》。进少詹事兼侍读学士，迁吏部右侍郎，进礼部尚书。卒于官，谥文定。吴宽诗文俱著名于当时，工书法，学苏轼。有《家藏集》。

题米南宫诗墨

向晚得奇观①，案有翰墨陈②。
展卷即可辨，迥然出风尘③。
寻常势欹侧④，此幅殊不伦⑤。
字止五十六⑥，端人似垂绅⑦。
复如旗正正⑧，又若车辚辚⑨。
书家有定论⑩，俗士妄生嗔⑪。
不见苏公语⑫，超妙仍入神⑬。
公昔家京口⑭，海岳近为邻⑮。
墨迹多散落，至宝终难埋⑯。
譬彼荆山玉⑰，旁达见孚尹⑱。
惊看忽入手，幸矣归卿人。
百世恐朽敝⑲，摹勒须坚珉⑳。
铭文配瘗鹤㉑，终古焦山垠㉒。

〔简析〕吴宽评米芾书法有这样一段话："此颜鲁公《争座位帖》，元袁文清公定为海岳所临者。夫鲁公平日运笔圆活清润，能兼古人之长，米则猛厉奇伟，终坠一偏之失。以孔门方之，其气象真有回、路二子之别。"因此可知，在"寻常势欹侧"，与此幅书法作品"端人似垂绅"，他选择的是后者，他更崇尚米字中偶作别格的平正作品，这也是他写诗赞颂这一墨迹的原因所在。吴宽的这一尚好,既有他自己的尚好因素,同时与明朝中期书法总体发展取向有很大关系,这是必须说明的。

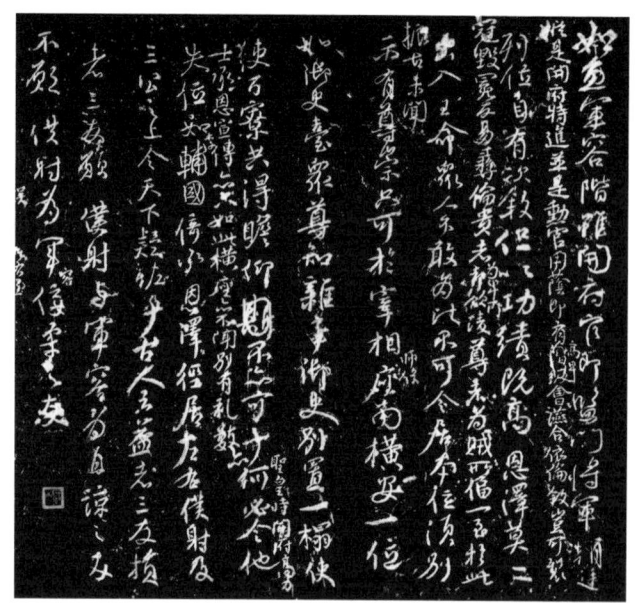

颜真卿《争座位帖》1

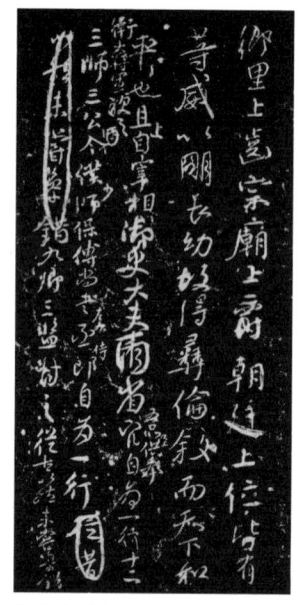

颜真卿《争座位帖》2

〔**注解**〕①向晚:接近晚年。②翰墨:指米芾的墨迹。③迥然出风尘:远远超出世俗之上。④欹侧:倾斜。米芾作书结字往往不取正势而取左右倾侧之势,以增强动感。⑤不伦:不相类似。⑥字止五十六:谓这幅作品有五十六个字。⑦端人:正直之人。《孟子·离娄下》:"夫尹公之他,端人也,其取友必端矣。"《注》:"端人,用心不邪僻。"用端人形容字势的平正。垂绅:恭敬肃立的样子。《周礼·玉藻》:"凡侍于君,绅垂。"《疏》:"绅,大带也。身直则带倚,磬折则带垂。"⑧旗正正:整齐的样子。《孙子·军争》:"无邀正正之旗,勿击堂堂之阵。"《注》:"正正,齐也;堂堂,大也。"⑨车辚辚:车辆众多的样子。⑩定论:确定不移的论断。⑪俗士妄生嗔:指某些人对米芾书法发表的荒诞不经的责怪。⑫苏公:苏轼。⑬超妙仍入神:苏轼对米芾书法最为倾服,他说:"海岳平生篆、隶、真、行、草书风樯阵马,沉着痛快,当与钟、王并行,非但不愧而已。"⑭京口：即今江苏省镇江市。⑮海岳：米芾在镇江，爱江山之胜，筑海岳庵于城东，自号海岳外史，其先后居海岳四十年。⑯堙：通"湮"，埋没。⑰荆山玉：相传楚人卞和得璞玉荆山，两次上献，均被认为诳骗而受刖刑。第三次上献，凿得美玉成璧，即有名的和氏璧。⑱孚尹：玉色晶莹通明。⑲朽敝：腐烂败坏。⑳坚珉：坚硬似玉的美石。㉑铭文配瘗鹤：刻于石上，与《瘗鹤铭》相匹配。㉒终古：长久。焦山垠：在焦山边。焦山在镇江附近，著名的《瘗鹤铭》就刻在焦山石崖上。

李东阳（五首）

李东阳（1447—1516），字宾之，号西涯，茶陵（今属湖南）人。明英宗天顺年间进士，选庶吉士，授编修，累迁侍讲学士，充东宫讲官。明孝宗时太子少保，礼部尚书兼文渊阁大学士。明武宗时加少傅兼太子太傅。卒赠太师，谥文正。李东阳擅书法，特长于玉箸篆。其诗作工丽典雅，在当时有很大影响。有《怀麓堂集》《怀麓堂续稿》《燕对录》。

题褚临《兰亭》后二绝（选一）

晋代书家失典刑①，河南别自有兰亭②。
宁知千古风流兴③，只在山阴酒未醒④。

〔简析〕褚遂良书学王羲之，但他临写的《兰亭集序》是褚遂良的《兰亭集序》，而不是王羲之的《兰亭集序》。不必说是他人，就是王羲之自己重新写《兰亭集序》，也绝不再是当初乘酒兴诗兴信笔写就的那一本。它揭示了这样一个道理，艺术绝品只有一个，它是不能复制的。

〔注解〕①典刑：常规。②河南：褚遂良曾被封为河南县公，世称"褚河南"。别自：另外。③宁知：乃知。④山阴酒未醒：相传王羲之醉书《兰亭集序》特别得意，但以后又多次反复书写，都不如醉中所书的精妙。

刘户部所藏张汝弼草书

南安太守东海翁①，归来两袖乘天风②。
眼前万事不挂齿③，睥睨六合称书雄④。
横挥直扫百态出，或舞鸾凤腾蛟龙⑤。
一从篆隶变行草，世间此艺难为工。
自言早学宋昌裔⑥，晚向怀素逃形踪⑦。
公孙大娘不识字⑧，物艺乃与书法通⑨。
颜家屋漏古钗脚⑩，纵使异法将毋同。
古人逝矣不复见，此翁岂在今人中。
江南纸价几翔踊⑪，白金彩币随青铜⑫。
家藏万纸付儿辈，谁谓此翁归橐空⑬？
何人爱者司徒公⑭，旧得此卷来吴淞⑮。
愿公宝此勿轻弃，留看书舡夜半虹⑯。

〔简析〕此诗向人们介绍了明朝草书家张汝弼及其草书成就。张汝弼曾说："吾平生书不如诗，诗不如文。"其友人李东阳却颇不以为然，说："英雄欺人每如此，不足信也。"李东阳的书法受当时台阁书风影响很深，与张汝弼并非书法的同路人。但他能认识到张弼狂放不羁草书的可贵之处，赞赏他挥洒自如"横挥直扫百态出"的无拘无束，称赞他"物艺乃与书法通"师自然造化的胆识，更承认其是"书雄"，说明其胸襟非常人可及。

〔**注解**〕①南安太守东海翁：张汝弼（1425 — 1487），名弼，自号东海，松江华亭人。曾任南安知府。是明朝著名的草书家。②天风：天空的风。此形容张弼气质超逸，志向远大。③不挂齿：不足以开口谈论。谓一切俗事不放在心中。④睥睨六合：斜视天地四方。⑤舞鸾凤腾蛟龙：形容张弼的狂草劲健跌宕，如鸾凤起舞，蛟龙腾空。⑥宋昌裔：明初书家宋广，字昌裔，河南南阳人。明陶宗仪《书史会要》："广草书宗张旭、怀素，章草入神。"宋广与宋克齐名，人称"二宋"。⑦逃形踪：避开形影踪迹。即与怀素拉开距离，自成面目。⑧公孙大娘：唐朝女艺人。杜甫有《观公孙大娘弟子舞剑器行》诗。⑨物艺：舞蹈技艺才能。杜甫《观公孙大娘弟子舞剑器行》诗序说："昔者吴人张旭善草书书帖，数尝于邺县见公孙大娘舞西河剑器。自此草书长进，豪荡感激，即公孙可知矣。"⑩颜家：颜真卿。屋漏古钗脚：两种笔意。屋漏即屋漏痕。古钗脚：形容笔画圆活姿媚，遒劲有力，具自然之趣。⑪纸价几翔踊：纸价飞涨。⑫白金：银子。青铜：青钱。⑬橐（tuó）：盛物的袋子。⑭司徒：官名。指刘户部，旧时称户部尚书为司徒。⑮吴淞：地名，在上海市宝山县，为扬子江、吴淞江汇合之处。⑯书舡（chuán）夜半虹：对珍贵书画的誉词。米芾酷喜收藏书画，往往行以自随。在官船上悬一牌，上书"米家书画船"。舡，同船。黄庭坚《戏赠米元章二首》诗有"沧江静夜虹贯月，定是米家书画船"。此即用这一典故，赞刘户部富藏书画古迹及张弼书迹之可贵。

书欧阳公手帖后二绝

一

醉翁长恨作书难①，道是撑船上急滩②。
毕竟晚年多自得③，尽留风韵与人看④。

二

宋代书家自不孤，当时只许蔡君谟⑤。
若将晋法论真印⑥，此老风流世亦无⑦。

〔简析〕欧阳修常自谦其书法不足观，曰："恨字体不工，不能到古人佳处。"但书法并非单纯的写毛笔字，它是书者学问、人品的外化。欧阳修为一代文宗，其书法造诣绝非常人可及。人们欣赏其书法作品时，更偏重于其书中所蕴韵致情趣。此诗第一首称赞欧阳修晚年书多妙趣，可知作者所题欧阳修手帖为其晚年作品。第二首说欧阳修书法虽然不及蔡襄，但妙得晋人韵致，为他人所难具。可见李东阳的鉴赏书法眼力还是不同凡响的。

〔**注解**〕①醉翁：欧阳修自号醉翁。②撑船上急滩：欧阳修曾云："近年君谟独步当世，然谦让不肯主盟。往年予尝戏谓：'君谟学书如溯急流，用尽气力，不离故处。'君谟颇笑以为能取譬。"③自得：自有所得。④风韵：风度韵味。⑤只许蔡君谟：仅仅认可蔡襄。⑥真印：真正地符合。⑦风流：杰出的风韵。

答罗明仲草书歌

草书之妙谁绝伦①，我欲从之羞效颦②。
平生两手硬如铁，空有苦思凌风云③。
罗夫子④，君不闻，草书在意不在文⑤。
十年摹写未必似⑥，偶然落笔还通神⑦。
人道张颠看剑舞⑧，公孙大娘出谁门⑨。
始知骅骝别有骨⑩，世上岂复曹将军⑪。
罗夫子，君不见，陈士谦⑫、温元善⑬，
芙蓉颜色杨柳姿⑭，能使世上黄金贱。
今人好尚乃如此⑮，有眼何须辨真赝。
罗夫子，眼如电，生来四十年，
阅遍图书五千卷。
向来得我书⑯，赠我一匹锦绣缎⑰。
吾观少陵有诗史⑱，看君之诗宛相似。
包罗巨细成大家⑲，上穷伏羲下元季⑳。
秋姜冬桂老愈辣，翠竹青松寒不死。
君诗在格不在辞㉑，肯与时人斗红紫㉒，
吾观草书亦如此。

罗夫子，君莫疑，眼中磊落非君谁㉓。
紫阳之书冠今古，其大如斗小者匜。
虫书鸟迹不复识，见此再拜真吾师。
君今长驱我戈倒㉔，缩手不搏生蛟螭。
长安城西纸贵贱，吾欲买断防君嗤㉕。

〔简析〕罗明仲草书歌未见。此为作者的和答诗。李东阳以草书著名当时，其大草被誉为"中古绝技也，玲珑飞动，不可按抑。而纯雅之色，如精金美玉，毫无怒张蹈厉之态"。李东阳在诗中谈了其个人对草书的几点看法：其一草书是书家内心情感的宣泄，"在意不在文"；其二草书不尚妍媚，须老辣恣肆；其三草书须以雄厚的文化为底蕴，方具高格调；其四应广采博取，"上穷伏羲下元季"。再加以主观努力方可望成为大书家。一个时代书坛领袖人物，其见识也不同常人。

〔**注解**〕①绝伦：无与伦比。②效颦：即效仿，适得其反的模仿。《庄子·天运》："西施病心而颦其里，其里之丑人见而美之，归亦捧心而颦其里。"③苦思：深思。④罗夫子：罗明仲（1432—1503）名璟，号冰玉，泰和（今江西省泰和县）人，明朝书法家。明孝宗时授福建提学副使，后调任南京国子监祭酒。⑤草书在意不在文：草书主要表达的是作者的内心意图情感，而外在的用笔结构等则次之。⑥摹写：依照范本描写。⑦通神：达到精妙境界。⑧张颠看剑舞：指张旭观公孙大娘舞剑器而悟草书事。⑨公孙大娘：唐朝著名舞蹈家。⑩骅骝：赤色骏马。也叫枣骝马。⑪曹将军：唐朝著名画马画家曹霸，世称曹将军。⑫陈士谦：明朝书法家陈谦，字士谦。能楷行书，字仿赵孟頫，华媚宜人。⑬温元善：明朝书法家温良，字元善，书法有李邕、赵孟頫笔意。⑭芙蓉颜色杨柳姿：指前文陈、温二人书法风貌秀媚太过。⑮好尚：爱好与崇尚。⑯向来：近来。⑰赠我一匹锦绣缎：赠作者精妙佳作的诗歌，即《草书歌》。⑱少陵：唐朝大诗人杜甫号少陵野老，世称杜少陵。诗史：杜甫诗中很多陈述时事如史，时人称为诗史。⑲包罗巨细：指诗中包含大与小的方方面面。⑳上穷伏羲下元季：前面追溯至上古，后面涉及元朝。㉑在格不在辞：在于格调高雅而非辞语华美。㉒肯与：岂肯和。㉓磊落：高大俊伟。㉔长驱：远道驱驰直进。戈倒：自愿服输。㉕买断：买尽。防君嗤：防备被您讥笑。

朱诚泳（一首）

朱诚泳（1458—1498），明朝宗室，自号宾竹道人。明孝宗弘治年间袭爵封秦王。曾建正学书院，请儒生教军校子弟。卒，谥简。擅诗，有《经进小鸣集》。

学书

立意在笔先①，下笔贵遒劲②。
公权有格言③，笔正由心正④。

〔简析〕此诗的前两句是作书要点的概括，即作书时要胸有成竹，笔不妄下，预先考虑字形结构，章法布局等。书写时注意表现用笔力度，不可软弱无力。后两句是人品与书品的关系，即书品即人品外化，心正才能做到笔正，是一种一语双关的"笔谏"。整首诗言简意赅，明白如口语。

〔注解〕①立意在笔先：作书之前，预先考虑好字形大小、偃仰、向背、布置、呼应等各种要求，做到"胸有成竹"。王羲之《书论》："凡书贵乎沉静，令意在笔前，字居心后，未作之始，结思成矣。"②遒劲：雄健有力。③公权：柳公权。格言：含有教育意义可作为准则的话。④笔正由心正：《新唐书·柳公权传》："帝问公权用笔法，对曰：'心正则笔正，笔乃可法矣。'"

祝允明（一首）

祝允明（1461—1527），字希哲，生而枝指，故自号枝山、枝指生，长州（今江苏苏州人）。五岁能作径尺字，九岁能诗。稍长，博览群书，为文多奇气。尤工书法，与唐寅、文徵明、徐祯卿齐名，号称"吴中四才子"。明孝宗弘治年间中举，官至应天府通判，未几乞归。有《怀星堂集》等。

题草书后

多处不可多，少处不可少。

大处不可大，小处不可小。

胸中要说话，句句无不好。

笔墨几曾知①，闭眼一任扫②。

〔简析〕这是一首残诗，只剩下前八句。"闭眼一任扫"以下已失落，难见全豹，可惜！这所剩的八句诗分两个层次。其一，谈的是草书结构、章法、大小、疏密的对立统一关系；其二，书法是发自内心的话，应任其自然发泄。作者草书造诣精深，所谈为创作经验，并非空泛议论，故应引起重视。

〔**注解**〕①几曾：何曾。②一任：任凭。

顾璘（一首）

顾璘（1476—1545），字华玉，上元（今江苏南京）人。明孝宗弘治年间进士，授广平知县，官至南京刑部尚书。顾璘少负才名，诗以风调胜，与陈沂、王韦并称"金陵三俊"，后朱应登继起，号四大家。晚年家居，构息园。有《浮湘集》《山中集》等。

题张东海草书后

绝代风流远①，名家草圣传②。

龙蛇余万纸③，鸾凤渺孤骞④。

俊拔归张旭⑤，萧条老郑虔⑥。

天南看旧帖⑦，三复叹前贤。

〔简析〕张东海即明朝前期著名书法家张弼。这首五言律诗是作者观赏张弼草书遗迹后的题跋诗。作者认为，张弼不但是一代草书名家，也肯定是传世大书法家。他的草书作品在其去世后仍然被后人珍藏，原因是他的草书作品气韵生动，有龙腾凤骞之韵。张弼在世时，已被誉为"颠张复出"，况且"东海在当时以气节重"。书以人传，故作者一赏书作，二叹前贤。

〔**注解**〕①绝代：冠绝当代。②名家：有专长而自成一家。草圣：草书作品达神妙境地。③龙蛇：此指草书笔画生动。④孤骞：孤独飞翔。⑤俊拔：俊秀出众。⑥萧条：闲逸。郑虔：唐朝人，工诗、书、画，有"郑虔三绝"之称。⑦天南：泛指南方。

杨慎（一首）

杨慎（1488—1559），字用修，号升庵，四川新都（今成都新都区）人。幼能诗，作《黄叶诗》得李东阳赏识，令受业门下。明武宗正德年间殿试第一，授翰林修撰，继任翰林学士。后因事遣戍云南永昌卫，卒谥文宪。杨慎著作甚富，诗文外，杂著一百多种。

月仪帖

鸾惊开二妙①，蚕尾见征西②。

花蠹赙销氎③，香蝉跛认鹥④。

不逢华盖叟⑤，谁与重鼿𪕭⑥。

〔简析〕唐宋而下，习章草者甚少，以此名家者更少。明初书家宋克独辟蹊径，以皇象《急就章》、索靖《月仪帖》为师，取得了很高的成就。此诗题为《月仪帖》，重点在于表彰宋克重振章草的功绩。诗的前两句称索靖的书艺之高，中间两句写其所见《月仪帖》刻本之古，最后两句赞宋克学习摹刻《月仪帖》的功绩。

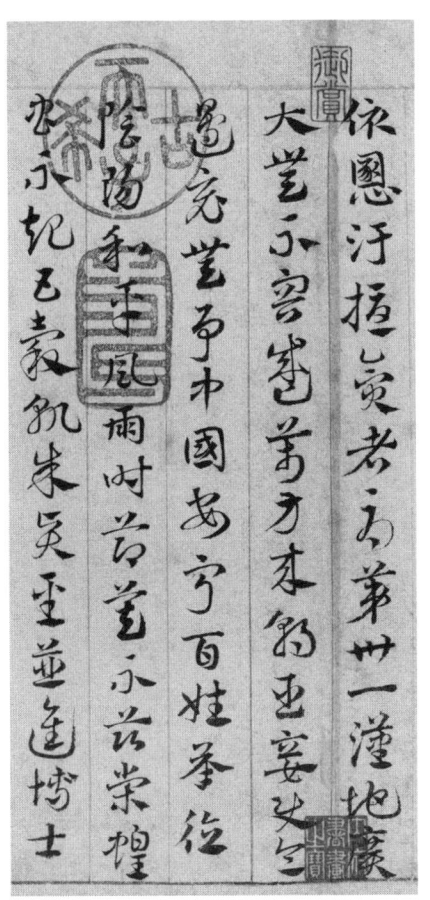
皇象《急就章》

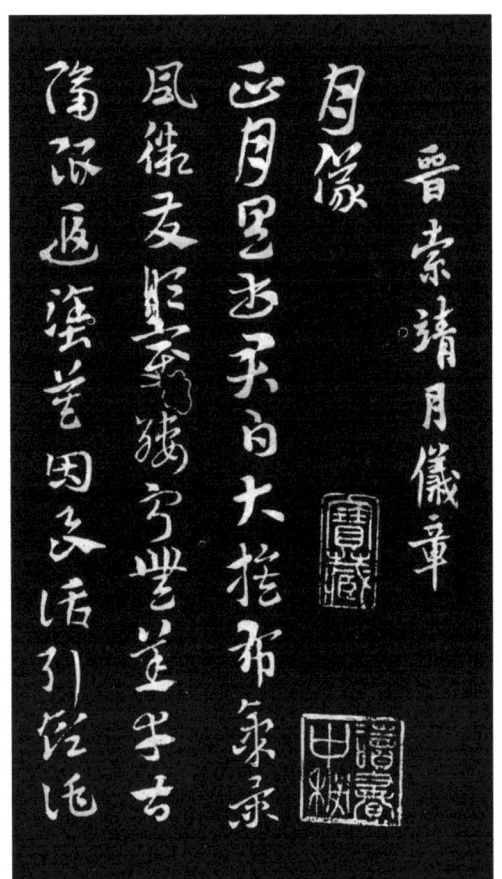
索靖《月仪帖》

〔**注解**〕①鸾惊句：索靖《草书势》："漂若惊鸾，舒翼未发。"梁元帝《上东宫古迹启》："鸾惊之奇，闻之于索靖；鹰跱之巧，又显之于蔡邕。"②蚕尾：王僧虔《论书》："索靖字幼安，敦煌人，散骑常侍张芝姊之孙也。传芝草而形异，自矜其书，名其字势曰'银钩蚕尾'。"蚕，一种毒虫，或谓即蝎子，其后腹细长，末端有毒钩，人们以其后腹部形容"于""乙"等钩画的劲健。征西：索靖曾为征西司马，人称索征西。索靖（239—303），字幼安，敦煌（今属甘肃）人。擅草书，为西晋著名书法家。③花蠹（dù）䌷（dàn）销鼊（bì）：意为织有纹的已为蠹虫蛀坏。蠹，蛀虫。䌷，卷首贴绫的地方。古时装裱卷轴引首后以绫贴之称。唐人又称为"玉池"。鼊，龟的一种。④蟫：虫名，即蠹鱼，又名衣鱼。《尔雅·释虫》："蟫，白鱼。"《注》："书衣中虫，一名蛃鱼。"繄（yī）：北宋所刻元祐《秘阁续帖·月仪帖》尾有"繄"字。苏轼诗："嗟我久阁笔，不书纸尾繄。"即指此。⑤华盖叟：明初书法家宋克。宋克（1327—1387），字仲温，号南宫生，长洲（今江苏苏州）人。⑥榳㩵（tíhuī）：提携。

唐顺之（一首）

唐顺之（1507—1560），字应德，一字义修，学者称荆川先生，武进（今江苏常州）人。明世宗嘉靖八年（1529）会试第一，官编修。任兵部郎中，视师浙江，率舟师破海寇于海上。升右佥都御史，巡抚淮扬。后巡抚凤阳，力疾度焦山，至通州卒。

有《荆川先生集》卓小仙草书歌

莆守寄我卓仙书①，北窗闲伫时玩展②。
吴人本惯见龙蛇③，对此真形惊走转④。
瑰谲东海黄公符⑤，苍古太庙姬王瑑⑥。
曲处素娥欹舞腰⑦，劲来壮夫拟狼铣⑧。
藤缠老树千尺挂，鹰攫寒崖百鸟悂⑨。
已觉人间出草圣，却讶空中堕云篆⑩。
古来草圣谁擅场，酒旭僧素颇中选⑪。
漏痕钗股那足奇⑫，脱帽露顶空漫衍⑬。
虽然奔放不可羁⑭，笔墨蹊径未尽遣⑮。
传闻卓仙形貌异⑯，蓬头阔口足爪趼⑰。

胸中光怪秘不得[18],漏泄机缄在此卷[19]。
轩辕道士骂俗书[20],写出灵文世不辨[21]。
卓仙作字不用手,唐生识字亦非眼[22]。
说到手眼两忘处[23],作者识者俱一莞[24]。
几时杖策入武夷[25],试问仙郎叩金简[26]。

〔简析〕卓小仙即明朝书法家卓晚春。卓晚春的出身、经历都很富于传奇色彩,他"幼孤行乞,言休咎事皆奇中。初不识字,十四能诗,十六善草书",使人难以置信。草书也狂逸奇怪,往往出人意料之外,这一点对循规蹈矩的明朝中叶书坛无疑是有益的。唐顺之是当时很有影响的学者,他肯给卓晚春这种"出格"草书公允的评价,其见识确是很卓越的。卓晚春草书的诡谲怪异之处在于似草似篆,又不是草书与篆书的混用,估计是借鉴了道家画咒符之类的特点入草书。但这种奇奇怪怪的草书"虽然奔放不可羁,笔墨蹊径未尽遣",并没有完全脱离写草书的一些规定法则。只是因为其人"胸中光怪秘不得"故其书法也奇怪不同寻常。卓晚春作书用心,不只用手,欣赏者也意会而不言传,唐顺之可谓是卓晚春书法的知音。

〔注解〕①莆守:福建莆田长官。卓仙:卓晚春,自号无山子、上阳子,人呼为小仙。明朝嘉靖年间福建莆田人。幼孤行乞,出家为道士。十四能诗,十六擅草书。后于杭州化去。②闲伫(zhù):无事久立。③吴人:泛指长江以南地区的居人。④对此真形惊走转:形容卓晚春草书生动劲健,像活生生的龙蛇舞动,使南方人见后疑为真的是蛇。⑤瑰谲(guījué):宏伟诡异。东海黄公符:汉刘歆《西京杂记》:"有东海人黄公,少时为术,能制蛇御虎。佩赤金刀,以绛缯束发,立兴云雾,坐成山河。"⑥苍古:历时久色深青。太庙姬王琭:天子祖庙中周代古玉器。琭,玉器上雕饰的凸纹,此以代玉器。⑦曲处素娥欹舞腰:形容草书环转自然,妩媚动人。素娥,月中女神嫦娥。月色白,故又名素娥。⑧劲来壮夫拟(chuāng)狼铣:形容草书劲直之笔壮伟有力。拟，撞。狼铣，一作狼笔，兵器名，有竹与铁两种。⑨鹰攫（jué）寒崖百鸟慑：形容草书咄咄逼人。攫，用爪抓取。⑩云篆：道家符篆之书，形体如云，故称云篆。此谓卓晚春草书吸取了道家符篆书的某些特点。⑪酒旭僧素：张旭、怀素。⑫漏痕钗股：书法术语，指屋漏痕与折钗股两种笔意。⑬脱帽露顶：杜甫《饮中八仙歌》："张旭三杯草圣传，脱帽露顶王公前，挥毫落纸如云烟。"形容狂放不羁之态。漫衍：不受约束。⑭奔放：气势雄伟，不可羁束。⑮笔墨蹊径：此指学习书法成就的门径。⑯传闻：自他人转述而得到。⑰蓬头：头发乱得像蓬草。足爪跣：光着脚。⑱光怪：光怪陆离。光象怪异，形态离奇。⑲机缄：推动事物动作的造化力量。《庄子·天运》："天其运乎？地其处乎？日月其争于所乎？孰主张是？孰纲维是？孰居无事，推而行是意者，其有机缄而不得已邪？"成玄英《疏》："机，关也；缄，闭也。……谓有主司关闭，事不得已。"⑳俗书：此指工整妍媚的书法。㉑灵文：神异的书法。㉒"卓仙作字"两句：意为卓晚春作书独辟蹊径，以神以情注入书法之中，自己欣赏书法也以意会之。㉓两忘：二者都忘。㉔一莞：莞尔，微笑的样子。指自己与卓晚春心心相印。㉕杖策入武夷：扶杖进武夷山。武夷山为道书所称的第十六洞天。㉖金简：黄金所制简。相传大禹曾于衡山获金简玉字书。李益《入华山访隐者经仙人石坛》："尝闻玉清洞，金简受玄篆。"

徐渭（一首）

徐渭（1521—1593），字文长，号天池山人、青藤道士，山阴（今浙江绍兴）人。诸生，曾入总管胡宗宪幕为幕客，以代胡拟《献白鹿表》名盛一时。工诗文，善写意花卉与行草书，为明朝大书画家。有《徐文长三集》《徐文长逸稿》等。

张旭观公孙大娘舞剑器

大娘只知舞剑器①，安知舞中藏草字。

老颠瞥眼拾将归②，腕中便觉蹲三昧③。
大娘舞猛懒亦飞，秃尾锦蛇多两腓④。
老颠蛇黑墨所为，两蛇猝怒斗不归⑤。
红毡粉壁争神奇，黑蛇比锦谁邛低。
野鸡啄麦翟与翚⑥，一姓两名无雄雌⑦。
老颠蘸墨卷头发⑧，大娘幞头舞亦脱⑨，
留与诗人谑题跋⑩。
常熟翁来索判频，常熟长官错怪人⑪。

〔简析〕诗人杜甫在《观公孙大娘弟子舞剑器行》诗的序言中写道："昔者吴人张旭善草书帖，数尝于邺县见公孙大娘舞西河剑器，自此草书长进。豪荡感激，即公孙可知矣。"这种淋漓顿挫、冠绝当时的高超舞技是如何使张旭领悟到与草书笔法相通从而使其书艺长进的，是一种心悟，只可意会，难以言传，是众说纷纭的迷宫。自称"吾书第一"的徐渭，其行草书"笔意奔放""波澜迭起""不论书法而论书神"，近学米芾，遥接张旭狂草余绪。他以自己书法创作体会，将公孙大娘舞剑器舞姿与张旭作书线条的律动视为一体，试图解释张旭观舞剑器后草书长进的原因，反映出作者对不同艺术门类相互借鉴的深刻认识。诗的最后两句借张旭任常熟尉，老者陈牒为得到其真迹反复求判的故事，说明张旭草书长进后出神入化，得到了社会的广泛认可。此诗以诙谐戏谑笔法为主，但探索的却是一个很严肃的主题。

〔注解〕①剑器：古武舞曲名。②老颠：张旭为人颠狂，世称张颠。瞥眼：转眼，形容时间极短。③三昧：奥妙。④锦蛇：皮色鲜艳华美的蛇。此指公孙大娘舞剑器时饰物或所持物。腓：腿肚子。⑤猝怒：突然发怒。⑥翟与翚：翟是长尾雉，翚是五彩雉，二者都是野鸡。⑦一姓两名无雄雌：意为舞蹈与书法都是艺术，就像翟与翚一样都属野鸡，不分彼此。⑧老颠蘸墨卷头发：相传张旭醉后"或以头濡墨而书，既醒自视，以为神"。⑨幞头：古代男子用的一种头巾。⑩诗人：指杜甫。⑪"常熟翁来索判频"两句：据《新唐书·张旭传》载张旭："初，仕为常熟尉，有老人陈牒求判，宿昔又来。旭怒其烦，责之。老人曰：'观公笔奇妙，欲以藏家尔。'"即指此。

王世贞（二首）

王世贞（1526—1590），字元美，号凤洲，又号弇州山人，太仓（今属江苏）人。明世宗嘉靖二十六年（1547）进士。父王忬，忤严嵩父子，被斩于西市。隆庆初年，世贞与弟伏阙讼父冤，得平反。王世贞官至南京刑部尚书。擅诗，与李攀龙齐名，时称"王李"，同为"后七子"领袖。攀龙殁后，王世贞独领文坛二十年。有《弇州山人四部稿》。

祝京兆法书歌

吴兴公子二百载①，尺素往往流云霞②。
仲温急就散隶色③，骨格虽尔风神赊④。
狂鬼鸱张学士腕⑤，东海小儿竟涂鸦⑥。
凤池彩笔难再问⑦，鸡林高价徒相夸⑧。
人间不识祝京兆⑨，何处还逢书大家⑩。
此君自称枝指翁⑪，指间蠕蠕出天工⑫。
寒花夜发白兔锋⑬，谁其赠者索与钟⑭。
少年临池亦已精，晚节自喜愈纵横⑮。
当其得意缣素表⑯，一扫万古开精灵⑰。
人云颠旭亦尔尔⑱，毋乃大令更其名⑲。
恍如青天嗷飞瀑⑳，崖翻石走风雷惊。
皂雕秋回击羽坠㉑，绿耳电摄排空行㉒。
兰筋剑距时横出㉓，逸态雄姿随手生㉔。
迩来家鸡轻野鹜㉕，却向真书大矜束㉖。
即看京兆更遒绝㉗，小茧游丝染明玉㉘。

离离落日旃荒草,淡淡疏烟罨寒竹㉙。
邻女捧心但益丑㉚,世人贵耳翻见辱㉛。
玉树长埋呼不起㉜,侪辈声名眼前死㉝。
处处黄金购遗迹,东家覆瓿三尺纸㉞,
自古文章亦如此。

〔简析〕盖棺论定,此诗为祝允明去世后较早评价其书法的一首诗。诗共分三部分:前十句为第一部分,认为祝允明是继赵孟頫之后出现的唯一的大书法家;自"此君自称枝指翁"至"逸态雄姿随手生"为第二部分,称祝允明书法得索靖、钟繇真谛,与张旭相差无几,是王献之再世;最后十三句为第三部分,指出祝允明虽已作古,但其遗迹更加珍贵,应是传世的大书法家。诗中认为,赵孟頫之后,虽然出现了宋克、张弼等著名书法家,但均不足为大书家。只有祝允明得索靖、钟繇书之精髓,勇迈张旭,如王献之再世,是雄视万古,代表一个朝代水平的大书法家。诗中例举其狂草无拘无束,纵横挥洒,"逸态雄姿随手生";其小字纤丝遒劲,法度森然,韵致清逸高古,无人可及。这种大字小字均臻神妙的大书法家几百年难得一见。如果说祝允明不是传世大书法家,世间还有何人是传世大书法家。

〔注解〕①吴兴公子:赵孟頫。其为宋朝宗室,吴兴人。②尺素往往流云霞:素,生绢。古人写文章或书信,用一尺长左右的绢帛,称尺素。此句意为赵孟頫写的尺牍非常富于书法艺术性。③仲温:明初书法家宋克。急就:急就章,指章草。④骨格虽尔风神赊:作书骨架格式虽然接近,但风神不足。⑤鸱张:鸱鸟张翼,比喻猖狂、嚣张。⑥东海小儿:明初书家张弼称东海。小儿,小人,藐视之意。涂鸦:书法拙劣幼稚。⑦凤池彩笔:雍容华贵的赵孟頫书法。凤池,禁苑中池沼。赵孟頫曾为翰林学士承旨,故以之代喻。⑧鸡林:鸡林贾,新罗商人。⑨祝京兆:祝允明曾任应天府通判,世称祝京兆。⑩书大家:著名大书法家。⑪枝指:畸生的指头。祝允明生有六指。⑫蠕蠕

(rúrú)：虫爬行的样子。天工：自然形成的工巧，与人工相对。⑬寒花夜发白兔锋：即梦笔生花之意。谓祝允明书法有神助。⑭索与钟：索靖、钟繇。⑮晚节自喜愈纵横：谓祝允明书法至其晚年更加变化自如。⑯得意缣素表：指创作进入佳境之时。⑰精灵：神妙。⑱颠旭：张旭。尔尔：如此罢了。⑲毋乃：岂不。大令：王献之。⑳嗷飞瀑：瀑布喧啸流下。㉑皂雕：黑色大雕。㉒绿耳：古骏马名。相传周穆王八骏之一名绿耳。电摄：如电吸引。㉓兰筋：马目上的筋名，后指千里马。《相马经》："一筋从玄中出，谓之兰筋。玄中者，目上陷如井字。兰筋竖者千里。"㉔逸态雄姿：放纵雄浑的姿态。㉕迩来：近来。家鸡轻野鹜：本是庾翼不服王羲之的话，此指擅楷书者不满草书者。㉖真书：正书，楷书。矜束：矜持拘束。㉗道绝：极其强劲。㉘游丝：本指虫类所吐丝飞扬于空中者，此谓书法中字画间相接如游丝的细画。明玉：美玉。形容质地精良的纸洁白如玉。㉙罣（guà）：悬挂。㉚邻女捧心但益丑：相传古美女西施的东邻女误以为西施之美在于皱眉捧心，于是效之，更丑陋无比。此指从形式上模仿祝允明书法的人。㉛贵耳：鉴赏事物，以耳代目，以耳闻为贵。沈括《梦溪笔谈·书画》："藏书画者多取空名，偶传为钟王顾陆之笔，见者争售，此所谓耳鉴。"㉜玉树长埋：谓才气优异的人去世，指祝允明。《世说新语·伤逝》："庾文康亡，何扬州临葬，云：'埋玉树著土中，使人情何能已已。'"㉝侪辈声名眼前死：意为与祝允明同时的书法名家名字转即消失。侪辈，同辈。㉞覆瓿三尺纸：谓一般书家书迹无传世价值，只能用来盖酱罐。

蔡苏黄米薛赵六家十二帖用少陵八仙韵体

君谟郢斫何太工①，宛若老将藏其锋②。
即令草草无凡踪③，嵇生土木姿自龙④，
非偶何必黄金蒙⑤？眉山命态娇且丰⑥，
阿环玉肤双箸红⑦，酒酣斜卷霓裳风⑧。
尔曹往往论纤浓⑨，莫云墨猪猪亦龙⑩。

豫章骨立儿作翁⑪，跟跄独上峨眉峰⑫。
翘足下瞰蚕丛空⑬，不辞坠圻苍藤封，
险绝要夺艾艾功⑭。襄阳用壮趱趋风⑮，
锦衫危帽青蹑骢⑯。跳荡百战无衡锋⑰，
耳轮跃刃足蹑空⑱，纡紫佩玉惭雍容⑲。
河东密迹未易穷⑳，片石定武私其胸㉑。
大巧隐拙奇若庸㉒，挫名往往世耳聋㉓。
晋鬼幸不悲途穷㉔，瓜分鼎立难为雄㉕，
笔冢处处腾秋虹㉖。吴兴指端天与工㉗，
如椽之笔回重瞳㉘。山阴隆准真乃公㉙，
傍入北海将无同㉚，八法重轻贵折衷㉛。

〔简析〕杜甫的《饮中八仙歌》是一首很具特色的诗歌，诗中所咏的八位"酒仙"各是一个段落，各具特点。此诗模仿其体对宋元书法家蔡襄、苏轼、黄庭坚、米芾、薛绍彭、赵孟頫六家书法特点进行评价。作者认为蔡襄书法功力炉火纯青，锋芒内敛，雍容沉稳。绝非世俗认为的那样外表华贵而少灵气如"土偶蒙金"；苏轼书法天真烂漫，丰腴姿媚，有人讥其书法如"墨猪"，作者对此加以反驳，认为苏书如杨玉环，丰而更美，如果说是猪，那这猪也是龙；黄庭坚书法"老骨颠态""以侧险为势，以横逸为功"，独辟蹊径，出奇制胜；米芾书法笔势雄强峻利，"风樯阵马，沉著痛快"，所向无不如意。如果说有什么不足，未能神情内含，桀骜不驯中欠彬彬之态；薛绍彭书法紧密雅正，出《定武兰亭》，得二王笔意，拙中寓巧，平中寓奇。然而变化较少，个人风格不甚突出。故可自成一家，但不是最好的；赵孟頫书法直接继承王羲之，是其后唯一可称书圣者。难得的是其书法冲和雍容，不偏不颇，有王者风范。以上评价有独到之处，但也不是完全准确，比如说赵孟頫是与王羲之相比肩的书圣就有过誉之嫌。

〔**注解**〕①君谟：宋朝大书家蔡襄字君谟。郢斫：《庄子·徐无鬼》："郢人垩慢其鼻端若蝇翼，使匠石斫之。匠石运斤成风，听而斫之，尽垩而鼻不伤，郢人立不失容。"以形容蔡襄功力深厚，运笔准确。②宛若老将藏其锋：喻蔡襄书风雍容沉稳，少露锋芒。③草草：匆促。④嵇生土木姿自龙：谓蔡襄仓促而书，书亦富于自然之美。《世说新语·容止》："嵇康身长七尺八寸，风姿特秀。"《注》："康别传曰：康长七尺八寸，伟容色，土木形骸，不加饰厉，而龙章凤姿，天质自然。"⑤非偶何必黄金蒙：此句下作者有自注，"书家谓蔡土偶蒙金"。偶，偶像。以土或木制成的人像。⑥眉山：苏轼为眉山人，此以地望代苏轼。⑦阿环：唐玄宗妃子杨玉环是一名肌肤丰腴的美女。有人嘲笑苏轼写字太肥，苏轼回答"短长肥瘦各有态，玉环飞燕谁敢憎？"玉肤：肌肤似玉。⑧酒酣斜卷霓裳风：谓苏轼书法如杨玉环醉后舞《霓裳羽衣曲》，在丰腴中又富飘逸之感。⑨纤浓：细微与厚密。⑩莫云墨猪猪亦龙：此句下作者自注"书家讥眉山墨猪"，作者为之反驳。意为，即使苏字真是猪，那么这猪也是龙。⑪豫章：指大书家黄庭坚，黄为豫章人。骨立：本谓人极消瘦，此谓黄字瘦劲多骨。⑫踉跄：行走急遽的样子。峨眉：山名，在四川省。⑬蚕丛：相传为古蜀王名，后多指蜀地。黄庭坚曾因罪贬涪州，书法更妙，似得江山助。⑭险绝：极其险要。艾艾：指三国时魏国大将邓艾。《世说新语·言语》："邓艾口吃，语称艾艾。"以邓艾受命攻蜀国，率兵自阴平攀木沿崖破蜀，形容黄庭坚书法独辟蹊径，出奇制胜，风格险绝。⑮襄阳：地名，米芾自号襄阳漫仕。趫趋（qiáoqū）：便捷地快走。⑯锦衫危帽：着华丽衣袍戴高帽。米芾好为奇冠异服。蔡肇《故宋礼部员外郎米海岳先生墓志铭》："冠服用唐规制，所至人聚观之。"《何氏语林》载："米元章居京师，被服怪异，戴高檐帽……既坐轿，为顶盖所碍，遂撤去，露帽而坐。"⑰跳荡：临战前突袭破敌。衡锋：折锋，断锋。⑱蹑空：腾空。⑲纡紫佩玉：形容地位高贵。惭雍容：有愧于容仪温文。意为米字痛快有余，蕴藉不足。⑳河东：指宋朝著名书法家薛绍彭。密迹：书意紧密。张丑说："薛书紧密藏锋，得晋、宋人意，惜少风韵耳。"㉑片石定武私其胸：《定武兰亭》相传为欧阳询据原墨迹临摹上石，是公认的《兰亭集序》最佳摹刻本，因北宋时发现于定武而名《定武兰亭》；又相传薛绍彭得《定武兰亭》原石后，又翻刻一石，并将原石凿损"湍、带、右、流、无"五字，携归长安。㉒大巧隐拙奇若庸：寓灵巧于笨拙，藏奇异于平易。㉓挫名：摧折名声。㉔悲途穷：晋阮籍驾车出游，途穷而哭，此反用其意。㉕瓜分鼎立难为雄：谓薛绍彭在书坛能分得一席之地，与诸名家鼎足而立，但并非杰出者。㉖笔冢处处腾秋虹：形容薛绍彭学书勤奋，退笔之冢时泛宝光。㉗吴兴：地名，赵孟頫为吴兴人，人们称其为赵吴兴。㉘如椽之笔：大手笔。《晋书·王导传附王珣》："珣梦人以大笔如椽与之，既觉，语人云：'此当有大手笔事。'"重瞳：目有二瞳子。相传舜、项羽俱重瞳，后因常指皇帝。赵孟頫本为宋宗室，此谓其书法造诣足以称王称霸。㉙山阴：指王羲之。隆准：高鼻子。刘邦、嬴政均隆准，后多指皇帝。乃公：你的父亲。此谓赵孟頫为书圣王羲之后又一书圣。㉚北海：唐朝著名书家李邕世称李北海。赵孟頫曾书学李北海。㉛八法：书法术语，指永字八法。折衷：调合二者，取其中正，无所偏颇。

李日华（一首）

李日华（1565—1635）字君实，号竹懒，又号九疑，浙江嘉兴人。明神宗万历年间中进士，官至太仆寺少卿。工诗文，能书画，并善于鉴别。有《竹懒画媵》《六研斋笔记》等。

渴笔颂

书中渴笔如渴骥[①]，奋迅奔驰犷难制[②]。
摩挲古茧千百余[③]，羲献帖中三四字[④]。
长沙蓄意振孤蓬[⑤]，尽食腹腴留鲠刺[⑥]。
神龙戏海见脊尾[⑦]，不独郁盘工远势[⑧]。
巉岩绝壁挂藤枝[⑨]，惊猊落云风雨至[⑩]。
吾将此语叩墨王[⑪]，五指拿空鹏转翅[⑫]。
宣城枣颖不足存[⑬]，铁腕由来自酣恣[⑭]。

〔简析〕诗名《渴笔颂》,实际是赞颂怀素独具特色的飞白狂草书。称许怀素深厚强劲的腕底功力与恣肆酣畅不可一世的书风。古代书法尚光润,"渴则不润,枯则死矣。"故往往视渴笔燥墨所作书法为别格。作者却认为,以渴笔作书难于墨饱笔酣,因为它需要书家行笔迅疾,且需臂力腕力俱强,善于控制笔的轻重走向,表达矫健盘郁之势与笔断意连一气相贯之气。这种渴笔运用,王羲之、王献之等大书法家遗作中极少见。而怀素草书吸取"飞白"趣意,时见渴笔燥画,可谓独领风骚,其视觉效果真的使欣赏者惊心动魄,故作渴笔颂赞之。

〔注解〕①渴笔:亦称飞白或枯笔。笔含墨较少或奋笔疾书时,所作点画时出现飞白枯渴,称渴笔。刘熙载《艺概·书概》:"草书渴笔,本于飞白。用渴笔分明认真,其故不自渴笔始。必自每作一字,笔笔皆能中锋双钩得之。"渴驷:渴骥。徐浩书法甚工,尤擅草隶,世状其法:"怒猊抉石,渴骥奔泉。"以形容其书法狂逸难制,此用其意。驷,古代一车套四马,因称驾车之马为驷。②奋迅:精神振奋,行动迅速。犷(guǎng)难制:凶猛剽悍难以驯制。③摩挲:抚摸。古茧:古茧纸,指古代书法作品。④羲献帖中三四字:王羲之、王献之遗留的书迹中只几个渴笔字而已。⑤长沙:怀素为长沙人。蓄意:有意。振孤蓬:孤蓬自振。《释怀素与颜真卿论草书》:"怀素与邬彤为兄弟,常从彤受笔法,彤曰:'张长史私谓彤曰:孤蓬自振,惊沙坐飞,余自是得奇怪。'"⑥尽食腹腴留鲠刺:将鱼腹下肥肉吃尽留下鱼骨鱼刺。喻怀素书少丰腴之笔,多瘦硬枯渴之笔。⑦神龙戏海见脊尾:形容其渴笔笔画虽时露飞白,但矫健盘郁气势表现无遗,正像水中神龙,虽只见脊尾,但整体气势是可以想见的。⑧郁盘:郁律盘曲。远势:深远的气势。⑨巉岩绝壁:险峻的山岩,陡峭的崖壁。⑩惊狖(yòu):受惊的长尾猴。⑪墨王:或以为王羲之,或以为怀素,难以确定。⑫五指拿空鹏转翅:谓五指执笔自如纵笔。⑬宣城枣颖:宣城枣核笔。安徽宣州是名笔产地,此谓名笔并非佳书的先决条件。⑭铁腕:喻功力深厚,以坚强的腕力作书。由来:来源。自酣恣：自由地尽情放纵。

胡应麟（一首）

胡应麟（1551—1602），字元瑞，号少室山人，浙江兰溪人。明神宗万历年间举人。能诗，受知于王世贞。嗜书，藏书四万多卷，筑室山中，专事著述。有《少室山房笔丛》等。

米南宫《误恩帖》歌

张颠老死米颠出[1]，好手中原斗狂逸[2]。
南唐宝石作研山[3]，三十六峰舞寒碧。
低头拜石石不语[4]，袍笏蹒跚笑儿女[5]。
一朝把换薛公鹤，泣向蟾蜍泪如雨[6]。
兴来刷笔扫孤愤[7]，十万材官破坚阵[8]。
青城侠客挥剑锋，夜叉飞天云雾中[9]。
宣尼常笑由也嗲[10]，颠也淋漓逞豪健[11]。
此帖数字亦怒张[12]，儿驹泛驾不可当[13]。
五百年来米颠子[14]，绝倒当年颠长史[15]，
钟王节制安事此[16]？

〔简析〕从明朝中叶起，学习米字的风气渐开，祝允明、徐渭、米万钟、邢侗、董其昌等名家，莫不受米芾的影响，形成一代崇尚俊迈爽利的书风。胡应麟这首歌行，可以看作当时崇米合唱中的一曲。作者认为癫狂的人才可能作癫狂的书法，张旭之后，只有米芾可称得上癫狂，并举出米芾拜石、宝研两件惊世骇俗的轶事突出米芾癫狂个性。米芾作书，行笔速度极快，"如天马脱衔，追风逐电"，自称刷字，故其书法有"淋漓豪迈，纵横不可一世之气"。人们称赞其书法"每出新意于法度之中，而绝出笔墨畦径之外"，未免嫌其稍逊蕴藉之致，故黄庭坚批评米芾书法"似仲由未见孔子时风气"。作者

就这幅《误恩帖》的笔法、风格、韵致与诸家评论对比，认为具有一定道理，得出"五百年来米颠子，绝倒当年颠长史"的结论。

〔**注解**〕①老死：年老而死。②好手：本指技艺高超的人，此谓大书法家。狂逸：狂放超绝。③南唐宝石作研山：研山是天然形成峰峦的砚石，在底部山麓处琢平可受水磨墨，既可做文房清供，又可为临池之具。米芾特别喜爱研山，蓄有数座，其中有一座是南唐李后主的故物，后来为结屋甘露与苏才翁之孙交换得宅基一方。④低头拜石：拜石是米芾很著名的逸事。叶梦得《石林燕语》："米芾诙诵好奇……知无为军，初入州廨，见立石颇奇，喜曰：'此足以当吾拜。'遂命左右取袍笏拜之。每呼曰'石丈'。"⑤袍笏：古制：自天子以至大夫、士人，皆穿朝服执笏；笏以玉、象牙及竹为之，按地位高低而异。蹒跚：行步缓慢摇摆的样子。⑥"一朝把换薛公鹤"两句：薛公指米芾的好友书法家、收藏家薛绍彭。米芾珍藏的一座研山被薛绍彭易去后惋惜不已，追想成图，并题诗其上："研山不复见，哦诗徒叹息。唯有玉蟾蜍，向余频泪滴。"蟾蜍，指蟾蜍形的水滴。⑦刷笔：刷字。米芾曾称自己写字为刷字。《海岳名言》："上问本朝以书名世者凡数人，海岳各以其人对，曰：'蔡京不得笔，蔡卞得笔而乏逸韵，蔡襄勒字，沈辽排字，黄庭坚描字，苏轼画字。'上复问：'卿书如何？'对曰：'臣书刷字。'"孤愤：耿直孤行，愤世嫉俗。⑧材官：勇武之卒。⑨"青城侠客挥剑锋"两句：形容米字峻爽劲力，飞动怪异，往往出人意料之外。侠客，武艺高强，见义勇为之人。夜叉，梵语，意为勇健，佛经中一种形象凶恶的鬼，列为天龙八部众神之一。飞天，梵语提婆，意译为天神于空中飞翔，故称飞天。⑩宣尼：孔子。汉平帝元始元年（1），追谥孔子为褒成宣尼公，后因称孔子为宣尼。由也喭（yàn）：《论语·先进》："由也喭。"意为仲由粗鲁。由，仲由，字子路，孔子弟子。相传子路有勇力。⑪淋漓：酣畅的样子。李商隐《韩碑》："公退斋戒坐小阁，濡染大笔何淋漓。"豪健：豪放雄健。⑫此帖：指《误恩帖》。怒张：气势壮盛。谓书法笔力雄健。米芾《海岳名言》："筋骨之说出于柳，世人但以怒张为筋骨，不知不怒张,自有筋骨焉。"⑬儿驹泛驾:小马驹不受控御。形容米芾字风神外露,有桀骜不驯之气。⑭米颠子:此下作者自注:"宋人米南宫有名满天下之称。或疑米不足当者,曰:'二十年来何处不省有米颠子。'"⑮绝倒当年颠长史:使张旭极为佩服。⑯钟王:钟繇、王羲之。节制:约束克制。

朱之蕃(一首)

朱之蕃(1575 — 1624),字元介,号兰隅,金陵(今江苏南京)人。一作字元升,荏平(今属山东)人。明神宗万历年间进士,仕至吏部侍郎,曾出使朝鲜。卒赠礼部尚书。有《奉使稿》。

跋《大道帖》

书家化境难窥测①,天际行云峡注泉②。
想见彩毫飞舞处,心忘大道手通玄③。

〔简析〕王羲之《大道帖》与其传世的诸帖有一定差别,是所谓的连绵草,一气而下。所以张丑称其"老笔纷披,所谓一笔书也"。作者认为该帖变幻莫测,无所拘束。流畅笔画与狂逸气势来自王羲之本人对书法艺术的独特理解与用笔的神妙。因而这不是常人可以窥测领略的。钦服之情,溢于言表。

〔**注解**〕①化境:指书法造诣达到神妙境界,与造化媲美。窥测:通过眼看而测度。②天际:天边。③大道:人间正道。玄:奥妙。

钱谦益(一首)

钱谦益(1582 — 1664),字受之,号牧斋,晚年自号蒙叟,又号东涧遗老,常熟(今属江苏)人。明万历年间进士,官至礼部尚书。因诒事马士英、阮大铖,为士林轻视。后降清,授礼部侍郎,管秘书院事。因疾辞官。为明末清初文学家。有《初学集》《有学集》。

席间观李素心督学孙七岁童子草书歌

杜陵九龄书大字[1]，李郎七岁笔阵强[2]。
身长未及等书案，负剑却立短凳傍[3]。
凝睇双瞳剪秋水[4]，梯几拂拭神扬扬[5]。
须臾笔下龙蛇出[6]，折钗倒薤纷旗枪[7]。
举如茧栗不盈握[8]，放笔直欲隳堵墙[9]。
力如蓝田射伏虎，饮羽穿石激电光[10]。
势如卫公夜行雨，风鬃雾鬣不可当[11]。
书罢安闲妥衫袖[12]，敛手拱揖归辈行[13]。
肩随兄弟舒雁立[14]，怀铅画栔森琳琅[15]。
荀家八龙见其四[16]，一龙奋爪先开张[17]。
当筵观者皆老苍[18]，捋须奋袂徒惊惶[19]。
老夫顿足自激昂[20]，安得抱之贡玉堂[21]。
君不见昔年李长沙[22]，天子加膝坐御床[23]。

〔简析〕作者是这位善书童子爷爷的朋友，不排除诗中有夸张的成分。但是，身高矮于书案的七岁小孩可以挥洒自如地作草书，且"力如蓝田射伏虎，饮羽穿石激电光"，颇具一些书家风范，也很难得了。诗中谈到他的几兄弟同在，不提他们也能写字，这位七岁小孩书法造诣非同一般是肯定的。诗的最后由奇才联想到上献朝廷，无异是毁灭天才的设想。李氏童子最终没能书名显当时与垂后世，与其长辈过早炫耀与误导不无关系。

〔注解〕①杜陵：杜甫号杜陵布衣。九龄书大字：九岁学写大字。杜甫《壮游》诗："九龄书大字，有作成一囊。"②笔阵：写字运笔如行阵。③负剑：抱小孩的样子。④凝睇：注视。⑤梯几：凭几案。拂拭：除去灰尘。⑥须臾：片刻。⑦折钗倒薤：书法术语。指折钗股、倒薤书，以之代书法。⑧茧栗：兽角初生形如茧如栗，以之比喻握笔时手之小。⑨隳（huī）堵墙：使围观的人倾倒佩服。杜甫《莫相疑行》："集贤学士如堵墙，观我落笔中书堂。"⑩"力如蓝田射伏虎"两句：谓笔力之壮。《史记·李将军列传》载李广："出猎，见草中石，以为虎而射之，中石没镞，视之，石也。"⑪"势如卫公夜行雨"两句：卫公指唐朝大臣李靖。李复言《续玄怪录》记载李靖尚未发迹时，在霍山中射猎，迷路，误入龙宫，应神仙之请，骑青骢马帮助行雨故事。⑫安闲：不慌不忙的样子。妥衫袖：放下卷起的衣袖。⑬辈行：同辈人。⑭舒雁立：比喻有次序。舒雁，鹅。古人认为鹅行自成行列，故称成列有序为舒雁。⑮怀铅画椠：铅，指石墨笔。椠，木简。意为拿笔写字，形容好学。琳琅：美好的样子。⑯荀家八龙：东汉荀淑八个儿子都有名声，时人称为八龙。此指见到李素心四个孙子。⑰奋爪：振臂挥手，指写书法。⑱老苍：年老须苍，谓老者。⑲捋须奋袂徒惊惶：形容惊奇的各种举动。⑳顿足：以脚踩地，形容着急。激昂：振奋昂扬。㉑玉堂：汉代宫殿名，此指朝廷。㉒李长沙：明朝大臣李东阳为茶陵人，茶陵当时属长沙府。㉓天子加膝坐御床：廖道南《殿阁词林记》："李东阳四岁能作大书，景帝召见，抱置膝上，赐上林珍果及内府宝锭。"

傅山（二首）

傅山（1607—1684）初名鼎臣，字青竹，后改名山，字青主，别号真山、公之佗、朱衣道人、丹崖翁、侨黄老人等，山西阳曲人。傅山为人耿介，富有民族气节。明亡后，不应清试，从事反清秘密活动。后衣朱居土穴养母。年七十余被征举博学鸿儒，强制进京。以死拒绝就任官职，放还。工诗文、书画、金石，精医学。有《霜红龛集》。

作字示儿孙

作字先作人①，人奇字自古。
纲常叛周孔②，笔墨不可补。

诚悬有至论③,笔力不专主④。
一臂加五指,乾卦六爻睹⑤。
谁为用九者⑥,心与擎是取⑦。
永兴溯羲文⑧,不易柳公语⑨。
未习鲁公书⑩,先观鲁公诂。
平原气在中,毛颖足吞虏⑪。

〔简析〕示儿孙实际是傅山反对赵董书法的宣言。此诗下作者有很长的说明,系统地反映了傅山的书法思想:"贫道二十岁左右,于先世所传晋唐楷书法,无所不临,而不能略肖。偶得赵子昂、董香光墨迹,爱其圆转流丽,遂临之不数过而遂欲乱真。此无他,即如人学正人君子,只觉觚棱难近,降而与匪人游,神情不觉其日亲日密,而无尔我者然也。行大薄其为人,痛恶其书,浅俗如徐偃王之无骨。始复宗先人四五世所学之鲁公,而苦为之。然腕难矣。不能劲瘦挺拗如先矣!比之匪人,不亦伤乎?不知董太史何见,而遂称孟为五百年中所无。贫道乃今大解,乃今大不解。写此诗仍用赵态,令儿孙辈知之勿复犯,此是作人一著。然又须知赵却是用心于王右军者,只缘学问不正,遂流软美一途。心手不可欺也如此,危哉!危哉!尔辈慎之。毫厘千里,何莫非然。宁拙毋巧,宁丑毋媚,宁支离毋轻滑,宁真率毋安排,足以回临池既倒之狂澜矣。"就书迹看,傅山的作品并没有完全跳出赵、董、王铎的影响之外。但他的强调人品与书品的关系、"四宁四毋"等论点,对其后的书法发展方向产生了特别巨大的影响。

〔注解〕①作字先作人:意为作书法的前题必须先注重自身修养,明白为人的道理。②纲常:三纲五常。封建时代以"君为臣纲、父为子纲、夫为妻纲"称三纲,以仁、义、礼、智、信为五常。周孔:指周公旦与孔丘。封建社会以周公、孔丘为圣人。③诚悬:柳公权字诚悬。至论:最深刻真实的道理。此指柳公权对唐穆宗问用笔法"心正则笔正,笔正乃可法矣"这句话。

④笔力不专主：指笔力不是书法唯一的决定因素。⑤乾卦：《周易》八卦之一。六爻：《周易》把组成卦的划叫爻。重卦六划，故称六爻。此句意为作书以一臂加上五个手指，等于乾卦的六爻。⑥用九：《周易》占筮之例，凡得阳爻者，用九不用七。九为动爻，《周易》占动，故用九。⑦心与掔（wàn，同腕）是取：意为创作书法以心与腕同动。⑧永兴溯羲文：指虞世南继承了王羲之心意在书法创作中主导地位的观点。王羲之《题卫夫人笔阵图后》："心意者将军也，本领者副将也。"虞世南《笔髓论》："心为君，妙用无穷，故为君。"⑨不易柳公语：王羲之、虞世南心为主导的观点与柳公权"心正笔正"用意相同。⑩鲁公书：颜真卿书法。颜真卿曾被封为鲁郡开国公。⑪"平原气在中"两句：具有颜真卿的高风亮节，其书法必然有压倒一切的气势。

索居无笔，偶折柳枝作书，辄成奇字，率意二首（选一）

腕掘临池不会柔①，锋枝秃硬独相求。
公权骨力生来足②，张绪风流老渐收③。
隶饿严家却萧散④，树枯冬月突颠粤⑤。
插花舞女当嫌丑⑥，乞米颜公青许留⑦。

〔简析〕奇人作奇字。傅山一生力主"作字先作人"，因而独特而不与时代合拍是其论书先论人的主要观点。用柳树枝作字"秃硬"细瘦是必然的，但作者却由此联系柳公权的作字笔正心正的骨力。认为字画疏瘦是萧散的基点，柳枝作书的字美女们未必看好，而崇尚气骨的人却别有会心。

〔注解〕①腕掘：腕力倔强，不灵活。临池：写书法。②公权：唐朝大书法家柳公权。骨力：气力。③张绪：疑是张旭，俟考。风流：恃才而不拘礼法的气派。④隶饿严家：受规矩严厉家庭管束而吃不饱的奴隶，李世民称王献之书法"若严家之饿隶"。萧散：闲散自得的样子。⑤颠粤：狂放急速似豪侠的样子。⑥插花舞女：袁昂评卫恒书法"如插花美女，舞笑镜台"。⑦乞米颜公：颜真卿有《乞米帖》。

吴伟业（二首）

吴伟业（1609—1672），字骏公，号梅村，太仓（今属江苏）人。明崇祯年间进士。弘光时任少詹事。与马士英、阮大铖不合，假归。清康熙时，有司力迫入都，任国子祭酒。擅诗文书画。有《梅村家藏稿》等。

断碑

妙迹多完阙①，天然反失真②。
销亡关世代③，洗刷见精神④。
拓处悬崖险⑤，装来断墨新⑥。
正从毫发辨⑦，半字亦先秦⑧。

〔简析〕清朝是帖学衰落、碑学兴盛的时代，其中既有政治原因，也有学术因素。这一重大变化，本在清朝中叶，明末清初早已显露端倪，这首咏先秦石刻的诗就透出了其中的消息。作者所见的断碑，实际是断碑的拓片，似乎是汉代以前的摩崖石刻。由于稀少，且拓摹难度较大，拓本也相对珍贵，最后两句诗，既是写考证，也透出珍惜之情。

〔**注解**〕①妙迹：美好的书迹。完阙：消尽缺失。②天然：自然。失真：失去本来面目。③销亡：今作消亡，消耗灭亡。世代：朝代。④洗刷：将欲行摹拓的碑石洗涤清除苔藓污垢。⑤悬崖：高陡的山崖。⑥断墨：不完整拓本。因原碑为断碑。⑦毫发：毛发，此指最细微之处。⑧先秦：秦朝以前的时代。

颜公石刻

鲁公戈法胜吴钩[①],决石锥沙莫与俦[②]。
火照断碑山鬼出[③],剑潭月落影悠悠[④]。

〔简析〕吴伟业书学赵孟頫,与颜真卿书法风格相去甚远。此诗盛赞颜书,尤赞其戈法在书圣王羲之之上,目的是推崇其忠直刚烈的节操。特别是后两句渲染的一种凄冷的环境,与颜书形成强烈的对比,从中可以窥见这位被迫仕清诗人的矛盾心理。

〔注解〕①鲁公:颜真卿。戈法:指戈字中笔的写法,亦称"背法"。王羲之很重视戈法,其《题卫夫人笔阵图后》:"每作一戈,如百钧之弩发。"吴钩:兵器,形似剑而曲。相传吴王阖闾命国中作吴钩,有人杀掉自己的两个儿子,以血涂钩,铸成二钩,锋利无比,献给吴王。②决石锥沙:书法术语,怒猊抉石与以锥画沙。人称唐著名书法家徐浩书如"怒猊抉石,渴骥奔泉"。黄庭坚《论书》:"王氏书法,以为如锥画沙,如印印泥。"俦:伴侣。③山鬼:山中精灵。④悠悠:安闲静止的样子。

方文(一首)

方文(1612—1669),又名一耒,字尔止,一字明农,号嵞山,安徽桐城人。明末诸生,入清隐居今南京市。有《嵞山集》。

蔡中郎八分书歌(并序)

广平有《淳于长夏承碑》,乃蔡邕隶书,其来已久。嘉靖间石工取以修城,遂失所在。今重刻于石。

汉隶石经碑第一[①],孔庙礼器碑第二[②]。

苦县老子碑第三[3]，陇西曹全碑第四[4]。
四碑俱是蔡邕书[5]，书后却不注名字。
我昔闻诸长老言[6]，访求其本不易致[7]。
前年北平宋使君[8]，惠我曹全志墓文。
我乍获此如重宝，笔法高简更出群[9]。
因而临摹百余日，仅能仿佛其半分。
观者但见汉隶少，遂谓此足张吾军[10]。
今年冬月游洛水[11]，闻有汉隶在城里。
欣然往观碑果在，其旁小字序原委[12]。
中郎初本不可得[13]，此是后人重摹拟[14]。
八分瘦硬方通神[15]，此书稍肥未尽美[16]。
虽未尽美典型存[17]，观者溯流而穷源[18]。
李蔡实为篆隶祖[19]，片石只字尽瑶琨[20]。
寄语邦君覆以屋[21]，勿令风雨生苔痕。
至于修城石千万，曷忍取此埋城根[22]。

〔简析〕蔡中郎指东汉大书法家蔡邕。八分书为隶书一种，亦称分隶。明末清初，学习隶书风气渐兴，但人们对汉碑的研究并不很深入。比如此诗所列的几种汉碑中，除《熹平石经》中一少部分有可能是蔡邕书丹，其余如《汉鲁相韩敕造孔庙礼器碑》《汉郃阳令曹全碑》，据清人考证均非蔡邕书丹。苦县《老子碑》石久佚，书丹人不详。由于汉碑不留书丹人姓名，正如诗中所言"书后却不注名字"，因而人们将一些著名汉碑俱穿凿附会归于蔡邕名下。古人学习书法的范本多用碑帖拓本。人工拓摹速度较慢，得一本碑刻拓本也非易事，因而能得到一个拓本即视为"重宝"。学习汉隶风气兴起，汉代所刊刻的碑受到了重视。一些残损严重或毁佚的汉碑又被翻刻，诗作者广平所见翻刻的《淳于长夏承碑》即是翻刻碑。虽然翻刻碑字稍显丰肥，也具有一定学习书法参考价值，故作者作诗以记之，并呼吁人们注意珍惜保护。

《礼器碑》

《曹全碑》

〔**注解**〕①石经：指东汉熹平四年（175）由蔡邕等书《五经》文字刻石，石旧在洛阳太学门前，后散佚，近世偶有出土。②孔庙：封建王朝奉祀孔子的庙宇，此指山东曲阜孔子故宅所建的孔庙。礼器：即《礼器碑》，全称《汉鲁相韩敕造孔庙礼器碑》，东汉永寿二年（156）立，隶书，碑正面、背面、两侧均刻有文字。③苦县《老子碑》：苦县即今河南省鹿邑县。县有《老子碑》，相传为蔡邕书。④曹全碑：全称《汉郃阳令曹全碑》，东汉中平二年（185）立，明朝在陕西郃阳县旧城出土。⑤蔡邕：东汉著名书法家。⑥长老：年龄很大的长辈。⑦其本：指以上各碑的拓本。⑧北平。即指北京。宋使君：不详所指，当为宋姓为府州长官者。⑨笔法高简：写笔画的用笔方法高妙简要。⑩吾军：我们学习汉隶的队伍。⑪洛水：即洛河，水名。⑫原委：指事情的本末。⑬中郎初本：指蔡邕书丹的《淳于长夏承碑》，也称《夏承碑》。⑭摹拟：依原石拓本重新摹刻。⑮八分瘦硬方通神：作者认为隶书细劲如《礼器碑》为神妙。⑯尽美：达到完美。⑰典型：典范。⑱溯流：逆流向上。⑲李蔡：秦朝李斯、东汉蔡邕。⑳瑶琨：美玉。㉑邦君：指翻刻的《夏承碑》所在地广平（今河北省邯郸市永年区）长官。㉒埋城根：作者希望翻刻的《夏承碑》不要再重蹈原石被"取以修城"的命运。

周亮工（一首）

周亮工（1612—1672），字元亮，号栎园，祥符（今属河南开封）人。明崇祯年间进士，官监察御史。仕清后，官至户部右侍郎。工诗文，擅八分书。有《赖古堂印谱》《印人传》等。

跋自作八分书《寒鸦歌》后（二首选一）

难教去尽外来姿①，老腕羞惭力不随②。
方叠出夸官样好③，阿谁解受郃阳碑④。

〔简析〕清初，学汉碑之风方启，一时很难被崇尚帖学的人们接受。据作者题跋，其用《曹全碑》书体所作《寒鸦歌》，"命童子携出，童子笑谓予曰：'收此冷淡生活，应唯虎林霍君。'"可见当时知音之难觅。此诗正表达了作者寂寞不平的心绪。后来的汉魏石刻书派的兴盛，清初人筚路蓝缕探索之功是不可没的。

〔注解〕①外来姿：所书书体以外的特点。②老腕：作书时间很长的自谦词。③方叠：正当重叠。官样：官廷的样式，指当时科举应试用的馆阁书体。④郃阳碑：全称《汉郃阳令曹全碑》，此碑东汉中平二年（185）十月立，明朝万历初年在陕西郃阳县旧城出土；字体峻美异常，是汉碑中的上品。

吴绮（一首）

吴绮（1619—1694），字薗次，号丰南、听翁，又号红豆词人，扬州府江都（今江苏扬州）人。顺治年间拔贡，官至湖州知府。荐授秘书院中书舍人。任湖州太守，以多风力、尚风节、饶风雅称"三风太守"而去官。为春江花月社，有求诗文者，以花木为润笔，因名圃为"种字林"。有《林蕙堂集》。

宋拓《阁帖》

澄心堂纸廷珪墨①，旧拓于今不可求。
何事宣和遗恨在②，一时还说太清楼③。

〔简析〕明清朝代更替，一些汉族士大夫以收藏考证碑帖为事，于此中消磨时日，与宋徽宗尚好书画何其相似乃尔！宋徽宗沉湎此道，曾刻《大观太清楼帖》，不久即亡国为俘。而亡国的士大夫追求宝藏的又恰恰是《大观太清楼帖》，这不能不引起诗人的感慨。

〔**注解**〕①澄心堂：南唐烈祖李昇所居堂名；后主李煜所造纸称澄心堂纸，细薄光润，为人所贵重。廷珪墨：南唐名墨工李廷珪所制墨，最为后主李煜赏识，后世竟有"黄金易得，李墨难求"之谚。②宣和遗恨：宣和是宋徽宗赵佶年号，用以指代赵佶。靖康二年（1127），金人攻破汴京，赵佶成为囚犯，风雅皇帝成了阶下囚，遗恨千古。③太清楼：《大观太清楼帖》。宋大观三年（1109），宋徽宗因《淳化阁帖》板已皴裂，特出内府所藏真迹命龙大渊等重摹上石；石刻于太清楼下，故称《大观太清楼帖》；原石毁于靖康之变。

陈维崧（一首）

陈维崧（1625—1682），字其年，号迦陵，常州府宜兴（今江苏）人。清康熙十八年（1679）诏试博学鸿词科，授翰林院检讨。参与纂修《明史》。

清朝著名词家之一。有《湖海楼全集》。

卖字翁歌为方坦庵先生赋

龙眠老子真豪雄①,一生破浪乘长风。

行年七十正矍铄②,自号城南卖字翁。

雪花打门月在地,破屋槎枒矗三四③。

广陵城中醉尉多④,老翁自卖床头字。

韭花帖上骨格殊⑤,春蚕锦蚕光模糊⑥。

洞庭霜柑三百颗⑦,不数凤尾还官奴⑧。

拦街小儿拍手笑,老翁掉头只长啸。

此翁游戏无不为,忆昔金门大隐时⑨。

大儿扈跸五柞馆⑩,小儿从猎黄山陲⑪。

红墙海户奇毛净⑫,玉粒思秋北风劲。

诏赐从官尽击鲜⑬,羽林年少知名姓⑭。

一朝赭衣出国门⑮,牛车万里探河源⑯。

破讷沙头断行迹⑰,康居城外愁人魂⑱。

吾闻神仙狡狯不可当⑲,此翁亦复非寻常。

作吏但未作仆射⑳,流官讵止流夜郎㉑。

即今七十材力强,子孙满前身乐康。

翁起弹筝余击缶,翁亟向前掩余口㉒。

人生万事难具陈㉓,卖字且换东家酒。

〔简析〕清康熙江南科场纳贿舞弊案发,方拱乾(方坦庵)第五个儿子参加了此次考试并在录取之列,因而方拱乾及其家人被流放黑龙江宁古塔。从"作吏但未作仆射",到作为囚犯流放,暮年才遇赦放回,生活的大起大落,使其大彻大悟。虽然穷困潦倒,却能坦然处之,以"街前卖字书擘窠"维持生活。从诗中得知方拱乾书法得杨凝式《韭花帖》、王羲之《奉橘帖》遗意,

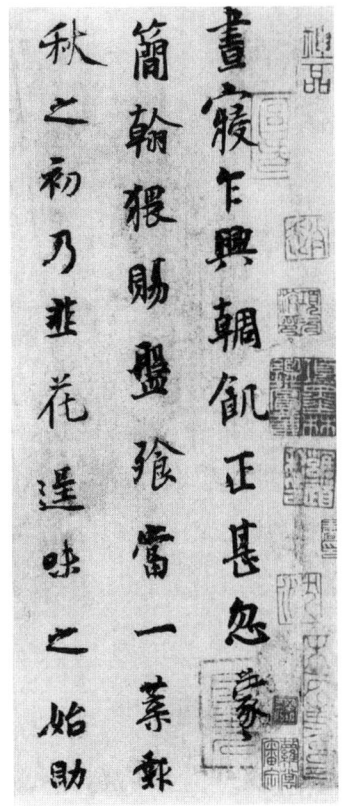 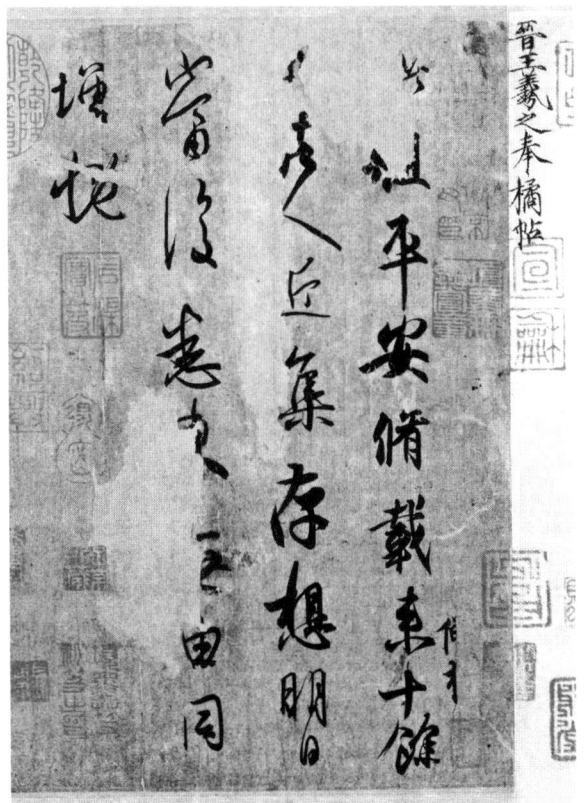

杨凝式《韭花帖》　　　　王羲之《奉橘帖》

用笔华美劲锐。此诗不仅可补某些专业书籍漏收方拱乾擅书法并曾以卖书法作品为生之憾，也可以从一个侧面反映清朝以卖字为生的书法家队伍构成情况。

〔**注解**〕①龙眠老子：指方拱乾，字坦庵。但龙眠是否是其名号则需待考。②矍铄：年虽老但很勇健。③槎枒：参差不齐的样子。④广陵：即今江苏省扬州市。⑤韭花帖：杨凝式传世墨迹。行书，七行，共六十三字。骨格：结体风格。⑥锦蚕：形容笔画华美劲锐。⑦洞庭霜柑三百颗：当指王羲之《奉橘帖》，帖中有"奉橘三百枚，霜未降，未可多得"。⑧官奴：王献之小字官奴。⑨金门：金马门，指官署。大隐：虽在朝廷为官，但过隐居生活。⑩扈跸：随从皇帝的车驾做侍从。五柞馆：即五柞宫。皇帝的离宫。⑪从猎黄山陲：护从皇帝到黄山脚下打猎。⑫海户：傍海而居的人家。⑬击鲜：指吃美食野味。⑭羽林：皇帝卫队的名称。⑮赭衣：古代囚徒穿红衣，故称罪人为赭衣。此指方拱乾因科场案被囚并流放。⑯河源：黄河源头。此代指阿什河。⑰破讷沙头：地名。当是指方拱乾犯案前居住处。俟考。⑱康居：西域国名。此代指黑龙江宁古塔。⑲狡狯：诡变。开玩笑。⑳仆射：宋朝宰相称仆射。㉑流官：本指清朝在少数民族地区任命的官吏。此借指流放的犯官。夜郎：地名。在贵州省。㉒翁巫向前掩余口：清朝文禁特别严重。怕有失言之处。是一种心有余悸的表现。㉓具陈：一一细说。

朱彝尊（一首）

朱彝尊（1629—1709），字锡鬯（chàng），号竹垞，又号金风亭长、小长芦钓鱼师。秀水（今浙江嘉兴）人。博览群书。肆力古学。清康熙年间举博学鸿词。授检讨。与修《明史》。诗与王士禛齐名。时称"南朱北王"。词与陈维崧合称"朱陈"。有《曝书亭集》《日下旧闻》。

题董尚书墨迹

三真六草董尚书①，北米东邢总不如②。
试诵容台好诗句③，一缣肯换百砗磲④。

〔简析〕明朝末期，邢侗、张瑞图、米万钟、董其昌先后著名于书坛，称"四家"。后人认为，董其昌的书法更多个性，更富新意，成就在其他三家之上，为当时人推崇，所谓"三真六草，天下为宝"。朱彝尊此诗代表了清初人的对张、邢、米、董四大书家书法水平的普遍看法和评价。所谓盖棺论定，评判高下在后人。

〔注解〕①三真六草董尚书：意为董其昌的书迹为天下珍贵。《南史》

为王彬作传："载王彬与兄王志均善书法。王彬行六，善草书。王志行三，善真书。时人为之语曰：'三真六草，为天下宝。'"董尚书：董其昌（1555—1636），字玄宰，号思白，明书画家、画论家，对后世影响很大。董其昌曾任南京礼部尚书。②北米东邢：指与董其昌同时的著名书法家米万钟、邢侗。米万钟、邢侗、张瑞图，与董其昌当时并称邢、张、米、董。董其昌又与米万钟合称"南董北米"。③容台好诗句：董其昌擅诗文，诗文集名《容台集》。据此可以推知作者所题墨迹为董其昌自书诗作。④砗磲（chēqú）：玉石之类，西域七宝之一。曹丕《车渠椀赋·序》："车渠，玉属也。多纤理缛文，生于西国，其俗宝之。"车渠与砗磲同。意为董其昌一幅书迹不是一百个砗磲可换得的。

屈大均（一首）

屈大均（1630—1696），字介子，又字翁山，广东番禺（今广州）人。清兵入粤时，曾参加抗清队伍，明亡，削发为僧。中年还俗，改屈绍隆名为屈大均。有诗名，与陈恭尹、梁佩兰合称"岭南三大家"。有《翁山诗外》《翁山文外》《广东新语》等。

草书歌赠蓝公漪

公漪爱我草书好①，画成即遣作今草。
角扇屏风总不辞②，龙蛇飞动为君扫。
古来草圣称张芝，神变无方吾所师③。
点画精微尽天纵④，岂惟劲骨兼丰肌。
二王笔精复墨妙⑤，思极天人无不肖⑥。
率意超旷我亦工⑦，研精体势未知要⑧。
汉人遗法久无传⑨，用笔从来贵极圆。
怀素颇得草三昧⑩，夏云随风任盘旋⑪。
米芾神锋每太峻⑫，大黄远射力愁尽⑬。

张旭颠草虽自然，亦伤雄壮终非晋⑭。
我今学草常苦迟，未能变化犹矜持。
裙滑无多羊氏练⑮，水清安得伯英池⑯。
伯喈作书必纨素⑰，欲购千端无毫兔⑱。
仲将如漆墨盈箱⑲，左伯光妍纸无数⑳。
为君乱作一笔书㉑，心手窈冥随所如㉒。
蛟龙拿攫恣夭矫㉓，骤雨飘风教有余。
秾纤折衷更精熟㉔，每日淋漓须百幅㉕。
君之散隶亦入神㉖，以之相易须神速。
君有尊人草篆精㉗，凡夫赵氏同飞名㉘。
故君法书具清识，感激知己深余情㉙。
笔力会当友造化㉚，安得闭门日多暇㉛。
右军筋骨亦精心㉜，与君八分早相亚㉝。

〔简析〕此诗是书法家之间谈学草书心得体会的一首诗，由于是与书友交流，故而畅所欲言，无所顾忌。屈大均认为草书是表达书家心境的载体，因而他推崇"神变无方""率意超旷"的境界。对于只追求点画笔势，重功力、乏意趣的草书认为是未达到最高境界。在这种思想指导下，对于古来的草书大家进行了褒贬，特别是对于风华太露的书家提出批评，如米芾的俊逸太过，张旭草书少晋人风韵等，不失为一家之言。

〔注解〕①公漪：清书法家蓝涟字公漪，布衣，擅篆、隶、草书，精篆刻。②角扇：扇子的一种。③无方：没有固定的法度。④精微：精致细微。天纵：上天所赋予的。⑤二王：王羲之、王献之。⑥天人：有道之人或天上的人。⑦率意：竭尽心意。超旷：超迈旷达。⑧体势：风格姿态。⑨遗法：遗留的法则。⑩草三昧：草书真谛。⑪夏云随风：谓从夏天云彩变化中悟出草书的变化。⑫神锋每太峻：黄庭坚评米芾书"如快剑斫阵，强弩射千里，所当穿彻，书家笔势，亦穷于此。然亦似仲由未见孔子时风气耳。"⑬大黄：强弓名字。⑭亦伤雄壮：杜甫《李潮八分小篆歌》："吴郡张颠夸草书，草书非古空雄壮。"⑮裙滑无多羊氏练：指王献之书羊欣裙幅及带故事。⑯伯英：东汉书法家张芝。⑰伯喈：东汉大书法家蔡邕字伯喈。纨素：丝织品。⑱千端：千匹。⑲仲将：三国魏大书法家韦诞字。⑳左伯：字子邑，擅八分书，尤擅造纸，世称左伯纸。㉑一笔书：即一笔草。㉒窈冥：奥妙。㉓蛟龙拿攫恣夭矫：形容草书笔势酣畅、气魄宏伟。夭矫：屈伸自如。㉔秾纤：粗细大小。折衷：调和二者，取其中正，无所偏颇。㉕淋漓：酣畅。㉖散隶：隶书的一种。㉗尊人：指蓝涟的父亲蓝箎，清朝书法家。㉘凡夫赵氏：姓赵的平凡人，不详所指。㉙感激：感动激发。㉚会当：当须。造化：自然的创造化育。㉛日多暇：哪一天有时间。张芝有"匆匆不暇草书"语。㉜右军：王羲之。㉝八分：隶书。

彭孙遹（一首）

彭孙遹（1631—1700），字骏孙，号羡门，浙江海盐人。清顺治年间进士，举博学鸿词第一。授编修，历官吏部右侍郎。工诗擅书，诗与王士禛齐名，称"彭王"。有《松桂堂集》等。

陈白沙草书歌

白沙先生名早闻①，手掷青山归白云。
陈情上拟李令伯②，讲学欲方吴聘君③。
晚年信手作大字④，茅笔纵横有奇致⑤。
何必规规王右军⑥，淋漓时复成高寄⑦。
世人好古如好龙⑧，可怜识见多雷同⑨。
岂知草圣固余技⑩，相赏不在翰墨中⑪。

〔简析〕陈白沙即明朝创茅笔草书的著名书法家陈献章。不肯人云亦云、亦步亦趋步先贤后尘是陈献章的艺术信条。其所创茅笔草书老气纵横，荒率苍茫，韵致别具。唐宋以来学习书法者无不以王羲之书法为楷模，而陈献章却不肯"规规王右军"，而是"淋漓时复成高寄"。其一，不刻意追求整饬而修饰，而是出自自然，信笔挥洒；其二，束茅作笔，书写效果与毛笔作书有很大的差异，更多了几分天然朴野的情趣；其三，独具只眼，不受技法的束缚，写的是个人的学识与修养。本诗作者赏识的正是这种不盲从古人，另辟蹊径的独创精神。

〔**注解**〕①白沙先生：明朝著名书法家陈献章，人称白沙先生。②陈情：陈述衷情。李令伯：晋李密字令伯，李密曾任职蜀国，蜀亡后，晋武帝征其为太子洗马，李密上《陈情表》推辞；陈献章讲学白沙里，屡荐不起，作者因之比李密。③讲学：讲授学问。陈献章不第，从吴与弼讲学。授官辞归后，居白沙里讲学，从学者甚众，时人称"活孟子"。吴聘君：即明朝学者吴与弼。陈献章曾从师于吴与弼。聘君，又称征君，朝廷以礼征召有学问的人。明王朝曾屡次征聘吴与弼，均辞不起。④信手：随手。⑤茅笔：茅草制成的笔。陈献章居白沙里，束茅代笔，以茅笔作书，自成一家。奇致：特殊的韵致。⑥规规：拘泥的样子。⑦淋漓：酣畅的样子。高寄：寄情于高远。⑧世人好古如好龙：意为俗人收藏鉴赏古迹如同叶公子高好龙一样，并不喜爱真正的龙。刘向《新序·杂事》："叶公子高好龙，钩以写龙，凿以写龙，屋室雕文以写龙。于是夫龙闻而下之，窥头于牖，施尾于堂。叶公见之，弃而还走，失其魂魄，五色无主。是叶公非好龙也，好夫似龙而非龙者也。"⑨识见多雷同：见解只是随声附和，人云亦云。⑩余技：小技艺。⑪相赏不在翰墨中：真赏不在于草书本身，而在于其所蕴含的丰富情韵、所蕴藏的书家的高风亮节。

宋荦（二首）

宋荦（1634—1713），字牧仲，号漫堂，又号西陂，河南商丘人。官至吏部尚书，加太子少师。精于鉴藏书画。诗与王士禛齐名。有《西陂类稿》《漫堂墨品》等。

观子瞻《寒食诗》墨迹，
次其《答舒教授观所藏墨》韵

书家三昧贵偶然①，右军戏笔留棐几②。
兰亭再书便不佳③，千载风流传片纸。
眉山人物岷峨高④，兴至挥毫亦可喜⑤。
剡藤半幅寒食诗⑥，玉环艳态真自比⑦。
同时四家尽峥嵘⑧，不衫不履端让此⑨。
公惟意寄笔墨先⑩，瓦池柿叶皆不鄙⑪。
蛇蟠醉帖好事求⑫，敲门几烦中夜起。
况兹春江入户篇⑬，价敌元龟与象齿⑭。
忆公困顿黄州年⑮，破灶湿苇舆隶耻⑯。
谁知禁锢徒尔为⑰，一字一金固其理。
涪翁心折跛语公⑱，书则平原诗则李⑲。
想当掀髯奋袂时⑳，元气淋漓任驱使㉑。
北平亚相博物才㉒，什袭虽多此最美㉓。
寒宵远道许借观，展卷光芒拱璧委㉔。
戏鸿摹勒良苦心㉕，仅得皮毛遗骨髓㉖。
起磨陙糜学双钩㉗，雪打窗棂冰砚水㉘。

〔简析〕《黄州寒食帖》墨迹是苏轼书法代表作，有天下行书第三之誉，此诗是作者观赏这一名迹有感而作。书法是艺术，最佳创作状态往往不在危坐矜持之时，神妙作品恰恰出于有意无意的偶然之中。"《兰亭》再书"已非是修禊当场书写的绝品，《黄州寒食帖》"试使东坡为之，未必及此"，都说明艺术绝品的不可重复性。苏书天真烂漫，往往是兴之所至称意而出，故没有滞凝造做之态，这种不衫不履，"元气淋漓任驱使"的畅快，最使诗人佩服。作者精于鉴赏之道，见解自然不同流俗，可以说是深得书法艺术的"三昧"。

〔注解〕①三昧：奥妙。唐李肇《唐国史补》："长沙僧怀素好草书，自言得草圣三昧。"偶然：出乎意料之外。②戏笔留棐几：《晋书·王羲之传》载，王羲之："尝诣门生家，见棐几滑净，因书之。"戏笔，随意书写的作品。③兰亭再书便不佳：相传王羲之醉后写《兰亭集序》，神妙异常，后又多次尝试重写，但没有一幅达到第一幅的水平。④眉山人物：眉山有才德名望的人，此专指苏轼，苏轼为眉山人。岷峨高：谓苏轼才名如岷山、峨眉山那样崇高。⑤兴至：兴致到来。⑥剡藤：浙江剡溪出产古藤，可以造纸，久负盛名。后因以剡藤指代名纸。寒食诗：寒食，节令名，清明节前一日或二日。苏轼在黄州第三年的寒食节，作五言古诗两首并自书，这就是有名的《黄州寒食帖》墨迹。⑦玉环艳态真自比：苏轼字丰腴，人或嘲其为"墨猪"，苏轼颇不以然，作诗谓："短长肥瘦各有态，玉环飞燕谁敢憎？"玉环，唐玄宗妃子杨玉环。⑧同时四家：指北宋的大书家蔡襄、苏轼、黄庭坚、米芾。峥嵘：超越寻常。⑨不衫不履端让此：意为毫无拘束地挥洒，首推《黄州寒食帖》墨迹。⑩意寄笔墨先：意在笔先。宋人尚意趣，故云。⑪瓦池柿叶：瓦盆为砚，柿叶为纸，比喻书写之具甚简陋。苏轼《孙莘老寄墨》："瓦池研灶煤，苇管书柿叶。"不鄙：不以之为鄙陋。⑫好事：喜欢多事。指爱好苏轼书法的人。⑬春江入户篇：指《黄州寒食帖》墨迹。苏轼《黄州寒食帖》第二首首句："春江欲入户，雨势来不已。"⑭价敌：价值相当于。元龟：王莽时货币有龟宝四品：元龟、公龟、侯龟、子龟。《汉书·食货志》："元龟岠冉长尺二寸，直二千一百六十，为大贝十朋。"象齿：象牙，为雕刻工艺品的珍贵材料。此以元龟象齿形容极贵重。⑮困顿黄州年：艰难于黄州之时。苏轼因乌台诗案被囚，后贬谪黄州团练副使。黄州，地名，在湖北省。⑯破灶湿苇：《黄州寒食帖》第二首有"空庖煮寒菜，破灶烧湿苇"句。舆隶：舆人与皂隶，谓地位低微的人。⑰禁锢：禁止封闭，勒令不准做官。指苏轼被贬谪黄州。⑱涪翁：黄庭坚号涪翁。心折跋语公：内心折服苏轼，跋《黄州寒食帖》评价苏字很公允。⑲书则平原诗则李：黄庭坚跋曰："东坡此诗似李太白，犹恐太白有未到处；此书兼颜鲁公、杨少师、李西台笔意。试使东坡复为之，未必及此。它日东坡或见此书，应笑我于无佛处称尊也。"⑳掀髯奋袂：形容作书从容畅快的举止。髯，颊须。据传苏轼胡须美且长。㉑元气淋漓：混元之气湿润如滴。㉒北平亚相：收藏《黄州寒食帖》者，河北省人、任御史，姓名俟考。博物：博识多知。㉓什袭：珍重珍藏。㉔拱璧委：确实珍贵异常。拱璧，大璧，谓珍贵之物。㉕戏鸿摹勒：明朝董其昌于1603年摹刻《戏鸿堂法书》，其中收有《黄州寒食帖》。良心苦：用心良苦。㉖仅得皮毛遗骨髓：只是形体相似而没能得其精神。㉗隃糜（shùmí）：地名，在今陕西千阳县，其地产墨，后因以隃糜为墨之代称。㉘冰砚水：砚水成冰，点明双钩《黄州寒食帖》时间。

《寒食诗》

万道人草书

年少襟期并铁崖①，偶然卖字坐中街。
剡藤半幅山僧寄②，醉墨淋漓亦复佳③。

〔简析〕万寿祺是一位具有民族气节的书画篆刻家。明朝灭亡后，他儒服僧帽,卖字画为生,人称"万道人"。此诗前两句写万寿祺其人,后两句写万寿祺其书。表达了作者敬慕其人,珍重其书之情。诗的第二句是写实,从中可以窥见明清之际文人当街卖书画、篆刻的大略情况。

〔注解〕①年少:明末清初书画家万寿祺,字年少。襟期:情怀与抱负。铁崖:元末著名文字学家杨维桢,号铁崖。②剡藤:好纸。③醉墨淋漓:酒醉中所作草书酣畅飞动。

陈廷敬(一首)

陈廷敬(1638—1712),字子端,号说岩,泽州(今山西晋城)人。顺治年间进士,累官至文渊阁大学士,兼吏部尚书。生平好学,擅诗,与王士禛唱和。卒谥文贞。有《午亭文编》。

学书颇勤自嘲

笔冢成堆泼墨香①,练裙棐几抵缣缃②。
临池晚觉黄庭好③,掩镜先愁白发长。
身世葛怀非浪迹④,古今臧谷共亡羊⑤。
梅花书阁残阳下,把玩流年亦自伤⑥。

〔简析〕封建社会,学书法往往是士大夫摆脱无聊苦闷的一种寄托方式。自嘲就是借咏书发牢骚而已。此诗为作者晚年所作。多年坚持学习书法,直至废笔成堆之时,才真正理解王羲之所书《黄庭经》帖妙处所在。学习书法,是一种陶冶性情的自娱,有葛天氏、无怀氏之民之乐。然而它和其他寄情方式一样,"事业不同,其于亡羊均也"。消磨的是壮志,流逝的是时间,无怪乎要黯然自伤了。

〔注解〕①笔冢成堆泼墨香:谓学书勤苦,弃笔成堆,用墨如泼。

②练裙：白裙。虞龢《论书表》："子敬为吴兴，羊欣父不疑为乌程令。欣年十五六，书已有意，为子敬所知。子敬往县，入欣斋，欣衣白新绢裙昼眠，子敬因书其裙幅及带。欣觉，欢乐，遂宝之。"榧几：榧木做的几。《晋书·王羲之传》："尝诣门生家，见榧几滑净，因书之，真草相半。"缣缃：专供书写用的细绢。③黄庭：《黄庭经》帖，相传为王羲之书，小楷，六十行，末署"永和十二年五月"。④身世：人生经历。葛怀：葛天氏之民与无怀氏之民。陶渊明《五柳先生传》："衔杯赋诗，以乐其志，无怀氏之民欤？葛天氏之民欤？"葛天氏与无怀氏俱为传说中的古帝王。浪迹：不拘形迹。⑤臧谷共亡羊：《庄子·骈拇》："臧与谷，二人相与牧羊，而俱亡其羊。问臧奚事，则挟策读书。问谷奚事，则博塞以游。二人者事业不同，其于亡羊均也。"⑥把玩流年：赏玩光阴。

吴雯（二首）

吴雯（1644—1704），字天章，号莲洋，祖籍辽阳（今属辽宁），其父官山西，遂占籍。清圣祖康熙年间举博学鸿词。擅诗，诗风雄骏豪迈，有元好问遗风，王士禛称其为仙才。有《莲洋集》。

论书答子文大尹

句曲论书已杳茫①，江陵劫火更凋伤②。
参差昙襄鹅群字③，颠倒山阴狸骨方④。
拨镫微言宁石室⑤，画沙真谛岂云阳⑥？
传疑传信须裁取⑦，莫但随人筑道傍⑧。

〔简析〕题中子文名徐文驹，子文是其号。徐文驹论书诗未见，此诗是吴雯的答诗。清初人论书，往往与古人立异，对旧说的怀疑，即为变革的开始，这首诗就表达了作者对旧传书法书学某些关键问题的质疑。朝代的更替，战乱频繁，种种劫难屡屡发生，历史真实往往随之湮没或扭曲。梁元帝烧毁无数图书典籍，西魏军烧掠名书画作品，使书学及书法中的执笔、笔法等问题莫衷一是，扑朔迷离。因而必须有个人主见，不人云亦云，这就是本诗的主题。

〔注解〕①句曲论书：句曲，山名，又称茅山，在江苏省句容县，道家称金坛华阳之洞天。南朝陶弘景曾隐居茅山，与梁武帝书信往复，论说钟、王书法。杳茫：漫无边际。②江陵劫火：江陵，地名，在湖北省，为南北朝时长江流域主要经济文化中心。公元555年，西魏军攻破江陵，梁元帝将所聚古今图书十四万卷全部烧毁；西魏军又掠走江陵府库中所藏全部书画珍宝。凋伤：创伤。③参差：近似。昙禳（ráng）：昙禳村，在今浙江省绍兴县。相传为王羲之饲鹅处。《法书要录》："山阴有昙禳村，即王右军笼鹅处。"鹅群字：《鹅群帖》墨迹，相传为王献之书，纸本，行书，八行五十字，多是米法，可能是米芾临写。④狸骨方：《狸骨治劳方帖》。唐李绰《尚书故实》："荀爽能书，尝写《狸骨治劳方》。右军临之，至今谓之《狸骨帖》。"⑤拨镫：拨灯法，书法术语，指执笔运指如拈拨灯芯状。唐林蕴《拨镫序》："岁余，卢公忽相谓曰：'……吾昔受教于韩吏部，其法曰拨镫，今将授子，子勿妄传。推、拖、捻、拽是也。诀尽于此，子其旨而味乎！'"微言：精微之言。石室：山中隐居之室。相传蔡邕入嵩山学书，于石室中得一素书，篆写李斯并史籀用笔法，读诵三年达其旨。⑥画沙：锥画沙，书法术语，将锥画入沙里，沙形成两边凸起，中间形成一线，以形容书法中锋、藏锋之妙。真谛：佛教语，真即真实无妄，谛犹义，谓最真实的道理。云阳：地名，故城在今陕西淳化县西北，相传程邈被囚于此而创隶书。⑦传疑传信：对疑难的问题不做定论，传待他人；以己所信，传与他人。《榖梁传·桓公五年》："《春秋》之义，信以传信，疑以传疑。"裁取：判断酌取。⑧随人筑道傍：筑室道谋。比喻无主见，与不相干的人共谋，必难成功。《诗经·小雅·小旻》："如彼筑室于道谋，是用不溃于成。"郑玄《笺》："如当路筑室，得人而与之谋所为，路人之意不同，故不得遂成也。"

徐电发卖《升元帖》，遂成三诗，兼论书法大略云（三首选一）

闻道山阴字[①]，簪花格再祧[②]。
却观戎路表[③]，师法信钟繇[④]。
瘦硬神方见[⑤]，渊源派自昭[⑥]。
从君辨端委[⑦]，惆怅惜南朝[⑧]。

〔简析〕徐电发即清朝学者徐釚。《升元帖》为南唐摹刻的一部古帖。作者这三首诗在惋惜古帖易主的同时，更多的是就一些书法问题阐述自己的见解。作者认为王羲之书法并非像世俗所传的那样婉丽秀媚，而是瘦劲古拙，是"拙尚存钟鼎，工翻洗土泥"。并在注文中解释说："钟王本存古法，学者日就熟滑，宜为盘马武人所弹射。"一般都认为王羲之学于卫夫人，作者却认为他更近于钟繇，得《戎路表》情韵更多，均不失为一家之言。

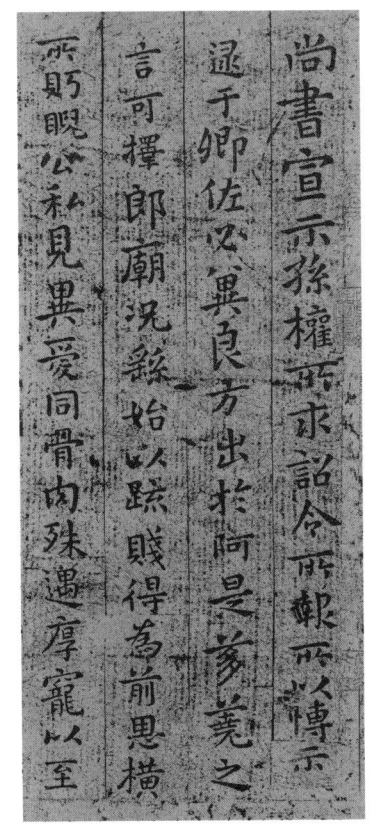

钟繇《宣示表》

〔**注解**〕①山阴：地名，今浙江省绍兴市。此指代王羲之。②簪花格：书法工整娟秀者称簪花格。袁昂《古今书评》："卫恒书如插花美女，舞笑镜台。"卫恒是卫夫人的叔叔。再祧：既为卫恒后嗣又为钟繇后嗣。此句作者自注："右军初学茂漪，继宗元常。"③戎路表：又名《贺捷表》，钟繇书，小楷，十二行，末署"建安廿四年闰月九日南番东武亭侯臣繇上"。《戎路表》笔法与

《宣示表》不同。作者注曰："太傅书，它皆痴肥，此独清劲。杨用修谓南唐绝品，在淳化祖帖之上，因可想见逸少师傅。"④师法信钟繇：意为王羲之的确以钟繇为师。⑤瘦硬神方见：笔画瘦硬才见精神。杜甫《李潮八分小篆歌》："书贵瘦硬方通神。"⑥渊源：事物的本源。派自昭：流派自然彰明。⑦端委：朝服之端正而宽长者称端委。此喻著名墨迹。⑧惆怅：因失意而感伤。惜南朝：惋惜南唐古帖失去。《升元帖》相传为南唐李煜命徐铉摹刻其所藏前代墨迹的一部历代丛帖。

高士奇（一首）

高士奇（1645—1703），字澹人，号江村，一号瓶庐，钱塘（今浙江杭州）人。因工书法，得明珠推荐，入内廷供奉，为康熙皇帝宠幸，官礼部侍郎。卒谥文恪。精于鉴赏书画，收藏书画精品颇多，著《江村消夏录》记载其事。有《清吟堂全集》等。

题米芾《蜀素帖》

蜀缣织素乌丝界①，米颠书迈欧虞派②。
出入魏晋酝天真③，风樯阵马绝痛快④。
想昔秋登海岱楼⑤，笔势江波各澎湃⑥。
清雄超妙气凌云⑦，一洗胸襟顽与隘⑧。
熙宁造练元祐书⑨，年经六百未尘坏⑩。
狮子捉象喻笔力⑪，疑有骊龙获神怪⑫。
频历沧桑兵燹余⑬，几逢七夕邻家晒⑭。
五百五十六字强⑮，一一琳琅等金薤⑯。
我学青松保岁寒⑰，汉阴抱瓮忘机械⑱。
见兹顿令心爱慕⑲，似于吾道有微疥⑳。
欲从碧落游帝宸㉑，鹤羽冲霄谁可铩㉒。
一官未挂洞庭帆㉓，月夜闲阶了诗债㉔。

〔简释〕《蜀素帖》是米芾传世真迹。结字自然烂漫，用笔凌厉倜傥，有不可一世之概。后世见者无不为之倾倒，所谓："如狮子捉象，全力赴之，当为平生杰作。""其清雄绝俗之文，超妙入神之字，今于此卷见之。"等评价推崇至极，高士奇即为其中一位。米芾书法在宋四家中最见功力，博取众长而自出新意。这一点他个人谈得最为透彻："人称吾书为集古字，盖取诸长处总而成之。既老，始自成家，人见之，不知以何为祖也。"其特点在《蜀素帖》中体现得最为突出。作者欣赏《蜀素帖》之后，既对米芾书法造诣之高表示衷心倾服，更对自己在六百年后亲见完整无缺的《蜀素帖》表示无比庆幸。

　　〔注解〕①蜀縑：蜀地产双丝织带黄色细绢，此借指蜀素。乌丝界：乌丝栏，绢素上织有黑色界线。米芾此帖就因为写在这种丝织品上而名《蜀素帖》。唐李肇《唐国史补》："又宋、亳间，有织成界道绢素，谓之乌丝栏。"②米颠：米芾为癫狂不羁，世称米颠。书迈欧虞派：书法超越唐代大书法家欧阳询、虞世南派系之外。③出入魏晋：谓米芾书法入魏晋之室，又出魏晋人之室。酝天真：积渐而成自然烂漫的书风。米芾反对矫揉造作的书法，推崇晋人不露风华、古朴自然的风格，称晋人书"其气象有若太古之人，自然朴野之质"。④风樯阵马：乘风之船，破阵之马。形容米芾书法气势迅疾超轶，一往无前，不可阻挡。苏轼《雪堂书评》："海岳平生篆、隶、真、行、草书，风樯阵马，沉着痛快。当与钟王并行，非但不愧而已。"⑤海岱楼：米芾所居楼名海岱楼。⑥笔势江波各澎湃：谓米芾用笔得江波澎湃之势。李日华《竹嬾画媵》："米元章有海岱楼，坐见江山，日夕卧起其中，以领烟云出没、沙水映带之趣，故书绘二事，日臻其妙。"⑦清雄超妙气凌云：《蜀素帖》书风清新俊迈，气势高华，有矫健逼云霄之概。⑧一洗胸襟顽与隘：胸中愚妄与狭隘全被米书气势清除。⑨熙宁造练元祐书：谓《蜀素帖》使用的绢素是宋神宗熙宁年间（1068 — 1077）织造，米芾作书于宋哲宗元祐戊辰年（1088）。⑩尘坏：污染残损。⑪狮子捉象喻笔力：董其昌跋《蜀素帖》："米元章此卷如狮子捉象，以全力赴之，当为平生杰作。"⑫骊龙：黑色的龙，相传骊龙颔下有宝珠。董其昌跋《蜀素帖》："徐茂吴方诣吴观书画，知余得此卷，叹曰：'已探骊龙珠，余皆长物矣。'"⑬沧桑：沧海桑田，大海变农田，农田变大海，比喻朝代更替。兵燹（xiǎn）：因战争所遭受的破坏焚烧。⑭几逢七夕邻家晒：被豪富之家据有而炫耀。《世说新语·任诞》："阮仲容步兵居道南，诸阮居道北。北阮皆富，南阮贫。七月七日，北阮盛晒衣，皆纱罗锦绮。"⑮五百五十六字强：此处有误。《蜀素帖》共七十一行，共六百五十七字。五百应为六百之误。⑯——琳琅等金薤：指《蜀素帖》每一个字都写得十分完美，弥足珍贵。金薤，金薤书。⑰青松保岁寒：谓志行坚贞。《论语·子罕》："岁寒，然后知松柏之后凋也。"《蜀素帖·拟古》："青松本无华，安得保岁寒。"⑱汉阴抱瓮忘机械：意为希望做抱朴守拙，根除机心，清静无为，一任自然的全德之人。《庄子·天地》："子贡南游于楚，反于晋，过汉阴。见一丈人，方将为圃畦，凿隧而入井，抱瓮而出灌，搰搰然用力甚多，而见功寡。子贡曰：'有械于此，一日浸百畦，用力甚寡而见功多，夫子不欲乎？'为圃者卬而视之，曰：'奈何？'曰：'凿木为机，后重前轻，挈水若抽，数如泆汤，其名为槔。'为圃者忿然作色而笑曰：'吾闻之吾师，有机械者必有机事，有机事者必有机心，机心存于胸中则纯白不备，纯白不备则神生不定，神生不定者，道之所不载也。吾非不知，羞而不为也。'子贡瞒然惭，俯而不对。"⑲见兹：亲眼观赏《蜀素帖》。爱慕：敬仰向往。⑳似于吾道有微疥：作者奉行清静无为，毫无机心的行动准则，现见到《蜀素帖》顿生爱慕的"机心"，认为与其遵循的"大道"不合，有微小的害处。㉑碧落：天空。帝宸：天帝的居所。此句意为读了米芾的诗，欣赏了他的书法，产生了羽化而登仙的想法。㉒鹤羽冲霄谁可铩：意为自己像仙鹤游天，自由自在，没有谁能够伤害。《蜀素帖·拟古》有"鹤有冲霄心"句。㉓一官未挂洞庭帆：自己因官职羁绊，不能挂帆畅游。《蜀素帖·吴江垂虹亭作》有"断云一片洞庭帆"句。㉔了诗债：意为了结早应当写而没有完成的诗歌债务。

孔尚任（一首）

孔尚任（1648—1718），字聘之，一字季重，号东塘，又号云亭山人，山东曲阜人，孔子后裔。清康熙年间授国子监博士，迁户部员外郎，后以故罢官。有传奇剧本《桃花扇》，戏曲作品还有与顾彩合写的传奇《小忽雷》等。另有诗文集《湖海集》《岸堂集》《长留集》等。

郑谷口隶书歌

鲁中汉碑存十一[①]，任城有三阙里七[②]。
郑固墓铭峙东平[③]，苔蚀榛荒亦未失。
汉碑结癖谷口翁[④]，渡江搜访辨真实。
碑亭凉雨取枕眠，抉神剔髓叹唧唧。
惝恍拱揖汉代贤[⑤]，梦中传授点画毕。
蝉翼响拓携满囊[⑥]，晓风吹须策驴疾。
归来检付高手工[⑦]，蜜香侧理装成帙[⑧]。
碑额碑穿碑阴完，集古录中无缺逸[⑨]。
文檀为函玉为签，琳琅金薤照晴日[⑩]。
谷口危坐四壁观，何殊蠹简蝌蚪漆[⑪]。
以指画腹昼夜思，久久古人精神出。
纵横能为径丈书[⑫]，小者针虿皆绵密[⑬]。
横飞直牵力千钧，盛年已入中郎室[⑭]。
如今垂老不轻挥[⑮]，瘦臂撑拄肩崒崣[⑯]。
灯下为我摹数番，古劲如镌金石质[⑰]。
汉后隶书谁登峰[⑱]，学问无如谷口笔[⑲]。
珍重藏之胜藏碑，赞服作歌美非溢。

〔简析〕郑谷口名郑簠，是清朝早期隶书大家。他是如何成为大书法家的，此诗从一个侧面做了回答。当时学习汉隶范本极少，他只身北上，到存汉碑比较多的山东，广泛寻访，认真揣摩，摹拓复制。"碑亭凉雨取枕眠，抉神剔髓叹唧唧。"痴迷之状可见一斑。归家后更是"以指画腹昼夜思"，用功之勤亦可见一斑。郑簠成功了，朱彝尊就认为郑簠隶书古今第一。梁巘谓："郑簠八分书学汉人，间参草法，为一时名手。"正如诗中句子"汉后隶书谁登峰，学问无如谷口笔"的评价一样。但成功途中的艰难却很少有人去问及，特别是郑簠晚年作隶书"半日一画，每成一字，必气喘数刻""瘦臂撑拄肩崒崔"也非常辛苦，这就是此诗的价值所在。

〔注解〕①鲁中：指山东省曲阜一带，春秋时为鲁国地。②任城：地名，今山东省济宁市。阙里：地名，孔子故里。③郑固墓铭：郑固碑，东汉延熹元年（158）四月立，隶书，存十五行，行二十七字。另有右下角残石一块，存二十四字。碑额是篆书，镌"汉故郎中郑君之碑"。东平：地名，今山东省泰安县境内。④谷口翁：清朝早期隶书大家郑簠，号谷口，此诗当为其晚年作，故称翁。⑤惝恍：隐约不清，仿佛。⑥蝉翼：也称蝉衣拓，是用极淡墨拓制的古碑帖精拓本。⑦检付：整理，交给。⑧侧理：纸名，《拾遗记》："南人以海苔为纸，其理纵横邪侧，因以为名。"此指高档纸。⑨集古录：宋朝欧阳修撰写的记录金石碑刻的书籍。⑩琳琅金薤：此指装饰华美的碑帖拓本。⑪蠹简蝌蚪漆：似蛀虫蛀食竹简书、蝌蚪书一样研究汉碑。⑫径丈书：一丈见方的字，形容所书字极大。⑬针虿：针芒虿尾，比喻极小字。绵密：细致周密。⑭盛年：壮年。中郎：东汉书法家蔡邕曾任中郎将，书史称蔡中郎。⑮垂老：已近老年。⑯崒崔（zúlù）：高耸的样子。⑰古劲：古拙劲健。⑱登峰：登峰造极，指成就无人可及。⑲学问：知识系统而精深。

查慎行（一首）

查慎行（1650—1727），初名嗣琏，字夏重，后更名慎行，字悔余，晚号初白，海宁（今属浙江）人。康熙年间进士，授翰林院编修。长于诗，为清代著名诗人。有《敬业堂诗集》等。

周桐野前辈以隋《龙藏寺碑》拓本见贻二首（选一）

翠墨椎来体尚全①，书家名姓惜无传②。
唐贤风骨依稀似③，得法欧虞褚薛前④。

〔简析〕自清朝早期开始，人们学习楷书不再局限于唐代楷法。隋代楷书最先受到注意，原因是其"近唐而古意未尽漓"。唐代楷书大家欧阳询、褚遂良、薛稷等的作品无不"风骨依稀似"隋代楷书，但隋代楷书自然厚重之气韵，却是唐楷所缺的。清朝人从学唐人楷书到转学隋碑，这实际是书风变化的开始。推而广之，即形成了一场书法革命。这首诗反映了康熙年间文人竞相学习隋《龙藏寺碑》的风气。

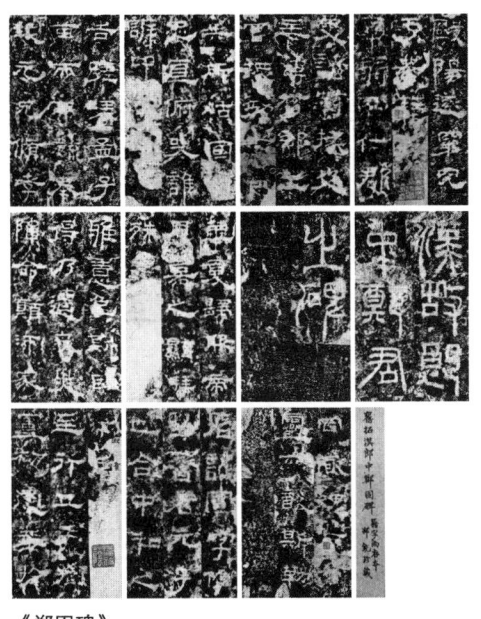

《郑固碑》

《龙藏寺碑》

〔注解〕①翠墨：墨色有光泽。椎来体尚全：指《龙藏寺碑》拓本所存的字差不多是完整的。②书家名姓惜无传：唐朝以前古碑绝少存书丹人姓名。《龙藏寺碑》也无书丹人姓名。③唐贤：唐代诸书家。风骨：书法艺术风格。依稀似：仿佛差不多。④得法：所具楷书法则。欧虞褚薛：指唐朝楷书大家欧阳询、虞世南、褚遂良、薛稷。

高其佩（一首）

高其佩（1672—1734），字韦之，号且园，又号南村，铁岭（今属辽宁）人。原属汉军镶白旗，后因其兄有军功，改隶镶黄旗。由父荫，前后授宿州知州、工部员外郎，迁光禄寺卿，升刑部侍郎，任正红旗汉军都统。高其佩创指头画，为清朝指画第一人。擅书法，包世臣评其行书为逸品上。

临帖诗

笔号兰亭赏①，墨属程君房②。
颜帖日临摹③，进境在相忘④。
初凭笔向背，临正复纵狂⑤。
耳外与世静，肘际承心强⑥。
气将海岳撼⑦，初若山谷藏⑧。
柔乃健之极⑨，拙是巧之方⑩。
恍人隐告语⑪，大夫贵忠良⑫。

〔简析〕此诗一名述画诗。作者对书画之间的关系有着深刻的认识，以辩证的方法论书是此诗的一个特点。作者抓住用笔的向背、端正与狂放、柔与健、拙与巧等关键，谈了自己的认识，证明作者对笔法、笔意、笔力表现的重视。诗的最后两句点明作者重书品更重人品的思想，一位高级官吏能有这个认识，是很可贵的。

〔**注解**〕①兰亭赏：笔名。意为王羲之写《兰亭集序》喜欢用的笔。②程君房：明朝著名制墨专家。③颜帖：颜真卿书写的法帖。临摹：书法术语，对帖临写为临，将纸覆帖上描写为摹。④进境在相忘：意为进入新的境界，必须不同于所临的古人帖。⑤临正复纵狂：用笔先整饬规矩，后纵放狂逸。⑥肘际承心强：肘臂的强劲有力源于内心的坚强。⑦海岳：米芾号海岳外史。⑧山谷：黄庭坚号山谷老人。⑨柔乃健之极：柔软之极即是劲健之极。⑩拙是巧之方：质拙是灵巧的依托。⑪隐告语：私下告诉。⑫大夫贵忠良：意为学习书法必须为人正直，方可取得高的书品。即人品高书品必高之意。大夫，泛指官员。

高凤翰（一首）

高凤翰（1683—1748或1749），字西园，号南村。晚年因右手病废，以左手作书画，故又号尚左生、丁巳残人，山东胶州人。雍正初年以荐得官，署安徽绩溪知县。曾游扬州，为"扬州八怪"之一。擅画山水花卉，不拘成法，风韵苍古。嗜砚，收藏千余方。有《南阜山人全集》。

题自书册页

眼底名家学不来①，峄山石鼓久沉埋②。
茂陵原上昔曾过③，拾得沙中折股钗④。

〔简析〕就字面看，此诗并无过激的言辞，如果深入一层分析，即可感到桀骜不驯与自信。眼前的名家并非真的学不来，而是不屑于学，以其以笔下缺乏秦汉风骨与魏晋气韵。清朝人，特别是"扬州八怪"之所以另辟蹊径，因为有更高的艺术追求。他们转学秦汉石刻书法，从中领悟锥画沙、折钗股等笔意笔趣，获得了古人不传之秘。他们成了真正的名家。

〔**注解**〕①眼底名家：当时比较有名的书法家。②峄山：《峄山刻石》。石鼓：《石鼓文》。二者为秦及秦前石刻文字。③茂陵：汉武帝陵墓，在今陕西省兴平市东北。④沙中折股钗：谓自己的书法得秦汉篆隶遗法。

诸锦（一首）

诸锦（1686 — 1769），字襄七，号草庐，秀水（今属浙江嘉兴）人。清雍正二年（1724）进士，官金华教授。乾隆年间试博学鸿词，授检讨，官左春坊左赞善。有《绛跗阁诗集》。

郑谷口八分书

谷口郑氏书何奇①，以心喻手手自随。
天机所到忘蚿夔②，蚕尾薤叶飘云旗③。
有龙矫矫掀之而④，高堂昼寒嘘风雷。
山头鹳鹤奋欲飞，堕下仙翩纷皑皑⑤。

〔简析〕这首歌行体诗主要是就郑簠所书隶书的形体、气势、韵致进行描绘。作者运用了很多比喻，如以"蚕尾薤叶飘云旗"形容隶书的柔，以"有龙矫矫掀之而"形容隶书的刚，以"山头鹳鹤奋欲飞"形容隶书的生动，以"堕下仙翩纷皑皑"形容隶书的飘逸等。通过体会隶书之美，使人从中领悟到郑簠隶书特点，与作者分享欣赏其书法的愉悦。

〔注解〕①谷口郑氏：清朝早期隶书大家郑簠号谷口。②天机：天赋的悟性，聪明。蚿夔：蚿为多足虫，夔为一足兽。《庄子·秋水》："夔怜蚿，蚿怜蛇。"③蚕尾薤叶：书法术语。前者形容书法的劲锐，多用于隶书；后者用于笔画细劲，多用于篆书。④矫矫：勇武不驯的样子。⑤皑皑：形容特别白。

汪士慎（一首）

汪士慎（1686 — 约1762），字近人，号巢林、溪东外史等，原籍安徽休宁。擅诗，精篆刻书法，草书风韵独具。寓居扬州，为"扬州八怪"之一。有《巢林诗集》。

绝句

目眩心摇寿外翁①,兴来狂草活如龙②。
胸中原有云烟气③,挥洒全无八法工④。

〔简析〕汪士慎晚年双目失明,但是"犹能以意运腕作狂草,金冬心谓其盲于目不盲于心"。不盲于心表现了其对艺术认识的深刻性,因而他敢于突破陈规旧律的束缚,挥洒胸中的云烟。在他人眼中或许是奇谲怪诞的,但它却是"活"的,是充满生命力的,这正是作者所希企达到的境界,故而满意与自得溢于言表。

〔注解〕①目眩心摇:眼睛昏花,心神不定。寿外翁:汪士慎自称。②狂草:又称大草,最为恣肆放纵的草书。③云烟气:飘逸的气韵。④挥洒:挥笔洒墨,形容运笔自如。全无八法工:不受八法的约束。八法,永字八法。

金农(一首·附一首)
金农(1687—1763)字寿门,又字司农、吉金,号冬心先生、稽留山民、昔耶居士、曲江外史等,浙江仁和(今浙江杭州)人。早年学于何焯,乾隆年间荐博学鸿词科不就,以布衣终。晚年寓居扬州,为"扬州八怪"之一。有《冬心先生集》。

草书大研铭

榴皮作字苔寻书①,仙人游戏信有之。
磨墨一斗丈六纸②,狂草须让杨风子③。

〔简析〕金农爱砚成癖,平生作砚铭甚多,有《冬心砚铭》专书印行,此为其中的一首砚铭诗。金农作书用笔方扁,号"漆书",然除淳古方整的分隶外，"溢而为行草，如老树著花，姿媚横出。"偶尔也用大砚丈六大纸，信笔作狂草。从此诗可以窥见冬心先生书法的另一个侧面。

〔**注解**〕①榴皮：石榴皮。苕帚书：以苕帚作书。苕帚，以苕草制作的扫尘用具。②丈六纸：形容纸大。③杨风子：五代大书法家杨凝式。

附：其《鲁中杂诗》之一

会稽内史负俗姿，字学荒疏笑骋驰。
耻向书家做奴婢，华山片石是吾师。

张照（七首）

张照（1691 — 1745），字得天，又字长卿，号泾南，又号天瓶居士，华亭（今上海松江）人。清康熙四十八年（1709）进士，改庶吉士，授检讨，官至刑部尚书，加太子太保。卒谥文敏。清朝前期著名书法家。

论董书绝句

一

茧纸昭陵閟古香[①]，一端云锦属香光[②]。
曾经八景舆前拜[③]，亲见天衣下凤凰[④]。

二

始信神仙自有真，珊瑚骨节玉精神。
不教三斗尘销尽[⑤]，碧落宁容著此身[⑥]。

三

消残智胜如来墨[⑦]，实札香光永不渝[⑧]。
莫怪三千人拂席[⑨]，只缘未睹髻中珠[⑩]。

四

冢中秃管已盈千[⑪]，画被栽蕉廿七年[⑫]。

到此依然书不进，始知王质少仙缘[13]。

五

衣带过江宣示表[14]，漆灯夜照属王修[15]。
今宵偶记遗他日，可得千年伴我不。

六

妍花在镜香无著[16]，俊鹘干霄力透空[17]。
未到此中真实位，争知施女有西东[18]。

七

涌出华严自在云[19]，秀华叶叶漾秋旻[20]。
了知不作烟豪相，八法如来属此君[21]。

〔简析〕清朝初年，康熙皇帝玄烨最喜爱董其昌的书法，朝野学习董其昌书法特别盛行，张照因学习董书成就最突出而著名当时。这七首《论董书绝句》既是其学习董书的心得体会，也是其对董其昌书法的评价。第一首诗认为董其昌书法直接继承"书圣"王羲之，得其书法真谛，特别是得王羲之所书写的《兰亭集序》的神韵。第二首诗写董其昌书法具有的仙风道骨，脱尽尘俗之气，只应天上有而世间难觅。第三首写董其昌书法气韵萧散，书迹珍稀非常，世间学董书者大都未得董书妙处，在于其未睹其书迹真谛。第四首诗写个人虽然长期学习董其昌书法，但是仍有不满意之处。认为自己像晋人王质一样，虽然见到了真神仙，却仍然没有成仙，依旧是一凡夫俗子，可能是没有"仙缘"，是自谦之词。第五首诗通过东晋书法家王修平生酷爱钟繇《宣示表》，及亡，其母将《宣示表》入棺陪葬的故事，写希望自己去世时将珍藏的董其昌墨迹亦陪葬自己，表达对董其昌书法的酷爱。第六首诗谓时下学习董其昌书法成风，但大都是东施效颦，假花无香。董其昌书法矫健的笔力与气势没有人学得到。第七首诗赞董其昌书法品位高超无比，如佛教中的如来佛祖一样是书法中的开宗立派者。此论对董其昌在书法史中的定位并不一定准确，但反映了董其昌书法在当时的风靡情况。

〔注解〕①昭陵闷古香：指唐太宗将《兰亭集序》殉葬事闷，封闭。②一端：一匹。香光：明朝大书法家董其昌号香光居士。③八景舆：一种神仙乘的车轿。④天衣：佛教称天人所穿的衣服。凤凰：传说中神鸟名，雄称凤，雌称凰。⑤不教三斗尘销尽：意为不把尘世间的俗气消除。⑥碧落：天上。宁容：岂容。⑦如来：如来佛，释迦牟尼十种法号的第一种。⑧不渝：不违背。⑨拂席：离席而去。⑩未睹：没有亲眼见到。⑪秃管：长期使用而败坏的笔。⑫画被栽蕉：形容学书法之勤奋。相传虞世南曾被中画腹以书，怀素种芭蕉以蕉叶代纸。⑬王质少仙缘：谓王质与成仙无缘。相传晋人王质入山伐木，见二童子下围棋，质置斧观棋……童子让王质回去，看斧子柄，已经烂尽，回家，已数百年。⑭宣示表：相传钟繇书，小楷，十八行。西晋灭亡，王导将《宣示表》藏衣内，带到江南。⑮漆灯：用漆点明的灯。唐李商隐诗句"漆灯夜照真无数，蜡炬晨炊竟未休"。王修：东晋人，书法家王濛的儿子，擅隶书。⑯妍花在镜香无著：镜中之花，妍而无香。比喻其假。⑰俊鹘：矫健的鹰隼。⑱施女有西东：西施为美女，东施为丑女。⑲华严：即指《华严经》，佛教经典之一。⑳秋旻：秋天。㉑八法如来：谓书家的八法造诣高如佛祖如来者。

厉鹗（一首）

厉鹗（1692—1752），字太鸿，号樊榭，钱塘（今浙江杭州）人。康熙年间中举人，乾隆年间试鸿博不第。厉鹗为清代前期著名诗人、词家。琢句炼字，擅写山水难状之景。有《宋诗纪事》《辽史拾遗》《樊榭山房集》《南宋院画录》等。

碧山草堂橡笔歌

古来何人能大书①，官奴俊爽力有余②。
淋漓只用埽泥帚，扫出不怕春沾淤③。
化城额传羹相休④，以袖揾墨蛟龙遒⑤。

何如汪家碧山草堂里⑥，酒酣脱帽看尖头⑦。
睡庵老人气倜傥⑧，青管高提盈一丈⑨。
至今森然挂东壁⑩，故物不与人俱往⑪。
藤韬漆护棕丝牢⑫，中山徒秃千兔毫⑬。
想见盘旋跳荡发绝叫⑭，惊电破砚翻云涛⑮。
长枪大剑莫相笑，毛锥如此亦足豪⑯。
君不见天竺红墙似霞起⑰，发地扶橡看五字⑱。
犹存手泽供摩挲⑲，后代良孙解驱使⑳。
后代良孙解驱使，翻身使臂不使指㉑。
何当直上天柱峰千尺㉒，一波一磔当空掷㉓，
山魈木客皆辟易㉔。

〔简析〕巨笔的杆似橡称橡笔。这支笔不仅出奇的大，笔毫所用料也很独特，不是动物的毫毛而是棕丝。作者在笔的主人汤宾尹去世多年后，于汪姓碧山草堂里得以欣赏这支绝少见的故物，写此诗以记述。写榜书以其他器物代笔，历史记载有王献之以帚、裴休用衣袖等，只是偶一为之。经常作榜书不但要特制笔，更重要的是操纵这杆特制笔的臂力。而作字时往往须如习武时挥枪使戟。诗中"盘旋跳荡发绝叫，惊电破砚翻云涛。长枪大剑莫相笑，毛锥如此亦足豪"等句可以想象其豪迈气概。直至现代，依然有人两手抓巨笔当众表演书法，确使围观者叹不绝口。然这种巨笔刷出的大字淋漓气势骇人心脾，点画很难做到精到。

〔**注解**〕①大书：榜书，署书。②官奴：王献之小名官奴。俊爽：才华出众，性格豪爽。③"淋漓只用埽泥帚"两句：虞龢《论书表》："子敬出戏，见北馆新泥垩壁白净，子敬取帚沾泥汁书方丈一字，观者如市。"④化城：化城寺。裴相休：唐朝书法家裴休。⑤以袖揾墨蛟龙遒：朱长文《续书断》："裴休字公美，……尝于太山建化诚寺，休镇太原，寺僧粉额陈笔砚以

侯。休神情自若,以衣袖揾墨书之,极道健。逮归,侍妾见其沾渥。休曰:'吾适以代笔也。'"⑥汪家碧山草堂:汪姓斋馆名碧山草堂,其他不可考。⑦尖头:笔的别称。北魏古弼头尖,魏太武帝拓跋焘称弼为"笔头",后也称笔为尖头。⑧睡庵老人:明朝书法家汤宾尹号睡庵,字嘉宾,安徽宣城人。明朝万历年间中进士,官至南京国子监祭酒,著作有《睡庵文集》。倜傥:卓越豪迈。⑨青管高提盈一丈:椽笔笔杆一丈多长。⑩森然:高崇的样子。⑪故物不与人俱往:谓人虽逝去,而笔犹传世。故物,旧物,指椽笔。⑫藤韬:藤为笔的外套。棕丝:以棕毛为笔毫。⑬中山:地名。明李诩《戒庵老人漫笔·笔墨》:"中山非晋,乃唐宣州中山也。宣州自唐来多擅名笔。"⑭跳荡:形容突然落笔。绝叫:大声喊叫。⑮惊电:激电,形容行笔疾驰如闪电。⑯毛锥:毛锥子,指笔。⑰天竺:天竺寺。红墙:墙壁涂红色,寺庙的墙一般均为红色。⑱发地扶椽看五字:此句下作者自注:"天竺寺墙'观自在菩萨'五大字,睡庵书。"⑲手泽:本指手汗,此指汤宾尹亲手用过的巨笔。摩挲:抚摸。⑳驱使:使用。㉑使臂不使指:用椽笔写字用臂力而不用手指之力。㉒天柱峰:山峰高峻似支天之柱。㉓一波一磔当空掷:对着长空尽情挥洒。㉔山魈(xiāo):山中动物名,形似猴,体长三尺多,身披墨褐色长毛,眼黑而深陷,鼻部深红色,两颊蓝紫有皱纹。因其状貌丑恶,旧时称为山怪。木客:传说为山中怪兽,形似人,手脚爪如钩。辟易:惊退。

郑燮(一首)

郑燮(1693—1766),字克柔,号板桥,江苏兴化人。早年家贫,苦读积学,中雍正举人,乾隆进士。曾任山东潍县、范县知县。后辞官鬻画扬州,为"扬州八怪"之一。擅画兰竹,其书隶楷相杂,自称"六分半书"。有《板桥全集》。

赠金农

乱发团成字①，深山凿出诗。
不须论骨髓②，谁得学其皮③。

〔简析〕"扬州八怪"的怪，首先是审美思想的"怪"。他们以支离为美，以朴野为美，乱发团字，深山凿诗，粗服乱头，不假修饰。这种离经叛道的艺术观，受到"正统派"的攻击是必然的。但他们仍然是我行我素，这首诗可以看成是"扬州八怪"书学审美的自白书。

〔**注解**〕①乱发：蓬乱的头发。②骨髓：骨腔中脂膏状物，喻精华。③皮：皮毛。

王如玉（一首）

王如玉，字璞园，山西灵石人，生卒年不详。贡生，清乾隆年间任贵西道，卒追赠太仆寺卿。有《岚溪诗抄》。

与张云汀论汉隶

苦县光和不可见①，郭泰夏承为鲁膺②。
隶体纷纷惑汉唐，几人曾识庐山面③。
剪秃兔毫状剥蚀④，古拙苍奇自惊炫⑤。
盟津谷口竹垞翁⑥，意态有余非杜撰⑦。
痴儿拾得半段枪⑧，跨上疲驴学挑战⑨。
一字人夸过百金，谬种流传方炽扇⑩。
当年宣庙古碑存⑪，五凤一砖枝玉片⑫。
乙瑛韩勅史晨铭⑬，孔宙彪褎泉侯羡⑭。
龙拿虎攫势蜿蜒⑮，利刃铦锋倖戟剑⑯。

其中梁鹄事宏整⑰，体格严棱汉法变⑱。
外此迁仁韩固郑峻鲁荣武⑲，晚出曹全最完善⑳。
又有当涂大飨文㉑，三绝之名称受禅㉒。
两朝碑版照千春㉓，垂璧竟同燕石贱㉔。
无人心手竞追模㉕，可惜琳琅散雷电㉖。
银钩金薤掩神明㉗，美女时花工婉娈㉘。
我生嗜好在金石，贪若贾胡百货炫㉙。
安能盛业继鸿都㉚，永与斯文留一线㉛。

〔简析〕至乾隆年间，学习隶书已经成为时尚，但是在学习中也出现了一些偏颇现象。此诗除了点出汉碑中的上品碑版外，更主要的是对一些不正确的学习汉隶方法提出批评。特别是对那些刻意作风雨剥蚀状而"剪秃兔毫状剥蚀，古拙苍奇自惊炫"和"痴儿拾得半段枪，跨上疲驴学挑战"等谬种流传、歪风邪气提出严厉批评。就是三百年后的今天，也很值得借鉴。

〔注解〕①苦县光和：指《老子碑》与《朱龟碑》。②郭泰夏承：《郭泰碑》《夏承碑》。二碑原碑已毁，后世所见者为翻刻碑。③几人曾识庐山面：意为很少有人理解把握汉朝隶书的真谛。④剪秃兔毫状剥蚀：意为有人为追求古碑字风雨剥蚀的样子，在笔上做手脚，如剪去笔尖等。⑤古拙：古朴。⑥盟津谷口竹垞翁：盟津似指清朝大书家王铎。盟津即孟津，王铎为孟津人。谷口，指清朝大书家郑簠。竹垞翁指清朝著名书法家朱彝尊。⑦意态：神情姿态。杜撰：没有根据的臆造。⑧痴儿：傻小子。半段枪：折断的枪。此指不正确的汉隶写法。苏轼《次韵孔毅父集古人句见赠》："路傍拾得半段枪，何必开炉铸矛戟。"⑨疲驴：跛行的病驴。挑战：攻击正确的汉隶写法。⑩谬种：错误的言论行为。炽扇：像用扇子扇火一样猛烈。⑪宣庙：指曲阜孔子庙。⑫五凤一砖：指金明昌二年（1191）重修曲阜孔庙时出土《五凤二年刻石》。⑬乙瑛韩勒史晨铭：东汉《乙瑛碑》《礼器碑》《史晨前后拿碑》。⑭孔宙彪褒泉侯羡：指东汉《孔宙碑》《孔彪碑》《孔褒碑》《孔羡碑》。⑮龙拏虎攫：像龙争虎斗。蜿蜒：屈曲的样子。⑯铦锋：锋刃锐利。⑰梁鹄：东汉著名书法家；字孟皇，汉灵帝时为选部尚书，任凉州刺史；附刘表，再归曹操，署军假司马。宏整：广博规整。⑱体格严棱：指字的结体整齐方劲。⑲迁仁韩固郑峻鲁荣武：指东汉《张迁碑》《韩仁铭》《郑固碑》《鲁峻碑》《武荣碑》。⑳曹全：东汉《曹全碑》。㉑当涂：三国时魏的代称。大飨文：魏《大飨碑》。㉒三绝之名称受禅：魏《受禅表》，相传此碑由王朗文，梁鹄书，钟繇刻，又称三绝碑。㉓两朝：东汉、三国魏合称两朝。㉔垂璧：腰间佩带平圆形、中心有孔的玉饰。燕石：极平

《乙瑛碑》

《史晨碑》

《孔宙碑》

《孔彪碑》

《孔褒碑》

《孔羡碑》

《张迁碑》

《韩仁铭》

《鲁峻碑》　　　　　　　《武荣碑》　　　　　　张旭《郎官石柱记》

常的石头。《阙子》载愚人得燕石以为重宝故事。㉕追模：临摹学习。㉖琳琅：玉石。此指名碑刻。㉗银钩：书法笔画刚劲称铁画银钩。金薤：指金错书与倒薤书。㉘蜿娈（luán）：缠绵。㉙贾胡：经商的域外胡人。㉚盛业：兴盛的事业。鸿都：东汉宫门名。此指蔡邕书《五经》刻石置鸿都门事。㉛斯文：儒者。

刘墉（四首）

刘墉（1719—1804），字崇如，号石庵，又号香岩、青原、日观峰道人等，山东诸城人。清高宗乾隆十六年（1751）进士，由编修累官至吏部尚书，体仁阁大学士，加太子太保。卒谥文清。刘墉为清朝中叶著名书法家，书名满天下。能诗，有《石庵诗集》。

学书偶成

一

书到元常体最多①，新声未变古谣歌②。
典型已觉中郎远③，野鹜纷纷更若何④。

〔简析〕此诗论钟繇书法及当时书体变化情况。新旧交替,书体纷杂是必然的。钟繇处在隶楷过渡时期,其书体虽然含有隶书特点,但已经与稍前的大书家蔡邕分道扬镳。作者本意在于抒发今不如昔的感慨,但客观上却揭示了新生事物不可战胜,那纷纷的"野鹜"不更走在钟繇的前面了吗?

〔注解〕①元常:钟繇字元常。②新声未变古谣歌:指钟繇的书体仍含有浓重的隶书成分。③典型:典范。中郎:蔡邕。④野鹜纷纷:此指当时通行于民间的各类新书体。

二

长史真书绝不传①,纵横使转尽天然②。
要将伯仲分专博③,一派终输纳百川④。

〔简析〕此诗论张旭草书并谈了作者对专与博的看法。广博固然是好,专精未必不佳。作者以此作评定书家的优劣标准,显然有一定的片面性。况且从来"未有能草不能真","不传"不一定不擅长,《郎官石柱记》相传是张旭所书也非望风捕影。这首诗倒可以成为无真书功底而乱抹狂草的学书人鉴戒。

〔注解〕①长史:张旭曾任金吾长史,世称张长史。②纵横使转尽天然:谓张旭作狂草毫无拘束地转换笔锋,呈现自然的美。③伯仲:优劣、先后。专博:此指擅长一种书体与擅长多种书体。④一派:一条河流。百川:众多的河流。

三

露骨浮筋苦不休①,缚来手腕作俘囚②。
要从笔谏求书诀③,何异捐阶百尺楼④。

〔简析〕此诗是论柳公权书法及对其"心正则笔正"一语的理解。刘墉书尚雍容浑厚，对清刚劲健的柳字指责虽失之偏颇，却是可以理解的。由好尚不同而相互讥嘲，古今皆然。"心正则笔正"是讽谏而非学书妙诀，刘墉的理解是对的。后学胶柱鼓瑟，从中寻求笔法，是理解的错误。以此苛责柳公权，实欠公允。

〔注解〕①露骨浮筋：即抛筋露骨。柳公权作书喜顿挫而锋芒毕现，势凌厉而少温蕴之致，后人往往以此诟病其书。②缚来手腕作俘囚：柳字结体，用笔以紧敛为尚，此句讥其乏从容舒展之态。③笔谏：以用笔方法对最高统治者进行规劝。《旧唐书·柳公绰传》记柳公权："穆宗政僻，尝问公权笔何尽善，对曰：'用笔在心，心正则笔正。'"书诀：学习书法的奥秘。④捐阶百尺楼：将高楼的阶梯撤掉。《世说新语·黜免》："殷中军废后，恨简文曰：'上人著百尺楼上，儋梯将去。'"此句意为"心正则笔正"这句话最易使学习书法的人误解而上当被困，难以解脱。

四

晋代风流去不回①，米颠笔挽一分来②。
褚虞习气销除尽③，桃李丛中见岭梅④。

〔简析〕此诗专论米芾书法。刘墉论书，崇尚表现自我。这种主张很近于宋人的尚意，而与唐人的尚法是不同的。这就是其推崇米芾而贬褚遂良、虞世南的主要原因。书法成家，必有习气存在。褚遂良、虞世南有习气，米芾也同样有习气。就是刘墉自己也是习气很明显，如果没有个人习气，肯定不是家。

〔注解〕①晋代风流：晋朝人书法表现的风情韵度。②米颠：米芾。③习气：习惯。此指长时间作书实践中形成的个人特点。④桃李丛中见岭梅：谓米芾书法有天然高雅的气韵，是矫揉造作、以妍媚取胜的书法难以比拟的。

纪昀（二首）

纪（jǐ）昀（1724—1805），字晓岚、春帆，号石云观弈道人，献县（今属河北）人。清乾隆十九年（1754）进士，入翰林院。曾任山西乡试正考官，庚辰会试同考官，升侍读学士。因泄露盐务机密，谪戍乌鲁木齐。召还，曾以总纂官主撰《四库全书》，主持编撰《四库全书总目提要》。官至礼部尚书、协办大学士。卒谥文达。有《纪文达公遗集》《阅微草堂笔记》等。

斋中砚匣镌诗（二首）

一

笔札匆匆总是忙①，晦翁原自笑钟王②。
老夫今已头如雪，恕我涂鸦亦未妨③。

二

虽云老眼尚无花，其奈疏慵日有加④。
寄语清河张彦远⑤，此翁原不入书家。

〔简析〕纪昀学问为一代文宗，但却拙于书法，柬函著述多为门下士代写或由吏誊录。世上流传的所有署名纪昀墨迹，实为他人代笔，基本无纪昀自写，此镌于其书斋中砚匣上的两首诗明白地告诉了这一点。文化修养底蕴是书法家的必备条件，还需要功力与这方面的灵性，三者缺一不可。人贵有自知之明，称自己"头如雪"的时候写字是"涂鸦"，表示"此翁原不入书家"，是清醒，也是谦虚。同时也说明纪老夫子对什么是书法，何谓书法家，认识很准确，值得我们学习。

〔注解〕①笔札：公文、书信。②晦翁：南宋理学大师朱熹晚年于建阳云谷筑草堂名晦庵，自号晦翁。③涂鸦：指个人书法幼稚，不足寓目。④疏慵：懒散。⑤寄语：传话转告。清河：地名，江苏省淮阴市。明书画理论家张丑著有《清河书画舫》一书，载录书画题跋从三国钟繇至明仇英共八十六家，附五十四家。张彦远：蒲州猗氏（今山西临猗县）人，有《法书要录》一书，辑录东汉至唐元和诸家论书法之作三十九种，实只三十四篇，撷采繁富精审。

蒋士铨（一首）

蒋士铨（1725—1785），字心馀，一字苕生，号清容，一号藏园，江西铅山人。清乾隆二十二年（1757）进士，官编修。后主讲蕺山、崇文、安定书院。与袁枚、赵翼并称"江右三大家"。有《忠雅堂文集》。工南北曲，有《藏园九种曲》。

论书一首题梅庚山临摹册子后

晋人立楷法①，安和而静厚②。
右军圣之时，庶几仁者寿。
虞褚同颜曾③，师承慎其守。
李邕事蹴张④，矜怒斯可丑⑤。
平原乃端人⑥，刚正实无耦。
唐贤尚勇敢⑦，豪杰起欧柳⑧。
纷纷出变相⑨，古法渐乌有。
吁嗟宋四家⑩，私淑先贤后⑪。
譬诸汉唐儒，终未见鲁叟⑫。
端明独驯谨⑬，养气贱贲黝⑭。
雅穆存容仪⑮，得谤等新妇。
雌黄论难凭⑯，好恶各滕口⑰。
吴兴失大节⑱，姿媚启疵垢⑲。
真本岂不佳，赝鼎若刍狗⑳。
妾妇效柔顺，但可执箕帚㉑。
矫枉成狂伧㉒，市井复赳赳㉓。

肥瘠等习气，努力相胜负。
碑版任充塞[24]，传者定谁某。
梅君乌衣彦[25]，敏妙临池手。
小就簿尉间[26]，有誉自无咎[27]。
学书贵读书，真积力渐久。
曲糵既已深[28]，酝酿得醇酒[29]。
始免形骸累[30]，不为习俗诱[31]。
古云人品高，翰墨能不朽。
京卜彼如何[32]，虽工亦奚取。

〔简析〕梅庾山名德，似是蒋士铨后学，或晚辈。所谓论书，是对楷书的历史及历代楷书大家的评价。作者认为王羲之是楷书之祖，唐朝诸家如虞世南、褚遂良、欧阳询、柳公权等直接继承其衣钵，其中颜真卿最为突出。但对李邕加以批判。宋朝四家唯蔡襄是真传，而苏黄米终隔一层。对元赵孟頫批评更加尖锐，一代不如一代之叹随之而出。据诗可知，作者既反对剑拔弩张的书风，也反对妍媚的书风，而崇尚冲和的中规中矩的恬静书风。诗的后半对梅德学习书法提出几点希望，多读书，勤学苦练，注重个人人品修养等，虽然是老生常谈，恳切而针对性较强。

〔注解〕法：楷书法则。②安和：安详平和，不激不厉。③虞褚：唐朝大书法家虞世南、褚遂良。颜曾：孔子弟子颜回、曾皙。此句意为王羲之是书圣，而虞世南、褚遂良就是书圣的最好弟子颜回与曾皙。④蹶张：以脚踏弩，使之张开。意为勉强为力。⑤矜怒：骄横奋迅。⑥平原：唐朝大书法家颜真卿。端人：正直之士。⑦勇敢：有勇气与胆量。⑧欧柳：唐朝大书法家欧阳询、柳公权。⑨变相：释道绘仙佛像及经文中变异之事称变相。⑩宋四家：北宋大书法家苏轼、黄庭坚、米芾、蔡襄被后世尊为"宋四家"。⑪私淑：未得亲受其人教诲而宗仰其人。⑫鲁叟：指孔丘，因其为鲁国人，后人称之为鲁叟。⑬端明：宋朝大书法家蔡襄，其生前曾拜端明殿学士，后人以之代指其人。⑭贲黝：孟贲与北宫黝，二人皆为古代勇士。⑮雅穆：文雅肃穆。容仪：容貌仪表。⑯雌黄：信口雌黄，随便乱说。⑰滕口：同"腾口"，张口放言。《周易·咸》："象曰：'咸其辅颊舌，滕口说也。'"⑱吴兴：指元朝大书法家赵孟頫，赵孟頫为吴兴人。⑲疵垢：缺点毛病。⑳赝鼎：仿造或伪托之物。刍狗：古代祭祀时用草扎成的狗，在祭祀之前是很受人们重视的祭品，但用过以后即被丢弃。后引用以喻微贱无用的事物或言论。㉑箕帚：家内洒扫之事。㉒狂伦：放荡粗野。㉓市井：百姓进行买卖的地方，此谓民间。赳赳：雄健勇武的样子。㉔充塞：充斥，满盈。㉕梅君：梅德，字容之，号庚山，江西省南城人，清朝篆刻家，刀法边款方雅。㉖簿尉：梅庚山曾任主簿、县丞等小官吏。㉗无咎：没有过失。《周易·乾》："君子终日乾乾，夕惕若。厉，无咎。"㉘曲糵：酒母。㉙酝酿：本意为酿酒。此谓积渐而成。㉚形骸：人的形体。㉛习俗：习惯风俗。㉜京卞：宋朝人蔡京、蔡卞。二人擅书法，但人品恶劣。

王文治（七首）

王文治（1730—1802），字禹卿，号梦楼，江苏丹徒（今镇江）人。自幼聪明异常，十二岁能诗、能书。清乾隆二十五年（1760）点中探花，官云南临安知府，后罢归。其书法俊逸秀美，与刘墉齐名，有"淡墨探花"与"浓墨宰相"之称。有《梦楼诗集》《赏雨轩题跋》。

查映山黄门学书图四首（选一）
闻说东坡有定论①，读书万卷始通神②。
若参本分书禅破③，万卷还应隔一尘④。

〔简析〕苏轼提出"退笔如山未足珍，读书万卷始通神"的观点，是强调书家应加强文学修养，使作品增添蓄蕴藉，对于书法发展所起的作用是积极的。王文治曾说过："吾诗、字尽禅理也。"可以说是一语道破天机。强调心领神会，强调捷悟，强调主观作用，不能说没有道理。但如果说这一观点比苏轼的观点更高出一个境界，恐怕未必。

〔注解〕①东坡：苏轼号东坡居士。定论：此谓确定不移的论断。②读书万卷始通神：此语出自苏轼《柳氏二外甥求笔迹》诗的第一首。③本分：禅语，意为本身分内。书禅：书法中玄妙的道理。④一尘：禅语，一个境界。

论书绝句（三十首选六）

一

墨池笔冢任纷纷①，参透书禅未易论②。
细取孙公书谱读③，方知渠是过来人④。

〔简析〕此诗评论唐代大书家孙过庭及其《书谱》。作者认为孙过庭所以书作超妙，书论透彻，就在于他参破了书法中的"禅理"，彻底领悟了书法的奥妙，达到脱凡入圣的境界。如果说达到这种境界不必像墨成池、笔成冢那样苦学，则未必是孙过庭的主张。孙过庭在《书谱》中明白地说过："嗟乎！盖有学而不能，未有不学而能者也。"充分地阐述了其重视功力的主张。

〔注解〕①墨池笔冢：墨成池，笔成冢，用张芝、怀素苦学书法的故事。纷纷：忙乱的样子。②参透书禅：探究明白书法中玄妙的道理。未易论：不可改变的论断。③孙公：唐代大书家孙过庭。书谱：孙过庭传世的书法、书法理论作品。④渠：他，指孙过庭。过来人：参透书禅的人。

二

曾闻碧海掣鲸鱼①，神力苍茫运太虚②。
间气古今三鼎足③，杜诗韩笔与颜书④。

〔简析〕此诗论述唐代大书家颜真卿书法特点及其在书法史上的地位。颜真卿书雍容大度，善于负重，为唐代伟大的书家之一。就这一点论，他与"诗圣"杜甫在诗坛的地位，"文起八代之衰"的韩愈在散文发展史上的地位确是相近的。

〔注解〕①碧海掣鲸鱼：杜甫《戏为六绝句》批评平庸的诗人："或看翡翠兰苕上，未掣鲸鱼碧海中。"此句反用其意，意为颜真卿与杜甫、韩愈一样是超群的英雄，是掣鲸的豪杰。②神力苍茫：非凡的力量大而无穷。运太虚：扭转乾坤，意为开创新时代。③间气：杰出人才。三鼎足：三人鼎足而立。④杜诗韩笔与颜书：承上句意，杜甫的诗、韩愈的散文、颜真卿的书法均为各自领域的绝诣。

三

韭花一帖重璆琳①，千古华亭最赏音②。
想见昼眠人乍起③，麦光铺案写秋阴④。

〔简析〕此诗前两句赞五代大书家杨凝式所书《韭花帖》的珍贵，及其与董其昌之间的关系。后两句为作者想象杨凝式创作《韭花帖》的情景。《韭花帖》章法以疏取胜，行间布白别具特色。董其昌汲取其章法而形成自己的风格，因而他必然是"最赏音"的人了。

〔注解〕①韭花：《韭花帖》，杨凝式书。帖中有"当一叶报秋之初，乃韭花逞味之始"，故称《韭花帖》。璆琳（qiúlín）：璆与琳俱为美玉名。②华亭：地名，此指董其昌，董为华亭人。最赏音：最为知音。董其昌不但欣赏《韭花帖》，给予很高的评价，而且在书法的分行布白上有意追摹《韭花帖》。③昼眠人乍起：白天睡眠刚醒。《韭花帖》首两句为："昼寝乍兴，輖饥正甚。"④麦光：古代纸名。苏轼《和人求笔迹》："麦光铺几净无瑕，入夜青灯照眼花。"秋阴：《韭花帖》写于秋天。

四

坡翁奇气本超伦①，挥洒纵横欲绝尘②。
直到晚年师北海③，更于平淡见天真④。

〔简析〕此诗论苏轼的书法。宋人尚意，书法往往随心而出，使人无绳墨可寻。尚意并非不重法，只是宋人善于取神脱貌，化而为己罢了。苏轼晚年书学李邕，这一点他自己与黄庭坚都说过。但从点画到情韵"更于平淡见天真"，绝少见李邕的影响，或许是"意造"的结果吧。

〔**注解**〕①坡翁：苏轼，苏轼号东坡居士。奇气：特异的气质。超伦：超出同辈。②纵横欲绝尘：奔放似欲超绝尘俗。③师北海：以李邕为师。唐代著名书家李邕曾任北海太守，世称其"李北海"。④平淡：自然纯朴。天真：没有造作的痕迹。

五

天姿凌轹未须夸①，集古终能自立家②。
一扫二王非妄语③，祇应酿蜜不留花。

〔简析〕此诗虽为咏米芾书法而作，却阐述了学习古人与自主创新的关系。米芾以"集古字"著称，其作品是米字而绝非拼凑古人而成，关键是书家的"酿造"过程。它正如甘甜的蜜源自芬芳的花转化过程一样，决定因素是酿造者。这个转化过程是辛苦的，但又非此不足以"自立家"。

〔**注解**〕①天姿：天赋的才能。凌轹（lì）：欺压。②集古终能自立家：从集古字始，以成一家之法为归。米芾《海岳名言》："壮岁未能立家，人谓吾书为'集古字'。盖取诸长处，总而成之。既老，始自成家。人见之，不知以何为祖也。"自立家，成一家之法。③一扫二王非妄语：相传米芾为徽宗书御屏风后，"掷笔于地，大言曰：'一洗二王恶札，照耀皇宋万古。'"妄语，荒诞的话。

六

书家神品董华亭①，楮墨空元透性灵②。
除却平原俱避席③，同时何必说张邢④。

〔简析〕这首诗论董其昌书法及其在书法史上所占地位。作为一代大家，董其昌书法确有其独到之处。董书对当时、后世的影响也很大，王文治本人就是学董而很有成就者。如果说同时的张瑞图、邢侗不足以与董其昌抗衡并非过分之论。那么说除却颜真卿外，没有与之比肩者，却实在是过分推崇董其昌了。

〔**注解**〕①神品：书法作品最上等为神品。董华亭：董其昌为华亭人。②楮墨：纸与墨，此指书法作品。透性灵：最为聪慧。③平原：颜真卿。颜曾任平原太守。避席：古人席地而坐，有所敬畏，则离座而起，称避席。此句意为只有颜真卿方可与董其昌并称。④张邢：明朝著名书法家张瑞图、邢侗。他们当时与董其昌齐名。

姚鼐（五首）

姚鼐（1732－1815），字姬传，一字梦穀，号惜抱居士，安徽桐城人。清乾隆二十八年（1763）进士，四库开馆，任纂修官。告归，力主江南、扬州等地书院，讲席凡四十年。姚鼐擅古文，为桐城派"三祖"之一。书学王献之，为当时著名书家。有《惜抱轩全集》。

论书绝句(五首)

一

裙屐风流贵六朝①,也由结习未全销②。
古今习气除教尽③,别有神龙戏绛霄④。

二

笔端神动有天随⑤,迅速淹留两未知⑥。
莫道匆匆真不暇⑦,苦将矜意作张芝⑧。

三

雄才或避古人锋⑨,真脉相传便继踪⑩。
太仆文章宗伯字⑪,正如得髓自南宗⑫。

四

论书莫取形模似⑬,教外传方作祖师⑭。
老去差当扪鼻孔⑮,世南臂痛废书时⑯。

五

本是欹奇可笑人⑰,衰羸今况发如银⑱。
姜芽敛处成何状⑲,正是严家饿隶伦⑳。

〔简析〕元好问曾作《论诗绝句》三十首,评论诗人及其作品。至清朝,这种形式被移来论书法,作者既多,内容也杂:论源流变迁、谈创作经验、介绍技法、评论书家等,见仁见智,各具特色。这一组《论书绝句》是姚鼐晚年"臂痛废书"后所作,带有总结性质,从中可窥见其书学主张。第一首破结习。作者认为古今各种书法习气最易束缚书家个性,除掉习气,方可达自在游行的境界。第二首去矜持。作者认为创作书法须称心而出,以自然为归。不能稍有所得,即自命不凡。第三首说宗派。自董其昌等提出画有南北宗之论后,这种论点扩展到书法。作者书学董其昌,故认为南宗即书法正传。第四首论成家。作者辞官讲学四十年,至老方"教外传方作祖师",是一种自谦的说法。第五首做总结。作者自称其为人"嵚奇可笑",称其为书"严家饿隶",牢骚、诙谐跃然纸上。作者此《论书绝句》有墨迹传世。

〔**注解**〕①裙屐风流:本指南朝贵族弟子衣着习尚,此谓华美书体遗风。六朝:南朝六朝。吴、东晋、宋、齐、梁、陈相继建都于建康,后世称为六朝。②结习:积久难破的习惯。③习气除教尽:习惯使全部根除。④神龙:古以龙为神物,称为神龙。此似指唐冯承素摹神龙本《兰亭集序》。绛霄:绛色天空。⑤神动有天随:顺应自然而动。《庄子·在宥》:"神动而天随。"《注》:"神顺物而动,天随理而行。"⑥迅速淹留:创作书法时笔的速度变化。⑦匆匆真不暇:卫恒《四体书势》称张芝:"下笔必为楷则。常曰:'匆匆不暇草书。'"⑧矜意作张芝:卫恒《四体书势》:"罗叔景、赵元嗣者与伯英同时,时见称于西州,而矜此自与,众颇惑之。"⑨雄才:超人的才能。⑩真脉:真传相贯通。继踪:继承前人的踪迹。⑪太仆:官名,当指古文学者方苞。宗伯:官名,指董其昌。⑫得髓:得其精髓。南宗:南派。明朝末年,莫是龙、董其昌等人模仿佛教分南北宗说,将画分为南北宗,此后,书法也出现南北宗之说,如冯班《钝吟书要》"画有南北,书亦有南北"就是。⑬形模似:外表相似。⑭教外:教化之外。祖师:书法流派的创始人。⑮差当:略可承当。扪鼻孔:《世说新语·排调》:"初,谢安在东山居,布衣,时兄弟已有富贵者,翕集家门,倾动人物。刘夫人戏谓安曰:'大丈夫不当如此乎?'谢乃捉鼻曰:'但恐不免耳。'"时姚鼐退官讲学,故以布衣时的谢安自比。⑯世南:唐朝大书法家虞世南。废书:停止书法创作。⑰嵚奇可笑人:《世说新语·容止》:"周伯仁道桓茂伦,嵚奇历落可笑人。"嵚奇,一作嵚崎,品格卓异出群。⑱衰羸:衰弱。⑲姜芽:笔姿。刘禹锡《酬柳柳州家鸡之赠》:"柳家新样元和脚,且尽姜芽敛手徒。"⑳严家饿隶伦:像家风很严之家受气挨饿的奴隶一样。比喻笔势拘束。《晋书·王羲之传论》:"览其笔踪,拘束若严家之饿隶。"

翁方纲（二首）

翁方纲（1733—1818），字正三，号覃溪，晚号苏斋，直隶大兴（今北京）人。清乾隆十七年（1752）进士，官至内阁学士。能诗文，精鉴赏考证碑帖。擅书，与刘墉、梁同书、王文治齐名，是乾隆、嘉庆年间著名书家。有《复初斋文集》《复初斋诗集》《两汉金石记》等。

驿壁见王觉斯草书
叹息斯人去孟津①，八分倔强复何人②。
草书谁道体非古，似尔真兼分隶神③。

〔简析〕觉斯是大书家王铎的字。王铎说："学书不参通古碑古书法，终不古，为俗笔也。"欣赏其行草书，既应观其自出己意，也应观其继承传统；既应观其飞腾跳掷，也应观其静穆沉着。翁方纲这首小诗的好处，就在于较全面地认识王铎及其书法。翁方纲书法较传统，与王铎书法相去甚远，往往受人诟病。但其评价书法的议论时有可取。就这一点论，其见解还是高出俗流的。

〔**注解**〕①孟津：县名，在河南省。王铎为孟津人。②八分：书体名，或认为即隶书。倔强：直傲不屈于人。③"草书谁道体非古"两句：意为不要认为王铎草书少传统，其饱含着古碑刻书法的风神。

题祝枝山《成趣园记》
韵胜原从骨胜来①，外间狂草信舆台②。
冯班何焯津梁在③，肯许良常向溯洄④。

〔简析〕翁方纲稍前的著名书法家王澍曾批评祝允明书法骨韵未清，作者不同意这一批评。借题祝允明行楷书《成趣园记》阐述了自己对书法中"骨与韵"及祝允明书法的看法。作者认为，学习书法必先得筋骨之健。骨力不胜，何来情韵之胜？而祝允明草书所以超出俗流，横绝一时，就在于他有深厚的行楷基础。作者这一观点是有一定道理的。

〔注解〕①韵胜：指书法作品所呈现的不凡气度风韵。骨胜：书法字画强劲有力，以筋骨为胜。②舆台：原意为地位低下的人，此指书法造诣低下的书法家。此句意为世上那些造诣不高的所谓擅狂草者，只配给祝允明做奴隶仆从。③冯班：清朝早期书法家，尤以书法理论著名，有《钝吟书要》传世。何焯（zhuō）：清朝早期著名校勘家，擅书法。"楷法极工整，绳头朱字，粲然盈帙，好事者得其手校本，不惜重价购之。"津梁：引渡后进的门径。此句意谓，冯班、何焯等人的小行楷书受祝允明的行楷书影响，以祝允明为桥梁。④肯许：岂能容许。良常：清朝著名书法家，王澍自号良常山人。溯洄：逆着河流向上走。此句批评王澍对祝允明的评价不着边际。

毛上炱（一首）

毛上炱（1740—1783），字罗照，号宿亭，镇洋（今江苏省太仓市）人。清乾隆三十七年（1772）进士，官户部主事。

从义扶乞草书歌

风雨飒沓波涛驱①，斗室怳与龙蛇居②。
回头忽悟屋漏壁③，长矛利剑光铓舒。
弘农二妙天下无④，三杯癫史神仙徒⑤。
笔堆如山那可至⑥，要使万卷充膏腴⑦。
多君三昧擅家学⑧，肘后倾倒青泥壶⑨。
怒龙倔强兔飞走，枯松叫鹤波惊鱼⑩。
杜陵评书贵瘦硬⑪，此论往往嘲髯苏⑫。
楂枒臃肿各天性⑬，何薄饥鹰夸墨猪⑭。
方圆在眼法在手，笔势欲落先踟蹰⑮。

兴酣挥洒数百纸⑯，狂呼跳跃纵横如⑰。
今人不识颜柳面⑱，干禄乞米何为乎⑲。
少小喜学元祐脚⑳，依样那得成葫芦㉑。
白州刺史来蜀都㉒，肌理细腻脂凝肤㉓。
请君一扫笔阵图㉔，勿云未暇匆匆书㉕。

〔简析〕诗作者向其求草书作品的义扶，书史未载其人其书事，应是一位被埋没的书法家。从诗句看，义扶似是姓多，义扶当是其字。他的父祖辈擅书法，家学渊源。义扶其人读书万卷、学富五车，当是学者型书家。其书法以行草书见长，取法唐宋人，笔画细劲生动，"怒龙倔强兔飞走，枯松叫鹤波惊鱼"可以想见其状。其创作特点是往往于酒后，兴酣挥笔洒墨。其书笔力雄健，气势开张。可惜我们已经无法得见其遗迹，只能就这首乞书诗大胆推测了。

〔注解〕①飒沓：很盛大的样子。②斗室：指极小的居室。③屋漏壁：屋漏痕。书法对竖画用笔要求不能直写而下，而要如下雨漏屋之壁上水蜿蜒而下，直中有不直。④弘农二妙：指东汉草书大家张芝与其弟张昶，二张为弘农人。⑤三杯癫史：指唐朝草书大家张旭。杜甫《饮中八仙歌》："张旭三杯草圣传。"张旭又称颠张或张长史。⑥笔堆如山那可至：指草书的成功并不只是挥笔苦练可以达到的。⑦要使万卷充膏腴：意为必须读万卷书才可使其书法到高尚的境界。⑧多君：当指诗题中的义扶。三昧：奥妙。家学：家族世代相传之学。⑨青泥壶：青泥制作的酒壶。⑩"怒龙倔强兔飞走"两句：形容义扶所作草书的气势。⑪杜陵：杜甫自号杜陵布衣，其《李潮八分小篆歌》有"书贵瘦硬方通神"句。⑫髯苏：宋朝大书法家苏轼多须，世或称之为髯苏。⑬槎枒：槎牙，高低不齐的样子，此有书法笔画枯瘦之意。臃肿：形容书法笔画肥粗。⑭饥鹰：指笔画瘦劲。墨猪：指笔画丰腴，所谓"多肉微骨者谓之墨猪"。⑮"方圆在眼法在手"两句：书法的方笔与圆笔是看得见的，而作方笔与圆笔的技巧是由手运笔而成，因此落笔前需考虑成熟。亦即胸有成竹、意在笔先之意。踌躇：从容自得的样子。⑯兴酣：兴致浓烈。⑰纵横：奔放无拘束。⑱颜柳：唐朝大书法家颜真卿、柳公权。⑲干禄乞米：即《干禄字书》《乞米帖》，均为颜真卿所书。⑳元祐脚：黄庭坚书法在宋朝很有名，他是元祐年间人，人称为"元祐脚"。据记载黄庭坚认为"元和脚"是指"字制之新"，此亦同意。㉑依样那得成葫芦：意为依样画葫芦的学习方法是不会有任何成就的。㉒白州刺史：白州知州，指义扶。白州，今广西壮族自治区博白县。蜀都：今四川省成都市。㉓肌理细腻脂凝肤：指人长得细皮嫩肉、面目白皙。㉔笔阵图：指创作书法。卫铄有《笔阵图》。㉕勿云未暇匆匆书：张芝有"匆匆不暇草书"语。此句意为请义扶不要拒绝为其作草书。

黄易（一首）

黄易（1744—1802），字大易，号小松、秋盦，浙江仁和（今杭州）人。监生，官山东济宁知府。好搜访收藏金石文字，"所至山岩幽绝处，皆穷搜拓摹"。擅隶书，评者以为脱尽唐人窠臼。其篆刻尤著名，为"西泠八家"之一。有《小蓬莱阁金石文字》《嵩洛访碑日记》《秋盦诗草》等。

杨兄鹤洲购赠元氏、赞皇石刻，有汉篆
《三公碑》甚奇，喜极。复求沈君愚溪觅之

古人不可见，古迹亦有数。
灵奇闷幽邈①，难致空怀慕②。
杨兄元氏来③，古物欣所聚。
启箧见百幅④，如涉山阴路⑤。
墨翠开春岩⑥，字明点烟鹭⑦。
坛山强弩张⑧，白石神虎步⑨。
封龙残字四⑩，亦得褚欧趣⑪。
最奇三公碑⑫，琳琅汉玉箸⑬。
虫蚀二百字⑭，瘦蛟蟠老树⑮。

疏密任意为[16]，篆隶体兼具[17]。
或屈玉折刀[18]，或悬针垂露[19]。
或疾若风行，或郁若云布。
辨文知冯君，祷降甘雨屡[20]。
绝类五凤砖[21]，证字亦有鲁[22]。
欧赵录不同[23]，或未身亲遇[24]。
我见诚奇缘[25]，狂喜不能语。
平生嗜古癖[26]，于此得饱饫[27]。
汉代六名山，元氏碑尤著[28]。
便欲策杖探[29]，羁栖苦难赴[30]。
官阁有休文[31]，神交托心素[32]。
遥结岁寒盟[33]，可同金石固[34]。
驰求三百番[35]，疗我烟霞痼[36]。

〔简析〕随着金石考据风气的兴盛，金石拓本的搜求、收藏风亦颇盛行，黄易即其中突出者之一。黄易是清朝书法篆刻大家，为"西泠八家"之一。当其得见《汉常山相冯君祀三公山碑》等汉碑拓片时，欣喜之情溢于言表。古代石刻拓片不同于帖的帖片，一是原刻所用石不光滑，不细腻；二是长时间于荒郊野外自然风化剥蚀比较严重。摹拓文字时将石花裂痕一并拓出，一般都不很清晰，所以诗中以"字明点烟鹭"形容。《祀三公山碑》书体在篆隶之间，或称"缪篆"，正如诗中句所言"篆隶体兼具"。其用笔有方折隶书之笔，有婉曲篆书之画。古涩瘦劲，风格特异，使黄易深深折服。托朋友寻觅拓片，固然可"疗我烟霞痼"，更主要的是寻求新奇的营养，提高自己的书法篆刻水平。"易雅好金石文字，所至山岩幽绝处，皆穷搜摹拓，多前人所未著录。"前人的这段记述真实地反映了黄易嗜金石如命的情况。

〔**注解**〕①閟（bì）：关闭。幽邈：深暗渺茫。②怀慕：爱慕。③杨兄：

杨鹤洲，黄易的朋友。元氏：县名，在河北省，因战国时是赵国公子元的封地，故名元氏。④启箧（qiè）：打开箱子。箱与箧均为盛物器，大者为箱，小者为箧。⑤山阴路：《世说新语·言语》："顾长康从会稽还，人问山川之美。顾云：'千岩竞秀，万壑争流，草木蒙笼其上，若云兴霞蔚。'"此借以形容杨鹤洲赠给作者的元氏、赞皇石刻拓本美不胜收，使人目不暇接。⑥墨翠：墨色有光泽。⑦字明点烟鹭：形容古石刻拓本剥蚀，石花墨点斑驳，好像烟雾中的白鹭。⑧坛山：《坛山刻石》，在河北赞皇县坛山。刻"吉日癸巳"四个字，相传为周穆王书，实是伪造。强弩张：形容《坛山刻石》字画劲健如拉开的强劲弩弓。⑨白石：《白石神君碑》，东汉刻石，原在河北元氏县苏庄本庙。⑩封龙：山名，又名飞龙山，在河北元氏县界，山上有古碑刻。⑪褚欧：唐朝大书家褚遂良、欧阳询。此句下作者自注"唐李公诸碑"，意为杨鹤洲所赠石刻拓本中，也有唐代的石刻。⑫三公碑：全称《汉常山相冯君祀三公山碑》，又称《祀三公山碑》，碑在封龙山下。其书体在篆隶之间，或称"缪篆"。⑬琳琅：美好。玉箸：形容其笔画细劲像玉制的筷子。⑭虫蚀二百字：《祀三公山碑》约二百字。年久剥蚀如同被虫蠹残损。⑮瘦蛟蟠老树：形容《祀三公山碑》笔画细劲生动，苍古有力。⑯任意：任凭己意，为所欲为。⑰篆隶体兼具：谓《祀三公山碑》书体既有篆书特点，又有隶书成分。⑱屈玉折刀：形容转折笔画的刚健有力。⑲悬针垂露：形容竖画收笔处善于变化。⑳"辨文知冯君"两句：《祀三公山碑》内容是记载冯君到官，祈祷地方风调雨顺。㉑五凤砖：《五凤刻石》刻"五凤二年鲁卅四年六月四日成"共十三字。其书体以隶为主，亦杂有篆法。㉒证字亦有鲁：《祀三公山碑》《五凤刻石》都有"鲁"字，二者"鲁"字非常相像。㉓欧赵录不同：欧阳修所著《集古录》，赵明诚所著《金石录》对《祀三公山碑》记载不一致。㉔亲遇：亲自过眼。㉕奇缘：出人意外的因缘。㉖嗜古癖：喜爱古石刻的嗜好。㉗饱饫（yù）：吃饱。㉘元氏碑尤著：赵魏跋《祀三公山碑》："元氏有名山六，三公其一焉。"㉙策杖：扶着手杖。㉚羁栖：作客寄居，指在外为官。㉛官阁：官署。休文：南朝文学家沈约字休文。此以沈约代指与之同姓的沈愚溪。㉜神交：以道义相交，推心置腹。心素：内心的情愫。㉝岁寒盟：《论语·子罕》："岁寒，然后知松柏之后凋也。"此以之比喻能经受酷寒考验的真正友谊。㉞金石固：像金石一样经久不坏。㉟三百番：形容数量之多。番，量词；种、片。㊱烟霞痼（gù）：烟霞癖好。此指搜罗收藏金石的嗜好。

《祀三公山碑》

《白石神君碑》

《五凤刻石》

李宪乔（一首）

李宪乔（1746 — 1797），字义堂，号少鹤，山东高密人。清乾隆年间举人，任归顺知州。有《少鹤诗钞》《鹤再南飞集》《龙城集》《宾山续集》。

与故人季涵论书

季生贸然来①，袖出手中字。
盘辟竞点画②，邀我相指似。
我书本无法，敢为对以意③。
观书如相人④，神骨当有异⑤。
肤立岂能久⑥，中干固难恃⑦。

颜柳苏黄徒[8]，天与君子气[9]。
刻轹相耸削[10]，跌宕转严毅[11]。
正如冠剑臣[12]，谈笑皆国计[13]。
粪土弃么璅[14]，空洞见胸次[15]。
有时就欹偃[16]，白眼青天醉[17]。
却视黄泥人，颠倒灵娲戏[18]。
以此常自足，穷老无悲喟[19]。
有志我未能，敬为吾友遗。
双钩与悬腕[20]，暇日请从事。

〔简析〕这是诗作者与年辈稍晚同好者交流学书心得的一首诗，故而语气平和却很自信，在谦虚中不乏教谕的成分。从诗句看，作者书法学习苏东坡，从宋朝人尚意之说："我书本无法，敢为对以意"两句就是明证。因而他崇尚宋朝人书品即人品外在的表现之说，认为书如其人，什么样的人品就会写出什么品位的字。书法应重内质而轻外表，重大局不拘细微，表情达意而自足，坚持经常不可荒废。整首诗语重心长，耐人寻味。

〔注解〕①季生：即诗题中的季涵。封建社会通常是老师称学生为生。贸然：轻率，突然，出人意料。②盘辟：旋绕曲折。据此推测其书字当是行草书。③"我书本无法"两句：语出苏轼《石苍舒醉墨堂》诗"我书意造本无法"。谓个人书法多己意，不受前人陈规束缚。④相人：观察人的举动形貌。⑤神骨：精神风骨。⑥肤立：表面成就。⑦中干：内心枯竭。⑧颜柳苏黄：唐朝大书法家颜真卿、柳公权，宋朝大书法家苏轼、黄庭坚。⑨君子气：有才有德的气质。⑩刻轹：深刻凌践。⑪跌宕：行为无检束。严毅：严肃刚毅。⑫冠剑臣：戴官帽佩长剑的大臣。⑬国计：治国的方针大计。⑭么璅：细小。璅，同"琐"。⑮胸次：胸怀。⑯欹偃：倾侧卧倒。⑰白眼：白眼视人，表示讨厌其人。⑱"却视黄泥人"两句：相传女娲氏以黄土做人。

灵媛，即女娲氏。⑲穷老无悲喟：贫穷的晚年没有悲伤叹息。⑳双钩与悬腕：执笔以食指中指在外向内钩笔管叫双钩，悬腕是指写字时肘腕离开几案。

黄钺（一首）

黄钺（1750 — 1841），字左君，号左田，祖籍安徽当涂，生于芜湖。清乾隆五十五年（1790）进士，官至礼部尚书。卒谥勤敏。工书善画，山水得萧云从余韵。年九十余，目失明，尚能作书，自号左盲。

书实园先生楷书册后寄东田

吾师钟实园①，芜湖老学究②。
方颐而疏髯③，形貌甚丰厚④。
年已七十余，乡里尚教授⑤。
十科不得举⑥，老死竟无后⑦。
书法妙晋唐，大字善结构⑧。
使笔如使指，纸背力能透。
一时匾榜新，造请以金寿⑨。
往往书塾归，松烟染衫袖⑩。
我时生九年，外傅已三就⑪。
先生独喜予，谓是后来秀。
众中呼小名，辄令几案候。
兴高教握管⑫，放胆任驰骤⑬。
身与字争长，力共笔相斗。
须臾点画成⑭，蚯蚓蟠屋漏⑮。
先生一鼓掌，此才未易遘⑯。
由是能书名，籍甚自孩幼。
那知二十年，恶札尚如旧⑰。
惭愧欲自挝⑱，抚心深内疚⑲。

昨者邵东田[20]，藏册出相觏[21]。
笔踪何精严[22]，字大略如豆。
其原出黄庭[23]，波磔尚加瘦[24]。
乃知方丈书[25]，发自蝇头覆[26]。
翻悔于尔时，两眼苦曚瞀[27]。
即今睹标题，仿佛闻咳嗽。
天露署草堂，一橼居巷陋[28]。
荒园荟秋花，篱落堆锦绣。
枣栗钉瓷盘，茶乳当醇酎[29]。
孤吟突无烟[30]，独坐月如昼[31]。
君家三代师，父兄所俎豆[32]。
遗墨仅有存，得毋神所佑。
青山孤坟颓，宿草残碑仆[33]。
砺角任牛羊[34]，秋风窜鼯鼬[35]。
我思裒遗书，刻之墓门右。
奈何弟子中，十室无一富。
会当酿私钱[36]，有卖曷先售。
开年得归休[37]，选石事琢镂[38]。
唯我与尔夫，此愿誓当副。

〔简析〕这首长诗写的是一位沉沦下位有相当书法造诣的封建文人的命运。他满腹经纶，嗜爱书法，取得了很高的成就。他擅楷书，得晋唐人气韵，附近牌匾的字多出其手。小楷得《黄庭经》之意，略显瘦劲。然而，却因为十次科场失意，不得不在乡里授蒙童为生计。作为幼年曾得其教授受其赏识的学生，在先生去世后能见到其遗墨手迹真是感慨万千，"别有一番滋味在心头。"哀伤其不幸的一生，缅怀其爱抚培养之恩，决心为先生摹刻遗迹以报师恩。整首诗情真意切，如唠家常话，娓娓道来，感人至深。诗中记述的这位钟华先生是我国封建社会居下位的知识分子中的一员，他的命运很有典型性与代表性。他们无权无势，没有人为其宣扬，其书法造诣颇深也难得到社会承认，更不必说流传后世了。但是很多书法名家、大家就是他们培养出来的，故选此诗以存。

〔**注解**〕①钟实园：作者自注其名钟华，字实园。②芜湖：地名，今安徽省当涂。学究：无功名但有学问的人。③方颐而疏髯：谓钟华方形下颔，胡须稀少。④形貌甚丰厚：身形较胖，相貌忠厚。⑤教授：开课授徒。⑥十科不得举：意为参加十次科举考试都未中举人。⑦无后：没有子女。⑧结构：书法术语，指字的笔画位置比例。⑨造请：去家中恳请。⑩松烟：指墨，其制造原料为松烟。⑪外傅已三就：已经换了三个教师。⑫握管：执笔。⑬驰骤：随意书写而速度很快。⑭须臾：片刻。⑮蚯蚓蟠屋漏：自谦之词，意为笔画曲屈但中锋行笔且很有笔力。⑯未易遘：很难遇到。⑰恶札：丑怪恶札。指粗俗不堪入目的字。⑱自挝（zhuā）：自己打自己耳光。⑲内疚：心中悔恨。⑳邵东田：人名，即藏钟华楷书册页的人。㉑相觏（gòu）：给我看。㉒精严：精彩严谨。㉓黄庭：《黄庭经》，小楷字帖，相传为王羲之所书。㉔波磔：此泛指字的笔画。㉕方丈书：一丈见方的字，指大字。㉖蝇头：小楷如苍蝇头大小。㉗矇瞽：眼睛看不清。㉘一椽：一间房屋，形容居处小。㉙醇酎：美酒。㉚孤吟：独自一人吟咏。㉛独坐月如昼：此句下作者自注："先生种菊、嗜茶，好夜坐，榜其居为'天露草堂'。"㉜俎豆：俎，古代置肉的几。豆，盛干肉一类食物的器皿。意为其父其兄都曾为塾师。因无后人，只有钟华祭祀他们。㉝宿草：隔年的草。㉞砺角：磨角。㉟鼯鼬：即飞鼠与黄鼠狼。㊱酿私钱：凑自己的钱。㊲开年：一年开始。㊳琢锲：摹刻。

永瑆（六首）

永瑆（1752—1823），清高宗弘历第十一子，乾隆年间封成亲王。清仁宗嘉庆年间在军机处行走。清宣宗道光年间卒，谥哲。永瑆擅书，为清朝中叶著名书法家。有《诒晋斋集》。

题唐怀素《苦笋帖》

千年苦笋帖①，草法见藏真②。
食肉全无相③，参禅后有人④。
平原论钗股⑤，长史脱冠巾⑥。
遗迹俱寥邈⑦，唯斯独传神⑧。

〔简析〕《苦笋帖》是怀素传世的名迹，上有"永瑆之印"，表明此帖曾经永瑆之手。此诗非即兴而发，而是作者反复欣赏，多次摩挲后的经意之作。作者认为，流传有绪的《苦笋帖》是非常难得的探究怀素草书笔法书意真谛的代表作。怀素草书笔画纤劲枯瘦，怀素嗜书法如命，与毛笔终生为伴，"管城子无食肉相"，故诗中称其"食肉全无相"，是一语双关。颜真卿曾就执笔、笔意、笔画诸问题求教于张旭，有《述张长史笔法十二意》一文传世。随着时代变迁，古书家名迹大都遗佚不传，因而《苦笋帖》存世，更具价值，凭此可以探寻领略唐朝人笔法精神，故珍贵非常。

〔**注解**〕①苦笋帖：绢本，草书，两行十四字，是怀素传世精品。②草法：草书的法则。藏真：怀素字藏真。③食肉全无相：全无食肉相。谓怀素嗜好翰墨，穷困潦倒，与富贵荣华无缘分。黄庭坚有"管城子无食肉相，孔方兄有绝交书"诗句。④参禅：佛教语。玄思冥想，探究真理。⑤平原论钗股：平原指颜真卿。怀素曾与颜真卿论书法，唐陆羽曾有《释怀素与颜真卿论草书》记其事。⑥长史：张旭。⑦寥邈：稀少渺茫，谓传世稀少。⑧唯斯独传神：只有《苦笋帖》反映出怀素狂草的神妙。

纪书（二十五首选五）

一

窦侍御诗能逼真①，松醪春色墨如新②。
但能通意无多论③，守骏如公信晓人④。

二

宋法都能畅气机⑤，南宫心细笔通微⑥。
府公虹县犹闲可⑦，多景楼诗古亦稀⑧。

三

闲闲草法冠金源⑨，赤壁游馀旧阕翻。
渴骥真堪空冀北⑩，如骎谁靳大都元⑪。

四

南宫逆笔吴兴顺⑫，结体原随笔势工⑬。
用笔何曾千古易⑭，不从同处正同同⑮。

五

渔父谪龙康里笔⑯，取妍太觉嗜偏锋⑰。
何如董复千文卷⑱，黄素犹传铁限踪⑲。

〔简析〕由于其嗜好及特殊身份，永瑆本人收藏书法名迹既多，而得见内府所藏历代书迹更多。所谓《纪书》，是在记录历代大书家传世真迹、摹刻本的同时，对这些书家作品、理论进行长短得失的评论。其中第一首诗是对苏轼传世作品及其主张进行评价；第二首是对米芾在宋朝书坛地位及其作品进行评价；第三首是对金国书家赵秉文及其草书进行评价；第四首是就赵孟頫的书论发表作者自己对这一问题的看法；第五首评论元朝书家康里巎巎之失与董其昌之得，较系统地反映了永瑆的书学思想。

〔**注解**〕①窦侍御诗：苏轼墨迹，今不传。逼真：与实物极为相似。

②松醪：《中山松醪赋》，苏轼墨迹，现藏吉林省博物馆。春色：《洞庭春色赋》，苏轼墨迹，现藏吉林省博物馆。③通意：达意。宋人书法尚意，故云。④守骏：苏轼《次韵子由论书》："吾闻古书法，守骏莫如跛。"意谓书法如其锋芒毕现，不如收敛含蓄。晓人：通晓书法道理的人。⑤气机：兵机之一。《吴子·论将》："凡兵有四机：一曰气机，二曰地机，三曰事机，四曰力机。三军之众，百万之师，张设轻重，在于一人，是谓气机。"⑥南宫：米芾。笔通微：用笔臻于精妙。⑦府公：米芾墨迹。虹县：即《虹县诗卷》，米芾墨迹。⑧多景楼诗：米芾墨迹。⑨闲闲：金国著名书法家赵秉文。金源：水名，即今黑龙江阿什河。此以金源代指金国。⑩渴骥：指书法中矫健的笔势。冀北：冀州之北，泛指北方。此句意为赵秉文书法是当时北方书家不能与之相比的。⑪如骖谁靳：前后相随。《左传·定公九年》："吾从子，如骖之有靳。"⑫逆笔：逆势行笔。吴兴：赵孟頫。⑬结体原随笔势

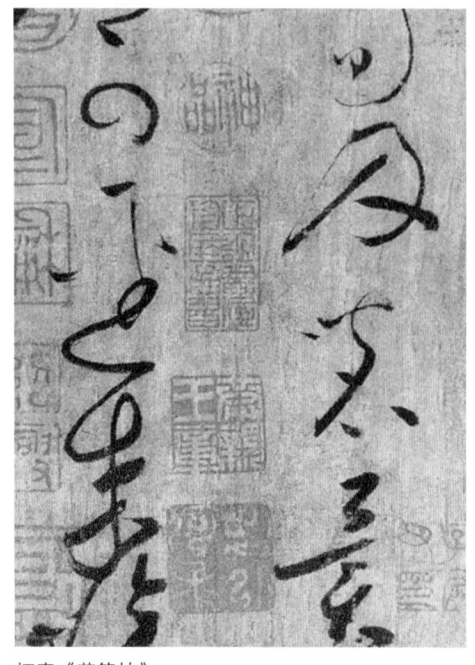

怀素《苦笋帖》

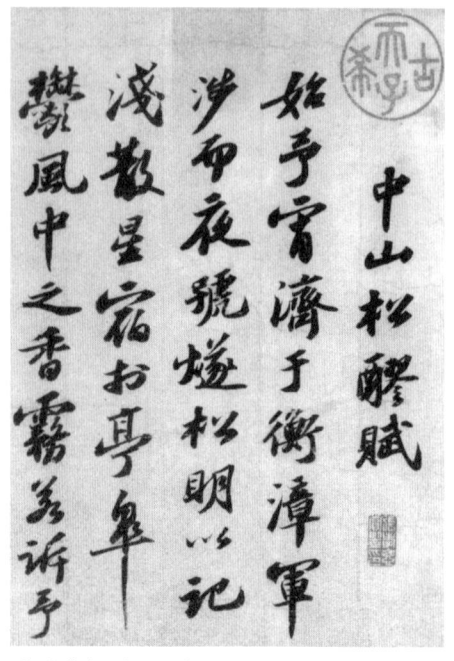

苏轼《中山松醪赋》

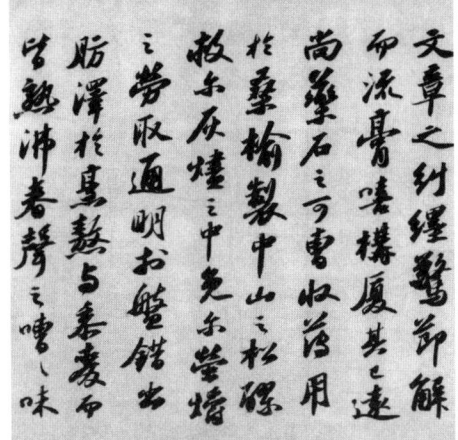
苏轼《洞庭春色赋》

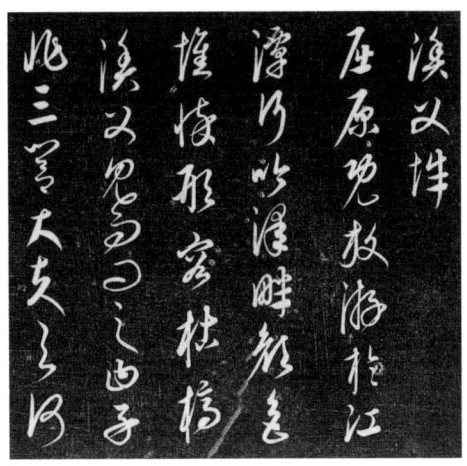
康里巙巙《渔父词》

工:文字的结构随着不同书家特殊的用笔特点而各异,从而形成千姿百态的风格。⑭用笔何曾千古易:赵孟頫曾有"结字因时相传,用笔千古不易"之语论书,此句即此意。⑮同同:二同者称同同。作者认为,结体是随笔势的变化而变化的,用笔变化,结体随之变化,用笔不变,结体即不变;这两者是相同的。⑯渔父:康里巙巙有《渔父辞》遗迹传世。谪龙:不详,当亦为康里巙巙所书遗迹。⑰取妍太觉嗜偏锋:谓康里巙巙作书用偏锋,故称其取妍。⑱董复千文:董指董其昌。谓其恢复了《千字文》用中锋作书的传统。古代书家好书《千字文》,味下句诗意,此当指智永所书《千字文》。⑲黄素:黄色的生绢。铁限:铁门限。相传智永书法为当时推重,求书的人特别多,"门阈穿穴,以铁固其限,故人号曰'铁门限'。"

铁保(一首·附一首)

铁保(1752—1824),字冶亭,号梅庵,满洲正黄旗人。先世姓觉罗氏,后改姓栋鄂氏。清乾隆三十七年(1772)进士。由郎中迁少詹事官,后任两江总督、吏部尚书。因事降洗马,赐三品卿衔。清中期著名书法家,与刘墉、翁方纲齐名。有《惟清斋集》。

草书歌

仓颉不识篆①，虫鸟开天荒②。

史籀不识楷③，古法遗钟王④。

圣人作书祖造物⑤，天地不得留微茫⑥。

草书有名理⑦，盛自汉与唐。

杜度垺崔瑗⑧，狂素阶颠张。

心法授受纵奇变⑨，牢笼百态惊愚盲⑩。

譬如彼苍铸万类⑪，物具一体无相妨。

飞潜动植各有势⑫，短长肥瘦谁能量⑬。

又如将军坐帷幄⑭，运筹百万网在纲⑮。

韩信兵多多益善⑯，指挥方位争趋跄⑰。

方其执笔时，意静神飞扬。

洪炉火激迸列缺⑱，晶盘冰滑流珠芒。

苍鹰盘云缩爪甲，奇石攫壁春硠硠⑲。

阴阳姤接作向背⑳，子母孕化交纵横㉑。

枯槎百围卧瀚海㉒，女萝千丈萦扶桑㉓。

忽然墨冷笔华涩，陡接渤澥波澜狂㉔。

书成不快意，大叫周回廊。

举头天尺五，云物相低昂。

欲碾太山为研石㉕，欲抉东海为墨庄。

凌铄大块写生态㉖，睥睨云汉摹天章㉗。

二十八宿走且僵㉘，帝女大笑挥霞觞㉙。

丈夫师古但师意，安能描头画脚忍与朽骨争媸嫱㉚。

我歌草书歌未央㉛，飘风骤雨来虚堂㉜。

依稀不晓神灵意㉝，莫向蛟龙攫处藏。

〔**注解**〕①仓颉：上古黄帝时人，为左史，相传汉字为其所创。②虫鸟开天荒：指人类未有文字前，以鸟爪迹虫行痕而造字。③史籀：西周时太史，作《史籀篇》十五篇，字为籀文。④钟王：钟繇、王羲之。⑤造物：天地万物。⑥微茫：隐约模糊。⑦名理：辨别事物是非、道理。⑧杜度圻崔瑗：二人均为东汉草书家，并称"崔杜"。⑨心法：指经典文字以外以心相传授的知识。⑩牢笼：包罗。⑪彼苍：指上天。⑫飞潜动植：指草书的各种笔意、笔势。⑬短长肥瘦：指书法的各种风格。⑭帷幄：军中的帐幕，比喻指挥中枢。⑮运筹：策划。⑯韩信：西汉高祖刘邦麾下将军，古有"韩信将兵，多多益善"之说。⑰方位：四方位置。趋跄：形容步伐有节奏。⑱列缺：闪电。⑲攫壁：谓以石撞石壁。硠硠：清脆悦耳之声。⑳阴阳姤接：此指书法中对立统一接触变化。㉑孕化：孕育变化。㉒枯槎：此指枯燥的笔画。瀚海：沙漠。㉓女萝：松萝，地衣类植物。扶桑：神木名，相传日出其下。㉔渤澥：渤海。㉕太山：泰山。㉖凌铄大块：融合天地之中。㉗睥睨（bìnì）：斜视，有自豪之意。云汉：天河。㉘二十八宿：古代天文学家把太阳和月亮所经天区的恒星分成二十八个星座，称二十八宿。㉙帝女：神话传说中天帝的女儿。㉚媸嫱（chīqiáng）：丑美。㉛未央：未尽。㉜飘风骤雨：旋风暴雨。虚堂：空虚寂静的厅堂。㉝依稀：仿佛。神灵：造化之神。

附：李调元《观铁公子草书歌为冶亭作》

今晨出游苦寂寞，看花城西花已落。
忽思公子城南隅，敲门惊起两赤脚。
揭帘瞥见隃糜残，挂壁新书墨未干。
渴马奔河纸尚动，惊蛇入草形初蟠。
回看主人冠不著，昂首解衣正磅礴。
见客无言据胡床，墨气薰人犹喷薄。
君家富贵多琳琅，宣州石砚紫毫芒。
便乞为予挥一纸，飘忽骤雨来空堂。

天为模糊云为立，腕下啾啾闻鬼泣。
令人却忆淳化年，登登拓本如初湿。
须臾挽罢千钧弩，不是如龙定如虎。
袖手旁观胆为寒，恐有龙宾出阿堵。
先生姓铁笔亦铁，铁犹可折笔难折。
书成赠客如赠金，始云礼岂我辈设。
再请观君诗百篇，奇气亦与书争先。
锦囊偷得长吉舌，舞剑宁许张颠传。
世人知此今鲜矣，我矣自负颇不鄙。
劝君非我勿轻与，每遇花时乞一纸。

包世臣（六首·附一首）

包世臣（1775—1855），字慎伯，号倦翁，安吴（今安徽泾县）人。嘉庆年间中举人，官新喻（今新余）知县。晚年寓居江宁，署其寓小倦游阁。擅书，肆力北魏，晚习二王。论书崇尚汉魏，所著《艺舟双楫》等提倡汉魏碑学，成一家之说，对后世影响颇大。有《安吴四种》。

论书十二绝句并序（选五）

书道以用笔为主，然明于源流所自，则笔法因之。故纪汉世以来，迄于近今，宗派脉络，次为韵语。其人所共见，而名实复副者，概从略焉。己卯季秋，书于历下西司分廨。

一

程隶原因李篆生①，蔡分展足始纵横②。
更以分势成今隶③，下辨真源漫证盟④。

〔简析〕此诗为组诗中第一首诗。包世臣作这一组论书诗目的很明确，即辩证书法源流，也就是论述自己与古说不同的见解。此诗是论述隶书、分书、真书之间承变关系的。他论书体变迁称："隶真虽为一体，而论结字则隶为分源，论用笔则分为真本。""自真隶名别，而古人笔法结失。"别出机杼，自圆其说。

〔注解〕①程隶：程指秦始皇时下杜人程邈，相传程邈囚云阳而作隶书。李篆：李指李斯，相传李斯减损大篆成小篆。②蔡分：蔡指蔡邕，分指八分书。蔡文姬说其父蔡邕"割程隶字八分取二分，去李篆二分取八分"。包世臣沿袭其说。展足始纵横：意为隶书发展至蔡邕时始无拘束。展足，举步。③今隶：真书。包世臣认为："魏晋以来，皆传中郎之法，则又以八分入隶，始成今真书之形。是以六朝至唐，皆称真书为隶。"④真源：真书的起源。漫证盟：乱下结论。

二

朱杨张贾是梁宗①，渤海荥阳势绍钟②。
更有贞珉镌般若③，便齐李蔡起三峰④。

〔简析〕此诗为原组诗中的第四首。包世臣推崇北朝真书，称其源于篆分，又"极意波发，力求跌宕"，这种看法是有其道理的。但其中谬误也不少，如其称"实古今第一真书石本"的《文殊般若碑》，并非如其猜测为西晋人书，而是北齐人书刻。因而，对包氏的书论大可不必深信不疑，需要批判地吸收。

〔**注解**〕①朱杨张贾：指北魏朱义章所书的《比丘慧成为亡父洛州刺史始平公造像题记》《杨大眼为孝文皇帝造像题记》《魏鲁郡太守张府君清颂之碑》《兖州刺史贾思伯碑》。梁宗：归向正宗的桥梁。②渤海：指北魏《雒州刺史刁惠公墓志铭》。荥阳：指北魏《郑羲下碑》。绍钟：继承钟繇。③贞珉：贞石。坚固的碑石。般若：山东宁阳水牛山《文殊般若经》，为北齐刻石，十行，行三十字，额正书"文殊般若"四字。④李蔡：李斯、蔡邕。起

《文殊般若碑》

《始平公造像题记》

《张猛龙碑》

《郑羲下碑》

三峰：谓李斯为篆书高峰，蔡邕为隶书高峰，《文殊般若碑》为真书高峰。

三

从来大字苦拘挛①，岱麓江崖若比肩②。
多谢云封经石峪③，不教山谷尽书禅④。

〔简析〕此诗为原组诗中的第五首。北朝人书刻泰山经石峪《金刚经》大字，朴茂浑穆，最得包世臣欣赏，称其"有云鹤海鸥之态"。他又认为《金刚经》"渊穆"超过与之相近的《瘗鹤铭》，因此，以学《瘗鹤铭》著称的黄庭坚当然不足以"尽书禅"了。

〔**注解**〕①拘挛：拘束，不开阔。②岱麓：岱，泰山的别称；此指刻于泰山经石峪的《金刚经》。江崖：指刻于长江焦山的《瘗鹤铭》。比肩：谓《金刚经》《瘗鹤铭》艺术风格，艺术价值相近。③经石峪：地名，在泰山之麓，石坡广亩许，刻《金刚经》，字大近二尺，现存九百余字。④山谷：黄庭坚。尽书禅：黄庭坚《论书》："字中有笔，如禅家句中有眼，直须具此眼者，乃能知之……凡作字须熟观魏、晋人书，会之于心，自得古人笔法也。"此句意为黄庭坚还没有得到古人真正精神。

四

三唐试判俗书胚①，习气原从褚氏开②。
兖颂只今留片石③，犹无尘染笔端来④。

〔简析〕此诗为原组诗中的第九首。欧、虞、褚、薛四大家开唐代楷书书风。褚遂良瘦硬清劲，更多新意。《兖公之颂碑》恪守古法，多汉魏人遗意，在当时很可能被视为守旧而不知变者。包世臣似是而非彼，是审美的变化，绝不是褚遂良书艺水平不及《兖公之颂碑》的书者包文该。但其指出科举对书法的危害又很有见地。

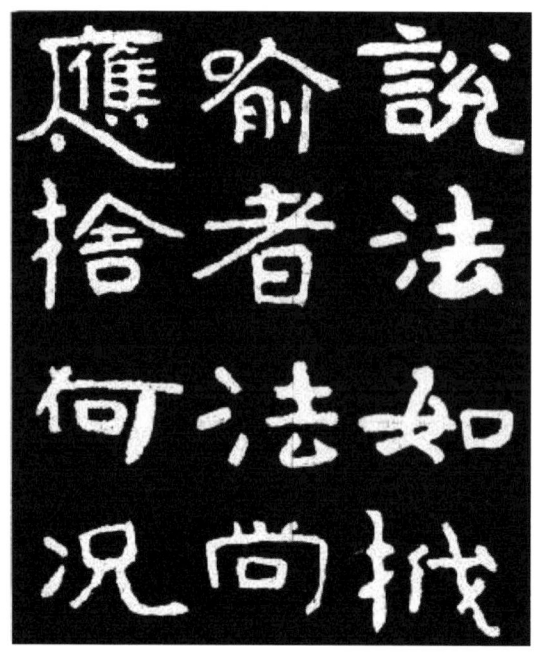 

《金刚经》　　　　　　　　　　《兖公之颂碑》

〔注解〕①三唐：旧时对唐朝分期分为初唐、盛唐、晚唐；有分为盛唐、中唐、晚唐。试判俗书胚：意为科举是酿就庸俗书法的开端。试判，唐朝考试选士，称试判登科。②习气：习惯。褚氏：褚遂良。③兖颂：《兖公之颂碑》。张之宏撰，包文该书。正书，二十三行，行四十九字，在山东曲阜孔庙。④犹无尘染笔端来：指《兖公之颂碑》没有当时流行的书风特点。尘染，沾染世俗的习惯。

五

无端天遣怀宁老[1]，上蔡中郎合继声[2]。
一任刘姚夸绝诣[3]，偏师争与撼长城[4]。

〔简析〕此诗为原组诗中的第十二首。邓石如是清朝学习篆书、隶书取得很大成就者。他的成功，在当时引起了很大的反响，也受到书坛某些举足轻重人物的排斥。包世臣能够站在时代的高度，充分肯定邓石如不随时流、远溯篆隶北碑而自出新意的学习道路，同时也肯定了邓石如在书法发展史上的地位。可以说是慧眼独具。

〔**注解**〕①无端：无缘无故。怀宁老：邓石如。此诗下作者说明云："怀宁布衣邓石如顽伯，篆、隶、分、真、狂草五体兼工。一点一画，若奋若搏。盖自武德以后间气所钟。百年来书学能自树立者，莫或与参，非一时一州之所得专美也。"②上蔡：地名，此指李斯，李斯为上蔡人。中郎：蔡邕，蔡邕曾任左中郎将，故人称蔡中郎。继声：继承前人的传统。③一任：任凭。刘姚：刘墉、姚鼐。二人为邓石如同时最著名书法家。绝诣：造诣高绝。④偏师：全军的一部分，以别于主力军。争与：怎能参与。长城：意为坚不可摧的。

与金坛段鹤台明经论书次东坡韵

昔吾语文笔①，于中必有我②。
蜜成花不见，持以论书可。
错综理相安③，避就形时楕④。
常能伏纸骄⑤，始得见笔娜⑥。
转换心如旋，骏发势每颇⑦。
摄水墨无溢⑧，开锋毫不裹⑨。
锋毫辨微茫⑩，水墨分纤么⑪。
嗜此二十年，长者力先荷⑫。
闻声震合弦，譬巧知扣笥。
只今两少师⑬，传书苦不多。
变法心何雄⑭，涉险气振惰⑮。
俗学贪速成，锦鞯被驽跛⑯。
步颜拥肥姬⑰，趋欧牵病騄⑱。
若谓吾言非，试与讯江左⑲。

〔简析〕段鹤台名段玉立,江苏金坛(今属常州金坛)人。当是清朝著名学者段玉裁的兄弟。关于此诗内容,作者于诗后曾加以阐述:"花之精浮而为蜜,其滓沉而为蜡。蜡中亦无花迹,乃为蜜成未成之先,则采与酿,大有事在。错综十句,言酿之事;只今八句,言采之事。凡作书无论何体,必须筋骨血肉备具,筋者锋之所为,骨者毫之所为,血者水之所为,肉者墨之所为。锋为笔之精,水为墨之髓。锋能将副毫,则水受摄;副毫不裹锋,则墨受运。而其要归于运指。大指能揭管,则锋自开;名指能拒管,则副毫自平。锋开毫平,而墨自不溢出笔外,水行墨中,书势无不遒润矣。王侍中传右军之诀云:'万毫齐力。'予尝申之曰:'五指齐力。'盖指力有偏重,则毫力必不能齐也。柳诚悬、杨景度两少师,皆神明于指法,故一变江左书势。而江左书意反赖以传,但知之者罕矣。"包世臣力主转指作书,因而特别强调指法,所谓"书艺始于指法,终于行间",倒不失为一说。但是在崇尚柳公权、杨凝式的同时,贬低颜真卿与欧阳询,却是不可取的。

〔**注解**〕①文笔:泛指文学作品。古人对文笔是有区别的,一般称韵文为文,称散文为笔。②于中必有我:谓文学作品中须见作者人品、感情、修养等。③错综:交错综合。④避就:避让与趋向,指字的结构与行间章法。作者在《述书》文引邓石如"字画疏处可以走马,密处不使透风,常计白当黑,奇趣乃出",黄乙生:"书之道,妙在左右有牝牡相得之致,一字一画工拙不计也。"等语。⑤伏纸骄:控制纸的性能,指用何种纸作书都能运用自如。⑥见笔娜:反映出笔下功夫的奥妙。⑦骏发:英俊风发。⑧摄水墨无溢:谓用笔力摄墨,不使溢出字画之外而出现涨墨现象。⑨开锋毫不裹:即"下笔须使笔毫平铺纸上,乃四面圆足"。⑩微芒:最细微之处。⑪纤么:细小。⑫长者:前辈。指包世臣从之学书而受益者。⑬两少师:柳公权与杨凝式均任太子少师之职,故以两少师称之。⑭变法心何雄:指柳公权、杨凝式能变化王羲之书势,自出新意。⑮涉险气振惰:意为柳公权、杨凝式有敢于走艰难创新之路的气概,使那些亦步亦趋、不敢越雷池半步的学王字者为之惊叹。⑯锦鞯被驽跛：华丽的鞍垫披在顽劣且腿瘸的马背上。指庸俗的学书者只得皮毛而已。⑰步颜拥肥姬：颜真卿书雄健质朴，不善学者往往臃肿粗俗，但以为是学颜书之过也不对。⑱趋欧牵病骒：欧阳询字法谨严，不善学者往往拘谨如病态，但认为是学欧之过则不对。⑲江左：指长江下游以东地区，曾为东晋王朝所辖。此指代王羲之、王献之父子。

附：姚配中《和包慎伯与金坛段鹤台明经论书次东坡韵》

书学缄秘多，启龠恃有我。
我气果浩然，大小靡不可。
使转贯初终，形体随偏楕。
如松对月闲，如柳迎风娜。
请言使转方，按提平且颇。
注墨枯还荣，展毫纠异裹。
尤有空盘纡，与草争眇么。
草原一脉承，真亦千钧荷。
真自变欧褚，抽挈同发笴。
门户较易寻，授受转难伙。
愧余玩索频，徒戒临摹惰。
行之虽有时，至焉每苦跛。
先路道恳勤，遵途骋駊騀。
旨哉双楫篇，后尘附诸左。

沈彩（二首）

沈彩（约1751—？），女，字虹屏，平湖（今属浙江省嘉兴市）人。嫁同县陆烜为妾。有《春雨楼集》。

晓起作书因题

晓起弄笔札①，白露进窗几②。
虽嫌皓腕冷，滋润亦可喜③。
欲书青李帖④，拂拭苔花纸⑤。
漏痕无成心⑥，折钗有妙理⑦。
悠悠千载下，可能入米史⑧。
鬓丝帘影间⑨，染翰聊记此⑩。

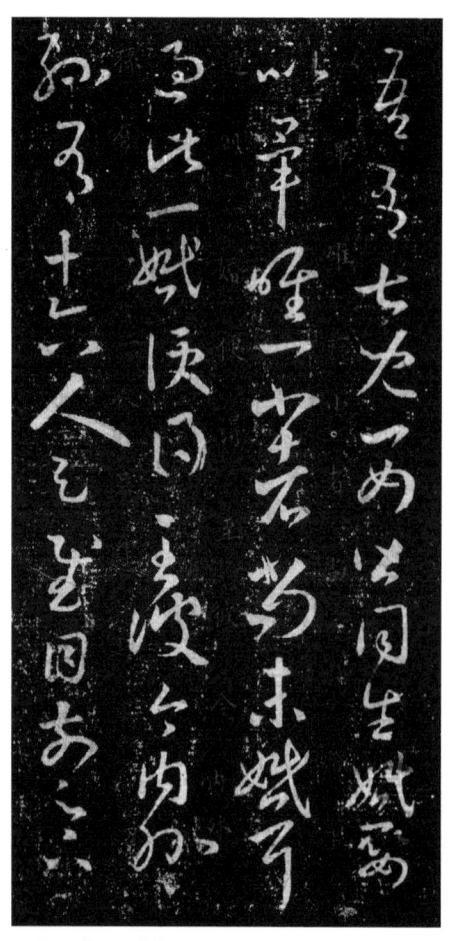

王羲之《十七帖》

〔简析〕沈彩是一位嗜书法如性命的女性。天不明即起，不事梳妆，却专心致志练习写字，真是女中书法豪杰。不懈的努力，使她对屋漏痕、折钗股等笔意都别有悟入。由于她的长期苦学，虽然不幸沦为人妾，书法却得到了社会承认。竟然有外国人登门求字，她有一首《有日本人索余书戏作》记其事。从诗看，她希望能得到历史的承认，名登《书史》一类典籍，这也是支撑其不懈努力的原因之一。

〔注解〕①笔札：笔纸，指书法。②白露：农历二十四节气之一，代指秋天。③滋润：湿润不干枯。④青李帖：王羲之《十七帖》中有"青李来禽"等楷字。⑤苔花纸：苔纸，用水藻类制的纸。一说纸有苔藓花纹。

⑥漏痕：屋漏痕。指作竖画时手腕运动使笔顿挫，如屋漏水蜿蜒而下。⑦折钗：折钗股。书法术语，指笔画转折虽曲而其体仍浑圆。⑧米史：北宋大书法家米芾撰《书史》一卷，是米芾评论自藏和所见前人书法的著作。⑨鬓丝：鬓角白发。⑩染翰：以笔濡墨。

述书

不知春蚓与秋蛇①，嫡嗣山阴第一家②。
曾仿金钗为转折③，谁云花骨有欹斜④。
焚书空复嗟秦始⑤，炼石应须问女娲⑥。
淳古自难清劲易⑦，十年辛苦悔涂鸦⑧。

〔简析〕读此诗可知，沈彩的书法主要是学习王羲之的。她是一名勤于思考，肯于钻研的学书者。往往从女性饰品中联系书法的一些特征去领悟其中的道理。通过长期实践，其书风随之发生变化，由清新秀劲向淳朴古健过渡，使其作品也更趋于成熟。

〔**注解**〕①春蚓与秋蛇：指连绵大草书，多字连写，如蚯蚓或蛇纽结在一起。②嫡嗣：嫡子，意为直接传承。山阴第一家：指王羲之。东晋诸王多擅书，王羲之为第一。③曾仿金钗为转折：书法转折须浑圆如折钗股。④花骨：花的骨髓。⑤秦始：秦始皇，曾焚书坑儒。⑥女娲：女娲氏。神话传说中古代女性首领，也有人谓是伏羲之妇或妹。相传古代天崩地裂，女娲炼五色石补天，断鳌足立四极。⑦淳古：质朴而有古意。⑧涂鸦：谓书法幼稚。唐卢仝《示添丁》："忽来案上翻墨汁，涂抹诗书如老鸦。"

高梅阁（一首）

高梅阁（1783—1860），女，名芳云，晚号荆布老人，河南项城县（今项城市）人。父高玉麟，贡生。子张安雅居"陈郡七子"之首。有《形短集》。

写字

老人尽日身闲极①,巨案长毡设近门。
古刻爱临凭手颤②,细书不作为瞳昏③。
春来杨柳风三径④,秋到梧桐月一园。
漓墨飞毫聊卒岁⑤,珍藏弃掷任儿孙⑥。

〔简析〕老年人身多闲暇,书法可以消遣寄兴,也利于健身养心。由于年龄原因,手颤抖所作点画有力不从心的遗憾,但绝不影响兴趣;目力不佳,难于写细字小楷,大字更可倾注真情。自消自遣,自得其乐足矣。什么名扬四海,垂名百世又何必去关心,这就是此诗的主题。豁达开朗如这位高梅阁老太太,肯定会康乐长寿。

〔注解〕①尽日:自早至晚。②古刻:摹拓古代碑帖。③细书:小字。瞳昏:眼花。④三径:家园。西汉末,王莽专权,兖州刺史蒋诩告病辞官,隐居乡里,于院中辟三径,唯与求仲、羊仲往来,后来即以三径指家中。⑤卒岁:终年,整年。⑥弃置:丢弃搁置。

张纶英(一首)

张纶英(1798—?),女,字婉紃,江苏阳湖(今属常州市武进县)人。清朝著名书法家张琦(字翰风)三女儿,嫁同县人孙劼为妻。其书法由魏碑上溯汉隶,为包世臣所称。

题云峰山郑道昭石刻

巍巍云峰山①,千仞不可极②。
猿猱愁攀援③,飞鸟苦难越。

壮哉郑将军[④]，振衣造云阙[⑤]。

峭壁恣濡翰，云崖留真迹。

怒涛腕底生[⑥]，迅雷笔端出[⑦]。

飒飒龙蛇飞，矫矫鸾凤活[⑧]。

字蕴天地精，墨洒山川泽。

妍姿悦仙灵[⑨]，刚锋惊鬼物[⑩]。

深淳李程规[⑪]，坚劲钟张骨[⑫]。

烟霞常呵护[⑬]，风雨不敢蚀。

千载仰遗型[⑭]，神采犹奕奕。

斯山藉公灵，海内凭研习。

愧我性庸愚[⑮]，临摹空仿佛。

展卷每流连[⑯]，抗怀长叹息[⑰]。

〔简析〕受父亲的影响，张纶英嗜好汉魏碑版书体。其书法作品"刚健沉毅""神采奕奕"颇得书坛好评。她曾说："一日不作书若有所失，欲罢不能。"从此诗看，她对郑道昭所书诸刻石确有较为深刻的认识，评价也很准确。普遍认为云峰山诸石刻书法宽博凝重，浑厚雄健，"笔势纵横而无乔野狞恶之习"，正如诗中所言："妍姿悦仙灵，刚锋惊鬼物。深淳李程规，坚劲钟张骨。"但是由于张纶英没到其地，凭想象不免有所差错，如写云峰山"千仞不可极"，其实云峰山并不太高。

〔**注解**〕①云峰山：山名，在山东省莱州市境内，一名文峰山。②千仞：极言其高。一仞有四尺至八尺多种说法。云峰山海拔305米。③猿猱：两种灵长类动物。此泛指猿猴。李白《蜀道难》："黄鹤之飞尚不得过，猿猱欲度愁攀援。"攀援：援引而登。④郑将军：郑道昭，北魏书法家，云峰山《郑羲下碑》等刻石为其所书。⑤振衣：抖衣去尘土。⑥怒涛：汹涌澎湃的波涛。⑦迅雷：快而猛的雷。⑧"飒飒龙蛇飞"两句：字的点画生动，如龙蛇舞动，如鸾凤飞翔。飒飒，速度很快。矫矫，勇武的样子。⑨妍姿：指字有美好的姿貌。⑩刚锋：坚硬刚劲的笔画。⑪李程：指李斯、程邈。⑫钟张：钟繇、张芝。⑬呵护：无微不至的关心保护。⑭遗型：遗留的典范。⑮庸愚：平庸笨拙。⑯流连：乐而忘返。⑰抗怀：收藏于心中。

龚自珍（二首）

龚自珍（1792—1841），又名巩祚，字璱人，号定盦，浙江仁和（杭州）人。出身于书香世族之家，嘉庆年间中举人。考进士连连失利落第，出任内阁中书，道光十三年（1833）中进士。龚自珍才学赡富，通《公羊春秋》，长于西北舆地之学，是清朝同光之际著名思想家、诗人。有《定盦文集》。

泾县包慎伯赠予《瘗鹤铭》，九月十一日，坐雨于羽琌山馆，漫题其后

从今誓学六朝书①，不肄山阴肄隐居②。
万古焦山一痕石③，飞升有术此权舆④。

〔简析〕此诗是龚自珍辞官返家所作的《己亥杂诗》组诗中的第二百二十九首诗。羽琌山馆为作者的斋馆名。作者在跋某帖的文中曾说："予不好书，不得志于今之宦海，蹉跎一生。"脱离宦海后，就没有必要去遵循官场的要求在干禄书上下功夫了。宽松的环境，是艺术驰骋的天地。《瘗鹤铭》为华阳真人所书，书体飘逸，有超出尘俗之韵。学其书，亦有飘飘若仙之感，这对于脱却官场之累的作者来说，别有乐趣。脱却官场，也不必再写官场应用的俗媚书体了，学习什么，自己说了算，脱胎换骨，真有飞升之感。

〔**注解**〕①六朝书：指孙吴、东晋、宋、齐、梁、陈六朝书法，这里实指的是南北朝的石刻书法。《定盦先生年谱外纪》记载说："先生曰：'吾不以藏汉碑名其家，唐宋所录亦稀。汉以后隋以前，最精博矣。'自契印曰：

'汉后隋前有此家。志所学也，与所乐也。'"②不肄：不学习。山阴：王羲之是山阴人。这里指的是王羲之的法帖。隐居：陶弘景，曾官左卫殿中将军，后隐居句曲山，自号华阳真人，世称陶隐居。有人认为《瘗鹤铭》为其所书。③焦山：山名。在镇江市东北长江中，《瘗鹤铭》就镌刻在焦山上。一痕石：刻有字痕的石头，此专指《瘗鹤铭》。④飞升有术此权舆：意为自己书法能飞升进步，达到神妙境界，以学习《瘗鹤铭》为起始之时。飞升，飞翔上升，形容进步很快。权舆，起始。郝懿行《尔雅义疏》："按《大戴礼·诰志篇》云'孟春百草权舆'。是草之始萌，通名权舆矣。"

再跋旧拓《瘗鹤铭》。
谓北魏《兖州刺史郑羲碑》郑道昭书

二王只合为奴仆①，何况唐碑八百通②。
欲与此铭分浩逸③，北朝差许郑文公④。

〔简析〕《瘗鹤铭》作为书法家学习的范本，虽然很早为书家所重视。但随着清朝碑版书派的兴起，它也被抬高到不适当的高度，这首诗就代表了这种思潮。说王羲之、王献之只配当《瘗鹤铭》的奴仆，唐朝人连做奴仆的资格都不够，实在有些过分了。

〔注解〕①二王：王羲之、王献之父子。②唐碑八百通：形容唐朝碑刻之多。高似孙《纬略》："唐人说李邕前后撰碑八百通。"③此铭：《瘗鹤铭》。浩逸：浓重的飘逸气韵。④北朝：与南朝对峙的政权北魏、北齐、北周的合称。郑文公：《郑羲下碑》，此碑在山东省云峰山。北魏宣武帝永平四年（511）书刻。一般认为是郑羲之子郑道昭所书。此碑书体与《瘗鹤铭》书体有很多近似之处，是北魏石刻书法的上品。

何绍基（三首）

何绍基（1799 — 1873），字子贞，号东洲，晚号蝯叟，湖南道州（今道县）人。道光年间中进士，官编修。博览群书，尤精于小学，旁及金石碑版文字。书法从颜真卿入手，上溯先秦两汉，下至南北朝碑版，无不究习，为清朝中叶著名的书家之一。擅诗，有《东洲草堂诗集》。

与张受之论刻石，用坡公《墨妙亭》诗韵

学书退笔如丘陵①，心志自下气力腾②。
悬臂兀兀集古鬼③，凝眸炯炯来秋鹰④。
使笔欲似剑锋正⑤，杀纸有声锋有棱⑥。
因书颇悟刻石理，大异削脂与镂冰⑦。
刀尖所向石魄碎，吾气正直神依凭⑧。
锋宜方锐精紧稳，邪入怯出皆所憎⑨。
古来金石大刻画⑩，薄楮拓传厚似缯⑪。
其中无巧但有拙⑫，信乎从善难如登⑬。
叔未张翁金石学⑭，仪征师相久所朋⑮。
从子侍侧解轮斫⑯，两翁笑落扶老藤⑰。
仪征论书重北派⑱，篆分一气如传灯⑲。
摩崖勒碑理视此⑳，吾期与子同服膺㉑。

〔简析〕何绍基是清中叶学习汉魏石刻书法的中坚人物，论刻石就是从理论上阐述学习石刻书法的体会。据传何绍基执笔方法颇不同常人，他高悬臂回腕执笔，诗中"悬臂兀兀集古鬼"即言此；他运笔中锋涩行，"杀纸有声锋有棱"。强调作书时凝神屏气，精神高度集中。他推崇书法"宁拙勿巧"的理论，对一些人作书侧锋怯笔则嗤之以鼻。作者还阐明自己服膺阮元的《南北书派论》学说，推崇先秦篆书与汉隶魏碑的观点。整首诗真实系统地反映了何绍基的书学思想。

〔**注解**〕①退笔如丘陵：形容学书勤苦，用废的笔堆积似山。②心志：意志。③悬臂：悬肘作书。兀兀：勤勉不止的样子。④凝眸：目不转睛，形容注意力高度集中。炯炯：光明的样子。⑤使笔欲似剑锋正：指下笔准确，爽利如刀斫剑刺。⑥杀纸有声锋有棱：中锋行笔，有蚕食桑叶之声，起收笔处锋棱毕现。⑦削脂与镂冰：在油脂上作画，冰上雕刻。桓宽《盐铁论·殊路》："故内无其质而外学其文，虽有贤师良友，若画脂镂冰，费日损功。"⑧正直：端正刚直。依凭：依靠凭仗。⑨"锋宜方锐精紧稳"两句：清朝学习碑版的书家认为汉魏碑石刻字方法与后世不同，如包世臣《艺舟双楫·述书中》："古碑皆直墙平底，当时工匠知书，用刀必正下以传笔法。后世书学既湮，石工皆用刀尖斜入，虽有晋唐真迹，一经上石，悉成尖锋，令人不复可见始艮终乾之妙。"何氏也持此观点。⑩金石：指青铜器、石刻铭文。⑪薄楮：很薄的纸。⑫无巧但有拙：弃绝修饰取质拙。⑬从善难如登：择善而从，困难得如同攀登。⑭叔未张翁：清朝中叶著名金石书法家张廷济号叔未。⑮仪征师相：清朝中叶经学家、金石学家阮元为江苏仪征人，阮曾官体仁阁大学士。⑯从子：侄子。张受之为张廷济之侄。轮斫（zhuó）：斫轮，砍削车轮。《庄子·天道》记齐桓公读书堂上，轮人扁斫轮于堂下。扁论斫车轮之术："不徐不疾，得之于手而应于心。"喻张受之刻石之术精到。⑰两翁笑落扶老藤：作者自注："眉寿图画仪征师与叔未翁像。师书后齐侯罄歌即受之所刻。"⑱仪征论书重北派：阮元推重石刻书法，著《南北书派论》《北碑南帖论》予以阐发。呼吁"颖敏之士，振拔流俗，究心北派，守欧、褚之旧规，寻魏、齐之坠业"。⑲篆分一气：篆书分书声气相通，形体相续。传灯：佛家谓佛的教旨可以破除迷暗，像灯照明一样，后因称传法为传灯。⑳摩崖：在山崖石壁上镌刻铭功、记事的文字。勒碑：在碑石上镌刻文字。㉑吾期与子同服膺：我希望与你共同牢记心中。

题"奎垣欣遇"卷为罗研生作（十二首选一）

研生从伯父碧泉宫詹分校乾隆癸卯京闱，主司刘文清、翁覃溪皆为临褚本《禊帖》。文清题二绝句，覃溪一再和之，又题"奎垣欣遇"四字于卷端。谨次韵得十二首。

鼠须蚕茧永和春①，三百余年始现身②。
一传特因天笔重③，千秋误尽学书人④。

〔简析〕何绍基学书，从颜真卿入手，后致力于北魏碑版，且颇得其中三昧。其时正是碑派方兴未艾之时，帖派受到攻击是必然的。此诗所论不无偏激之处。但揭示王羲之成为"书圣"，《兰亭集序》成为历代学书人唯一圭臬，以致出现种种弊端，使书法发展甚至停滞不前的原因还是中肯的。

〔注解〕①鼠须蚕茧：相传王羲之书《兰亭集序》用的是鼠须笔，书于茧纸之上。永和：东晋穆帝司马聃年号，《兰亭集序》书于永和九年（353）三月。②三百余年始现身：《兰亭集序》至唐太宗时始由萧翼从僧辨才处骗得。从东晋永和年间至唐贞观年间前后三百年。③特因：只因。天笔重：皇帝重视其书体。此诗下作者自注："文皇喜姿媚，《禊帖》始重于世，右军遂成书圣。"④千秋：千载。误尽：耽误了全部学习《兰亭集序》的人。

罗苏溪方伯前辈斋中观傅青主书

误信山阴笔阵图①，纵横排比总书奴②。
麻姑坛记能医俗③，除却真山解道无④？

〔简析〕青主是傅山的字，"宁拙毋巧、宁丑毋媚、宁支离毋轻滑、宁真率毋安排"，与流俗相悖，与传统立异，是傅山书论的核心。这种理论为后来的汉魏碑派的兴盛起到推波助澜的作用。这也是何绍基所以引傅山为知己的主要原因。就傅山的书迹看，尚没有脱离帖派，与何绍基的书迹有着明显的差异。何所称道的是傅山能"解道",不"误信",不愿做书奴,如是而已。

〔注解〕①山阴:王羲之为山阴人,此以山阴指代王羲之。笔阵图:相传为卫夫人所撰。王羲之有《题卫夫人笔阵图后》。这两篇文章均为书学理论文章。②纵横排比:上下左右依次排列。书奴:指只知临摹古人书体而不知变化的学书者。③麻姑坛记:《麻姑仙坛记》,颜真卿撰并书,有大、小二本,是颜真卿楷书碑文代表作。④真山:傅山别号真山。解道:理解真理。

郑珍(一首)

郑珍(1806 — 1864),字子尹,号米楼,晚号柴翁,贵州遵义人。清道光十七年(1837)举人,历镇远、荔波县训导。学问渊博。有《仪礼私笺》《巢经巢集》等。

与赵仲渔婿论书

吾尝谓人号君子[①],考其言行而已矣[②]。
天资学力各不同[③],揆以孔孟惟其是[④]。
而是之中亦有别,与评金玉正相似。
光色纯莹见差等[⑤],要为足重非伪比[⑥]。
论书又何独不然,心不可见画在纸[⑦]。
佻怪侧软为佥人[⑧],刚方浑重必端士[⑨]。
亦有中棱外婀娜[⑩],斯实柳和郑妩媚[⑪]。
羊质虎皮又岂无[⑫],艺随身败足挂齿[⑬]。
古人真气不虚发[⑭],借笔于手图便事[⑮]。
若用头濡及襟帚[⑯],亦是其人所作字。
吁嗟斯邈至欧颜[⑰],历历作者皆已死[⑱]。
相传虽云有笔法[⑲],几人亲见崔蔡指[⑳]。

就其形迹推运用㉑，各据所悟言之耳㉒。
尝疑韦钟同辈人㉓，写时岂有不见理。
明明目尽使转妙㉔，破冢搥胸为何秘㉕。
蒙经已改李妙删㉖，七种执笔文不委㉗。
俗图三手又乖舛㉘，方明㧪捉尤若寱㉙。
澄心七字出希声㉚，拨灯翻成一阓市㉛。
国朝六艺务反古㉜，自宋以后莫睥睨㉝。
取法乎上诚盛业㉞，识者固已知其弊㉟。
吾于六书颇特识㊱，落墨每恨无律纪㊲。
性不能逾力难强，纵有真诀亦瞪视㊳。
曩年曾睹包氏述㊴，瞢瞢莫明其所以㊵。
乃今赵郎道其师㊶，是从包述悟笔髓㊷。
为作五指握管状，如鹅昂头鸭拨水㊸。
自言三载成自然㊹，骨钮爪秃肘肩痹㊺。
吾爱汝师翰墨迹㊻，独溯北朝古质体㊼。
岂知精苦突寻常㊽，信是钻樐直透底㊾。
古今事事顺人情，未见二王果如此㊿。
司直擎拳冯两撮㉛，韩五李三亦异旨㉜。
要之书家止在书㉝，毛颖自是任人使㉞。
多闻择善圣所教㉟，少见生怪俗之鄙㊱。
学古未可一路求㊲，论字须识笔外意㊳。
汝于此浅当勉旃㊴，右军固教执笔始㊵。

〔简析〕这首较长的论书法诗涉及的内容较多，主要有以下几个方面：
其一，书法是心画，书品即人品的表现，艺因人高，艺亦随人败。小人的书法轻佻柔媚，君子的书法刚健浑厚。也有的柔中含刚类型的字，也属方正刚健。
其二，执笔无定法。作者认为从古以来各种执笔方法不过是不同人书法实践中各自创造出的不同方法，并无一定标准，是是非非，难以统一。其三，对包世臣《艺舟双楫》中关于书法论述的批评。他指出包世臣所言的执笔方法并不科学，是违背人的生理特点的，特别是盲目崇古、漠视唐宋以后的书法成就其流弊甚多。其四，论述个人对执笔法的认识。他认为执笔要顺人情，重视人的生理特点，不要拘泥于某种固定的模式。执笔是为创作的结果服务，笔是人操纵的，要以己为本。为了提高自己，要"多闻择善"，从笔外求书，归结到诗题的主旨而结束全篇。

〔注解〕①君子：有才德的人。②言行：语言行为。③天资学力：天赋与学习成就。④揆以孔孟惟其是：度量是非用孔孟之道为标准。⑤差等：差别等级。⑥足重：足够的重量。⑦心不可见画在纸：书为心画，见其书即知其人。⑧佻怪侧软：轻薄古怪，邪恶柔弱。金人：小人。⑨刚方：严正。浑重：淳朴厚重。端士：正直之士。⑩中棱外婀娜：严肃庄重在内、和平其表的人。⑪柳和郑妩媚：柳指柳下惠，相传柳下惠坐怀不乱。郑指魏徵，魏徵被封为郑国公。唐太宗李世民言："人言徵举动疏慢，我但见其妩媚耳。"⑫羊质虎皮：比喻内外不一致，外强中干。扬雄《法言·吾子》："羊质而虎皮，见草而悦，见豺而战，忘其皮之虎矣。"⑬艺随身败：其人品卑下，其书艺虽优而不为人看重。挂齿：提到。⑭真气：内在的真实气力。⑮便事：省事。⑯头濡：以头濡墨。《新唐书·张旭传》："或以头濡墨而书，既醒，自视以为神，不可复得也。"襟帚：虞龢《论书表》："子敬出戏，见北馆新泥垩壁白净，子敬取帚沾泥汁书方丈一字，观者如市。"⑰斯邈至欧颜：李斯、程邈到欧阳询、颜真卿。⑱历历：分明可数。⑲笔法：执笔法与用笔法。⑳崔蔡：崔瑗、蔡邕。唐韩方明《授笔要说》："即可信乎笔法起自崔瑗子玉明矣。"《法书要录·传授笔法人名》："蔡邕受于神人，而传之崔瑗及女文姬。"㉑运用：灵活变通而使用。㉒所悟：个人的理解领会。㉓韦钟：韦诞、钟繇。㉔使转：书法术语，指笔法圆转缠绕。㉕破家捶胸：唐韦续《墨薮·用笔法并口诀第八》："繇见蔡伯喈笔法于韦诞坐上，自捣胸三日,其胸尽青……及诞死,縢令人盗掘其墓,遂得之。"㉖蒙经已改李妙删:《墨薮·用笔法并口诀第八》:"秦丞相李斯曰:'……凡书非但裹结,终藉笔力。'蒙恬造《笔经》犹用简略,斯更修改,望益于世矣。"㉗七种执笔:卫铄《笔阵图》:"执笔有七种。有心急而执笔缓者,有心缓而执笔急者。若执笔近而不能紧者,心手不齐,意后笔前者败;若执笔远而急,意前笔后者胜。"不委:不确实。㉘三手:指用三指执笔。㉙方明捅捉:唐韩方明有《授笔要说》,专论执笔方法。若寱(yì):同"呓",如说梦话。㉚澄心七字:南唐李后主在执笔五字外加导送二字,为七字执笔法。因李煜曾造澄心堂纸,故代称。希声:唐朝人陆希声,相传他将拨灯执笔法传授他人。㉛拨灯:拨灯执笔法。市:乱哄哄的市场。㉜国朝:本朝,指清朝。六艺:古代以礼、乐、射、御、书、数为六艺。此指清朝兴盛的金石考证学与书法崇尚汉、魏、六朝碑版书体。㉝睥睨(bìnì):因看不起而斜视。㉞取法乎上:唐太宗李世民《帝范》:"取法于上,仅得为中;取法于中,故为其下。"㉟识者:有远见卓识的人。其弊:指当时遵崇复古书风的弊病。㊱六书:汉字的六种造字法。特识:很有研究。㊲律纪:此指书法的规范。㊳瞠视:因着急而呆视。㊴曩年:昔年。包氏述:包世臣关于执笔用笔论文《述书上》《述书中》《述书下》等。㊵蓸蓸(méng):昏暗。㊶赵郎:即此诗诗题赵仲渔,名赵廷璜,字仲渔,号二山。他临习包世臣书法,是其忠实的追随者。㊷是从包述悟笔髓:从包世臣的执笔论述中领悟了执笔用笔真谛。㊸如鹅昂头鸭拨水:包世臣称执笔"食指如鹅头昂曲者,中指内钩,小指贴名指外拒,如鹅之两掌拨水者。"㊹自然:运用自如。㊺骨钮爪秃肘肩痹:由于太强调某一执笔模式而使肩臂患疾。㊻翰墨迹:书法作品。㊼古质:古拙质朴。㊽精苦:精心选择煞费苦心。㊾钻槷直透底:坚持至通透。㊿二王:王羲之、王献之。㉛司直擎拳冯两撮:作者自注:"张从申擎拳握笔,冯侃两指提笔。"㉜韩五李三亦异旨:作者自注:"韩方明五指包管,李少卿三指提管。"㉝书家止在书:看书法家成就以作品质量判别优劣。㉞毛颖:毛笔。唐韩愈有《毛颖传》。㉟多闻择善:《论语·述而》:"多闻,择善者而从之。"㊱少见生怪:《抱朴子·内篇论仙》:"夫所见少则所怪多,世之常也。"⑤⑦一路求:一条道跑到黑之意。⑤⑧笔外意:笔墨蹊径之外所蕴含的韵致,字外功夫。⑤⑨此浅:谦词,意为本诗的一些浅见。勉旃(zhān):勉之焉,即现代汉语勉励的意思。⑥⑩右军固教执笔始:张绅《法书通释》:"右军云:'凡学书,先学执笔。'"

林寿图(一首)

林寿图(1809—1885),字颖叔,号欧斋,别署黄鹄山人,福建闽县(今福州市区)人。清道光二十五年(1845)进士,官至陕西布政使。有《黄鹄山人诗初钞》。

宋侗庵上舍隶书歌

宋侯初亦混城市①,广搜汲冢补缺亡②。
担夫争道悟笔势③,古肥今瘦评钟王④。
老由章草入隶佐⑤,跨有秦汉卑隋唐。
退居村落避尘垢,宝惜墨汁咀金浆。
世人奴视程下邽⑥,曾未梦见蔡中郎⑦。
试今指画大篆体,望烛吐穗疑星芒。
宋侯十年不履阈⑧,颇似元岑幽云阳⑨。
许我梦英解偏旁⑩,与辨八分写三苍⑪。
鸟已分虫鱼舍凤⑫,蚊脚俄舒鹄头昂⑬。
层云冠山台宇峻,庭燎飞烟钟虞张⑭。
纤波浓点忽错落⑮,酌剂文质合周商⑯。
俗书崇尚黄门令⑰,袛学急就趋凡将⑱。
政如蛾眉嫉众女⑲,故应弃置房中藏。
请君长毫扫秋劲⑳,为展隼尾排风霜㉑。
他日临池无笔法㉒,结想重上君子堂㉓。

〔简析〕这位宋侗庵追求书法高品质可以说是很执着。他由擅章草转向学隶书，从城市隐迹乡村，都是为了书法。可能他所写隶书与众不同，在流行隶书的时代竟然遭到了妒嫉。因为难以见到其书迹，究竟是好还是怪也只好存疑了。本诗有两点值得注意：一是清朝中期以后由于秦汉、南北朝碑版书体盛行，一部分书家蔑视后世书法，导致康有为《广艺舟双楫》设"卑唐"专章，这位宋侗庵就是卑隋唐者之一；二是清朝长锋羊毫的推广使用，使书风为之一变，如这位宋侗庵是使用长锋羊毫的，这也是此诗的价值之一。

〔**注解**〕①宋侯：指诗题中的宋侗庵。侯，一般是封建社会文人间相互尊称，并非真为官者。②汲冢：汲冢书。晋太康二年（281），汲郡人不准盗发魏襄王墓，得竹书数十车，后人称经过整理的竹书为汲冢书。此指古代流传下来的金石碑刻拓本。③担夫争道悟笔势：相传唐朝大书家张旭见公主担夫争道得笔法。④古肥今瘦评钟王：南朝梁萧衍《观钟繇书法十二意》："元常谓之古肥，子敬谓之今瘦。古今既殊，肥瘦颇反。"⑤章草：亦称隶草或急就，汉代一种具有捺画的草书。隶佐：指隶书。⑥程下邽：秦朝人程邈，相传其囚云阳狱创隶书。程邈为下邽人。⑦蔡中郎：东汉大书法家蔡邕曾任左中郎将，后人称其为蔡中郎。⑧履阈（yù）：足不出户。阈，门槛。⑨元岑：程邈字元岑。⑩梦英：宋朝僧人，号宣义，工十八体书。八分：八分书，隶书的一种。⑪三苍：也作三仓，汉初，有人将当时流传的字书《苍颉篇》《爰历篇》《博学篇》合为一书，称《三苍》。⑫虫鱼舍凤：意为关注解释虫鱼等小学问，而舍弃治国经世大道理。⑬俄舒：很快舒展开。⑭钟虡（jù）：编钟和木架，喻奏乐。⑮纤波浓点：微波与大点，指隶书笔画。错落：参差缤纷。⑯斟剂文质：斟酌调剂文彩与质朴。周商：周朝与商朝。⑰黄门令：张芝弟张昶曾为黄门侍郎，擅章草，疑即是。⑱急就：急就草，即章草。凡将：《凡将篇》，古字书名，汉司马相如作。⑲蛾眉嫉众女：美女遭很多女人的妒嫉。屈原《离骚》："众女嫉余之蛾眉兮。"⑳长毫：长锋羊毫。㉑隼尾：隼尾波，隶书的一种笔形。㉒临池：学习书法。㉓结想：汇总一些想法。

曾国藩（一首）

曾国藩（1811—1872），字伯涵，号涤生，湖南湘乡白杨坪（今属双峰）人。道光年间中进士，以镇压太平天国有功升任两江总督。卒谥文正。书法亦有名当时，主张刚健、婀娜缺一不可。有《曾文正公全集》。

赠何子贞前辈（并序）

以纸索子贞作字，久不见偿，诗速之也。

九嶷山水天下清①，中有彦者何子贞②。
大谲老谋不自白③，世人谁解此纵横。
八法道卑安足数④，君独好之如珉珵⑤。
终年磨墨眼不眯⑥，终日握管意未平⑦。
自言简笺通性道⑧，要令天地佐平成⑨。
怡神金鲫朝吹浪⑩，失势怒猊夜捣营⑪。
同心古来亦有几？俗耳乍入能无惊⑫？
可怜四十好怀抱⑬，空使九州播书名⑭。
嗟我波澜颇莫二⑮，知而不为真不智⑯。
捧心耻与时争妍⑰，画足久为圣所弃⑱。
行当就子更柱弦⑲，可能为吾倒筐笥⑳。
去年一诺今未偿㉑，旧迹已陈谁复记？
世间万事须眼前，须臾变态如云烟㉒。
烦君一挥清我室，驱逐毒热无烦煎㉓。
高堂巨壁蛟龙走㉔，鄙夫白昼欹枕眠㉕。

〔简析〕因为既是同乡，且同有书法之好，曾国藩与比自己年龄稍长的何绍基交往比较频繁，经常求何绍基为自己写字。曾国藩认为何绍基书法造诣非常人可及，特别是其个人长期所追求而未能兼有的"作字之道，刚健、婀娜二者缺一不可"的境界，何绍基已经达到了。何绍基书法中所蕴含的

"怡神金鲫朝吹浪，失势怒猊夜捣营"刚健风骨与婀娜气韵兼而有之，非常难得。他认为这既是得九嶷山山水灵秀之精华，更是何绍基多年坚持苦练的结果。更难得的是何绍基的人品，虽然已经"九州播书名"了，仍然是"大谲老谋不自白""捧心耻与时争妍"。因而表示自己愿做他的学生，学习其书艺与人品。当时曾国藩权势炙手可热，然而何绍基却对其的求字久不见偿，是对曾国藩其人有成见，还是对其无休无止的"索字"不满，就不得而知了。

〔注解〕①九嶷：山名，在今湖南宁远县南，相传舜葬于此。②彦者：才德出众的人。何子贞：何绍基字子贞。③大谲老谋：奇谲怪异不同流俗的举止、深远周密的思想。自白：自我表白心迹。④八法道卑安足数：意为在世俗看来，书法艺术属于雕虫小技，不足挂齿。⑤珉理：美好的玉石。⑥眼不睐：两眼毫无困倦之意。睐，眼皮微合。⑦意未平：愿望难以停息。⑧简笺：简，古代用以书写的狭长竹片；笺，小幅华贵的纸张。此用简笺指代书法。性道：性情事理。⑨平成：丰收的成就。⑩怡神金鲫朝吹浪：此句形容何绍基书法有悠然自得之趣。⑪失势怒猊夜捣营：形容何绍基书法具威猛激荡之势。⑫俗耳：流俗之耳，比喻生活琐屑的听闻。⑬怀抱：胸襟。⑭九州：泛指中国。⑮波澜颇莫二：谓自己与何绍基爱好相同。⑯不智：不聪明。⑰捧心：两手捂着胸口，表示病态。此句用西施捧心典故。⑱画足：画蛇添足。⑲就子更柱弦：谓自己愿接近何绍基，更柱改弦，学习书法。⑳筐笥（sì）：均为竹制方形盛物器。㉑去年一诺今未偿：指作者求何绍基书法作品而没有得到。㉒须臾：极短的时间。㉓烦煎：烦闷的煎熬。㉔蛟龙走：形容何绍基书法，笔力劲健，气韵生动。㉕鄙夫：作者自称。

杨岘（二首）

杨岘（1819—1896），字庸斋、见山，号季仇，晚号藐翁，浙江归安（今属湖州）人。咸丰年间举人，曾权知常州府。精隶书，为当时著名书法家。有《庸斋文集》《迟鸿轩诗钞》。

吴仓石示《石鼓文》精拓本四首（选二）

一

偲翁不作咏翁逝①，君更后来名誉高②。
晴窗大机摹籀古③，快剑入阵风怒号④。

二

老夫老矣不识字，仔细学读钳施喉⑤。
但觉行间出奇怪⑥，满天风雨舞龙虬⑦。

〔简析〕吴仓石即吴昌硕。唐宋人眼中的《石鼓文》，字体稀奇古怪，百不识一。虽知其鼓可贵，却从没有想到其字可学。与唐宋先人们相比，清朝人胆识独具，很多人选《石鼓文》做学习篆书的范本，而且产生了以写《石鼓文》名世的大书家吴昌硕。这两首诗，前一首赞吴昌硕在当时书坛所处重要地位及其摹写《石鼓文》时"快剑入阵风怒号"的气势。后一首诗谓自己观赏《石鼓文》时"但觉行间出奇怪，满天风雨舞龙虬"的主观感受。

〔注解〕①偲（sī）翁：清朝中叶篆书书法家莫友芝。咏翁：清朝中叶篆书书法家杨咏春。②名誉：声名。③大机：很高的机巧。④快剑入阵风怒号：形容吴昌硕写石鼓文迅猛的气势。⑤钳施喉：钳子夹住喉咙。形容石鼓文文字难识，语音难读。苏轼《石鼓歌》："细观初以指画肚，欲读嗟如钳在口。"⑥行间出奇怪：行列之内呈现不同寻常的奇异。⑦龙虬：虬，无角龙。此以龙与虬舞动形容《石鼓文》字画生动劲健，充满活力。苏轼《石鼓歌》："旧闻石鼓今见之，文字郁律蛟蛇走。"

陈元鼎（二首）

陈元鼎（约1850年前后人），字实庵，号芝裳，浙江钱塘人。清道光二十七年（1847）进士。任庶吉士、编修。有《实庵存稿》。

汪舟次先生（楫）临晋唐诸帖卷（三首选二）

一

北碑南帖派徒分①，书到通神自不群。
总向山阴探龙颔②，得鳞得爪尽拿云③。

二

鸿词诸老各精神④，却忆先人躡后尘⑤。
都为文名掩书法，劫灰无处觅青珉⑥。

〔简析〕诗题中的汪舟次名楫，清朝前期著名书法家。其书法学米芾，用笔恣肆酣畅，奇逸飞动，得当时文人推崇。自阮元《南北书派论》《北碑南帖论》之说盛行，书风为之一变，崇尚汉魏碑刻者多，此诗是反对阮元南北书派之说的。作者在通过欣赏先贤临写的晋唐帖之后指出，学习帖并没有什么不对，得其神趣者自然不凡。诗的第二首是说作者的先人陈兆仑与汪楫都曾为博学鸿词，其书法也颇得晋唐人神韵。陈兆仑曾言："吾书法第一，文次之。"但由于书名被文名所掩而没有传世，觉得很是无奈与惋惜。

〔注解〕①北碑南帖：清阮元《北碑南帖论》称："是故短笺长卷，意态挥洒，则帖擅其长。界格方严，法书深刻，则碑据其胜。"②山阴：此代指王羲之。探龙颔：龙颔探珠，比喻探取真宝。③拿云：凌云，比喻志向高远。④鸿词：博学鸿词，科举的一种。⑤先人：此指陈元鼎的先人陈兆仑。后尘：车辆前驰，尘土后起，比喻追随别人之后。劫灰：劫火的余灰，指动荡后的剩余之物。⑥青珉：青色的美石，可摹刻碑帖。张翥《题赵文敏公木石有先师题于上》："好呼铁爪夜铮铮，刻向青珉照人眼。"此句下作者自注："梁山舟尝称先太仆书逼近晋唐，惜为文名所掩。"

张世昌（一首）

张世昌（1720 — 1759后），字振西，清中期，浙江平湖人，诸生。有《学坡诗钞》。

学草书偶成

草圣吾家事①，临池偶作行。
但能工点䤷②，兼取露锋芒③。
似矢才离弩④，如锥早处囊⑤。
莫教拈秃管，抵死效钟王⑥。

〔简析〕用较少的文字量反映对一种书体的认识不可能面面俱到。此诗由张芝、张旭等草书大家切入，抓住草书的点画、气势、速度、笔力等紧扣诗题，可谓能事。但结句由于自己学草书而扬草书却贬低其他书体与其他书家，则大可不必如此。

〔注解〕①吾家事，自己姓氏的长项。因为历史上著名草书家张芝、张旭均与作者同姓，故云。②点䤷（niǎn）：草书笔画与笔势。③兼取：兼收并取。④似矢才离弩：离弦之箭，形容草书气势飞动。⑤如锥早处囊：锥处囊中。此形容草书于浑劲中锋芒时现。⑥钟王：指钟繇、王羲之，以楷书与行书著名书史。

吴昌硕（一首）

吴昌硕（1844 — 1927），初名俊、俊卿，字香补。中年以后更字昌硕，以字行，号仓石、苍石，别号缶庐、老缶、老苍、缶道人、石尊者、大聋、苦铁等，浙江安吉人。书法得力于石鼓文并自出新意，在当时影响很大。其画、印亦为近代大家。

祝枝山草书《秋兴》诗卷

怒猊抉石蛟鼍惊①,气象欲使天池倾②。
毫毛陷水信可脱③,墨所未到波纵横④。
今来古往法谁晓?颠素而后祝京兆⑤。
大宝入手当高歌⑥,况值秋兴吟婆娑⑦。
京华可望依南斗⑧,王母瑶池归未久⑨。
少陵自比乌乎敢,孤舟老病徒相守。
吁嗟乎!文人弄笔笔如镞⑩,
好名一心见其腹。我也三百年后争逐鹿⑪,
不知龙可从兮虎可伏⑫。

〔简析〕明朝著名书法家祝允明草书"风骨烂漫,天真纵逸""怀素狂草,尤臻笔妙"。通过有幸欣赏祝允明草书作品杜甫的《秋兴八首》诗卷后,吴昌硕激动非常,被祝允明尽情纵横挥洒、不可一世、傲睨千古的气势所震撼。因而认为祝允明是继唐朝怀素之后难得的草书大家,决心认真学习祝允明书法,争取步武祝允明。吴昌硕晚年行草书用笔遒劲,奇纵雄健,其点画韵致依稀可见祝允明的影响。诗中"我也三百年后争逐鹿,不知龙可从兮虎可伏"并非徒大言欺世。

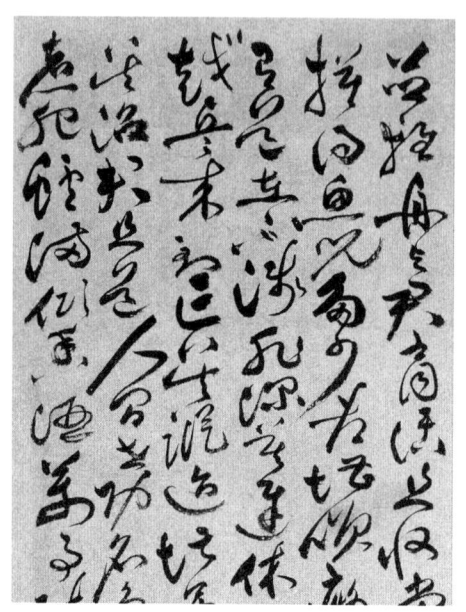

祝允明《秋兴八首》

〔注解〕①怒猊抉石:比喻书势遒劲迅疾。《新唐书·徐浩传》:"浩父峤之善书,以法授浩,益工。尝书四十二幅屏，八体皆备，草隶尤工，世状其法曰'怒猊抉石，渴骥奔泉'……"蛟鼍（tuó）：爬行动物，龟的一种。②气象：情态气势。天池：寓言中所说的海。《庄子·逍遥游》："南冥者，天池也。"③毫毛：笔毫。④墨所未到波纵横：形容书法气势磅礴，"笔所未到气已吞"。⑤颠素：怀素。祝京兆：祝允明。祝允明曾任京兆属官。⑥大宝：佛家称佛法为大宝。此谓最可宝贵的。⑦秋兴吟婆娑：反复吟咏《秋兴八首》诗。婆娑，反复。⑧京华可望依南斗：杜甫《秋兴八首》第二首有"每依北斗望京华"句，此借用其意。京华，京城。⑨王母瑶池：《秋兴八首》第五首有"西望瑶池降王母"句，此用其意。⑩笔如镞：用笔像箭一样轻锐。⑪三百年后争逐鹿：指自己在祝允明后的清末书坛挥笔争雄。《史记·淮阴侯列传》："秦失其鹿，天下共逐之，于是高材疾足者先得焉。"后以竞争天下为逐鹿。⑫龙可从兮虎可伏：《易经·乾·文言》："云从龙，风从虎。"此句意为自己借鉴于祝允明草书后，当有很大收益。

沈曾植（一首）

沈曾植（1850—1922），字子培，号巽斋，别号乙盦，晚号寐叟。浙江嘉兴人。清光绪六年（1880）进士。官刑部贵州司主事，又官安徽布政使，后退隐。为著名文史学者、书法家。有《海日楼文集》《海日楼诗集》。

积龛观察以所藏《常丑奴墓志》索题，
此志平生凡再见，皆羽琌山馆物也。
覃溪极称此书为欧法。今拓泐浅，无以证之，
意世间尚当有精拓本

苏斋苦忆刘珉迹①，似人而喜托隋石②。
可怜澹墨本苍茫③，向背频烦辨戈策④。
羽琌山中宝墨香⑤，复有佷子书跁跒⑥。
老夫无复论书楫⑦，勉与僧权署末行⑧。

〔简析〕清朝是碑志书法盛行时期，也是金石考证学兴盛时期，很多著名书法家嗜于碑志拓本的收藏与考校。此诗中涉及的翁方纲、龚自珍及沈曾植本人都是如此。《隋都督荥泽县令常丑奴墓志》因原石久佚，故拓本流传极少。即使墨淡而拓工较差的拓本，也被人们珍视。诗作者为了学习书法在拓本不甚清晰的情况下，仍然"向背频烦辨戈策"，可见其认真态度。此诗在谈《常丑奴墓志》拓本各种情况的同时，主要是感慨龚自珍所藏古碑版拓本的散佚。目睹龚自珍生前千方百计搜罗的藏品，却被其儿子龚孝珙随意处置，难免使同为书法家兼碑志拓本收藏家的沈曾植有万千伤感了。

〔**注解**〕①苏斋：清朝书法家，翁方纲号苏斋。刘珉：北齐书法家，书学王羲之，下开唐欧阳询书风。②隋石：指《常丑奴墓志》，隋大业三年（607）八月刻，小楷，二十七行，行二十七字。③澹墨本苍茫：作者所见拓本用淡墨粗拓，不甚清晰。④戈策：书法术语，指戈钩（背法）与仰横。此泛指点画。⑤羽琌：龚自珍斋馆名羽琌山馆，琌，古同"陵"。⑥佷（hěn）子：指龚自珍子龚孝珙。《水经注》："佷子……自少小不从父语。父临亡，意欲葬山上，恐儿不从，故倒言葬著渚下石迹上。佷子曰：'我由来不奉教，今从语。'遂尽散家财作石冢，积土绕之，成一洲。"相传孝珙为龚自珍逆子。书跄踉：指书法急促不稳，似指羽琌山馆所藏《常丑奴墓志》有龚孝珙跋文。⑦老夫：沈曾植自称。书楫：书法理论。如包世臣《艺舟双楫》等。有仗凭过渡作用，故称书楫。⑧僧权：某些古刻帖尾往往署"僧权"二字。因作者跋积畬（徐乃昌）藏墓志拓本尾，故与僧权并论。

严复（二首）

严复（1854 — 1921），字又陵，又字幾道，福建侯官（今属福州）人。十四岁习海军，二十三岁赴英国再求深造。归国后一度从政，任海军一等参谋官。以译著哲学著作著称。

论书（二首）

一

上蔡始变古①，中郎亦典型②。

万毫皆得力，一线独中行。

抉石抡猊爪，奔泉溯骥程③。

君看泛彗后④，更为听江声⑤。

二

用古出新意，颜徐下笔亲⑥。

细筋能入骨⑦，多肉正通神⑧。

北宋推能手，东坡定后身⑨。

如闻跛守骏，妍貌不妨矉⑩。

〔简析〕严复论书推崇颜真卿、徐浩、苏东坡，尤以苏东坡为最，因而诗中多引用他们的典故。诗的第一首作者主要谈笔力与笔势，强调万毫齐力，中锋行笔。尤其注重书法创作中领悟的作用。第二首作者主张书法须变古出新。作者认为，书法笔画瘦有瘦的气骨，肥有肥的精神。并强调注重大的效果，从宏观上把握，不必计较细枝末节的瑕疵。

〔注解〕①上蔡：地名，属河南省。秦李斯为上蔡人，故以地代指人。②中郎：东汉官名。蔡邕曾拜左中郎将，史称蔡中郎。③抉石两句：唐朝大书法家徐浩擅书，"世状其法曰：'怒猊抉石，渴骥奔泉。'"后人多指气势。④泛彗：彗泛画涂，比喻非常容易。汉王褒《圣主得贤臣颂》有"水断蛟龙，陆剸犀革，忽若彗泛画涂"之句。注谓"如以帚扫泛洒之地，以刀画泥中，言其易"。⑤听江声：听江得法。宋朱文长《墨池编》载雷太简《江声帖》："近刺雅州，昼卧郡阁，因闻平羌江暴涨声，想其波涛番番迅驶，掀搑高下，蹶逐奔去之状，无物可寄其情，遽起作书，则心中之想尽出笔下矣。"⑥颜徐：指唐朝大书法家颜真卿、徐浩。⑦细筋能入骨：指颜真卿书法之"多骨微肉"为筋书的特点。苏轼谓颜真卿书法："颜公变法出新意，细筋入骨如秋鹰。"⑧多肉正通神：指苏轼书法丰腴的特点。因有人讥其书法太肥如墨猪，苏轼曾加反驳，称其书法"余书如绵裹铁"。⑨东坡：苏轼号东坡居士。⑩如闻跛守骏两句：苏轼《次韵子由论书》有"守骏莫如跛""貌妍容有矉"。前句谓用笔当不必过分迅疾，后句谓书法难以十全十美，微瑕不算病。

徐世昌（二首）

徐世昌（1855—1939），字卜五，号菊人，又号弢斋，直隶天津（今天津）人。清光绪年间进士。授翰林院编修，曾协助袁世凯创办北洋军。先后任东三省总督、邮传部尚书、内阁协理大臣等职。1914年任袁世凯政府国务卿，1918年由段祺瑞安福国会选为总统，1922年被直系军阀赶下台。后病死于天津。有《清儒学案》《退耕堂集》《水竹村人集》等。

草书歌

修蛇出林赴大壑①，长虹饮海天半落。
须臾狂风卷秋叶②，骤雨乱洒坠飞蝶。
孤峰倒压云忽断，大河泻浪恣汗漫③。
将军手挥十万兵，长枪大戟来酣战。
应真变相示奇幻④，疾如奔雷与驰电。
天尊悯世凌重霄，左杓右魁互隐见⑤。
四十亿众执简朝，说法度人无贵贱⑥。
凤舆鸾旆杂云軿⑦，天女纷至如霞霰⑧。
伯英一出万花舞⑨，满天金粟飞香雨⑩。
杜度崔瑗妙契神，索靖狻猊亦绝尘⑪。
羲献父子纯乎纯，口谈六艺含天真⑫。

知章本是饮中仙，不食烟火几何年。

颠旭狂素亦奇伟，水性至柔能破坚。

控纵按抑不可制，高堂大壁挥云烟。

右军笔势论骨髓[13]，千祀万禩存辙轨。

梁武评书亦可人[14]，倜傥风流殊自喜[15]。

点画气体溯本源，妙论又得孙虔礼。

我亦学书四十年，明窗大砚平如砥。

弄墨不知衫袖汙，日写蔡伦数十纸[16]。

妍蚩诡怪不自知[17]，风雨晦明何曾已。

眼昏发白兴更豪，扫尽中山秋兔毫。

名笺绢素不珍惜，窗外池水翻墨涛。

有时兴来笔不到，遇之以神形可逃。

阴阳翻覆在吾手，十二万年屈伸时。

会得虙羲一画奇[18]，参遍人间文字薮[19]。

收视反听息神智[20]，日闭双扉居幽邃[21]。

寒鸡喔喔窗不明，挑灯大草数百字。

皎皎杲日已东升[22]，掷笔匡床但酣睡[23]。

〔简析〕草书"神化自若，变态不穷""或寄以骋纵横之志，或托以萧散郁结之怀"，最宜用歌行体诗加以表现。此诗应是徐世昌被赶出政坛后所作。既歌咏草书，也表达了其对个人政坛沉浮的态度。诗中首先以自然界诸物象形容草书的点画气势等，如"修蛇""长虹"比喻写草书时笔画的律动，以"孤峰倒压""大河泻浪"形容草书的气势，以"将军布阵"形容草书的章法。又以"应真""天尊""天女"等形容草书的飘逸神奇、变幻莫测。其次列举自汉代以来各朝代行草书大家对草书的发展作出的贡献。诗的最后一部分既写了其个人对草书的痴迷，也写了个人坦然直面现实的豁达态度。是时作者已经"眼昏发白"，但仍然长年坚持"挑灯大草数百字"，往往到"皎皎杲日已东升",且"风雨晦明何曾已"。这种坚持、这种痴迷既是消磨时日的一种方式,也从中有所领悟,"参遍人间文字薮""收视反听息神智"等句子就是。宣泄后能坦然面对,"掷笔匡床但酣睡"。

〔**注解**〕①修蛇:长蛇。②须臾:片刻,形容时间很短。③汗漫:水势浩瀚的样子。④应真:佛家对罗汉的别称,以其能上应真道,所以称应真。⑤左杓右魁:北斗七星。杓,杓星,指北斗七星柄部的三颗星,又称斗柄。魁,魁星,北斗七星中第一至第四颗星。⑥说法度人:通过讲道而使人离俗出家。⑦旆:旗帜。軿(píng):有帷盖的车。⑧霰:雨点下降遇冷凝结而成的微小冰粒。⑨伯英:东汉书法家张芝字伯英,史传草书为张芝所创。⑩金粟:佛名,指金粟如来,即维摩诘大士。⑪狡狯:诡诈。此指特别神奇莫测。⑫六艺:礼、乐、射、御、书、数六种科目。⑬笔势:指王羲之《笔势论十二章》。⑭梁武评书:梁武帝萧衍有《草书状》一文。⑮倜傥:卓越豪迈。⑯蔡伦:东汉桂阳(今湖南耒阳)人。蔡伦曾总结前人经验,始用树皮、麻头、破布等为原料造纸,世称"蔡侯纸"。⑰妍媸:美与丑。⑱虙(fú)羲:即伏羲。相传伏羲始画八卦。⑲文字薮:全部文字。薮,人或物聚集之处。⑳收视反听:无视无闻。陆机《文赋》:"其始也,皆收视反听,耽思傍讯,精骛八极,心游万仞。"㉑幽邃:安闲精深。㉒杲日:早晨的太阳。㉓匡床:方正安适的床。

学书

篝灯作大草^①,星收我又眠。
睡起饭已熟,寒庖有炊烟^②。
一饱出门去,横视遍八埏^③。
初日杲杲升^④,明月光犹悬。
周行不自息^⑤,亦各守度躔^⑥。
东望海之涘^⑦,西望山之巅。

海大波澜壮⑧，山高岱华连⑨。
驾海霞明灭⑩，笼山云变迁。
皆我笔之势，皆我字之妍。
归来窗下坐，妙悟语不传。
兴酣不择纸，挥洒辄万千⑪。
掷笔又复睡，大笑呼张颠。

〔简析〕此诗的重点在于"妙悟"两个字。作为已经下野的北洋军阀的政客，闲居中的徐世昌将书法作为消磨时日的内容之一。徐世昌学习书法经常在夜深人静、万籁无声之时，因而可静下心来体会、联系、领悟。思绪驰骋，由自然规律的变化、人事的代谢、自身的浮沉联系到草书的笔势、笔法、笔意，必然有很多感慨与领悟。

〔**注解**〕①篝灯：笼罩的灯火。王安石《寄张先郎中》"篝火尚能书细字"，此用其意。②寒庖：简陋的厨房。③八埏：八方的边际，形容八方极远处。④杲杲：明亮的样子。⑤周行不自息：绕行不停。⑥度躔（chán）：躔度，用以标志日月星辰在天空运行的度数。古人把周天分为三百六十度，划为若干区域，辨别日月星辰的方位。⑦海之涘（sì）：海边。⑧波澜：波涛。⑨岱华：泰山与华山。岱，泰山的别名。⑩明灭：忽明忽暗，时隐时现。⑪挥洒：挥笔洒墨，形容运笔自如。

康有为（六首）

康有为（1858—1927），原名祖诒，字广厦，号长素，又号更生，世称"南海先生"，广东南海丹灶（今属佛山市南海区）人。光绪年间进士，授工部主事。十年间七次上书请求变法，1898年主持维新，旋即失败，史称"戊戌变法""百日维新"。流亡日本后，趋向保守。康有为书学《石门铭》，精于书学。著《广艺舟双楫》宣扬"碑学"，对近代书法有很大影响。

论书绝句（并序）（六首）

昔尝续慎伯为《论书绝句》，择人间罕称者发明之。及述此书，论之盖详，未能割爱，姑附于末。

一

元常法乳知谁在[①]？珍重丰碑有枳阳[②]。
文质蹒跚开石阙[③]，始知晋法有传方[④]。

〔简析〕康有为创作这组《论书绝句》目的与包世臣一样，为了宣传其崇尚汉、晋、北魏石刻书法。溯源寻祖，将其崇尚的晋、北魏石刻与秦汉大书家攀附承接关系是其最常用的手法。《枳阳府君碑》《太祖文皇帝神道阙》与钟繇的关系实属牵强，但这种联系的苦心却是可以理解的。这组论书法诗共十五首，此诗为原组诗的第三首。

〔**注解**〕①元常：钟繇字元常。法乳：佛教指以佛法哺育弟子的法身，犹以母乳哺育幼儿。②丰碑：汉以后，竖大石为碑于墓前，刊文表彰死者言行，称丰碑。枳（zhǐ）阳：指晋《枳阳府君碑》。康有为非常推崇《枳阳府君碑》，称道再三："《枳阳府君》笔法之佳，固也。考其体裁，可见隶楷之变；质其文义，绝无谀墓之词。体与元常诸帖近，真魏晋之宗风也……当为正书古石第一本。"③文质蹒跚：文采与质朴的样子。窦臮《述书赋》："婆娑蹒跚，绰约文质。"石阙：指《太祖文皇帝神道阙》，即《太祖萧顺之东西二阙》。④晋法有传方：晋代书法规范有传衍之处。

二

铁石纵横体势奇[①]，相斯笔法孰传之[②]。
汉经以后音尘绝[③]，惟有龙颜第一碑[④]。

〔简析〕此诗为原组诗第四首。在诸碑刻中，康有为最推崇《爨龙颜碑》，评碑首评《爨龙颜碑》，称其"若轩辕古圣，端冕垂裳"。《碑品》列为"神品"第一品。如果就"画若铁石，体若飞动"形容《爨龙颜碑》并无不可，如果就此联系李斯所创小篆笔法则是附会。

〔注解〕①铁石纵横：笔力劲健而自然奔放。体势：形体姿态。②相斯：李斯，因其为秦丞相，故称相斯。笔法：用笔方法。③汉经：即蔡邕所书的《熹平石经》。音尘：本谓声音与灰尘，后借指信息。④龙颜：全名为《宋故龙骧将军护镇蛮校尉宁州刺史邛都县侯爨使君之碑》，简称《爨龙颜碑》。碑立于南北朝刘宋大明二年（458）。

三

餐霞神采绝人烟①，古今谁可称书仙②？
石门崖下摩遗碣③，跨鹤骖鸾欲上天④。

〔简析〕此诗是原组诗的第五首，是作者对北魏摩崖《石门铭》的评价。康有为书法得力于《石门铭》最多，自然评价与众不同。他在《广艺舟双楫》中不止一次盛赞《石门铭》是仙品。

〔注解〕①餐霞：服食日霞，道家修炼之术。神采绝人烟：精神风采如不食人间烟火。康有为《广艺舟双楫·体系》："《石门铭》飞逸奇恣，分行疏宕，翩翩欲仙……盖仙人长生，不顾人间烟火，可无传嗣。"②书仙：书法中的仙品。此诗下作者有说明："《石门铭》体态飞逸，不食人间烟火，书中之仙品也。"③石门：地名，在陕西褒城县，即汉中褒斜谷通道。北魏正始元年（504），梁秦二州刺史羊祉开褒斜旧道，工毕，刻铭记其事，王远书丹，即有名的《石门铭》。④跨鹤骖鸾：成仙飞升上天。康有为称《石门铭》："若瑶岛散仙，骖鸾跨鹤。"江淹《别赋》："驾鹤上汉，骖鸾腾天。"《注》："御鸾鹤而升天汉。"

 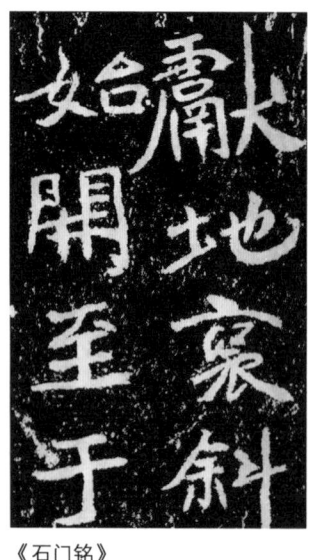 

《爨龙颜碑》　　　　　《石门铭》　　　　　《郙阁颂》

四

鲁公端合瓣香熏①，茂密雄强合众芬②。
章法已传郙阁理③，更开草隶裴将军④。

〔简析〕此诗为原组诗的第十二首。虽然康有为声称"鲁公举世称之，罕知其佳处"。就此诗看，恰恰他自己错会了鲁公佳处。《送裴将军诗》即使为颜真卿真迹，也不是其流传书迹中的上品；说颜真卿书法的笔法、章法与《郙阁颂》偶有不谋而合之妙尚无不可，说颜书出自《郙阁颂》则纯为望风捕影。

〔注解〕①鲁公：颜真卿。端合：只应当。瓣香：拈香一瓣表示对他人敬仰，称瓣香。②合众芬：聚集诸家之长。③章法已传郙阁理：此诗下作者评颜真卿书法"其章法、笔法全从《郙阁》出"。《郙阁颂》，全称《汉武都太守李翕析里桥郙阁颂》。摩崖，在陕西略阳。东汉建宁五年（172）二月刻，字体厚重古朴，为东汉著名石刻书。④草隶：以隶笔作行草书。裴将军：《送裴将军诗》，相传为颜真卿书。书体兼真草书，用笔带篆隶书意；始见于《忠义堂法帖》，另有墨迹本《裴将军诗帖》，似从此帖摹成。

五

山谷行书与篆通①，兰亭神理荡飞红②。
层台缓步翛翛远③，高谢风尘属此翁④。

〔简析〕此诗为原组诗中第十四首。黄庭坚认为学书须"令入神"，"不必一笔一画为准"。即求意趣相合而不求形体逼肖，这是一种较好的学习方法。康有为称其"变化无端，深得《兰亭》三昧，至其神韵绝俗，出于《鹤铭》而加新理"，都是很有道理的。至于作者又称其"宋人书以山谷为最"，山谷书用"篆笔"，则未必是客观准确的评价。

〔注解〕①山谷：黄庭坚。行书与篆通：用篆书笔法写行书。《广艺舟双楫·行草》："宋人之书，吾尤爱山谷，虽昂藏郁拔，而神闲意秾……入门自媚。若其笔法瘦劲婉通，则自篆来。"②神理：玄妙的法则。③缓步翛翛（xiāoxiāo）：形容黄庭坚用笔缓舒而悠然自得的样子。翛翛：无拘无束，悠然自得。④高谢：谢绝俗事。《广艺舟双楫·行草》："山谷书至多，而《玉虹鉴真》所刻《阴长生诗》，有高谢风尘之意，当为第一。"

六

欧体盛行无魏法①，隋人变古有唐风②。
千年皖楚分张邓③，下笔苍茫吐白虹④。

〔简析〕此诗为原组诗中的第十五首。书法在更替中发展，在更替中前进。隋唐变古坏古法，是楷书发展的必然结果；邓、张"复古"成功，亦是书法的更新。就这一点看，他们推动书法发展的作用是相同的。如果是此而非彼，则是一种门户之见。

〔注解〕①欧体：欧阳询书体。魏法：北魏人的笔法。②隋人变古有唐风：康有为称"隋碑风神疏朗，体格峻整，大开唐风"。此诗下说明谓："自隋碑始变疏朗，率更专讲结构，后世承风，古法坏矣。"③皖楚分张邓：皖楚指安徽和湖北。张邓谓张裕钊、邓石如。张为湖北人，邓为安徽人。④下笔苍茫吐白虹：康有为最折服张裕钊。此诗下谓："邓完白出，独铸篆隶，冶六朝而作书。近人张廉卿起而继之，用力尤深，兼陶古今，浑灏深古，直接晋、魏之传。不复溯唐人，何有宋、元、明？为书法中兴矣。"苍茫：指书法气势宏大。

郑孝胥（一首）

郑孝胥（1860—1938），字苏戡，又字太夷，别署海藏楼、夜起庵，福建闽县（今福州）人。历任广东、安徽按察使，驻日本神户领事，懋勤殿行走，内务府大臣。与日本侵略者勾结，建伪满洲国，任伪满洲国国务总理，为臭名昭著的大汉奸。郑孝胥书法在当时非常著名，学习魏碑能自出新意。

作书久不能进，愤然赋此

作书无难易①，要自习之久。
苟怀世人誉②，俗笔终在手③。
古今只此字，点画别谁某④。
必随人作计⑤，毋怪落渠后。
但当一扫尽，逸兴寄指肘⑥。
行间驰真气⑦，莫复扶土偶⑧。
时贤争南北⑨，扰扰吾无取⑩。
狂奴薄有态，或者进媛叟⑪。
达哉临川言，妄凿妍与丑⑫。

〔简析〕几乎所有学习书法的人都遇到过书艺停滞不前的阶段。如何解决问题也是千差万别。畏难退缩或勇往直前者均不在少数，郑孝胥属后者。他认为书法不能随人作计，更不能迎合世俗的好恶，要融会贯通等。郑孝胥人品齷齪，无可取之处，但他认为书法要走自己的路观点还是值得借鉴的。

〔注解〕①难易：困难与容易。《吕氏春秋·首时》："事之难易，不在大小。"②苟怀世人誉：假如念念不忘他人对你的赞誉。怀：想念。③俗笔：为迎合世俗而缺乏高雅精神气韵只有技法的字匠的书法。④点画：字的笔画结构。⑤作计：打算。黄庭坚《以右军书数种赠丘十四》："随人作计终后人，自成一家始逼真。"⑥逸兴：清闲脱俗的兴致。指肘：挥笔洒墨，进行书法创作。⑦行间：书法作品行与行之间布局。真气：精诚所至得真实气力。⑧土偶：泥塑偶像，谓无用之物。⑨时贤：一个时代贤达之人。争南北：指南北书派、帖派、碑派的争论。⑩扰扰：纷乱无序的样子。⑪蝯叟：清道光年间著名书法家何绍基号蝯叟。⑫"达哉临川言"两句：宋朝著名诗人、书法家王安石为江西临川人。此以地望代其人，是尊敬。王安石《吴长文新得颜公坏碑》诗有"谁初妄凿妍与丑，坐使学士劳骸筋"。

张伯英（一首）

张伯英（1871 — 1949）字勺圃，一字少溥，别署云龙山民，晚号东涯老人，室名远山楼、小来禽馆，江苏徐州铜山人。1902年中"庚子辛丑恩科"举人。擅诗文，以魏碑书法著名当时。1929年受黑龙江省省长万福麟聘请任黑龙江修志局局长，主持编纂《黑龙江志稿》。精于碑帖评鉴，著《法帖提要》七卷，为书法碑帖学权威名著。

论书次东坡韵

学书三十年，老至犹故我①。
信手不师古②，正变无适可③。
貌任丰与瘠，体任方与椭④。
得笔为主宰⑤，宜刚亦宜娜⑥。
古人拨灯法⑦，回腕平勿颇⑧。

注意在虚掌⑨，得势双指裹⑩。
俗论乘领要⑪，捐巨拾其么⑫。
匹雏力难胜⑬，百钧焉能荷⑭。
斯理通于射，手柔无敌笴。
又如网振纲，莫问众目伙⑮。
登峰不造巅⑯，愧我往时惰。
悠悠道路长⑰，戒行足已跛⑱。
幸及少壮年，轻车驾骏骒⑲。
二王百口师⑳，遗风在江左㉑。

〔简析〕苏轼《次韵子游论书》诗对后世有着广泛的影响，不乏依原韵和作者。这首诗是张伯英"学书三十年"后晚年诗作。具有总结性的特点。作为取得很高成就著名书法家，对书法的认识并不故作玄虚，而是重视基本功，实事求是的平实。他认为书法要达到自由挥洒、无所不适的境地，前提是"得笔法"，所谓得笔法，"腕平""掌虚"、双指匀笔等基本功必须要扎实。认为这些就是学习书法的纲，纲举则目张。并提出，违背了要领，就难以取得较大的成就。对于个人，作者自评是"登峰不造巅，愧我往时惰"。惋悔之情，溢于言表！坚持不懈的努力对追梦者是何等的重要！也是这首诗的价值所在。

〔注解〕①老至：老年。故我：旧我，往昔的我。②信手：随手。③正变：原指《诗经》的正风、正雅和变风、变雅及遵循其创作原则的作品，此借指书法创作对传统遵循与出新。适可：适宜，恰到好处。④"貌任"二句：书法作品笔画的丰腴与瘦劲，结体的方正与狭长。⑤得笔：清梁评书，最重要的标准之一是否"得笔法"，以此判别练习者是否入门。张伯英认同推崇这一观点。主宰：处于主导支配地位。⑥宜刚亦宜娜：刚健、婀娜无不适合。米芾："得笔，则虽细为髭发亦圆；不得笔，虽粗如椽亦偏。"⑦拨灯法：一种长期流传的书法执笔法，指执笔运指如拨灯芯状。"推、拖、撚、拽"

四字是诸家认同拨灯法状态。现代书法家王学仲《书法举要》："就是押、钩、格、抵。"合起来说，就是"五指齐力"，这就是传统的"拨灯法"。⑧回腕：写书法的一种执笔方法。腕肘高悬，清何绍基好用此法。⑨虚掌：写书法要求"指实掌虚，腕平掌竖"。即五指与笔杆接触，手掌处于空虚状，不与笔杆接触。⑩得势双指裹：执笔有单钩与双钩的区别，作者认为用食指中双钩裹笔更容易于得笔势。⑪领要：要领，关键的要点。⑫捐巨拾其么：丢掉根本注重细枝末节。⑬匹雏：小鸡，代指幼稚的学书者。⑭百钧：一钧三十斤，百钧三千斤，形容非常沉重。⑮"又如网振纲"二句：《尚书·盘庚上》："若网在纲，有条而不紊。"意为"得笔"是学习书法这张大网的总纲，其他只是细目，纲举则目张。⑯登峰不造巅：作者自认为自己书法水平虽然到达一定高度，但离绝顶尚差许多。⑰悠悠：遥远，指书法博大精深，难以穷尽。⑱戒行：登程，出发上路。本句有叹老伤衰，英雄迟暮之感。⑲骏：高大的好马。⑳二王：大书法家王羲之、王献之父子。㉑遗风：旧时遗来的某种风气。江左：江东，指东晋的所在地区，二王是东晋时期人。

于右任（三首）

于右任（1878 — 1964），原名伯循，字右任，号骚心，以字行，陕西三原人。曾中光绪二十九（1903）年举人，后加入中国同盟会。中华民国成立，在南京临时政府任交通部次长。1918年赴陕西任靖国军总司令，后任国民军联军驻陕总司令等职。此后长期任国民党监察院院长。南京解放前夕，被挟持到台湾，任"监察院"院长。书法自成一家，诗文亦佳。有《右任诗存》等。

寻碑

曳杖寻碑去①，城南日往还。
水沉千福寺②，云掩五台山③。
洗涤摩崖上④，徘徊造像间⑤。
愁来且乘兴⑥，得失两开颜⑦。

〔简析〕此诗为作者在陕西耀县药王山搜求古石刻时纪实之作。于右任常于军务之暇奔波流连于摩崖造像之中,终日揣摩,以求古人精神。于右任收藏魏墓志达八十五种,其中有七对夫妇墓志,故斋名"鸳鸯七志斋"。这一嗜好,是其成为大书家的重要因素。此诗最后一联反映出作者在官场的苦闷,以及寻碑以求解脱的心理。

〔注解〕①曳杖:牵扶手杖。②千福寺:寺名,在今陕西省西安市长安区西。③五台山:在山西五台县东北,山多寺庙,是我国著名的佛徒聚居地。④洗涤摩崖:拓制山崖石壁上的文字时,先洗刷清除苔藓污垢。⑤徘徊:在一个地方往返。造像:用泥或石木、金属制成的佛像。此指造像旁表达造像者心愿的文字。⑥乘兴:趁着一时之兴。⑦得失两开颜:有所得与无所得都很高兴。

十九年一月十日夜不寐读诗集联

朝写石门铭①,暮临二十品②。
竟夜集诗联③,不知泪湿枕。

〔简析〕于右任擅作大字对联,这些对联的内容多为其自撰。自撰自书,内容与形式高度和谐。艺术珍品是艺术家血汗铸成,其中辛苦只有自己知道。诗中"竟夜集诗联,不知泪湿枕"是写实,而非夸张。

〔注解〕①石门铭:石刻,在陕西汉中襃城县(今汉中襃河区)。书者太原王远,字大二寸,书体飘逸,为北魏石刻上品。②二十品:《龙门二十品》,是清朝人从河南龙门山北魏人造像题字中精选出二十种供做学习书法的范本。这二十品为《长乐王丘穆陵亮夫人尉迟为亡息牛橛造像题记》《一弗为亡夫张元祖造像题记》《比丘慧成为亡父始平公造像题记》《北海王元详造像题记》《司马解伯达造像题记》《北海王国太妃高为孙保造像题记》《云阳伯郑长猷为亡父母等造像题记》《孙秋生、刘起祖二百人等造像题记》《高树、解伯都卅二人等造像题记》《比丘惠感为亡父母造像题记》《广川王祖母太妃侯为亡夫贺兰汗造像题记》《马振拜等卅四人为皇帝造像题记》《广川王祖母太妃侯造像题记》《比丘法生为孝文皇帝并北海王母子造像题记》《杨大眼为孝文皇帝造像题记》《安定王元燮为亡祖等造像题记》《齐郡王元祐造像题记》《比丘慈香、慧政造像题记》《比丘道匠造像题记》《魏灵藏、薛法绍造像题记》。③竟夜：终夜，自暮至晨。

为孙少元题颜书《争坐位帖》后

彭衙广武湮仍显①，正始石经整复残②。
一物偶然成聚散，达人何事杂悲欢③？
身如启泰怀桑海④，书到平原见肺肝⑤。
为约滇南老名士⑥，神州再造共渔竿⑦。

〔简析〕将时势的变化、人生的浮沉与书法名迹的隐现联系起来，题帖是为了写人，是此诗的一大特点。颜真卿所书写的《争坐位帖》与王羲之《兰亭集序》有"双璧"之誉。米芾称之为"颜书第一"。《争坐位帖》内容是批评郭仆射飞扬跋扈。诗的最后一联鼓励孙少元以颜真卿为榜样，以天下为己任，积极参加社会活动，为国家多作一些有益的事。反映了作者玩物不忘济天下的可贵思想品质。

〔注解〕①彭衙：春秋时邑名，其址在今陕西白水县东北。广武：《广武将军碑》。此碑在陕西白水县史官村仓颉庙。一度传碑石佚去，1920年重新访得。②正始石经：又称《三体石经》。无年月，据《晋书·卫恒传》所载，此石经立于三国魏正始年间。《正始石经》以古文、小篆、隶书三种书体蝉联书之，自1895年后零散出土多块。③达人：通达知命的人。④启泰：孙奇逢字启泰，一字钟元，明朝万历年间举人，明末避乱入易州五公山；自明朝到清朝，朝廷前后十一次征举不赴，清康熙年间卒，年九十二岁。桑海：桑田沧海的简称，喻世事变迁。⑤平原：颜真卿，曾任平原太守，故世称颜平原。肺肝：肺与肝，比喻内心。此句意为颜真卿的《争坐位帖》在字里行间透出作书者的忠肝义胆。⑥滇南老名士：指孙少元。孙光庭字少元，云南曲靖人，曾在辛亥革命前期担任云南省民政司副司长、国会议员。⑦神州再造：意为重新整顿振兴国家。

张宗祥（二首）

张宗祥（1882—1965），字阆声，号冷僧，浙江海宁硖石镇人。著名学者。曾任西泠印社社长，浙江图书馆馆长。擅书，得晋人风韵、唐人情趣，以含蓄、飘逸取胜。曾用毛笔抄六千余卷孤本、善本书，校印数百万字文史古籍，校注、注释多种典籍。

论书绝句（选二）

颇有权奇倜傥情①，微嫌缭绕不分明②。
若从怀抱谈书法③，柴棘胸中想乱生④。

〔简析〕张宗祥书学《兰亭》，崇尚含蓄，崇尚韵胜，强调作书用笔须起讫分明；反对刻露，反对狂怪，反对用笔连绵缭绕。王铎书得米芾风神，而刻露过之，用笔放纵恣肆，连绵少顿挫。张宗祥在承认其超迈气势的同时又批评其书风华外露，火气太重。能一分为二评价与自己不同风格的书家，尚不失公允。

〔注解〕①权奇：非常。倜傥：卓越豪迈。②缭绕：萦环旋转。此指王铎作书萦绕盘曲而下，提按笔区别不明显。③怀抱：胸襟。④柴棘：荆棘。喻其心胸狭窄而不坦荡，使其书法点画狼藉而少含蓄。《世说新语·轻诋》："深公云：'人谓庾元规名士，胸中柴棘三斗许。'"

赵撝叔

能御柔毫写北碑①，悲庵信有过人姿②。
若从起讫求规范③，涨墨浮烟未可师④。

〔简析〕宋朝以前作书多用硬毫，宋朝以后作书始有软毫。书写器具不同，必然产生不同的书法风韵。赵之谦用软毫笔写用硬毫笔作的北魏书体，形体或有相似，而情韵却很不相同。作者批评赵之谦用笔"所惜专用柔毫，故笔法合于古人而转折起讫之处因毫柔难尽其力，未能十分斩绝"，起讫不分明，却没有顾及软毫笔在渗墨很快的生宣纸上作书产生的效果。此论虽有道理，却失之偏颇。

〔**注解**〕①御：驱使。柔毫：指相对于硬毫笔而言的软毫笔。多指由鸡毫、羊毫制成的笔。北碑：南北朝时期以北魏为主，包括东西魏、北齐所书刻的碑版、墓志、造像题记、摩崖等石刻书法。②悲庵：赵之谦号悲庵。信有过人姿：的确有超人的才能。③起讫：指笔画的起笔与收笔。规范：标准。④涨墨浮烟：墨汁渗出书写的笔画以外，形成墨晕，不能真实体现行笔轨迹及笔力的表现。

沈尹默（四首）

沈尹默（1883—1971），原名君默，字中，后更名尹默，号秋明，浙江吴兴（今湖州）人。早年留学日本帝国东京大学。历任北京大学、中法大学教授，北平大学校长，晚年寓居上海。解放后任上海市人民政府委员、全国政协委员。沈尹默力学褚遂良，后遍习晋、唐诸名家，精笔法，为现代最著名"帖派"代表书家之一。擅诗，五四运动时从事新文化运动。有《书法论丛》《秋明室杂诗》《秋明长短句》等。

湖帆、蝶野各为拙书卷子题句，辄以小诗报之（四首选二）

一

落笔纷披薛道祖①，稍加峻丽米南宫②。
休论臣法二王法③，腕力遒时字始工。

二

龙蛇起伏笔端出④，使笔如调生马驹⑤。
此事何堪中世用⑥，整齐犹愧吏人书⑦。

〔简析〕沈尹默最重书法基本功，曾著《书法论丛》专谈对笔法、笔势、笔意的认识。大书家能细致地研究执笔、运笔及字的基本点画写法实为难得。此诗第一首强调腕力在书法中的作用。指出派可分，法可异，但腕力强时书方工是一定的。这与王僧虔所说的"古今既异，无以辨其优劣，惟见笔力惊绝耳"有异曲同工之妙。第二首强调用笔精纯方能臻妙境。同时对自己的书法由于强调整齐规矩，而少纵逸之趣，以及用笔未能尽如己意而慨叹。

〔注解〕①纷披：和缓的样子。薛道祖：北宋著名书法家薛绍彭字道祖。明朝王世贞评薛绍彭书法："结法多内撅，锋藏不露，而古意时溢毫素间，不作倾险浮急态。"作者基本同意这一评价。②峻丽：险峻遒美。米南宫：米芾。米芾书法"神气飞扬、筋骨雄毅"，故作者以峻丽目之。③休论臣法二王法：南朝齐高帝萧道成曾评张融书法："卿书殊有骨力，但恨无二王法。"对此，张融颇不以为然，回答说："非恨臣无二王法，亦恨二王无臣法。"④笔端：笔下。⑤使笔如调生马驹：意为书家用笔的训练如同调使不驯的幼马，须经长期锻炼。⑥世用：世间所习用。⑦整齐犹愧吏人书：意为由于自己用笔难以运用自如，只能规规矩矩地写字，自感惭愧。

柬植之

植之誉我书①，二王唐诸贤②。
其实何能尔③，形似非神全。
世俗笔苦骄④，东坡所不然⑤。
欧公评蔡笔，谓行上水船⑥。
二论有妙理⑦，取舍吾所缘⑧。
转益更多师⑨，俯仰四十年⑩。
艺精良近道，探珠龙在渊⑪。
自叹驽骀姿⑫，难度骅骝前⑬。
淹留遂无成⑭，笔砚直欲捐⑮。
君当复何教，开示仟来篇⑯。

〔简析〕此诗是借答友人而评论自己书法的诗。首先，作者指出自己的书法仅得古人皮毛而未得古人精髓；继而谈自己学书所崇仰、所得力的书法理论；接下来叙述自己转益多师、长久坚持的学书方法；最后表示虽然有所得，但不满足的态度。整首诗反映了作者谦虚好学、执着追求的精神。

〔注解〕①植之：沈尹默的朋友但焘字植之。②二王唐诸贤：谓沈尹默的书法得王羲之、王献之及唐人如褚遂良等人的风神。③何能尔：哪能够达到这样的水平。④世俗：指平庸的学书者。笔苦骄：用笔狂放不检点。苏轼《次韵子由论书》诗："世俗笔苦骄，众中强鬼骰。"⑤东坡：苏轼号东坡居士。不然：不是这样。⑥"欧公评蔡笔"两句：欧阳修评论蔡襄书法云："往年予尝戏谓，君谟学书如溯急流，用尽气力，不离故处。君谟颇笑，以为能取譬。"⑦二论：指上面苏轼与欧阳修之论。⑧取舍吾所缘：谓苏、欧书论是自己遵循的根据。⑨转益更多师：多方面求教。杜甫《戏为六绝句》诗："未及前贤更勿疑，递相祖述复先谁？别裁伪体亲风雅，转益多师是汝师。"⑩俯仰四十年：意为学习书法一转眼之间已经过去四十年。王羲之《兰亭集序》："俯仰之间，已为陈迹。"⑪"艺精良近道"两句：意为技艺精良确实与事理相通，才可探骊得珠，得其精华。⑫驽骀：劣马。⑬骅骝：赤色骏马。相传骅骝为周穆王八骏之一。王僧虔《论书》："亡从祖中书令珉，笔力过于子敬……子敬戏云：'弟书如骑骡，骎骎恒欲度骅骝前。'"⑭淹留：滞留。⑮笔砚直欲捐：谓自己书艺停滞不前，转而想弃此道。⑯开示：指示，启示。此句意为，自己等待植之下次对自己的指教，是客气话。

题伯鹰《书评》后五绝句（选一）

漫凭俗手遮高眼①，肯遣精心赴远搜②。
新样鸳鸯终绣得③，金针自度岂他求④。

〔简析〕作者的朋友书法家潘伯鹰作《书评》，品评同时书法家的作品。作者读后作绝句五首，此诗为其中最后一首。作者认为，能自立的书家须有独立的见识、执着的追求、必成的信心，绝不可矮子看戏，随人说长道短，此见解宜为后人遵循。

〔注解〕①漫凭：任凭。②肯遣：愿意让。赴远搜：进行深入的探索。③新样：新式花样。④金针自度岂他求：意为自己探索书法诀窍，而不求他人施惠。金元好问《论诗》诗："鸳鸯绣了从教看，莫把金针度与人。"

马叙伦（四首）

马叙伦（1885—1970），字夷初、彝初，号石翁、石屋老人，别署天生，浙江杭县（今杭州）人。早年入同盟会，20世纪40年代于上海发起组织中国民主促进会。中华人民共和国成立后出任高等教育部部长、中国民主促进会中央主席、中国科学院学部委员。擅书法，其书随意所至，自成体势。

论书绝句（二十首选四）

一
为文结构谨篇章①，写字何曾有异常②。
布白分间同画理③，最难安雅要参详④。

二
意在笔先离纸寸⑤，此须神受语难宣⑥。
无缩不垂垂更缩⑦，藏锋缓急且精研⑧。

三
北碑南帖莫偏标⑨，拙媚相生品自超⑩。
一语尔曹须谨记⑪，书如成俗虎成猫。

四
古人书法重临摹⑫，得兔忘蹄是大儒⑬。
赝鼎乱真徒费力⑭，入而不出便为奴⑮。

〔简析〕这组论书绝句共二十首，涉及的内容较多。本书所选的四首诗中，第一首是对书法作品分行布白的认识。作者认为，书法作品的章法构思与绘画构思相同，也像文章的谋篇布局，必须要认真对待、反复推敲，特别要在稳妥雅训上多下功夫。第二首是对用笔的认识。作者认为作书须意在笔先，其妙处只可意会，不可言传。而对于起笔、收笔、行笔等基本用笔方法也不可忽视，需深入探讨。第三首是关于兼收并蓄的见解。作者认为时至现代，再重南轻北或扬碑抑帖都是片面的。应当多方汲取，碑帖融合，拙巧相济，特别要弃俗就雅。第四首谈继承与创新的关系。作者认为，学习书法必学古人，但学古人是手段不是目的。学古而泥古，是假古董，是古人奴隶，是不足取的。以上见解确是平实公允，对后学有一定的益处。

〔**注解**〕①为文结构谨篇章：意为作文章须谨慎地设计各部组织与布

局。②写字：指书法创作。异常：不同于寻常。此句谓书法创作的章法、分行布白与构思作文章完全相同。③布白：指书法创作布置空白与着墨，使之疏密相间。邓石如所说"疏处可使走马，密处不使透风"即是谈布白的妙处。④安雅：安稳雅训。参详：参酌详审。⑤意在笔先：意在笔前。王羲之《书论》："凡书贵乎沉静，令意在笔前，字居心后，未作之始，结思成矣。"⑥神受：心领神会。⑦无缩不垂垂更缩：即"无垂不缩，无往不收"之意。⑧缓急：用笔法之一。指作书时速度应有快慢，缓与急有配合，使作品取得理想效果。清宋曹《书法约言》："迟则生妍而姿态毋媚，速则生骨而筋络勿牵。"⑨北碑南帖：清阮元认为魏晋以后南北书法风格不同，形成了不同的书法流派，因而作《南北书派论》《北碑南帖论》阐明。此说多有偏颇，近现代书界多不赞成此说，作者亦反对其说。⑩拙媚相生：质拙与流美不可少一，应刚柔相济，相互补充。拙与媚均为品评书法风格、流派的字格。窦蒙《述书赋》："拙：不依致巧曰拙；媚：意居形外曰媚。"⑪尔曹：尔辈，你们。多用于长辈称后辈。⑫临摹：两种习字的方法。宋黄伯思《东观余论·论临摹二法》："世人多不晓临、摹之别。临，谓以纸在古帖旁，观其形势而学之，若临渊之临，故谓之临；摹，谓以薄纸覆古帖上随其细大而拓之，若摹画之摹，故谓之摹。"⑬得兔忘蹄：喻功成之后须抛却借以成功的手段。此指书法须学于古人，又须在创作时忘却古人。《庄子·外物》："筌者所以在鱼，得鱼而忘筌；蹄者所以在兔，得兔而忘蹄。"蹄，捕兔的工具，用以系兔足，故称蹄。⑭赝鼎乱真：指学古人书法达到与古人形体特别相似。⑮入而不出便为奴：指学古人书亦步亦趋，不能变化自成面目，终身依古人门下，如奴隶一般。唐释亚栖《论书》："凡书通即变……若执法不变，纵能入木三分，亦被号为'书奴'。"

郭绍虞（一首）

郭绍虞（1893 — 1984），名希汾，绍虞是其字，以字行。斋名照隅室，江苏苏州人。于古典文学、音韵学、文学批评史、训诂学、书法理论等都有深入研究。曾任复旦大学中文系主任，复旦大学首批博士生导师。著有《中国文学批评史》《宋诗话辑佚》等。

论书诗
书学小道本寻常①，稍涉玄微转渺茫②。
悟到我行我法处③，随心弄笔又何妨④。

〔简析〕清代画僧石涛题画："画有南北宗，书有二王法，张融有言：'不恨臣无二王法，恨二王无臣法。'今问南北宗，我宗耶，宗我耶？一时捧腹曰：我自用我法。"书法这门艺术，认识深或认识浅各有道理。但书法创作一定是"心画"，表达的核心是书者的心境是一定的。作者对书法理论有深刻的研究，见识自不同于常人，诗的重点在"悟"字，领悟透彻，则会进入自由的境界。

〔**注解**〕①小道：礼乐政教以外的学说。寻常：普通。②玄微：深远微妙的义理。渺茫：辽阔隐约。③我行我法：即我用我法，自我主张，自出机杼。④随心：凭仗个人的心意。弄笔：执笔写字。

刘忠（一首）

刘忠（1893—1979），字性诚，号竞爽校碑楼主人，奉天（今辽宁沈阳）人。音乐教师出身，嗜书法，得《好太王碑》韵致，是近代学习《好太王碑》先行者之一。精于汉魏碑版考据、考证之学。有《竞爽校碑楼诗稿》。

汉鄐君开通褒斜道刻石
精镌文字缀云根①，称颂鄐君开石门②。
烂漫幽崖张壁画③，迷离秀嶂印苔痕④。
高姿暗透铜权意⑤，妙趣横飞玉箸魂⑥。
千古褒斜余阁道⑦，永平逸笔迹堪扪⑧。

〔简析〕作者一生作论书法诗四百多首,此诗是其中一首。《开通褒斜道摩崖刻石》俗称《大开通》,镌刻于陕西省褒城褒斜道崖壁上。此摩崖上刻石"书法简古严正,气势开张",结体浑朴,笔画苍劲,最为学习摩崖隶书学者看好。清代伊秉绶隶书字形与其相近,现代人学之者尤多。此诗作者曾多年临摹学习《大开通》,故心得颇深。他认为《大开通》字的结体方折简古,自然错落,与秦朝铜权铭文近似;而其笔画为等线,无明显波捺,细劲沉着,实际是小篆笔画。因而称之为"高姿暗透铜权意,妙趣横飞玉箸魂"。正由于此特点,才称之为"逸笔",当然值得人们珍视了。

〔**注解**〕①云根:深山高远云起之处。指《开通褒斜道摩崖刻石》镌刻于山崖之上。②鄐(chù)君:人名。汉明帝时任汉中太守。《开通褒斜道摩

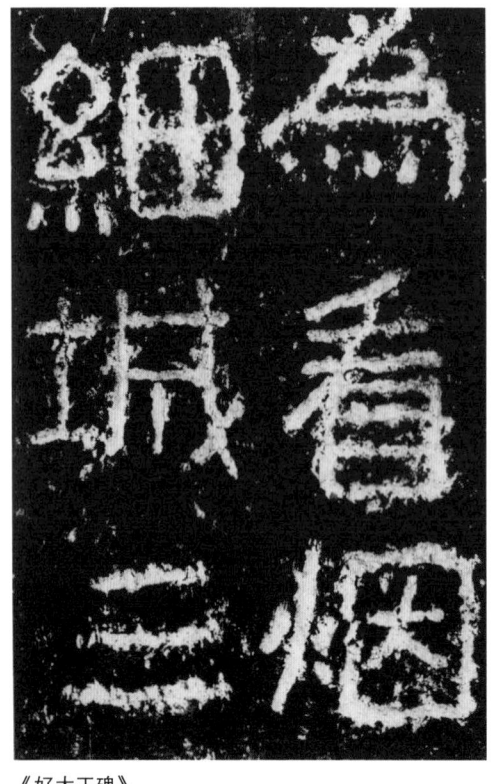

《好太王碑》

褒斜道石刻

崖刻石》即记其开通褒斜道之事。③烂漫：焕发，分布。④迷离：模糊。⑤铜权：铜制的称锤。此指秦铜权上镌刻的铭文。⑥玉箸：玉箸篆，又名玉筋篆。小篆。指《开通褒斜道摩崖刻石》文字点画瘦劲郁律，有篆书笔意。⑦褒斜：也称褒斜道。其地在陕西省，沿褒水、斜水形成的河谷，险峻非常。⑧永平：东汉明帝年号。《开通褒斜道摩崖刻石》刻于永平六年（53）。

林散之（四首）

林散之（1898 — 1989）名以霖，以字行，笔名左耳、散耳、林霖、聋叟、江上老人、半残老人，祖籍安徽和县，生于江苏江浦（今南京市浦口区），居南京。早年丧父，家道清苦，曾从黄宾虹学画。解放后任江浦县副县长，1962年调江苏省国画院任专业画师，南京书画院院长。擅草书，为当代著名书法家。有《江上诗存》。

论书绝句（选四）

一

书法由来智慧根①，应从深处悟心源②。
天机泼出一池水③，点滴皆成屋漏痕④。

〔简析〕作者认为书法所以成为艺术，就在于它是人们智慧的结晶。因此应当深入挖掘自身内在的潜力，使之达到一个与造化相通的境界。此诗反映了作者对"书为心画"学说的深刻理解。

〔**注解**〕①由来：来源。②心源：佛家认为心为万法之源，故称心源。③天机：天赋的悟性，聪明。④屋漏痕：书法术语。指行笔顿挫，竖画形成漏屋中墙上水流痕迹，自然生动而有纵势。

二

整整齐齐如算子①，千秋人已笑书奴②。
月中斜照疏林影，自在横斜力有余③。

〔简析〕此诗反映了作者对书法中点画与结构的看法。作书只求整齐而不求参差，只循规矩而不知变化，"逐字排比，千体一同，便不成书"。作者深知这一道理，故以映于窗间穿插自然、劲健有力的梅枝比喻点画构成。意在说明书法作品中自然美、参差美的重要性。

〔注解〕①算子：算指算筹，是一些长短相同的小竹棍，古人用作计算的工具。子指围棋棋子。李阳冰："夫点不变，谓之布棋；画不变，谓之布算。"②书奴：死摹古人书法，不求变化，没有创造性的学习书法者。③"月中斜照疏林影"两句：谓书法点画布白疏密应力求自然变化。林逋《山园小梅》："疏影横斜水清浅，暗香浮动月黄昏。"

三

欲学庖丁力解牛①，功夫深浅在刚柔②。
吾人用尽毛锥力③，未入三分即罢休④。

〔简析〕此诗为作者对书法功力的认识。作者认为学书必求深刻理解，像庖丁解牛一样"依乎天理"，"以神遇而不以目视"。明其理而后用功，不能盲目用功，更不能浅尝辄止。

〔注解〕①庖丁力解牛：庖丁依牛生长筋骨脉络分解整牛，既快又不损刀。作者认为学习书法也应先明其理。②功夫深浅：本领高低。刚柔：软硬阴阳之间的对立统一。即书法中的刚柔相济。③吾人：我们。毛锥：毛笔。

④未入三分：未能做到用笔入木三分，喻功力浅薄。张怀瓘《书断》：晋羲之书祝版，"工人削之，笔入木三分"。

四

独能画我胸中竹①，岂肯随人脚后尘②。
既学古人又变古，天机流露出精神③。

〔简析〕此诗反映了作者对学古与创新辩证关系的认识。书法创作贵在胸有成竹，自出机杼。而应力戒因循守旧，毫无主张。但这并不意味着抛弃传统，而是要从传统所出，而又不拘泥于传统，所谓"追摹古人得高趣，别出新意成一家"。能认识到这一点，正确把握继承与创新的关系，是作者成为一代著名书家的一个重要原因。

〔注解〕①独能画我胸中竹：成竹在胸。谓作书须意在笔先。晁补之《赠文潜甥杨克一学文与可画竹求诗》："与可画竹时，胸中有成竹。"②随人脚后尘：步人后尘。比喻追随、模仿他人。③精神：生气，活力。

朱自清（一首）

朱自清（1898 — 1948），原名自华，字佩弦，江苏扬州人。原籍浙江绍兴。青年时期即从事新诗、散文创作。先后在清华大学、昆明西南联合大学任教。抗日战争结束后，积极支持反对国民党反动统治的学生运动。后因贫病在北京逝世。有散文集《背影》、诗文集《踪迹》等。

市肆见三希堂山谷尺牍，爱不忍释，而力不能致之

诗爱苏髯书爱黄①，不妨妩媚是清刚②。
摊头踯躅涎三尺③，了愿终悭币一囊④。

〔简析〕朱自清具有很强的民族气节，以廉洁自好著称。宁可饿死，不吃嗟来之食。书法是书家综合修养的反映。朱自清虽不以擅书著名，但其行楷清刚脱俗，韵致别具。书写此诗赠友人唐弢的条幅，以161万人民币成交即说明其价值。朱自清喜爱黄庭坚书，见到其尺牍虽垂涎三尺，却因囊中羞涩而徘徊兴叹，抱憾离去，使人读后，唏嘘不已。

〔注解〕①苏髯：宋朝大诗人苏轼，相传苏轼美髯多须，世人称其苏髯或髯苏。黄：宋朝大书法家黄庭坚。②妩媚：姿态美好。清刚：高洁刚劲。③蹀：频繁往来徘徊，不忍离去。④了愿：了却心愿。悭：缺少。

吴玉如（一首）

吴玉如（1898—1982），名家琭，字玉如后以字行，安徽泾县人。中学就读南开中学。后转朝阳大学就读。1921年赴哈尔滨，任职黑龙江交涉局、中东铁路监事会等。后任津沽大学中文系主任。在古文、诗词、文字等方面都有深湛造诣。尤擅书法。有《吴玉如手卷精品》《吴玉如诗文辑存》等。

题张猛龙佳拓

古人书碑版①，书文不书名②。
不求名字传，后来不能并。
乃在千载后③，犹重此瑢英④。
豪端变化多⑤，六朝实纵横⑥。
银钩铁画论⑦，神渊百世惊⑧。
尔来重横行⑨，毛锥不能擎⑩。
谁知羲之圣，点画任欹倾⑪。
人人自作古⑫，孑孑不成形⑬。
大雅世鄙言⑭，无复重典型⑮。
对此余太息⑯，故纸难通灵⑰。

此能护持之，清业扇芳馨⑱。

〔简析〕提倡碑帖融合是这个时代学习书法的主流趋势。固执地囿于碑派或帖派而排斥另一派的书者不能说没有，但肯定不多。吴玉如先生以擅二王书体享誉当代，但他也同时认真学习北碑，临习《张猛龙碑》等。笔者曾亲见发表于《书法》2007年第三期《张猛龙碑》中"若新蘅之当春，初荷之出水"由先生临写的横幅，深得该碑刚健欹侧之趣，先生诗中的称赞此碑"豪端变化多，六朝实纵横。银钩铁画论，神渊百世惊"等都是很中肯的评价。诗中也对那些不肯深入临习经典，浅尝辄止，"自我做古"浅陋书者提出了尖锐的批评。

〔**注解**〕①碑版：又写作碑板，刻于石上的记事文字。②书文不书名：古代碑刻大多只记事记人而不署写书法的姓名。③千载：千年，形容时间很长，是约数虚指。④璚英：同"琼英"，似玉的美石，意为十分可贵。⑤豪端：毫端，笔端。⑥六朝：指东汉末唐前这一历史的时期。吴、东晋、宋、齐、梁、陈称南朝六朝。魏、晋、北魏、北齐、北周、隋称北朝六朝。纵横：奔放无拘束。⑦银钩铁画：形容书法作品点画刚劲遒媚。⑧神渊：深渊，指书法内涵深厚。又碑文主人张猛龙字神，有学者认为有渊意。⑨尔来：近来。横行：行动蛮横，倚仗势力做坏事。⑩毛锥不能擎：毛锥，毛笔。此句意为不会操纵毛笔，使转自如。⑪敧倾：歪斜。⑫自作古：不依旧制旧规，自开自创先例。⑬孑孑：特殊的样子。⑭大雅：《诗经》的一个组成部分。世鄙言：多数人看不起，故意予以贬低。⑮典型：典范。⑯太息：出声叹息。⑰故纸：老纸。此指《张猛龙碑》是宝贵的古代佳拓本。⑱清业：高尚的事业，指古拓本收藏。芳馨：芳香。

邓散木（四首）

邓散木（1898 — 1963），原名铁，字钝铁，五十岁后易名散木。别号甚多，有粪翁、无外居士、楚狂人、一足、夔等，上海人。早年曾办报、办学，1955年移居北京。擅书画，精篆刻。有《篆刻学》《中国书法演变简史》等。

论书杂诗并序（八首选四）

今之书人蓄笔忘墨，乖今戾古，世多盲索，市名亦易，冥蛾昼见，万灵挥涕。高明之士，或年力并衰，能事垂尽；或独弦哀歌，深橐其艺。偶有所发，亦自不为世重。明光晦塞，末劫同流，是可悲也。酒边读安吴论书诗，辄效为之，蛩蝉自鸣，快意足适。

一

司马荥阳经石峪①，天留黄冠续微茫②。
过江书鲫描新样③，春蚓秋蛇事可伤④。

〔简析〕清末著名书法家李瑞清书法得力于篆、隶及北魏石刻楷书。为追求笔力遒劲，点画古拙，往往喜曲屈颤抖波动行笔。李瑞清书法造诣高、功力深，这种用笔法尚不为大害，且颇具独特风韵。但后学未得其要领，仅模仿毛皮，从而流弊滋生。无怪作者讥其为绵软纽结的"春蚓秋蛇"。

〔**注解**〕①司马：全称《司马景和妻孟敬训墓志铭》，北魏著名墓志。荥阳：指北魏郑道昭所书《郑羲碑》，又称《郑文公碑》。经石峪：泰山摩崖石刻《金刚般若经》，后人多以为此摩崖为北齐人书刻。②黄冠：原指道士之冠，后转指道士。李瑞清别号清道人，故以黄冠相称。微茫：隐约模糊。指李瑞清继承几乎失传的北魏书法。③过江书鲫描新样：谓模仿李端清书法得其皮毛者不可胜数。此诗下作者有说明云："道人书屈曲有致，正所以避烂漫凋疏，而道人自谓苦恨腕肘有疾不能废此耳。浅夫效颦，百方作态，横流竞兴，伪体辈出，谥为书鲫，当不为过。"④春蚓秋蛇：作书笔画曲律抖动如行蚓爬蛇。李世民《王羲之传论》："子云近出，擅名江表，然仅得成书，无丈夫之气。行行若萦春蚓，字字如绾秋蛇，卧王濛于纸中，坐徐偃于笔下。"

二

跌宕无过五瘗鹤^①，雍容独许两云麾^②。
奔雷坠石皆奇境^③，独向空山哭断碑^④。

〔简析〕这是赞近代书画家高邕的书法成就，惋惜世人学其书而不得其法的一首诗。此诗下作者的说明云："高李盦集北海、《鹤铭》之大成，跌宕开辟，不可一世。李盦逝矣，后起滋众，得其肥不得其捷，得其智不得其愚，瞠乎下矣。"所谓的"得其智不得其愚"，是巧媚有余而质朴不足，也就是得其形而失其真韵，这当然要引起作者的不满了。

〔**注解**〕①跌宕：逸放无检束。五瘗鹤：《瘗鹤铭》原刻于焦山西麓石上，后坠入江中，石裂为五，故称五瘗鹤。②雍容：容仪温文。两云麾：指唐朝著名书法家李邕所书《唐故云麾将军右武卫大将军赠秦州都督彭国公谥曰昭公李府君神道碑并序》及《云麾将军李秀碑》。此二碑都简称《云麾将军碑》，故以两云麾称之。③奔雷坠石：卫夫人《笔阵图》中说：点"如高峰坠石，磕磕然实如崩也"。如"崩浪雷奔"。④独向空山哭断碑：慨叹后学学高邕之书而未得其真谛。

三

禹凿龙门意象超^①，华嵩双峙碧岩峣^②。
阿师会得离方旨^③，禅榻挥翰伴寂寥^④。

〔简析〕此诗咏近代著名书法家李叔同及其书法。李叔同楷书"专攻龙门，离方遁圆，以窥魏书堂室"。但其攻龙门并非全以峻拔悍犷出之，而是结体求整齐，用笔趋于温和，从而形成一种有别于龙门造像题字的温文尔雅的风韵。作者诗中所说的"会得离方旨"，正是指此而言。

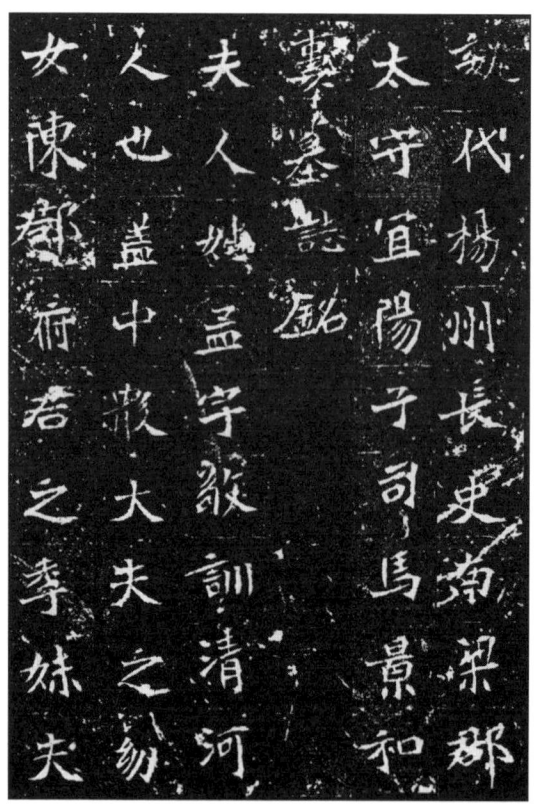

《司马景和妻孟敬训墓志铭》

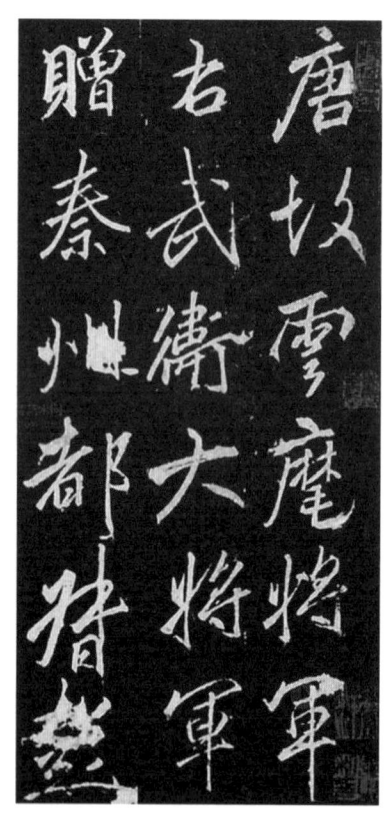

《云麾将军碑》

〔注解〕①禹凿龙门：《汉书·沟洫志》："昔大禹治水，山陵当路者毁之，故凿龙门，辟伊阙。"其地在河南洛阳市南，两山相对，望之若阙。阙口东西两山断崖，有窟龛二千一百多，保存大量的南北朝以来的造像及题字，称龙门石窟。意象超：意境超尘脱俗。②岧峣：高崇。③阿师：指李叔同。李叔同性耽禅理，晚年于杭州虎跑寺剃度出家，故以阿师称之。④禅榻挥翰：李叔同出家后求书者仍不断，自以为既弃旧业，不应再为笔墨之事，范古农认为，若以佛家语书写，以种净因，亦无不可。此后李叔同多作禅语书幅，署名弘一。

四

黄门急就笔如椽①，遁变行藏楷法先②。
海日楼头穷处士③，解将规矩入方圆④。

〔简析〕此诗下作者说明："泯规矩于方圆。包氏述书谓以楷法入草，以草法入楷。近十年来，解此者鲜矣。乙盦居士沈曾植，远继梁鹄、近参石斋，深得点画狼藉之旨，遂为草书幸留一脉。"近代著名书家沈曾植草书确有过人之处，对于右任等人草书有一定影响。作者称其"解将规矩入方圆"并不为过。

〔注解〕①黄门：汉代官署名。西汉书法家史游曾任黄门令。急就：《急就章》，后人名其体为章草。张怀瓘《书断·章草》："章草者，汉黄门令史游所作也。"②遁变：变迁。行藏楷法先：意为史游所作章草的某些笔法开楷书的先河。行藏，出处。③海日楼：沈曾植命其居为海日楼。其著作也多以海日楼名，如《海日楼札丛》《海日楼诗文集》等。处士：不居官而居家的人。沈曾植晚年免官居家，故称为处士。④规矩入方圆：书法准则入于方笔、圆笔之中。孙过庭《书谱》："泯规矩于方圆，遁钩绳之曲直。"

郭风惠（一首）

郭风惠（1898 — 1973），又名贵瑄，字麾霆，号堞庐，晚号不息翁，河北省河间县人。入读北洋大学法律系、北京大学西语系。民国时曾从事教育，后从戎，任二十九军少将秘书处处长。中华人民共和国成立后，20世纪50年代末任北京美术公司国画创作室专职画家。

论书诗

虞褚风流亦巨宗①，簪花美女笑啼工②。
老夫懦过娄师德③，偏爱刚强拜鲁公④。

〔简析〕阴柔与阳刚，懦弱与威猛是矛盾的。但又具有统一的方面，二者绝无优劣高下之分。艺术审美具两重性，作品风格具可变性。辛弃疾既有"气吞万里如虎"大气磅礴的词句，也有秾纤绵密如"宝钗分，桃叶渡"的句子。"书如其人"之说不无道理，但不是绝对的。文弱书生既可嗜好刚健雄放风格的字，更可写出这种风格的字，这就是本诗要表达的主题。

〔**注解**〕①虞褚：虞世南、褚遂良。巨宗：大宗派。②簪花美女：指妍媚的书法风格。袁昂《古今书评》："卫恒书如插花美女，舞笑镜台。"笑啼工：意为各种表情形态均臻工致。③懦过娄师德：意为比娄师德更懦弱。娄师德（630—699），唐郑州原武人。武则天时任同凤阁鸾台平章事，掌理朝政。《新唐书·列传卷三十三》载娄师德教弟为官耐事："弟曰：'人有唾面，洁之乃已。'（娄）师德曰：'未也，洁之，是违其怒，正使自干耳。'"④鲁公：颜真卿。

祝嘉（一首）

祝嘉（1899—1995），号愚庵，海南文昌人，后移居苏州。曾任小学、中学、大学教师。当代著名书法理论家。有《愚庵碑话》《书学史》《祝嘉书学论文集》等七十余种论著。

临书（四首选一）

博学专精两要途①，楷行篆隶不曾殊②。

贵能变化呈奇趣③，休学守株失掌珠④。

〔简析〕祝嘉《论书十二绝句》由《执笔》《运笔》《临书》各四首构成。祝嘉论书基本沿袭包世臣、康有为抑唐后碑帖、扬汉魏碑刻之说，不无偏颇之处。这首诗是《临书》组诗的第四首。作者认为临书分两个层次：第一步是广泛涉猎，精于一体；第二步是要善于变化，不可亦步亦趋，死守古人之迹。虽非新启，亦对后学有所补益。

〔注解〕①要途：重要门径。②楷行篆隶不曾殊：指学习任何书体都是书法。③奇趣：出人意料的趣味。④守株：守株待兔，指不知道变通，盲从古人。掌珠：掌上明珠，意为最宝贵的。

沙孟海（一首）

沙孟海（1900—1992），原名文若，以字行浙江鄞县（今宁波）人。出身中医世家，早年移居上海。曾任上海修能学社、商务印书馆国文函授社教师。新中国成立后任浙江美术学院教授、西泠印社社长、中国书法家协会副主席及浙江分会主席。有《近三百年书学》《印学史》《助词论》等。

为山东云峰山刻石讨论会题诗

中古数书家①，北郑继南王②。
洞天万山骨③，字字发幽光④。
云峰并经峪⑤，山左两大宗⑥。
榜书何雄伟⑦，泱泱大国风⑧。

〔简析〕1984年10月，"云峰诸山北朝刻石讨论会"在山东省掖县召开。其主题是评价郑道昭书法及云峰山石刻书法在中国书法史的地位。此诗一是认为郑道昭是继王羲之之后与之并驾齐驱的北方书圣级大书法家。二是认为云峰诸山刻石与泰山《金刚经》刻石代表北朝石刻书法最高水平，是大字榜书的典范。

〔注解〕①中古：指我国魏晋南北朝及隋唐这一历史时期。②北郑继南王：北郑指北魏的郑道昭，南王指东晋的王羲之。此句意为，郑道昭是继王羲之之后与之并列的大书法家。③洞天：洞中别有天地。指云峰山诸石刻书法长期埋没，世人罕知。④幽光：隐约潜藏的光芒。⑤云峰：指云峰山《郑文公下碑》《论经书诗》等石刻书法。经峪：指泰山经石峪北朝刻《金刚经》。⑥山左：山的东面，此指山东省。⑦榜书：亦称牓书，大字。⑧泱泱：宏大的样子。

高二适（一首）

高二适（1903—1977），原名锡璜，中年时取"适吾所适"之意更名二适，号瘖庵，晚号舒凫，江苏东台人。治经史，精于书学、诗文，校读《刘禹锡文集》，颇有所得。擅书法，尤长章草，有《新定急就章及考证》一书行世。于书法发展史有独到见解。1965年针对郭沫若提出的《兰亭集序》不仅书法是依托，而且文章亦经后人篡改的论点，写出《〈兰亭序〉的真伪驳议》反对其观点。引起一场涉及面广泛，持续时间长的大辩论。

题怀素《自叙帖》

怀素自叙何足道①，千年书人不识草②。
怜渠悬之酒肆间③，只恐醉僧亦不晓。
我本主草出于章④，张芝皇象皆典常⑤。
余之自信有如此，持此教汝休皇皇⑥。

〔简析〕此诗是高二适题在怀素《自叙帖》影印册扉页上的一首诗。高二适最推崇章草。他认为："章草不独为吾国文字草法之权舆，即论今草书、正书书体，亦无不由此省变而出。""章草为今草之祖，学之善则笔法亦与之变化入古，斯不落于俗矣。"他认为怀素的草书之所以"不足道"，在于其未从章草中来。今草是否出于章草，至今并无定论。但从这首诗中可以窥见其直言快语的耿介个性。

〔**注解**〕①自叙：《自叙帖》，怀素传世墨迹。草书，纸本；纵二十八点三厘米，横七百五十五厘米；一百二十六行，六百九十八字。内容为怀素自叙其身世、学书经历当时及诗人对其草书赞语。②书人：书法家。③怜渠：爱惜《自叙帖》。渠，他，此指《自叙帖》。酒肆：酒馆。④我本主草出于章：高二适主张今草出于章草。⑤典常：法式常规。《史记·礼书》："定宗庙百官之仪，以为典常，垂之于后云。"⑥皇皇：心不安定的样子。

苏渊雷（一首）

苏渊雷（1908 — 1995），始名中常，字仲翔，号钵水、钵翁，晚号遁圆，浙江省平阳县人。曾就读浙江省立第十师范学校，新中国成立后曾任华东师范大学教授，被错划为"右派"，调哈尔滨师范学院。为我国著名文史学者，擅诗、书、画。有《苏渊雷文集》《苏渊雷全集》。

老可见寄海上杂诗，备述师友近况，读之快慰。
雪窗无俚，乘兴命笔、述志怀人，意尽而止。
凡得二十四首——高二适南京
公案兰亭驳岂迟①，雄文一出万人知②。
黄庭恰好真同调③，金谷相参别缀诗④。
自是临摹存瘦硬，何曾癸丑补干支⑤。
流沙坠简分明在⑥，波磔蝉联尚有丝⑦。

〔简析〕此组诗分别寄赠马一浮、夏承焘、钱锺书等当代硕儒大师，高二适为其中之一。20世纪60年代初郭沫若先生在见到出土的《王兴之夫妇墓志》《谢鲲墓志》后，撰写了《由王谢墓志的出土论到兰亭序的真伪》一文。认为王羲之的书法当近于《爨宝子碑》《爨龙颜碑》，而不应当是《兰亭集序》那样的笔法。此论首先遭到高二适反对。高二适《〈兰亭序〉的真伪驳议》一文公开发表，展开了一场大范围的论辩。苏渊雷赞成支持高二适的观点，在诗中就一些关键问题阐述了自己的认识。

  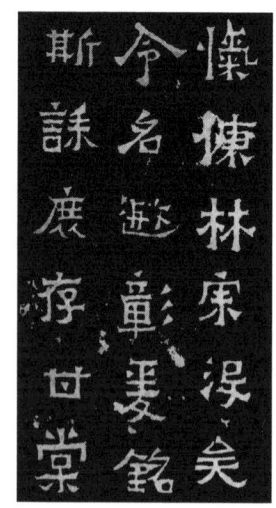

《王兴之夫妇墓志》　　　《谢鲲墓志》　　　《爨宝子碑》

〔**注解**〕①公案：禅语，用教理来解决疑难问题。此指全国学术界关于《兰亭集序》的辩论。②雄文：有魄力的文章。此指高二适《〈兰亭序〉的真伪驳议》敢从与郭沫若对立面立论。③黄庭：指小楷《黄庭经》，相传为王羲之书。④金谷：《金谷诗序》，石崇撰。《世说新语·企羡》："王右军得人以《兰亭集序》方《金谷诗序》，又以己敌石崇，甚有欣色。"⑤何曾癸丑补干支：郭沫若《由王谢墓志的出土论到兰亭序的真伪·书后》："依托者在起草时留下了一个大漏洞。那就是……'癸丑'两个字。这两个字是填补进去的。"作者不同意此说。⑥流沙坠简：清光绪时英国人斯坦因在我国罗布泊古城发掘得汉晋人简册墨迹，王国维、罗振玉合编成书名《流沙坠简》，影印行世。⑦波磔蝉联：指笔画连带，已具行草笔意。反驳郭文中王羲之不应写出《兰亭集序》这样的行草书的论点。

附录

《历代书法咏论》读感

陈 雷

读了杨克炎编著的《历代书法咏论》一书后，获益匪浅。这本独辟蹊径的书法专门著述，以我国历代论书法诗与编注者所加注释、说明构成一个完整的体系，再现了我国以诗论书的发展历史。《历代书法咏论》的问世，不仅填补了我国书法理论研究一个方面的空白，也是我省较有学术价值的书法理论研究成果，显示了我省近年来书法理论研究水平的提高。

《历代书法咏论》一书选录了我国自唐代至当代一百三十多位诗人、书法家论书法诗近二百五十首，大致勾勒出我国咏书法论书法诗的概貌。其选录的论书法诗，除少数流传广泛较为熟知者外，绝大多数是第一次读到。特别是往往被人们忽视的金、元、明各朝代论书法诗，在书中都占有一定比重。从书法发展的角度看，这种选录正适合诗书两界之需要，也可以从中窥见选注者从事此项研究涉猎的书籍是很广博的。

注解是最见选注者功力的地方。《历代书法咏论》注释引经据典，准确详明地解释了大量的书法专业术语与典故，其深度是一目了然的。一些很难查到的人物典故也做了解释，颇为难得。朱东润先生是我国著名学者，其选注《梅尧臣诗选》中《送湖州太守章伯镇》，对"章伯镇"这一人名下注"未详"二字。而《历代书法咏论》注苏舜钦论书法诗中"伯镇"这一人物时，则很明白地指出其出身行迹。其他如注杜甫《李潮八分小篆歌》中"苦县光和尚骨立,书贵瘦硬方通神"两句,引用了已散佚的宋《潘子真诗话》原文等,都反映了选注者扎实深厚的古文史功底与刻苦学习的精神,是难能可贵的。

《历代书法咏论》选录的每一首诗后都系有选注者一段不太长的说明,这些说明大都言简意赅,往往挖掘出诗中蕴含深层寓意与补足诗中未尽之意。如元末明初凌云翰《〈兰亭〉卷》诗:"字体纷纷变若云,后人惟睹永和文。昭陵一刻谁能学,尽道吴兴似右军。"诗后"说明"指出:"纵观书法发展史,千派竞秀,百家争艳。而有元一代所学习的范本只是《兰亭集序》,所谓的《兰亭》,又只不过是本朝的'王羲之'——赵孟𫖯而已。作为艺术,人们重复的只是一个模式,这本身就意味着衰落。这个悲剧与赵孟𫖯无关。而每一位崇赵孟𫖯书法的人也完全出于将书法发扬光大的意愿,却不知自己正在参与着断送一代书法的行动。"深刻精警的议论,因原诗而发又具有更新的意义。

《历代书法咏论》也还存在一些不足,如一些著名的论书法组诗只选了其中一少部分;而书中注释、说明偏于深奥,学术气较浓而与广大书法爱好者的阅读水平存在一定距离。

克炎同志于诗词、书法均有较高造诣,多年来埋头做实实在在的学问。因此,我与其虽有同好,却久闻其名不识其人,这恐怕也是克炎同志所以能专心致志地著成《历代书法咏论》的原因之一。假如我省书法界能有更多一些肯下真功夫刻苦钻研的人,一定会从根本上改变黑龙江省书法与书法理论研究落后的面貌。

注:本文作者为黑龙江省原省长。时任黑龙江省书法家协会主席,本文刊登于1994年1月27日《黑龙江日报》第七版。

后记

从1982年在哈尔滨市"业余书法学院"讲授咏书法、论书法诗，有意收集选择此类诗作。到第四个版本《历代书法咏论》正式出版，整整过去了四十个春秋。本人也由不惑之年的中年人变成八十岁的老翁。寡智不敏，为坚守一件事，消磨近半生的时光，也够奇葩了！

选诗重点在鉴裁，我国遗留下来的古代诗歌浩如烟海，似乎为诗的选择提供了很大空间。其实蛮不是那么回事，抒情是诗的主流，叙事诗也常见，咏论类特别是咏论书法的诗是小众，数量不多。以诗咏论书法滥觞于唐，咏论书法诗多为诗人、书法家创作。二者区别是诗人的书法诗偏于咏颂，抒发品鉴的感受，如唐朝诗人们咏怀素的狂草书即是；书法家的书法诗偏于论说，表达创作的体验，如宋朝苏轼、黄庭坚、米芾等的诗即是。

解诗力求明晰透彻。咏论书法诗特点是使事用典多，书法专用术语多。目前尚未见解析咏论书法诗的专门著述，无旧例可遵循。只能借典籍工具书，慢慢摸着石头过河。不求成一家之言，愿为求知者搭建探寻咏论书法诗内涵的津梁。

20世纪80年代末至90年代初，是我国书法热的高潮。经朋友介绍，辽宁美术出版社张社长审读了我整理注释的二百多首咏论书法诗的手写稿，当即拍板以本版书由该社出版，定书名为《书法咏论》。黑龙江省原省长陈雷，时兼任黑龙江省书法家协会主席，读了出版的《书法咏论》后，在《黑龙江日报》发表《〈书法咏论〉读感》文章，称这本独辟蹊径的书法专门著述，"再现了我国以诗论书的发展历史。……填补了我国书法理论研究一个方面的空白。"加以肯定。

然而，我自己内心清楚，这只是粗线条的大致框架，各历史时期薄弱环节、空缺点都需要充实材料来支撑，才有可能与"历代"一词搭界。求索者总是在寻觅的道路上。为了争取到这两个字，新一轮的沙里淘金开始了。举凡图书、丛编、集成、全集、别集等有机会阅读的，绝不轻言放过。又经过近十年的搜集，掌握的咏论书法诗作数量已经接近《书法咏论》一书的二倍，基本反映出我国自唐朝至现代以诗论书的发展脉络，故更改书名为《历代书法咏论》，由黑龙江美术出版社出版。中国青年出版社出版的《历代书法咏论》增选的诗作不多，但书中的"简析"部分进行了大量的改写，原因是通过深入学习，个人对这些诗作的认识有了很大的改变，改写是为了与读者进一步交流个人学习心得。

《历代书法咏论》被业界归类为文献工具书。社会的关注反馈是比较准确的评价。2011年人民出版社出版的《中国书法艺术通论》，著作者书中明确标示引自2004年版《历代书法咏论》一书达四十余处。《书法报》自2014年12月起分期转载2013年版《历代书法咏论》文摘长达一年时间。其余转述、引用尚有许多，不一一赘叙。

《历代书法咏论》虽属于拙著，然"狐白之裘，盖非一狐之腋也"。没有众师友帮助，成书亦难，爰举数例以示：友人谢榴宝，与著名书法家白蕉先生遗属有来往，为帮助我找白蕉先生诗，特回上海。不久接到白蕉先生夫人亲笔信"查遍遗稿，（白蕉先生）没有论书法诗"。虽稍有遗憾，朋友热心，已过去几十年不敢稍忘！学弟李勇，帮助校审新版《历代书法咏论》，并发现了著名书法家张伯英《论书次东坡韵》诗稿，于二校稿后补入。挚友栾继生教授承担全书统稿校审，费时费力，坦然代劳，高谊令我感动！支持帮助的友人多多，恕不逐一罗列。

年已八十，思维退化，健忘昏聩，且患眼底黄斑病变，鲁鱼亥豕，往往混淆。文稿编纂，颇感力不从心。如有个别舛误，敬请读者谅解，并附小诗一首，以表心迹：

爬罗剔抉未曾停，可奈新星变老星。
炳烛焰光如豆小，用来自己暖心灵。

杨克炎于松花江南岸煮诗楼

2023年4月